L'ÉTOFFE DES JOURS HEUREUX

BARBARA DAVIS

Traduit de l'anglais
par Benoîte Dauvergne

City
Roman

Retrouvez tous les titres City Editions :

www.city-editions.com

Publié pour la première fois par Amazon Publishing
sous le titre *The Keeper of Happy Endings*.
La présente édition a été réalisée grâce à un accord de licence
avec Amazon Publishing www.apub.com
Couverture : Amazon Publishing

ISBN : 978-2-8246-2241-5
Code Hachette : 77 7940 4
Collection dirigée par Christian English & Frédéric Thibaud
Catalogues et manuscrits : city-editions.com

Dépôt légal : Septembre 2023

Je dédie ce livre aux millions de professionnels de santé du monde entier qui ont risqué leur vie en soignant nos proches en 2020 et les années suivantes. Ce sont tous et toutes des héros.

Il existe toutes sortes de héros, mais rares sont ceux qui se voient un jour décerner une médaille.

SOLINE ROUSSEL, *LA GARDIENNE DES FINS HEUREUSES*

Nous sommes les élues, les servantes de la Mère divine, les descendantes d'une longue lignée vouée à servir la cause de l'amour et du bonheur véritable. Nous sommes les tisseuses de sorts.

ESMÉE ROUSSEL, *LA SORCIÈRE DES ROBES*

Note de l'auteure

Bien que ce roman évoque des événements historiques, il s'agit d'une œuvre de fiction. Les noms, personnages, organisations, événements, dates et incidents sont soit issus de mon imagination, soit employés de manière fictive.

Prologue

Soline

La foi constitue l'ingrédient essentiel.
Si l'on perd foi en la magie, il ne nous reste rien.

Esmée Roussel, *la Sorcière des robes*

Boston, le 13 septembre 1976

J'ai toujours de la peine lorsque quelque chose se termine. Lorsque s'envolent les dernières notes d'une chanson. Lorsque le rideau tombe à la fin d'une pièce. Lorsque virevolte le dernier flocon de neige. Lorsqu'on se dit adieu.

J'en ai vécu tant, des adieux.

De l'eau a coulé sous les ponts depuis, mais la douleur que causent ces souvenirs est toujours vive. Je crois que j'ai bu trop de vin ce soir. Cela m'a rendue morose. Ou peut-être ai-je simplement trop vécu, trop pleuré – trop enduré. Pourtant, je ne peux pas m'empêcher d'examiner mes cicatrices, de me perdre dans les méandres de mes blessures.

J'ai ressorti la boîte du placard et l'ai posée sur mon lit. Bien qu'elle soit légère, les souvenirs qu'elle renferme pèsent lourd. Ils oppressent mon cœur.

Cette boîte est faite d'épais carton gris et pourvue de coins métalliques qui la rendent résistante. Un lourd cordon lui sert de poignée. En retenant mon souffle, je soulève son couvercle et déplie les couches de papier de soie froissé, afin de contempler la robe qu'elle renferme. Comme moi, elle a vieilli avec le temps. Le paquet de lettres – la plupart écrites en français, le reste en anglais – liées par un bout de ruban est toujours là, lui aussi. Je les lirai plus tard. Je le fais souvent les soirs comme celui-ci, lorsque les vides de ma vie s'étendent telles des ombres autour de moi. Mon rituel s'accomplit dans un certain ordre, une suite de gestes qui ne varie jamais. Quand on a vécu autant de déracinements – et perdu tant de choses –, ce sont les rituels qui apportent du réconfort. Même les plus tristes.

Je sors la robe de sa boîte et la prends dans mes bras comme on porte un bébé ou comme on s'accroche à une promesse – peut-être un peu trop fermement, passionnément. Je me dirige vers le miroir et, l'espace d'un instant, elle me regarde – la jeune fille que j'étais avant l'arrivée d'Hitler à Paris, pleine d'espoir et de rêves naïfs. Elle disparaît cependant une seconde plus tard. À sa place apparaît la femme que je suis devenue. Usée et seule. Sans rêves. Mon regard glisse vers la boîte, vers la trousse en cuir marron rangée au fond, et mon cœur se serre lorsque je me rappelle la première fois où je l'ai vue. *Je te la confie*, a-t-il dit en la posant dans mes mains le dernier matin.

J'ouvre la fermeture de la trousse comme je l'ai déjà fait des centaines de fois et passe mes doigts sur le peigne en écaille de tortue, le chausse-pied assorti, le blaireau et le rasoir. Des objets si personnels. Et c'est à moi qu'il les a donnés. Je tire sur le flacon en cristal taillé, vide depuis longtemps et retenu par un élastique brun, puis dévisse son bouchon, impatiente de sentir le parfum frais et net ancré dans ma mémoire, mélange d'embruns et de zeste de citron.

Anson.

Seulement, pour la première fois depuis trente ans, il ne reste aucune trace de lui. Pendant toutes ces années, j'ai approché ce flacon vide de mon nez pour me consoler à l'aide de la dernière chose qui me restait de lui : son odeur. Et voilà qu'elle a disparu, elle aussi.

J'attends de sentir des larmes me monter aux yeux, mais ils demeurent secs. Je suppose que je n'en ai plus. Je les ai toutes versées. Et c'est peut-être mieux ainsi. Je remets le flacon à sa place et ferme la trousse. Mes yeux errent vers le paquet de lettres, dernière étape de mon triste petit rituel. Mais je ne les lirai pas ce soir. Peut-être même plus jamais.

Il est temps de lâcher prise. De tout libérer.

Je range la trousse dans la boîte, puis replie la robe et la dépose à l'intérieur, avant de ramener tendrement les manches sur le corsage – comme on installe un mort dans son cercueil. C'est l'image qui convient, je suppose. Je caresse le tissu une dernière fois, rabats le papier de soie et referme le couvercle de la boîte.

Adieu, Anson, mon amour. C'est fini.

1

Rory

Boston, le 26 mai 1985

Déjà dimanche ? La semaine avait passé beaucoup trop vite.

Rory écrasa le bouton de son réveil et laissa retomber la tête sur son oreiller dans l'espoir d'oublier ce qui l'attendait, mais cinq minutes plus tard, l'alarme retentit de nouveau. Cela ne pouvait signifier qu'une chose : elle venait de nouveau de passer sept jours et sept nuits dans le brouillard à regarder de vieux films en mangeant des plats à emporter, totalement absorbée par leurs scénarios dignes de contes de fées.

Lorsqu'elle rejeta ses couvertures et posa les pieds sur le sol, un roman à l'eau de rose atterrit sur la moquette. *Une rose en hiver* de Kathleen Woodiwiss, qu'elle avait terminé vers 4 heures du matin. Elle regarda fixement le livre ouvert à ses pieds, semblable à un oiseau abattu par un chasseur. Elle qui n'avait jamais été fan de romans d'amour les dévorait à présent les uns après les autres avec un plaisir dont elle avait vaguement honte, comme on peut se sentir coupable d'être accro aux jeux d'argent ou aux films pornographiques.

Elle ramassa le livre et le jeta dans la corbeille en osier qui en contenait une douzaine d'autres et qu'elle avait prévu de déposer dans une boutique solidaire. Un carton rempli de livres attendait également à côté de la porte d'entrée, et un deuxième dans le coffre de sa voiture. Sa mère prétendait qu'elle allait devenir totalement stupide à force de lire ces imbécilités. Mais déjà, son regard était irrésistiblement attiré par la pile de livres neufs posée sur sa table de nuit. Ce soir, elle s'attaquerait au dernier roman de Johanna Lindsey.

Rory souleva d'un doigt le tas de courrier qui n'était toujours pas ouvert à côté de son lit. Au milieu se trouvait la brochure du programme de cours de son master qu'elle faisait de son mieux pour ignorer. Elle repéra finalement la Rolex en acier et en or que sa mère lui avait offerte à la fin de son premier cycle universitaire. Comme on pouvait s'y attendre, elle s'était arrêtée ; à l'intérieur de la petite lentille grossissante, la date était en retard de trois jours. Rory régla l'heure, glissa la montre à son poignet, puis entreprit de se préparer une tasse de café bien fort. Impossible d'affronter cette journée sans caféine.

Dans la cuisine, elle contempla le désordre avec la pénible impression d'avoir perdu tout contrôle sur son environnement ; l'évier était rempli de vaisselle, la poubelle débordait et les restes des plats qu'elle avait commandés chez *Eastern Paradise* la veille au soir traînaient encore sur le plan de travail. Elle avait prévu de tout ranger après le dîner, mais le film *Prisonniers du passé* avait commencé, et elle avait été incapable de se décoller de l'écran jusqu'à ce que Greer Garson et Ronald Colman soient enfin réunis. Elle était allée se coucher en pleurant comme une madeleine sans penser un instant au bazar dans sa cuisine. Si elle s'attaquait au ménage maintenant, elle ne serait jamais à l'autre bout de la ville à 11 heures.

Tout en versant du lait demi-écrémé dans sa tasse, elle caressa l'idée d'annuler sa visite – un mal de gorge, une migraine ou bien une sévère intoxication alimentaire ? Mais elle s'était déjà décommandée deux fois ce mois-ci ; autrement dit, elle n'avait plus le choix.

Sous la douche, elle se prépara à l'interrogatoire à venir sur ses études, ses passe-temps, ses projets d'avenir. Les questions ne variaient jamais, et elle trouvait de plus en plus difficile de feindre la motivation. En vérité, elle n'avait aucun passe-temps digne de ce nom, redoutait de retourner à l'université, et ses projets d'avenir étaient plus que flous. Mais elle ferait bonne figure et répondrait ce qu'il faudrait, parce que c'était ce qu'on attendait d'elle. Et parce que la seule autre option – l'exploration minutieuse du trou noir qu'était devenue sa vie – était trop épuisante à envisager.

Elle se dirigea lentement vers sa chambre en se séchant les cheveux avec une serviette, puis fit de son mieux pour résister à l'envie familière de s'asseoir à côté de sa table de nuit. Depuis peu, elle se livrait à un nouveau rituel qui consistait à entamer la journée en relisant une ou deux lettres de Hux, mais elle se répéta qu'elle n'avait pas le temps ce matin. Malgré tout, elle ne put s'empêcher d'ouvrir le tiroir du bas et d'en extraire la boîte qu'elle y conservait. À l'intérieur, quarante-trois enveloppes sur lesquelles étaient inscrites son adresse en grands caractères fins ; un lien vital entre Hux et elle qui l'empêchait de toucher le fond.

La première avait atterri dans sa boîte aux lettres cinq heures seulement après que son avion avait décollé de l'aéroport de Boston. Il l'avait envoyée au tarif prioritaire afin de s'assurer qu'elle lui parvienne au plus vite. Il lui en avait écrit une deuxième dans la salle d'embarquement, puis une troisième dans l'avion. Au début, elle en recevait presque une par jour. Peu à peu, il avait pris l'habitude de lui en envoyer une ou deux par semaine. Puis, du jour au lendemain, elles avaient simplement cessé d'arriver.

Rory jeta un coup d'œil à la photo encadrée posée sur la table de chevet, prise dans un restaurant du cap Cod le week-end suivant sa demande en mariage. Le docteur Matthew Edward Huxley – Hux pour les intimes. Son visage lui manquait, tout comme son rire, ses blagues idiotes, son incapacité à chanter juste, sa passion pour les sujets anecdotiques et ses œufs brouillés parfaits.

Ils s'étaient rencontrés à un événement caritatif en faveur du financement de la nouvelle unité néonatale de soins intensifs du Tufts Medical Center. Son sourire l'avait littéralement fait fondre, mais c'était la personnalité qui se cachait derrière ce sourire qui l'avait conquise.

Fils de deux éducateurs spécialisés, Hux avait appris l'importance de servir la communauté dès son plus jeune âge. Mais alors qu'il étudiait en première année à l'université de Caroline du Nord, un camion transportant des troncs d'arbres s'était déporté sur la voie de gauche de l'I-40 et avait percuté la voiture de ses parents de plein fouet. Ayant perdu toute attache, il avait abandonné ses études après leur enterrement et passé l'été à noyer son chagrin dans le Captain Morgan, en compagnie d'une bande de surfeurs sur une plage des Outer Banks.

Au bout d'un moment, il s'était repris en main et réinscrit à l'UNC, où il avait commencé l'école de médecine. Son projet était de se spécialiser en médecine interne, mais après une semaine dans un service de pédiatrie, il avait changé d'avis. À la fin de son internat, il avait rejoint Médecins sans frontières dans le but de fournir des soins aux enfants du sud du Soudan, en guise d'hommage à ses parents.

C'était une des choses qu'elle aimait le plus chez lui. Il était loin de représenter un bon parti ; pas de fiducie, ni de carte d'un country club dans le portefeuille de Matthew Huxley. Il avait vécu des épreuves – des événements qui l'avaient profondément secoué –, mais il avait repris pied et trouvé le moyen d'offrir la même possibilité à d'autres. Rory avait eu du mal à lui faire ses adieux quand était arrivée l'heure du départ, mais elle était fière du travail dans lequel il s'était engagé. La lecture de ses lettres était cependant pénible.

Dans l'une d'elles, il lui avouait avoir commencé à fumer. *Ici, tous mes collègues fument comme des pompiers. C'est peut-être pour empêcher leurs mains de trembler. Nous sommes tous tellement épuisés.* Dans une autre, il lui parlait d'une journaliste nommée Teresa qui réalisait un reportage pour la BBC et qui l'aidait à rester connecté au monde extérieur. Il lui décrivait également son travail, ses journées interminables dans des blocs opératoires de fortune, ses rencontres avec des enfants mutilés, des orphelins terrifiés. C'était pire que tout ce qu'il avait imaginé, mais il était convaincu que cette expérience ferait de lui un meilleur médecin – à la fois plus solide et plus compatissant.

Son rythme de travail était éreintant. Aucun mot ne pouvait décrire le choc émotionnel qu'il subissait au quotidien. *Nous sommes si pourris gâtés aux États-Unis qu'il nous est impossible de saisir l'ampleur de l'anarchie, de la barbarie et du manque intolérable qui paralysent d'autres nations. Les droits humains les plus élémentaires n'existent pas ici. Ce que nous faisons, moi, nous tous, n'est qu'une goutte d'eau dans l'océan, quand on voit ce qui se passe dans ce pays.*

Voilà ce que racontait sa dernière lettre.

Une, deux, puis trois semaines s'étaient écoulées sans réponse aux siennes. Finalement, un jour où elle écoutait la station de radio NPR, la raison de son silence était devenue évidente. Le secrétaire d'État américain annonçait qu'une bande de rebelles armés avait enlevé trois étrangers lors d'un raid matinal dans le sud du Soudan : un médecin américain, une infirmière néo-zélandaise et une journaliste britannique employée par la BBC et le magazine *World*.

Il lui avait fallu plusieurs jours pour obtenir la confirmation de ce qu'elle savait déjà : Hux était bel et bien l'otage américain. Mais il n'y avait pour le moment aucune piste. Rien sur le camion que des témoins avaient vu s'éloigner. Aucune description des hommes qui avaient obligé leurs otages à quitter la clinique en les menaçant avec des armes. Et pas le moindre message d'un groupe revendiquant l'enlèvement, comme on en recevait habituellement dans les quarante-huit heures. Ils s'étaient tout simplement volatilisés.

Cinq mois plus tard, elle attendait toujours. D'après le département d'État, toutes les ressources étaient mises en œuvre, et la moindre piste était explorée. Cependant, elles n'étaient pas nombreuses. Huit semaines plus tôt, une descente avait été effectuée de nuit dans une cabane abandonnée en Libye, après qu'une personne avait déclaré avoir vu une femme correspondant à la description de la journaliste disparue. Mais ses occupants s'étaient envolés bien avant l'arrivée des forces américaines.

Selon son dernier communiqué officiel, le département d'État poursuivait sa collaboration avec différentes agences humanitaires afin de localiser les otages et de garantir leur retour en toute sécurité. Mais la vérité, c'était que les informations s'étaient taries, ce qui rendait tout espoir d'une issue positive de plus en plus mince.

Rory regarda fixement la boîte en caressant l'idée d'en sortir une ou deux lettres avant de se remettre au lit. Mais elle était attendue. Elle avait même deux rendez-vous d'affilée, puisqu'elle avait promis à Lisette de la rejoindre dans l'après-midi chez *Sugar Kisses*.

Vingt minutes plus tard, elle attrapa son sac à main et ses clés, puis vérifia son reflet une dernière fois dans le miroir. Pantalon blanc, chemisier en soie sans manches couleur pêche clair. Une unique couche de mascara, une autre de brillant à lèvres, et de simples clous d'oreille en diamant. Ses cheveux encore humides étaient attachés en queue-decheval. Le résultat était passable, mais du point de vue de sa mère, rien ne convenait jamais.

2

Rory

En franchissant la porte, Rory fut accueillie par un arôme de scones à la myrtille et de café fraîchement moulu. La centrifugeuse de sa mère se mit à vrombir dans la cuisine, tandis qu'elle enlevait ses ballerines et les poussait du pied sur le paillasson – face à la porte au cas où elle aurait besoin de battre rapidement en retraite. Ce ne serait pas la première fois, après tout. Comme toujours, l'intérieur de la maison de sa mère était impeccable, un décor de bon goût que seule une femme aisée pouvait s'offrir, avec sa somptueuse moquette beige et son mobilier soigneusement coordonné. Sans oublier les œuvres d'art adéquates accrochées aux murs – des corbeilles de fruits et des vases de coquelicots aux lourds cadres dorés. Pas un objet de travers, ni un grain de poussière en vue.

Grâce aux règles de propreté imposées par sa mère, Rory avait toujours connu cette maison ainsi. Pas de chaussures au-delà du vestibule. Pas de mains sur les murs. Ni boisson ni nourriture en dehors de la salle à manger – à moins que sa mère ne donne une fête. Et elle en donnait des tas. Des goûters, des cocktails, des dîners et, bien sûr, des soirées de collecte de fonds au profit de ses œuvres de bienfaisance préférées, le tout orchestré de main de maître par une équipe de professionnels également chargée de faire disparaître toute trace des festivités à fond de train.

Rory rejoignit sa mère dans la cuisine. Elle était occupée à verser du jus d'orange frais dans un pichet en cristal taillé, faisant tinter le bracelet à breloques en or dont elle ne se séparait jamais. Toujours tirée à quatre épingles, elle portait un pantalon beige et un chemisier blanc amidonné. Son épaisse chevelure blonde ondulée était attachée en basse queue-de-cheval. Comme d'habitude, son maquillage était irréprochable : ombre à paupières subtile, joues légèrement fardées, touche de brillant à lèvres nacré couleur pêche. À quarante-deux ans, elle continuait à attirer les regards.

Elle leva les yeux vers Rory en l'entendant approcher.

— Te voilà, dit-elle, avant de l'examiner rapidement de la tête aux pieds. Je commençais à croire que tu allais encore annuler. Tu as les cheveux mouillés ?

— Je n'ai pas eu le temps de les sécher. Je peux te donner un coup de main ?

— Non, tout est prêt, et encore chaud, je l'espère.

Elle tendit à Rory une assiette de tranches de melon parfaitement coupées, ainsi qu'un saladier rempli de fraises.

— Tu peux aller les poser sur la table. J'apporte le reste.

Les mains pleines, Rory se dirigea vers la terrasse. C'était une matinée parfaite : le ciel était d'un bleu éclatant tandis que la brise laissait présager un été précoce. En contrebas, la ville de Boston s'étendait de tous côtés, méli-mélo de rues tortueuses et de bâtiments aux toits effondrés. Storrow Drive et ses embouteillages permanents, la vaste étendue verdoyante du parc de l'Esplanade, les eaux scintillantes de la rivière Charles parsemées de petits voiliers brillants.

Rory adorait Boston et toutes ses contradictions, son riche passé colonial, sa culture vivante et métissée. C'était une ville où l'art, la cuisine, la musique et les sciences rivalisaient d'ingéniosité pour capter l'attention de ses habitants. Rory trouvait toujours un peu magique de l'observer de cette terrasse, loin de l'agitation et du bruit. Enfant, elle songeait qu'il ne lui manquait que des ailes pour s'envoler.

Et elle rêvait souvent de s'envoler à l'époque, de devenir quelqu'un d'autre, de vivre une autre vie. Une qui lui appartienne. De mener une carrière dans laquelle sa mère ne jouerait aucun rôle. De trouver un mari qui n'aurait rien à voir avec son père. Et dire qu'elle y était presque parvenue.

Presque.

Ce mot pesait aussi lourd qu'une pierre sur son cœur. Il l'oppressait tant qu'elle se sentait parfois incapable de vaquer à des activités aussi banales que faire des courses au marché ou sortir avec une amie. Un tel besoin de solitude n'était pas naturel. Cette tendance à s'isoler n'était toutefois pas inhabituelle chez elle. N'ayant jamais été du genre extraverti, elle faisait de son mieux pour éviter les dîners et soirées mondaines, d'autant qu'il est difficile de passer inaperçue quand on est la fille d'une des membres de l'élite sociale et philanthropique les plus célèbres de Boston.

Jamais un cheveu qui dépasse, jamais une faute de goût – telle était Camilla Lowell Grant. Des tenues toujours appropriées, un intérieur irréprochable, le bon choix d'œuvres d'art. Sa vie était un modèle de perfection, abstraction faite des infidélités chroniques de son mari et du caractère rebelle de sa fille. Mais Camilla supportait ces fardeaux admirablement. La plupart du temps.

Rory contempla la table en y déposant les plats de fruits. On aurait dit la copie conforme d'une photo prise pour le magazine *Victoria* : sur la petite table ronde blanche était disposé le service en porcelaine Royal Albert de sa grand-mère, tandis qu'une serviette en lin parfaitement pliée était posée à côté de chaque set de table. Une coupe de gardénias d'un blanc laiteux – la fleur préférée de sa mère – occupait le centre. Tout était parfait, comme d'habitude.

Ce brunch dominical était devenu une tradition vers son douzième anniversaire. Le menu variait d'une semaine à l'autre : fruits frais et pâtisseries maison, canapés en triangle au Boursin et au saumon fumé, splendides omelettes aux légumes de saison, le tout systématiquement accompagné de mimosas préparés avec du jus d'orange tout juste pressé et un Veuve Clicquot parfaitement frais.

Ce repas était l'occasion pour elles de se raconter les nouvelles de la semaine, mais depuis quelque temps, leurs tête-à-tête étaient de plus en plus tendus, sa mère trouvant chaque fois des moyens peu subtils de lui suggérer qu'il était temps de reprendre le cours de sa vie.

Rory tritura la bague sertie d'un rubis à son doigt, une petite pierre ovale avec une minuscule entaille à la base. Il s'agissait de la bague de fiançailles de la mère de Hux. C'était tout ce que le futur mari de celle-ci, tout juste rentré de la guerre de Corée, avait pu lui offrir. Hux avait promis d'emmener Rory acheter une bague plus convenable, mais il avait tenu à lui offrir celle de sa mère pour sa demande en mariage. Touchée par sa sentimentalité, elle avait préféré conserver ce bijou de famille, ravie qu'il lui confie un objet aussi cher à son cœur. C'était à présent tout ce qui lui restait de son fiancé.

Elle chassa cette pensée de son esprit en voyant Camilla arriver avec deux assiettes.

— Et voici la *frittata* aux champignons et aux asperges, annonça-t-elle avant de les poser sur la table.

— Elle a l'air délicieuse, dit Rory, s'asseyant à sa place habituelle.

Sa mère s'était toujours déchargée des tâches ménagères, mais elle aimait cuisiner, et c'était un vrai cordon-bleu.

Elle tendit à Rory un paquet de brochures qu'elle avait coincé sous son bras et s'installa en face d'elle.

— Je prévoyais de te remettre tout ce courrier la semaine dernière, mais tu as manqué le brunch. J'ai été tentée de répondre à la factrice que je ne connaissais aucune Rory et que ma fille s'appelait Aurora.

Rory esquissa un sourire forcé.

— Tu veux bien changer de disque, maman ? Ça devient lassant.

— Rory est un prénom de garçon. Le tien, c'est Aurora. Et c'est un prénom magnifique. Un prénom de dame.

— De *vieille* dame. Et c'est papa qui a choisi ce diminutif. Trop masculin ou pas, apparemment, ça ne le dérangeait pas.

Camilla haussa les épaules.

— C'est facile, il n'était jamais là.

Rory prit sa fourchette et picora sa *frittata*. Camilla avait raison : son père avait une fâcheuse tendance à découcher. Rory ignorait le nombre de ses maîtresses, mais sa mère serait probablement capable de lui en dresser la liste exacte. Au fil des années, elle s'était minutieusement renseignée sur les femmes qui allaient et venaient dans la vie de Geoffrey Grant, ajoutant soigneusement chaque nom à sa liste, telles des pièces dans une tirelire à gros mots.

Rory n'arrivait pas à comprendre pourquoi elle n'avait jamais divorcé. Néanmoins, le fameux week-end à Doral avec sa réceptionniste de vingt-huit ans aurait sans doute été le coup de grâce s'il n'était pas mort dans leur lit. C'était le type de scandale dont la plupart des épouses de la haute société sortaient définitivement salies, un incident banal à la fois terriblement amusant et désastreux, mais cette ultime trahison était devenue le fleuron de sa couronne de femme trompée, une médaille en échange de sa fierté bafouée.

— Tu ne manges pas ?

Rory prit une fraise et la grignota docilement. Camilla avait sorti la bouteille de Veuve Clicquot de son seau à glace et tentait péniblement de la déboucher. Au bout de quelques minutes, Rory tendit la main au-dessus de la table.

— Donne-la-moi avant d'éborgner quelqu'un.

Le bouchon sauta avec un petit bruit sec. Rory versa du champagne dans deux flûtes et y ajouta une dose de jus d'orange.

Toutes deux trinquèrent machinalement sans un mot, puis recommencèrent à manger. Pendant la majeure partie du repas, Rory laissa volontiers parler sa mère qui ne semblait pas attendre davantage que des hochements de tête de sa part. Elle l'écouta critiquer telle ou telle opération de chirurgie esthétique et commenter des rumeurs de divorces. Le voyage imminent d'une amie en Irlande. Le nouveau programme de l'opéra de Boston. Le thème du bal de bienfaisance de fin d'année qu'elle organisait de nouveau en décembre. Au bout d'un moment, elle fut à court d'anecdotes, et la conversation s'engagea sur un terrain familier, mais glissant.

— J'ai croisé Dinah Marshall l'autre jour en allant faire réparer ma montre. Denise, sa cadette, commence ses études au Boston College l'automne prochain. Elle y étudiera la musique. La harpe, je crois. Je lui ai dit que tu comptais te réinscrire à Tufts pour terminer ton master. Et que tu partirais peut-être à Paris l'été prochain, afin d'y effectuer ce stage dont nous avons déjà parlé. Elle m'a demandé de te transmettre ses félicitations.

— Denise joue du piano, rectifia mollement Rory. C'est Patricia, la harpiste.

— Mais bien sûr, où ai-je la tête !

Camilla se tapota la bouche avec sa serviette.

— Et toi, dis-moi ? Es-tu enthousiaste à l'idée de reprendre tes études ?

Rory tendit la main vers la bouteille de champagne et remplit son verre sans y ajouter de jus d'orange. Elle le but à petites gorgées, puis leva les yeux vers sa mère.

— Rien ne m'enthousiasme.

Camilla soupira en déposant un scone dans son assiette.

— Est-ce que tu boudes, Aurora ?

— J'ai vingt-trois ans, maman. On ne boude plus à cet âge-là.

— Ah oui ? Dans ce cas, pourquoi fais-tu cette tête ?

Rory reposa sa flûte et se redressa.

— Nous ne nous sommes pas vues depuis trois semaines et tu ne penses même pas à me demander des nouvelles de Hux ?

Camilla la dévisagea d'un air outré.

— Mais j'allais le faire, bien sûr.

— À quel moment ? Le repas est terminé. Tu m'as parlé du lifting de Vicky Foster, de la nourriture immangeable des Anglais, de tes projets pour le bal de fin d'année et des études de la fille de Dinah Marshall, sans jamais trouver le temps de glisser le nom de mon fiancé.

— Franchement, tu ne peux pas me demander d'aborder un tel sujet au cours du brunch.

— Quel rapport avec le brunch ?

Camilla esquissa une moue quasi parfaite.

— C'est ce qu'on appelle avoir du tact.

— Du tact ?

Ce mot fit grincer Rory des dents. C'était à croire que sa mère accordait plus d'importance aux bonnes manières à table qu'à la vie de son fiancé.

— Je n'ai pas besoin de ton tact, maman. J'ai besoin que tu te soucies de moi. Mais ce n'est pas le cas. Ma relation avec lui ne t'a jamais importé.

Camilla écarquilla les yeux.

— Comment peux-tu dire une chose pareille ?

— Tu ne l'as jamais aimé. Dès le début, tu as fait comme si c'était une passade. Tu espérais que je me lasserais de lui comme je me suis jadis lassée du foot.

— C'est totalement faux.

— Arrête, son style ne te plaisait pas. Tu trouvais insupportable qu'il fasse du surf et qu'il ait laissé tomber son cabinet. Mais ce qui te déplaisait par-dessus tout, c'était qu'il vienne d'une petite ville balnéaire de Caroline du Nord dont personne n'a jamais entendu parler. Et que ces parents aient enseigné dans un lycée, au lieu d'organiser des parties de cartes et des dîners mondains.

Il n'en fallait pas plus pour que sa mère prenne cet air

indigné dont elle avait le secret – les épaules redressées, le menton relevé, le regard froid et hautain.

— Comment oses-tu insinuer de telles choses ?

— Je n'insinue rien, je l'affirme. La plupart des mères considéreraient Hux comme un excellent parti, mais pas toi. Tu aurais préféré que je me trouve un mari au nom de famille prestigieux fleurant bon le Vieux Continent. Et maintenant que Hux a disparu, tu te dis que tout n'est peut-être pas perdu. Cela dit, étant donné tes antécédents conjugaux, je ne vois pas trop ce qui te permet de penser que tu es bien placée pour choisir le mari des autres.

Le visage toujours figé, Camilla s'immobilisa comme si elle venait de recevoir une gifle.

— Pardon, lâcha Rory. Je ne voulais pas te…

— Bien sûr que si.

Agacée de lui avoir envoyé un tel coup bas, Rory poussa un soupir.

— Excuse-moi. J'avais besoin de me défouler, et c'est tombé sur toi.

Camilla prit un air inquiet.

— Est-ce qu'il y a… du nouveau ?

— Non. Toujours rien. Mais peu importe. Je n'ai pas envie d'en parler.

— De quoi aimerais-tu discuter, dans ce cas ? J'ignore totalement ce qui se passe dans ta vie actuellement. Tu ne me rappelles jamais. Tu déclines mes invitations à dîner. Tu as manqué le brunch deux dimanches de suite. Que fais-tu de beau en ce moment ?

Rory fixa le fond de son verre, la gorge soudain serrée.

— Je passe surtout mon temps à attendre.

— Oh, chérie…

Camilla tendit la main au-dessus de la table et repoussa sa frange de ses yeux.

— Arrête, dit Rory en reculant la tête. Je ne veux pas de ta pitié.

— Explique-moi ce que tu veux, alors. Je m'inquiète pour toi. Tu passes tes journées le nez plongé dans ces livres navrants et la moitié de tes nuits collée devant l'écran, à regarder des mélos en noir et blanc. Nous en avons déjà parlé : ce n'est pas sain.

— Je vais bien. J'ai juste…

Rory détourna les yeux en se demandant comment éviter d'avoir de nouveau cette discussion.

— J'ai simplement besoin de temps.

— Mais, chérie, ça fait déjà cinq mois.

Rory lança un regard noir à sa mère.

— J'ignorais qu'il y avait une date limite.

— Ce n'est pas ce que je voulais dire. Seulement, quoi qu'il soit arrivé à Matthew, qu'il soit vivant ou…

Camilla s'interrompit, le temps de bien choisir ses mots.

— Toi, tu es encore là, Aurora. Tu as une vie. Et elle ne peut pas s'arrêter là.

Rory ravala ses larmes. Elle voulait croire que Hux était vivant quelque part, qu'il rentrerait un jour auprès d'elle, mais un terrible doute continuait à planer, telle une main invisible au-dessus de son épaule. Aurait-elle enfin de ses nouvelles le jour suivant ? Comment la contacterait-on ? Par courrier ? Par téléphone ? Frapperait-on à sa porte ? Elle n'avait jamais trouvé le courage de poser la question à ses interlocuteurs. Cela aurait rendu la situation trop réelle, et elle l'était déjà bien assez comme ça.

— Et si je n'arrivais plus jamais à aller de l'avant ?

— Ne dis pas de bêtises. Bien sûr que tu y parviendras. Jamais les Grant ne se sont laissé abattre.

Rory retint un soupir. Sa mère ne la comprendrait-elle donc jamais ?

— Je n'ai plus aucune motivation. Pour rien.

Elle observa Camilla, toujours si soignée et détachée. Rien ne semblait pouvoir la décourager.

— Tu n'as aucune idée de ce que ça fait, pas vrai ? De se

réveiller le matin sans avoir la moindre volonté de poser les pieds par terre, de se doucher et de s'habiller pour affronter un monde où, partout où tu regardes, la vie continue sans toi. Tu n'as jamais perdu quelqu'un de cher. Et ne me parle pas de papa. Tu sais aussi bien que moi que ça n'a rien à voir.

Camilla ouvrit la bouche et la referma, l'air de reconsidérer sa réponse.

— Tu n'as aucune idée de ce que j'ai perdu, Aurora, dit-elle finalement.

Rory fronça les sourcils, surprise par son ton énigmatique. Elle savait si peu de choses sur la vie de sa mère. Celle-ci avait l'art d'imposer le silence sur certains sujets.

— Est-ce qu'il y a eu quelqu'un d'autre ? demanda-t-elle doucement. Avant papa ?

— J'ai épousé ton père à dix-huit ans. Comment aurais-je eu le temps d'aimer un homme avant lui ?

— Bon, d'accord. Mais plus tard... pendant que tu étais mariée ?

Camilla la dévisagea d'un air horrifié.

— Mais certainement pas !

— Explique-moi, alors ! Qu'est-ce que j'ignore exactement ?

Camilla agita une main, visiblement pressée de changer de sujet.

— Rien. Cela n'a plus d'importance maintenant. Mais sache que les mères sont aussi des êtres humains. Nous avons eu une vie avant la maternité, et des déceptions. Nous avons un cœur, comme tout le monde. Mais nous avons également des responsabilités, des devoirs à remplir et les apparences à maintenir. C'est pour cette raison que nous continuons à aller de l'avant.

— Mais, justement, je n'y arrive pas. Je ne vois rien devant moi. C'est comme si mon avenir était... parti en fumée.

— Il faut que tu sortes, Aurora, que tu voies du monde. Un cocktail est prévu chez Marcos la semaine prochaine. Une petite réception privée organisée par Cassandra Maitland pour un jeune violoncelliste qu'elle a découvert. Et si tu m'y accompagnais ? Nous pourrions aller nous faire coiffer chez Rosella le matin – ta frange a vraiment besoin d'être raccourcie. Puis nous nous ferions faire les ongles, et nous irions t'acheter quelque chose de joli à porter. Rien de tel qu'une petite virée shopping pour se remonter le moral. Et puis, ça te fera du bien de revoir de vieilles connaissances, de te sentir à nouveau normale.

Rory la dévisagea froidement.

— Normale ?

— Je t'en prie, ne me regarde pas comme ça. Tu ne peux pas continuer à te cacher. Je m'inquiète pour toi. Il est peut-être temps de… consulter ?

Rory se raidit.

— Tu penses que je suis folle ?

Camilla plia soigneusement sa serviette, avant de la poser à côté de son assiette.

— Je pense que tu as du mal à faire face à ce qui s'est passé, et qu'en parler à quelqu'un pourrait t'être utile.

Elle marqua une pause, puis ajouta doucement :

— Une personne de confiance.

En silence, Rory tenta de digérer les paroles de sa mère.

— Je suis désolée, dit-elle finalement. D'avoir eu des mots blessants tout à l'heure. Je suis juste à cran à cause de… Hux.

Sa gorge se serra lorsqu'elle prononça son nom.

— J'ai encore passé deux heures au téléphone vendredi. Et on n'a pas arrêté de me renvoyer d'une personne à une autre. C'est toujours la même rengaine. *Nous mettons tout en œuvre pour le ramener ici sain et sauf.* Mais ce n'est pas vrai. Comment le pourraient-ils alors qu'ils ne savent même pas où il est ?

Camilla répondit par un de ses habituels soupirs exaspérés.

— Allons donc ! Il y a sûrement des tas d'experts en la matière dans notre pays. Tous ces ambassadeurs. Ces diplomates. Et le président, pardi !

Un poids familier oppressa la poitrine de Rory, celui qui réapparaissait chaque fois qu'elle se laissait aller à envisager l'inenvisageable.

— Je commence à penser qu'il ne reviendra pas.

— Allons, allons, dit Camilla en prenant sa main dans la sienne. Ne sois pas pessimiste. Il ne faut jamais perdre courage dans la vie.

Rory ravala ses larmes en se rappelant le jour où elle avait juré de ne plus remettre les pieds au lycée après avoir été refusée dans l'équipe de natation. Camilla l'avait serrée fort dans ses bras en murmurant les mêmes mots. *Il ne faut jamais perdre courage dans la vie.* Mais Rory ne se sentait pas courageuse. Elle se sentait paralysée, perdue et épuisée.

— J'ai lu quelque part que plus un enlèvement dure, moins on a de chances de retrouver la personne en vie.

Elle dégagea sa main et essuya ses larmes.

— Je commence vraiment à perdre espoir.

— Cesse donc de parler ainsi. Cela ne sert à rien. Tu dois arrêter de ressasser ces pensées. Tu te sentiras mieux en retrouvant ton ancienne vie quand les cours reprendront en automne. La fac, les sorties entre amis... Tout cela remplira tes journées.

Songeant à la brochure de l'université posée sur sa table de chevet, Rory hocha la tête, car c'était ce que sa mère attendait d'elle. De la retenue, et une inscription à la fac afin de finir son master ; puis ce stage que celle-ci parviendrait sûrement à lui obtenir, et peut-être un poste de conservatrice un jour. Un avenir si différent de celui que Hux et elle avaient imaginé en évoquant le jour où il quitterait Médecins sans frontières.

— Tu sais, dit Camilla d'un ton hésitant, ce serait peut-être une bonne idée de revenir habiter ici le temps que les choses... se tassent. Je suis toute seule dans cette grande maison maintenant, et ta chambre est exactement comme tu l'as laissée.

— Revenir habiter ici ?

— Je pourrais m'occuper de toi, te préparer de bons petits plats. Tu n'aurais à t'inquiéter de rien, à part tes études.

Les études. Les cours. Le rendez-vous avec Lisette !

— Oh, mince. Quelle heure est-il ?

Rory jeta un coup d'œil à sa montre.

— Il faut que je parte.

— Quoi… tout de suite ?

— La petite sœur de Janelle Turner s'est inscrite aux cours d'été, et j'ai promis de lui apporter quelques-uns de mes anciens manuels.

— Aujourd'hui ? Alors que c'était le jour de notre brunch ?

— Je sais. Je suis désolée. Mais elle doit être à Braintree à 15 heures pour l'anniversaire de mariage de ses parents, et les cours commencent demain. C'est le seul moment que nous avons trouvé.

— Mais tu as à peine touché à ton assiette. Laisse-moi au moins t'emballer quelques restes.

— Non, merci, ça ira, dit Rory en se levant. Mais je m'en veux de te laisser tout ranger.

— Ça va, on ne peut pas dire que je sois débordée. Est-ce que je te verrai la semaine prochaine ?

Quelque chose dans l'expression de Camilla – le pli entre ses sourcils parfaitement dessinés peut-être, ou bien les coins tombants de sa bouche – ébranla la conscience de Rory.

— Oui. Dimanche prochain. C'est promis.

Au lieu de s'éloigner, elle se pencha vers sa mère et l'embrassa sur la joue.

— Je suis vraiment désolée pour tout à l'heure. À propos de tes problèmes de couple. Je n'aurais jamais dû dire ça.

Camilla haussa les épaules.

— C'est vrai. Mais tu n'avais pas tort. Allez, file. Ne fais pas attendre ton amie.

3

Rory

Rory jeta un coup d'œil à sa montre en sortant de la pâtisserie *Sugar Kisses* et se mêla à la foule de piétons massée sur le trottoir de Newbury Street. Son rendez-vous avec Lisette ayant duré plus longtemps que prévu, elle devait se dépêcher de regagner sa voiture si elle voulait éviter de prendre une amende.

Tandis qu'elle attendait que le feu passe au rouge au coin de la rue, elle repensa à la conversation qu'elle avait eue à table avec sa mère. Des mots qu'elle aurait mieux fait de retenir – même s'ils avaient un fond de vérité – lui avaient échappé, et elle avait touché un point sensible.

Mais ce n'était pas seulement l'indignation de Camilla qui avait éveillé sa curiosité. Alors qu'elle lui parlait de Hux, de ce qu'on ressent quand on perd quelqu'un, celle-ci avait fermé les yeux et s'était totalement figée, comme si elle tentait de refouler un souvenir insoutenable. Une faille était brièvement apparue dans l'armure de cette femme en apparence invulnérable.

Nous avons un cœur, comme tout le monde.

En ce qui concernait Camilla Grant, ce n'était pas l'exacte vérité. En tout cas, Rory ne l'avait jamais constaté. Quand elle était enfant, sa mère lui paraissait taillée dans le marbre, une roche pure, fine et froide au toucher. On aurait dit *L'Esclave grecque* de Hiram Powers, mais faite de bronze comme l'*Ève* de Rodin. Une femme insensible. C'était du moins l'image qu'elle avait de sa mère jusqu'à ce qu'elle aperçoive cette étrange expression à table. *Tu n'as aucune idée ce que j'ai perdu, Aurora.* Qu'avait-elle voulu dire ? Il n'était pas question d'un amant, apparemment. Rory n'en aurait pourtant pas voulu à sa mère d'avoir cherché une source de réconfort en dehors de son mariage. Elle ne se rappelait pas avoir vu ses parents partager une chambre un jour, encore moins un lit. Comme elle avait dû se sentir seule.

Lorsque le feu passa enfin au rouge, la foule commença à avancer sur la chaussée. Rory s'apprêtait à descendre du trottoir lorsqu'une vieille bicoque au coin de la rue d'en face attira son regard. Elle s'arrêta.

Elle n'avait rien de spécial pour une maison de ville : c'était un bâtiment en brique rouge à deux étages, pourvu d'une tour d'angle et d'une tourelle en poivrière surplombant la rue. Newbury Street était bordée de douzaines de demeures semblables. Tout comme la moitié des rues de Boston, en réalité. Mais celle-ci avait quelque chose de si particulier que Rory était incapable de la quitter des yeux.

Des fenêtres sans rideaux couvertes de crasse. Une bande de gazon envahi par les mauvaises herbes. Un perron fendu au pied duquel le vent avait amassé des détritus. À l'évidence, cette maison était inoccupée. Et pourtant, Rory avait l'étrange impression qu'on l'observait d'une fenêtre des étages.

Elle hésitait à aller y jeter un œil lorsque le passage d'une voiture de police lui rappela qu'à six rues de là, le parcmètre tournait. Ce n'était pas le moment de satisfaire sa curiosité. Mais alors qu'elle continuait à longer Newbury Street, elle ne put s'empêcher de jeter quelques coups d'œil par-dessus l'épaule avec une pointe de regret. C'était une sensation particulière, comme si elle avait été obligée de quitter une fête juste au moment où les choses devenaient intéressantes. Son instinct lui dit que ses pas la ramèneraient bientôt à cette maison de ville.

Il était près de 16 heures lorsque Rory arriva enfin chez elle. Elle avait évité une amende de justesse et décidé de considérer ce coup de chance comme un bon présage. Ces temps-ci, elle se sentait obligée de savourer la moindre petite victoire. Elle se démaquilla, se débarrassa de ses vêtements du dimanche et les échangea contre un jogging et un tee-shirt. Comme d'habitude, la télévision de la chambre était allumée, mais le son était très bas. Cary Grant et Katharine Hepburn. *L'Impossible Monsieur Bébé.* Laisser le poste de télé allumé jour et nuit était sa toute dernière excentricité. Cela lui donnait l'impression d'avoir de la compagnie et meublait le silence qui était trop facilement envahi de sombres pensées.

Je pense que tu as du mal à faire face à ce qui s'est passé.

Cette phrase de sa mère qui tournait en boucle dans sa tête commençait à lui taper sur les nerfs. Mais bien sûr que c'était difficile ! Son fiancé s'était volatilisé. Et aller confier ses inquiétudes à un inconnu marmonnant des « Oui, je vois » toutes les cinq minutes n'y changerait rien du tout.

Dans la cuisine, elle ignora les emballages de plats à emporter qui traînaient partout et l'évier rempli de vaisselle sale, vida une boîte de minestrone dans un bol et le plaça dans le micro-ondes. Sa vie se résumerait-elle vraiment à ça désormais ? De la soupe en boîte, des plats à emporter et un tas de vaisselle sale ? Des piles de romans d'amour et quelques chamailleries hebdomadaires avec sa mère ?

Si elle n'y prenait pas garde, elle finirait comme ces femmes dont la vie tout entière consistait à nourrir dix-huit chats. Peut-être exagérait-elle un peu. Mais cela semblait assurément du domaine du possible. Il faudrait commencer par trouver quelques chats, cependant. Et des robes d'intérieur à fleurs. Voire une paire de chaussons en fourrure.

Elle ferma les yeux dans l'espoir de chasser ces images déprimantes de son esprit. Elle était née avec une cuillère en argent dans la bouche. Voitures, vêtements, tout était de marque. Colonies de vacances réservées à l'élite et grandes écoles. Il ne lui manquait rien – à part une vie à elle. En grandissant, elle avait rêvé d'échapper à la force d'attraction de sa mère afin de tracer sa propre voie. Et elle avait été sur le point d'y parvenir. Mais brusquement, Hux avait disparu, et son monde s'était effondré.

Où en serait-elle aujourd'hui – à cet instant – si elle l'avait écouté quand il lui conseillait de réaliser son rêve ? Celui d'ouvrir une galerie exposant des artistes au talent prometteur. Elle l'aurait appelée *Du jamais-vu.* Une idée de Hux. En vérité, c'était lui qui était à l'origine du projet tout entier.

Ce soir-là, ils étaient allés écouter jouer un nouveau groupe dans un des pubs de la ville et n'étaient repartis qu'à la fermeture. Le calme qui régnait dans les rues leur avait donné envie de marcher plutôt que de héler un taxi. Hux avait passé un bras autour de ses épaules pour la protéger de la fraîcheur de la nuit automnale. Alors qu'ils passaient devant une petite galerie, elle avait ralenti puis s'était arrêtée le temps d'admirer une des œuvres dans la vitrine.

— Tu es vraiment intéressée par l'art, avait constaté Hux d'un ton inhabituellement sérieux. C'est le sujet de tes études. Tu passes un diplôme d'art. Comment se fait-il que tu ne sois pas artiste ?

Elle avait souri malicieusement.

— Qu'est-ce qui te dit que je ne le suis pas ?

— Attends, tu peins ?

— Non. Il m'est arrivé de bricoler avec des textiles, mais c'était juste un passe-temps. Heureusement, d'ailleurs. Il faut aimer le désordre quand on est artiste, ma mère n'aurait jamais supporté. Elle finira sans doute par me convaincre de marcher dans ses pas en devenant historienne ou conservatrice. Des métiers respectables et qui ne font pas de saletés.

— Mais au fond de toi, qu'est-ce que tu aimerais faire ?

Elle l'avait regardé avec des yeux ronds, consternée à l'idée qu'il attende une réponse, et encore plus à l'idée qu'elle n'en avait aucune. Personne ne lui demandait jamais ce qu'elle souhaitait. On lui énumérait les options qui s'offraient à elle – sa mère surtout – comme on lui proposerait des plats au restaurant chinois. Menu A : mariage avec un homme convenable, quelques enfants, une jolie maison. Menu B : une carrière réussie. Concrètement, aucun des Grant n'avait besoin de travailler, mais dans les familles au nom ancien et à la fortune encore plus ancienne, on considérait qu'il était vulgaire de se tourner les pouces. Boston n'était pas Palm Beach, après tout.

— Je n'en ai sincèrement aucune idée, avait-elle finalement répondu. Disons que j'aimerais bien avoir un petit atelier quelque part. Avec vue sur la mer, où je créerais de beaux paysages marins avec toutes sortes de tissus.

— Est-ce que ça se fait déjà ?

— Oui, on appelle ça de l'art textile. C'est en quelque sorte un mélange de sculpture et de peinture, mais avec des bouts de tissus. J'ai commencé à bricoler quelques tableaux quand j'étais enfant. J'adorais la plage, mais mes parents n'avaient jamais le temps de m'y emmener. Alors je fabriquais les miennes – avec des chutes de tissus. Je m'y remets de temps en temps, mais avec les cours, je n'en ai pas souvent l'occasion.

— Pourquoi ne m'en avais-tu jamais parlé ?

Elle avait haussé les épaules, soudain intimidée.

— C'est juste un passe-temps.

Il l'avait attirée contre lui avant de déposer un baiser sur son front.

— Rory Grant. Tu ne cesseras jamais de m'étonner.

Ils avaient repris leur marche, la main de Rory enfoncée dans la poche du blouson de Hux.

— Mais pourquoi n'ai-je jamais vu une seule de tes œuvres ? Je ne me rappelle pas avoir remarqué un des tableaux que tu viens de décrire sur les murs de ton appartement.

— Il y en a un dans la chambre d'amis. Et quelques autres dans un placard.

— Cette pièce dans laquelle tu ne me laisses jamais entrer ?

— C'est parce qu'elle est en désordre. Elle me servait d'atelier à l'époque où je vendais des tableaux.

Il s'était brusquement arrêté et tourné vers elle.

— Je croyais que c'était juste un passe-temps ?

— Oui, enfin, je faisais ça comme ça. Comme je te le disais, je n'ai plus le temps. Mais une de mes amies a pris quelques photos de mon travail un jour et les a montrées à un décorateur d'intérieur qu'elle connaissait. Il a pris sept tableaux et les a vendus en deux semaines.

— Dis donc, tu m'en as caché, des choses ! Alors, quand est-ce que tu me montres tout ça ? Ou bien est-ce que je ne le mérite pas ?

Rory avait ressenti un petit frison de plaisir en remarquant son enthousiasme. Elle évitait généralement de parler de son travail artistique, mais c'était agréable d'être prise au sérieux.

— Si ça t'intéresse vraiment, je peux t'offrir une visite privée – à moins que tu sois pressé de rentrer.

— Quoi ? Tout de suite ?

Elle l'avait pris par la main.

— Suis-moi.

Un quart d'heure plus tard, ils s'arrêtaient devant la vitrine de *Finn's*, l'un des restaurants de fruits de mer les plus sélects de Boston, où était exposée une marine magnifiquement éclairée.

En silence, elle avait contemplé son œuvre en essayant de la voir à travers le regard neuf de Hux. Le tableau était composé d'une mer houleuse et d'un rivage de rochers sous un bas ciel de plomb. Elle avait sélectionné chaque tissu avec minutie. De la soie moirée et des chutes de taffetas froissé, du denim, du sergé et du crêpe de Chine, du tulle et des bandes de dentelle mousseuse, le tout soigneusement superposé pour créer une impression de mouvement et de profondeur.

Il lui avait fallu environ six mois pour achever ce tableau, dont la vente lui avait rapporté la coquette somme de sept cents dollars. Son but n'était pas de gagner de l'argent, cela dit. Contrairement à la plupart des artistes, elle pouvait se permettre de créer pour le plaisir. Le plus important, c'était que son œuvre soit exposée dans la vitrine d'un célèbre restaurant et que tout Boston puisse lire ses initiales dans le coin en bas à droite du tableau.

— C'est vraiment toi qui as fait ça ? demanda Hux, les yeux toujours rivés à la vitrine. C'est incroyable. Ces vagues paraissent si réelles que j'ai l'impression que je pourrais les traverser. Et ce ciel…

Quand il se tourna enfin vers elle, une moitié de son visage resta masqué par l'ombre. Mais celle qu'elle voyait souriait.

— C'est plus qu'un passe-temps, Rory. Tu as un don. Tes tableaux ressemblent-ils tous à celui-ci ?

— Oui, mais c'est lui que je préfère. Il s'intitule *Au nord de novembre*.

— Je n'arrive toujours pas à y croire. Tu devrais exposer dans toutes les galeries de la ville.

Elle avait éclaté de rire.

— J'aimerais bien.

— Qu'est-ce qu'il y a de si drôle ?

— On ne décide pas comme ça d'exposer dans une galerie, Hux. Il faut s'être fait un nom avant. Une jeune artiste a plus de chances de gagner au loto que de percer dans le milieu. En fait, je suis presque sûre que, si cette œuvre a atterri ici, c'est uniquement parce que je m'appelle Grant. Le propriétaire espérait sans doute s'attirer les faveurs de ma mère. On peut dire qu'il s'est bien fourré le doigt dans l'œil.

— Ta mère désapprouve ton travail artistique ?

— Le problème, c'est qu'elle ne considère pas mes tableaux comme de l'art. Du moins pas du vrai art.

— Et qu'est-ce qu'elle considère comme du vrai art ?

— Les tableaux de maîtres. Rembrandt. Raphaël. Le Caravage.

— Ils sont tous morts depuis des siècles.

— Justement.

Hux avait secoué la tête, les sourcils froncés.

— Un artiste devrait donc être mort pour que son œuvre ait de la valeur ? C'est assez injuste.

— En effet. Mais c'est comme ça. À moins que tes tableaux n'aient du succès aux ventes aux enchères, personne ne prendra le risque de t'exposer. Si j'avais le pouvoir de faire évoluer le milieu, je m'assurerais que certaines galeries soient entièrement réservées aux artistes dont personne n'a jamais entendu parler.

— C'est vrai ?

— Oui.

— Alors, ouvres-en une. Ici, à Boston.

Elle l'avait dévisagé tandis que cette idée prenait forme dans son esprit. Une galerie dédiée aux artistes que personne ne connaissait. Elle ignorait totalement comment s'y prendre, et ce projet déplairait fortement à sa mère. Mais comment ignorer les frissons d'excitation que provoquait cette idée en elle ?

— Tu crois vraiment que j'en serais capable ?

— Pourquoi pas ? Tu as les ressources, les contacts, le rêve.

— Et si ce n'était justement qu'un rêve ?

Il avait passé un bras autour de ses épaules et déposé un baiser sur sa tête en l'attirant contre lui.

— Les rêves sont comme les vagues, chérie. Il faut attendre la bonne, celle qui est faite pour toi. Et quand elle arrive, tu grimpes sur ta planche et tu surfes. Ce rêve est fait pour toi.

Elle l'avait cru ce soir-là. Mais était-ce encore le cas ?

Son rêve de devenir artiste textile était né à l'époque où elle collectionnait les vêtements vintage. La mode ne l'avait cependant jamais intéressée. C'étaient les tissus qui la fascinaient, leur mouvement, leur texture, leur tenue. La soie moirée et les tricots bouclés, l'organdi empesé, les dentelles diaphanes, les tweeds rêches et la laine peignée, douce comme celle d'un agneau... Chacun avait sa propre texture, sa propre personnalité.

Son premier essai manquait de raffinement, mais une passion pour la création était née en elle, la poussant à parfaire son art en s'exerçant et en testant de nouvelles techniques. Ce qui avait commencé comme une véritable obsession s'était mué en une fixation discrète qui avait engendré une série d'œuvres intitulée *Avis de tempête*.

Sa mère considérait ses activités comme du bricolage, mais le propriétaire de la boutique de décoration intérieure avait été suffisamment enthousiasmé par son travail pour exposer plusieurs de ses tableaux dans sa vitrine. Il avait vendu toute la collection avant la fin de l'été, y compris celui qui était suspendu chez *Finn's*.

Quand elle avait appris par téléphone qu'*Au nord de novembre* avait trouvé un acquéreur et qu'il serait exposé dans un lieu ouvert au public, elle avait été si excitée qu'elle avait déboulé dans le bureau de sa mère sans frapper. En apprenant la nouvelle, Camilla lui avait adressé un sourire indulgent et déclaré que c'était surprenant. Elle n'avait pas voulu se montrer condescendante, mais sa remarque avait profondément blessé Rory, même si elle n'en avait rien montré. Par la suite, elle avait peu à peu laissé son travail artistique de côté. Jusqu'à ce que Hux ravive sa flamme créative en évoquant la possibilité d'ouvrir une galerie. Celle-ci s'était cependant éteinte à l'instant où il avait disparu.

Au moment où la sonnerie du micro-ondes tinta, Rory avait perdu tout appétit. Au lieu de manger sa soupe, elle se dirigea vers la chambre d'amis qu'elle avait transformée en atelier. Elle n'y avait pas remis les pieds depuis la disparition de Hux, trop nerveuse les premières semaines pour travailler, puis incapable de regarder tout ce qui lui faisait penser à lui.

La pièce encombrée lui parut plus petite que dans ses souvenirs. L'air y était même un peu étouffant à cause de la légère odeur de colle à tissu qui flottait encore dans l'air. Son bureau jonché de catalogues de matériel d'art occupait un coin de la pièce, tandis que le chevalet qu'elle utilisait pour dessiner ses croquis en accaparait un autre. Des étagères couvertes de piles de coupons de tissu longeaient tout un mur. Sous la fenêtre, elle avait installé la machine à coudre Bernina qu'elle avait achetée d'occasion à ses débuts, mais qu'elle n'utilisait plus beaucoup depuis qu'elle s'était aperçue qu'elle préférait coudre à la main. Tous les meubles et le matériel étaient couverts de poussière.

Son regard glissa jusqu'à un tableau sans cadre suspendu derrière le bureau – une énorme vague s'écrasant sur la façade d'un phare en granit inébranlable. C'était son préféré. Elle s'était inspirée d'une photo sur laquelle elle était tombée un jour dans un magazine et qu'elle n'avait jamais oubliée. Elle l'avait intitulé *Sans peur*, car c'était l'impression qui s'en dégageait. Un sentiment d'invincibilité.

Quatre autres tableaux étaient rangés dans un placard, les premiers d'une nouvelle collection sur laquelle elle travaillait au moment où Hux avait disparu. Quelques mois plus tôt – cinq seulement ? Cette époque lui paraissait si lointaine… –, elle les imaginait accrochés aux murs d'une galerie – de sa galerie. À présent, elle se sentait incapable d'imaginer quoi que ce soit.

Elle avança dans la pièce et s'arrêta devant deux grands métiers à broder sur lesquels deux tableaux attendaient d'être achevés depuis des mois. Elle en caressa un du bout des doigts en se remémorant les heures passées à feutrer de la laine pour créer chaque courant et tourbillon. Désormais, elle ne les terminerait pas. Après la reprise des cours cet automne, elle n'en aurait pas le temps. De toute façon, son travail n'avait plus vraiment de sens.

Brusquement, l'image de la maison de Newbury Street surgit dans son esprit. Ce moment avait été si particulier. C'était comme si elle avait senti quelqu'un lui tapoter l'épaule, s'était retournée et retrouvée nez à nez avec une vieille amie. Ce bâtiment ne ressemblait à aucun des locaux froids et anguleux qu'elle avait visités l'an passé, mais elle sut instantanément que ce lieu rempli d'histoire au charme désuet typiquement bostonien serait l'endroit parfait pour sa galerie. Avec les œuvres qu'elle y exposerait, l'alliance entre passé et modernité serait parfaite.

Du jamais-vu.

Ce nom sembla s'animer, telle une créature se réveillant d'un profond sommeil. Envisageait-elle sérieusement d'ouvrir cette galerie ? De mener à bien ce projet qu'elle laissait de côté depuis des mois ? Mais elle était toujours sans nouvelle de Hux. Ne serait-il pas égoïste de reprendre le cours de sa vie alors que la sienne – leur avenir ensemble – était toujours menacée ? Il fallait cependant bien admettre que ce projet qu'elle croyait enterré depuis longtemps prenait lentement forme dans son esprit.

Ce rêve est fait pour toi.

Sans se laisser le temps de réfléchir, elle ouvrit le tiroir du bureau et brassa ses affaires jusqu'à ce qu'elle retrouve la carte de visite de Brett Gleason, l'agent immobilier à qui elle avait confié la mission de lui trouver un local l'an passé. Elle la regarda fixement en luttant contre l'envie urgente de décrocher son téléphone. Elle pouvait toujours se renseigner. Après tout, ça ne mangeait pas de pain. Sa démarche n'aboutirait sans doute à rien, de toute façon ; il n'y avait aucune pancarte devant la maison. Il s'agissait juste de satisfaire sa curiosité, se dit-elle en composant le numéro de l'agent.

Brett la rappela deux jours plus tard. Lorsque le téléphone sonna, Rory se dirigeait vers le salon, une assiette d'œufs brouillés dans les mains. Comme chaque fois qu'elle entendait sa sonnerie, elle s'immobilisa. Était-ce l'appel qu'elle attendait depuis des mois ? Y avait-il du nouveau ? Elle posa son assiette et chercha du regard l'appareil sans fil. Elle mit la main dessus au bout de quelques instants, le cœur battant.

— Allô ?

— Allô, bonjour, c'est Brett.

Elle poussa un soupir en reconnaissant la voix de l'agent immobilier.

— Je ne m'attendais pas à avoir de vos nouvelles aussi rapidement. Avez-vous trouvé quelque chose ?

— Eh bien, oui. D'après les archives de la ville, cette propriété appartient à une certaine Soline Roussel. Apparemment, elle y vendait des robes de mariée jusqu'à ce qu'un incendie ravage sa boutique, il y a quelques années. Le bâtiment a ensuite été entièrement vidé, puis des réparations ont été entreprises, mais n'ont jamais été terminées. Depuis, le bâtiment est inoccupé. Cependant, je n'ai trouvé aucune annonce de vente, ce qui signifie sans doute que la propriétaire ne cherche pas à s'en débarrasser. C'est étrange qu'elle le laisse vacant. Après quelques travaux, cet endroit se louerait à prix d'or.

Rory se laissa tomber sur le canapé en réfléchissant. Jusqu'où avait-elle vraiment envie d'aller ?

— Rory ? Vous êtes toujours là ?

— Oui, oui.

— Tenez-vous à ce que je poursuive mes recherches ?

— Je n'en sais rien. Peut-être.

— Eh bien, j'en suis ravi. Votre projet m'a toujours enthousiasmé. Mais après tous les locaux que nous avons visités l'été dernier, pourquoi celui-ci ?

— Aucune idée. J'ai su que c'était celui qu'il me fallait dès que je l'ai vu. C'était comme s'il m'attendait.

— L'intuition féminine ?

— Oui, je suppose. Seriez-vous d'accord pour contacter la propriétaire afin de lui expliquer que j'aimerais louer sa maison ?

Il y eut un court silence pendant lequel Rory entendit un téléphone sonner dans le bureau de l'agent.

— Bien sûr, répondit-il finalement. Mais je préfère être franc avec vous. Nous avons déjà visité une vingtaine de propriétés, et vous n'avez eu aucun coup de cœur. Avant d'enquêter sur cette femme et de faire pression sur elle, j'aimerais être certain que vous êtes vraiment prête à sauter le pas.

Il avait absolument raison. Aucun des locaux qu'il lui avait montrés jusqu'à maintenant ne lui avait plu. Non que ces endroits n'aient rien de fonctionnel, ni qu'elle ait eu peur de s'engager, mais elle n'avait ressenti aucun déclic. Elle avait cependant la conviction que cette maison qu'elle n'avait remarquée que quelques jours plus tôt et dans laquelle elle n'était jamais entrée était le bon endroit.

— Rory ?

— Oui, je suis prête.

4

Soline

Il se peut que nous renoncions à l'Œuvre, mais l'Œuvre ne s'avouera jamais vaincue. Elle fera tout pour retenir notre attention en se mettant sans cesse en travers de notre chemin, jusqu'à ce qu'enfin, nous nous consacrions à elle. Voilà ce que signifie être élue.

Esmée Roussel, *La Sorcière des robes*

Boston, le 29 mai 1985

À 8 heures pile, la sonnerie du téléphone me fait sursauter. Je ne reçois plus d'appels de nos jours, du moins plus beaucoup, et quand cela arrive, c'est rarement avant le petit déjeuner. Le téléphone continue à sonner, tandis que je remplis la cafetière et appuie sur le piston en espérant que la personne qui m'appelle va finir par raccrocher. Je n'ai aucune envie de parler.

Malheureusement, elle ne se laisse pas décourager. Je soulève le combiné et raccroche aussitôt. Quelques secondes plus tard, l'appareil recommence à sonner. De nouveau, je repose le combiné juste après avoir décroché, dans l'espoir que cette personne va comprendre le message et me laisser tranquille. En entendant le téléphone sonner une troisième fois, je perds patience et crie dans le combiné :

— Je ne suis pas intéressée !

Alors que je l'éloigne de mon oreille, j'entends un bruyant éclat de rire. Ce son familier me fait étonnamment plaisir, même de si bon matin et sans ma dose de caféine. Je suppose qu'il s'agit de mon avocat et ami à qui je n'ai pas parlé depuis des mois.

— Daniel Ballantine ! C'est bien toi ?

— En effet. Et je ne t'appelle pas pour te convaincre d'acheter quoi que ce soit, mais pour savoir si tu aimerais vendre. Ou plus précisément, louer.

— Mais de quoi parles-tu ?

— J'ai reçu un appel hier soir. D'une personne qui voulait des renseignements sur ta propriété de Fairfield.

J'ai l'impression de sentir un souffle d'air froid sur ma nuque.

— Quelqu'un veut louer ma boutique ?

Un silence poli, mais inconfortable, s'installe.

— Eh bien, ça fait des années que ce n'en est plus une, mais oui, quelqu'un est intéressé par ta maison.

— Qui donc ?

— L'agent ne m'a pas donné le nom de son client, mais si ce type a réussi à me trouver, c'est qu'il n'a pas ménagé ses efforts. Son nom est Brett Gleason, il travaille pour le Back Bay Land Group. Il aimerait nous faire une offre.

— Ma boutique n'est ni à vendre, ni à louer.

Comme chaque fois que je l'agace, Daniel laisse échapper un son entre le grognement et le soupir.

— Soline, ça fait trois ans – et même plus. Tu sais aussi bien que moi qu'une réouverture n'est pas envisageable. L'incendie a provoqué beaucoup de dégâts, et avec ce qui t'est arrivé…

Ce qui m'est arrivé.

Je tends ma main libre et regarde fixement ma paume. Sa peau rose et brillante, mouchetée de taches d'un blanc cireux ; la légère courbure de mes doigts semblables à des serres. La main qui tient le combiné est un peu moins abîmée, mais elle a tout de même subi de graves blessures, des brûlures au second degré après qu'une cigarette que j'avais laissée allumée a mis le feu à ma boutique de robes de mariée. J'ai eu droit à des attelles, à des séances de kinésithérapie et à toute une série d'opérations exténuantes. Et puis encore des attelles. Et encore des séances de kiné. Jusqu'à ce que les médecins s'accordent à reconnaître qu'il n'y avait plus rien à faire.

— Tu veux parler de mes mains ? dis-je doucement.

— De tes mains et de tout le reste, Soline. Tu es arrivée seule dans cette ville, tu as travaillé d'arrache-pied, tu t'es fait un nom à partir de rien. Les gens n'oublieront jamais le nom de Roussel et tout ce qu'il représentait. Tu es à la retraite maintenant. Pourquoi laisser cette maison vide ? Aujourd'hui, ça pourrait te rapporter gros si tu t'en séparais.

— Je n'ai pas besoin d'argent.

— Non. Je te le confirme. Mais tu n'as pas besoin de ces souvenirs non plus. Il est peut-être temps de t'en libérer et de tourner la page.

Ses mots raniment une étincelle en moi.

— Parce que tu crois que c'est facile ? Qu'il suffit que je signe un contrat et que quelqu'un d'autre y emménage pour que le passé s'efface ?

Daniel soupire.

— Ce n'est pas ce que je voulais dire. Je sais ce que tu as vécu et que tu as des raisons de te montrer réticente à la louer. Mais de cette façon, tu pourrais t'en séparer en douceur. Progressivement. Quoique, en vérité, je pense que tu irais mieux si tu cessais de t'y accrocher dès maintenant.

Je jette un coup d'œil à ma cafetière à piston en le maudissant à voix basse. Pourquoi fallait-il qu'il m'appelle alors que j'étais presque parvenue à me convaincre que plus rien ne pouvait m'atteindre ?

— Je n'ai aucune envie d'en parler maintenant.

— Promets-moi seulement d'y réfléchir.

Je pousse un soupir, impatiente de me débarrasser de lui.

— D'accord.

— D'accord, tu vas la louer ?

— D'accord, je vais y réfléchir.

— Je te rappelle demain.

— Après-demain, réponds-je sèchement.

— Très bien. Après-demain.

Après avoir raccroché, je retourne à ma cafetière. Le café est froid, maintenant. Il va falloir que je recommence tout. Je retire le piston et jette le liquide dans l'évier. Je sais que Daniel agit dans mon intérêt, et pas seulement parce que je le paye pour cela. Mais il y a des parties de mon histoire que lui-même ignore, des parties que j'ai enterrées définitivement. Qu'est-ce que cela peut faire après toutes ces années ? Les personnes comme moi – comme les Roussel – sont une espèce en voie d'extinction. Nos dons ont si peu de valeur dans un monde qui ne croit plus en la magie.

Pendant des générations, ma famille a fait partie d'une sorte de conte de fées. Enfin, ce n'est peut-être pas le terme approprié. Car tout conte de fées se termine bien. Tandis qu'une fable est un conte moral censé nous apprendre ce qu'est la vie et quelles sont ses conséquences. Et ses conséquences, les Roussel ont dû en assumer un grand nombre au fil des années.

Il existe bien des façons de nous nommer. Gitanes, magiciennes, sorcières blanches, chamanes. En Angleterre, on nous désigne par l'expression *cunning folk*. J'ai toujours détesté ce terme, car il sous-entend que nous sommes d'habiles tricheuses, toujours prêtes à délester le passant peu méfiant des quelques pièces conservées dans sa poche, des bonimenteuses qui se donnent vulgairement en spectacle pour essayer de vous vendre toutes sortes de fausses potions magiques et gagnent une fortune en débitant des âneries. Nous ne faisons pas partie de ces gens-là. Pour nous, l'Œuvre est sacrée, c'est une vocation.

En France, mon pays d'origine, on nous appelle les tisseuses de sort, ce qui est déjà plus proche de la vérité. Nous possédons certaines compétences, un certain talent dans le domaine des charmes et des herbes médicinales, des cartes et des pierres – ou dans notre famille, les travaux d'aiguille. Aujourd'hui, nous ne sommes plus très nombreuses à avoir ces compétences, ou du moins à vivre de cet artisanat. Mais il suffit d'être observateur pour nous repérer. Comme ma mère et la sienne avant elle, j'ai jadis fait partie de cette petite communauté installée dans un quartier de Paris aux ruelles étroites et sinueuses, surnommé le quartier des artisans, pour plus de discrétion.

Les femmes de la famille Roussel sont des couturières – des créatrices de robes de mariées plus exactement, mais pas n'importe lesquelles. Toute jeune femme portant une robe de la maison Roussel le jour de son mariage est certaine de vivre un véritable conte de fées. D'après ce qu'on raconte, nous sommes les élues. Les servantes de la Mère divine. Et comme toute servante dévouée, nous sommes censées nous satisfaire d'une existence solitaire, sacrifier notre bonheur pour servir les autres. De la même manière que les nonnes catholiques – les bonnes sœurs, les appelait tante Lilou –, nous apprenons dès notre plus jeune âge que les contes de fées sont réservés aux autres.

En échange, nous avons un don, m'expliquait maman. Mais, en y repensant, je suis convaincue que les femmes de ma famille ont toujours perdu au change. Car ce don a un coût. Quand on a des pouvoirs magiques, on est obligée de rendre des comptes. Et les Roussel ne connaissent que trop bien le prix de la désobéissance.

Notre lignée serait en effet maudite, car l'une de nous, une imprudente dont le nom est tombé dans l'oubli depuis longtemps, se serait un jour servie de ses pouvoirs pour voler le mari d'une autre, violant ainsi le premier de nos principes : ne jamais faire de mal à personne.

Ce n'est sans doute qu'un mythe mais, comme tous les mythes, celui-ci a probablement un fond de vérité. Toute histoire répétée au fil des années revêt une forme d'authenticité, telle l'eau qui tombe goutte à goutte et se creuse un sillon à travers la roche. L'idée que nous étions maudites nous a été inculquée, à moi, ma mère et la sienne, ainsi qu'à toutes les Roussel avant elles, sous forme d'avertissement : celles d'entre nous qui se détourneraient de leur vocation seraient inévitablement malheureuses. Nos cœurs doivent rester verrouillés, sourds aux tentations qui risqueraient de nous amener à oublier notre seule mission : garantir le bonheur des autres. Tel est le catéchisme des Roussel. Mais le cœur ne fait parfois que ce qui lui chante, et les Roussel sont tombées dans le piège de l'amour et de ses conséquences.

Superstition, diraient certains. Mais j'ai pu le constater par moi-même. Ou du moins, j'en ai entendu parler. Giselle, ma grand-mère maternelle, a été abandonnée par son mari, un artiste raté, après avoir mis une deuxième fille au monde. Alors qu'ils rentraient de leur voyage de noces en Grèce, tante Lilou est devenue veuve lorsque la voiture que conduisait son mari, un séduisant Anglais, est tombée dans un fossé. Quant à ma mère, son mystérieux jeune amant l'a quittée quand elle lui a annoncé qu'elle était enceinte. Et puis, il y a mon histoire. Mais laissons-la pour plus tard.

Pour le moment, revenons à ce que nous appelons l'Œuvre. Maman disait que c'était une vocation sacrée, inscrite dans nos cœurs bien avant notre naissance. Je suppose que c'est un autre de nos points communs avec les nonnes catholiques, même si nous ne prononçons pas de vœux. Notre nom nous engage. Notre sang également. Tout comme notre travail – celui de faire méticuleusement pénétrer un charme dans la couture d'une robe de soie blanche. Et nous sommes grassement rétribuées pour ce service.

À Paris, où il faut avoir un carnet d'adresses bien rempli quand on veut faire carrière dans la mode, nous étions quasiment des inconnues. Le nom des Roussel ne risquait pas de circuler dans les salons chics, où des personnes de bon goût sirotaient du champagne et grignotaient des tartes tropéziennes. Ce genre d'honneur était réservé aux personnes telles que Coco Chanel, Jeanne Lanvin et Jean Patou. Mais dans les coins plus discrets de la ville, où des femmes aux compétences particulières étaient payées pour conserver les secrets de leurs clientes, maman, née Esmée Roussel, fille de Giselle Roussel, était connue comme la Sorcière des robes.

Elle avait hérité de ce nom à la mort de ma grand-mère, puis c'est devenu le mien quand maman a finalement abandonné les travaux d'aiguille. Cependant, je n'en voulais pas. Ma mère m'avait transmis ses talents de couturière, et mes compétences en stylisme dépassaient de loin les siennes, mais en matière de sorcellerie, je ne lui arrivais pas à la cheville. Je n'avais aucune patience pour ces choses-là. Car j'avais d'autres idées – d'autres rêves – en tête.

Maman s'acharnait à essayer de me les faire oublier. C'était une patronne exigeante, sévère, prompte à me réprimander et jamais pressée de me féliciter. À ses yeux, j'étais une égoïste doublée d'une ingrate, une sauvageonne qui finirait par mal agir si elle continuait à rêver bêtement au lieu d'obéir à sa vocation. « Encore dans la lune ! » s'écriait-elle quand mon esprit vagabondait et que je commettais des étourderies. Ces remontrances étaient méritées, bien sûr. J'étais une véritable rêveuse. Aussi fantaisiste et fleur bleue que l'est toute jeune fille.

Et comme toute jeune fille, je consignais mes rêves dans un cahier. Pas celui que j'utilisais pour noter les leçons de maman. Non, il s'agissait d'un cahier tout à fait différent, rempli de pages blanches qui ne demandaient qu'à être noircies par mes dessins. Des pages et des pages de vêtements que je confectionnerais un jour et qui porteraient mon nom. Des robes, des tailleurs et de splendides tenues de soirée de toutes les couleurs de l'arc-en-ciel. Ocre, bleu ciel, aubergine.

Telles étaient les couleurs de mes rêves de jeunesse. Hélas, nous, les femmes, menons rarement la vie que nous aurions souhaitée. Car certaines, persuadées de tout savoir, prennent des décisions à notre place et nous transforment à notre insu en une personne que nous ne reconnaissons pas. C'est particulièrement vrai dans le cas des Roussel.

Pendant soixante-dix ans, nous avons possédé une boutique rue Legendre, avec un petit appartement au-dessus où nous logions. Exiguë, mais élégante, elle ne ressemblait pas beaucoup aux autres magasins de robes de mariée, avec ses fenêtres à volets et sa porte violette qui la différenciait des voisines. Le violet est la couleur de notre communauté, la couleur de la magie. Nous aurions eu les moyens de rendre la boutique plus luxueuse, avec une enseigne sophistiquée ou d'élégants auvents en toile, mais aux yeux de nos clientes, la discrétion importait presque autant que les talents de couturière de maman. C'était compréhensible, bien sûr. Aucune femme – surtout une Française – n'aurait apprécié que le monde entier sache qu'elle avait besoin d'aide dans ses affaires de cœur. Et elles étaient nombreuses à nous en demander. Cependant, nous refusions toutes celles que nous jugions mal assorties au fiancé de leur choix et, par conséquent, impropres à une union.

Il ne leur suffisait pas d'entrer et de commander une robe à maman. Pour obtenir une robe de mariée Roussel, il fallait satisfaire à trois critères : être recommandée par une ancienne cliente, promettre la discrétion et faire preuve de totale honnêteté. Ce qui ne garantissait nullement que nous jugerions la future mariée méritante. Il y avait un processus à respecter : la jeune femme devait passer des tests, répondre à des questions et, bien sûr, se soumettre à des lectures qui avaient toutes lieu dans le petit salon de maman, à l'arrière de la boutique.

L'aspirante se présentait seule au rendez-vous qui lui avait été fixé. Jamais accompagnée de sa mère. Un plateau de rafraîchissements l'attendait toujours – une assiette de biscuits et un chocolat noir, chaud et sucré, servi dans une fine tasse en porcelaine. La future mariée s'installait dans son fauteuil, puis maman lui adressait son sourire désarmant par-dessus le bord de sa tasse, et l'interrogatoire pouvait commencer.

Depuis combien de temps connaissez-vous ce jeune homme ? Comment vous êtes-vous rencontrés ? Sa mère vous apprécie-t-elle ? La vôtre apprécie-t-elle le jeune homme ? Avez-vous abordé le sujet des enfants ? Avez-vous eu des relations intimes ensemble ? Vous plaît-il physiquement ? Vous a-t-il déjà été infidèle ? Lui avez-vous déjà été infidèle ?

De temps à autre, elles se risquaient à fabuler, mais c'était inutile. Maman flairait un mensonge avant même qu'il ne sorte de votre bouche. Et le prix à payer était lourd : elle vous congédiait sur-le-champ.

Après l'interrogatoire commençait le véritable test. Maman demandait aux femmes d'apporter un objet personnel et un autre appartenant à leur fiancé : une brosse à cheveux ou une bague, un objet utilisé et touché au quotidien. Maman les tenait dans ses mains tour à tour, le regard dans le vague et la respiration profonde, jusqu'à ce que des images commencent à lui apparaître. Des échos, les appelait-elle. Des fragments du passé et de l'avenir.

Ce rituel peut vous paraître étrange. Mais il était encore plus intrigant lorsque, enfant, je l'observais par le trou d'une serrure, épiant un tas de choses que je ne comprenais pas encore. Un jour, maman m'a tout expliqué. Chaque âme crée un écho. Une sorte d'empreinte ou de signature imprégnant les choses qui nous entourent. Notre identité. Notre appartenance. Ce que nous sommes destinés à apporter au monde. Tous les échos sont différents. Nous avons chacun le nôtre. Mais ils sont incomplets – ils ne forment que la moitié d'un cercle. C'est comme un miroir sans reflet. Par conséquent, chaque écho recherche constamment la moitié qui le complète. C'est ce que nous étudions au cours d'une lecture : le signe que les échos des deux amoureux se correspondent.

Maman refusait près de deux tiers des jeunes femmes qui lui demandaient de l'aide, et aucune somme d'argent ne pouvait la faire changer d'avis. Elle n'avait pas droit à l'erreur, après tout. Il en allait de sa réputation, elle devait en prendre le plus grand soin. Un seul échec pouvait la ruiner, ainsi que toutes les Roussel.

J'avais douze ans quand elle a commencé à me former pour de bon. Sa propre mère n'avait entrepris de l'instruire qu'un an plus tard. Quand je lui demandai pourquoi elle s'y prenait maintenant, elle répondit que cela ne pouvait pas attendre. Il fallait que je sois prête à temps. Je ne compris pas son explication sur le coup. Il me faudrait plusieurs années pour saisir ce qu'elle voulait dire. Cependant, j'obéis. Ainsi débuta mon apprentissage auprès de la Sorcière des robes.

Celui-ci reposait sur trois domaines. Le premier était la divination, un art sur lequel, d'après maman, toute sorcière digne de ce nom devait se concentrer en priorité. On le désigne par d'autres noms. Prédiction, mancie, voyance. Mais cela ne fait aucune différence. La magie est quelque chose de souple, de puissant, mais flexible, capable de s'adapter à toutes sortes de formes et d'usages. L'odorat. L'ouïe. La vue. Le toucher. Même le goût peut servir si la spécialiste est suffisamment formée. Les Roussel se fient au toucher : elles ont la capacité de lire l'histoire d'une personne – ses échos – du bout des doigts.

En matière de charmes – et de bonheur –, il n'existe aucun modèle qui s'appliquerait à toutes. Pour que la magie fonctionne, la sorcière des robes doit connaître l'histoire de sa cliente, découvrir qui elle est et comment elle vit, ce qui la fait vibrer. Pour être efficace, elle doit accéder à la vérité.

Je m'exerçais chaque jour après la fermeture de la boutique à l'aide d'objets trouvés ou achetés par maman à un stand d'articles d'occasion. Elle m'apprenait à faire silence en moi, le regard dans le vague, en respirant lentement – très lentement – jusqu'à ce que le monde disparaisse autour de moi et que des images se dessinent à la surface de ma conscience. Des histoires d'amour, des décès, des naissances, des accidents et des maladies défilaient devant mes yeux, comme si je tournais les pages d'un album de photographies. Ensuite, maman m'interrogeait afin de vérifier si mes lectures correspondaient aux siennes.

Au début, je me débrouillais terriblement mal, submergée par la quantité d'images qui m'apparaissaient. J'étais encore jeune, si bien qu'avoir accès aux détails intimes de la vie d'une inconnue me mettait mal à l'aise. J'avais l'impression de l'espionner à travers les persiennes de sa chambre ou de lire son journal intime. Maman levait les yeux au ciel.

« Les échos ne mentent pas, me rappelait-elle. Ils constituent la mémoire d'une personne, dépourvue de fantaisie et d'illusions. Tu as accès à la vérité crue et sans fard, et c'est cette vérité qui est le fondement de tout le reste. »

Ce qu'elle appelait « tout le reste », c'était la composition d'un charme.

La sorcière des robes avait la tâche d'en créer un pour chaque future mariée, en choisissant soigneusement ses mots pour composer des vers censés éliminer des obstacles précis et garantir une issue heureuse. L'écriture d'un charme d'attachement est considérée comme un travail sacré auquel on doit s'atteler avec zèle. Jamais de manière précipitée, ni dans l'intention de faire plier la volonté de quelqu'un. Les amoureux doivent s'unir de plein gré et croire sincèrement au pouvoir du charme d'attachement. La foi est la pierre angulaire de n'importe quelle magie. Sans elle, même le charme le plus puissant ne produira aucun effet.

Une fois que le charme est conçu, on le coud dans la robe en l'intégrant discrètement à la couture la plus proche du cœur de la mariée. Les mots ont au préalable imprégné un fil de soie blanc dont les points sont presque invisibles à l'œil nu, ce qui permet d'éviter toute imitation ou appropriation frauduleuse. Un charme d'attachement fait appel à une magie puissante, de sorte que, laissé entre des mains négligentes, il risquerait de causer un préjudice difficile, sinon impossible, à réparer. Cependant, un charme cousu avec prévenance par des mains expertes assure à la fois protection et bonheur. Lorsque les amoureux échangent leurs vœux le jour du mariage, leur union se trouve ainsi, pourrait-on dire, enchantée.

Cette partie de mon apprentissage a été pénible. J'étais impatiente, ce qui me rendait maladroite, peut-être parce que je trouvais ce travail terriblement ennuyeux. J'avais hâte de confectionner des robes, belles et chatoyantes, comme celles que je voyais sur les pages du journal *Les Joies de la mode*. Mais maman refusa de me confier des tâches plus complexes qu'épingler un ourlet ou tracer un patron jusqu'à ce que je maîtrise la composition des charmes.

Je la trouvais affreusement injuste. À quinze ans, j'étais déjà une couturière aussi douée qu'elle, peut-être même plus, et je possédais un carnet de croquis rempli de modèles qui ne demandaient qu'à être réalisés. De volumineuses jupes de princesse, des tailles cintrées, des corsages incrustés de perles, et de larges nœuds de satin faits de rubans si longs qu'ils effleuraient le sol. Ces robes étaient conçues pour mettre en valeur la silhouette des femmes, en laissant apercevoir une épaule, la courbure d'un dos ou l'arrondi d'une poitrine.

Maman les détestait toutes. Elle les jugeait trop fantaisistes, vulgaires et tout juste bonnes pour la scène. Ses critiques me blessaient davantage que je ne le montrais. Un jour, après une nouvelle sévère remarque, je l'informai cependant que ses modèles informes étaient tout à fait démodés. Bientôt, plus une seule femme – pas même celles qui avaient vraiment besoin de notre aide – n'accepterait de se marier dans une robe qui semblait avoir été fabriquée avec la nappe du dimanche, rétorquai-je d'un air renfrogné. Du moins certainement pas au prix où nous les vendions.

Comme je m'y attendais, elle me fit remarquer que nos clientes ne nous payaient pas pour leur proposer une robe à la mode, mais pour pouvoir se marier en toute tranquillité. Toutefois, l'idée que ces jeunes femmes soient obligées de choisir entre mode et magie m'agaçait. Pour quelle raison ne pouvaient-elles prétendre aux deux ? Si elle me laissait fabriquer quelques-unes de mes robes et les exposer dans la boutique, maman verrait bien que j'avais raison. Elle se montra cependant inflexible. Par conséquent, je commençai à coudre en secret, travaillant chaque soir une fois qu'elle avait éteint sa lampe de chevet, en rêvant du jour où des femmes marcheraient jusqu'à l'autel vêtues de robes à mon nom.

Aujourd'hui, des années plus tard et de l'autre côté de l'océan Atlantique, ces souvenirs sont encore vifs et douloureux, mais après mon départ de Paris et tout ce qui s'est passé par la suite, j'ai réussi à remonter la pente grâce à mon travail. Daniel a raison. Malgré tout, j'ai réussi à me faire un nom dans cette ville et à perpétuer l'héritage des Roussel d'une façon qui aurait rendu maman fière, je l'espère. Grâce à ma boutique, j'ai trouvé mon équilibre. Et je me suis trouvée. La vendre reviendrait à tourner la page du passé – à clore un long chapitre de ma vie –, mais même si elle est fermée depuis des années, je ne sais pas si je suis prête à le faire.

5

Soline

Les femmes doivent garder leur libre arbitre.
Il n'est pas question pour nous de leur imposer
nos croyances, ni d'essayer de les convaincre
du bien-fondé de nos pratiques. Nous ne cherchons pas
celles qui pourraient avoir besoin de notre aide.
C'est à elles de solliciter notre intervention.

Esmée Roussel, *La Sorcière des robes*

Boston, le 31 mai 1985

Cette fois, Daniel a attendu que j'aie pris mon petit déjeuner pour m'appeler. J'envisage un instant de laisser le téléphone sonner, mais c'est évidemment inutile. Si je ne décroche pas, il frappera bientôt à ma porte avec une boîte de mes truffes préférées sous le bras. Après toutes ces années, il sait comment m'amadouer.

Je prends le temps de me servir une deuxième tasse de café en comptant le nombre de sonneries. Sept. Huit. Neuf. J'ignore encore ce que je vais lui répondre. Je me suis abstenue d'y réfléchir après son premier appel. Mais je n'ai plus le choix à présent, parce qu'il sait que je suis chez moi – où pourrais-je être, autrement ? – et qu'il n'abandonnera pas.

— Tu commences à me casser les pieds, dis-je en décrochant enfin.

— Tu n'as pas pensé que ça pouvait être quelqu'un d'autre ?

Je perçois un sourire dans sa voix, ainsi qu'une pointe d'agacement parce que je l'ai fait attendre.

— Qui d'autre pourrait bien m'appeler ?

— Pas faux. As-tu réfléchi à ce que tu veux faire ?

Je bois une gorgée de mon fort café noir et l'avale en grimaçant. Ce que je veux faire, c'est remonter le temps, revenir à l'époque où j'avais encore des rêves, avant que mon cœur ne se glace.

— Non. Je n'en ai pas eu le temps.

— J'en sais un peu plus que la dernière fois. L'agent immobilier m'a rappelé hier. Sa cliente cherche un local pour y ouvrir une galerie. Elle est plus disposée à le louer qu'à l'acheter, ce qui signifie que la boutique t'appartiendra toujours, finalement. Tu ne feras que la partager avec elle. Et pour une bonne cause.

Je lâche un soupir.

— Il y a des propriétés à louer partout dans cette ville. Pourquoi faut-il que ce soit la mienne ?

— L'agent n'a pas voulu me révéler son identité, mais d'après lui, sa cliente a l'intention d'exposer de jeunes artistes prometteurs. Elle a même déjà trouvé un nom à sa galerie : *Du jamais-vu.*

Je répète ces mots dans ma tête. Astucieux. Intrigant. C'est l'idée d'une femme, évidemment.

— Tu aurais dû lui répondre que ma boutique n'était pas à louer la première fois qu'il t'a appelé, réponds-je sèchement, fâchée que la vie semble déterminée à me faire revisiter le passé, alors que je veux simplement qu'on me laisse tranquille.

— Je ne suis pas ton chien de garde, mais ton avocat, dit Daniel du ton qu'il me réserve quand je deviens exaspérante. Mon travail est de te conseiller judicieusement lorsqu'une affaire sérieuse se présente. Et celle-ci l'est sans conteste. L'agent et sa cliente sont au courant qu'il y a eu un incendie et que les réparations n'ont jamais été achevées. Gleason affirme qu'elle s'en moque. Tous deux cherchent apparemment un local depuis presque un an, et rien de ce qu'il lui a fait visiter ne lui a plu. Elle avait fini par laisser son projet de côté. Puis elle a repéré ta propriété et a su que c'était l'endroit qu'il lui fallait. Ce sont ses propres termes. Elle a confié à son agent que c'était comme si cette maison l'attendait.

Comme si elle l'attendait...

Ces mots semblent vibrer dans ma poitrine, tel un diapason qui résonne quand on le frappe.

— Elle pense que la maison – ma maison – l'attendait ?

— C'est en effet ce qu'elle a dit. Tu sais bien comment sont les gens qui se prennent pour des artistes.

— Je te rappelle que j'en suis une.

— Tout à fait. Dans ce cas, peut-être que cette future galeriste et toi êtes des âmes sœurs. Est-ce que j'organise un rendez-vous ?

— Ce n'est pas ce que je voulais dire.

— Je sais, mais cette femme a peut-être raison. Et si ta maison l'attendait vraiment ? Et si c'était la personne que tu attendais toi-même ? Elle a seulement l'intention de la louer. En plus, ta maison servirait une noble cause. Celle de l'art.

— Arrête de me baratiner, Daniel. Je ne suis plus une enfant.

Mon ami a la bonne idée de ne pas répliquer. En vérité, je peux avoir une attitude assez puérile parfois. Il m'arrive de bouder et d'être têtue comme une mule. Et c'est vrai, de me braquer. Je suppose que c'est ce qui arrive quand la vie vous refuse tout ce que vous avez toujours voulu. Mais aujourd'hui, c'est moi qui refuse à cette femme ce qu'elle veut. Et cette femme a un rêve. Elle croit en l'art et au potentiel des artistes. Ai-je vraiment envie de ruiner ses espoirs ?

— Soline ?

— Propose-leur un rendez-vous.

Daniel semble rester un instant sans voix.

— Quel jour ?

— Je te laisse choisir. Je n'y serai pas.

— Tu ne veux pas rencontrer cette mystérieuse femme ?

— Non.

Je suis moi-même surprise par la spontanéité de ma réponse. Je n'ai jamais été vraiment intéressée par l'aspect commercial des choses. C'est pour cette raison que j'emploie un avocat. Daniel conduira les négociations et finalisera l'accord, si tant est qu'ils en trouvent un, puis il m'enverra les documents nécessaires par coursier. Cela me paraît supportable, tant que je ne suis pas obligée d'assister aux rendez-vous et de faire semblant, le sourire aux lèvres, de ne pas me remémorer le lent effilochage de ma vie. Parce que j'y pense en permanence.

Comment oublier le jour où j'ai appris l'arrivée des nazis ? Je me rappelle où j'étais et ce que je portais. Je me souviens de ce que maman portait également et de ce qu'elle a prédit. Et je me rappelle avoir refusé d'y croire un seul instant. Elle se trompait forcément. Mais maman savait de quoi elle parlait. Elle a immédiatement commencé à faire provision de tout ce qui risquait de nous, enfin, de me manquer. Puis, le jour de mon seizième anniversaire, elle a décidé qu'il était temps de me préparer à ce qui m'attendait.

6

Soline

Un crucifix autour du cou et un charme dans ta poche peuvent éloigner les chasseurs de sorcières, mais ils n'ont aucun pouvoir contre les nazis.

Esmée Roussel, *La Sorcière des robes*

Paris, le 17 septembre 1939

L'heure de la fermeture approche. Je suis occupée à ranger l'atelier tout en me plaignant que les rouleaux de tissu commencent à s'amonceler dans les coins, lorsque la machine à coudre de maman se tait.

— Il viendra un temps où il nous faudra davantage que de la farine et du sucre pour survivre, déclare-t-elle gravement.

Ma mère n'a jamais eu le moindre penchant pour la dramatisation. C'est une femme qui mène une vie prudente et sans excès, et qui n'a aucun goût pour l'exagération. C'est la raison pour laquelle cette prédiction alarmiste, prononcée de façon si spontanée, me prend de court.

Je la regarde sans comprendre.

— Qu'est-ce que ces rouleaux de tissu ont à voir avec de la farine ?

Elle tend un bras et éteint la radio, puis joint les mains sur ses cuisses.

— Il est temps que je t'explique certaines choses, Soline, et je veux que tu m'écoutes attentivement.

Ces mots suffisent à m'alerter. Maman parle peu, à moins qu'elle ne souhaite attirer mon attention sur un ourlet irrégulier ou un patron mal découpé. Mais tout change depuis le début de la guerre. Mon estomac se noue au moment où mon regard croise ses yeux aussi foncés que les miens. Ses cils noirs sont soudain brillants de larmes.

Elle désigne la chaise libre à côté de sa table de travail.

— Assieds-toi et écoute-moi.

Ses larmes, si rares, me terrifient.

— Que se passe-t-il ?

— La vie va bientôt changer. Nous sommes à l'aube d'une période sombre qui nous mettra tous à l'épreuve. Le vent a déjà commencé à tourner.

Elle triture le crucifix en or qu'elle porte désormais chaque jour. Il s'agit d'une nouvelle habitude, comme ces perles grenat qu'elle conserve dans la poche de son tablier et qu'elle égrène distraitement dans les rares moments où ses mains sont inoccupées.

Oui, maman porte un rosaire. Ainsi qu'un crucifix. Il n'est pas inhabituel pour notre communauté de pratiquer un mélange de catholicisme et de magie des esprits. Maman ne va pas à la messe, ni ne se confesse, mais il lui arrive de se rendre à l'église pour y allumer un cierge – une sorte de protection contre la malchance.

C'est peut-être lié aux débuts du christianisme, cette époque où nos jours de fête ont été intégrés au calendrier chrétien dans le but d'amener les femmes comme nous à embrasser la seule foi jugée authentique. Ou il s'agit peut-être du vestige d'une période plus sombre où toute personne non catholique était envoyée au bûcher. Quoi qu'il en soit, nombre de personnes ayant un don aujourd'hui en France continuent à vouer un culte à la fois aux saints et aux esprits. Surtout les femmes.

La gent féminine a toujours été jugée gênante par les hommes au pouvoir, car nous voyons, nous savons des choses. Et maman sait justement quelque chose. J'attends donc en silence qu'elle parle.

— Ce sont à nouveau les Allemands, lâche-t-elle durement. Cette fois guidés par un fou à l'âme terriblement sombre. Il prendra tout. Et ce qu'il ne parviendra pas à prendre, il le détruira.

Elle se tait un instant et pose une main sur mon bras.

— Tu dois te préparer, Lili.

Ma mère me touche rarement. Et ne m'appelle jamais Lili. C'était un des surnoms que me donnait ma tante Lilou et qui l'agaçait toujours. Ce témoignage de tendresse inattendu me donne des frissons.

— Comment le sais-tu ?

— J'ai déjà vécu cette situation. Il n'y a pas si longtemps. Et voilà que ça recommence.

Elle serre les paupières comme si elle essayait de repousser certaines images de son esprit.

— Cette guerre ne sera pas une mince affaire. Le monde sombrera dans une barbarie comme il n'en a encore jamais vécu. C'est pour cette raison qu'il ne va pas la voir venir.

Elle relève la tête et me fixe du regard.

— Il faudra que tu sois forte, ma fille. Et prudente.

Elle pâlit brusquement, tandis que ses yeux foncés et perçants me forcent à la regarder. Comment ai-je pu ne pas remarquer la nouvelle dureté de ses traits, la finesse de ses lèvres autrefois pleines ? Elle a peur. Je ne l'avais encore jamais vue dans cet état.

Je sens qu'elle me cache quelque chose, quelque chose qui l'effraie plus encore que l'imminence de la guerre. Soudain, j'ai peur à mon tour.

— Mais quand, maman ?

— Dans un an, peut-être plus. Mais j'ai commencé à nous y préparer. Je fais des réserves en prévision de ce qui s'annonce. Il va devenir de plus en plus difficile de s'approvisionner. La nourriture, les vêtements, même les chaussures vont manquer. L'argent n'aura plus aucune utilité, car il ne restera rien, ni personne à qui acheter. C'est pour cette raison que l'atelier est plein à craquer. Tout comme le garde-manger en bas. Je tiens à ce que tu possèdes tout ce qu'il te faudra quand le moment viendra. Tout ce que tu pourras troquer.

Ses mains remontent vers son crucifix.

— J'ai peur pour toi, murmure-t-elle.

Ces mots planent entre nous. Lourds de sens.

— Seulement pour moi ?

Son regard reste fixe. Pour la première fois, d'aussi loin que je me souvienne, elle ne contient plus ses émotions. J'y lis de la peur. Du chagrin. Et des excuses silencieuses. Soudain, je comprends ce qu'elle ne me dit pas et pourquoi je n'ai rien voulu voir jusqu'à présent. Ses joues creuses, ses yeux cernés et la toux que j'entends parfois. Maman est malade et ne sera bientôt plus de ce monde.

7

Soline

Il existe une sorcière des robes, gardienne de notre secret et passeuse de notre savoir, depuis plus de deux cents ans. Bien qu'on nous enseigne à l'exploiter, notre don est héréditaire, et le titre de Sorcière des robes se transmet de génération en génération. Quand la mère renonce aux travaux d'aiguille, sa fille prend la relève. C'est ainsi que fonctionne l'Œuvre.

Esmée Roussel, *La Sorcière des robes*

Paris, le 17 janvier 1940

Pour le moment, tout paraît calme. Les terrasses des cafés sont toujours bondées, et les bruits de conversations des artistes et des philosophes vidant tasse après tasse de café noir continuent à emplir leurs salles. Les cuisiniers cuisinent, le vin coule à flots, les cinémas sont toujours pleins et la mode reste le principal passe-temps des Parisiennes. Plus important encore – du moins pour les Roussel –, les amoureux continuent à se marier.

D'après maman, cela s'explique par le fait que les troupes d'Hitler envahissent l'Europe au rythme d'une invasion de criquets. La perspective de l'arrivée de ces soldats dans nos rues rend tout le monde nerveux, et les jeunes fiancés veulent à tout prix se marier avant que n'arrive le pire.

Désormais, nous avons vent de nouvelles atrocités chaque jour. Une femme qui a quitté Berlin avec ses parents âgés a raconté à maman la rafle de plusieurs dizaines de Juifs qui a eu lieu une nuit dans son quartier. Leurs synagogues ont été brûlées, leurs commerces détruits et tous ces gens ont ensuite été envoyés dans des camps. Dans les rues où ils habitaient et travaillaient, le sol était couvert de bris de verre. Nous avions évidemment entendu parler de la *Kristallnacht* – la « nuit de Cristal » – à la radio, mais pas aussi précisément.

Ce matin, on apprend que des mères mettent leurs enfants dans des trains en les confiant à des inconnus afin de les sauver. Maman sanglote doucement depuis des heures. Son état se détériore rapidement à présent. Les os fins de son visage commencent à devenir visibles sous sa peau, et sa toux s'aggrave de jour en jour. Elle refuse de consulter un médecin et m'assure avec un calme inquiétant que cela ne fera aucune différence. Désormais, nous nous exprimons sans détour. Elle est mourante, et je ne peux rien faire pour l'aider.

Lorsqu'elle éteint la radio et se cale contre ses oreillers, je lève les yeux vers elle.

— Combien de temps nous reste-t-il avant qu'ils n'arrivent à Paris ?

Elle se tourne pour tousser dans un mouchoir, puis me regarde, pâle et épuisée par cette nouvelle quinte.

— Ils se rapprochent chaque jour. Ils ne s'arrêteront pas tant qu'ils n'auront pas le contrôle de tout le pays.

Sa réponse ne me surprend pas. C'est ce qu'on explique aussi sur Radio Londres.

— Ils ont déjà envahi la moitié de l'Europe. Pourquoi leur faut-il également Paris ?

— Ils veulent purger tout le continent – le « purifier ». Beaucoup de gens vont mourir. Et ceux qui survivront perdront tout ce qu'ils possèdent.

Je hoche la tête, car il ne fait plus aucun doute qu'elle a raison. Chaque jour apporte son lot d'horreurs. Descentes et rafles. Trains qui sillonnent l'Europe chargés de prisonniers à destination des camps. Des prisonniers juifs. Roms. Communistes.

— Plus personne ne sera donc en sécurité ?

— Non, à part ceux qui fermeront les yeux et accepteront de collaborer avec les Allemands. Certains même en tireront profit. Ils tueront tous les autres, abattant quiconque se mettra en travers de leur chemin. Et je ne serai plus là. Il n'y aura plus personne pour te protéger.

J'ai envie de lui dire qu'elle se trompe, qu'elle guérira et que tout ira bien, mais elle et moi savons que c'est faux. Je garde donc le silence.

— J'ai reçu une lettre de Lilou, annonce-t-elle brusquement.

Cette nouvelle me laisse sans voix. Maman n'a jamais pardonné à sa sœur d'être tombée amoureuse d'un Anglais et de s'être enfuie de la maison pour l'épouser. Riche et bel homme, il possédait un appartement à Londres et une maison à la campagne où il élevait des chevaux et des moutons. Je trouvais leur histoire terriblement romantique, au contraire de maman qui n'avait fait preuve d'aucune compassion le jour où une lettre nous avait informées de la mort du mari de Lilou. Elle l'avait déchirée en morceaux et jetée au feu en grommelant que c'était inévitable et qu'elle l'avait bien mérité puisqu'elle nous avait abandonnées. Plus d'une décennie plus tard, une nouvelle lettre était apparemment arrivée.

— Je ne savais pas que vous correspondiez.

— Tout change en temps de guerre, réplique-t-elle sévèrement. Et nous avions des choses à nous dire.

— Tu lui as appris que tu étais malade ?

— Elle pense que tu devrais la rejoindre.

Je la dévisage.

— À Londres ?

— C'est encore possible. Mais plus pour longtemps.

Elle me surprend en prenant ma main dans la sienne. Ses articulations blanchissent lorsqu'elle la serre.

— Je veux que tu partes, Soline. Je veux que tu vives en sécurité. Et ce ne sera bientôt plus possible à Paris. Pour personne. Tu dois partir. Dès demain.

— Sans toi ?

Elle bat des paupières et ferme les yeux.

— Oui, ma fille. Sans moi.

— Mais comment…

Elle m'interrompt en secouant la tête.

— Tu ne peux pas rester, Soline. J'étais stupide de croire que tu serais à l'abri grâce à ce garde-manger rempli de café et de sucre. Ce ne sera pas le cas. Rien ne te protégera s'ils décident de venir te chercher.

L'angoisse que je lis dans son regard est si vive que je sens les poils de ma nuque se dresser. Je plisse les yeux, certaine qu'elle sait quelque chose que j'ignore.

— Pour quelle raison viendraient-ils me chercher, maman ?

Un mélange de fièvre et de peur fait briller ses yeux.

— Tu n'as donc pas compris ? Ils n'ont pas besoin de raison ! Ou alors ils en trouveront une. Les gens parviennent toujours à justifier leur haine – et à fournir aux autres une excuse pour se soumettre. Ils vous font dire ce que vous n'avez pas dit, propagent ces mots comme des virus autour d'eux, puis observent leurs effets. De nombreux Parisiens – des gens que nous connaissons – seront eux-mêmes contaminés par ces mensonges. Et quand l'épidémie se répandra, ils pointeront n'importe qui du doigt dans l'espoir d'y échapper. Je t'en supplie, pars rejoindre Lilou.

— Comment peux-tu me demander ça ?

Cette réponse est plus sèche que je ne le voulais, mais maman me demande l'impossible. Nous n'avons jamais été proches – contrairement à la plupart des mères et leurs filles –, mais c'est ma mère. Je ne peux pas l'abandonner.

— Tu es si faible que tu ne peux plus descendre l'escalier, et tu parviens tout juste à te nourrir. Si je pars, il n'y aura plus personne pour s'occuper de toi.

— Il le faut, Soline. Tu n'as pas le choix. Prépare tes bagages.

— Et l'Œuvre alors ? Quelqu'un doit rester ici pour l'accomplir.

Elle laisse échapper un soupir, manifestement lasse d'argumenter.

— Il n'y aura plus de travail, Soline. Il n'y aura plus de jeunes mariées, car il ne restera plus d'hommes à épouser. Ils seront partis. Tous.

J'en ai le souffle coupé. Je sais que c'est ce qui s'est passé après la dernière guerre : il n'y avait plus assez d'hommes en âge de se marier, car ils étaient partis au combat et n'étaient jamais rentrés. Mais je n'avais pas imaginé que cela puisse se produire à nouveau. Elle a raison, bien sûr. Le nombre de commandes a déjà fortement chuté, et cela ne va faire qu'empirer. Que deviendrai-je ensuite ? Peu importe, je ne peux pas faire ce qu'elle me demande.

— Je ne te laisserai pas seule ici.

— Petite idiote !

Ses yeux brillent de colère lorsqu'elle m'attrape par le poignet.

— Tu crois que ta présence changera quelque chose quand mon heure sera venue ? Que tu te trouveras un moyen d'empêcher ce qui m'arrive ? C'est impossible. Il n'y a aucune magie contre ma maladie. Ni contre ce qui attend ce pays. Tu n'as aucun avenir ici.

Je me détourne d'elle, blessée par sa franchise. Nos rapports ont toujours été délicats, une alternance de trêves glaciales et de silences susceptibles. Sa réprobation pesait en permanence sur moi, car je lui rappelais ses erreurs de jeunesse.

J'ai eu un père jadis, un homme parvenu au moins une fois à ses fins avec Esmée Roussel. Je ne connais pas son nom. Je sais seulement qu'il étudiait la musique à Paris et qu'il est parti sans l'épouser. Maman ne m'a jamais parlé de lui, et Lilou restait étrangement silencieuse sur ce sujet, malgré ma curiosité. Il est ainsi resté un anonyme, une erreur de jugement dont le prix à payer fut une petite fille.

Lilou m'a raconté un jour que maman était une des plus belles filles de Paris, grâce au sang rom qui coulait dans nos veines. D'après elle, c'était ce qui donnait aux femmes Roussel ce physique de Gitanes – ainsi que nos pouvoirs magiques –, et maman avait largement reçu sa part des deux. C'est peut-être vrai. Peut-être que maman était belle autrefois, mais l'amertume l'a endurcie, et je me suis juré de tout faire pour que cela ne m'arrive jamais. Il m'arrive pourtant de la voir quand je me regarde dans le miroir, cette femme que je risque de devenir si je n'y prends pas garde : froide, nerveuse et terriblement solitaire. Mais Lilou apparaît parfois aussi ; elle me regarde et me demande ce que je compte faire de ma vie.

Lilou qui se coupait les cheveux, se maquillait les lèvres et m'appelait « ma pêche ». Qui, écoutant son cœur, a épousé son Anglais et quitté Paris pour ne plus y revenir. Elle n'aurait pas pu être plus différente de maman, et je l'adorais. Elle n'aimait pas beaucoup obéir aux règles, refusait l'idée de mourir avec des regrets et ne croyait pas au péché – une ruse, selon elle, pour obliger les femmes à s'excuser d'avoir des envies. Comme je rêvais de lui ressembler quand j'étais enfant, de regarder le monde dans les yeux et de défier ses injonctions, de poursuivre mes rêves à mon tour et de réaliser tous mes souhaits ! Peut-être tenterai-je ma chance un jour – mais pas tant que maman aura besoin de moi.

8

Rory

Boston, le 16 juin 1985

Rory pénétra dans la maison obscure en retenant son souffle. Il faudrait attendre jusqu'au lendemain pour que l'électricité fonctionne, mais depuis la veille au soir, cet endroit était à elle – du moins jusqu'à la fin du bail.

Elle n'avait pas beaucoup de temps devant elle. Sa mère l'attendait pour le brunch à 11 heures, mais elle avait été trop impatiente de se servir du trousseau de clés neuves que Daniel Ballantine lui avait remis la veille pour remettre sa visite à plus tard. C'était si bon de s'imprégner de l'atmosphère des lieux et de savourer enfin l'instant présent.

Le faisceau de lumière terne qui filtrait à travers la vitrine sale créait une ambiance trouble presque sous-marine. Rory déambula dans la pièce principale en plissant les yeux pour mieux voir à travers la pénombre. Dans son état actuel, ce local était loin de posséder le même charme qu'à l'époque où il abritait une des boutiques de robes de mariée les plus sélects de Boston, dont la propriétaire était une couturière parisienne connue pour son goût exquis et son style avant-gardiste.

Si Rory avait éprouvé une hésitation, ce qui n'était pas le cas, le passé de cette maison l'aurait convaincue de sauter le pas. Et dire qu'autrefois, on créait dans ces pièces de splendides robes de taffetas, d'organza et de satin crème. Cela ressemblait fort à un signe du destin : n'était-ce pas la fameuse vague qu'elle attendait pour se jeter à l'eau ? Peut-être était-ce pour cette raison que Soline Roussel n'avait pas vendu le bâtiment après l'incendie : cette maison lui était en fait destinée à elle – et à sa galerie.

Une fois que la propriétaire s'était décidée, les choses s'étaient enchaînées assez rapidement. Après plusieurs échanges téléphoniques et une très brève visite des lieux, Rory avait fait une offre, attendu que l'avocat la rappelle, puis avait finalement appris que la maison était à elle. Les nerfs en pelote, elle avait encore dû patienter que les contrats soient rédigés. Ce qu'elle craignait par-dessus tout, c'était que la mystérieuse propriétaire change d'avis et mette fin à tout accord. Par chance, la suite s'était déroulée sans encombre – ou presque. Rory avait espéré rencontrer l'énigmatique Mme Roussel lors de la signature du bail, mais comme d'habitude, seul son avocat était présent.

Lorsque l'affaire avait été conclue, Rory lui avait demandé le numéro de téléphone de sa propriétaire, ou bien une adresse à laquelle elle pourrait lui envoyer un mot de remerciement. Cependant, il avait aussitôt rejeté son idée en lui expliquant que sa cliente était une personne extrêmement secrète et que c'était à lui de régler les questions administratives. Toute demande de renseignement devrait être adressée à son bureau.

Rory n'aurait sans doute plus besoin de lui. Elle était prête à commencer les travaux de rénovation. L'incendie avait surtout fait des dégâts au premier étage du bâtiment, où le feu avait pris, mais la fumée et l'eau avaient également endommagé le rez-de-chaussée. Le toit et les lucarnes, ainsi que les fenêtres de l'étage, avaient été remplacés peu après l'incendie, mais après que le rez-de-chaussée avait été vidé de ses débris, les travaux avaient été abandonnés, si bien que la grande salle était entièrement nue : il ne restait que ses murs en lattis et un plancher jonché de toiles de protection, d'outils abandonnés et de seaux de peinture débordant de déchets.

L'entrepreneur qu'elle avait embauché pour les travaux – un ami de Brett – estimait qu'il faudrait trois mois pour terminer la rénovation du rez-de-chaussée. Ensuite, Rory aurait besoin de plusieurs semaines pour meubler la salle et installer les œuvres. Si tout se passait comme prévu, l'inauguration de sa galerie aurait lieu en octobre. En novembre au plus tard.

Un frisson d'excitation la parcourut tandis qu'elle imaginait le résultat. Un sol noir brillant et un éclairage discret, des murs gris pâle couverts de tableaux magnifiquement encadrés. Des plinthes en laque noire. Des vitrines en Plexiglas. Des bancs judicieusement placés pour que les visiteurs aient envie de s'y asseoir pour discuter. Et plus tard, à l'étage, différentes salles où ceux-ci pourraient lire, assister à des conférences et peut-être même participer à un atelier de temps en temps.

Elle contempla l'escalier aux ferronneries Art déco et son poteau central en marbre noir. Comme tout le reste, il avait besoin d'un coup de neuf, mais par chance, personne n'avait eu l'idée de le détruire. De la paume, elle caressa le marbre frais puis la courbe presque sensuelle de la rampe en fer en visualisant l'escalier spectaculairement éclairé par le haut. Son ombre se dessinerait sur le mur de derrière, créant une ambiance très film noir.

L'espace d'un instant, elle envisagea de monter jeter un œil à l'étage, mais elle n'avait plus le temps. Elle n'était toutefois pas pressée d'annoncer à sa mère qu'elle ne comptait pas retourner sur les bancs de la fac à l'automne. Elle évitait la question depuis déjà plusieurs semaines, déterminée à passer sa décision sous silence jusqu'à ce que le bail soit signé. Mais l'heure était venue de l'assumer.

Rory se dit qu'elle repasserait après le brunch afin de nettoyer les vitres et de rassembler les détritus avant l'arrivée des ouvriers le lendemain. Cette idée lui donnerait le courage de rester quelques heures chez sa mère. La main sur la rampe de l'escalier, elle s'apprêtait à s'éloigner lorsqu'elle sentit, ou du moins crut sentir, quelque chose. Une subtile vibration qui parcourait ses doigts et remontait le long de son bras, semblable à celle d'un diapason à travers ses os. Plus étrange encore, un flash imprévisible, comme celui qui l'avait traversée dans la rue, fit défiler un curieux méli-mélo d'images sous ses paupières, tandis qu'elle fermait brièvement les yeux.

Elle retira brusquement la main de la rampe et frotta son bras nu. Une décharge électrique ? Mais comment ? Le courant était coupé depuis des années. Consciente de son imprudence, elle posa rapidement le bout des doigts sur le métal, comme pour tester la chaleur d'un fer à repasser ou de la plaque d'une cuisinière. Rien.

Avait-elle rêvé ? Elle était certaine que l'entrepreneur avait vérifié l'installation électrique pendant sa visite, et il n'avait pas mentionné le moindre problème. Elle lui demanderait tout de même une nouvelle inspection. Ce serait terrible si un court-circuit provoquait un nouvel incendie ou, pire, si quelqu'un s'électrocutait à son inauguration.

Son inauguration.

Ce simple mot fit naître des picotements d'excitation dans son ventre, tandis qu'elle récupérait son sac à main et avançait vers la porte. Car il lui faisait penser à Hux et à sa foi en sa vision. Toute la matinée, elle n'avait cessé d'entendre sa voix dans sa tête pendant qu'elle se brossait les dents, mélangeait la crème dans son café ou roulait vers la boutique. Elle l'entendit de nouveau en fermant la porte à clé derrière elle.

Les rêves sont comme les vagues, chérie. Il faut attendre la bonne, celle qui est faite pour toi. Et quand elle arrive, tu grimpes sur ta planche et tu surfes.

Sa mère se trouvait déjà sur la terrasse à son arrivée. Elle leva les yeux de son magazine *Town & Country* en entendant Rory approcher, puis haussa légèrement ses sourcils dessinés au crayon.

— Aurora. Tu es presque à l'heure.

Rory lui adressa un signe de tête à peine perceptible.

— Je peux repartir si tu préfères.

— Ce que je voulais dire, c'est que je n'ai pas encore sorti les plats, car je ne m'attendais pas à ce que tu arrives aussi tôt. Il y a une *strata* aux épinards et aux tomates au chaud dans le four. Et ces petits muffins à la courgette que tu aimes bien.

Elle posa son magazine et se leva.

— Ouvre donc la bouteille de Veuve Clicquot pendant que je vais chercher les plats.

Rory alla déboucher la bouteille de champagne en espérant que sa nouvelle passerait mieux après un verre ou deux. Elle avait répété son petit discours tout le long du trajet et finit par conclure que c'était sans importance. Quels que soient ses mots, sa mère réagirait mal à la nouvelle.

Quelques instants plus tard, Camilla revint avec un pichet de jus d'orange.

— Je crois que tout est là, asseyons-nous.

Rory sursauta en entendant sa voix et faillit renverser une des flûtes. Sa mère la dévisagea avec curiosité.

— Est-ce que ça va ? Tu sembles distraite.

— Non, tout va bien. Mangeons.

Un silence s'installa tandis qu'elles remplissaient leurs assiettes. Finalement, Camilla leva son verre.

— Trinquons à cette belle matinée ensoleillée !

Rory leva docilement le sien, l'esprit ailleurs. Elle sentit le regard inquisiteur de sa mère. Au bout d'un moment, celle-ci reposa son couteau.

— Tu es vraiment certaine que ça va, Aurora ? Tu ne parais pas dans ton état normal.

Rory prit son verre et but une gorgée.

— Je vais très bien. Au fait, les préparatifs de ton bal de fin d'année avancent comme tu veux ?

Camilla la regarda d'un air surpris.

— Eh bien, oui, puisque tu le demandes. Je crois qu'une soirée à la Gatsby me plairait assez. Tu sais, avec des costumes Années folles, un bon groupe de jazz. Plein de plumes et de sequins pour la décoration. Du noir, du doré et du crème. Le tout très élégant, évidemment.

— Bien entendu. Te déguiseras-tu en garçonne ?

Le rire de Camilla, léger et presque puéril, résonna sur la terrasse.

— Sûrement pas. Personne n'a envie de voir ça. Je voyais plutôt un costume à fines rayures et des guêtres, peut-être un feutre. Qu'en penses-tu ? Je pourrais me déguiser en gangster, et tu serais ma poule de luxe. Dans une robe pleine de franges avec un boa. Et des lèvres carmin à la Louise Brooks.

— Ce serait marrant. Mais tu pourrais quand même opter pour le look garçonne. Tu as vraiment les jambes qu'il faut.

Camilla leva les yeux au ciel.

— Ne sois pas ridicule. J'ai largement passé l'âge de montrer mes genoux.

Elle marqua une pause et se servit une cuillerée de baies rouge vif.

— Alors, dis-moi, as-tu réussi à organiser tes heures de cours pour cet automne ?

Et voilà. Le moment de vérité. Rory reprit son verre et le vida d'une traite.

— Pas tout à fait, non.

— Mais, chérie, tu m'avais promis de…

— Je ne retournerai pas à la fac cet automne.

Tant pis pour le tact.

— J'ai décidé de poursuivre plutôt mon projet de galerie.

Camilla baissa sa cuillère, et quelques baies roulèrent sur la nappe.

— Ton projet de galerie ? Mais je croyais que…

— Je sais. Moi aussi. Cependant, j'ai récemment découvert un bâtiment, une vieille maison au coin de Newbury et de Fairfield, et j'ai tout de suite su que c'était l'endroit que je cherchais.

Camilla laissa échapper un soupir.

— Aurora, nous en avons déjà parlé. Tu n'as aucune expérience dans le domaine des affaires. Et pas de véritable expérience dans le monde de l'art. Il faut que tu termines tes études avant de te lancer. Que tu consolides tes acquis pour pouvoir retomber sur tes pieds.

— En cas d'échec, tu veux dire.

— Eh bien, oui. Ne me regarde pas comme ça. As-tu idée du nombre de galeries qui ferment moins d'un an après leur ouverture ?

— Non, mais je suis certaine que tu vas m'éclairer.

— Je ne veux pas que tu fasses partie des statistiques, Aurora. Et c'est ce qui arrivera si tu t'entêtes.

Camilla secoua la tête d'un air perplexe.

— Tu n'as pas mentionné ton projet un seul instant la dernière fois que tu es venue. Et du jour au lendemain, tu décides d'arrêter tes études !

Rory leva le menton.

— Je n'ai pas besoin de ta permission.

Sa mère fut manifestement déconcertée, mais garda une voix calme.

— En effet. Tu as plus de dix-huit ans et tu disposes de ton propre argent. Ton père s'est au moins assuré de cela. Mais je te demande d'y aller plus doucement. Continue à te renseigner et termine tes études en attendant. Un master est un réel accomplissement, quelque chose qui te rendra fière, quoi que tu décides de faire par la suite. Et Paris ! Tu as toujours rêvé d'y aller. En plus, c'est le genre de référence qui fait de l'effet sur un CV. Qui sait ce que te réserve l'avenir ? Peut-être que tu finiras par ouvrir une galerie. Peut-être pas. Attends encore un peu, c'est tout ce que je te demande.

Rory serra les lèvres et déglutit.

— J'ai signé le bail hier soir.

Le visage de sa mère se figea.

— Oh, Aurora. Dis-moi que tu plaisantes.

— Je suis désolée, mais je ne veux pas retourner à la fac. Ni aller à Paris. Ce que je veux faire, c'est poursuivre mon rêve.

— Ton rêve.

Camilla secoua la tête avec mépris.

— Jusqu'à l'année dernière, je ne t'avais jamais entendu prononcer le mot galerie. C'est Matthew qui t'a mis cette idée dans la tête. Comme tu bénéficies d'une fiducie, il pense qu'un échec sera sans conséquence pour toi. Il ne connaît rien au monde de l'art, mais il t'a convaincue que cette idée absurde était géniale – une galerie pour des artistes dont personne n'a jamais entendu parler ! Tu avais abandonné ce projet. Si tu y penses à nouveau aujourd'hui, c'est parce que tu ne sais plus quoi faire de toi-même.

— C'est totalement faux. Et même si c'était la vérité, qu'est-ce que ça pourrait faire ? Pourquoi n'écouterais-je pas mes envies pour une fois ? Pourquoi faut-il toujours obtenir ton aval pour tout ?

— Il ne s'agit pas de moi, Aurora. Et ce n'est même pas ton idée, mais celle de Matthew. Tu essaies de prouver quelque chose à une personne qui n'est même pas là. Je sais que tu es malheureuse et effrayée, mais tu ignores tout de la gestion d'une galerie – et comment retomber sur tes pieds s'il y a un os. Alors que moi, je sais de quoi je parle. Tu n'es absolument pas prête à te lancer dans une telle entreprise, et si tu y réfléchissais une minute, tu réaliserais que j'ai raison.

Ces mots ébranlaient Rory davantage qu'elle n'était prête à l'admettre. Tout s'était enchaîné si vite, et sans véritable préparation. Et si sa mère avait raison ? Et si elle s'était jetée tête baissée dans ce projet parce que l'idée de ne plus jamais revoir Hux lui était devenue insupportable ?

— Tu n'y as pas suffisamment réfléchi, Aurora. Laisse-moi contacter Steven Mercer, afin qu'il passe un ou deux appels. Cette affaire risque de te coûter un petit quelque chose, comme c'est souvent le cas des décisions prises sur un coup de tête, mais cet homme saura faire annuler le contrat. Peu importe que tu aies déjà signé, il t'aidera à mettre fin à cette histoire.

Rory se raidit. L'assurance tranquille de sa mère la rendait folle de rage.

— Mais je ne veux pas y mettre fin.

Camilla se pencha en avant en agrippant les bords de la table.

— Et si tu ne parviens pas à gérer convenablement ta galerie ? Y as-tu pensé ? Ou bien as-tu l'intention de continuer à jeter ton argent par les fenêtres jusqu'à ce qu'il ne reste plus rien de la fortune de ton père ?

Rory s'affaissa sur sa chaise.

— Ta confiance en moi est impressionnante.

Le visage de Camilla s'adoucit.

— Mais bien sûr que j'ai confiance en toi, cela n'a rien à voir. Je veux simplement éviter que tu sois déçue, et j'ai bien peur que ce soit ce qui t'attend. Ce n'est pas rien d'ouvrir une galerie. Surtout quand on n'est pas prêt. Statistiquement…

— Oui, je sais. Tu me l'as déjà dit. Je te promets de déménager et de changer de nom si je fais faillite. Je ne te ferai pas honte. Qui sait, peut-être même que je finirai par te rendre fière.

L'espace d'un instant, Camilla parut sincèrement surprise.

— J'ai toujours été fière de toi, Aurora. Toujours.

Rory la regarda droit dans les yeux.

— C'est vrai ?

— Mais évidemment.

— Dans ce cas, réjouis-toi pour moi. Après les mois affreux que je viens de passer, il m'arrive enfin quelque chose de bien. Fête ce nouveau départ avec moi. Je t'en prie.

Camilla hocha froidement la tête, réticente à accepter sa défaite. Elle souleva la bouteille de champagne, remplit leurs verres puis, après y avoir ajouté une dose de jus d'orange, elle leva son mimosa.

— À ma fille – et à sa nouvelle galerie.

— Merci, dit Rory par-dessus le bord de son verre.

Le soutien de Camilla était loin de paraître enthousiaste, mais Rory ne s'attendait pas à ce que sa mère cède. Toutes deux étaient parvenues à une sorte de cessez-le-feu qui suffirait pour le moment. Leur relation était un cycle sans fin de volées de flèches et d'échanges de branches d'olivier.

— Je sais que tu as d'autres ambitions pour moi. Mais c'est vraiment ce que je souhaite faire de ma vie.

Le sourire de Camilla s'effaça.

— Tu as toujours été tellement plus courageuse que moi.

Quel aveu étrange. Il ne s'agissait pas d'une confession – sa mère n'adhérait pas à ce principe –, mais plutôt d'un compliment inattendu.

— Cela n'a rien à voir avec du courage, tu peux me croire. En fait, j'ai une peur bleue que tes prédictions se réalisent. Je ne suis peut-être pas prête. Il est possible que je me lance dans ce projet pour de mauvaises raisons. Mais l'ouverture de cette galerie est la première chose qui m'importe depuis des mois. Oui, tout s'est passé très vite. Et en effet, je prends un risque énorme, mais j'ai enfin une raison de me lever le matin. Je t'assure que ça devenait de plus en plus difficile ces derniers temps.

Rory marqua une pause et réalisa pour la première fois combien ces mots sonnaient juste.

— Ce n'est pas un caprice. J'ai besoin d'ouvrir cette galerie.

— Dans ce cas, je suppose que tu ferais mieux de me parler de cette maison. J'ai bien peur que la *strata* soit froide à présent. Dois-je la réchauffer quelques minutes ?

— Non, ça ira. Mangeons.

Camilla se servit une portion, puis tendit la main vers l'assiette de Rory.

— Je crois qu'elle est à peu près chaude. Le fromage est encore fondu. Bon, parle-moi de cette maison. Où est-elle ? À quoi ressemble-t-elle ?

— Elle se trouve juste à l'angle de Newbury, à côté de *DeLuca's*. C'est un bâtiment en brique rouge avec une jolie tourelle et une grande fenêtre en saillie. Elle va avoir besoin de quelques travaux, cependant. Elle a été ravagée par un incendie il y a quelques années, et les réparations n'ont jamais été terminées.

— Elle est inoccupée depuis tout ce temps ?

— Oui. La propriétaire a décidé de ne pas rouvrir sa boutique après l'incendie, mais elle a gardé le bâtiment. D'après l'entrepreneur que j'ai embauché, je peux programmer l'ouverture pour cet automne. Nous allons d'abord nous attaquer au rez-de-chaussée, puis nous nous occuperons des étages après l'inauguration. Oh, si tu voyais l'escalier ! Il est en marbre noir et fer forgé. Spectaculaire. J'envisage des tons gris clair et nacre, un éclairage tamisé, et un sol noir et brillant.

Camilla leva les yeux de son assiette.

— Je vois que tu y as déjà bien réfléchi.

— J'ai toujours su quelle ambiance je souhaitais créer. Un décor épuré. Monochrome. À la minute où j'ai vu cette maison, j'ai su que c'était l'endroit idéal. Une sorte d'intuition.

Camilla arqua un sourcil en déposant une cuillerée de fraises dans son assiette.

— C'est-à-dire ?

— Je ne sais pas. Curieusement, on aurait dit que cet endroit était fait pour moi. J'ai dû passer devant cette maison des centaines de fois avant de la remarquer. Il y a quelques semaines, alors que je rentrais d'un rendez-vous avec Lisette, elle s'est comme présentée à moi. Je te jure que c'était magique.

— Qu'est-ce que c'était avant ?

— Une boutique de robes de mariée. La propriétaire s'appelle Soline Roussel. J'espérais la rencontrer à la signature du bail, mais elle n'est pas venue. Selon son avocat, elle ne sort plus beaucoup.

Les sourcils froncés, Camilla parut fouiller dans ses souvenirs.

— Je crois que je la connais.

— Tu connais Soline Roussel ?

— Enfin, je veux dire que j'ai entendu parler d'elle. Personne n'ignorait qui elle était quand j'étais jeune. Elle venait de Paris, d'après ce qu'elle racontait. Je ne me rappelle plus le nom de sa boutique – elle portait un nom français –, mais ses clientes n'étaient pas n'importe qui. Soline Roussel était célèbre pour ses nœuds.

— Comment ça ?

— C'était sa marque de fabrique, si on veut. Le nœud Roussel. Toutes ses robes en possédaient un. À la taille, aux épaules ou au niveau de la tournure. Cette femme était très populaire grâce à son accent, son élégante petite boutique et ses fameuses robes porte-bonheur.

Rory leva les yeux, intriguée.

— Porte-bonheur ?

— D'après une rumeur absurde, ses robes garantissaient le bonheur aux jeunes mariés. Soline Roussel les cousait toutes à la main et confectionnait un charme sur mesure pour chacune de ses clientes. Une excellente idée marketing, si tu veux mon avis. Il faut dire que la plupart des jeunes fiancées sont prêtes à croire à n'importe quelle promesse. Si tu affirmes que c'est une tradition française, elles te mangent dans la main. Soline Roussel a fait son trou ainsi. Mes amies étaient toutes folles de ses robes.

— Pas toi ?

Camilla haussa les épaules.

— Ce que je désirais était sans importance. Aucune boutique locale n'était en mesure de me proposer la robe qu'il fallait.

— Pourquoi ?

— J'étais une Lowell, chérie. À part une véritable robe parisienne, rien n'était assez bien pour une Lowell. Nous sommes donc partis à Paris afin de nous rendre à la maison Dior. Nous avons quitté Boston avec deux malles et sommes rentrés avec sept.

— Dior, souffla Rory.

Bien qu'elle ne se soit jamais intéressée à la mode, elle savait parfaitement combien une robe de mariée Dior en imposait.

— Si seulement vos photos de mariage n'avaient pas été détruites. Tu devais être magnifique.

Camilla esquissa une moue méprisante.

— Eh bien, c'était une robe blanche, française, et elle était si serrée que j'ai bien failli m'évanouir avant d'atteindre l'autel. Mais elle a fait l'affaire.

Elle a fait l'affaire.

Voilà qui résumait bien les sentiments de Camilla à l'égard de l'institution sacrée du mariage. C'était également le signe qu'il était temps de ramener la conversation sur un terrain moins miné.

— Que sais-tu d'autre sur Soline Roussel ?

— Pas grand-chose. Pourquoi ?

— Eh bien, cette histoire n'est pas banale. Des robes de mariée enchantées pour des mariages heureux. Et puis sa boutique détruite par un incendie. Je me demande pourquoi elle ne l'a jamais rouverte. Son avocat avait l'air de sous-entendre qu'elle menait désormais une vie d'ermite. C'est triste.

— Je me souviens de cet incendie. Du moins de ce qu'en disaient les informations. C'est arrivé à l'époque de la mort de ton père. J'ai oublié ce qui l'a déclenché, mais on racontait qu'elle avait été hospitalisée en raison de brûlures relativement graves.

Des brûlures. Cela pourrait expliquer son désir de vivre cachée.

— Sais-tu ce qui lui est arrivé ensuite ?

— Non. Tu sais comment sont les journalistes. Tout ce qui les intéresse, ce sont les drames. Ce qui se passe par la suite n'est jamais aussi excitant. En tout cas, elle a accepté de te louer sa maison, c'est tout ce qui compte.

Rory hocha la tête à contrecœur. Sa mère avait raison. Le passé de Soline Roussel était sans importance, mais elle ne pouvait s'empêcher d'être intriguée. Peut-être parce qu'elle avait peu à peu découvert que la perte de quelque chose de cher pouvait anéantir une vie entière.

9

Rory

Boston, le 19 juin 1985

Son bloc-notes à la main, Rory s'assit lourdement sur la première marche de l'escalier, épuisée, mais heureuse de pouvoir rayer un nouvel élément de sa liste de choses à faire. Les ouvriers avaient livré l'échafaudage qui leur permettrait de commencer à repeindre le plafond ; elle avait frotté toutes les vitres, sorti le reste des déchets, revu les câbles avec l'électricien et contacté un ramoneur afin qu'il jette un coup d'œil à la cheminée. Tout ça avant 14 heures ? Pas mal !

Mais il restait un tas de choses à faire si elle voulait ouvrir la galerie cet automne. Elle devait commencer à sélectionner des artistes, créer un plan marketing et un calendrier d'événements, rédiger le premier jet d'un communiqué et dresser une liste d'idées pour sa soirée d'inauguration. Cela faisait beaucoup de choses à apprendre d'un seul coup, et elle n'éviterait sûrement pas quelques faux pas, mais quoi qu'il arrive, elle irait jusqu'au bout. Personne ne pourrait dire que l'ouverture de la galerie *Du jamais-vu* n'était que le caprice d'une gamine pleine aux as.

En entendant son ventre gargouiller, Rory se rappela qu'elle avait sauté le déjeuner. Elle parcourut sa liste une fois encore et conclut qu'elle avait fait ce qu'elle pouvait pour le moment. Il était temps de rentrer se préparer un sandwich, de prendre une douche, puis de se mettre au travail sur sa brochure.

Elle venait de fermer toutes les fenêtres des étages et cherchait son sac à main lorsqu'elle aperçut ce qui ressemblait à une petite porte découpée dans le lambris foncé du mur extérieur de la cage d'escalier. Elle ne l'avait encore jamais remarquée, bien qu'il y ait également un petit trou à l'endroit où s'était sans doute trouvée sa poignée. Après qu'elle eut tiré dessus plusieurs fois, la porte céda et s'ouvrit sur un petit espace sombre. Il n'y avait ni interrupteur, ni ficelle pour éclairer ce cagibi. Posant un genou sur le sol, elle plissa les yeux et essaya de ne pas penser à ce qui pourrait avoir élu domicile sous l'escalier d'une maison abandonnée depuis près de quatre ans.

À l'intérieur, le plancher nu était crasseux, mais au moins rien ne semblait bouger. Sans savoir à quoi s'attendre, elle commença à tâtonner dans l'obscurité en retenant son souffle. Sa première tentative fut infructueuse, mais à la deuxième, ses articulations effleurèrent ce qui ressemblait à une grande boîte plate.

Rory dut la remuer un peu, mais elle parvint finalement à l'extraire de sa cachette et la posa sur ses genoux. Il s'agissait d'une vieille boîte à robe, semblable aux élégants cartons à chapeau que les femmes emportaient autrefois en voyage. Celle-ci était faite d'un épais carton gris et pourvue de coins métalliques, ainsi que d'un morceau de cordon effiloché passant à travers un côté, ce qui permettait de la porter comme une valise.

Quelques mots étaient griffonnés dans un coin. Rory frotta la poussière du bout des doigts jusqu'à ce qu'ils deviennent lisibles : *Madame Roussel, Paris*. Apparemment, sa propriétaire avait possédé une boutique à Paris et transporté ce carton jusqu'à Boston. Mais que faisait-il sous l'escalier ?

Rory dénoua lentement le cordon pour ne pas l'abîmer davantage, puis souleva doucement le couvercle. Plusieurs couches de papier de soie apparurent, froissées et jaunies par le temps. Elle les écarta une à une en retenant son souffle jusqu'à ce qu'apparaisse un voile de dentelle blanc crème.

On aurait dit un vêtement de conte de fées : son encolure en cœur était incrustée de cristaux iridescents et de minuscules perles, ses manches fendues en organza étaient aussi fines que des ailes de libellule et pliées presque tendrement l'une sur l'autre. Il s'agissait manifestement d'une robe d'époque et, à en juger par la qualité du perlage, certainement cousue à la main.

Rory la contempla en éprouvant l'envie irrésistible d'explorer son paysage de dentelle mousseuse et de soie extrafine, de caresser les rangées rugueuses de perles froides. Elle hésitait, car il lui semblait que toucher ce vêtement qui venait de passer de si longues années dans l'obscurité serait une sorte de sacrilège. Cela reviendrait à manipuler nonchalamment le contenu du sarcophage de Toutankhamon. Mais enfin, c'était idiot. Si quelqu'un avait tenu à cette robe, elle ne se trouverait pas ici, enfermée dans un carton couvert de poussière.

Quand Rory la souleva de sa boîte, la robe émit un petit soupir comme si elle était soulagée de se sentir enfin libre. Lorsque Rory les secoua doucement, les jupes à panneaux en organza, lumineuses et mousseuses, se déroulèrent avec la douceur des pétales d'une fleur. Le dos de la robe était tout aussi stupéfiant avec son laçage de style corset et son large nœud en satin dont les rubans tombaient jusqu'au sol.

Le fameux nœud Roussel.

Rory commençait à comprendre ce qui avait rendu Soline Roussel aussi célèbre. Jamais elle n'avait vu, ni même imaginé qu'une robe puisse être aussi belle. Elle était faite pour une princesse – enfin, une toute petite princesse. Ses manches longues lui arrivaient bien au-dessus du poignet et sa taille était ridiculement étroite. Ce devait être une robe faite sur mesure, et à en juger par son état impeccable, elle n'avait jamais été portée. Qu'était-il arrivé à la future mariée ?

Cette question la déconcerta davantage qu'elle ne l'aurait cru. Peut-être parce que les scénarios qui se dessinaient dans son esprit étaient tous plus poignants les uns que les autres. Une maladie. Une trahison. Un décès. Et tous s'achevaient de la même façon : par un mariage qui n'avait jamais eu lieu.

Rory ferma les yeux en essayant de chasser ces pensées. Quelle que soit son histoire – car cette robe en avait certainement une –, elle appartenait à quelqu'un d'autre. Ce n'était ni un signe, ni un présage. Elle n'était nullement liée à la sienne. Le mieux était de ranger cette robe dans sa boîte et de la replacer où elle l'avait trouvée.

Mais tandis qu'elle rabattait les couches de papier de soie, elle découvrit une liasse de lettres au fond du carton, ainsi qu'une trousse en cuir à fermeture, ornée d'un monogramme doré. Un nécessaire de rasage, réalisa-t-elle en la soulevant, comme ceux que les hommes emportaient autrefois en voyage. Le cuir de vachette était usé et le monogramme avait commencé à s'effacer, mais cette trousse était visiblement un article de luxe.

Rory tira sur sa fermeture et la laissa s'ouvrir comme un livre. D'un côté étaient rangés un blaireau et un rasoir à manche argenté ; de l'autre, un peigne en écaille de tortue, un chausse-pied assorti et un flacon de parfum vide. Elle caressa du doigt les traces du monogramme : *A.W.P.* Andrew ? Allen ? Elle ne le saurait probablement jamais. À moins que le paquet de lettres ne lui fournisse quelques indices.

Elle tira sur le ruban, puis compta les enveloppes. Dix-huit en tout. Aucune n'était timbrée, ni ne portait d'adresse, mais les mots *Madame Roussel* étaient écrits en travers de plusieurs d'entre elles. Remises en mains propres, dans ce cas, plutôt qu'envoyées par la poste. Et sans doute conservées pour des raisons sentimentales. Les lettres d'amour du mystérieux A.W.P. ?

Elle en prit une au hasard et en sortit une simple feuille de papier vélin bleu. Cette lettre était rédigée en français. Quelle déception ! Rory avait depuis longtemps oublié les quelques phrases qu'elle avait apprises en première année à Tufts. Elle parvint tout de même à déchiffrer la date : 17 décembre 1942. Elle avait été écrite quarante-deux ans plus tôt. Rory en ouvrit une deuxième, puis une troisième. Toutes dataient de la même époque et étaient rédigées en français. Enfin, vers la fin du paquet, elle en découvrit quelques-unes en anglais. La plus ancienne datait du 4 août 1964.

Très chère mademoiselle Roussel,
Cela fait presque un an que David et moi avons échangé nos vœux et, bien que vous m'ayez demandé d'attendre notre premier anniversaire de mariage, je ne peux attendre un jour de plus pour vous témoigner ma gratitude. Vous avez été si gentille avec moi quand je suis venue vous parler de mes problèmes. Je ne cesse de me demander comment on peut faire preuve d'une telle générosité. Moi qui n'étais qu'une jeune fille pauvre du sud de Boston, je n'aurais jamais osé imaginer que je me marierais un jour dans une de vos robes. Plus important encore, David s'est miraculeusement remis de son accident. Sa guérison était si surprenante que les médecins ont eu du mal à y croire, et plus encore à l'expliquer. Je me suis retenue à grand-peine de leur révéler que c'était grâce à votre robe. Ils m'auraient prise pour une folle. Il y a un an, j'aurais été du même avis. Mais aujourd'hui, je sais que c'est à vous et à votre charme que je dois ce conte de fées. Et ce bébé qui viendra au monde au début de la nouvelle année. S'il existe un quelconque moyen de vous remercier, sachez que je demeure à jamais votre dévouée.
Avec ma plus profonde gratitude,
Kathleen P. Shore

Rory parcourut la lettre plusieurs fois et releva de nouveaux éléments à chaque lecture. Une jeune fille pauvre du sud de

Boston. Une guérison miraculeuse après un accident. Une robe de mariée porte-bonheur. Un charme. C'était inimaginable. Mais n'était-ce pas exactement ce que lui avait raconté sa mère la semaine passée ? Des robes enchantées. La garantie d'un mariage heureux. Un tel conte de fées était-il possible ?

Kathleen Shore en semblait convaincue.

Une autre lettre choisie au hasard décrivait à peu près le même phénomène, bien qu'elle ait été écrite deux ans plus tard. À la date de son premier anniversaire de mariage, la jeune femme tenait à remercier Mlle Roussel d'avoir résolu un problème financier délicat un mois seulement avant qu'elle ne se marie dans une de ses robes porte-bonheur. Une troisième expliquait avoir réussi à pardonner une infidélité irréfléchie à son fiancé la veille de leur mariage. Une quatrième avait guéri d'une maladie chronique qui, d'après les médecins, l'obligerait à se déplacer en fauteuil roulant d'ici deux à trois ans.

Chaque témoignage paraissait plus invraisemblable que le précédent. Et chaque femme attribuait sa chance étonnante au talent de couturière « particulier » de Soline Roussel. Les lettres écrites en français racontaient très probablement les mêmes histoires. Dix-huit mariées. Dix-huit lettres. Dix-huit contes de fées conservés dans une vieille boîte à robe.

Rory rassembla les enveloppes et noua le ruban autour du paquet avant de le ranger au fond du carton. Une liasse de lettres écrites au fil des décennies, une robe de mariée faite pour une princesse et le nécessaire de rasage d'un homme. Le tout avait le goût d'une histoire inachevée. D'une triste histoire inachevée.

10

Rory

Boston, le 20 juin 1985

Au réveil, Rory avait l'habitude de trouver un livre à côté d'elle, mais ce matin, ce fut une lettre qu'elle découvrit ouverte au milieu des draps froissés. Elle la replia soigneusement, puis la posa sur sa table de chevet avec les autres. Elle les avait toutes relues la veille au soir. Du moins celles écrites en anglais. Toutes des variantes de la même histoire : guérison, retour de fortune, carrière sauvée, résolution d'un conflit, objet précieux retrouvé. Et tout cela grâce à une robe Roussel. C'était du moins la conviction des jeunes mariées reconnaissantes.

Son regard glissa vers la boîte de la robe posée sur la commode sous la fenêtre. Le plus simple aurait été de la ranger à sa place sous l'escalier, où elle ne risquait pas de lui rappeler que certains contes de fées finissent mal. Mais elle l'avait emportée chez elle, mal à l'aise à l'idée de la reléguer à nouveau dans l'ombre. C'était idiot, mais elle ne parvenait pas à oublier certains mots prononcés par sa mère.

Un charme sur mesure pour chacune de ses clientes.

Elle traversa la pièce, souleva le couvercle de la boîte et passa la main sur une manche translucide. Cette robe était si jolie. De toute évidence, ce n'était pas du prêt-à-porter, car Mme Roussel ne confectionnait pas ce type de vêtement. Ce modèle unique avait sans doute été créé pour une de ses clientes, il avait appartenu à l'une d'elles. Mais qui était-elle ? Et quel était le rapport entre cette robe et le nécessaire de rasage ? Il était évidemment possible que ces objets ne soient pas liés, mais cela paraissait peu probable.

Et que penser de ces lettres ? Elles avaient manifestement revêtu une certaine importance à une époque. Pourtant, elles avaient fini sous l'escalier avec le reste, abandonnées à leur sort à la fermeture du magasin. À moins que… Soline Roussel pouvait-elle ignorer que ses souvenirs avaient survécu à l'incendie ?

Rory mit la cafetière en marche, puis composa le numéro de Daniel Ballantine. Elle fut surprise que la réceptionniste le lui passe directement.

— Mademoiselle Grant. Je ne m'attendais pas à avoir de vos nouvelles aussi rapidement. J'espère que tout va bien.

— Oui. Enfin presque. J'aurais besoin de contacter Mme Roussel. Vous m'avez prévenue qu'elle n'aimait pas être dérangée, mais il s'agit d'une affaire assez importante. J'espérais réussir à vous convaincre de me donner son numéro.

— J'ai bien peur que ce ne soit pas possible. Comme je vous l'ai dit, c'est moi qui gère toutes ses affaires.

— Au fait, appelez-moi Rory, je vous en prie. Et il ne s'agit pas de sa maison, mais d'un problème personnel. Je vous promets de ne pas l'importuner. J'ai simplement besoin de lui parler cinq petites minutes.

— À quel propos, si je puis me permettre ?

Rory se demanda ce qu'elle pouvait lui révéler.

— Je préférerais lui en parler directement, si ça ne vous dérange pas. C'est assez… délicat.

— Le mieux est que je lui transmette votre numéro, répondit-il finalement. Mais je doute que vous ayez de ses nouvelles. On ne peut pas dire qu'elle soit accro au téléphone. Elle ne m'appelle quasiment jamais.

— Je vois. Dans ce cas, dites-lui que j'ai trouvé un objet qui pourrait bien lui appartenir – une boîte.

— Quel genre de boîte ?

Une fois encore, Rory hésita à lui parler de sa découverte.

— Dites-lui simplement que j'ai trouvé une boîte. Si c'est important, elle comprendra de quoi je parle.

— D'accord. Je lui transmettrai votre message. Mais ne soyez pas surprise si elle ne vous appelle pas.

Le téléphone sonna deux heures plus tard. Rory abandonna la liste de choses à faire qu'elle était occupée à rédiger et saisit le combiné sans fil.

— Allô ?

Il y eut un long silence, puis une voix féminine dit finalement :

— Bonjour, je souhaiterais parler à Mlle Grant.

Les battements du cœur de Rory s'accélérèrent.

— C'est moi. Je suis Aurora.

— Ici Soline Roussel. J'ai reçu un appel de mon avocat, Daniel Ballantine, qui m'a informée que vous aviez trouvé... quelque chose. Une boîte.

— En effet, dans le réduit sous l'escalier. Je ne sais pas ce qu'elle faisait là, mais j'ai pensé que vous aimeriez peut-être la récupérer.

Une nouvelle pause, plus brève cette fois, puis un bredouillement précipité.

— Je ne savais pas... J'ai cru que... Oui. Oui, j'aimerais bien la récupérer.

— Si vous me donnez votre adresse, je vous l'apporterai volontiers.

— Non. Je ne pourrai pas... Je ne reçois personne.

Quelle déception ! Elle qui espérait enfin rencontrer cette mystérieuse demoiselle. Apparemment, ce n'était pas demain la veille.

— Si vous préférez, je peux la déposer au bureau de maître Ballantine qui vous la transmettra.

— Non, merci. Daniel est très gentil, mais il peut être assez casse-pieds, et je préfère ne pas avoir à répondre à ses questions. Le contenu de la boîte est, disons, plutôt personnel, comme vous l'avez sûrement deviné.

— Voulez-vous que nous nous retrouvions quelque part dans ce cas ? À la galerie… enfin… votre ancienne boutique ?

— Il y a une pâtisserie dans la rue voisine, nommée *Baisers sucrés*. Est-ce que vous la connaissez ? Je pourrais vous y rencontrer à 13 h 30.

— *Sugar Kisses*. Oui, bien sûr. J'y serai.

Elle raccrocha avec un frisson d'excitation. Sa rencontre avec Soline Roussel allait enfin avoir lieu.

Rory gara son Audi entre deux voitures le long de Boylston Street, introduisit quelques pièces dans le parcmètre, puis longea le trottoir, la boîte dans les bras.

Quelques minutes plus tard, l'auvent noir et blanc familier de la pâtisserie apparut au loin. Son nom, *Baisers sucrés*, était inscrit en boucles dorées en travers de la toile, au-dessus de sa traduction anglaise entre parenthèses en caractères rose vif. Comme d'habitude, la boutique était bondée.

Dans la cour, Rory se faufila entre les petites tables rondes en dévisageant les nombreux clients, puis réalisa qu'elle ignorait totalement à quoi ressemblait la femme qu'elle cherchait. Dans l'excitation, elle avait oublié de lui demander comment la reconnaître. Elle se rappela que sa mère avait mentionné des brûlures. Mme Roussel avait sans doute quelques cicatrices.

En poussant la porte de la pâtisserie, elle fut accueillie par des arômes enivrants de chocolat, de cerise et de riche café noir. Devant le comptoir, la file s'allongeait presque jusqu'à la porte. La boîte serrée contre elle, Rory se glissa sur le côté en balayant la boutique du regard. Des familles. Des touristes. Des étudiants penchés sur leurs manuels. Mais personne qui corresponde à l'image qu'elle se faisait de Soline Roussel, celle d'une frêle octogénaire au regard fuyant et à la peau couverte de cicatrices de brûlure.

Ses yeux croisèrent soudain ceux d'une femme assise seule au fond de la boutique. Ses cheveux foncés et brillants étaient relevés en chignon. Elle portait un élégant tailleur en laine écarlate, aux poignets en velours noir et fermé par des brandebourgs dorés. Autour de son cou, un foulard à carreaux rouge, blanc et noir était noué à la façon d'une cravate et attaché avec une épingle en perles. En croisant le regard de Rory, elle parut surprise, voire brièvement prise de panique. Elle sembla se ressaisir en un instant et inclina très légèrement la tête.

Rory fit glisser la boîte sur sa hanche et se dirigea vers la table. Au dernier moment, elle remarqua qu'une tasse et une assiette étaient posées devant la chaise qu'elle croyait libre.

— Oh, pardon. Je pensais que…

— Mademoiselle Grant ?

Rory reconnut la voix grave et voilée qu'elle avait entendue au téléphone. Et son léger accent français. Mais cette femme paraissait si jeune – elle approchait peut-être de la soixantaine, mais ne faisait certainement pas plus. Elle avait un teint de porcelaine absolument magnifique et l'arc de ses lèvres rouges était parfait. Pas une cicatrice en vue.

— Madame Roussel ?

— En personne.

Du menton, elle lui fit signe de s'asseoir sur la chaise libre.

Rory posa la boîte sur le coin de la table et s'installa en face d'elle sans pouvoir s'empêcher de la dévisager.

— J'ai pris la liberté de vous commander un petit quelque chose, en guise de remerciement.

Rory jeta un coup d'œil à l'assiette sur laquelle l'attendait un mille-feuille à côté d'une tasse de café au lait.

— Merci. J'adore les pâtisseries de cette boutique. Mais ce n'était vraiment pas la peine, madame Roussel. J'étais ravie de vous rencontrer.

— Soline, s'il vous plaît. Je suis sûre que vous avez des questions à me poser.

Rory la dévisagea un instant, prise de court par sa franchise. Elle ne savait pas par où commencer.

Soline sembla percevoir son embarras.

— Vous vous appelez donc Aurora. C'est un prénom magnifique. En France, on vous appellerait Aurore. C'est aussi le nom d'une déesse.

Rory ne put retenir un sourire. Son prénom était si beau quand c'était elle qui le prononçait. Il faisait beaucoup moins vieillot.

— Tout le monde m'appelle Rory, avoua-t-elle d'un air penaud. Mais ma mère déteste ça.

L'ombre d'un sourire se dessina sur les lèvres de Soline.

— Les mères donnent à leur enfant un prénom qu'elles aiment.

Son sourire s'effaça lorsque son regard se posa sur la boîte.

— Vous l'avez ouverte, n'est-ce pas ?

Rory baissa la tête.

— Oui. Je suis désolée. J'étais tellement surprise quand je l'ai trouvée. Je n'arrivais pas à comprendre pourquoi…

Elle s'interrompit.

— Posez-moi les questions que vous voulez.

Rory fut surprise par son ton brusque. En outre, elle n'avait toujours pas touché à la boîte. Elle restait assise avec raideur, les mains sous la table, comme si elle se préparait à un interrogatoire.

— La robe… vous appartient-elle ?

— Oui.

— Et… les autres objets ?

— Ils m'appartiennent également.

— Elle est tellement belle, une vraie robe de conte de fées.

Rory marqua une pause, ne sachant pas trop comment poursuivre.

— Elle paraît… toute neuve.

— Elle est à la fois neuve et très ancienne.

— Vous voulez dire qu'elle n'a jamais été portée.

Soline baissa les yeux.

— En effet.

Au lieu de mettre fin à ses interrogations, cette réponse soulevait davantage de questions. Pour quelle raison cette robe n'avait-elle jamais été portée ? Une infidélité ? Un malheur ? Elle repensa aux lettres, toutes écrites par de jeunes mariées reconnaissantes qui vivaient un vrai conte de fées. Mais, à l'évidence, la propriétaire de celle-ci n'avait pas eu autant de chance. Pourquoi ?

— J'ai lu certaines lettres.

— C'est vrai ?

Rory hocha la tête.

— Celles en anglais. Je n'ai pas pu déchiffrer les autres.

— Les plus récentes m'étaient adressées. Les autres ont été écrites par d'anciennes clientes de la boutique de ma mère, à Paris.

Elle se tut et déglutit en détournant le regard.

— Elle est morte peu après l'arrivée des nazis. Quand la nouvelle s'est répandue, des lettres ont commencé à arriver.

— Et vous les avez conservées pendant toutes ces années.

— Oui, en souvenir de ma mère. Et afin de ne pas oublier qu'à une époque, on pouvait vivre un conte de fées à Paris et qu'elle y jouait parfois un rôle.

Rory posa une main sur la boîte.

— En cousant des robes comme celle-ci ?

Soline esquissa un mince sourire, presque empreint d'amertume.

— Sans robe, un conte de fées n'en est pas un, trésor.

— Mais pas n'importe laquelle. Une robe Roussel. Celles que vous fabriquiez avaient une particularité, n'est-ce pas ? Quelque chose qui les transformait en porte-bonheur ?

— Buvez donc votre café, *Aurore*. Il va refroidir.

Rory souleva docilement sa tasse.

— Je suis désolée de me montrer aussi indiscrète. J'essaie juste de comprendre le contenu de ces lettres. Tous ces témoignages de reconnaissance et ces incroyables coups de chance. Ces femmes vous remerciaient comme si vous en étiez responsable. Je suis au courant de ce qu'on racontait à l'époque – ma mère m'en a parlé. Ces lettres semblent décrire le même phénomène. Vos robes étaient donc… magiques ?

Les coins de la bouche de Soline se soulevèrent, ce qui lui donna un air légèrement félin.

— Toute femme d'affaires digne de ce nom sait l'importance d'une bonne accroche. Ce dentifrice vous donnera un sourire irrésistible. Ce carrelage étincelant fera l'envie de vos voisins. Les futures mariées rêvent d'un conte de fées. Par conséquent, c'est ce que je leur offrais.

Rory la regarda avec scepticisme.

— Vous voulez dire que les miracles décrits dans ces lettres n'avaient rien à voir avec vos robes ?

— Ce que je veux dire, c'est que les gens ont tendance à s'accrocher à tout ce qui peut rendre le monde plus beau. Et c'est peut-être normal. Quand la vie vous malmène, il est plus facile de se bercer d'illusions. Je suppose que ces lettres produisaient cet effet sur moi, autrefois. Mais la vie m'a appris que, même dans les contes de fées, l'héroïne est responsable de sa propre magie.

— Vous avez toutefois conservé ce courrier. Vous auriez pu vous en débarrasser, mais vous ne l'avez pas fait.

Soline inspira profondément puis expira très lentement.

— Il y avait tant de laideur dans le monde de l'époque. Partout autour de nous, il n'y avait que des morts et des chagrins d'amour. Ces lettres étaient un moyen de se souvenir des belles choses.

— Et pourtant, elles ont fini dans un carton sous l'escalier.

Il y eut un bref silence gêné, mais Soline finit par répondre.

— Avant sa mort, ma mère m'a appris qu'il y a un temps pour s'accrocher et un temps pour lâcher prise. Elle tenait à ce que j'apprenne à faire la différence. Je ne l'ai pas comprise sur le moment, mais il est venu un jour, un instant, où j'ai su que je devais cesser de m'accrocher aux débris de ma vie. Cependant, je n'ai pas supporté l'idée de m'en séparer. J'ai pensé que, si je les cachais, si je les rangeais dans un endroit où je ne les verrais plus, cela suffirait.

Rory la dévisagea par-dessus le bord de sa tasse. Ce style impeccable et ce maquillage soigneusement appliqué dissimulaient une souffrance qui lui rappelait celle de Camilla.

— Et cela a-t-il suffi ?

— Vous devez trouver idiot de s'accrocher à des souvenirs aussi douloureux, mais ces objets étaient tout ce qui me restait de ma jeunesse. De ma vie à Paris et de l'avenir que je m'étais imaginé.

L'avenir que je m'étais imaginé. Rory retourna ces mots dans sa tête. Elle aurait pu prononcer exactement les mêmes.

— Non, répondit-elle finalement. Je ne trouve pas ça idiot du tout. Chacun de nous a sa façon de faire face au malheur.

— Et vous, trésor ? dit Soline, une lueur d'intérêt dans le regard. Y parvenez-vous ?

Rory remua sur sa chaise, perturbée par sa question et son regard fixe.

— Je fais ce que je peux, comme tout le monde.

Elle avait voulu feindre la nonchalance, mais c'était raté. Il était temps de changer de sujet.

— J'ai été navrée d'apprendre ce qui est arrivé à votre boutique. Je veux parler de l'incendie. N'avez-vous jamais songé à la rouvrir ?

Soline baissa les yeux vers ses mains sous la table, comme si elle réfléchissait à la meilleure réponse.

— La vie sait parfois nous faire comprendre qu'il faut tourner la page. Ce n'est pas toujours agréable, mais cela paraît évident quand on examine la situation. J'ai passé la moitié de ma vie à désirer ce qui ne m'était pas destiné – et à le payer très cher. À un moment donné, il faut savoir interpréter les signes.

Rory sirota son café en s'interrogeant sur ce qu'avait bien pu désirer Soline et sur les causes de sa mauvaise fortune.

— Vous avez d'autres questions, dit brusquement celle-ci. Allez-y, posez-les-moi. Je vous dois bien ça, je suppose.

Rory trouvait son franc-parler à la fois déconcertant et rafraîchissant. Pour elle qui devait toujours prendre des gants avec sa mère, c'était un changement agréable.

— Le nécessaire de rasage. Il existe un lien entre la robe et lui, n'est-ce pas ? Il appartenait au futur marié ?

— Il était ambulancier, mais il a été tué pendant la guerre.

— Et cette robe était faite pour vous.

Soline eut subitement les larmes aux yeux.

— Je devais la porter, en effet.

— Je suis désolée. Je n'aurais pas dû insister.

Soline secoua légèrement la tête, comme si sa propre réaction l'agaçait.

— Je suis désolée d'être aussi sentimentale. C'est juste que… après l'incendie… On m'a dit qu'il ne restait plus rien. Je ne m'attendais pas à la revoir.

— Je vous en prie, ne vous excusez pas. C'est ma faute. Je suis trop curieuse. S'il vous plaît, pardonnez-moi.

— C'est oublié, murmura Soline en se tamponnant délicatement les yeux avec sa serviette.

Rory fit de son mieux pour se retenir de réagir. Jusqu'à maintenant, les mains de Soline étaient restées cachées sous la table. Ainsi, elle portait des gants. En chevreau noir, orné de minuscules boutons en jais sur chaque poignet. Beaucoup trop chauds pour un mois de juin.

Ce n'était pas son visage qui était couvert de cicatrices, mais ses mains. Elle détourna les yeux en faisant semblant de n'avoir rien remarqué.

— Avant que j'oublie, je voulais vous remercier d'avoir accepté de me louer la maison. À vrai dire, j'avais abandonné l'idée d'ouvrir une galerie. Et puis un jour, alors que je traversais la rue, elle m'est apparue. J'ai été anéantie quand Daniel m'a répondu qu'elle n'était pas à louer. Je suis tellement contente que vous ayez changé d'avis.

Soline leva les yeux au ciel.

— Maître Ballantine parvient toujours à ses fins avec moi. Il m'a expliqué que vous vouliez y exposer de nouveaux artistes. Il savait que cet argument me convaincrait. Quand comptez-vous l'ouvrir ?

La conversation revenant sur un sujet plus sûr, Rory ne put s'empêcher de pousser un soupir de soulagement.

— En octobre, si tout se passe bien. J'aimerais beaucoup vous la faire visiter quand les travaux seront terminés. Vous pourriez également venir à l'inauguration. Ce serait un honneur pour moi de vous y accueillir.

Le dos de Soline se raidit.

— Non, merci. Je ne sors plus beaucoup ces temps-ci, et je ne suis pas retournée à la boutique depuis la nuit de l'incendie.

— Pas une seule fois en quatre ans ?

Soline haussa les épaules.

— Trop de souvenirs. Vous savez, c'est… difficile.

— Je suis vraiment navrée. De tout… tout ce qui vous est arrivé.

— Oubliez tout cela. J'adore m'apitoyer sur mon sort, alors ne m'y encouragez pas.

Là-dessus, elle se leva. Rory la trouva étonnamment petite, malgré ses fines chaussures noires à talons.

— Merci encore, *Aurore*. C'était très aimable à vous de vous déplacer. Je vous souhaite bonne chance pour la suite.

Elle ramassa son sac à main. Rory regarda ses doigts raides manipuler maladroitement la sangle. Après quelques tentatives, Soline parvint à la passer sur son épaule. Cependant, la boîte de la robe était presque aussi grande qu'elle. Comment allait-elle parvenir à sortir du café, puis à se faufiler entre les passants sur le trottoir bondé ?

— Je peux vous accompagner jusqu'à votre voiture, si vous voulez.

— Ce ne sera pas nécessaire, merci. Je ne conduis plus. Mais je n'habite pas loin.

— Dans ce cas, permettez que je vous dépose. La boîte…

— Je vous ai déjà suffisamment dérangée comme ça, et je suis tout à fait capable de marcher.

Rory regarda ses chaussures avec scepticisme. Il était déjà difficile de ne pas se casser la figure avec des semelles plates sur les trottoirs de la ville fendus par le gel – conséquence de décennies d'hivers rigoureux. Avec ces talons aiguilles et cette boîte qui l'empêchait de voir le sol, elle courait à la catastrophe.

— Ce n'est pas un problème, lui assura-t-elle avant de se lever et de prendre le carton sur la table. Je suis garée juste un peu plus haut.

Soline hocha la tête, mais son embarras était évident.

— Bon, d'accord.

Rory lui tint la porte, puis la suivit dehors. Elle n'aurait su expliquer ce qui la poussait à lui témoigner une telle sollicitude. Soline Roussel n'était pas une femme faible, loin de là. Et pourtant, on sentait une fragilité en elle. Elle ressemblait à un vase de porcelaine brisé dont les morceaux n'auraient pas été correctement recollés. Si on la secouait trop fort, elle volerait probablement en éclats. Et Rory ne connaissait que trop bien cet état de vulnérabilité.

11

Rory

Cachée derrière une paire de lunettes noires à la Audrey Hepburn, Soline était assise avec raideur sur le siège passager, son sac serré sur ses genoux. Elle n'avait pas prononcé un mot depuis qu'elle avait débité son adresse de Beacon Hill. Rory lui jeta un coup d'œil en tournant dans Cedar Street et ralentit.

— Quelle maison ?

— Celle-ci, répondit-elle en pointant du doigt une porte rouge. Vous n'avez qu'à me déposer ici, ce sera très bien.

Rory s'arrêta le long du trottoir et coupa le moteur.

— Je vais porter la boîte jusque chez vous.

Sans lui laisser le temps de protester, elle sortit de la voiture et récupéra le carton sur la banquette arrière. Soline mit un moment à détacher sa ceinture, mais elle finit par sortir de la voiture et passa devant elle, ses clés à la main.

Rory monta l'allée en contemplant la façade georgienne de la maison. Briques rouges patinées par le temps, volets noirs vernis, deux cheminées à chaque extrémité du toit. Cette femme habitait dans un des quartiers les plus convoités de Boston, preuve supplémentaire qu'elle avait réussi dans la vie.

Après avoir péniblement introduit la clé dans la serrure, Soline poussa la porte et entra. Rory la suivit dans le spacieux vestibule au centre duquel trônait un guéridon orné de marqueterie sous un lustre de style Empire. Soline enleva ses lunettes de soleil, les posa sur le guéridon avec son sac à main et entreprit de retirer ses gants.

Rory la regarda faire avec embarras jusqu'à ce qu'il devienne évident qu'elle avait besoin d'aide.

— Ces boutons ont l'air difficile à défaire. Puis-je vous donner un petit coup de main ?

Les épaules de Soline s'affaissèrent. On aurait dit une fleur qui se fanait d'un seul coup. Elle tendit un bras sans un mot. Rory posa la boîte, déboutonna les deux gants, puis leva les yeux vers les siens.

— Voulez-vous que je…

Soline hocha la tête.

— Mais ne tirez pas sur le bout des doigts. Prenez-les par le bord et faites-les glisser en les retournant. Doucement.

Rory obéit et tira sur le cuir en retenant son souffle. Un soupir de soulagement se fit entendre lorsque la première main fut libre, mais elle n'aurait su dire si c'était le sien ou celui de Soline. Celle-ci tendit la deuxième et Rory se remit au travail, consciente que la femme se mordait à présent la lèvre. De toute évidence, il n'y avait pas que l'embarras qui la faisait souffrir.

Quand elle eut terminé, Rory posa les gants sur la table, semblables aux mues de deux énormes insectes. Cette pensée la fit frissonner. Elle regarda Soline qui avait commencé à se masser les mains en longues caresses répétitives. Celles-ci étaient d'un blanc cireux à certains endroits, roses et boursouflées à d'autres, et ses doigts recourbés ressemblaient légèrement à des griffes. De peur de paraître impolie, elle tourna la tête.

— Vous pouvez les regarder, dit Soline. Ça ne me dérange pas.

Une boule se forma dans la gorge de Rory tandis qu'elle observait ses blessures. La peau rétractée des paumes, l'épais tissu cicatriciel, l'apparence légèrement palmée de ses doigts. Des mains devenues inutiles pour une femme qui vivait de ses travaux d'aiguille.

— C'est arrivé pendant l'incendie, expliqua Soline. Mais vous l'aviez évidemment deviné.

Rory hocha la tête.

— Je me suis en effet demandé pourquoi vous portiez des gants en juin.

— Mes cicatrices mettent les gens mal à l'aise, alors je les cache quand je suis en public, ce qui ne m'arrive plus beaucoup. Il est plus facile de rester éloignée d'eux que de supporter leur pitié. Ce n'est pas leur faute. Elles sont effectivement assez horribles à voir.

Rory faillit lui dire qu'elle était désolée, mais elle se retint. Surtout ne pas s'apitoyer.

— C'est à cause de vos mains que vous n'avez jamais rouvert la boutique.

— Pendant un moment, j'ai cru pouvoir me remettre à la couture. Je m'étais persuadée que les médecins étaient capables d'accomplir un miracle. Je pense qu'ils le croyaient aussi au début. Mais les dégâts étaient trop importants.

— Est-ce… douloureux ?

— Pas de la façon dont vous l'imaginez probablement. Ma peau est presque totalement insensible. Les tissus cicatriciels n'ont pas de terminaisons nerveuses. Mais, lors d'une brûlure profonde, il se produit ce qu'on appelle une contracture, surtout lorsque celle-ci touche les mains. À mesure que le tissu cicatriciel se forme, il replie les doigts vers l'intérieur ou les tord.

Elle leva à nouveau les mains, invitant Rory à les regarder de plus près. Comme la plupart des ongles de sa main droite avaient disparu, le bout de ses doigts était plat et brillant.

— Je sais que c'est difficile à croire, mais j'ai eu de la chance. Je ne souffre pas beaucoup, mais quand je porte des gants trop longtemps, mes doigts me font mal à force d'être tendus. Une douleur proche de l'arthrose, je suppose.

— Et il n'y a pas… Ne peut-on pas vous opérer ?

Soline avait recommencé à se masser en appliquant une pression sur chaque paume avec la chair du pouce. Elle grimaçait en pétrissant la chair scarifiée.

— J'ai subi six opérations. Débridement, réparation des tendons, greffes de peau. Et j'ai porté toutes les attelles possibles et imaginables. Ensuite, j'ai commencé une série de thérapies. Thérapie de compression. Étirements orthodermiques.

Elle haussa les épaules.

— Au bout d'un moment, il n'y a plus rien eu à faire. On m'a expliqué comment améliorer la flexibilité de mes doigts et l'amplitude de mes mouvements grâce à des exercices. Je les ai faits quelque temps, pensant avoir encore une chance de retrouver mes mains d'autrefois, mais j'ai finalement arrêté. Il était inutile de persévérer sachant que je ne manierais plus jamais l'aiguille.

Ce ton définitif fit frémir Rory.

— Ne pourriez-vous pas embaucher quelqu'un pour les travaux de couture ?

Le regard de Soline se posa sur la boîte aux pieds de Rory.

— Pas pour la confection de mes robes. C'est un travail délicat pour lequel il faut des compétences… particulières.

— Mais vous pourriez former une apprentie, par exemple ?

— Le travail que je fais ne s'enseigne pas et doit être exécuté à la main – par moi seule.

— Ma mère se souvient de votre magasin. D'après elle, c'était la boutique de robes de mariée la plus élégante de la ville. Quel dommage que je ne l'aie jamais vue… Pardon, je voulais seulement dire qu'elle devait être charmante.

Soline s'éloigna, puis s'arrêta et jeta un coup d'œil pardessus son épaule.

— Prenez la boîte et suivez-moi.

Elles traversèrent un grand salon aux murs gris ardoise où trônait un long canapé en cuir caramel, puis elles franchirent une porte-fenêtre qui s'ouvrait sur un petit bureau.

Cette pièce était chaude et accueillante, bien que sommairement meublée : un bureau ancien, un fauteuil de lecture, une petite table devant une cheminée et des étagères couvertes de vieux livres aux reliures rubis et émeraude. Mais ce fut le mur opposé qui attira l'attention de Rory : un montage de photographies, de couvertures de magazines et plusieurs croquis de robes dessinées par Soline y étaient exposés. Elle laissa glisser la boîte de ses mains, s'approcha de l'assemblage et parcourut les légendes des photographies dont beaucoup dataient de trente ans.

Oh là là ! Un petit air de Paris s'installe à Back Bay.

Une créatrice de robes de mariée ouvre sa boutique à Boston.

Le nœud Roussel : Un must-have pour les jeunes mariées de cette année.

Les photos étaient splendides – Soline penchée sur des flots de dentelle, des épingles entre les lèvres ; sortant un rouleau de tissu d'une étagère, perchée sur une échelle ; ajustant un grand nœud de taffetas autour de la taille d'une femme blonde et svelte. Rory contempla celle-ci un moment en examinant les mains de Soline. Longs doigts fuselés, ongles soigneusement manucurés. Des mains si belles et expertes qui ne lui servaient plus à rien.

La photo la plus récente montrait la boutique. Prise quatre ans plus tôt – moins d'un an avant l'incendie –, elle avait été publiée sur une double page du *Boston Bride*. C'était étrange de découvrir à quoi ressemblait la grande pièce autrefois, élégamment meublée dans des tons crème et gris étain. Tout était choisi avec soin – et très français. C'était en tout cas l'idée que Rory se faisait de la décoration d'une boutique parisienne.

Un cliché de la grande vitrine avait également été pris de la rue. Le nom du magasin y était inscrit en caractères dorés esthétiques, mais ne parvenant pas à le déchiffrer, elle se tourna vers Soline.

— Quel était le nom de votre boutique ?

— *L'Aiguille enchantée*, murmura-t-elle.

— *L'Aiguille enchantée*, répéta rêveusement Rory.

Ces mots eux-mêmes avaient une sonorité magique.

— Le nom parfait pour une boutique qui vendait des robes de contes de fées et des fins heureuses.

— De la poudre aux yeux, rétorqua Soline. Des sottises répétées aux Roussel de mère en fille.

— Vous ne croyez pas aux contes de fées ?

— Plus depuis longtemps.

Rory regarda le reflet de Soline dans le verre du cadre.

— Mais y avez-vous cru un jour ?

— Il peut être dangereux de se raconter des contes de fées, *Aurore*. On oublie facilement qu'ils ne sont pas réels. On se laisse berner sans s'en rendre compte. C'est pourquoi il faut apprendre à laisser partir ce qui n'est plus, et vivre avec ce qui est réel.

Rory sentit un frisson lui parcourir l'échine. Soline faisait allusion à sa propre perte, bien sûr – A.W.P. Mais ces mots pouvaient tout aussi bien lui être destinés. Il était impossible d'ignorer les similarités entre leurs histoires. Leur passion pour la création, leurs amours perdues, leur tendance à vivre retirées du monde – et maintenant, cette maison.

Une coïncidence ? Ou bien une main invisible l'avait-elle poussée sur le chemin de cette femme au destin tragique et de ses robes abandonnées ? Un conte de mise en garde, peut-être, sur ce qui se passe quand on s'accroche trop désespérément à l'espoir d'une fin heureuse ?

— A.W.P..., murmura Rory.

— Il s'appelait Anson.

— Anson. Pouvez-vous encore... Avez-vous oublié son visage ?

— Je pensais que cela finirait par arriver. Mais non, je ne l'ai jamais oublié.

Elle inspira et expira lentement.

— Au début, je le voyais partout. Dans la rue, hélant un taxi. Au bar d'un restaurant bondé. À travers la vitrine d'un barbier. Il était partout – et nulle part.

— Est-ce que ça vous arrive encore ?

— Parfois.

Cette réponse emplit Rory d'une vague terreur.

— Comment arrivez-vous à le supporter ?

Soline baissa les yeux.

— Nous avons tous nos fantômes, trésor. Des visages qui appartiennent au passé. Le problème, c'est qu'ils ne restent pas toujours dans le passé. Il leur arrive de réapparaître au moment où nous nous y attendons le moins. C'est pour cette raison que j'ai rangé la boîte sous l'escalier. Parce que je ne pouvais plus le supporter.

Rory comprenait cette forme de souffrance, ce manque qui vous attend chaque soir quand vous fermez les yeux et qui est toujours là le lendemain matin, à votre réveil. Comme un trou béant à la place du cœur. Des larmes lui montèrent aux yeux sans qu'elle ne puisse les retenir.

Soline fronça les sourcils, visiblement inquiète.

— Que se passe-t-il, trésor ? Êtes-vous souffrante ?

— Non, ça va. Mais je devrais y aller.

— Quelque chose ne va pas.

— Non. Je vous assure. Je n'aurais pas dû vous importuner.

Elle faillit trébucher sur la boîte de la robe en passant à côté de Soline pour atteindre la porte.

— Inutile de me raccompagner. Je connais le chemin.

— *Aurore...*

Rory continua à marcher, de crainte de ne pas réussir à franchir la porte d'entrée avant de s'effondrer en larmes pathétiques. C'était bien fait pour elle. Elle n'aurait pas dû vouloir à tout prix découvrir l'histoire de Soline Roussel. Tandis qu'elle battait précipitamment en retraite, elle ne put s'empêcher de se demander si elle n'avait pas obtenu un aperçu du sort qui l'attendait, elle aussi.

12

Soline

Nous faisons commerce de promesses de mariages heureux, mais toutes les femmes ne sont pas destinées à vivre un tel conte de fées. Certaines en sont incapables, d'autres réticentes, et d'autres encore ont appris qu'elles ne le méritaient pas. C'est à la tisseuse de sorts de les distinguer les unes des autres.

Esmée Roussel, *La Sorcière des robes*

Boston, le 20 juin 1985

J'avale ma première gorgée de vin, les yeux fermés. Un Louis Jadot - Gevrey-Chambertin. Le vin est un de mes plaisirs coupables. Chocolat et cerise mûre, crayeux sur la langue, velouté dans la gorge. Somptueux et coûteux. C'est drôle, il a fallu que je parte jusqu'en Amérique pour apprécier les vins français. Maman n'en avait jamais à la maison, mais j'ai appris à les aimer. Peut-être un peu trop pour ma santé. Mais boire m'aide à oublier mes mains. À supporter la douleur. Et d'autres... choses. Je fais du moins comme si cela m'aidait.

Les événements de la journée m'ont secouée. Pour des raisons que je ne comprends que trop bien, et pour d'autres qui m'échappent totalement. Je ne reçois pas souvent d'invités. À vrai dire, je n'en reçois même jamais. Jamais de dîners, de cocktails, ni de déjeuners entre amis. Non, je n'en reçois aucun. Je sais que ma vie paraît affreuse. Triste et pathétique. Mais je ne veux pas qu'on ait pitié de moi. C'est une décision que j'ai prise il y a des années. Après l'incendie. Car il y a eu un avant et un après. En réalité, je n'ai plus vraiment de vie depuis cette terrible nuit. Là encore, j'ai décidé.

Je ne me rappelle pas la dernière fois où j'ai reçu quelqu'un chez moi. Est-ce que cela fait un an ? Non, il y a plus longtemps que ça. C'était il y a dix-huit mois, à Noël, et il s'agissait simplement de Daniel et sa femme. La solitude me convient – en tout cas, j'y suis habituée. Pourtant, j'ai été surprise de ressentir une pointe de regret en entendant la porte se refermer derrière la jeune femme. Mais bon, tant de choses m'ont surprise aujourd'hui. L'appel de cette inconnue. Le paquet de vieilles lettres. La robe. Mon Dieu… la robe. Des souvenirs que je cachais depuis une éternité. Mais ils m'ont retrouvée. Par l'intermédiaire d'Aurora Grant.

Rory – la jeune femme qui a ressuscité mon passé.

Quand elle est entrée dans la pâtisserie, j'ai eu l'impression de la connaître pendant une fraction de seconde. Une de mes clientes peut-être ? Ou une future mariée à qui j'avais refusé de confectionner une robe ? Il y avait quelque chose de familier chez elle, une connexion qui s'est établie à l'instant où nos regards se sont croisés. Cependant, j'ai réalisé que je me trompais quand elle s'est approchée. Je ne la connaissais pas.

En vérité, je l'ai bel et bien reconnue. C'était moi. Ou le double de celle que j'étais à son âge. Perdue. Éplorée. Prête à tout pour apercevoir une lueur au bout du tunnel très sombre dans lequel je tentais d'avancer. Elle était charmante. Un beau visage aux traits anguleux et au teint rose et frais. Des yeux de la couleur d'un ciel orageux, ni tout à fait bleus, ni tout à fait gris. Et une abondante chevelure ondulée d'un ton miel qui lui retombait sans arrêt devant le visage. Un moyen astucieux de se cacher au monde.

Je comprends ce besoin de dissimuler sa tristesse aux autres. On pense être la seule à avoir du chagrin, à avoir été désignée par le destin pour souffrir. Ce n'est pas le cas, bien sûr, mais c'est la sensation que l'on a. La terre continue de tourner, les autres vivent et réalisent leurs rêves, tandis qu'on se sent paralysée, condamnée à revivre sans cesse le terrible instant où la vie s'est arrêtée et où le sol s'est ouvert sous nos pieds. On existe dans une sorte de néant où tout est vide et éternellement sombre, jusqu'à ce que la lumière redevienne petit à petit supportable. Elle voulait connaître mon histoire, souhaitait que j'ouvre la boîte devant elle, et elle a été déçue quand elle a compris que je ne le ferais pas. Pourtant, elle s'était mise en quatre pour me rendre service. Je me suis sentie obligée de satisfaire au moins une partie de sa curiosité.

Elle s'est montrée délicate avec ses questions, prudente avec mes sentiments. Quand on partage le chagrin de quelqu'un, on éprouve pour lui une certaine forme de compassion. C'est un fil invisible qui nous relie, de blessure à blessure. Pour quelle autre raison l'aurais-je laissé me raccompagner ? Ensuite, il y a eu ce moment horrible où il a fallu retirer mes gants – où j'ai dû l'inviter à regarder mes mains.

Je revois son regard à l'instant où je les ai levées. Il exprimait davantage de tendresse que de pitié. J'aurais pu l'embrasser pour la remercier. Et plus tard, quand ses yeux se sont remplis de larmes et qu'elle a précipitamment quitté la maison, j'ai eu envie de la rattraper, de passer mes bras autour d'elle et de la laisser pleurer tout son soûl. Il est arrivé quelque chose à cette jeune femme. Quelque chose de triste, à mon avis. Si triste qu'elle n'a pas réussi à le cacher, malgré ses efforts.

J'ignore ce qui est arrivé à Aurora Grant pour qu'elle soit aussi déprimée. Mais elle est jeune. Elle a encore le temps d'échapper au néant. Sa galerie sera sa planche de salut. Comme la boutique a été la mienne. J'aime cette idée d'exposer des artistes inconnus. Et ce nom : *Du jamais-vu.* Cette jeune fille me plaît, elle aussi, tout comme sa remarque sur ma maison : l'impression que celle-ci l'attendait. Il est sans doute naturel que sa vie reprenne là où la mienne s'est arrêtée. Le destin s'est emparé des fils de nos existences et les a entrelacés. Ce tissage n'est peut-être pas sans accroc, mais il est indestructible. Je vide mon verre de vin, retourne dans le bureau et m'attarde devant le mur de photographies encadrées. Je les regarde rarement ces temps-ci – le sentiment de perte est toujours vif –, mais quand Rory était là cet après-midi, je me suis surprise à regarder par-dessus son épaule et à essayer de les découvrir à travers ses yeux. Le regard fixé sur une photo, elle m'a demandé si je me souvenais du visage d'Anson, et j'ai brusquement aperçu nos reflets dans la vitre. Elle me regardait et, l'espace d'un instant, j'ai pris son visage pour celui d'Anson, comme si tous deux se superposaient. Puis j'ai cligné des yeux et Anson a disparu, ne laissant que nos reflets dans la vitre. Ce n'était qu'un hasard, un jeu de lumière et de souvenirs, mais cette vision m'a semblé très réelle sur le coup, étonnamment et douloureusement réelle.

La boîte de la robe est toujours posée sur le sol, à l'endroit où Rory l'a laissée. Je la soulève, m'assieds dans le fauteuil et la pose sur mes genoux. Je n'ai pas besoin de l'ouvrir. Je sais ce qu'elle contient : des fragments de mon passé qui menacent de se nicher dans mon cœur telles de petites créatures blessées. Des souvenirs de mon conte de fées avorté. Je les ai crus enfouis pour de bon, relégués aux oubliettes sous l'escalier, puis réduits en cendres. Mais ils ont été exhumés, et je suis à présent obligée de les affronter.

Le souffle saccadé, je soulève le couvercle et déplie le papier de soie. La robe est exactement comme dans mon souvenir, un flot de dentelle et de perles chatoyantes. Je passe les mains sur elles en me remémorant les longues nuits passées à les coudre en secret. Maman aurait désapprouvé ma conduite si elle avait été au courant. Elle aurait jugé que c'était un terrible gâchis, puisqu'il ne resterait que très peu d'hommes en âge de se marier quand je l'aurais terminée. Je l'ai tout de même emportée quand j'ai quitté le pays. Car je rêvais de mon propre conte de fées. Un jour, je porterais ma belle robe ensorcelée par un charme astucieux, et je prouverais à maman qu'elle se trompait. Que toutes les Roussel se trompaient. Mon projet a failli fonctionner. Mais finalement, j'ai tout perdu.

Des larmes me brûlent la gorge, tandis que je laisse la boîte de côté et allume la lumière. Je croyais être prête, mais c'était une erreur. Un verre de vin au bout de mes doigts, je longe le couloir en direction de ma chambre. Je suis fatiguée et j'ai mal à la tête. J'avais oublié combien les lieux publics sont bruyants et à quel point ils m'épuisent. Mes pensées errent vers le flacon en plastique posé sur ma table de chevet, médicament prescrit par un de mes médecins de l'hôpital pour m'aider à supporter la douleur. J'ai cessé de le prendre au bout d'une semaine. Je me sentais si lourde après avoir avalé les comprimés. Mais je n'ai pas rangé le flacon, au cas où mes nuits deviendraient trop longues et mes journées trop pénibles. J'y pense de temps en temps. Il m'arrive même de laisser tomber quelques comprimés dans ma paume et d'imaginer que je les avale d'un coup. Ce n'est qu'un fantasme, bien sûr. J'ai d'autres choses en tête ce soir.

Je me déshabille dans l'obscurité et grimpe dans mon lit en repensant à Rory. Si je décidais de lire en elle comme maman m'a appris à le faire, que visualiserais-je ? L'exercice devrait être facile, je pense. C'est un autre de nos points communs : nous ne portons aucun masque, elle et moi – du moins, je n'en portais pas autrefois, ce que maman me reprochait sévèrement. Selon elle, j'étais incapable de cacher mes sentiments, mon visage me trahirait toujours.

C'était vrai à l'époque, mais au fil des années, j'ai appris à cacher un grand nombre de choses au monde qui m'entoure. Et à moi-même, je suppose. La souffrance tend à nous endurcir. À chaque nouveau chagrin se forme une nouvelle couche de protection, pareil au nacre d'une perle, et ce jusqu'à ce que nous nous croyions inaccessibles, aussi insensibles à notre vie présente qu'à notre passé.

Quelle croyance naïve !

13

Soline

On peut finir par éprouver la tentation d'utiliser la magie à des fins égoïstes. Mais une telle transgression ne provoquera qu'une grande infortune qui se transmettra ensuite de génération en génération.

Esmée Roussel, *La Sorcière des robes*

Paris, le 11 décembre 1942

Ces deux années et demie d'occupation nazie ont décimé Paris.

Je n'oublierai jamais le matin de leur arrivée. J'ai entendu les soldats avant de les voir, tel un lointain grondement de tonnerre, tandis que je longeais en hâte la rue Legendre en direction de la place de la Concorde. J'ignore à quoi je m'attendais en arrivant sur les Champs-Élysées. À des combats, je suppose. À des foules de Parisiens affolés descendant dans les rues dans le vain espoir de repousser ces envahisseurs. À des soldats brandissant des armes et embarquant des prisonniers. À des pistolets. Des bombes. Du feu. Du sang. Au chaos de la guerre.

Mais il n'y avait pas le moindre chaos. En fait, il régnait un ordre étrange et sinistre dans les rues. Tout se déroulait avec une précision redoutable, presque stupéfiante. Des motos, des chevaux, des colonnes de chars et de véhicules blindés, et des milliers de soldats avançant au pas, coiffés de casques et vêtus d'impeccables uniformes gris-vert. Quant aux Parisiens combatifs, ils étaient invisibles. À leur place, des badauds alignés le long des trottoirs, silencieux et bouche bée, sidérés par la machine qui dévorait leur ville. Ou du moins ce qui en restait.

Les personnes riches et celles qui avaient des relations avaient quitté Paris en masse au fil des derniers mois. L'exode avait commencé pour de bon : en voiture, en train ou à bord de calèches embouteillant les rues, tous prenaient la direction de la côte. Les magasins avaient fermé un à un. Les hôtels s'étaient vidés. Les enseignes des théâtres s'étaient éteintes. Le silence s'était fait jusque sur les marchés en attendant l'invasion. Et finalement, en juin 1940, l'événement tant redouté avait fini par arriver. La Wehrmacht d'Hitler était entrée dans Paris sans un coup de feu. À la fin de l'après-midi, la croix gammée flottait au sommet de l'Arc de Triomphe.

Les mois se sont écoulés en un clin d'œil depuis ce terrible jour. Un couvre-feu nous a été sévèrement imposé. Les panneaux indicateurs sont désormais écrits en allemand, et les horloges fonctionnent à l'heure allemande, énième coup dur pour une ville déjà démoralisée. Même le temps ne nous appartient plus.

Les journaux français n'ont plus le droit de publier, et toutes les radios sont obligées de diffuser les programmes de propagande nazie. Des affiches nous pressant de considérer nos occupants comme des amis recouvrent également les murs. Comme si nous ne sentions pas constamment leurs mains se resserrer autour de nos gorges.

Nous devons maintenant utiliser des cartes de rationnement pour acheter nourriture et vêtements, ce qui nous oblige à rejoindre des files interminables pour nous procurer les denrées les plus basiques. Toute la ville est obsédée par la nourriture. Il faut en trouver, avoir les moyens de l'acheter, la faire durer. Les femmes passent la majeure partie de leurs journées à chercher un œuf ou un os à moelle, tandis que les magazines nous apprennent à fabriquer du beurre avec de la gélatine et à préparer un gâteau sans œufs. Grâce au stockage prévoyant de maman, elle et moi souffrons moins que la plupart des Parisiens, mais nos réserves diminuent à une vitesse inquiétante.

Il devient également difficile de se déplacer à cause de la pénurie d'essence. Nous n'avons d'autre solution que de circuler à vélo ou en métro. Ou à pied, ce que je fais généralement. Les soldats nazis sont partout, dans les cafés et les boutiques, où ils boivent notre vin et vident nos rayons, flânent au coin des rues et font du charme aux femmes, comme si tout leur appartenait en France. Enfin, c'est le cas, j'imagine. Cependant, personne ne souffre davantage que les Juifs.

Non seulement les nazis leur confisquent propriétés et possessions, mais leur statut leur interdit d'exercer certaines professions, d'aller au théâtre, de s'approvisionner dans la plupart des magasins, et même de posséder un poste de radio. Tous les Juifs de plus de six ans doivent porter une étoile jaune sur laquelle est inscrit le mot « Juif », ce qui permet aux Allemands de les persécuter plus aisément. Pour cette horrible distinction, on les oblige à utiliser l'équivalent d'un mois entier de ration de tissu. Certains Juifs choisissent de désobéir à cette nouvelle loi, même s'ils prennent un énorme risque. Ceux qui se font prendre ou sont dénoncés par des sympathisants nazis sont roués de coups, ou pire.

Les Allemands ont également commencé à organiser des rafles. Des milliers de Juifs, principalement des femmes et des enfants, ont été détenus pendant des jours, sans rien à manger ni à boire, puis ont été envoyés au camp de détention de Drancy avant d'être entassés dans des wagons à bestiaux et emmenés vers une destination inconnue. L'opération Vent printanier – nom de code nazi d'une de ces rafles – a été orchestrée et exécutée par la police française.

Notre propre police.

Mais ce n'était qu'un début. Des informations sur les camps de la mort ont commencé à nous parvenir. Des rumeurs au sujet de chambres à gaz et de fours crématoires, de fosses remplies de cadavres. Partout en Europe, les Juifs sont exterminés. Et le gouvernement français collabore à ce massacre.

Comme la plupart des Parisiens, nous nous renseignons sur ce qui se passe en écoutant les programmes interdits de la BBC sur Radio Londres ou en lisant les journaux clandestins distribués sous le manteau. Mais là encore, celui qui se fait prendre risque gros.

Maman réagit particulièrement mal aux nouvelles qui nous parviennent, ce qui me surprend un peu. Elle n'a jamais été une grande sentimentale, mais après deux ans d'occupation nazie, nous sommes tous à bout. Sa maladie a complètement pris le dessus à présent. Ses quintes de toux sont si violentes qu'elle est obligée de prendre des somnifères chaque soir pour pouvoir dormir un peu. J'ai fait semblant de ne pas remarquer le sang sur ses mouchoirs jusqu'à ce qu'elle ne puisse plus les cacher. Un nouvel hiver s'installe. Sans le moindre combustible pour nous réchauffer, son état devient critique.

Je suis à présent seule pour exécuter les rares commandes que nous recevons. Ce sont surtout des retouches, mais je suis contente d'avoir de quoi occuper mes journées. Dans la soirée, une fois que nos rideaux occultants sont fermés et que maman dort, je continue à travailler sur ma robe, même si je doute qu'elle vive assez longtemps pour la voir achevée.

Un soir, elle me fait venir dans sa chambre et me demande d'approcher une chaise de son lit. Il est douloureux de constater les changements qui se produisent en elle. Nous sommes tous amaigris, mais son dépérissement est d'un genre plus cruel. Conséquence des lents ravages de la maladie, sa peau est tendue sur les os de son visage. Ses yeux paraissent cependant vifs et agités quand elle les pose sur moi.

— Assieds-toi, dit-elle en chassant ma main lorsque je tente de la poser sur son front. J'ai quelque chose à te raconter. Il y a des années que j'aurais dû le faire.

— Tu ferais mieux de te reposer, dis-je dans l'espoir de la décourager.

Je n'ai aucune envie de parler de la mort. Ni des nazis. Ni des difficultés qui ne vont pas cesser de s'accumuler. Ce sont nos seuls sujets de conversation depuis quelque temps.

— Nous discuterons plus tard. Quand tu auras dormi un peu.

— Ce que j'ai à te dire ne peut pas attendre.

Je hoche la tête en silence.

— Dans le tiroir du haut de ma commode, vers le fond, tu trouveras une boîte. Apporte-la-moi.

Je trouve immédiatement l'objet dont elle parle, un coffret à bijoux de la taille de ma paume, recouvert de velours vert foncé. Je le lui apporte et me rassieds en la regardant avec fascination presser le boitier contre sa poitrine avec une tendresse inexplicable. Quand elle lève enfin les yeux vers les miens, on croirait qu'elle avait oublié ma présence.

Les mains tremblantes, elle tente maladroitement de soulever le couvercle. N'y parvenant pas, elle me le tend.

— Ouvre-le, s'il te plaît.

J'obéis sans me rendre compte que je retiens mon souffle jusqu'à ce qu'il s'échappe d'un coup par ma bouche. Le coffret renferme un médaillon rectangulaire sur lequel sont gravés deux lys. Je cherche le regard de maman. Elle cligne lentement des yeux et m'adresse un léger signe de tête.

Je mets un certain temps à l'ouvrir, mais lorsque le couvercle se soulève enfin, je découvre le visage d'un inconnu. Celui d'un homme à la beauté ténébreuse et aux traits anguleux. Il a de hautes pommettes, les yeux enfoncés et une épaisse chevelure aux boucles brunes. Sa bouche est pleine, presque féminine. Les coins de ses lèvres sont relevés comme s'il essayait de retenir un sourire.

— Il s'appelait Erich Freede, dit doucement maman. Il étudiait au conservatoire de Paris l'été précédant ta naissance.

Elle se tait et je sens son regard sur moi tandis que je continue à fixer le portrait. Ces mots font lentement leur chemin dans mon esprit. L'été précédant ma naissance. Je lève les yeux, une question coincée dans la gorge.

— Cet homme était ton père.

Mon père. Ce mot sonne si étrangement dans sa bouche. Cependant, son regard est parfaitement assuré.

— Pourquoi me raconter cette histoire maintenant ?

— Parce que nous n'avons jamais parlé de lui. Il est temps de le faire à présent.

J'ai toujours été curieuse de savoir qui était l'homme qui était parvenu à percer l'armure de ma mère. Mais, tout à coup, je n'ai pas envie de parler de lui, ni de la raison pour laquelle elle tient soudain à avoir cette conversation avec moi.

— Il se rendait à une répétition quand nous nous sommes rencontrés. Je m'apprêtais à livrer une robe rue de Madrid, près de son école. Comme il avait plu toute la matinée, la chaussée était couverte de flaques d'eau. J'attendais de traverser au coin d'une rue, lorsqu'une voiture est passée à toute allure et m'a éclaboussée d'eau boueuse. J'étais horrifiée quand j'ai découvert dans quel état était la boîte de la robe. Le carton était tout trempé et sale. J'ai aussitôt pensé que maman allait me tuer si la robe était fichue. C'est à ce moment-là qu'il s'est approché en me tendant un mouchoir.

— Erich.

Je prononce lentement son nom afin de m'habituer à sa sonorité.

— Oui. Erich.

Un rare sourire atténue les rides que la maladie a creusées sur son visage.

— Il portait un costume d'été blanc qui paraissait fait sur mesure, et des chaussures noir et blanc si brillantes que j'aurais pu me regarder dedans pour me repoudrer le nez. Avec son canotier et sa cravate parfaitement nouée, c'était forcément un membre de la bonne société. Et moi qui dégoulinais comme un chat de gouttière !

— Il est tombé instantanément amoureux de toi, dis-je en lisant la suite dans ses yeux.

Son expression s'adoucit, et maman prend un air rêveur.

— C'était réciproque. Il était si beau que, quand il m'a demandé mon nom, j'ai été incapable de lui répondre. On aurait dit que ma mémoire s'était brusquement effacée, que je n'avais rien vécu avant ce moment. Il m'a aidée à nettoyer la boîte, puis s'est penché pour essuyer la boue sur mes chaussures. J'étais si troublée que j'ai donné un coup dans son chapeau qui s'est aussitôt envolé dans la rue. Nous nous sommes regardés et nous avons éclaté de rire. Il m'a donné sa veste pour cacher mes vêtements mouillés, puis il a fait le reste du chemin avec moi.

Je ne peux retenir un sourire. Jamais je n'aurais imaginé maman sous les traits de cette jeune femme sur le point de vivre une grande passion.

— Que s'est-il passé après la livraison de la robe ?

— Nous avons passé chacun de nos moments libres ensemble, dans un parc ou un autre. Ce n'était pas grand-chose, mais cela suffisait. Il apportait une couverture et un pique-nique, et de mon côté, je trouvais une excuse pour sortir. Nous déjeunions, puis il me jouait un air de violon. C'était un musicien si doué qu'il semblait me raconter une nouvelle histoire chaque fois qu'il maniait son archet. J'ai assisté à plusieurs de ses récitals au conservatoire. Les musiciens de l'orchestre étaient nombreux sur scène, et pourtant, je n'entendais que lui. C'est de moins l'impression que j'avais.

— Combien de temps a duré votre histoire ?

— Sept mois et treize jours.

Je suis surprise par la rapidité et la précision de sa réponse.

— Que s'est-il passé ?

— Ses études étaient terminées. Il était temps qu'il rentre chez lui.

— Chez lui ?

Elle ferme les yeux avec une grimace de douleur.

— À Berlin.

Sa peine est palpable, mais si peu caractéristique de sa personnalité. Peut-être parce que je la croyais incapable d'éprouver de tels sentiments.

— Je suis désolée qu'il t'ait quittée, maman.

Elle rouvre lentement les yeux, le regard sombre et insondable.

— C'est moi, murmure-t-elle. C'est moi qui ai rompu.

— Toi ? Mais pourquoi ?

— Il voulait que je parte avec lui en Allemagne et que je l'épouse. Mais ta grand-mère me l'a interdit. Même quand je lui ai avoué que j'étais enceinte.

— À cause de la boutique ?

— Non, à cause de la guerre, répond-elle doucement. Erich était allemand. Un boche, comme on les surnommait à l'époque – et je suppose que c'est toujours le cas. Ma mère ne leur a jamais pardonné le massacre de la bataille de la Somme. Tant de nos soldats sont tombés là-bas, abattus dans les tranchées par milliers. Elle était incapable de l'oublier. Comme beaucoup d'autres Français. Elle prétendait qu'épouser un Allemand était encore plus honteux que devenir fille mère.

— Votre histoire s'est donc terminée ainsi ? Tu l'as simplement laissé partir ?

Elle hoche la tête en inspirant difficilement.

— Leurs parents étant morts, ses sœurs étaient parties vivre chez une tante pendant ses études. Il était temps pour lui de retourner à ses obligations. J'aurais pu faire en sorte qu'il reste, murmure-t-elle. Si je lui avais révélé que j'étais enceinte, il serait resté.

Je la dévisage avec stupéfaction.

— Tu ne le lui as jamais dit ?

Elle tourne la tête vers le mur.

— Cela n'aurait fait que compliquer les choses, pour lui autant que pour moi. Nous avions des… responsabilités.

Je secoue la tête sans comprendre. On ne peut pas dire que la présence d'un père m'ait manqué – comment regretter ce qu'on n'a jamais eu ? Cependant, son argument n'a aucun sens.

— La décision la plus responsable aurait été d'épouser le père de ton enfant, non ?

— Ce n'était pas aussi simple que cela. Je devais aussi penser à la boutique. Il m'était impossible de laisser maman seule avec Lilou pour la faire tourner. Car je savais qu'elle ne resterait pas. Depuis l'adolescence, ma sœur rêvait de partir. Et puis, il y avait toutes ces histoires que maman nous racontait – celles des femmes de la famille qui avaient défié les règles de notre métier et dont le cœur avait été brisé. Maman affirmait que je subirais le même sort et qu'une fois partie, je ne pourrais pas revenir.

Deux larmes s'échappent de ses paupières serrées et laissent de fines traces brillantes sur ses joues.

— Je devais me débrouiller seule, comme ma mère après la naissance de Lilou.

— Tu as donc gardé ton secret et préféré briser le cœur d'Erich.

— J'avais peur.

En entendant cet aveu, je sens ma gorge se serrer.

— Et tu ne l'as jamais revu ?

Elle secoue lentement la tête d'un air accablé.

— Un jour, j'ai reçu une lettre me suppliant de revenir sur ma décision. De crainte de céder, je l'ai jetée dans la cheminée. Lilou était furieuse contre moi. Elle n'a jamais eu le sens du devoir. Alors que moi…

Ses yeux errent vers les miens.

— J'étais incapable de manquer au mien.

— Je suis vraiment désolée, dis-je tout bas.

Ces mots sont sincères, mais je suis également en colère. Car je n'ai jamais eu la chance de connaître cet homme qui racontait des histoires avec son violon, ni la femme qu'était ma mère à l'époque, celle qui était tombée amoureuse d'un inconnu au coin d'une rue. Cette femme m'aurait plu. Mais les années l'ont transformée. Elles ont fait d'elle le double malheureux de cette mère qui l'avait forcée à trahir son cœur. Quelle terrible ironie ! Je me demande si elle a fini par s'en rendre compte et si c'est pour cette raison qu'elle a décidé de me raconter son histoire.

— Tu as dû horriblement souffrir en le laissant partir, dis-je doucement.

Une pensée me vient brusquement à l'esprit.

— Me parles-tu de lui aujourd'hui parce que tu aimerais que je t'aide à le retrouver ?

Tel un barrage qui cède, ses sanglots éclatent bruyamment. Je la regarde pleurer, muette de stupeur. Jamais je n'avais eu besoin de réconforter quelqu'un avant, et il me semble que je me débrouille très mal.

— Je suis vraiment navrée, maman. Pardonne-moi si j'ai dit une bêtise.

— Il était juif, bredouille-t-elle entre deux sanglots. Erich Freede était juif.

Je la dévisage en essayant d'établir un lien entre ces mots et l'angoisse que je lis dans son regard. Et puis, je comprends enfin. Juif. En Allemagne.

— Les nazis, dis-je à voix basse. Mon Dieu.

Elle ferme les yeux et laisse échapper un nouveau sanglot.

— Tout ce qu'on raconte sur les camps… Je ne supporte pas d'y penser.

Je baisse les yeux vers le médaillon dans le creux de ma main et me remémore la fois où une de ses clientes nous a raconté la nuit de Cristal. Maman a ensuite fermé la boutique et s'est réfugiée dans sa chambre pour n'en sortir que le lendemain matin. Et le jour où elle a entendu parler de la rafle du Vél' d'Hiv à la radio, elle a éclaté en sanglots et refusé de manger pendant des jours. Elle pleurait pour l'humanité ; elle pleurait pour Erich Freede qu'elle n'avait jamais cessé d'aimer.

C'était donc pour cette raison qu'elle ne manquait jamais un bulletin quotidien de la BBC, qu'elle lisait attentivement chaque ligne des journaux clandestins qui parvenaient jusqu'à notre boîte aux lettres. Cela explique peut-être aussi pourquoi elle s'est mise à égrener fébrilement son rosaire ces derniers temps – c'est son rempart contre le mal.

— N'as-tu jamais eu de nouvelles de lui ?

— Non.

Une main sur la bouche, elle serre les paupières, et deux nouvelles larmes roulent sur ses joues.

— Pendant des années, je l'ai imaginé jouant dans toutes les plus grandes salles de concert d'Europe devant un public envoûté par sa musique. C'était une façon de veiller sur lui, de lui souhaiter d'être heureux après tout ce qui s'était passé, mais maintenant… j'ignore où il est. Je ne sais pas s'il est vivant ou mort.

Il est douloureux de l'écouter parler, mais également de percevoir son angoisse. Son souffle est laborieux et rauque. Les lèvres blêmes, elle semble avoir des difficultés à respirer.

— Je t'en prie, maman, il ne faut pas t'agiter.

— Si seulement j'avais refusé d'écouter ma mère… Si j'avais révélé à Erich que j'étais enceinte et lui avais demandé de rester, il serait peut-être en sécurité aujourd'hui.

— Tu ne peux pas en être certaine, maman. Les Juifs sont victimes de rafles, ici aussi. Et ce sont nos compatriotes qui les organisent. Des Français.

Elle se redresse péniblement sur son lit en m'agrippant la main.

— Mais sa vie aurait pu être différente. Ne le comprends-tu pas ? S'il était resté à Paris, j'aurais pu l'avertir. Au lieu de ça, je lui ai brisé le cœur… et ensuite, je l'ai tué.

Je l'aide à se recoucher en la consolant tel un enfant après un cauchemar. Je lui demande de fermer les yeux et lui caresse les cheveux tout en essayant de me rappeler l'époque où ces rôles étaient inversés, où c'était elle qui me réconfortait. Mais c'est impossible. Elle n'a jamais été une mère affectueuse. Cependant, je suis bien incapable de la priver de ces petits gestes de tendresse. Comment le pourrais-je alors que le chagrin l'accable ?

En attendant qu'elle se calme, je m'assieds au bord de son lit et songe à la malédiction des Roussel. Sa mère l'avait prévenue que sa relation avec Erich Freede finirait par lui briser le cœur. Mais aurait-elle vraiment souffert davantage qu'aujourd'hui, alors qu'elle se demande si l'homme qu'elle a aimé est obligé de se cacher, tel un animal traqué, ou s'il est à la merci de ces monstres, emprisonné dans un de leurs camps ? Si c'est ce qu'il advient quand on protège son cœur, très peu pour moi.

Maman retire sa main de la mienne et essuie ses larmes d'un geste impatient.

— Je tenais à ce que tu aies ce médaillon, parce que je souhaite que tu conserves un souvenir de ton père. Et que j'ai un service à te demander.

Je hoche la tête en silence.

— Le jour où tu quitteras Paris, emporte ce médaillon. Emmène Erich loin de cet endroit et de tous ses terribles souvenirs. Promets-moi de le faire.

Je la dévisage avec stupéfaction.

— Quitter Paris ? Mais pour aller où ? C'est chez moi ici.

— Ce n'est plus le cas aujourd'hui. Et tu partiras. Tu n'auras pas le choix.

— Mais la boutique ? Notre travail. Tu as toujours dit que…

— J'ai dit beaucoup de choses. Je t'ai appris à vouer ta vie à ton travail, parce que c'est ce qu'on m'avait appris à faire, mais j'ai eu tort. Je me suis trompée sur beaucoup de choses.

— Maman…

— Laisse-moi parler !

J'ouvre la bouche et la referme. À l'évidence, il est inutile de protester.

— J'ai toujours été distante avec toi. Non, ne secoue pas la tête. Tu sais aussi bien que moi que c'est la vérité. Mais tu ignores pourquoi.

Émue, elle prend une longue inspiration saccadée.

— Tu lui ressemblais tant, Soline. Au point qu'il m'était douloureux de te regarder. Tu as mes yeux, mes cheveux, ma bouche, mais tu as toujours eu son cœur. C'était un rêveur. Il avait tant de projets pour nous.

Elle se tait le temps de reprendre son souffle.

— Mais je les ai détruits, et j'y repense chaque fois que je te regarde.

Quelque chose dans ma poitrine se libère tandis que je digère ses paroles. Pendant des années, je me suis demandé ce que j'avais fait pour mériter cette sévérité glaciale. J'espérais toujours trouver le moyen de l'attendrir. Maintenant, je comprends que c'était inutile, et un étrange soulagement m'envahit.

Je pose les mains sur les siennes.

— Je pense que tu devrais te reposer, maintenant. Tes médicaments…

Un éclair fiévreux illumine son regard.

— Tais-toi et écoute-moi. Une chance va bientôt se présenter à toi, Soline. L'occasion de partir loin d'ici. Tu dois la saisir.

— Il est trop tard pour me réfugier chez Lilou. Londres est également dans la ligne de mire des Allemands.

— Non, pas chez elle. Tu partiras plus loin. Et pour de bon.

— Mais la boutique…

Elle secoue la tête pour me faire taire.

— C'est fini, maintenant. Les nazis ont atteint leur but. Bientôt, il ne restera plus rien ici. Mais tu prendras un nouveau départ. Dans un autre endroit.

Un nœud a commencé à se former dans mon ventre.

— Comment le sais-tu ?

Un éclair jaillit à nouveau dans son regard.

— D'après toi ? J'ai pris la brosse à cheveux sur ta coiffeuse pendant que tu étais partie à la boucherie.

— Tu as lu… mon avenir ?

— Pas entièrement. Tu es revenue trop vite. Mais j'en ai vu assez.

Cet aveu m'ébahit. Elle a toujours été catégorique au sujet de l'utilisation de la magie à des fins personnelles.

— Mais tu m'as toujours dit que c'était beaucoup trop dangereux…

— Je sais, je sais.

Elle agite sa main osseuse en soupirant.

— C'est vrai, mais j'ai enfreint les règles. Il arrive qu'on ait besoin de savoir dans quelle direction le vent va souffler, et je peux te dire qu'il va t'emmener très loin, ma fille. Loin de Paris et de toute cette folie. Mais tu ne sortiras pas indemne de ce voyage. Tu seras soumise à des épreuves et à un grand chagrin en chemin. Tu ne devras pas perdre la foi, Soline, quoi qu'il arrive.

Je la regarde avec perplexité. Les Roussel n'ont jamais pratiqué de religion en tant que telle. Nous nous consacrons plutôt à nos travaux d'aiguille. Voilà en quoi nous croyons : l'Œuvre.

— Je t'en prie, sois plus claire, maman.

— Ma foi a été mise à l'épreuve un jour, quand j'étais un peu plus âgée que toi. Et j'ai refusé d'écouter mon cœur.

Elle se tait et tend le cou pour inspirer.

— Je ne croyais pas un instant que l'avenir pouvait me sourire, m'offrir une vie qui m'appartienne et l'amour. Car je n'étais pas une rêveuse. J'ai donc suivi le chemin qu'on avait tracé pour moi. Mais toi, Lili… Tu as des rêves. Et tu es douée. Plus que je ne l'ai jamais été.

Je la dévisage, bouche bée. Cela fait si longtemps que j'attends un compliment de sa part, le début d'une preuve que j'existe à ses yeux. Et soudain… ces louanges. Je me retiens de pleurer, consciente que mes larmes l'agaceront.

— J'ai eu une bonne professeure, dis-je plutôt.

Elle agite la main, impatiente de finir ce qu'elle avait à dire.

— Cette occasion dont je te parlais… Elle mettra ton cœur à l'épreuve. Elle pourrait même le briser. Mais les cadeaux les plus précieux se payent toujours au prix fort. J'ai appris cela trop tard… C'est pourquoi je t'en parle aujourd'hui. Tu dois…

Elle s'interrompt et plaque son mouchoir sur sa bouche pour étouffer une quinte de toux. Lorsque les spasmes se calment enfin, son teint est blême, et elle tremble, les lèvres bleutées. Je prends sa main dans la mienne et sens ses os fins et fragiles sous mes doigts. Il m'apparaît soudain que je les ai rarement vus immobiles depuis que je suis née. Ils maniaient sans cesse une aiguille, un mètre ruban, une paire de ciseaux. Cousaient, épinglaient, ourlaient. Mais la maladie finira bientôt par les immobiliser pour de bon.

Mes yeux se mouillent avant que je ne puisse détourner le regard. Elle m'attrape par la manche, et l'espace d'un instant, une certaine douceur empreint son visage.

— Ne pleure pas, mon ange. Pas pour moi. Garde tes larmes pour plus tard. Tant de changements vont se produire. Il faut que tu sois prête.

Je m'essuie les yeux avec ma manche, mais ses graves prédictions m'ont ébranlée.

— Tu me fais peur, maman. Ne peux-tu pas me révéler ce que tu sais ?

Je m'en veux à l'instant où ces mots quittent ma bouche.

— Non, c'est sans importance. Tu es fatiguée. Tu as suffisamment parlé pour ce soir.

En la voyant tourner la tête vers le mur, je suppose qu'elle préfère cacher ses larmes, mais quand elle me regarde à nouveau, ses yeux sont secs. Elle s'adresse alors à moi d'une voix tendre et émue.

— Voici ce que je sais, ma fille. Il existe un chagrin plus cruel que la mort. C'est celui qu'on éprouve à la fin d'une vie à moitié vécue. Non parce qu'on ignore à côté de quoi on est passé, mais parce qu'on le sait. On réalise trop tard que le bonheur était à portée de main – juste là, sous notre nez – et qu'on l'a laissé s'échapper. Parce qu'on ne s'est pas rebellé lorsque quelqu'un a voulu nous en priver. Mais quand l'heure de ton bonheur viendra, tu auras la possibilité d'agir différemment, ma fille. Et elle viendra. Mais tu dois maintenir ce bonheur en vie, Soline.

Elle marque une pause et presse un poing sur sa poitrine.

— Ici, dans ton cœur. Et ne renonce jamais à tes espoirs. Tant que tu conserveras son beau visage dans ton cœur, ce bonheur ne sera jamais vraiment perdu. Il y aura toujours un moyen de revenir en arrière.

Somnolente, elle divague à présent, confondant son passé avec mon avenir. Le somnifère commence à agir.

— Repose-toi, maman. Ferme les yeux et dors.

Ses yeux restent fixés sur mon visage, soudain écarquillés et brillants de fièvre.

— Dans la vie, il y a un temps pour s'accrocher, Lili, et un temps pour lâcher prise. Il faut que tu apprennes à faire la différence – et à faire suffisamment confiance à ton cœur pour l'exposer au chagrin. C'est plus facile à dire qu'à faire. Mais c'est là qu'intervient la foi. Est-ce que tu comprends ?

Je hoche la tête en pensant enfin saisir le sens de ses paroles. Je baisse les yeux vers le médaillon resté ouvert sur mes genoux. Les yeux foncés d'Erich Freede me dévisagent. *Garde son visage… son beau visage dans ton cœur.* C'est d'accord. Par égard pour maman, je le ferai.

— Dors maintenant, dis-je doucement.

Elle lâche ma main et ferme les yeux en se calant contre ses oreillers avec un long soupir enroué. Je reste encore un moment assise, le temps d'assimiler tout ce qui vient de se passer entre nous. C'est si surprenant, et en même temps tellement dommage que ce ne soit pas arrivé avant. Le silence se prolonge. Je me lève et me tourne vers la porte pour sortir.

— Laisse-le-moi, s'il te plaît, dit-elle faiblement d'une voix presque enfantine. Juste un petit moment.

Je referme le médaillon, le presse dans sa paume et referme ses doigts dessus, puis je me penche et dépose un baiser sur son front. Un geste de tendresse que je n'avais jamais effectué avant – et que je n'effectuerai plus jamais.

Lorsque j'entre dans sa chambre le lendemain matin, je découvre qu'elle est partie. Elle repose paisiblement sur ses oreillers, le visage livide, mais beau. On dirait qu'elle a enfin atteint le bonheur en se libérant de son corps. Je prends le rosaire et le médaillon au creux de ses mains ouvertes posées sur le drap, range le premier dans sa commode et passe le second autour de mon cou. Le poids de ce bijou entre mes seins est étrange. Mon père. Un inconnu. Mais j'ai fait une promesse et je la tiendrai.

Je ne suis pas surprise qu'elle soit partie. Je sens simplement une tristesse sourde m'envahir au moment de refermer la porte de sa chambre derrière moi. Je pressentais que notre discussion de la veille était une sorte d'adieu.

Comme d'habitude, c'est maman qui a eu le dernier mot.

14

SOLINE

Nous ne créons pas l'amour de toutes pièces, à l'aide de philtres, de poudre aux yeux ou toute autre espèce de manipulation. Il n'est pas question de la fabriquer. Nous ne faisons que favoriser son expression et assurer sa survie.

ESMÉE ROUSSEL, *LA SORCIÈRE DES ROBES*

Paris, le 3 mars 1943

J'ai fermé boutique pour de bon, mais ce triste événement est passé totalement inaperçu.

Maman a été enterrée dans l'intimité, dans un cercueil en carton couvert de tissu, car il n'y avait pas de bois pour en fabriquer un vrai. Des fleurs ont été déposées sur notre perron, en petits bouquets attachés par des bouts de rubans ou de ficelle. Et bien sûr, des lettres ont commencé à arriver par dizaines dans notre boîte aux lettres, hommages sincères de jeunes mariées que maman avait aidées à trouver le bonheur au fil des années. Tant de prétendus miracles, accomplis à l'aide d'une aiguille et d'une petite dose de magie.

J'ai conservé un paquet de quelques lettres liées avec un morceau de ruban. C'est l'héritage que m'a légué maman – un recueil des contes de fées qu'elle a créés. Il est réconfortant de les lire de temps en temps, de savoir qu'on se souviendra d'elle. Mais la vie doit continuer, même si la mort est omniprésente ces temps-ci. Dans les informations à la radio et dans les journaux, dans les camps et sur les champs de bataille, dans les prisons et les hôpitaux de campagne.

Pour la plupart des gens, Esmée Roussel n'est qu'un visage disparu parmi tant d'autres, mais je ressens intensément son absence.

Depuis ma naissance, c'était sa voix qui dirigeait mon travail, façonnait mes pensées – me façonnait. Maintenant qu'elle est partie, je me sens comme une marionnette abandonnée. Je n'ai jamais été beaucoup plus que la fille d'Esmée Roussel. Et tout à coup, je ne suis même plus cela.

Après plusieurs années de travail secret, j'ai enfin terminé ma robe – le premier modèle original de Soline Roussel –, mais il me semble inutile d'en commencer une autre. Comme maman l'avait prédit, il n'y a plus de futures mariées à Paris puisqu'il ne reste plus d'hommes à épouser. À moins de compter les Allemands, ce qui est hors de question.

Ma vie a perdu son rythme. Je n'ai plus personne à nourrir, habiller, ni soigner, et je suis incapable de me projeter dans l'avenir. Mon univers, qui s'étendait seulement sur quelques rues, se limite maintenant à deux ou trois pièces, et je passe des semaines entières sans pointer le nez dehors. Cependant, mes provisions ont terriblement diminué. Il est temps de rejoindre le monde des vivants qui sont obligés de faire la queue pour se nourrir.

Un mercredi matin bruineux, j'attrape mon parapluie et me dirige vers les magasins, mes cartes de rationnement en poche. Comme c'est le jour de la viande, la file à la boucherie s'étire déjà jusque dans la rue, long rang de visages amaigris, endurcis par la faim et la méfiance. Je me place au bout et abrite la femme qui s'arrête derrière moi sous mon parapluie.

Il est impossible d'ignorer les rumeurs qui circulent le long de la file. On parle de diphtérie et de tuberculose, la maladie qui a tué maman. De poulets rachitiques. De nouveau-nés trop faibles pour survivre. De la famine meurtrière en Pologne. Un doute informulé plane sur la foule : combien de temps avant que nous ne tombions raides morts, nous aussi ?

Mais ce que je trouve encore plus cruel que cette menace de famine, c'est le poids écrasant de l'ennui. J'ai besoin d'occuper mes journées, de me rendre à nouveau utile, sinon je deviendrai folle. Quelques maisons de couture sont encore ouvertes : Lelong, Grès, Schiaparelli. Mais elles habillent désormais les épouses des nazis, et maman n'aurait jamais accepté que j'y travaille. Non que l'envie me soit venue de frapper à leurs portes. Mais hélas, je n'ai pas la moindre idée du métier que je pourrais à présent exercer.

Un matin, j'enfourche la vieille bicyclette de maman et prends la route de Neuilly-sur-Seine, ville de proche banlieue, pour y échanger deux écheveaux de fil à dentelle – un bien encore plus prisé que le bœuf au marché noir, et deux fois plus difficile à trouver – contre du beurre et quelques œufs. J'approche de l'Hôpital américain lorsque le passage en trombe de trois ambulances me fait tressaillir. Il n'est pas inhabituel d'entendre des sirènes dans les rues de Paris, loin de là, mais je pense que personne n'est parvenu à s'habituer à leur gémissement désagréable et plaintif. Nous savons tous pourquoi elles hurlent. Un massacre supplémentaire. Le nombre des veuves vient encore d'augmenter.

Pétrifiée, je regarde les véhicules franchir le portail de l'hôpital et pénétrer dans la grande cour. Au moment où les sirènes se taisent, on entend des éclats de voix, des claquements de portières, et du personnel en uniforme accourt, tandis que les ambulanciers se dépêchent de décharger leurs civières.

Partout en France, les hôpitaux sont débordés. Nous avons tous entendu les histoires terribles de chirurgiens pratiquant des amputations du matin au soir, d'infirmières si surmenées qu'elles s'évanouissent à cause du manque de sommeil, de bénévoles changeant des draps et vidant des bassins de lit des heures d'affilée sans se reposer.

Sans me rendre compte de ce que je fais, j'abandonne ma bicyclette à l'ombre d'un châtaignier et me dirige tout droit vers la cour. Après avoir passé deux ans à m'occuper de maman, à changer ses draps et l'aider à se laver, à nettoyer ses mouchoirs couverts de sang et à lui donner ses médicaments, je connais bien les tâches de base d'une infirmière. Je crois bien que je viens de trouver le moyen d'occuper mes journées et de me rendre utile.

Au début, personne ne remarque ma présence. Il se passe tant de choses en même temps : des hommes courent dans toutes les directions en criant des ordres, tandis que les ambulanciers américains s'empressent de sortir les blessés des véhicules. J'aperçois un éclat d'obus grand comme la main planté dans une poitrine hâtivement bandée. Un garçon pas plus âgé que moi n'a plus qu'un moignon sanglant à la place du bras droit.

Une sensation de nausée m'envahit, puis je vois le sol de la cour tanguer dangereusement, tandis que je me retiens de vomir mon petit déjeuner. Une main sur la bouche, je m'efforce de me ressaisir et cherche le plus court chemin jusqu'à ma bicyclette. Malheureusement, je n'arrive pas à soulever les pieds. Je reste plantée dans la cour, paralysée et en nage, partagée entre l'envie irrésistible de fuir et le besoin d'apporter à ces gens toute l'aide dont je suis capable.

Finalement, on décide pour moi. L'un des ambulanciers – le responsable de l'équipe, semble-t-il – m'aperçoit soudain immobile au milieu du chaos.

— Prévenez Alice qu'il y en a sept ! me crie-t-il. Trois dans un état critique.

Alice ?

Je le regarde sans comprendre, puis me retourne. Étrangement, il n'y a personne derrière moi.

— Parlez-vous anglais ? demande-t-il sèchement dans un français presque parfait.

— Oui. Oui, bien sûr.

Les yeux plissés, il me regarde de la tête aux pieds. À vrai dire, je ne dois pas faire grande impression. Depuis la fermeture de la boutique, je ne prends plus vraiment soin de mon apparence, et j'ai été particulièrement flemmarde aujourd'hui. Je porte une vieille jupe-culotte, le vêtement le plus pratique pour se déplacer à bicyclette, et un chemisier blanc ordinaire sous un des cardigans de maman.

— Vous êtes bénévole ici ? s'enquiert-il en anglais.

Je jette un coup d'œil embarrassé autour de moi, puis lâche le premier mot qui me passe par la tête.

— Oui.

— Dans ce cas, bougez-vous. Je répète : sept et trois.

Il me tourne le dos avant que je ne puisse lui demander des précisions, puis recommence à aboyer des ordres. Les yeux baissés, je contourne les nombreuses civières et me dirige vers l'entrée du bâtiment. Je remarque qu'il n'y a ici aucun garde, aucun uniforme allemand nulle part, ce qui est très inhabituel. On ne peut pas faire trois pas sans croiser un nazi ces temps-ci.

À l'intérieur, le chaos paraît mieux maîtrisé. On se croirait dans une ruche morne et aseptisée où chaque individu connaît sa mission et s'affaire avec une inébranlable détermination. Les infirmières abruties de fatigue vont et viennent en sabots et blouses blanches. Des bénévoles traversent l'accueil en poussant des chariots, tandis que d'autres portent des bassins ou des piles de draps. Groupés dans les coins ou alignés le long des murs, des soldats en fauteuil roulant ressassent les souvenirs d'un glorieux combat ou fument des cigarettes, le regard dans le vague.

C'est à la fois étourdissant et exaltant de se trouver au cœur d'une telle activité. Paris a succombé à une espèce d'envoûtement depuis l'arrivée des nazis ; on dirait que la ville est entrée en hibernation en espérant dormir jusqu'à la fin de ce cauchemar. Mais les médecins et les infirmières, et même les bénévoles, ne peuvent pas se permettre d'hiberner. Ils ont une mission, et tout à coup, j'ai désespérément envie d'y participer.

J'attire l'attention d'une infirmière aux boucles cuivrées sous une coiffe amidonnée.

— On m'a demandé de transmettre un message à Alice, dis-je avec hésitation.

— Là-bas, répond-elle en agitant le pouce. Celle qui tient une écritoire. Si vous courez, vous arriverez peut-être à la rattraper.

Je la rejoins au moment où elle s'apprête à pousser une double porte.

— Excusez-moi.

Elle se retourne et pose sur moi ses yeux gris écarquillés, surmontés de sourcils anthracite. L'espace d'un instant, elle paraît sincèrement amusée.

— Je suppose que vous êtes nouvelle. Personne ne s'excuse ici. Qu'est-ce que je peux faire pour vous ?

— Un homme – le chef des ambulanciers dehors – m'a demandé de vous transmettre ce message : sept en tout, trois critiques.

Elle hausse les sourcils et retrouve subitement son sérieux.

— D'accord.

Elle s'éloigne aussitôt en lançant des ordres d'une voix si forte que je l'entends bien après que les portes se sont refermées derrière elle. Quelques instants plus tard, les premiers brancards apparaissent, suivis d'une rafale d'échanges à voix basse et de bruits de pas. Mal à l'aise, je regarde les blessés disparaître derrière une autre double porte sur laquelle est inscrit le mot *URGENCES* en me demandant combien retourneront auprès de leurs familles, si tant est que certains s'en sortent.

L'agitation se calme une fois que les blessés ont été répartis dans les différentes salles, et je me sens brusquement bête et inutile. Alors que je me demande à qui proposer mes services, une femme remarque ma présence et se dirige vers moi. Je reconnais alors la mère d'une des jeunes clientes de maman, bien qu'elle ne porte pas de maquillage et que seules quelques épingles retiennent ses cheveux toujours impeccablement coiffés.

— Vous êtes Soline, la fille de Mme Roussel.

Son visage s'adoucit lorsque je hoche la tête.

— J'ai appris qu'elle avait quitté ce monde. Toutes mes condoléances.

— Merci, madame Laval.

— Je vous en prie, appelez-moi Adeline. Êtes-vous venue aider nos courageux soldats ?

— Oui. Mais je ne sais pas où aller.

Elle me tapote le bras et m'adresse un petit clin d'œil.

— Suivez-moi.

Je m'attends à ce qu'elle me conduise au bureau où je pourrai parler au responsable des bénévoles et remplir des papiers, mais nous nous dirigeons vers un coin encombré de piles de cartons. Elle en soulève trois et les pose dans mes bras.

— Vous allez emporter ça dans la réserve. Passez par cette porte, puis tournez à droite, et revenez en chercher.

— C'est donc vous la… responsable ?

— Pardon ?

Elle éclate de rire en renversant la tête.

— Bonté divine ! C'est le docteur Jack qui commande ici, attention à ce que vous dites. Moi, je ne fais que donner un coup de main partout où je peux, comme tout le monde. Allez, filez. Et ne vous trompez pas de porte. Vous risquez de faire mauvaise impression si vous débarquez au bloc opératoire dès votre premier jour.

Je suis ses instructions et pénètre dans un étroit couloir éclairé par des ampoules nues peintes en bleu, conformément aux mesures de réduction de l'éclairage. Les odeurs mêlées de l'alcool et de la teinture d'iode deviennent plus fortes à mesure que j'avance en cherchant le mot *RÉSERVE* sur l'enfilade de portes.

Elles sont nombreuses et pour la plupart anonymes. Je redoute de pousser la mauvaise ou de me faire réprimander parce que je n'ai pas le droit d'être là. Mais personne ne semble faire attention à moi, chacun étant trop occupé par ses propres tâches pour remarquer ce nouveau visage perdu dans la foule.

— Vous êtes-vous égarée ?

Rongée par la culpabilité, je sursaute et manque de lâcher mes cartons en faisant volte-face. C'est l'ambulancier qui m'a aboyé après dans la cour. Il paraît plus grand qu'à l'extérieur dans son uniforme militaire. Mince, les épaules larges, il est blond et bronzé comme seul peut l'être un Américain.

— J'ai bien peur que oui.

Quel embarras d'être surprise en pleine confusion pour la deuxième fois par cet homme qui semble si maître de lui-même et de tout ce qui l'entoure.

— C'est mon premier jour, et je cherche…

Je m'interromps brusquement en apercevant une tache de sang sur son épaule, foncée, mais pas tout à fait sèche, puis une deuxième sur le côté de son cou, juste sous l'oreille. Je ne pense désormais qu'à une chose : ce sang appartient-il au garçon à qui il manquait la moitié du bras ou à l'homme au morceau de métal planté dans la poitrine ?

Ma bouche se remplit subitement de salive, et la pièce commence à tanguer. Au-dessus de nos têtes, l'ampoule bleue semble faiblir. Pourtant, je n'arrive pas à détacher mes yeux de cette tache de sang qui me paraît symboliser la mort de si nombreux soldats français. Tant de douleur, de pertes et d'horreur.

L'Américain, qui semble percevoir ma détresse, me débarrasse rapidement des cartons.

— Est-ce que vous vous sentez mal ?

Sa voix paraît très lointaine, comme s'il parlait sous l'eau. Mais je finis par comprendre sa question. Mal. Est-ce que je me sens mal ? Je tourne la tête sur le côté et inspire à fond, honteuse de faire preuve d'une telle faiblesse devant cet homme stoïque.

— Je… je ne sais pas. Je crois que…

Sans attendre que je termine ma phrase, il m'attrape par le coude et m'entraîne dans le couloir. Nous nous arrêtons devant l'étroite porte des sanitaires. Il l'ouvre et me pousse à l'intérieur.

— Allez-y. Ne vous retenez pas, sinon votre nausée risque de durer un moment.

Je le regarde, déconcertée, puis je me penche en avant et vomis les restes de mon petit déjeuner. Mon estomac ne tarde pas à être vide, mais mes jambes tremblent lamentablement et mon visage est humide de sueur. À ma grande honte, je me mets à pleurer.

Je l'entends ouvrir le robinet, puis sens qu'il presse quelque chose de frais et humide dans ma main. Un mouchoir. Je m'essuie la bouche et me tamponne les yeux. Il reprend le mouchoir, le rince, le plie soigneusement et me le tend.

— Posez-le sur votre nuque. Ça vous fera du bien.

— Je suis vraiment désolée.

— Pourquoi ?

Je secoue la tête en clignant des yeux pour retenir de nouvelles larmes.

— Je ne suis pas aussi sensible d'habitude, mais en voyant le sang sur votre uniforme, j'ai repensé au jeune soldat que vous avez amené, celui qui avait perdu la moitié du bras. Une pensée m'obsède : tant de nos hommes sont dans le même état que lui maintenant. Et tant d'autres s'estimeraient heureux de n'avoir perdu que la moitié d'un bras.

— C'est votre premier jour ici, murmure-t-il.

Je hoche la tête en m'essuyant à nouveau les yeux.

— Je ne sais même pas comment j'ai atterri dans cet hôpital. Quand je suis partie de chez moi à bicyclette ce matin, j'avais seulement l'intention de troquer du fil contre des œufs.

Son éclat de rire m'étonne. Ce n'est pas exactement la réaction que j'attendais, mais je suppose que mon explication l'a surpris. Mon rire se joint au sien.

— Vous vous habituerez, dit-il, une fois que nous sommes calmés. Bon, ce n'est peut-être pas le terme approprié, mais vous allez apprendre à faire face. En attendant, rappelez-vous que tous les gens qui travaillent ici ont eu un premier jour.

Gênée, je cesse de le regarder.

— Pas comme le mien.

Il se penche vers moi avec un sourire espiègle.

— Je peux vous raconter un secret ?

— Oui ?

— Je fais ce travail depuis près d'un an, et je vomis encore au moins une fois par semaine.

Je ne sais pas s'il faut le croire, mais je lui suis reconnaissante de se montrer aussi gentil. Je m'apprête à le remercier lorsqu'une personne se racle bruyamment la gorge derrière moi.

— C'est parti, Roméo ! lance sa voix grave depuis le couloir. On lève le camp.

Roméo ?

Je me sens rougir. Cette personne a cru interrompre un rendez-vous galant. Comment lui en vouloir ? C'est ce que je penserais aussi si je tombais sur une jeune Française et un bel Américain bavardant discrètement aux toilettes.

Roméo pousse un soupir.

— D'accord, d'accord.

Pour la première fois, je remarque combien il a l'air fatigué.

— Dis à Patrick que j'arrive.

Il attend que nous soyons à nouveau seuls, puis sourit d'un air penaud.

— Désolé. Le devoir m'appelle.

— Bien sûr.

Je lui tends son mouchoir trempé, à nouveau embarrassée. Il baisse les yeux vers le carré de tissu et sourit.

— Gardez-le précieusement. Je le récupérerai plus tard.

Je le regarde s'éloigner, puis ouvre le robinet afin de rincer son mouchoir en coton fin et coûteux. Sa bordure est faite d'une mince bande de satin. Je ralentis mes gestes en découvrant une tache rouge dans un coin. Je crois d'abord qu'il s'agit d'une tache de sang, mais c'est en réalité un monogramme. Quelle vision étrange. J'ai l'impression d'avoir découvert un service à thé en argent au beau milieu d'un champ de bataille. Quel soldat porte donc des mouchoirs ornés d'un monogramme sur lui ? Je le lève vers la lumière et tente de déchiffrer les élégants caractères. *A.W.P.*

Je passe le reste de la journée à chercher son visage au milieu de la foule qui va et vient dans les couloirs, tout en me demandant à quoi peuvent bien correspondre ces lettres.

15

SOLINE

Avant de commencer, il faut s'assurer que les futurs mariés sont destinés au bonheur. Ce n'est pas une question d'attirance, mais plutôt d'aptitude. Chacun des amoureux doit avoir la capacité d'être heureux, car nul charme, aussi élaboré soit-il, ne peut garantir la réussite d'un mariage.

ESMÉE ROUSSEL, *LA SORCIÈRE DES ROBES*

Paris, le 10 mars 1943

Une semaine s'est écoulée sans que je croise mon Roméo américain. Je porte son mouchoir sur moi chaque jour, dans l'espoir d'avoir enfin l'occasion de le lui rendre. Ce n'est pas que je crains qu'il en ait besoin – un homme qui se promène avec un mouchoir à monogramme dans sa poche au beau milieu d'une guerre doit en posséder un tas d'autres –, mais j'aimerais qu'il sache que je suis toujours là, que je n'ai pas baissé les bras.

En fait, je commence à m'habituer à cet endroit, aux odeurs et aux visions d'horreur, aux heures supplémentaires et aux visages épuisés par la guerre. Je fais la toilette des blessés à l'éponge, remplis leurs pichets d'eau, livre leurs repas et vide leurs bassins de lit. Je les aide même à écrire à leurs amoureuses. Le plus dur a été de me repérer dans l'hôpital, de mémoriser les zones interdites d'accès, les services accueillant chacun leur type de blessé, ainsi que le chemin le plus rapide jusqu'à la cantine, où je me rends lorsque j'ai enfin droit à une pause. C'est justement là que je me trouve quand je le revois enfin. Mon Roméo.

Je viens de finir de rédiger une lettre dictée par un pilote canadien aux deux bras cassés, lorsque je lève les yeux de ma tasse de café et l'aperçois dans l'entrée. Je devine à son expression qu'il me regarde depuis un moment, et je sens mes joues se colorer.

Mon pouls s'accélère au moment où nos regards se rencontrent. Appuyé au chambranle, les bras croisés sur la poitrine, il m'adresse un grand sourire typiquement américain. Lorsque je le lui rends, il baisse les bras et se dirige vers ma table. Il a un pansement sur le front et un hématome à la tempe.

— Vous êtes toujours là, dit-il sans cesser de sourire. Je n'étais pas certain de vous revoir.

— Vous êtes blessé ?

Il se frotte la mâchoire en haussant les épaules.

— Un des hôpitaux de campagne a eu besoin de renfort, alors j'ai dû y rester quelques jours. Un soir, la situation s'est sérieusement envenimée, mais on s'en est sortis. En tout cas, vous vous plaisez ici, à ce que je vois.

— J'ai bien été obligée de revenir. Il fallait que je vous rende votre mouchoir.

Une lueur malicieuse éclaire ses yeux bleu-vert.

— Mon plan a donc fonctionné. Vous m'en voyez ravi.

Brusquement intimidée, j'ai le souffle coupé et la tête qui tourne. Je ne peux m'empêcher de me demander si c'est ce que maman a ressenti le jour où elle a rencontré Erich Freede.

— Le monogramme… À quoi correspondent les lettres A.W.P. ?

— Anson. Je m'appelle Anson William Purcell. Et vous ?

— Soline Roussel.

— Enchanté, Soline Roussel.

Je serre brièvement la main qu'il me tend, surprise par la chaleur de ses doigts.

— Comment ça se passe ? Est-ce que le travail est plus facile maintenant que vous avez trouvé vos marques ?

— Un peu, oui. Une des bénévoles m'a prise sous son aile. Elle a connu ma mère à l'époque où elle était encore en vie, et elle a été très gentille avec moi.

Son sourire disparaît et ses traits s'adoucissent.

— Toutes mes condoléances. Quand est-elle décédée ?

— Il y a trois mois, je pense. J'ai perdu la notion du temps. Nous possédions une petite boutique de robes de mariée rue Legendre, mais elle est tombée malade, puis les Allemands sont arrivés. Je pensais être capable de m'occuper des blessés après avoir pris soin d'elle. Mais le premier jour, en voyant ces pauvres hommes… En fin de compte, je n'étais pas prête.

— Bien entendu, mais vous êtes restée quand même. C'est courageux.

Je contemple l'écusson rouge et vert de l'American Field Service cousu sur sa manche. J'ai entendu parler de ces nombreux ambulanciers américains qui se sont engagés avant même que les États-Unis n'entrent en guerre. Ils sont venus nous aider de leur propre gré, ce qui leur a valu le surnom de Gentlemen Volunteers.

— On parle beaucoup de vous, les ambulanciers. On raconte que vous vous portez volontaires pour venir en France et que vous payez vous-mêmes le voyage. Est-ce que c'est vrai ?

Il grimace.

— N'en faisons pas toute une affaire. Nous sommes pour la plupart des garçons de bonne famille sortis de Princeton et de Yale cherchant l'aventure.

— De quelle université venez-vous ?

— De Yale. Comme mon père et mon grand-père. Mais tout ça, c'est fini.

— Vous avez arrêté vos études pour venir ici ? Mais pourquoi ?

Il hausse les épaules d'un air évasif, comme si ce sujet le mettait mal à l'aise.

— Je voulais remplir ma part du boulot. Et la devise de l'AFS me plaisait : *La liberté et la compassion ne doivent pas disparaître de la surface de la terre.*

Nouveau haussement d'épaules.

— Enfin bref, c'est pour ça que je suis là.

— Votre famille doit être fière de vous.

— Ma mère est morte il y a presque trois ans. Il ne reste que ma sœur et mon père. Et « fière » n'est pas tout à fait le terme approprié. Les Purcell ont toujours été des officiers de marine, alors on s'attendait à ce que je marche dans leurs pas. Mon père était prêt à faire jouer ses relations pour que j'entre à l'école des officiers après l'université, mais j'ai refusé. Je n'ai pas non plus accepté de me laisser embringuer dans l'affaire familiale. Inutile de dire qu'il a piqué une belle crise quand je lui ai annoncé que j'arrêtais mes études pour rejoindre l'AFS.

J'observe les blessures de son visage. Nous avons tous entendu parler des ambulanciers de l'AFS tués dans l'exercice de leurs fonctions, ou capturés et interrogés par la Gestapo sous prétexte qu'ils aident des prisonniers évadés.

— Il s'inquiète peut-être pour votre sécurité et estime que vous seriez mieux protégé en tant qu'officier de la marine américaine.

Sa bouche esquisse une grimace.

— Non, j'ai simplement fait capoter ses projets.

— Est-ce que vous prenez… des risques ?

Il incline la tête sur le côté et me dévisage à son tour.

— Est-ce que ça vous inquiète ?

Mes joues se réchauffent. Cet homme n'est rien pour moi, et nous ne serons probablement jamais proches, mais il me semble que ma question est parfaitement pertinente.

— Je pense à votre père et à votre sœur.

Son sourire fait place à une expression dure et indéchiffrable.

— Nous sommes obligés de prendre des risques. Nous avons une mission à accomplir. Ceux qui ont de la chance reviennent en un seul morceau et reprennent la route le lendemain.

— Comment faites-vous pour tenir le coup ? Vous n'avez pas peur ?

— Si, tous les jours.

— Mais vous continuez quand même.

— Comme vous.

Je secoue la tête. Son travail et le mien n'ont évidemment rien de comparable.

— Vous sauvez des vies. Moi, je ne fais que changer des draps et écrire des lettres.

— Écrire une lettre à la mère ou à la fiancée d'un soldat sauve bien des vies, croyez-moi. C'est une bouée de sauvetage, une raison de s'accrocher.

Il passe une main dans sa chevelure blonde. Son expression est terriblement sérieuse.

— Chacun de nous fait ce qu'il peut, Soline, et nous avons tous une peur bleue de mourir. Mais nous continuons à faire notre boulot, parce que c'est important. Notre rôle à tous est essentiel.

Avant que je ne trouve quelque chose à répondre, une voix m'appelle. Je me retourne et aperçois Adeline dans l'entrée de la cantine qui pointe sa montre du doigt. Je lui adresse un signe de tête et me lève.

— Il faut que j'y retourne.

Anson se lève à son tour et m'attrape par la main.

— Vous allez me manquer, Soline Roussel.

Sa voix grave et chaude fait battre mon cœur plus vite.

— Ne dites pas de bêtises. Vous me connaissez à peine.

Il me lance un sourire espiègle.

— Vous vous appelez Soline Roussel et vous habitez en France, à Paris. Vous êtes belle et gentille, et à une époque, votre mère et vous possédiez une boutique de robes de mariée. Aujourd'hui, vous passez vos journées à vous occuper de nos soldats. Je m'appelle Anson Purcell, j'ai laissé tomber mes études à Yale. Ma famille habite Newport, à Rhode Island. Mon père se nomme Owen, et il est à la tête d'une entreprise qui fabrique des yachts de course. Ma mère s'appelait Lydia. Quant à ma sœur, Cynthia – Thia pour les intimes –, elle aimerait devenir peintre impressionniste en France quand elle sera grande. Voilà, nous nous connaissons à présent. Autrement dit, vous pouvez me manquer maintenant.

Une chaleur inconnue se répand dans mon ventre. J'ai toujours vécu dans un monde de femmes, entourée de futures mariées et de leurs mères, et de la mienne. Personne n'a jamais flirté avec moi, mais je devine que c'est ce qu'il est en train de faire. Cependant, je ne peux pas lui en vouloir. Il est plus agréable de faire la cour à une jeune femme que de parler de la guerre et de la mort. Mais on m'a mise en garde contre les Américains et leur sourire désarmant. Je recule maladroitement et libère ma main de la sienne.

— Il faut que j'y aille. Les patients attendent leur déjeuner.

Je me tourne vers la porte, puis lui lance un regard par-dessus mon épaule.

— Essayez de vous montrer prudent.

En m'éloignant, je me sens étrangement légère, comme si mes pieds ne touchaient pas tout à fait le sol. Adeline m'attend en haussant un sourcil, un sourire narquois aux lèvres.

— Je peux savoir ce qui se passe ?

— Rien.

Quel mensonge ! Même si je me sens totalement perdue, je sais qu'il vient de se passer quelque chose d'important.

— Il m'a prêté son mouchoir le jour où j'ai commencé ici. Je ne faisais que le remercier.

— En tête à tête ?

Je cherche une explication, mais abandonne rapidement. Rien de ce que je dirais ne fera disparaître son sourire.

— Ce n'était rien, Adeline. Il était simplement gentil avec moi.

Elle rit d'un air entendu.

— Oh, ils le sont toujours. Mais fais attention, ma chérie. On n'est pas au cinéma ici. Le héros, aussi beau qu'il soit, n'a pas forcément que de bonnes intentions.

— Tu le considères donc comme un héros ?

Un sourire rêveur se dessine sur mes lèvres.

— Ma foi, il a tout à fait le physique de l'emploi. Et l'AFS doit juger qu'il a l'étoffe d'un héros. Son personnel est trié sur le volet. J'imagine que c'est nécessaire. Tout le monde n'est pas capable de faire ce que fait cet homme. C'est pour cette raison que tu devrais protéger ton cœur, fillette. Il est dangereux de s'attacher en temps de guerre.

Je hoche la tête docilement, mais je sais au fond de moi qu'il est trop tard. Je ressens déjà de l'attachement pour lui. Et peut-être est-ce réciproque.

Adeline frotte ses mains rougies par le travail lorsque nous approchons du service d'orthopédie, où nous attend un chariot rempli de plateaux de repas métalliques.

— Parfait ! Allons nourrir les hommes. Ensuite, nous irons déjeuner, toi et moi, et tu me raconteras cette histoire de mouchoir.

J'ignore où j'en serais sans Adeline. Elle m'a aidée à trouver mes repères en me présentant aux autres bénévoles et en intervenant pour rattraper mes bourdes.

Je me souviens d'un jour en particulier. Une foule de blessés venaient d'arriver, et tout le monde se dépêchait de préparer des lits. En sortant de la laverie avec une brassée de draps, je me suis heurtée au médecin responsable de l'hôpital – le fameux docteur Jack – qui s'est retrouvé trempé de café bouillant.

Les infirmières se plaignent souvent du mauvais caractère de Sumner Jackson. Mais en levant les yeux vers sa blouse dégoulinante et son visage renfrogné ce jour-là, je me suis aperçue que ces rumeurs donnaient une image très réductrice de lui. Il est grand et large d'épaules. Ses épais sourcils ombragent ses yeux, tandis que son nez ressemble davantage à celui d'un boxeur professionnel qu'à celui d'un chirurgien.

J'ai bredouillé des excuses en français, puis en anglais, puis à nouveau en français, tout en essayant de retenir la pile de draps qui menaçait de dégringoler sur le sol. Comme d'habitude, Adeline est venue à mon secours en lui expliquant que j'étais nouvelle et encore un peu maladroite. J'ai retenu mon souffle tandis qu'il promenait sur mon visage ses yeux foncés inexpressifs.

Finalement, au lieu de m'enguirlander, il a esquissé un sourire.

— Mademoiselle, bien que je considère, en qualité de médecin, l'ingestion de café comme tout à fait saine, celui-ci n'a pas grand intérêt lorsqu'il est appliqué sur la peau. Vous veillerez dorénavant à ralentir le pas dans les couloirs.

Là-dessus, il est passé à côté de moi et s'est éloigné, m'abandonnant les genoux tremblants, avec une pile de draps tachés de café.

Les semaines suivantes, j'en ai appris davantage sur Sumner Jackson, sur la mission qu'il s'est fixée et le mal incroyable qu'il se donne pour qu'aucun soldat allemand n'occupe nos lits. Les patients que nous soignons sont français, canadiens, anglais et américains. En général, la nationalité des blessés n'est pas ce qui nous préoccupe le plus. Ce qui nous importe, c'est le nombre de lits occupés et celui des bassins à vider.

Certains hommes – des garçons même, à peine plus âgés que moi – arrivent des camps de prisonniers et y sont renvoyés quand ils sont suffisamment remis. D'autres, dans un état plus grave, sont rapatriés chez eux, trop mutilés pour retourner au champ de bataille. D'autres encore finissent par mourir. Parfois après avoir paru totalement rétablis. Cela me fait toujours un choc de découvrir un lit vide en arrivant le matin, ou déjà occupé par un nouvel inconnu. Leurs histoires se ressemblent toutes. *Son état s'est subitement dégradé. Une infection. Une hémorragie. Les médecins ont fait tout ce qu'ils pouvaient.* C'est toujours si brutal, si horriblement, si tragiquement inattendu.

Au début, je me renseignais autour de moi, mais personne ne semblait vouloir parler de ces lits vides. Seuls les vivants comptent pour les médecins et les infirmières. Et j'ai rapidement appris que je dois adopter le même état d'esprit si je tiens à continuer à travailler dans cet hôpital. Je m'exécute sans poser de questions, ni faire de commentaires, et je ne me mêle pas des affaires que je ne suis pas en mesure de comprendre.

Tel un bon petit soldat, je fais profil bas et me rends utile en m'occupant des repas, en remplissant la réserve et en allant chercher ce qu'on me demande. Mais ma tâche préférée consiste à rédiger les lettres des soldats qui n'en ont pas la capacité. C'est peut-être lié à la révélation d'Anson à la cantine l'autre jour – ces lettres sauvent, elles aussi, des vies.

Les phrases que j'écris sont souvent tristes, mais toujours empreintes de courage. Il m'est parfois difficile de retenir mes larmes, sachant que quelque part, une mère, une épouse ou une fiancée les liront bientôt et pleureront avec un mélange de gratitude et d'angoisse. *Estropié, mais en sécurité. Aveugle, mais vivant. Vivant, mais à jamais changé.*

Il est impossible de savoir quand, et même *si*, ces lettres arriveront à destination. Les piles de correspondance personnelle attendent pendant des jours, voire des semaines, d'être examinées par les censeurs. Les sacs de lettres approuvées sont chargés dans un bateau ou un avion et atteignent leur destination, si tout se passe bien, en quatre à six semaines. Lorsqu'elles l'atteignent.

Malgré tout, les hommes continuent à écrire, certains même chaque jour. Ils passent sous silence la boue et le sang de la guerre en inventant des nouvelles rassurantes et en épiloguant sur des anecdotes sans importance. Car chaque lettre est une note d'espoir envoyée chez eux, un fil ténu qui les rattache à une personne de l'autre côté de l'océan. Une mère, une épouse ou une fiancée qui endure son propre enfer. Des semaines sans un mot. Des prières non exaucées. Des lettres qui n'arrivent jamais.

Alors que les télégrammes, eux, arrivent toujours à destination.

16

Rory

Boston, le 23 juin 1985

Avec une grimace, Rory tira sur ses boucles en essayant de les attacher en queue-de-cheval. Elle avait la même tête affreuse que pendant ses semaines d'examens, quand elle avait les yeux cernés et le teint pâle après avoir passé plusieurs nuits d'affilée à étudier.

Trois jours s'étaient écoulés depuis sa rencontre avec Soline, et elle continuait à penser que leur rencontre accidentelle était destinée à agir comme un léger électrochoc, à lui rappeler que la vie se déroule rarement comme dans les romans. L'amour ne triomphe pas toujours, les héros ne sont pas invincibles, et l'histoire ne finit pas toujours bien pour les gens qui s'aiment. Certains cœurs brisés ne guérissent jamais.

Elle jeta un coup d'œil à sa montre, puis examina à nouveau son visage. Si seulement elle s'était levée suffisamment tôt pour pouvoir au moins se sécher les cheveux. Ou mieux encore, pour pouvoir prévenir sa mère qu'elle ne pourrait pas venir au brunch en raison d'un contretemps. Mais il était trop tard pour l'appeler, maintenant. Le champagne était déjà dans la glace, et elle allait être en retard. Pour changer.

À quatre pattes, elle cherchait sa chaussure gauche sous son lit lorsque la sonnette retentit. Elle se dirigea vers la porte en s'attendant à tomber sur une jeune éclaireuse aux cheveux tressés venue lui vendre des cookies ou à deux jeunes hommes bien habillés distribuant des brochures religieuses. Quelle ne fut pas sa surprise quand elle découvrit

Soline Roussel sur le pas de sa porte, une boîte de pâtisseries frappée du logo noir et blanc familier de *Sugar Kisses* entre les mains.

— Bonjour ! dit joyeusement celle-ci. J'espère que vous avez faim.

Rory ouvrit la bouche sans savoir quoi dire. Elle n'aurait pas été plus troublée si Lady Diana en personne avait sonné à sa porte. Elle fit un pas de côté pour laisser Soline entrer.

— Mais que faites-vous ici ?

— C'est à votre tour.

— Comment ça ?

— Je vous ai raconté mon histoire, alors maintenant, c'est à votre tour.

— Je ne vois pas ce que je pourrais bien vous raconter.

Soline haussa un sourcil presque noir.

— Vraiment ?

Rory se sentit rougir sous son regard éloquent. Il y avait quelque chose de troublant dans ses yeux brun foncé, un mélange de chaleur et de dureté qui lui donnait l'atroce impression de ne rien pouvoir lui cacher.

— Comment avez-vous su où me trouver ?

— Maître Ballantine a été assez gentil pour me donner votre adresse.

Son sourire fit apparaître un éventail de minuscules rides aux coins de ses yeux.

— Vous voyez ? Je sais l'amadouer, moi aussi.

— Mais… pourquoi ?

L'expression de Soline s'adoucit.

— Le jour de notre rencontre, vous avez quitté ma maison en pleurs, trésor. J'ignore ce qui vous est arrivé, et j'aimerais bien le savoir.

Rory poussa un grognement. Quel souvenir gênant ! Et ce n'était rien de le dire.

— Je suis désolée. Ma vie est un peu sens dessus dessous en ce moment, et cela m'est revenu brutalement.

Pardonnez-moi d'être partie ainsi en courant, sans vous remercier, ni vous dire au revoir convenablement. C'était très impoli de ma part.

— Mais pas du tout. Je ne suis pas venue pour que vous me présentiez des excuses. Je tenais à m'assurer que vous alliez bien. Je me suis inquiétée pour vous ces derniers jours, et j'ai fini par réaliser que c'était inutile. Je n'avais qu'à venir prendre de vos nouvelles moi-même.

Rory baissa les yeux, gênée que cette femme qui préférait éviter la compagnie des autres ait ressenti le besoin de traverser la ville pour vérifier comment elle se portait.

— Vous n'auriez pas dû vous donner cette peine. Je vous assure que je vais bien.

— Vous n'êtes pas obligée de faire semblant avec moi, Rory. Vous avez le droit d'être triste.

Rory redressa lentement la tête. Ces mots, si éloignés du flegme bien intentionné de sa mère, semblèrent déverrouiller quelque chose dans sa poitrine. On aurait dit qu'une porte s'ouvrait brusquement en elle.

— Auriez-vous du café ? demanda Soline quand le silence devint embarrassant.

— Du café ?

— J'ai apporté le petit déjeuner. Des pains au chocolat et des chaussons aux pommes.

Rory la dévisagea un instant, puis hocha lentement la tête.

— Oui, j'ai du café.

Elle conduisit Soline à la cuisine en espérant qu'elle ne remarquerait pas le panier de linge froissé sur le canapé, ni les paires d'après-skis qui traînaient encore devant le placard à manteaux. Il n'avait pas neigé depuis le mois de mars.

Dans la cuisine, elle rassembla les boîtes des plats à emporter de la veille et les fit glisser dans la poubelle, puis entreprit d'empiler plus soigneusement la vaisselle sale dans l'évier. Elle abandonna au bout de quelques minutes. Mal rangée ou non, c'était toujours de la vaisselle sale.

— Pardon pour le désordre, dit-elle après avoir fini de verser des cuillerées de café dans l'appareil. Je ne passe pas beaucoup de temps dans cette pièce en ce moment. Ce n'est pas tellement drôle de cuisiner pour moi seule, alors je mange surtout des plats à emporter, et le bazar s'accumule.

— Vous avez raison, dit Soline en prenant un couteau dans le bloc pour couper la ficelle du carton de pâtisseries. Ce n'est pas très amusant. Mais il faut bien manger, et pas toujours dans des boîtes. Auriez-vous des assiettes à gâteaux ?

— Dans le placard à votre gauche. Vous devriez y trouver des serviettes en papier également.

Elle regarda Soline retirer ses gants, puis commencer à servir les viennoiseries. Elle se demanda comment sa propriétaire se débrouillait pour cuisiner et réalisa soudain qu'elle avait de la chance de la recevoir. Il était toutefois surprenant que Soline ait réussi à venir jusqu'à South End sans voiture.

— Ne me dites pas que vous avez porté cette boîte pendant tout le trajet en métro, puis marché depuis la station.

— Bien sûr que non. J'ai pris un taxi. Venez vous asseoir.

Elle attendit que Rory la rejoigne à table, puis poussa l'assiette de viennoiseries vers elle.

— Que désirez-vous ? demanda-t-elle en français.

Rory regretta de ne pas avoir été plus attentive en classe.

— Je suis désolée, mais je maîtrise assez mal votre langue – enfin, pas du tout, pour être honnête.

— Je vous demandais ce que vous souhaitiez manger.

— Ah, oui. Un chausson aux pommes, je pense.

— Moi, je vais goûter au pain au chocolat.

Soline fit glisser la viennoiserie sur son assiette, secoua sa serviette et la posa sur ses cuisses.

— Bon, dit-elle, avant de lécher le sucre glace sur ses doigts. Que s'est-il passé ?

— Que voulez-vous dire ?

Soline inclina la tête sur le côté en haussant un sourcil.

— Nous n'allons quand même pas jouer aux devinettes, dites-moi.

— Je ne comprends toujours pas pourquoi vous êtes venue. Qu'est-ce que cela peut vous faire ?

— D'après vous ?

— Vous allez encore dire que c'est mon tour.

— En effet, mais il ne s'agit pas que de ça. Vous me rappelez une personne que j'ai connue à une époque.

— Qui donc ?

— Moi.

Soline marqua une pause, le temps de boire une gorgée de café.

— La vie vous a fait ou vous a pris quelque chose. Je ne sais pas quoi, ni quand c'est arrivé, mais vous ne retrouvez plus vos repères depuis. Vous vous persuadez que cette galerie comblera le vide que la vie a laissé en vous. Mais au fond, vous savez que c'est impossible. Vous craignez que rien ne le comble jamais.

Rory déglutit, la gorge subitement sèche. Soline avait raison. Chaque mot sonnait juste. Mais comment était-elle au courant ?

— Est-ce que Brett a parlé à Daniel ? Est-ce pour cette raison que vous connaissez mon histoire ?

— Non, bien sûr que non.

— Mais comment la connaissez-vous, dans ce cas ?

Lorsqu'elle reposa sa tasse, Soline eut un sourire à la fois bref et nostalgique.

— Nous sommes des âmes sœurs, vous et moi. Des inconnues au passé commun.

Rory ne savait pas à quelle réponse elle s'attendait, mais certainement pas à celle-là.

— Je ne comprends pas.

— Chacun de nous est la somme de ses histoires, trésor. De ses joies et de ses peines. De ses amours et de ses pertes. Voilà qui nous sommes : la somme de toutes nos angoisses et de nos extases. Parfois, les angoisses laissent une trace, tel un bleu à l'âme. Nous faisons de notre mieux pour les cacher aux autres, et à nous-mêmes. Parce que nous avons peur de nous montrer fragiles. Vulnérables. C'est ce qui fait de nous des âmes sœurs, Rory – nos blessures.

Un frisson parcourut la nuque de Rory. De la part de n'importe qui d'autre, ces mots lui auraient paru ridicules. C'était le genre de thèse farfelue habituellement véhiculée par les diseuses de bonne aventure. Mais Rory avait bel et bien constaté le recoupement mystérieux de leurs histoires, elle aussi.

— Pardon, mais j'ai vraiment du mal à saisir ce qui se passe. La façon dont nous nous sommes rencontrées, dont votre histoire me semble si… familière.

Une émotion inattendue lui serra soudain la gorge. Elle tourna la tête et s'essuya les yeux.

— Je suis désolée. C'est seulement la deuxième fois que nous nous rencontrons, vous allez finir par croire que je passe mon temps à pleurer.

Elle renifla bruyamment en secouant la tête d'un air dégoûté.

— Vous devez vraiment me prendre pour une idiote.

— Que s'est-il passé, Rory ?

— Mon fiancé, murmura-t-elle finalement. Il s'appelle Hux. Enfin, Matthew, mais tout le monde le surnomme ainsi. Il est parti dans le sud du Soudan il y a neuf mois pour travailler avec Médecins sans frontières. Il m'écrivait très régulièrement, deux ou trois fois par semaine. Puis, du jour au lendemain, ses lettres ont cessé d'arriver. Je suis restée sans nouvelles pendant quelques semaines. Il y a eu une certaine confusion au sujet des proches à prévenir… Mais on m'a finalement confirmé que plusieurs de ses collègues et lui avaient été enlevés.

Soline posa une main sur sa gorge.

— Ma pauvre enfant. A-t-il été…

Rory regarda fixement la serviette froissée dans son poing.

— Je ne sais pas. Personne ne le sait. Il n'y a eu aucune demande de rançon, et on n'a pas de nouvelles d'eux depuis des mois.

Elle se tut lorsque sa voix commença à trembler, puis se racla la gorge.

— Les autorités n'ont aucune idée de l'endroit où il se trouve, ni de l'identité des ravisseurs. Personne ne sait même s'il est en vie.

— Depuis combien de temps a-t-il disparu ?

— Six mois. Le soir, dans mon lit, j'imagine un millier de scénarios différents, d'histoires terribles. Et pourtant, je ne peux pas me résoudre à baisser les bras. Je sais que c'est fou, mais j'ai l'impression que je le saurais s'il avait été tué. Je l'aurais senti d'une façon ou d'une autre. Est-ce que ça vous paraît idiot ?

— Pas du tout.

Son regard empathique fit à Rory l'effet d'un baume sur une blessure. Des âmes sœurs. Soline avait peut-être raison.

— Je passe mon temps à lire des romans, avoua-t-elle. Le style d'histoire où le héros gagne à la fin et où l'amour triomphe toujours. C'est comme une drogue. Mais ces histoires ne sont pas réelles. Dans la vraie vie, il arrive que les choses finissent mal.

— C'est pour cette raison que vous vouliez connaître la mienne, dit doucement Soline. Vous espériez une fin heureuse. Une vraie, cette fois.

— Comme je vous le disais, c'est idiot.

— Non. Je sais ce que c'est d'attendre, de ne pas savoir. Vous vous accrochez à ce que vous pouvez pour tenir le coup une journée de plus.

Rory tira sur l'élastique qui retenait ses cheveux et soupira en passant une main dans son abondante chevelure ondulée.

— J'ai l'impression d'être une épave. Parfois, je crois que j'aimerais mieux…

— Savoir que le pire est arrivé ? suggéra gentiment Soline.

Honteuse, Rory plaqua une main sur sa bouche.

— C'est terrible d'avoir une telle pensée, n'est-ce pas ? Simplement, cette attente interminable est une vraie torture. Le jour où vous avez appris la nouvelle, étiez-vous…

Elle s'interrompit en réalisant qu'elles n'en avaient pas encore parlé.

— Comment l'avez-vous appris ?

Totalement immobile, Soline s'assombrit.

— Un télégramme est arrivé, annonçant sa disparition. On avait trouvé son ambulance abandonnée… et une mare de sang. Un témoin affirmait avoir vu des soldats allemands l'emmener dans les bois en braquant leurs armes sur lui.

Rory se sentit pâlir.

— Je suis désolée. Je n'aurais pas dû vous poser cette question. Seulement, les gens disent souvent qu'il est plus facile de faire son deuil quand on sait, alors je me demandais…

— Non, la coupa Soline. Cela n'a pas été plus facile. Du moins pas pour moi. On se persuade qu'on veut savoir. Mais quand la vérité éclate enfin, et qu'elle diffère de ce qu'on espérait, on donnerait n'importe quoi pour recommencer à attendre, pour retrouver cette lueur d'espoir qui nous aidait à tenir.

— L'autre jour, vous avez dit qu'à un moment donné, il faut laisser partir ce qui n'est plus. Mais comment sait-on que ce moment est venu ?

Le visage de Soline s'adoucit.

— Je parlais de mon cas, trésor. Seulement du mien.

— Mais comment l'avez-vous su ?

Elle baissa les yeux une fraction de seconde avant de les lever à nouveau vers Rory.

— Au début, je n'arrivais pas à y croire. J'étais certaine que c'était une erreur. Et cela a duré un moment… Pendant des années, j'ai continué à sortir le nécessaire de rasage d'Anson de ma boîte et ouvert son flacon de parfum vide, car cela m'aidait à me rappeler son odeur, semblable à une brise fraîche venue de la mer. Et puis un soir, je ne l'ai plus sentie. Il était simplement… parti. C'est ce jour-là que j'ai rangé la boîte sous l'escalier, lorsque j'ai réalisé qu'il était inutile de continuer à s'accrocher. Mais votre histoire est différente. Vous avez le temps, Rory.

— Le temps de quoi ?

— De perdre la foi.

Rory se racla la gorge, déterminée à ravaler ses sanglots.

— Vous aviez raison en disant que la galerie était un moyen de combler un vide dans ma vie… C'était l'idée de Hux, et j'étais surexcitée quand il m'en a parlé. Lorsque j'ai appris sa disparition, ce projet a totalement cessé de m'intéresser – jusqu'à ce que je découvre votre maison. C'était comme un signe du destin. Cependant, il m'arrive de me demander si réaliser le projet qu'il a imaginé pour moi n'est pas juste une façon de m'accrocher à lui.

— Avez-vous une photo de lui ?

— Oui, sur ma table de chevet.

— Puis-je la voir ?

— Bien sûr. Je vais la chercher.

Quelques instants plus tard, Rory revint avec le portrait. Bras dessus bras dessous, Hux et elle rayonnaient sur ce cliché, tels les jeunes fiancés qu'ils étaient à l'époque.

— Il m'avait demandée en mariage la veille. Nous avions roulé jusqu'au cap pour fêter ça.

— Quel couple magnifique, dit Soline en contemplant la photo. Et regardez-moi ce sourire. Vous le rendez heureux.

Rory ne put s'empêcher de rayonner de joie.

— C'est réciproque. Je ne m'étais jamais sentie à ma place nulle part jusqu'à notre rencontre. Tout le monde avait son avis sur la personne que je devais devenir. La seule chose que souhaitait Hux, c'était que je sois moi-même. Avec lui, il allait de soi que je pouvais désirer ce que je voulais.

Quand Soline lui rendit le portrait, elle marqua une pause pour le regarder et caressa le verre du bout des doigts.

— Maintenant qu'il est parti, j'ai peur de...

— De vous perdre à nouveau ?

Rory redressa lentement la tête.

— Oui.

— Dans ce cas, ne le laissez pas disparaître.

— Comment ça ?

— Un soir, avant de mourir, ma mère m'a remis un médaillon qui contenait la photo de mon père. Je ne l'avais jamais connu, mais elle m'a demandé de le garder en vie par égard pour elle. Ici.

Elle se tut et posa la main sur son cœur.

— Selon elle, en gardant une personne dans son cœur, on lui permet de rester en vie. Vous pouvez le faire pour Hux, Rory.

— Avez-vous aussi gardé Anson dans votre cœur ?

— J'ai essayé.

— Est-ce qu'il y a eu un homme dans votre vie ? Après lui, je veux dire.

Soline sourit tristement.

— La place que contient le cœur d'une femme n'est pas illimitée, chérie. Anson occupait le mien tout entier.

Rory hocha la tête. L'idée qu'une personne prenne la place de Hux dans le sien était tout simplement inconcevable.

— Parfois, je suis incapable de faire autre chose que de regarder sa photo. Était-ce pareil pour vous aussi ?

— Je n'en possède aucune.

— C'est vrai ?

— Nous nous sommes rencontrés pendant la guerre, à l'hôpital où j'étais bénévole. Personne n'avait le temps de prendre des photos à l'époque.

Rory s'apprêtait à réagir quand le téléphone du salon se mit à sonner. Elle leva aussitôt les yeux vers l'horloge au-dessus de l'évier, se rappelant soudain qu'elle aurait dû se trouver chez sa mère depuis une heure.

— C'est sûrement ma mère, dit-elle en reculant sa chaise. Nous étions censées manger le brunch ensemble ce matin.

Il lui fallut quelques instants pour localiser le téléphone sans fil. Elle se prépara à se recevoir un savon.

— Mais que fais-tu encore chez toi ? s'écria Camilla sans un bonjour. Mon brunch est complètement gâché, maintenant.

— Je suis désolée. J'ai été retenue, et je n'ai pas vu l'heure.

— Était-ce important au point que tu ne puisses pas décrocher ton téléphone pour m'avertir ?

Rory se mordit la lèvre. Admettre qu'elle avait oublié le brunch parce que Soline était passée avec des viennoiseries était le moyen le plus sûr de briser leur trêve timide.

— C'était juste un truc au sujet de la galerie.

— L'inauguration n'aura pas lieu avant des mois. Cela ne pouvait donc pas attendre ?

— Je t'ai dit que j'étais désolée. J'étais prête à partir, mais j'ai été retardée.

— Tu as une drôle de voix. On dirait que tu as le nez bouché, tu n'es pas malade au moins ?

— C'est vrai ?

Rory se voyait mal lui avouer qu'elle venait de passer un moment à pleurer. Elle saisit donc la perche que lui tendait sa mère.

— Ce n'est pas impossible, en fait. J'ai un peu mal à la gorge. J'envisageais de me préparer un thé et de retourner me coucher.

— Bonne idée. Est-ce que tu as de la soupe ?

— Euh… Oui, je crois.

— Et du thé ?

— Oui, évidemment.

— Ajoutes-y du miel. Ce sera bon pour ta gorge.

— D'accord, merci. Et encore désolée pour le brunch.

— Ce n'est pas grave. Repose-toi. Je reprendrai de tes nouvelles plus tard.

Lorsque Rory eut raccroché, Soline apparut avec ses gants et son sac à main.

— J'ai rangé le reste des viennoiseries dans la boîte et posé les tasses et les assiettes dans l'évier.

— Vous partez ?

— Vous auriez dû me dire que vous étiez attendue.

— Oh, c'était juste un brunch chez ma mère. Nous le prenons ensemble tous les dimanches.

— Et vous m'avez laissé gâcher ce moment avec elle.

— Ce n'est pas si grave. En fait, je redoutais de la voir. Ma mère et moi... Eh bien, disons que c'est un peu tendu entre nous en ce moment. Elle n'est pas vraiment emballée par mon projet de galerie. Ni par mes créations, ni quoi que ce soit qui m'intéresse.

Soline haussa brusquement les sourcils.

— Vous ne m'aviez pas dit que vous étiez artiste.

— Oh, je n'en suis pas une. Je m'amuse juste un peu. Quand Hux a disparu, j'ai tout arrêté. Je n'ai pas remis les pieds dans mon atelier depuis des mois.

— Vous avez un atelier ?

— C'est juste une pièce vide où je range mes fournitures.

— Puis-je voir cette pièce vide ?

Rory hésita, mal à l'aise à l'idée de montrer son travail à une personne aussi talentueuse que Soline. Mais comment refuser alors qu'elle avait traversé la ville en taxi pour prendre de ses nouvelles ?

— Pourquoi pas. Si vous y tenez.

Elle poussa la porte située au bout du couloir et l'invita à entrer.

— Comme je le disais, je n'y ai pas mis les pieds depuis un moment, alors c'est un peu le bazar.

Soline pénétra la première dans la pièce et contourna

des caisses en plastique remplies d'outils et de morceaux de tissus. Elle s'apprêtait à faire une remarque lorsque son regard s'éclaira. Elle venait de découvrir le paysage marin suspendu derrière le bureau.

— Oh, Rory…

Elle se retourna et la regarda d'un air émerveillé.

— C'est vous qui avez fait ça ?

Rory hocha timidement la tête.

— C'est de toute beauté. On dirait une peinture, mais en tissu. En avez-vous d'autres ?

— Quatre dans le placard, et deux autres sur les métiers derrière vous.

Soline leva les yeux au ciel.

— Dans le placard ? Mon Dieu.

Elle se dirigea vers le métier le plus proche sur lequel était tendue la toile d'une œuvre inachevée – une petite goélette gîtant dangereusement sur une mer sombre et déchaînée.

— Vos points sont si fins qu'ils sont presque invisibles. Vous cousez à la main, n'est-ce pas ?

— Oui.

— Qui vous a appris à coudre ainsi ?

— Personne. J'ai appris toute seule.

— C'est stupéfiant. Et vous exposerez ces œuvres à la galerie quand elles seront finies ?

— Oh, non. C'est juste un passe-temps.

Soline fronça les sourcils.

— Vous ne voulez pas qu'on découvre vos tableaux, que votre nom soit connu ?

Cette question mit Rory mal à l'aise. Au lieu de répondre, elle lui en posa une à son tour.

— Était-ce ce que vous vouliez ? Que les gens connaissent votre nom ?

Soline s'éloigna pour examiner les coupons de tissus jonchant la table de travail.

— Autrefois, oui. Quand j'étais jeune. Je rêvais de créer ma propre marque. Je voulais faire tourner les têtes du Tout-Paris. Mais ensuite, la guerre a éclaté, et Anson…

— Cependant, vous avez réussi. Il y a chez vous un mur couvert d'articles de magazine et de coupures de presse pour le prouver. Vous avez un don, et vous l'avez exploité pour rendre les gens heureux. Vous pourrez toujours être fière de ça.

— Vous avez également un don, Rory. Ne minimisez jamais son importance. Au contraire, il est indispensable. Vouloir embellir le monde n'a rien à voir avec de la vanité, trésor. C'est une vocation.

Une vocation.

Ce mot résonna en Rory, tandis qu'elle refermait la porte de son atelier et raccompagnait Soline jusqu'au salon. Celle-ci vérifia l'heure à sa montre, puis récupéra son sac à main et ses gants sur la table basse.

— Merci de m'avoir montré votre travail. Et je vous en prie, réfléchissez à ce que je vous ai dit. Quand on a un don, Rory, on se doit d'en faire profiter les autres.

— Vous n'êtes pas obligée de partir. Je vais refaire du café, et nous pourrons encore discuter.

Soline sourit avec indulgence.

— Ne dites pas de bêtises. Vous n'allez tout de même pas écouter une vieille femme radoter tout l'après-midi. De toute façon, j'ai demandé au chauffeur de taxi de revenir me chercher. Il m'attend probablement dehors. Je voulais m'assurer que vous alliez bien, voilà qui est fait.

Son sourire s'élargit lorsqu'elle posa un doigt crochu sous le menton de Rory.

— Vous êtes une jeune femme adorable. N'oubliez pas ce que j'ai dit : il faut garder Matthew dans votre cœur. Tant que vous n'avez aucune confirmation de sa mort, il y a de l'espoir. Et l'espoir ne coûte rien.

17

Rory

Rory balaya l'appartement du regard et admira son travail. Après le départ de Soline, elle avait décidé de mettre un peu de musique, de se retrousser les manches et de tout ranger. Elle s'était montrée efficace, allant jusqu'à emporter plusieurs cartons de livres à donner dans sa voiture. Pas mal pour quelqu'un qui était censé avoir attrapé un rhume.

Dans la cuisine, elle jeta un œil à l'intérieur du garde-manger. Des pâtes, mais pas de sauce. Des Cheerios, mais pas de lait. Du beurre de cacahuètes, mais pas de pain de mie. Autrement dit, elle n'avait pas le choix : encore des plats à emporter pour le dîner. Soline avait raison. Il était temps de se remettre à cuisiner. Demain, elle dresserait une liste de courses et se rendrait au marché, mais pour le moment, les petits plats de *Gerardo's* allaient devoir faire l'affaire. Elle commanda des aubergines à la *parmigiana* et des *antipasti* par téléphone, puis songea qu'elle avait le temps de lancer une machine de blanc et de prendre une douche rapide avant l'arrivée du livreur.

Elle fut surprise d'entendre la sonnette un quart d'heure plus tard. Les clients ne devaient pas être nombreux chez *Gerardo's* ce soir. Elle prit un billet de vingt dollars dans son sac à main et éteignit la chaîne hi-fi, faisant brutalement taire le battement saccadé de *The Wild Boys* de Duran Duran.

— C'était rapide ! s'exclama-t-elle en ouvrant la porte. Le dimanche, c'est…

Rory tomba nez à nez avec Camilla qui la regardait bouche bée, un sachet de pharmacie suspendu au poignet et un grand Tupperware orange coincé sous un bras. Son regard se promena sur Rory et s'arrêta sur le billet dans sa main.

— On dirait que tu donnes une petite fête ?

Rory fourra l'argent dans sa poche avec un grognement.

— Pas du tout. J'écoutais juste un peu de musique en faisant le ménage.

— Je t'ai préparé une soupe avec des petites étoiles, comme tu aimais quand tu étais enfant. Tu la surnommais « la soupe des gros rhumes ». Mais je vois que tu as miraculeusement guéri.

Rory soupira. Camilla entra sans attendre en faisant tinter son bracelet à breloques. Rory n'eut d'autre solution que de la suivre dans la cuisine.

— Je t'ai dit que j'en avais déjà.

— Non, tu m'as dit que tu pensais en avoir, répliqua Camilla d'un ton boudeur. Comme tu ne te sentais pas bien, je ne voulais pas que tu sois obligée de cuisiner.

Elle dévisagea sa fille en commençant à vider le contenu du sachet de médicaments. Des pastilles contre la toux. Du sirop Vicks. Du NyQuil en capsules. Un thermomètre.

— Je suppose que j'ai acheté tout ça pour rien.

Rory baissa les yeux.

— Je suis désolée.

— Mais enfin, Aurora, pourquoi m'avoir raconté que tu étais malade, si ce n'était pas vrai ? Est-il si horrible de passer un peu de temps avec moi ?

Rory retint un nouveau soupir. Qu'était-elle censée répondre ? Si elle admettait avoir manqué le brunch parce que sa propriétaire avait débarqué avec une boîte de viennoiseries, sa mère ne le digérerait jamais. Mieux valait laisser Soline en dehors de ça.

— Je m'en voulais d'être en retard, alors quand tu as dit que j'avais l'air malade, j'ai simplement… saisi la perche.

— Saisi la perche, répéta sèchement Camilla. Est-ce que tu as faim au moins ?

— Je viens de commander des plats.

— Je vois.

Camilla prit la boîte de soupe et ouvrit le réfrigérateur. L'espace d'un instant, elle se figea. Un paquet de bagels aux oignons, deux plaques de beurre, une canette de Sunkist et un bocal d'olives presque vide. Elle se retourna en haussant un sourcil blond.

— C'est tout ce que tu as à manger ?

— Oui. C'est pour ça que j'ai commandé des plats. J'ai l'intention de faire un saut au marché demain.

— Tu ne cuisines donc plus ?

Elle ouvrit la porte du garde-manger et passa en revue le maigre contenu des étagères.

— Je n'en reviens pas. Des Cheerios et de la soupe en boîte. C'est un miracle que tu ne tombes pas réellement malade en te nourrissant de cette façon.

Son regard se posa sur la boîte de viennoiseries. Elle souleva le couvercle et jeta un coup d'œil à l'intérieur.

— Des pains au chocolat. Eh bien, on ne s'en fait pas. Tu étais trop distraite pour penser à mon brunch, mais pas pour passer à la pâtisserie ce matin, à ce que je vois.

— Je n'y suis pas allée, répliqua Rory, lasse de se faire gronder. C'est Soline qui me les a apportées.

Le visage de Camilla se figea.

— Ma propriétaire. Elle est passée ce matin au moment où je m'apprêtais à partir.

— Ta propriétaire est passée à l'improviste. Avec des viennoiseries.

— Oui.

— Et c'est ce qui t'a distraite.

— Nous avons commencé à discuter.

— De quoi ? Tu la connais à peine.

— De Hux. De la galerie. De mes créations.

— Ah, d'accord.

Et voilà… Sa mère prenait à nouveau cet air froid et offensé qu'elle affichait dès qu'elle se sentait lésée. Refusant de tomber dans le piège, Rory compta jusqu'à dix pour garder son calme.

— Tu préfères donc raconter ta vie à une inconnue plutôt qu'à ta propre mère maintenant ?

— Nous avons des choses en commun, elle et moi.

Camilla referma le garde-manger et posa les mains sur les hanches.

— Comment ça ? Cette femme doit avoir au moins quatre-vingts ans.

— Elle est bien plus jeune que tu le crois. Et nous avons bel et bien des choses en commun. Elle a perdu quelqu'un qu'elle aimait pendant la guerre, un ambulancier porté disparu.

— Aurora…

— Elle sait ce que ça fait de se demander si ses prières ont enfin été exaucées chaque fois que le téléphone sonne, de sentir son cœur se déchirer à la vue d'un couple heureux, de se plonger dans le travail parce qu'on ne supporte plus d'être seule avec sa douleur. Elle comprend mon besoin d'ouvrir une galerie. Elle apprécie même mes créations.

Camilla fit un pas vers elle et posa une main sur son bras.

— Que t'arrive-t-il, Aurora ? Tu commences sérieusement à m'inquiéter.

— Ne recommence pas, s'il te plaît.

— Écoute-moi. Tu as l'air… Je ne sais pas. Tu as encore manqué le brunch et tu m'as menti en disant que tu étais malade. Et voilà que tu parles de tes créations. Que suis-je censée penser ? Tu as laissé tomber tes études. Tu vis comme une ermite. Plus personne n'a de tes nouvelles. On dirait que tu ne penses plus qu'à cette galerie. Et à cette femme avec qui tu as soudain décidé de devenir amie. J'ai l'impression de ne plus te connaître.

— Peut-être que tu ne m'as jamais connue.

Camilla écarquilla les yeux.

— Comment ça ? Je te rappelle que je t'ai élevée.

— Non, maman. Tu m'as façonnée à ton image – du moins, tu as essayé. Et maintenant que je fais ce que je veux, tu ne me reconnais plus. Le problème, ce ne sont pas mes études ou le contenu de mon frigo. Le problème, c'est que je ne suis pas celle que tu veux. C'est que je n'aime pas les choses que tu aimes et que je ne vis pas à ta manière. Si rien de tout ça n'est important pour moi, c'est parce que je ne suis pas comme toi.

Camilla se raidit.

— Il m'arrive de penser que tu tiens trop de ton père.

Évidemment. Il fallait qu'elle s'en prenne à lui. Car, d'une façon ou d'une autre, tout était toujours sa faute.

— Est-ce qu'on pourrait laisser papa en dehors de ça, s'il te plaît ? Je ne sais pas de qui je tiens. Ni même pourquoi je devrais ressembler à qui que ce soit. Ne puis-je pas être tout simplement moi ?

— Bien sûr que si. Je ne t'ai jamais empêchée de faire ce que tu voulais.

— Empêchée ? Non. Jamais. Mais tu ne t'es jamais privée de critiquer mes choix chaque fois que je m'éloignais du chemin que tu m'avais tracé. Les vêtements que je portais. Les sports que je pratiquais. Même les amis avec qui je sortais. Quand je t'ai annoncé que Hux m'avait demandée en mariage, tu m'as demandé si j'avais accepté exprès pour te contrarier.

— Je suis ta mère, Aurora. Mon devoir est de te guider – de t'empêcher de commettre les mêmes erreurs que moi.

— Est-ce que tu parles à nouveau de papa ?

Camilla baissa les yeux vers les bagues soigneusement alignées sur les doigts de sa main gauche : son alliance, sa bague de fiançailles, l'anneau orné de diamants de trois carats choisi par la secrétaire de son mari pour leur vingtième anniversaire de mariage. Trois ans après la mort de Geoffrey Grant, elle les portait toujours.

— L'autre jour, tu as fait un commentaire sur mes antécédents conjugaux. Cela m'a fait réfléchir. Je ne suis peut-être pas faite pour l'amour. Ni le bonheur. Certaines personnes sont incapables d'être heureuses, tu sais.

Rory ne put s'empêcher de froncer les sourcils. Elle ne savait pas très bien à quelle réponse elle s'attendait, mais certainement pas à celle-ci.

— Pas faite pour l'amour ? Quelle idée étrange.

Camilla sourit tristement.

— Il suffit de se pencher sur le passé des Lowell. Ils ne sont pas vraiment connus pour leurs mariages heureux.

Elle baissa à nouveau les yeux vers ses bagues et les fit tourner distraitement. Levant les yeux vers Rory, elle esquissa un faible sourire.

— Mais nous faisons bel effet sur les pages des revues mondaines, c'est tout ce qui compte. C'était du moins l'avis de ma mère.

Ce fut au tour de Rory de se demander ce qui se passait. Camilla ne parlait pas souvent de sa famille, encore moins de sa mère. Pas même quand on l'y encourageait. Et voilà qu'elle abordait le sujet comme si c'était parfaitement naturel.

— Tu ne parles jamais de tes parents, ni de ton enfance ou de ton adolescence.

Camilla lui tourna le dos et se mit à aligner les médicaments sur le plan de travail.

— Ta mère, insista Rory. Était-elle… faite pour l'amour ?

— Non, répondit Camilla sans hésitation. Je ne crois pas.

— Est-ce que vous vous disputiez ?

— Comme nous, tu veux dire ? Non, jamais. Personne ne se disputait avec Gwendolyn Lowell.

Gwendolyn. Rory répéta ce prénom dans sa tête en réalisant qu'elle l'avait rarement entendu en grandissant.

— Pour quelle raison ?

— Parce qu'elle n'avait jamais tort. Elle ne se trompait sur rien. Et malheur à celui qui la contredisait. Surtout mon père. Il est décédé brutalement à quarante-sept ans. Crise cardiaque. Je me suis souvent demandé si sa mort était une sorte de fuite. J'étais furieuse contre lui de m'avoir abandonnée avec elle.

— C'est peut-être génétique, dit doucement Rory. Ne pas être faite pour l'amour. Ça se transmet probablement de mère en fille, comme les yeux bleus ou les cheveux bouclés.

— Les choses ne se passent pas de cette façon, Aurora.

— Tu l'as dit toi-même. Les Lowell ne sont pas connus pour leurs mariages heureux. Et si Hux…

— Pour l'amour du ciel, Aurora. Tu n'es pas une Lowell !

Rory la regarda, médusée.

— Quoi ?

Camilla ferma les yeux tandis que ses joues s'empourpraient.

— Tu es une Grant, Aurora. Aurora Millicent Grant. Ma mère et son… problème… n'ont rien à voir avec toi.

— Je ne voulais pas te contrarier.

Camilla passa une main sur sa coiffure déjà parfaite, puis lissa l'avant de son chemisier.

— Je suis désolée de t'avoir parlé sèchement. Simplement, mes relations avec ma mère étaient… compliquées.

— C'est pour cette raison que tu ne parles jamais d'elle ?

— Si je ne parle pas d'elle, c'est parce qu'il n'y a rien à dire. Elle a payé ma scolarité, m'a appris à apprécier l'art et la musique, m'a inscrite à des cours de danse, d'élocution, de savoir-vivre. Elle a rempli son devoir, rien de plus.

— Tu ne parles pas d'amour. As-tu été aimée ?

— Disons que j'ai été éduquée. Exercée à mériter la réputation dont j'héritais en tant que Lowell, à faire et être exactement ce qu'on attendait de moi.

La façon dont elle prononça le mot « mériter » hérissa Rory. Elle commença à comprendre pourquoi sa mère évitait de parler de sa famille.

— Et est-ce que tu es parvenue à la mériter ?

— Probablement pas.

Cette réponse plana entre elles, tandis que Rory l'observait. C'était surprenant de découvrir cette faille inattendue dans l'armure de sa mère, cette blessure d'enfance qui n'avait jamais tout à fait guéri. Peut-être avaient-elles aussi des points communs, tout compte fait.

— Je suis désolée, murmura-t-elle.

Camilla secoua la tête, le regard voilé par l'émotion. Elle souffrait, mais faisait son possible pour sauver la face.

— Je me suis mal exprimée. Tout cela s'est passé il y a des années, quand j'étais une petite fille. On fait des drames pour rien quand on est enfant. Oublie ce que j'ai dit.

Rory se demanda s'il fallait insister ou laisser tomber. La querelle d'aujourd'hui avait commencé de la même façon que les autres, mais quelque chose de nouveau s'était immiscé dans leur conversation. Quelque chose qui pourrait bien être à l'origine de la tension qui empoisonnait leurs relations.

— Tu n'es pas obligée de faire semblant avec moi, dit-elle à sa mère, consciente de répéter mot pour mot la phrase de Soline. Tu as le droit d'être triste. Ou en colère. Et même les deux.

Camilla s'efforça de sourire.

— Ce n'est rien. Vraiment. Ce qui est fait est fait, comme on dit.

Rory tendit une main vers la sienne.

— Nous ne sommes pas obligées d'en parler maintenant. Nous n'aborderons plus jamais le sujet si tu n'y tiens pas.

Mais sache que je suis là, si tu as un jour besoin de vider ton cœur.

La sonnette retentit avant que Camilla ne puisse répondre, mais son soulagement fut évident.

— Tu as de la compagnie, dit-elle en retirant sa main de celle de Rory. Je te laisse.

— Ce n'est que mon dîner. Aubergines à la *parmigiana* et *antipasti* de *Gerardo's*. Reste. Nous partagerons.

Le visage déjà fermé, Camilla secoua la tête, puis s'éloigna.

— Je suis sûre que tu as plein de choses à faire. Bon appétit.

— Tu ne me déranges pas. Allez, reste. Rattrapons le brunch de ce matin.

— Ça va, tu es pardonnée, lança-t-elle par-dessus l'épaule, avant d'ouvrir la porte et d'obliger le livreur surpris à la laisser passer. Tout va bien. Je t'assure.

Rory paya son repas et emporta le sac dans la cuisine, convaincue, au contraire, que quelque chose ne tournait pas du tout rond.

18

Soline

Chaque cœur a sa propre signature, un écho unique qui se propage autour de lui. Et chaque écho a son égal. Quand ces deux échos se connectent, leur communion est si intense que même si la vie les sépare, ils ne cesseront jamais de se chercher.

Esmée Roussel, *La Sorcière des robes*

Boston, le 23 juin 1985

J'épépine une tomate en regardant par la fenêtre. Je vais peut-être dîner sur la terrasse pour assister au coucher de soleil. À peine cette pensée m'a-t-elle traversé l'esprit que je sais que je resterai plutôt enfermée chez moi. Je suis dans une mauvaise phase ce soir, une de ces crises qui nécessitent une bouteille de vin particulièrement bonne. Je soulève mon verre et avale une grande gorgée en ressassant ma conversation du matin avec Aurora.

Je voulais prendre de ses nouvelles, m'assurer qu'elle allait bien, et je suis contente de l'avoir fait. Elle a besoin qu'on s'occupe d'elle, et qu'on lui prodigue un peu de tendresse. Davantage qu'elle le pense, à mon avis.

Elle a paru surprise quand je lui ai révélé qu'elle me faisait penser à moi, et un peu embarrassée également d'être aussi émotive. Mais ce que je disais était vrai. Cette jeune femme – tout juste adulte – est plongée dans une crise profonde, dans une sombre incertitude qu'aucune lumière ne peut dissiper. Elle est tellement amoureuse de ce jeune homme.

Hux… Quel drôle de nom ! Mais c'est ainsi qu'elle l'appelle, alors je vais essayer de faire de même. C'est vraiment un très bel homme. Il a pris le meilleur des qualités américaines. Et il a bon cœur par-dessus le marché. Elle a de la chance de l'avoir trouvé.

C'est vrai. Quelle magnifique rencontre… Mais je ne peux pas m'empêcher de me demander si on peut vraiment considérer que c'est une chance de rencontrer le grand amour s'il faut ensuite le perdre.

Son histoire est tellement semblable à la mienne que j'ai eu du mal à l'écouter. Comme Anson, son Hux essayait de sauver des vies en exerçant un métier que la plupart des gens n'ont pas le courage de choisir. Et comme Anson, il semble en avoir payé le prix. Peut-être le prix ultime.

Je reprends mon verre de vin, le vide d'une traite et attends qu'une lente bouffée de chaleur se répande dans mon ventre et dans ma poitrine, mais ce n'est pas suffisant. Je remplis mon verre et abandonne ma salade, car je n'ai plus faim. J'emporte plutôt la bouteille dans mon bureau, m'assieds à la petite table et fouille dans le tiroir du milieu, jusqu'à ce que je trouve l'étui à cigarettes gravé et le briquet que j'y conserve – cadeaux d'un vieil ami.

Je dois m'y reprendre à plusieurs fois pour allumer ma cigarette, car mes mains tremblent un peu ce soir. Mais je finis par y parvenir. J'inspire une longue bouffée et retiens la fumée dans mes poumons jusqu'à ce que j'aie la tête qui tourne. Je n'avais pas ressenti le besoin de fumer depuis longtemps. À vrai dire, cela fait longtemps que je ne ressens plus grand-chose.

Du cadre laqué posé sur le bureau, Erich Freede me dévisage. Mon père, cet inconnu qui fut l'amant d'Esmée Roussel. Qui sait ce qu'il est devenu ? J'ai fait agrandir la photo du médaillon et regarde souvent ce portrait, comme je l'ai promis à maman. Et aujourd'hui, j'ai conseillé à *Aurore* – non, elle préfère *Rory* – de faire de même avec

Hux : le garder dans son cœur. J'espère que cela l'aidera. Je n'ai aucune photo d'Anson. Aucune image à chérir. Mais je possède autre chose.

Mes yeux glissent vers la boîte de la robe, toujours posée là où je l'ai laissée l'autre soir. Je ressens son attrait, le murmure de son contenu qui m'invite à revisiter mes vieux chagrins. J'ai résisté à son appel jusqu'à maintenant. C'est comme une ancienne blessure que je crains de rouvrir. Le vin et les cigarettes, tels de vieux amis, me rappellent les nombreuses nuits passées à pleurer sur les vestiges de mes rêves. À tenir sa trousse de rasage dans mes mains, à me délecter de son odeur. À relire une à une les lettres du paquet. J'aimais me considérer comme une sorte d'historienne, la gardienne des fins heureuses. Ma propre histoire s'était mal terminée, mais j'avais bel et bien été heureuse pendant quelque temps – nous l'avions été tous deux – à une époque où le bonheur était une denrée rare.

La guerre s'éternisait, et tout Paris paraissait gris et mort. Mes journées à l'hôpital étaient longues et éprouvantes. Les visages tourmentés et les vies brisées défilaient devant mes yeux dans une course sans fin. Mais par chance, il y avait Anson.

Il se trouvait sans arrêt des excuses pour faire un saut à la cantine dans l'espoir de m'y trouver pendant ma pause ou au déjeuner. J'avoue que je m'y rendais moi-même sans raison valable, surtout après l'arrivée de nouveaux blessés, car il était plus susceptible de traîner là-bas. Nous buvions une tasse d'atroce café et discutions de musique et de films, jusqu'à ce que la cantine soit enfin déserte. Sa main se glissait alors sous la table pour se poser sur la mienne.

Nous nous croyions suffisamment discrets, convaincus que personne n'était au courant de notre idylle naissante. La fraternisation entre collègues obéissait à certaines règles à l'hôpital, mais à une époque où la vie était si précieuse et sans cesse menacée, personne n'avait le cœur de séparer deux jeunes amoureux.

Nous sommes peu à peu devenus plus hardis, nous éclipsant chaque fois que c'était possible pour manger un morceau ensemble ou faire une promenade. Nous nous racontions nos vies passées, chacun notre tour. Je ne pouvais pas tout lui révéler, bien entendu. Maman m'avait appris à rester discrète à propos de nos dons. Mais je lui racontais tout ce que je pouvais : le mal que se donnaient les jeunes fiancées pour acquérir une robe Roussel, les lettres d'anciennes clientes à la mort de maman. Et je lui décrivais mon projet d'ouvrir ma propre boutique quand la guerre serait finie, ainsi que les magnifiques robes que je confectionnerais.

Anson me parlait de son enfance dans la haute société de Newport, des réceptions au club nautique, de l'internat à Boston, des étés entiers à faire de la voile avec ses amis. Et il se confiait sur sa famille. Son père, rentré au pays en héros après avoir été blessé pendant la Première Guerre mondiale, avait rapidement pris les rênes de l'entreprise familiale, au détriment de son frère aîné. Sa mère, Lydia, était morte après avoir péniblement lutté contre une pneumonie. Sa petite sœur qui peignait et écrivait des chansons rêvait de devenir célèbre et de vivre dans une mansarde à Paris. Les voiliers fabriqués par sa famille depuis des générations étaient célèbres pour avoir remporté plusieurs fois une compétition nommée America's Cup.

Mais ce dont je préférais l'entendre parler cet été-là, c'était de lui-même. Savoir quel enfant il avait été, à quoi ressemblait la vie à l'internat où il avait été envoyé à l'âge de huit ans, comment il avait appris à naviguer lui-même avant de devenir le capitaine de sa propre équipe, comment il avait totalement abandonné la voile après une violente dispute avec son père, et pourquoi ils s'étaient à nouveau querellés, le jour où il lui avait annoncé qu'il quittait l'université pour rejoindre l'AFS.

J'aurais pu l'écouter parler pendant des heures, mais nous n'avions jamais autant de temps devant nous. Nous étions obligés de nous contenter de quelques moments volés quand nos horaires de travail nous permettaient de nous retrouver. Cependant, il aurait été égoïste de nous plaindre, alors que tant de gens sacrifiaient leur vie pour en sauver d'autres autour de nous.

Un jour, il m'apprit toutefois qu'il s'était arrangé pour que nous prenions une soirée de congé. Je ne lui demandai pas comment, ni à qui il s'était adressé. Cela n'avait aucune importance, après tout. Il m'emmena dans un café. Pas un des endroits bruyants fréquentés par les Allemands, mais une brasserie pittoresque de la rue Saint-Benoît où on écoutait de la musique assis à des tables éclairées par des bougies. Le serveur nous proposa un box dans un coin au fond. Anson commanda une bouteille de bon vin rouge qui lui monta à la tête dès le premier verre. Le dîner était si copieux que les ingrédients provenaient probablement du marché noir. Au menu, velouté à la betterave et au homard, rôti de porc aux pommes et aux oignons, et en dessert, gâteau meringué aux amandes. C'était le repas le plus somptueux que j'aie jamais mangé. Anson avait dû le payer une fortune, mais pendant ces quelques heures, chacun de nous put enfin oublier la guerre et profiter simplement de la compagnie de l'autre.

Il me raccompagna ensuite à pied en me tenant par la main. Je crois que mes pieds ne touchaient plus terre. Arrivée devant ma porte, j'introduisis la clé dans la serrure à grand-peine, les doigts soudain moites. Lorsque j'y parvins enfin et posai la main sur la poignée, il la prit dans la sienne et chercha mon regard dans l'obscurité. Il chuchota mon nom, effleura mon visage, puis approcha ses lèvres des miennes avec une lenteur folle.

La nuit s'évapora tandis que je me blottissais dans ses bras et que je ne sentais plus que son pouls et le mien – son écho et le mien. C'était comme si je retrouvais une chose que j'ignorais avoir perdue. J'aurais voulu que ce moment ne s'arrête jamais. Mais c'était impossible, bien sûr. Les filles respectables se doivent de respecter certaines règles. Cependant, la flamme qui s'était allumée ne risquait pas de s'éteindre.

Cet été-là, je tombai follement amoureuse d'Anson Purcell. Et il tomba follement amoureux de moi.

19

Soline

Pour s'assurer de vivre un conte de fées, la jeune fiancée doit être prête à offrir son cœur tout entier à l'homme qu'elle s'apprête à épouser. Sa volonté doit cependant demeurer la sienne propre.

Esmée Roussel, *La Sorcière des robes*

Paris, le 14 août 1943

La situation devient de plus en plus compliquée à l'hôpital. La nourriture commence à manquer, malgré les provisions que les Américains continuent à nous envoyer. Le nombre d'hospitalisations a terriblement augmenté au début de l'été. Nous sommes près de cinq cents en comptant les blessés et le personnel – cinq cents personnes à nourrir trois fois par jour.

L'ambiance a changé, elle aussi. Nous craignons chaque jour davantage que l'hôpital ne soit obligé de fermer et que nos patients ne soient envoyés dans des camps, voire à la mort. Les Allemands perdent patience, car ils soupçonnent l'établissement – le docteur Jack en particulier – d'aider la Résistance à organiser la fuite des soldats et des Juifs français.

La tension est montée d'un cran le mois dernier lorsqu'une unité entière de pilotes américains est parvenue à éviter la capture après que ses avions ont été abattus. Les Allemands n'ont pas ménagé leurs efforts pour les retrouver, mais ces hommes s'étaient tout simplement volatilisés. Les nazis offrent désormais une récompense à toute personne capable de les renseigner sur les groupes ou les individus qui les ont aidés. Des voisins ont commencé à s'en prendre les uns aux autres et à faire des révélations – la plupart mensongères – aux Allemands en échange d'un ou deux francs.

L'hôpital lui-même est désormais suspecté. Des rumeurs se sont répandues dans les couloirs, tel un feu de brousse. Et brusquement, le sujet que tout le monde préférait éluder – le nombre suspect de décès soudains et de lits vides – est sur toutes les lèvres, quoique chacun reste discret. Nous sommes tous à cran. Les collabos fourrent leur nez partout ces temps-ci, en quête d'informations susceptibles de leur rapporter une jolie récompense. Le bruit court qu'il pourrait y avoir un espion parmi nous, une personne qui ferait semblant de se dévouer à la cause des blessés et serait en fait de mèche avec les nazis. Nous restons par conséquent sur nos gardes, de crainte que la Gestapo ne débarque au moindre faux pas.

On murmure que le docteur Jack risque d'être arrêté d'un jour à l'autre et que sa valise est prête pour le moment venu. En attendant, nous nous efforçons de faire notre travail, car nous n'avons pas le choix. Des soldats continuent à arriver sans interruption chaque jour. Blessés. Brisés. Vidés.

Nous sommes tous exténués, et le temps passe lentement même si nous n'avons pas l'occasion de souffler. Peut-être suis-je particulièrement agitée ces jours-ci parce que je vois rarement Anson. Après plusieurs semaines de délicieux rendez-vous clandestins – fougueux baisers volés dans la réserve ou au dernier rang d'une salle de cinéma, dîners en tête à tête et conversations sans fin sur ce que nous ferons une fois que la guerre sera finie –, il est soudain devenu distant.

Je comprends que son travail passe avant tout. Depuis le début, cette guerre ne marque pas de pause – même pour les jeunes amoureux –, mais le travail d'Anson le retient désormais à l'extérieur de l'hôpital de plus en plus longtemps. Et quand je le rencontre enfin, je ne peux que constater le changement qui s'est produit en lui. Anxieux et distrait, il jette sans arrêt des coups d'œil par-dessus son épaule, comme s'il se croyait suivi. Il est devenu fuyant, pensif et même distant. Et il a commencé à disparaître des jours d'affilée. Quand il réapparaît enfin, il se trouve une piètre excuse, à laquelle je tente tant bien que mal de croire.

Et puis ce matin, je l'ai vu discuter avec une infirmière qui s'appelle Élise. Plus âgée que moi et bien plus expérimentée, elle a de belles lèvres pleines, ainsi qu'un rire grave et guttural. Je les ai aperçus en train de discuter en tête à tête sur les marches de l'escalier. Ils se tenaient si près l'un de l'autre que la bouche d'Élise effleurait presque le cou d'Anson quand elle a glissé ce qui ressemblait à un petit mot dans la poche de sa veste. J'ai dû laisser échapper un son, car il s'est brusquement retourné et a croisé mon regard.

Il s'est aussitôt éloigné, mais il était trop tard. Il m'était impossible d'oublier ce que j'avais vu. Je ne suis pas non plus parvenue à cacher mes larmes quand j'ai heurté Adeline en tournant au coin du couloir. Elle n'a pas paru surprise quand je lui ai raconté la scène. Elle m'a confié l'avoir toujours trouvé trop beau pour être honnête. D'après elle, mieux valait que je découvre la vérité avant qu'il ne soit trop tard. Mais dans mon cœur, les choses sont déjà allées trop loin.

Il y a quelques heures, je l'ai vu partir en douce. L'air gêné, il a hésité à franchir la porte de l'hôpital en croisant mon regard. Je lui ai tourné le dos. Si c'était Élise qu'il voulait, il pouvait bien faire ce qui lui plaisait. C'est du moins ce dont j'ai tenté de me convaincre.

Il est apparemment de retour, car j'aperçois son ombre fuyante qui descend la volée de marches à peine éclairée menant au sous-sol. Je sais où il se rend – et pourquoi. Cet endroit sombre et isolé est parfait pour un rendez-vous amoureux, avec son labyrinthe de caisses et de cartons. La pensée qu'il y retrouve Élise, que je pourrais les surprendre ensemble, me fait flageoler. Et pourtant, je ne peux pas m'empêcher de le suivre. J'attends quelques secondes puis commence à descendre les marches.

Retenant mon souffle, je le vois atteindre le bas de l'escalier, puis disparaître à l'intérieur du lugubre dédale. Au bout de quelques instants, il allume sa lampe de poche. Sans quitter l'ombre, je parviens à le suivre grâce à son rayon en me faufilant entre les caisses et les cartons. Des choux. Des navets. Des pommes de terre. Du succédané de café. Il y a même des caisses de vin rouge bon marché. Finalement, le bruit de ses pas se tait, et j'entends des clés tinter faiblement, puis des gonds grincer.

Je m'avance juste assez pour apercevoir un fin rai de lumière dans l'entrebâillement. Quelques pas supplémentaires, et je découvre par l'ouverture une ampoule nue au-dessus de sa tête, ainsi qu'un petit lit au pied duquel est pliée une couverture.

L'ombre d'Anson se dessine sur le mur de pierres nues. Dans le silence, j'entends la fermeture de sa veste s'ouvrir et un froissement de vêtements qu'on enlève. Je recule aussitôt d'un pas, puis d'un autre. Je pensais vouloir découvrir la vérité, la constater de mes yeux, mais cette situation m'est soudain insupportable.

Je me sens nauséeuse et honteuse. L'amour m'a rendue tellement aveugle, tellement stupide. Je fais volte-face pour revenir sur mes pas, mais dans l'obscurité, je bute contre une pile de caisses. Le bruit résonne comme un coup de feu dans le silence.

Je vois l'ombre d'Anson s'immobiliser, puis se redresser. Un instant plus tard, sa silhouette apparaît dans l'entrée du réduit.

— Qui est là ?

Il tend l'oreille en attendant une réponse. Je plaque les mains sur ma bouche de peur de laisser échapper un son.

D'un côté, j'ai envie de l'affronter, de lui révéler que je sais ce qu'il manigance, mais je ne supporte pas l'idée d'être surprise en train de bouder dans l'obscurité.

— Montrez-vous, grogne-t-il. Allez !

Son ton est étrange, méfiant et clairement menaçant.

Ne l'ayant encore jamais vu en colère, j'ai peur de découvrir sa réaction quand il me trouvera ici. Je serre les paupières en priant pour devenir invisible lorsque le claquement de ses talons se rapproche. Je suis prise au piège, coincée entre deux piles de caisses. Par chance, il passe devant moi sans s'arrêter. Mais quelques secondes plus tard, il fait volte-face et je sens ses doigts se refermer sur mon bras.

Il me tire brutalement de ma cachette, une bouteille de vin dans sa main levée, prêt à me frapper. Je suis stupéfaite par son expression : un mélange de peur et de rage déforme ses traits au point qu'il est presque méconnaissable.

Une main plaquée sur ma bouche, il m'entraîne à reculons sans cesser de brandir sa bouteille. Je sens l'adrénaline qui circule dans son corps, bombe à retardement mortelle. Un sanglot monte dans ma gorge.

Les muscles de son bras se relâchent, mais sa main me tient toujours fermement lorsqu'il me fait pivoter vers lui. Nous nous regardons dans les yeux pendant quelques longues secondes. Finalement, je le sens commencer à se détendre. Il baisse la bouteille, puis m'intime de ne faire aucun bruit, un doigt posé sur ses lèvres.

Il m'entraîne de force dans la petite pièce où il se trouvait quelques instants plus tôt. À peine plus grande qu'un placard, elle est sommairement meublée. En plus du lit, il y a un petit lavabo et un miroir fêlé, une étroite commode, ainsi qu'une valise en cuir usé dans laquelle est installée une sorte de poste de radio bricolé. Ce sont cependant la pochette en cuir vide et les quelques documents à l'aspect officiel éparpillés sur la table qui retiennent mon attention. Des cartes d'identité françaises, des actes de naissance, des cartes de rationnement alimentaire et vestimentaire.

Une foule de questions se bousculent dans ma tête, mais avant que je ne puisse prononcer un mot, les doigts d'Anson se resserrent autour de mon bras, et il me force à me tourner vers lui.

— Qu'est-ce que tu faisais ici ?

Je le dévisage, stupéfaite qu'il me pose une telle question, alors que c'est lui qui manigance dans l'obscurité. Mais embarrassée par son regard sévère, je me sens obligée de me justifier.

— Je vous ai vus faire des messes basses, Élise et toi, dans le couloir. Quand elle a glissé un mot dans ta poche, j'ai cru que…

Je détourne le regard, incapable de terminer ma phrase.

— J'avais besoin de savoir si c'était vrai.

Il me dévisage avec stupéfaction.

— C'est pour cette raison que tu m'as suivi jusqu'ici ? Parce que tu croyais que j'avais rendez-vous avec Élise ?

Il m'est impossible de le regarder dans les yeux. Qu'est-ce qui pourrait être pire que de le surprendre avec une autre femme ? Je baisse à nouveau le regard vers les documents sur la table. La plupart sont jaunis et froissés. Quelques-uns sont même tachés et cornés. À qui appartiennent-ils, et que font-ils ici ?

Je tends la main vers un acte de naissance, mais Anson saisit mon poignet.

— Pas touche.

Ses yeux incolores dans la lumière froide de l'ampoule au-dessus de nos têtes me font frissonner.

Je repense aux lits brusquement vides, à ces hommes en voie de guérison soi-disant morts subitement au beau milieu de la nuit – des cas de plus en plus fréquents. Je songe à la présence supposée d'un traître parmi nous – un espion collaborant avec la Gestapo. Nous avons tous feint l'ignorance, car c'était plus sûr que d'admettre ce que nous soupçonnions tous : que ces hommes prétendument morts avaient été exfiltrés en douce de l'hôpital. Que le docteur Jack était le responsable de cette opération, et que les Allemands le savaient et attendaient d'en avoir la preuve pour l'arrêter.

Est-ce donc la raison de la présence d'Anson dans le sous-sol ? Aide-t-il Sumner Jackson à permettre à des Américains et des Britanniques de fuir la France en leur fabriquant de faux papiers ? Si c'est le cas, pourquoi me l'avoir caché ? Il sait sûrement qu'on peut me faire confiance. Un frisson de terreur me traverse lorsque me vient une horrible pensée. Et si Anson était l'espion que nous craignons tous ? Et s'il aidait la Gestapo à récolter des preuves ? Cette possibilité me donne des sueurs froides. Collabore-t-il avec les nazis depuis tout ce temps en se faisant passer pour un héros ? A-t-il également fait semblant de s'intéresser à moi ?

— Tous ces papiers…, dis-je. Je t'en prie, jure-moi que tu ne fais rien de mal avec, que tu n'es pas un…

Je m'interromps, incapable de terminer ma phrase.

Il me dévisage avec une expression indéchiffrable. Pendant un silence interminable, nous nous regardons dans les yeux comme si nous nous trouvions au bord d'un terrible précipice et attendions de voir qui allait sauter le premier.

— Jure-moi simplement que tu ne collabores pas avec eux, dis-je d'une voix rauque. Je t'en supplie.

Un muscle de sa mâchoire tressaille.

— C'est ce que tu crois ?

— Je ne sais pas ce que je crois, Anson. Tu disparais dans ce sous-sol avec une lampe de poche. Tu examines des papiers qui ne t'appartiennent manifestement pas.

Je déteste les mots qui s'échappent à toute vitesse de ma bouche. J'aimerais tellement avoir tort, mais imaginons que ce soit vraiment un traître ?

Lorsqu'il essaie de me prendre la main, je recule. Il me dévisage d'un air stupéfait.

— Tu as peur de moi ?

— Il y a tant de rumeurs. Et tu te comportes si étrangement en ce moment…

Il fait un pas en arrière et se passe une main dans les cheveux.

— Tu me prends vraiment pour un espion ? Dans ce cas, maintenant que tu as découvert mon petit secret, je vais être obligé de quoi, t'étrangler ? T'égorger ?

Lorsqu'il plonge les yeux dans les miens, son regard est dur, mais je constate également qu'il souffre autant que si je l'avais giflé.

— Après tout ce temps, dit-il finalement. Après tout ce que nous avons partagé, tu oses me prendre pour un collabo ?

— Anson…

— Je crois que j'aurais préféré que tu continues à me soupçonner de te tromper avec Élise. À mon avis, elle préférerait elle-même passer pour une femme légère que d'être traitée de nazie.

— Je ne vous ai traités ni l'un ni l'autre de nazis. Mais comment veux-tu que j'interprète ton attitude ?

— Tu es censée me faire confiance.

Je relève le menton.

— Parce que toi, tu me fais confiance ?

Il soupire longuement, et je perçois soudain son extrême fatigue.

— Ce n'est pas une question de confiance, mais de prudence, répond-il avec lassitude. Si je me faisais prendre… En te révélant mes activités, je risquerais de mettre ta vie en danger.

— Mais je suis au courant de ce que tu fais, maintenant. Du moins, je crois le savoir. Alors tu ferais aussi bien de tout me raconter.

Il secoue la tête.

— Pas question.

Je suis déterminée à obtenir la confirmation de ce qui paraît à présent évident.

— Ces blessés qui sont morts brutalement. Tous ces lits vides. Ces hommes sont bel et bien vivants, n'est-ce pas ?

— Ne te mêle pas de ça, Soline. Je t'en prie. Retourne là-haut et oublie tout ce que tu as vu ici.

Je secoue la tête. J'ai besoin de tout connaître, à commencer par le travail qu'il fait et les risques qu'il prend.

— C'est donc toi qui les as aidés à s'échapper. Avec des papiers comme ceux-ci. C'était toi, n'est-ce pas ?

Agacé par mon entêtement, il pousse un soupir.

— Moi, et beaucoup d'autres personnes. Une cellule entière a risqué sa vie pour sauver une poignée d'hommes. Des pilotes surtout, ainsi que quelques amis de la Résistance qui ont réussi à détourner l'attention des Allemands. Crois-le ou pas, l'homme qui fabrique ces papiers est un artiste devenu faussaire.

Il marque une pause pour me laisser admirer le résultat.

— C'est son travail. Nous donnons de nouveaux noms à ces hommes et les aidons à franchir la frontière espagnole, puis à entrer en Angleterre. Parfois même aux États-Unis. Il arrive qu'on ait besoin d'un lit avant de pouvoir exfiltrer quelqu'un en sécurité. Nous le cachons donc ici.

Je balaye à nouveau du regard la petite pièce sommairement meublée, avec son poste de radio de contrebande. Anson risque ainsi sa vie depuis des semaines pour aider des hommes à échapper aux nazis – des soldats qui se sont battus pour arracher la France des mains d'Hitler, des activistes politiques et des résistants menacés d'arrestation.

Je repense à Erich Freede, l'homme que ma mère a aimé, mais laissé partir, à la famille qu'il a probablement fondée plus tard en Allemagne. Une épouse, des enfants dont je partage le sang et l'histoire. Je ne peux m'empêcher de prier pour qu'une personne comme Anson les ait aidés à fuir le pays à temps.

— Tu aurais pu te confier à moi, dis-je doucement. J'aurais gardé ton secret.

— Tu oublies que ce n'est pas seulement le mien. C'est notre secret à tous, Soline. À nous tous qui sommes engagés dans la Résistance. Et il est de notre devoir de le protéger.

— Eh bien, c'est désormais le mien aussi. Mais je veux faire davantage que garder un secret. Laisse-moi participer, Anson. Dis-moi quoi faire pour vous aider.

— Il n'en est pas question.

— Je t'en prie. Je ne sais pas quel rôle jouer, mais il doit bien y en avoir un.

— N'y pense même pas.

— Dans ce cas, j'irai trouver le docteur Jack. Je lui demanderai de m'autoriser à vous aider. Et inutile de prétendre qu'il n'est au courant de rien. Il ne se passe rien dans cet hôpital sans son accord.

Anson reste de marbre.

— Soline, je ne…

Je presse mes doigts sur ses lèvres pour l'interrompre.

— Ne me dis pas non, Anson. Explique-moi juste ce que je peux faire.

20

Soline

La foi est l'élément essentiel de notre travail.
Sans elle, il est voué à l'échec.

Esmée Roussel, *la Sorcière des robes*

Paris, le 27 août 1943

J'ai été stupéfaite d'apprendre ce qu'une poignée d'hommes et de femmes courageux ont réussi à accomplir sous la surveillance vigilante des Allemands. Tandis que Paris est à la merci de la Gestapo de Göring, le docteur Jack et son personnel mènent discrètement leur propre guerre contre *Herr* Hitler. Et je fais maintenant partie de leur bataillon.

Si vous m'aviez dit que je m'engagerais un jour dans un tel mouvement, je vous aurais reproché d'avoir bu un verre de trop. Pourtant, il me semble que cela me donne un nouveau but dans la vie. J'ai l'impression de moins subir la présence des nazis dans notre ville. Et j'aime à penser que maman soutient mes activités clandestines de là-haut, même si ce n'est que dans l'intérêt d'Erich Freede.

Cela me permet également de me sentir plus proche d'Anson. Nous sommes dévoués à la même cause. Nous parlons de plus en plus de l'avenir ces temps-ci. Nous n'allons pas jusqu'à nous imaginer vieillir ensemble – tant que la guerre fait rage, il serait imprudent de nous projeter aussi loin –, mais nous discutons de nos lendemains. Des endroits où nous aimerions aller et des choses que nous avons l'intention de faire. Au fil de ces songes doux et puérils, rien ne peut nous séparer. Pour le moment, ce bonheur me suffit. Comme maman le disait toujours, le travail passe en premier.

Depuis ma conversation avec Anson dans le sous-sol, j'ai reçu une formation très complète afin de pouvoir participer aux différentes activités au sein de la Résistance : communication par radio clandestine, sabotage des transports de ravitaillement, impression et distribution de journaux clandestins, et même maniement des armes et des explosifs. Chaque cellule fonctionne indépendamment des autres. Notre mission demande moins de cran que de faire exploser des ponts et des voies ferrées, mais elle n'est pas moins risquée. Il faut une planification minutieuse et de nombreuses mains pour faire sortir du pays des pilotes alliés blessés.

Le processus débute par la falsification d'actes de décès et la fabrication soigneuse de papiers d'identité pour chaque fugitif. Cela nécessite un vaste réseau de coursiers – pour la plupart des femmes, comme moi –, ainsi qu'une succession d'abris sûrs le long d'un itinéraire étroitement surveillé à travers les Pyrénées et le nord de l'Espagne jusqu'au port de Lisbonne.

Voilà en quoi consiste la mission d'Anson : il est chargé de transporter les hommes lorsque le jour du départ arrive enfin. Je redoute ces soirs où il m'embrasse pour me dire au revoir et me promet de rentrer sain et sauf, car nous savons aussi bien l'un que l'autre que rien ne garantit son retour. Nous avons tous l'impression de vivre en sursis, de défier le destin sans cesser de nous demander quand viendra notre tour. Pour ne rien arranger, l'hôpital se trouve juste en face des quartiers généraux des Allemands, et des gardes sont postés devant jour et nuit.

Mais j'ai ma propre mission à mener, maintenant : un courrier à livrer. Après ces deux semaines d'entraînement, on me charge enfin d'une vraie commission. Je ne me suis jamais considérée comme une personne particulièrement courageuse, mais ce que je fais me semble juste. Pas seulement pour Paris, mais pour Anson aussi. En aidant la Résistance, même modestement, je l'aide également.

Il a catégoriquement refusé que je sois sous ses ordres. C'est par conséquent Élise qui supervise mon travail. J'ai appris que son fiancé a été envoyé travailler dans une usine d'armement allemande dans le cadre du Service du travail obligatoire. C'est une femme assez brusque qui n'est pas là pour plaisanter, mais elle n'est pas méchante et elle m'a bien entraînée.

Ma mission d'intermédiaire consiste à transmettre des informations aux autres membres de notre cellule : un planning de rendez-vous caché dans une boîte de café, l'adresse d'un point de déchargement griffonné sur un bout d'emballage de fromage. Parfois, l'échange est verbal : une question trompeusement innocente sur la récente grippe d'une tante ou sur les horaires du métro. Je dois réciter la phrase exactement comme on me l'a transmise, mémoriser la réponse et la communiquer à Élise. On ne m'explique jamais ce qu'elle signifie. De cette façon, si je suis arrêtée et interrogée, je ne pourrai rien révéler, car je ne sais rien.

Aujourd'hui, on m'a cependant confié un autre type de mission. Je dois aller chercher une pochette de documents chez un homme qu'Élise appelle simplement « le peintre ». Elle m'a demandé de mettre une bouteille de vin, du pain et du fromage dans un panier, puis de prendre la bicyclette de maman pour me rendre à une mansarde de la rue des Saints-Pères.

Au moment où je m'arrête devant l'immeuble délabré, je commence à me sentir nerveuse. J'ai pour instruction de faire comme si j'allais retrouver un amant. Je sors un poudrier et un bâton de rouge à lèvres comme on me l'a appris, et je commence à me refaire une beauté à la vue des passants, tout en me servant du miroir pour vérifier si j'ai été suivie.

C'est la première chose qu'on nous enseigne : comment s'assurer que personne ne nous file et que faire si c'est le cas. Quels détails observer. Comment se mêler à la foule. Comment se débarrasser de ce qui risque de nous rattacher à la cellule. Cet après-midi, tout me paraît cependant normal. J'attache ma bicyclette à un poteau, passe le panier à mon bras et grimpe l'étroite volée de marches jusqu'au deuxième étage. Trois coups brefs à la porte. Pas un de plus, pas un de moins. J'entends cliqueter plusieurs serrures, et la porte s'entrouvre sur un œil surmonté d'un épais sourcil. Je récite alors la phrase que j'ai apprise.

— J'espère que tu as faim.

La porte s'ouvre un peu plus. Le visage apparaît aux trois quarts. L'œil plissé se promène sur moi. Enfin, la porte s'ouvre suffisamment pour que je puisse entrer.

Le minuscule appartement comprend deux pièces encombrées de tables et de lampes. Les épais rideaux occultants, fermés même au milieu de la journée, rendent l'atmosphère encore plus oppressante. Une horrible puanteur règne dans cet endroit. Je reconnais une odeur de produits chimiques mêlée à celles de ces hommes qui n'ont pas le temps de se laver, du café de glands brûlés et de la fumée de cigarette.

Tout en patientant, je me remémore les instructions que j'ai reçues. Je ne dois pas prononcer un mot à moins qu'on ne s'adresse à moi, ni faire le moindre commentaire, ni poser de questions sur ce que je vois. Moins j'en sais, mieux je me porterai. Mais il m'est difficile de ne pas regarder avec curiosité ce qui ressemble à une chaîne de montage. De petites tables alignées le long du mur opposé sont couvertes d'un assortiment d'encres, d'ustensiles d'écriture, de sceaux, de tampons et de pots de colle.

Je compte quatre hommes dans l'appartement – celui qui m'a ouvert la porte et trois penchés sur leurs tables. Personne ne parle, et pourtant, je devine sans mal qui est le responsable. Assis à la table la plus éloignée, il est entouré de ses indispensables outils – le peintre. Il y a une sorte d'urgence dans sa position voûtée, dans l'agitation frénétique de ses doigts tachés qui créent des êtres humains avec du papier et de l'encre. Il lève la tête et tend le cou en cherchant à réparer un défaut. Nos yeux se croisent brièvement. Étonnamment jeune, pas beaucoup plus âgé que moi, il a le visage long, le menton couvert de poils bruns et porte des lunettes rondes en métal. Je n'ai pas le temps de l'observer plus longtemps. Il se remet au travail, et l'homme qui m'a ouvert revient en me tendant une pochette en toile cirée. Je ne regarde pas à l'intérieur, ni ne prononce un mot. Je la glisse simplement derrière mon dos sous l'élastique de ma jupe et la recouvre avec mon cardigan. Aucune transaction financière. Le peintre ne prend rien pour ce travail. Comme le reste d'entre nous, il souhaite seulement servir la cause.

Lorsqu'il s'est écoulé suffisamment de temps, je vide le contenu de mon panier, puis ébouriffe légèrement mes cheveux et essuie un peu mon rouge à lèvres, au cas où quelqu'un me verrait partir. Fin prête, je sors dans la rue ensoleillée et enfourche ma bicyclette, le paquet de faux papiers coincé sous ma ceinture. En arrivant à l'hôpital, je suis soulagée de remettre la pochette clandestine à Élise. Comme à son habitude, elle me félicite d'un ton détaché. Elle n'est pas du genre démonstratif, mais je trouve perturbante sa façon d'éviter mon regard. Elle m'annonce alors qu'Anson n'est pas encore rentré de sa mission de la nuit dernière.

Cette nouvelle me fait presque défaillir. Élise m'aide à m'asseoir et m'apporte une tasse de café. Elle ne fait pas semblant de croire qu'Anson n'est pour moi qu'un simple collègue. Elle se comporte seulement comme une femme qui en réconforte une autre, ce dont je lui suis reconnaissante. Elle m'explique que ce n'est pas inhabituel – il a pu avoir n'importe quel contretemps – et m'assure qu'il rentrera d'un instant à l'autre. Mais je perçois l'inquiétude dans sa voix. En retournant à mon travail, je ne peux m'empêcher d'imaginer les pires scénarios : Anson froidement abattu, ou contraint à monter dans un train à destination d'un camp.

Quand on travaille dans la Résistance, il faut s'attendre au pire et accepter que la capture, la torture et même la mort sont inévitables. Mais je refuse catégoriquement qu'il soit arrivé l'inévitable à Anson. Il est forcément en sécurité quelque part. Impossible d'envisager le contraire. Cependant, le jour fait place à la nuit, et on est toujours sans nouvelles de lui. Il n'y a aucune trace de lui nulle part. Je songe à maman, à ses mains égrenant ses perles tandis qu'elle me parlait d'Erich Freede, et je la comprends brusquement. En de pareils instants, on se fie même à l'impossible, on est prêt à croire à tout ce qui nous permet de garder espoir.

Adeline sent que je ne suis pas dans mon état normal. Je lui réponds qu'il s'agit seulement d'un mal de tête et que je n'ai pas besoin de rentrer chez moi, mais elle insiste pour que j'aille manger au moins un morceau à la cantine.

J'essaie d'avaler de la soupe, mais elle n'a aucun goût. Assise à côté de moi, Adeline me conseille à nouveau de rentrer me reposer, lorsqu'il apparaît soudain dans l'entrée. Je manque de faire tomber ma cuillère en ravalant mes larmes. Les yeux fatigués et cernés, il semble épuisé. Il me regarde cependant de l'autre côté de la salle bondée et me communique tout ce que j'ai besoin de savoir.

Je suis sain et sauf. Désolé. Je t'aime.

Les jambes flageolantes, je me lève et file aux sanitaires les plus proches pour pouvoir laisser couler quelques larmes de soulagement. Au moment où je le retrouve, quelqu'un lui a apporté une tasse de café noir. Anson le préfère léger et sucré, mais il ne semble pas le remarquer. Je vois Élise attirer son regard depuis l'autre côté de la pièce, les sourcils levés. Il secoue la tête presque imperceptiblement. J'ignore ce que signifie leur échange, mais il est inutile de le lui demander alors qu'il y a autant de monde autour de nous.

Plus tard, quand la cantine est déserte et qu'Anson a terminé son deuxième sandwich, je l'interroge sur ce qui s'est passé. J'ai conscience d'enfreindre la règle, mais je m'en moque.

— Où étais-tu ?

Il secoue la tête.

— Je ne peux pas te le dire.

— Comment peux-tu me répondre une chose pareille ? Je t'ai cru mort. Ou enfermé dans un train à destination des camps.

— Il faut que je parle à Sumner, dit-il comme s'il ne m'avait pas entendue. Où est-il ?

Son regard est vide, dépourvu de chaleur et d'affection. Je ne suis pas en présence de mon amoureux, mais du résistant dont une partie du cœur m'est inaccessible. Inaccessible également à tout ce qui ne concerne pas la cause.

— Quatre nouveaux blessés sont arrivés il y a quelques heures, dis-je en essayant de garder un ton calme. J'ai entendu parler d'une double amputation, mais l'homme est sans doute sorti de la salle d'opération à présent.

Anson hoche la tête, puis vide sa tasse de café et se lève.

— Il faut que nous parlions, toi et moi. Mais je dois d'abord aller trouver Sumner. Rentre donc te reposer. Je passerai plus tard.

Cette infraction aux règles me surprend. Nous avions convenu de ne négliger aucune précaution quand j'ai rejoint la cellule : il ne devait en aucun cas venir à mon appartement rue Legendre. Aux yeux du monde extérieur, nous sommes uniquement collègues. Il m'a bien expliqué que pour ma sécurité, nous ne devions pas prendre le risque de conduire des délateurs jusqu'à ma porte. Mais quelque chose l'a fait changer d'avis, et j'ai peur.

— Je croyais que nous devions éviter à tout prix qu'ils découvrent mon adresse.

Son regard s'assombrit.

— Ce n'est plus un problème maintenant.

— Pourquoi ?

— Parce qu'ils la connaissent déjà.

Un frisson parcourt mon échine, tel un doigt froid effleurant ma colonne vertébrale.

— La Gestapo sait où j'habite ?

— Elle sait tout, Soline.

21

Soline

Il arrive que la situation se dégrade entre la demande en mariage et la célébration en elle-même, car c'est la période où l'union est le plus exposée au danger – avant que le charme ne soit tissé et les vœux échangés. La tisseuse de sort doit guetter le moindre avis de tempête, puisqu'il y en aura presque inévitablement.

Esmée Roussel, *La Sorcière des robes*

Paris, le 27 août 1943

J'ai l'impression d'être le personnage d'un roman d'espionnage : je jette un coup d'œil par-dessus mon épaule, puis j'introduis la lourde clé en cuivre de la boutique dans la serrure. Aucune Mercedes-Benz noire – le véhicule préféré de la Gestapo – garée dans la rue. Aucun homme en costume gris et feutre noir traînant dans une entrée voisine.

On nous apprend quels signes guetter. On nous explique également à quoi nous attendre si nous sommes arrêtés. Un passage à tabac, les mains menottées, le corps suspendu par les pieds, ou bien la tête plongée dans une baignoire d'eau glacée jusqu'à frôler la noyade. On appelle ça le supplice de la baignoire.

Les nazis ont également pour habitude d'arrêter les proches d'un suspect – sa mère, sa sœur, sa bien-aimée – pour les interroger pendant des heures. Une technique extrêmement efficace consiste, paraît-il, à menacer ces femmes de les envoyer dans un des bordels « spécialisés » préférés des soldats allemands. J'entre rapidement et referme la porte à clé derrière moi en frissonnant à cette pensée.

Je ne rentre désormais plus que pour me laver et dormir. Je ne me sens plus chez moi dans cet appartement depuis le décès de maman, et les rideaux occultants étant constamment fermés, l'atmosphère est oppressante dans les pièces anormalement désertes.

Je monte me laver, puis tente de dormir, mais je ne cesse de penser aux paroles d'Anson. *La Gestapo sait tout.* Je finis par me lever et m'habiller. J'essaie de dénicher quelque chose à manger, mais comme je prends la plupart de mes repas à l'hôpital à présent, je ne me donne plus la peine de faire des provisions.

Je viens de sortir une boîte de biscuits ramollis et un pot de confiture du garde-manger lorsque j'entends la sonnette de la porte d'entrée. Trois coups brefs et stridents. C'est évidemment Anson, mais ce son me fait tout de même sursauter. J'ai l'impression que personne n'a appuyé sur cette sonnette depuis une éternité.

Au moment où j'ouvre la porte, il jette un coup d'œil pardessus son épaule pour surveiller la rue. L'espace d'un instant, j'oublie toute prudence et lui prends la main. Il tressaille et me lance un avertissement du regard en passant devant moi. Je verrouille la porte derrière lui, puis le regarde tourner la poignée plusieurs fois afin de s'assurer qu'elle est bien fermée.

Avec un grognement, il se laisse tomber sur la chaise la plus proche et serre contre lui la petite sacoche en toile qu'il porte souvent quand il quitte l'hôpital – son passeport, comme il l'appelle, car l'emblème de l'AFS maintient les nazis à distance.

C'est difficile à concevoir, mais il paraît encore plus exténué que quand je l'ai quitté à l'hôpital. Il ne s'agit pas d'un simple épuisement. Je m'aperçois qu'il contient à grand-peine son affolement, un état dans lequel je ne l'avais encore jamais vu.

— Qu’est-ce qu’il y a, Anson ? Que s’est-il passé ?

Il se passe une main dans les cheveux d’un air soucieux.

— Je n’aurais pas dû venir. Nous avions convenu…

— Je me fiche de ce que nous avions convenu. Je veux savoir où tu étais. Et ce qui est fait est fait. Si tu as été suivi, il est trop tard pour s’inquiéter des conséquences. Raconte-moi ce qui s’est passé.

Il laisse retomber ses mains avec un grognement.

— J’ai eu un problème hier soir.

Les battements de mon cœur s’accélèrent légèrement.

— Quel genre de problème ?

— Celui que je redoute depuis le jour où tu m’as suivie dans le sous-sol.

— Raconte-moi. Je t’en prie.

Il me raconte son histoire d’un ton étrangement impassible, comme s’il la récitait de mémoire. Chargé de conduire un homme recherché par les SS à sa prochaine cachette, il avait pris la route juste après la tombée de la nuit. D’après sa carte d’identité, ce fugitif s’appelait Marcel Landray. C’était un ouvrier agricole, né en 1919 en France à Chauvigny. Mais rien de tout cela n’était vrai. En vérité, il se nommait Raimond Lavoie et était recherché pour avoir imprimé des tracts anti-nazis, ainsi que pour comportement immoral – terme désignant les pratiques homosexuelles dans le langage nazi.

Il venait de passer un mois dans un premier abri, contraint à se cacher après avoir été dénoncé par un voisin en échange de quelques francs et d’une tape amicale de la part d’un officier SS. S’il se faisait prendre, il serait envoyé directement dans un camp, probablement Dachau, ou bien Buchenwald, où on l’obligerait à porter un triangle rose sur sa chemise, jusqu’à ce qu’il soit finalement gazé, battu à mort ou qu’il meure de faim. Il était donc hors de question pour lui de rester en France.

Le transfert s’était passé comme prévu, mais au retour, le moteur en surchauffe de la voiture avait obligé Anson à s'arrêter en attendant que le radiateur refroidisse. La police française l'avait trouvé à 2 heures du matin, cinq heures après le couvre-feu, sur le bord d'une route où les ambulances de l'AFS n'avaient pas le droit de circuler. Les policiers l'avaient aussitôt emmené pour l'interroger. Selon son alibi, concocté à l'avance, il s'était éclipsé de l'hôpital pour se rendre à un rendez-vous galant, mais avait perdu la notion du temps. Anson avait eu beau leur donner le nom de la jeune femme – Micheline Paget – et son adresse, la police n'y avait pas cru une minute. Quelques instants plus tard, deux hommes en uniforme gris-vert étaient arrivés à la prison, des agents de la Gestapo aux ordres du général Karl Oberg, surnommé le Boucher de Paris, et chargés de débarrasser la ville des résistants par n'importe quel moyen. Ils n'avaient pas voulu entendre parler de Micheline Paget. Tout ce qu'ils exigeaient, c'étaient des informations sur Sumner Jackson.

Anson se tait. Je pose une main sur la sienne.

— Et si tu dormais un peu ? Juste une petite heure. Tu me raconteras la suite plus tard.

Il secoue la tête en gardant les yeux fermés.

— Je ne leur ai rien révélé.

— Évidemment.

Je lève la main afin de lisser le pli sur son front, mais il la repousse.

— Je n'ai pas eu besoin de parler, Soline. Ils sont au courant de tout – ou presque. Les faux papiers, les cachettes, les pilotes que nous avons aidés. Ils savent que Sumner est impliqué.

— Mais comment ?

Il hausse mollement les épaules.

— Quelqu'un de chez nous, un des informateurs d'Oberg, nous surveille probablement depuis des mois en attendant que l'un de nous commette une gaffe. Il a fallu que ça tombe sur moi. Ce n'est plus qu'une question de temps maintenant.

— Tu n'es pas responsable, Anson. Tu viens de me dire que tu ne leur avais rien révélé. Comment peux-tu…

L'angoisse que je lis dans son regard est si vive que je suis presque soulagée quand il détourne les yeux.

— C'est comme si c'était fait, Soline. Ils vont arrêter le docteur Jack. Le reste d'entre nous aussi, je suppose. Oberg ne nous lâchera pas tant qu'il n'aura pas obtenu ce qu'il veut, et il est prêt à tout pour l'obtenir. Ce qui m'oblige à faire un choix.

De tous les mots qu'il a prononcés jusqu'à maintenant, ce sont ceux qui m'effraient le plus.

— Quel genre de choix ?

— Un choix impossible à faire – et à assumer.

Soudain, je n'arrive plus à respirer. Je passe mes doigts entre les siens en essayant de ne pas penser aux fouets, aux menottes et aux baignoires d'eau glacée. Mais je suis obligée de lui poser la question.

— Est-ce qu'ils t'ont fait du mal ? J'ai entendu parler des méthodes qu'ils utilisent pour faire parler les gens.

— Non.

Son regard est sombre et distrait, sa voix étrangement monocorde.

— Ça ne s'est pas passé ainsi.

Il marque une pause et baisse les yeux vers nos mains, les miennes petites et pâles, les siennes mates et rêches.

— Les Allemands ont passé un accord avec les dirigeants de l'hôpital. Ils nous laisseront tranquilles tant que nous ne ferons pas de vagues et leur épargnerons la peine de soigner les blessés britanniques et américains. C'est la seule raison pour laquelle Sumner n'a pas encore été arrêté. Me faire parler sous la torture aurait fait mauvaise impression. C'est pourquoi ils ont préféré faire pression sur moi.

— C'est-à-dire ?

— Ils ont menacé de s'en prendre à toi.

Je remue les lèvres en essayant de digérer ses paroles.

— À moi ? Je ne comprends pas. Comment savent-ils qui je suis ?

— Je te l'ai dit. Ils sont au courant de tout. Ils ne cherchaient pas à découvrir ce que je savais, hier soir. Ils tenaient à me dire ce qu'*ils* savaient. Ils savent qu'on nous fournit de faux papiers, mais pas qui. Ils savent également que nous faisons circuler les messages grâce à un réseau de coursières.

— Et ils savent que j'en fais partie.

— Non. Enfin, je ne crois pas. Mais ils sont au courant pour nous. Ils savent que nous sommes…

Amants. Ce mot plane en silence entre nous. Ce n'est pas exactement vrai, pas dans le sens physique du terme, mais nous nous aimons avec toute notre âme.

— Est-ce qu'aimer est également un crime maintenant ?

— Non, dit-il en se levant brusquement. Mais cela leur est utile.

Je le dévisage en retournant ce mot dans ma tête. *Utile.* Et soudain, je comprends. Ils n'ont pas eu besoin de le menacer. Tout ce qu'ils ont eu à faire, c'est prononcer mon nom.

— Il faut que tu partes, Soline. Il n'y a pas d'autre solution.

Sans un mot, je me lève lentement. On nous explique ce qui risque de nous arriver, et nous répondons que nous comprenons. Mais d'une certaine façon, nous nous convainquons tous que cela ne nous arrivera pas. Que tant que nous sommes prudents, personne ne cognera à notre porte au milieu de la nuit, personne ne nous filera dans une ruelle étroite, personne n'ajoutera notre nom à une liste soigneusement dactylographiée. Nous y croyons, jusqu'à ce que ce ne soit plus possible.

— Est-ce que tu comprends, Soline ?

Je hoche la tête, hébétée.

— Tu veux que je quitte l'hôpital.

— Je veux que tu quittes le pays.

J'ai beau essayer de les assimiler, je ne comprends pas ces mots.

— Quitter… le pays ?

— Tu n'es plus en sécurité ici.

Je m'humecte les lèvres, la bouche brusquement sèche.

— Mais où allons-nous vivre ?

Il me regarde sans ciller.

— Pas nous, Soline, toi.

Le temps semble ralentir. J'ai déjà entendu des personnes décrire le moment où elles ont reçu une terrible nouvelle – le sang quittant leur visage, leurs poumons se vidant d'un coup. Et c'est exactement ce qui m'arrive.

Quitter la France sans lui ? Il ne peut pas me suggérer une folie pareille. En le regardant à nouveau, je me rends compte qu'il est tout à fait sérieux.

— Je ne partirai pas. Pas sans toi.

— Je ne peux pas quitter le pays maintenant, Soline. Tu le sais bien. Il reste trop à faire, trop de gens comptent sur moi.

— Les résistants sont nombreux, Anson. Ils peuvent bien se passer d'une personne. Et que fais-tu de la Gestapo ? Tu crois qu'elle te laissera tranquille quand je serai partie ? Bien sûr que non. Tu sais que c'est impossible.

— Évidemment. Mais tant que tu es en sécurité, je me moque de ce que me feront les Allemands.

— Mais moi, je ne m'en moque pas !

Il pousse un soupir, l'air épuisé.

— J'ai besoin que tu partes. S'il te plaît.

— C'est impossible, Anson. Je ne peux pas partir sans toi.

— J'ai déjà organisé ton départ.

Je le dévisage, bouche bée.

— Sans m'en parler ?

— Je n'en ai pas eu le temps. J'en ai discuté avec Sumner. Tu pars demain. On te conduira d'abord à une cachette, puis on te fera passer en Espagne, comme les autres.

— Pas question.

— Soline, nous en avons déjà parlé.

— Non, pas de cette façon ! Nous avions prévu de partir ensemble. Une fois que la guerre serait finie. Il n'a jamais été question que je parte seule. Essaies-tu de te débarrasser de moi ? Cherches-tu un moyen de ne plus m'avoir dans les pattes ?

Je sais que c'est une accusation injuste. Horrible. Mais le sol vient de se dérober sous mes pieds, et j'ai envie de le faire souffrir autant qu'il me fait souffrir. Je lui tourne le dos en essuyant mes larmes avec ma manche.

— Soline.

Je me raidis quand il me touche, mais je me laisse faire lorsqu'il m'oblige à me tourner vers lui. Il prend mon menton entre ses doigts et me force à le regarder.

— J'ai besoin que tu partes. C'est important pour moi. Tu comprends ?

Comme je tente de reculer, il pose les mains sur mes épaules et me retient fermement.

— Je ne peux pas démissionner, Soline. Ce que je fais – ce que nous faisons tous – est trop important. Tant que Sumner poursuivra sa mission, je le ferai aussi. C'est comme ça. Mais je courrai davantage de risques si je crains que tu sois arrêtée. Et c'est ce qui arrivera si tu restes. Car ils savent qu'il leur suffit de m'informer qu'ils t'ont eue pour que je leur révèle tout ce que je sais.

— Jamais tu ne ferais une chose pareille.

— Bien sûr que si, murmure-t-il. Sans hésiter.

Soudain je comprends. Il n'est pas seulement inquiet pour moi. Il redoute ce qui arriverait à la Résistance, aux vies qui nous sont confiées si j'étais arrêtée – car si on le met au pied du mur, c'est moi qu'il choisira. Mais ce n'est pas ce que je souhaite.

— Promets-moi que, quoi qu'il arrive, tu ne leur céderas pas. Pas pour moi.

— Je dois être certain que tu es en sécurité, Soline. Pour pouvoir poursuivre ma mission.

Je tourne la tête en retenant mes larmes. Sa décision est prise. Les projets que nous avons faits ensemble, l'avenir que nous avions imaginé, tombent à l'eau. Tout est fini pour nous.

— Ne t'inquiète pas, dit-il doucement. Tu seras entre de bonnes mains. Tes papiers seront prêts dans quelques heures. Tu partiras à l'aube.

L'aube. Dans une dizaine d'heures.

Je le supplie du regard.

— Laisse-moi rester. Je quitterai l'hôpital. J'irai me réfugier quelque part à la campagne où ils ne me retrouveront pas. S'il te plaît.

— C'est impossible. J'ai besoin de te savoir en sécurité auprès de personnes de confiance. N'en parlons plus et profitons de cette dernière soirée.

Ses mots me font l'effet d'un coup de poignard.

— Je ne veux pas de cette dernière soirée. Je veux passer le reste de ma vie auprès de toi. Je sais que nous n'avons jamais prononcé ces mots, mais je croyais que c'était également ton souhait. Comment te quitter après tout ce que nous avons partagé, sans savoir où je vais atterrir, ni si je te reverrai un jour ?

Il me dévisage, stupéfait.

— Tu crois vraiment que je cherche à me débarrasser de toi ? Que tout est fini entre nous ?

— Ce sont des choses qui arrivent, dis-je en songeant à maman et Erich Freede. Il arrive que les gens se perdent de vue.

— Cela ne nous arrivera pas.

— Comment peux-tu en être sûr ?

— J'ai tout organisé pour que tu partes vivre aux États-Unis, même si le voyage risque d'être pénible. J'ai rédigé une lettre que tu posteras quand tu seras à Lisbonne – à l'attention de mon père. Je lui ai expliqué que je comptais t'épouser dès que je serais rentré au pays – si cela te convient.

— M'épouser…

Une paire d'ailes se déploie dans ma poitrine, et j'ai subitement l'impression que mes pieds ne touchent plus terre. Je n'ai jamais prononcé ce mot à voix haute, mais j'en ai rêvé des centaines de fois.

— Oui, réponds-je d'une voix enrouée. Oui, cela me convient. Mais es-tu certain que c'est ce que tu veux ? Quand je disais vouloir passer le reste de ma vie auprès de toi, je ne te demandais pas… Es-tu certain de vouloir m'épouser ?

— J'ai su que je voulais t'épouser dix minutes après t'avoir rencontrée, Soline. Je t'aime.

Je t'aime.

J'ai prudemment évité de prononcer ces mots jusqu'à ce soir. Non parce que je ne l'aime pas, mais au contraire, parce que j'éprouve un amour profond pour lui. Maman m'a peut-être rendue superstitieuse avec ses histoires de malédiction. Je ne peux m'empêcher de penser à Lilou, devenue veuve deux semaines après son mariage parce qu'elle avait osé aimer. Mais maintenant que ces mots ont été prononcés, rien ne peut les effacer, même s'ils me font peur. Je ne peux pas non plus les laisser planer entre nous sans réponse.

— Moi aussi, je t'aime. Plus que j'ai jamais imaginé pouvoir aimer quelqu'un. Et je veux t'épouser. Mais es-tu certain de faire le bon choix ? Que dira ton père quand une inconnue frappera à sa porte en s'attendant à être accueillie chez lui ?

— Je lui ai tout expliqué dans ma lettre. Du moins, tout ce que je pouvais. Il ne sait pas quelles sont mes activités ici. Car il ne doit rien savoir. Personne ne doit apprendre ce que je fais. Je ne plaisante pas, Soline. Quoi que tu entendes dire, et même si la situation paraît grave, tu ne dois pas prononcer un mot sur ce que nous faisons. De trop nombreuses vies seraient menacées. Il est hors de question de mettre en danger toute la cellule pour sauver un seul d'entre nous. Est-ce que tu comprends ?

— Oui.

— Pour le moment, tout ce que mon père a besoin de savoir, c'est que je conduis une ambulance, que je suis fou amoureux de toi et que je projette de faire de toi une Purcell à l'instant où je serai de retour sur le sol américain.

Avec un sourire, il prend mes mains dans les siennes.

— J'ai hâte de te montrer où j'ai grandi et de te présenter à tout le monde. Ma sœur tombera sous ton charme à la minute où tu ouvriras la bouche. Elle raffole de tout ce qui est français.

Je parviens à sourire, mais quelque chose me tracasse, une discussion que nous avons eue un jour au sujet de son père. Anson m'a raconté qu'il pouvait se montrer très dur, que la respectabilité et le devoir passaient avant tout à ses yeux, et je ne peux pas m'empêcher de me demander si l'épouse choisie par son fils correspondra à ses critères exigeants.

Les sourcils froncés, Anson essaie de déchiffrer mon expression.

— Ne sois pas triste, je t'en prie. Je serai rentré en un rien de temps. Ensuite débutera notre vraie vie ensemble. En attendant, je te saurai en sécurité.

— Et toi alors ? Tu seras toujours ici – à la merci des nazis.

Il prend mon visage entre ses mains et m'embrasse tendrement.

— Rien ne pourra m'empêcher de rentrer au pays si je sais que tu m'y attends.

— Mais comment as-tu réussi à organiser ce voyage ? Nous avons tant de mal à envoyer des hommes de l'autre côté de la frontière, et encore plus en Amérique.

— Les Purcell servent dans la marine depuis plus de deux siècles – enfin, c'était le cas jusqu'à ce que je refuse de m'y engager. Il m'a suffi de prononcer le nom de mon cher père et de demander de l'aide à ceux qui avaient une dette envers lui. Je doute qu'il apprécie ma démarche, mais nous réglerons ça plus tard, lui et moi.

— J'ai peur.

— Je sais. Mais tu es courageuse.

Quand il m'embrasse à nouveau, je sens le goût de mes larmes sur ses lèvres, mélange de sel et d'amertume. Tout à coup, chaque instant, chaque contact me semble plus précieux que tout. Car je n'aurai rien d'autre à emporter quand le soleil se lèvera à nouveau.

Il s'écarte de moi et me tient à bout de bras.

— Je ferais mieux d'y aller. Il faut que tu ranges quelques affaires, vraiment le strict nécessaire, dans une petite valise. Ensuite, tu devrais essayer de dormir. Je serai de retour avant l'aube.

— Tu ferais mieux de dormir un peu aussi. Tu es épuisé.

— Je vais retourner à l'hôpital et me coucher quelques heures.

Je lui prends la main.

— Reste avec moi. S'il te plaît.

— Tu sais bien que c'est impossible. Nous ne sommes pas…

Sa voix est étranglée par l'émotion, son regard aussi agité qu'une mer avide. Il déglutit péniblement et essaie de s'éloigner.

— Ça ne se fait pas, Soline.

Je secoue la tête, car tout me paraît soudain terriblement absurde. Des hommes sont abattus dans les rues et massacrés sur les champs de bataille, des femmes et des enfants sont embarqués dans des trains comme du bétail et envoyés dans des camps d'extermination. Mais deux personnes qui s'aiment ne peuvent pas passer ce qui pourrait bien être leur dernière nuit ensemble, car c'est contraire aux usages. C'est incompréhensible. Je me rappelle brusquement ce que Lilou a dit à ma mère le soir où elle s'est enfuie pour épouser son Anglais. *Je refuse de laisser quelques règles dictées par je ne sais qui me priver de ma part de bonheur.*

Eh bien, je le refuse aussi.

— Je m'en moque complètement, dis-je en l'attirant vers moi. C'est notre dernière nuit. Ne m'oblige pas à la passer seule, je t'en prie.

Il ne prononce pas un mot tandis que je l'emmène à l'étage. Au sommet de l'escalier, un instant d'hésitation. De ma part ou de la sienne, je l'ignore. Toujours est-il qu'il s'écoule rapidement et que la décision est finalement prise.

Soudain intimidée, je laisse la lumière éteinte. Jusqu'à ce soir, nos rendez-vous n'ont été que brefs moments volés, étreintes hâtives et baisers enfiévrés. Mais ce soir, nous n'avons aucune raison de nous dépêcher. J'ignore si c'est sa première fois – je préfère ne pas le savoir –, mais Anson, lui, sera mon premier amant.

Je déboutonne sa chemise, la fais glisser sur ses épaules et la laisse tomber sur le sol. Je baisse ensuite la main vers sa ceinture et tente de la défaire avec des doigts tremblants. Parfaitement immobile, il me dévisage, et je me demande s'il perçoit ma nervosité. J'ai déjà vu des hommes nus – j'ai lavé des centaines de corps à l'hôpital –, mais je n'étais amoureuse d'aucun d'entre eux.

Enfin, c'est à son tour de me déshabiller. Lorsque mon chemisier tombe, je frissonne sous le frôlement de ses doigts. Sa bouche murmure mon nom avec une sorte de vénération. Ses yeux sont remplis d'une telle tendresse que ma gorge se serre et que des larmes inattendues me montent aux yeux.

Quelques instants plus tard, mes vêtements sont sur le sol. Nue, je tremble de la tête aux pieds au milieu de la pièce fraîche. J'aperçois mon reflet dans le miroir du bureau et regrette de ne pas avoir éteint la lumière du couloir. J'ai perdu du poids depuis le début de la guerre : mon corps paraît anguleux, sec et pâle, et j'ai peur de le décevoir. Anson se place derrière moi, passe un bras autour de ma taille et approche sa bouche de la courbe de mon épaule. Je ferme les yeux et m'abandonne à l'ivresse de cet instant. J'ai tellement envie de lui. De son souffle. De ses mains. De sa peau.

Il m'entraîne vers le lit et s'allonge avec moi sur les draps. Il sent la sueur et le puissant savon au phénol utilisé à l'hôpital, une odeur âpre de terre. Un parfum viril. Nos souffles chauds et humides se mêlent tandis que nous nous caressons dans l'obscurité. Ses mains pressantes se promènent partout à la fois, comme s'il essayait de dessiner la carte de mon corps avec ses doigts. Il prend néanmoins son temps, savourant l'instant présent – savourant mon corps –, et je le laisse faire, absorbée par la magie douce-amère de ces brèves heures précédant nos adieux.

J'attends que son souffle devienne régulier pour me glisser hors du lit. Il fera bientôt jour, et je dois emballer quelques affaires. Je connais le voyage qui m'attend. Je n'aurai pas besoin de grand-chose – des vêtements ordinaires et confortables, des chaussures plates et résistantes, quelques effets personnels. Mais je songe à d'autres choses également, des objets que je ne peux pas abandonner.

Je me déplace dans l'obscurité en prenant soin de ne pas le réveiller et rassemble le rosaire, le médaillon contenant le portrait d'Erich Freede et le paquet de lettres que je conserve depuis la mort de maman. L'héritage qu'elle m'a laissé m'aide à me rappeler qu'à une époque, il existait des fins heureuses, et qu'il en existera peut-être à nouveau un jour.

Dans l'atelier, au rez-de-chaussée, j'allume la lumière et contemple la robe que j'ai commencé à coudre quand j'étais encore une toute jeune fille. Terminée depuis des mois, elle attend vainement son moment de gloire dans la pièce sombre. Les rêves que je caressais quand je l'ai commencée sont très différents de ceux que j'ai aujourd'hui. Je m'apprête à quitter Paris – pour toujours, semble-t-il –, mais il me reste quelque chose à faire avant le lever du soleil.

Je rassemble le nécessaire : une bougie blanche, un stylo et une feuille de papier, un bol d'eau, un autre de sel, une aiguille, une bobine de fil blanc – et la robe. J'allume la bougie et ferme les yeux, puis je respire lentement en attendant que les mots me viennent. Je griffonne quelques phrases, les raye et recommence en regrettant de ne pas avoir été plus attentive aux leçons de maman sur la composition des charmes. Il me reste si peu de temps, et je devrai ensuite coudre le mien. Je fais une nouvelle tentative.

Au bout d'un moment, je me sens enfin prête. Mais mes mains sont moites, et j'ai du mal à tenir l'aiguille. J'entends maman me gronder. *Tu ne t'es pas convenablement préparée avant de commencer. Ton charme est maladroit et très approximatif. Tes points sont abominables.* Elle a malheureusement raison. Reposant enfin mon aiguille, j'examine mon travail.

Malgré la distance, malgré le temps,
Et quelles que soient les épreuves,
Que les échos de ces deux jeunes cœurs
Soient à jamais unis.

Mes points manquent de soin, mais le pire, c'est que je me suis piquée plusieurs fois en cousant, si bien que de minuscules taches de sang apparaissent sur la doublure du corsage. On dirait un mauvais présage. Je brûle le reste du fil à la flamme de la bougie et souffle celle-ci. Le résultat n'est pas à la hauteur de ce que m'a appris maman, mais j'ai fait de mon mieux. Pour le reste, je m'en remets au destin.

22

Soline

Pour être efficace, il faut connaître son don et savoir quand l'utiliser. Un charme est un sortilège censé créer des possibilités... une série d'heureux hasards qui donneront un coup de pouce au destin. Tandis qu'user de la subjugation est une forme de charlatanisme destiné à altérer les événements naturels.

Esmée Roussel, *la Sorcière des robes*

Paris, le 28 août 1943

Déjà habillée, je suis assise dans un fauteuil près de la fenêtre quand Anson se réveille. Ses yeux s'ouvrent lentement, et sa bouche esquisse ce sourire décontracté tellement américain que je trouve irrésistible. J'aimerais bien lui sourire en retour, mais je n'y parviens pas. Je ne pense plus qu'aux minutes qui s'écoulent. Il s'habille dans le noir, puis me suit dans la cuisine. Je racle le fond de café qui reste de la réserve de maman et parviens à remplir deux tasses. Son goût est rance, mais c'est mieux que rien, et le liquide nous aide à avaler les biscuits tartinés de confiture qui nous servent de petit déjeuner. Anson vide sa tasse d'une traite et se lève pour la poser dans l'évier.

— C'est l'heure, dit-il sombrement. Le soleil va bientôt se lever.

Je hoche la tête, incapable de parler. Si j'ouvre la bouche, je risque de le supplier de me garder auprès de lui, alors que le sujet est clos.

Il lève les yeux vers moi.

— Je t'attends en bas.

Je fais un dernier tour de l'appartement en vérifiant si les fenêtres sont bien fermées et en éteignant les lumières. Des précautions ridicules, puisque je ne reviendrai pas. Quelqu'un peut bien entrer et tout emporter. Ce logement ne m'appartient plus. Je ferme la porte de ma chambre et descends l'escalier.

Près de la porte, Anson observe l'extérieur par l'interstice entre les rideaux occultants. Il se retourne lorsque j'atteins la dernière marche et fronce les sourcils en voyant mes mains vides.

— Où est ta valise ?

Je pointe du doigt la boîte de la robe à côté de ses pieds.

Il la regarde, puis lève les yeux vers moi.

— Un carton ?

— C'est une boîte à robe, réponds-je, comme si cela expliquait tout.

— Soline, tu ne peux pas voyager avec ça. Il te faut une vraie valise.

— Je n'en ai pas.

— Eh bien, ça ne convient pas. Tu as besoin d'un bagage solide. Quelque chose de facile à porter.

Il se passe une main dans les cheveux.

— Tu n'as vraiment rien d'autre ?

— Je pars avec cette boîte.

Il jette un coup d'œil à sa montre, puis hoche la tête à contrecœur.

— D'accord. Allons-y. Plus un mot, maintenant. Garde la tête baissée et marche. Quoi qu'il arrive, ne t'arrête pas avant d'arriver à l'hôpital. Un véhicule t'attendra là-bas.

Mon estomac se noue.

— Ce n'est pas toi qui m'emmènes ?

Il évite mon regard.

— Non.

— Pourquoi ? C'est pourtant ton travail. C'est toi, le chauffeur.

— Pas cette fois.

Je le dévisage sans comprendre.

— Tu aurais dû me prévenir. Si j'avais su…

Il me fait taire d'un regard.

— Tu sais comment ça marche, Soline. Nous devons respecter certaines règles pour protéger la cellule. Je suis trop proche de la tienne – trop proche de toi. J'ai fait jouer mes relations pour enclencher l'opération, mais je devrai passer le témoin quand nous arriverons à l'hôpital. Pour la sécurité de tout le monde. Est-ce que tu comprends ?

Il s'exprime avec ce détachement qu'il affiche parfois, comme s'il avait appuyé sur un interrupteur et éteint ses émotions. J'ai déjà entendu ce ton-là, mais il ne m'était jamais destiné. J'acquiesce d'un signe de tête imitant sa froideur.

— Le chauffeur aura tes papiers. Tu devrais mémoriser toutes les informations. Les dates. Les endroits. Chaque élément. À partir de maintenant – du moins jusqu'à ce que tu atteignes les États-Unis –, tu t'appelles Yvonne Dufort et tu viens de Chartres. Répète.

— Je m'appelle Yvonne Dufort, dis-je comme un automate. Et je viens de Chartres.

— Parfait. Tout va bien se passer. Embrasse-moi maintenant. Nous ne pourrons pas le faire plus tard.

Quand il m'attire dans ses bras, je me laisse faire avec raideur, la boîte de la robe tel un bouclier devant moi. Je refuse de l'embrasser. J'ai envie de hurler, non parce qu'il m'oblige à partir – je comprends les raisons de sa décision –, mais parce qu'il me quitte aussi froidement. Et parce qu'il poursuivra ses dangereuses activités quand je ne serai plus là. La Gestapo l'a déjà interrogé une fois. Elle ne le laissera pas tranquille tant qu'elle n'aura pas obtenu ce qu'elle veut. Et si elle ne l'obtient pas, elle l'enverra dans un camp.

Cette pensée me fait frissonner et me rappelle à quel point l'enjeu est important. Je dois me montrer courageuse et faire ce qu'il faut pour protéger la Résistance, même si cela implique de partir. Cependant, lorsqu'il me serre contre sa poitrine, le courage me quitte. Je m'accroche à lui, j'agrippe sa chemise, tandis que des larmes coulent sur mon visage. Le manque de lui est déjà trop douloureusement réel.

Finalement, il s'écarte.

— Nous devons partir, mais avant, je dois te donner quelque chose.

Il va chercher sa sacoche en toile posée sur une chaise à proximité, fouille un instant à l'intérieur, puis en sort une trousse à fermeture en cuir brun et lisse, et la pose dans mes mains.

— Je veux que tu l'emportes.

Je contemple la trousse et les initiales A.W.P. dorées imprimées dans un coin, et repense au mouchoir qu'il m'a prêté le jour de notre rencontre.

— C'est mon nécessaire de rasage. Ma mère me l'a offert le Noël avant sa mort. J'aimerais te le confier.

— Mais tu vas en avoir besoin.

— Je ne devrais pas avoir trop de mal à trouver un rasoir à l'hôpital. Emporte-le. S'il te plaît. Et conserve-le en attendant que je rentre.

Nous nous regardons dans les yeux en silence. C'est une promesse qu'il vient de me faire. Une promesse qu'il ne peut pas être sûr de tenir, comme nous le savons tous les deux, mais j'accepte de garder la trousse, fouille dans ma poche et en sors le rosaire de maman. Je prends sa main, la retourne et laisse les perles tomber dans sa paume.

— Il appartenait à ma mère, dis-je à voix basse.

Anson contemple les perles de grenat et le crucifix en argent terni.

— Je n'avais pas réalisé que vous étiez catholiques. Je n'ai jamais pensé à te poser la question.

— Nous ne le sommes pas. Nous n'appartenons à aucune religion.

— Alors pourquoi ce rosaire ?

Je hausse les épaules.
— Pour se protéger.
— Tu ne peux pas me le confier, Soline. Et si…
Je presse un doigt sur ses lèvres.
— Je veux que tu le prennes – et que tu me le rapportes.
Il s'efforce de sourire.
— Très bien. Nous ferons l'échange à mon retour.
Le cœur serré, je me demande dans combien de temps je le reverrai – et envisage l'insupportable possibilité de ne plus jamais le revoir. Cet homme que je ne connais que depuis quelques mois est devenu la personne la plus importante de ma vie, aussi indispensable que l'air que je respire ou le sang qui coule dans mes veines. Et pourtant, il y a des choses que je lui ai cachées, des vérités indicibles. Je me sens soudain coupable de le quitter en emportant mon secret.
— Anson, j'ai besoin de te révéler quelque chose avant de partir, quelque chose qui me concerne.
Il caresse ma joue du revers de la main en souriant doucement.
— Tu t'apprêtes à m'annoncer que tu es nazie ? Que tu es une espionne de Himmler ?
Ces questions me font presque sourire.
— Bien sûr que non.
— Tu es communiste ?
— Anson, ne dis pas de bêtises. Il faut que je te parle de ma famille. Nous sommes…
Il m'embrasse pour me faire taire.
— Tu me raconteras ça quand je serai rentré au pays.
— Mais…
Il m'interrompt à nouveau en secouant la tête.
— Je sais que je t'aime. Et que tu m'aimes. C'est tout ce qui compte.
Il ouvre la paume et me montre les perles de maman.
— Je te les rendrai à mon retour. Ensuite, tu pourras me révéler ton secret. C'est d'accord ?
— Bon, d'accord. À ton retour.

Il glisse le rosaire dans sa poche, un geste scellant le pacte que nous venons de négocier. Je range le nécessaire de rasage dans la boîte à robe et renoue le cordon. Nous nous sommes dit ce que nous avions besoin de nous dire, promis ce qu'il était possible de promettre. Et maintenant, il est temps de partir.

Comme convenu, mon contact m'attend derrière la cantine de l'hôpital au volant d'une ambulance dont le moteur tourne au ralenti. Ce Polonais à fine moustache et aux yeux foncés et vifs me dit s'appeler Henryk. Il porte un uniforme semblable à celui d'Anson, avec l'écusson familier de l'AFS cousu sur l'épaule, mais je suis certaine de ne l'avoir jamais croisé.

Sans un mot, il ouvre la portière arrière et m'aide à monter. Anson observe la scène d'un coin sombre de la cour. Sentant son regard sur moi, je prie pour qu'il vienne m'adresser un dernier adieu, mais je sais qu'il ne le fera pas. Nous nous sommes déjà dit au revoir. Je me mords la lèvre inférieure en m'interdisant de pleurer.

Henryk claque la portière, et me voilà enfermée. Je frissonne un instant de peur dans l'épaisse obscurité, en prenant conscience que je suis maintenant à la merci de parfaits inconnus. J'ai été dépossédée de tout ce qui faisait ma vie : ma maison, Anson, et même mon nom.

Soudain, nous avançons. J'entends le levier de vitesse s'actionner bruyamment tandis que l'ambulance accélère. Je me tourne juste à temps vers la vitre arrière pour voir Anson sortir de l'ombre. Les jambes écartées, les épaules droites, il regarde le véhicule s'éloigner. Alors que les paroles de maman résonnent dans ma tête, je tente de graver cette image dans ma mémoire jusqu'à ce qu'il disparaisse de ma vue.

Tant que tu conserveras son beau visage dans ton cœur, ce bonheur ne sera jamais vraiment perdu.

23

Rory

Boston, le 12 juillet 1985

Rory regrettait déjà d'avoir accepté de s'aventurer à l'autre bout de la ville à l'heure du déjeuner. Elle lança un regard au Tupperware orange posé sur le siège passager et envisagea brièvement de faire demi-tour. Sa mère en possédait des centaines. Elle ne risquait pas d'avoir besoin de celui-ci. Pourquoi avait-elle éprouvé l'envie de le lui rapporter maintenant, un vendredi midi ?

Près de trois semaines s'étaient écoulées depuis sa visite, mais l'ambiance était toujours tendue entre elles. Bien qu'elles n'aient pas reparlé de l'incident, le ton de leurs rares conversations téléphoniques avait manqué de naturel. Car c'était ainsi que fonctionnait leur relation. Elles allaient simplement passer l'épisode sous silence, comme s'il n'était rien arrivé. L'une d'elles ferait le premier pas, un petit geste de réconciliation, et l'autre suivrait. Un pas en avant, un pas en arrière.

Cette fois, c'était elle qui ferait ce geste. Parce qu'elle avait découvert une faille dans l'armure de sa mère ce jour-là, et elle se demandait depuis si elle ne pourrait pas enfin briser le cycle de leurs disputes. Et parce qu'elle avait passé presque toute la matinée, comme chaque vendredi, à téléphoner à ses contacts habituels, du premier au dernier numéro de sa liste, dans l'espoir qu'on aurait des nouvelles de Hux ou une piste plausible à explorer, que quelqu'un l'aurait aperçu ou aurait entendu une rumeur. Pour changer, elle avait fait chou blanc.

Rien de nouveau à signaler. Nous faisons le maximum. Vraiment navrés.

Elle n'aurait su dire quand c'était devenu sa routine du vendredi. Seulement, à chaque semaine qui passait, l'issue devenait de plus en plus inéluctable. Elle ne serait pas la première femme à perdre son fiancé. Cela arrivait depuis des siècles : on attendait des nouvelles qui ne venaient jamais, on pleurait quand on en recevait. Quel sort le destin lui réservait-il ? Combien de temps continuerait-elle à espérer, alors qu'elle ne pouvait pas se raccrocher à la moindre bribe d'information ? Quand tournerait-elle la page ? Comment cela se produirait-il ? Était-elle déjà en train de le faire ? Cette galerie servait-elle à combler le vide laissé par Hux ? C'était ce que Camilla avait suggéré un jour. Aujourd'hui, Rory avait un besoin vital d'entendre que ce n'était pas vrai, qu'elle ouvrait cette galerie pour de bonnes raisons – et qu'elle ne devait pas se sentir coupable.

Elle ne resterait pas longtemps chez sa mère. Juste le temps de lui rendre son Tupperware et peut-être d'avaler un café.

La porte d'entrée n'était pas fermée à clé. Elle laissa ses chaussures dans le vestibule, puis se dirigea vers la cuisine. Au moment où elle entendit des voix, il était trop tard. Le rire aigu et cristallin de sa mère, l'accent nasillard de Vicky Foster, et une troisième personne qu'elle n'arrivait pas à reconnaître. Elle aurait dû appeler avant de venir. Elle n'était franchement pas d'humeur à bavarder avec les amies de Camilla.

Elle s'apprêtait à faire demi-tour lorsque sa mère apparut dans l'entrée de la pièce.

— Aurora. Je me disais bien que j'avais entendu la porte. Est-ce que tout va bien ?

— Oui. Je passais juste te rapporter ta boîte.

Rory leva le Tupperware.

— J'ignorais que tu avais de la compagnie, sinon je ne serais pas venue.

— Ne dis pas de bêtises. Ce ne sont que Vicky et Hilly. Nous venons de finir de déjeuner. As-tu mangé ? Il reste de la bisque et une montagne de salade.

— Je n'ai pas faim. Et je ne suis pas vraiment présentable.

— Oh, mais qu'est-ce que ça peut faire ? Elles seront ravies de te voir.

Avant que Rory ne puisse protester, sa mère l'entraîna vers la salle à manger.

— Regardez qui voilà ! dit Camilla à ses invitées. Aurora passait juste me rapporter un Tupperware. Quand elle a appris que vous étiez ici, elle n'a pas pu résister à l'envie d'entrer vous dire bonjour.

Rory se força à sourire. Vicky Foster et Hilly Standridge étaient membres du Conseil artistique des femmes et occupaient une position privilégiée au sein de la garde rapprochée de Camilla.

Hilly lui sourit tristement.

— Quel plaisir de te revoir, ma chérie. Nous avons été terriblement navrées d'apprendre ce qui est arrivé à ton jeune fiancé, mais nous ne perdons pas espoir. Te joindras-tu à nous pour le dessert ? Je pense que ta mère est partie le chercher.

Camilla revenait justement avec le plat à dessert.

— Tu tombes à pic, Aurora. J'ai préparé ton gâteau préféré. Celui aux pommes et aux épices, avec un glaçage au beurre noisette.

— Merci, mais je ne peux vraiment pas rester. Je passais juste te rendre ta boîte à soupe. J'ai des tonnes de choses à faire, et la circulation…

— Oh, chérie, reste au moins pour le gâteau. Tu dois bien avoir quelques minutes à nous accorder. Je n'ai pas l'occasion tous les jours de montrer à mes amies quelle mère parfaite je suis.

Rory la dévisagea sans un mot, péniblement consciente des regards de Hilly et Vicky qui lui souriaient d'un air indulgent. L'espace d'un horrible instant, elle eut l'impression d'être redevenue la fillette de huit ans vêtue d'une robe jaune en mousseline de soie qu'on avait juchée sur le tabouret du piano, tandis que tous les visages des invités étaient tournés dans sa direction. Ses petites mains chaudes et poisseuses, figées sur les touches. La voix de Camilla, aiguë et ferme, derrière l'appareil photo. *Allez, Aurora, ne fais pas honte à maman devant ses amis.*

Le portrait était maintenant posé dans la vitrine à bibelots dans le salon de sa mère, qui n'avait pas pu s'empêcher d'immortaliser ce moment humiliant. Et voilà qu'elle recommençait : *Allez, joue donc les petites filles modèles.*

Alors qu'elle continuait à dévisager Camilla, sa vue commença à se brouiller. *C'est à cause de tous ces parfums*, se dit-elle. Des effluves de Shalimar et de White Shoulders se mêlaient au Chanel N° 5 de sa mère. Elle cligna des yeux pour retenir ses larmes et baissa le regard vers le gâteau. Il était parfait, comme d'habitude.

— Viens, assieds-toi à côté de moi, dit Camilla en tirant une chaise. Je vais t'en servir une belle grosse part.

Rory se laissa docilement tomber sur la chaise et regarda sa mère manier son couteau avec l'habileté d'un chirurgien. Vicky souleva la cafetière et remplit les quatre jolies tasses en porcelaine posées sur le plateau. Quatre, pas trois. Camilla savait depuis le début qu'elle obtiendrait ce qu'elle voulait.

— Ta mère nous a parlé d'un stage à Paris que tu effectueras quand tu auras fini tes études, dit Hilly en versant une cuillerée de sucre dans son café. Tu dois avoir tellement hâte. Nous avons envoyé chacune de nos filles à Paris après leurs diplômes, mais c'était loin d'être aussi excitant qu'un stage au musée d'Orsay.

— J'ai bien peur que ce soit en suspens pour le moment, répondit Camilla à sa place. Aurora a décidé de se consacrer à des activités plus près d'ici.

Vicky hocha la tête.

— Ah, oui. Bien sûr. C'est tout de même dommage de laisser filer une si belle occasion, après tout le mal que tu t'es donné pour l'organiser.

Elle poussa un soupir.

— Mais je suppose que les études peuvent attendre, et Paris sera toujours là dans quelques années.

Rory émiettait distraitement sa part de gâteau, trop heureuse de ne pas avoir à intervenir dans la conversation. Mais quand cette femme fit passer sa mère pour la véritable victime de cette histoire, elle n'eut plus le choix. Elle posa sa fourchette et se tourna vers Vicky.

— En fait, j'ai décidé de ne pas terminer mes études, madame Foster. J'ai l'intention d'ouvrir une galerie. Dès cet automne, si tout se passe comme prévu.

Hilly ouvrit des yeux ébahis.

— Une galerie ? Mais c'est merveilleux ! Pourquoi nous avoir caché cette nouvelle, Camilla ?

La mère de Rory souleva sa tasse de café et but une petite gorgée, avant d'esquisser un sourire crispé.

— C'est un projet en gestation. Je ne voulais pas lui porter malheur.

— Eh bien, voilà qui est excitant. Ta propre galerie. J'espère que tu as trouvé un bon emplacement. Tu sais ce qu'on dit : c'est le plus important.

— À vrai dire, oui. J'ai trouvé une très jolie maison de ville, juste à côté de *DeLuca's*.

— Sur Newbury ? Mais quelle bonne…

— Attendez, dit Vicky en levant sa fourchette. N'est-ce pas là que se trouvait l'ancienne boutique de robes de mariée ? Rappelez-vous, cette Française et ses robes magiques qui garantissaient le bonheur parfait aux jeunes fiancées. Hilly, c'est là que ta fille a acheté la sienne, non ? Avant l'incendie ? Comment s'appelait-elle déjà ? Elle portait un nom accrocheur.

— *L'Aiguille enchantée*, répondit Hilly. Cette femme faisait un travail époustouflant, entièrement à la main. Mais je dois dire que ses robes n'étaient pas données.

Rory oublia son gâteau et se pencha en avant sur sa chaise.

— Est-ce qu'elle a fonctionné ? La magie, je veux dire.

Hilly sourit sereinement.

— Étant aujourd'hui trois fois grand-mère, je pense pouvoir dire que oui. Les médecins affirmaient qu'elle ne pourrait jamais concevoir, après avoir été jetée à terre par cet horrible cheval, mais j'ai déjà trois petits-enfants.

Vicky leva les yeux au ciel.

— Ne me dis pas que tu crois vraiment ces rumeurs absurdes.

— Je dis simplement qu'il n'y a aucun mal à protéger ses arrières, ma chère. Si c'était à refaire, je serais prête à payer deux fois plus cher.

Vicky émit un petit grognement.

— Si ça te chante. En tout cas, c'était vraiment une charmante boutique. Je crois me souvenir de la propriétaire. Une Française absolument magnifique. Si ma mémoire est bonne, elle a même confectionné la robe d'une des filles Kennedy. Une cousine ou une nièce. Je ne sais plus laquelle, mais cela a fait beaucoup de bruit. Dieu sait que les Kennedy ont besoin de tout ce qui peut leur porter chance. C'était assurément la créatrice qu'il leur fallait. Que lui est-il arrivé ensuite ?

— Elle est décédée dans l'incendie de sa boutique, je crois, répondit Hilly en triturant les rangées de perles autour de son cou. Ma fille était absolument bouleversée quand elle l'a appris dans les journaux. On racontait qu'elle dormait au moment où le feu s'était déclenché. Je n'arrive pas à me rappeler son prénom.

— Soline, dit Rory. Elle s'appelle Soline Roussel. Et elle n'est pas décédée. C'est même ma propriétaire.

— Ta propriétaire ! Comment cela se fait-il ?

— Le bâtiment n'était pas vraiment à louer – il était inoccupé depuis des années. Mais quand elle a appris que je voulais ouvrir une galerie pour y exposer de jeunes talents, elle a accepté de me la louer.

Vicky se tourna vers Camilla, restée silencieuse depuis le début de la conversation.

— Tu nous en as caché des choses, ma chère. Et dire que tu ne nous as même pas parlé de Mme Roussel. Apparemment, l'art l'intéresse, elle aussi. Nous devrions peut-être l'inviter à rejoindre le conseil.

Camilla continua à mélanger son café avec une expression soigneusement neutre.

— J'ai bien peur que ce soit Aurora qui m'ait caché des choses. Je n'ai jamais rencontré Mme Roussel, mais si j'ai bien compris, elle vit en véritable recluse. Nous devrions plutôt l'inviter à verser une contribution.

Hilly se tourna vers Rory.

— Pourrais-tu lui proposer de rejoindre notre petit groupe ? Juste histoire de tâter le terrain ?

Camilla reposa bruyamment sa cuillère.

— Est-ce que nous ne nous emballons pas un peu ? Il y a cinq minutes, tu ne te souvenais même pas du nom de cette femme. Et maintenant, tu es prête à l'inviter à participer au conseil. Tu ne crois pas que nous devrions d'abord vérifier si elle nous correspond bien ?

Hilly leva les yeux au ciel.

— Bonté divine, Camilla. On est au XXe siècle, pas au XIXe. Plus personne ne pense de cette façon.

Vicky soupira et posa sa serviette.

— Franchement, je m'ennuie à mourir avec les personnes qui nous correspondent, comme tu dis. Au cas où tu ne l'aurais pas remarqué, Camilla, le nombre de nos membres est au plus bas. En d'autres termes, nous ne pouvons pas nous permettre de faire les difficiles. Il est peut-être temps de bousculer les choses. Cette femme doit connaître une foule de gens. Imagine l'événement que cela pourrait créer.

Camilla paraissait sincèrement stupéfaite. Elle n'avait pas l'habitude d'être contredite, et encore moins à sa table.

— Je voulais simplement dire qu'il serait préférable de s'en tenir aux personnes que nous connaissons.

Vicky ne se laissa pas démonter.

— Fais donc une ou deux allusions au conseil la prochaine fois que tu lui parleras, Aurora. Nous verrons ensuite si elle a envie d'unir ses forces aux nôtres.

Gênée d'être investie d'une telle mission, Rory souleva sa tasse de café et répondit :

— Je ne sais pas vraiment quand je lui reparlerai. J'ai généralement affaire à son avocat pour tout ce qui concerne la maison. Ce qui me rappelle, dit-elle, avant de vider sa tasse et de repousser sa chaise, que j'ai rendez-vous avec mon entrepreneur à 16 heures. C'était un plaisir de vous revoir, mesdames.

Le visage de Camilla se décomposa.

— Tu nous quittes déjà ?

— Je t'ai prévenue que je ne pouvais pas rester.

— Mais j'espérais que tu nous aiderais à trouver des idées pour la collecte de fonds. Nous utilisons sans arrêt les mêmes thèmes, et tu as l'esprit si créatif.

— Je suis sûre que vous vous en sortirez très bien, dit Rory en se tournant pour partir. Comme toujours.

Elle avait presque atteint la porte lorsque Camilla la rattrapa.

— Aurora. Tu n'as pas réellement l'intention de proposer à cette femme de rejoindre le conseil, n'est-ce pas ?

— Cette femme, comme tu dis, s'appelle Soline. Mais tu le sais, puisque nous venons de parler d'elle. Et pourquoi serait-ce si terrible si elle rejoignait ton précieux conseil ?

— Pour commencer, nous ne savons rien d'elle.

— Faux. *Tu* ne sais rien d'elle. Moi, j'ai appris un tas de choses sur elle, et c'est une personne que j'apprécie.

— Cela ne m'avait pas échappé, figure-toi. Franchement, tu aurais dû t'entendre. On aurait cru que cette femme était la sainte patronne des artistes inconnus.

— J'aurais préféré me taire. Ce sont tes amies qui m'ont interrogée à son sujet. Je ne suis pas venue ici pour parler d'elle, ni manger du gâteau. Je voulais… Peu importe. Ce n'est pas grave.

— Qu'est-ce qui n'est pas grave ? Que voulais-tu dire ?

— Rien. Je n'ai rien à dire. Je passe juste une mauvaise journée. Je ne m'attendais pas à ce que tu aies de la compagnie. Je pensais que… nous pourrions parler.

— Mais bien sûr. Je vais me débarrasser d'elles, et nous parlerons autant que tu le voudras. Tu n'as qu'à rester dîner. Nous cuisinerons comme nous le faisions autrefois. Ou nous pourrions sortir. Je te laisserai choisir le restaurant.

Mais il était trop tard pour parler à sa mère. Entre le moment où elle avait enlevé ses chaussures et celui où elle s'était assise à table, le besoin de lui confier ses problèmes s'était envolé.

— Non, je me sens mieux maintenant.

— Mais je vois bien que quelque chose te tracasse.

— C'était le cas quand je suis arrivée ici. Je te l'ai dit, mais j'ai dû manger du gâteau avec tes amies, sourire et faire poliment la conversation, afin que tu passes pour une hôtesse parfaite.

— S'agit-il de Matthew, dis-moi ? Tu n'as toujours pas de nouvelles ?

Rory secoua la tête avec lassitude.

— Non. Aucune.

— Qu'est-ce qui ne va pas dans ce cas ?

— Retourne t'occuper de tes invitées, maman. Avec un peu de chance, elles oublieront l'existence de Soline.

— Je ne voulais pas dire…

— Si. J'ai vu ton expression. Tu aurais préféré que personne ne prononce son nom. Je ne sais pas pourquoi, mais cela t'a exaspérée. Ou peut-être était-ce le fait que je parle de ma galerie. Tu me forces à rester pour le dessert, puis quand je commets le péché impardonnable de m'écarter de ton script, tu montes sur tes grands chevaux. Tu t'attends toujours à ce que tout le monde t'obéisse au doigt et à l'œil. Même moi.

— Ce n'est pas vrai.

— Si. C'était vrai quand j'avais huit ans, et ça l'est encore aujourd'hui.

— Quand tu avais… Aurora, mais de quoi parles-tu ?

— Laisse tomber. Et ne t'en fais pas – je ne parlerai jamais de ton précieux conseil à Soline. Elle aurait trop de mal à s'intégrer à votre groupe, mais pas pour les raisons que tu imagines.

Camilla la regarda, les yeux écarquillés.

— C'est-à-dire ?

— C'est-à-dire que je ne l'imagine pas vouloir faire partie de ta cour.

Rory marqua une pause et désigna la salle à manger du menton.

— Soline n'a rien à voir avec elles. Et encore moins avec toi. Cette femme me voit, elle. Elle ne projette rien sur moi et m'apprécie comme je suis. C'est peut-être pour cette raison que je l'aime autant.

Là-dessus, elle pivota sur les talons et traversa le vestibule en essayant de ne plus penser à la fillette de huit ans en robe de fête, paralysée de peur sur son banc de piano.

24

Rory

Une heure plus tard, Rory était devant la porte de Soline, un sac de plats à emporter de *Gerardo's* dans les bras. Elle avait déjà frappé quatre fois et s'apprêtait à recommencer quand celle-ci s'entrouvrit.

— Quoi que vous vendiez, je ne suis pas intéressée.

— C'est moi, dit Rory. Je suis désolée. J'aurais dû vous appeler.

Un parfum de café flotta jusqu'au perron lorsque la porte s'ouvrit en grand.

— Rory ?

Soline était pieds nus et habillée très simplement d'un tee-shirt blanc et d'un jean retroussé sur les chevilles. Ses cheveux étaient rassemblés en chignon flou, et sa peau non maquillée. Comment faisaient donc les Françaises – même d'âge mûr – pour être aussi ravissantes, même au saut du lit et vêtues des premiers vêtements qui leur étaient tombés sous la main ?

Elle promena son regard perspicace sur le visage de Rory.

— Qu'est-ce qui vous est arrivé ?

— Rien. Enfin, plein de choses. Est-ce que vous avez faim ?

Soline regarda le sac et fit un pas de côté.

— Entrez.

La cuisine, située au fond de la maison, était beaucoup plus grande que Rory ne s'y attendait, avec un haut plafond et de grandes fenêtres qui laissaient entrer le soleil de cette fin d'après-midi. À l'évidence, cette pièce n'était pas seulement là pour faire joli, avec ses tresses d'ail et d'oignons suspendues au mur, ses bouteilles de vinaigre alignées sur une étagère au-dessus de la cuisinière et ses tomates mûrissant sur le rebord de la fenêtre.

— J'ignore ce qu'il y a dans ce sac, mais ça sent délicieusement bon, dit Soline en commençant à sortir les boîtes.

L'une d'elles contenait des pâtes maison aux champignons, aux courgettes et aux aubergines, l'autre, de la salade, et le sachet était rempli de petits pains à l'ail en forme de nœuds.

— Où avez-vous acheté ces plats ?

— Il y a un restaurant près de chez moi – *Gerardo's*. J'y commande mes repas deux ou trois fois par semaine. Tout y est délicieux, et on peut se faire livrer. Puis-je mettre la table ?

— C'est une belle journée, et si nous mangions dans le patio ? Prenez des assiettes et des verres dans le placard à côté de la cuisinière. Les couverts sont dans le tiroir juste en dessous. Je vais poser les plats sur un plateau, je vous rejoins dans une minute.

Rory rassembla le nécessaire et sortit dans le patio ensoleillé, décoré d'herbes en pots et de plants de tomates. Dans un coin, une petite table en fer forgé était nichée sous une pergola couverte de roses. C'était un endroit charmant, frais et ombragé. Les parfums mêlés des roses et du basilic flottaient dans la brise. Soline apparut avec le plateau alors que Rory finissait de mettre la table.

— Et voilà. Aidez-moi, s'il vous plaît. C'est plus lourd que je le pensais, et je commence à avoir des crampes.

Rory s'empressa de la soulager.

— Excusez-moi. Je n'ai pas réfléchi. J'aurais dû le porter.

— Je ne suis pas invalide, trésor. Je me débrouille très bien toute seule. La plupart du temps.

— Oui. Pardon. Je ne voulais pas…

Rory posa le plateau, puis se laissa tomber sur une chaise.

— Merci de m'accueillir ainsi chez vous, alors que je débarque sans prévenir. J'espère que vous n'aviez pas prévu de sortir dîner.

Soline éclata de rire.

— Sortir ? Je ne le fais plus depuis des années. Encore moins au restaurant.

Elle tendit ses mains, qui étaient nues puisqu'elle n'attendait personne.

— C'est surtout à cause des gants. Ils me rendent maladroite – surtout quand je mange. Et puis, j'ai l'air d'une vieille femme excentrique qui vit dans le passé.

Rory lui lança un regard dubitatif. Aucune personne saine d'esprit ne pouvait prendre Soline Roussel pour une vieille excentrique. Même aujourd'hui, au naturel, elle était merveilleusement chic. Tel celui des femmes naturellement belles qui posaient dans le *Condé Nast Traveler*, son visage respirait le glamour et les aventures exotiques, des vies vécues dans des endroits lointains.

— J'ai toujours adoré les gants, dit Rory. Je trouve qu'ils donnent l'air chic.

Soline sourit sans conviction et se pencha sur la table pour remplir leurs verres d'eau.

— Vous êtes mignonne. Bon, dites-moi pourquoi vous êtes ici, et ne me répondez pas que c'était à votre tour. Vous avez l'air si triste. Que s'est-il passé ?

— Rien. Enfin, j'ai juste…

Elle secoua la tête, soudain intimidée.

— Ce n'est rien.

Soline haussa un sourcil.

— Vous avez frappé à ma porte parce qu'il ne s'est rien passé ? Mais qu'est-ce que c'est que cette réponse ?

Rory se servit quelques morceaux d'aubergine, puis en piqua un distraitement avec sa fourchette.

— Je suis désolée. J'ai passé une mauvaise journée, et j'avais besoin de quelqu'un à qui parler.

Le visage de Soline s'adoucit.

— Je vous écoute.

Rory haussa les épaules.

— On est vendredi. C'est le jour où j'appelle pour vérifier si on a des nouvelles de Hux. Il n'y en avait pas. Je n'y comptais pas vraiment, mais…

— Mais ?

— Je ne vois pas le bout de ce cauchemar, et ça m'effraie. J'ai peur qu'il ne rentre jamais, et que la galerie soit tout ce qui me reste. Et si je…

— Et si vous finissiez comme moi ? Vous avez le droit de le dire.

— Non. Ce n'est pas ça.

Enfin, pas seulement ça.

— Je suis troublée à cause d'une remarque de ma mère. Elle pense que j'ouvre cette galerie pour de mauvaises raisons.

— Qu'est-ce qui lui fait dire une chose pareille ?

— C'est Hux qui m'a mis cette idée dans la tête. J'avais déjà imaginé ouvrir une galerie quand je m'ennuyais en cours, mais c'était juste une idée en l'air. Cependant, il l'a rendue envisageable. Il estimait que c'était un rêve qui valait la peine d'être réalisé. Alors je l'ai écouté.

— Et vous trouvez que c'est une mauvaise raison de l'ouvrir ? Parce que c'est quelqu'un qui vous a inspirée ?

— J'étais censée finir mes études, puis partir faire un stage au musée d'Orsay. Quand je l'ai informée que j'arrêtais la fac pour ouvrir une galerie, ma mère a répondu que j'essayais de prouver quelque chose à quelqu'un qui n'était même pas là pour voir le résultat. Parce que j'avais peur.

— Mais elle a tort, n'est-ce pas ?

— Je n'en sais rien. J'ai jugé qu'elle se trompait sur le coup, mais maintenant… Je doute de tout. Je commence à croire que Hux ne rentrera jamais. Honnêtement, je pense que je le pressens depuis un moment. Pour quelle autre raison déciderais-je d'ouvrir une galerie maintenant ? Je pense qu'une partie de moi estime qu'il est temps de tourner la page.

— C'est votre mère qui vous a dit tout cela ?

— Non. Elle a été plus brève, mais elle sait comment me déstabiliser. Elle déteste que je fasse des projets pour moi-même ; alors quand c'est le cas, elle ne peut s'empêcher de les critiquer. Il ne lui est pas venu à l'esprit une seule fois en vingt-trois ans que je sais peut-être exactement ce que je veux.

— Et que voulez-vous exactement ?

Rory ferma les yeux et ravala la boule qui s'était formée dans sa gorge.

— Je veux que Hux rentre. En bonne santé, et en un seul morceau. Je veux savoir quelle est la prochaine étape. Pour moi. Pour nous.

Le sourire de Soline s'empreignit de tristesse.

— Bien sûr. Mais c'est impossible, trésor. Personne ne sait ce qui l'attend. Chacun de nous est obligé de vivre sa vie au jour le jour.

— C'est ça, le problème. Je n'ai pas de vie. Pas vraiment. Et une petite voix me dit que je commets peut-être une énorme erreur. Ma mère ne cesse de me rappeler que je n'ai aucune expérience et que 80 % des galeries ferment en moins de deux ans. Si j'échoue, que se passera-t-il ensuite ? Si Hux…

Sa voix se brisa, et elle avala péniblement sa salive.

— Je ne crois pas que je supporterais une nouvelle perte.

Soline posa sa fourchette et la regarda droit dans les yeux.

— Rory, vous devez apprendre à dissocier Hux de la galerie. Vous les envisagez comme un tout, comme si l'un ne pouvait pas exister sans l'autre. Mais c'est faux. J'ai dû moi aussi apprendre à faire la différence – après la mort d'Anson.

Rory soupira.

— Je vous en prie, ne me conseillez pas de reprendre le cours de ma vie. Ma mère le fait sans arrêt, et ça me rend folle.

— D'accord, je vais éviter de vous donner ce conseil, mais elle n'a pas tort. Vous étiez une personne à part entière avant que Hux n'entre dans votre vie. Et vous en serez toujours une, même s'il en sort. Vous n'avez pas le choix. Ainsi va la vie.

La question est de savoir quel type de personne vous serez. Ce que vous ferez de votre avenir, de vos rêves, de votre art.

Rory écarquilla les yeux.

— Mon art ?

— Mais oui, petite sotte. Votre art. Vous avez un don.

— Mais je ne suis pas…

— Si vous avez des doutes, nous pouvons encore déchirer le bail. Vous n'êtes pas obligée d'aller jusqu'au bout.

Rory la dévisagea. Elle ne savait pas très bien à quoi elle s'attendait, mais certainement pas à cette proposition. Elle sentit son estomac se nouer.

— Non, pas question.

Soline sourit d'un air entendu.

— Je sais bien que vous y tenez. Vous avez simplement la frousse. Mais si c'est ce que vous souhaitez vraiment, vous saurez faire fonctionner cette galerie.

— Comme vous l'avez fait avec votre boutique de robes de mariée ?

— Je n'avais rien à mon arrivée ici. J'étais une étrangère, seule et sans le sou. Ce fut une période difficile pour moi, davantage encore que la guerre, à cause de ce que j'avais perdu. Mais je ne pouvais pas me laisser mourir, et ce n'est pas faute d'en avoir eu envie.

Rory regarda Soline casser un morceau de son petit pain à l'ail et le mastiquer lentement. Sa souffrance était encore visible malgré le temps écoulé. Elle lui avait raconté son histoire avec une certaine franchise, mais Rory ne pouvait s'empêcher de penser qu'elle ne lui avait pas tout dit, que son chagrin était plus vaste encore.

— Vous m'avez expliqué qu'Anson et vous aviez été séparés à cause de la guerre, et que vous aviez appris plus tard sa disparition. Étiez-vous encore à Paris à ce moment-là ?

— Non. J'avais dû quitter le pays. Je ne le voulais pas, mais Anson m'y a obligée. Il aidait la Résistance à organiser l'exfiltration de certaines personnes recherchées par les nazis. Je leur ai également donné un coup de main, jusqu'à ce que cela devienne… problématique.

Rory la dévisagea.

— Vous faisiez partie de la Résistance ?

— À l'époque, quand on habitait Paris, on était soit collabo, soit résistant. Quelques rares personnes essayaient de rester neutres, mais tôt ou tard, tout le monde était obligé de choisir son camp. Nous faisions ce que nous pouvions. Je livrais des messages. C'était une mission facile pour les femmes. Surtout lorsqu'elles étaient jolies.

Elle sourit avec amertume.

— Les Allemands aimaient bien les jeunes Françaises. Ils étaient si occupés à flirter avec nous qu'ils en oubliaient de nous soupçonner. Mais un jour, ils ont découvert ma relation avec Anson – et ils s'en sont servis contre lui.

Rory posa son verre en retenant son souffle.

— Un soir, alors qu'il rentrait d'une mission, son ambulance est tombée en panne, et il a été arrêté par la Gestapo. Les hommes l'ont interrogé pendant des heures. Comme il refusait de coopérer, ils l'ont informé qu'ils savaient qui j'étais. S'il ne leur donnait pas les noms qu'ils voulaient, ils s'en prendraient à moi. C'était leur truc, arrêter les épouses et les amoureuses des résistants pour les envoyer dans des endroits horribles. Des camps de prisonniers et des bordels. Anson a refusé de parler. Ils l'ont finalement relâché, mais le lendemain, il m'a obligée à partir.

— Seule ?

Soline tendit les doigts vers son verre, mais le trouva vide. Elle le remplit d'une main tremblante et but une longue gorgée.

— Son travail était crucial. Tout ce qui comptait, c'était d'aider ces hommes à quitter le pays. Il ne pouvait pas se permettre d'être distrait. Par conséquent, il m'a envoyée rejoindre un groupe qui était sur le départ. Je détestais qu'il me force à partir, mais je le comprenais.

— Où vous a-t-il envoyée ?

— J'ai d'abord franchi la frontière espagnole. Ensuite, nous sommes partis en Angleterre, puis je suis arrivée ici, en Amérique. C'était l'itinéraire habituel, je savais à quoi m'attendre, mais je n'aurais jamais imaginé que ce serait aussi long, ni aussi dur. C'était étrange de faire partie de ce groupe d'hommes en fuite. Autrefois, je pouvais seulement imaginer ce qui leur arrivait après leur passage chez nous. Et voilà que je me retrouvais brusquement dans la même situation qu'eux.

Rory réprima un frisson en s'imaginant à la place de Soline. Quitter sa maison, l'homme qu'elle aimait, et se retrouver à la merci d'inconnus.

— N'était-ce pas dangereux de voyager alors que la guerre faisait rage ?

— Si. Mais pour beaucoup, rester à Paris, c'était se condamner à mort. Nous en avons perdu certains, mais les succès étaient plus nombreux que les échecs, alors le risque en valait la peine.

— Je ne peux pas imaginer ce que ça fait. Quitter Paris pour atterrir ici, à Boston. Vous avez dû avoir l'impression de débarquer dans un autre monde.

Soline garda le silence, ses mains blanches immobiles de chaque côté de son assiette.

— Je ne suis pas arrivée immédiatement à Boston. Je suis d'abord passée par Newport où habitait le père d'Anson. Anson lui avait écrit pour le prévenir de mon arrivée.

Cette nouvelle révélation surprit Rory. Soline n'avait jamais mentionné la famille d'Anson.

— Vous avez dû trouver réconfortant de rencontrer ses proches alors que vous étiez seule dans ce nouveau pays.

Soline secoua la tête très lentement, le regard assombri par ses souvenirs.

— Non. Cela a été tout sauf… réconfortant.

25

Soline

Quiconque utilise la magie à des fins égoïstes attirera le malheur sur sa famille tout entière. Il est donc nécessaire de veiller à la sincérité de son aiguille, et de ne jamais se servir d'un charme pour résoudre ses propres problèmes.

Esmée Roussel, *La Sorcière des robes*

Newport, le 22 septembre 1943

Après un long trajet en train, j'arrive à la gare de Newport un mercredi matin frisquet, les cheveux en désordre et les vêtements froissés. Je suis maigre comme un clou dans cette tenue empruntée, épuisée après des semaines de mal de mer et d'incertitude. Depuis des jours, je ne songe qu'à prendre un bon bain chaud et à dormir dans un vrai lit aux draps propres, mais lorsque je m'arrête sur le quai bondé, à la recherche d'un visage semblable à celui d'Anson, mes pensées prennent une nouvelle direction.

J'ai fait ce que je pouvais pour arranger ma coiffure, mais je n'avais pas assez d'épingles pour m'attacher les cheveux convenablement. Elles sont assez difficiles à trouver ces temps-ci, et encore plus sur les bateaux et dans les trains remplis d'hommes. Je déteste imaginer à quoi je ressemble. Pas de chapeau, pas de gants, pas de chaussures correctes. Ce n'est pas exactement l'allure qu'on aimerait avoir pour rencontrer son futur beau-père pour la première fois.

Sur le quai, la foule a commencé à se disperser. Je me hisse sur la pointe des pieds afin de mieux voir les derniers visages présents, mais aucun ne semble correspondre. Un jeune homme dont une manche est repliée et épinglée. Un vieillard serrant un sac en papier dans son poing. Deux GI en uniforme vert portant une malle. Je n'aperçois personne susceptible d'être Owen Purcell.

L'estomac noué, je me demande s'il y a eu un malentendu, un appel manqué ou une lettre égarée. Finalement, je vois un homme s'avancer vers moi sur le quai. Il porte un costume noir ordinaire et une casquette.

Il hausse les sourcils en me regardant de la tête aux pieds.

— Êtes-vous par hasard Mlle Roussel ?

Le soulagement m'envahit.

— Oui, c'est bien moi, dis-je en français, avant de me rappeler que je suis en Amérique. Oui, je suis Mlle Roussel.

— Je m'appelle Stanton. Je suis le chauffeur de M. Purcell. Si vous voulez bien me montrer vos bagages, je les porterai jusqu'à la voiture.

— Je n'en ai aucun, réponds-je en levant ma boîte abîmée. C'est tout ce que je transporte.

Il jette un coup d'œil dubitatif à la boîte, puis hoche la tête.

— Très bien, mademoiselle.

Au moment où il tend les mains, je ne peux retenir un mouvement de recul. Elle contient tout ce qu'il y a de plus cher à mes yeux, et je ne l'ai pas quittée du regard depuis des semaines.

— Je la porterai, merci.

— Comme vous voudrez.

Il garde une expression soigneusement neutre, comme maman quand elle avait affaire à une jeune cliente pénible.

— Si vous voulez bien me suivre.

Nous nous dirigeons vers une immense voiture d'un noir étincelant, pourvue d'une calandre brillante et de pneus à larges bords blancs. Ma gorge se serre. Ce véhicule me rappelle ceux de la Gestapo, longs et sinistres, qui rôdaient dans les rues de Paris. Je regarde à travers la vitre en m'attendant à apercevoir le père d'Anson sur la banquette arrière, mais l'intérieur est désert.

Si Stanton remarque ma déception, il n'en laisse rien paraître lorsqu'il m'ouvre la portière arrière. Je passe devant lui et grimpe dans l'habitacle. Il y fait si bon, et la banquette est si confortable que, brusquement, l'épuisement m'envahit. Je laisse ma tête retomber contre le dossier en cuir et ferme les yeux en essayant de ne pas réfléchir aux raisons de l'absence du père d'Anson à la gare.

Au moment où je rouvre les yeux, la voiture remonte une longue allée pavée de briques. Bouche bée, je regarde la maison d'enfance d'Anson apparaître devant moi. C'est un immense édifice de trois étages en pierre crème et gris. J'aperçois des vitraux à losanges aux étages supérieurs, et plus de pignons et de cheminées que je ne peux en compter. Je balaye du regard les plus hautes fenêtres, dont les petits carreaux de verre réfléchissent la froide lumière matinale, en me demandant si Owen Purcell surveille mon arrivée derrière l'une d'elles.

Lorsque Stanton ouvre la portière, je me rends compte que je n'ai cessé de triturer le cordon de la boîte de tout le trajet. Cruellement consciente de mon apparence, je me glisse dehors. Autour de moi, tout est si grand et immaculé. La voiture, la maison, et même Stanton qui me regarde de haut dans son sinistre costume de serge noire. Il me fait signe d'avancer vers une porte-fenêtre décorée de rinceaux en fer forgé, puis passe devant moi d'un air impassible.

La porte s'ouvre en grand avant que je ne puisse appuyer sur la sonnette. Soudain, Owen Purcell est là, tiré à quatre épingles dans son costume trois-pièces gris charbon, très probablement fait sur mesure. Aussi grand qu'Anson, il a les épaules et la poitrine larges, et un ventre qui commence juste à se relâcher. Son abondante chevelure ondulée est parsemée de mèches dorées et argentées, et ses yeux sont du même bleu-vert que ceux de son fils. Tandis qu'ils m'examinent de la tête aux pieds et s'arrêtent brièvement sur mes chaussures noires éraflées, je prends conscience que rien ne leur échappe.

— Mademoiselle Roussel, vous voilà enfin.

Je parviens juste à esquisser un sourire nerveux.

— Bonjour, monsieur Purcell.

Ses yeux se posent sur les miens sans un soupçon de chaleur.

— C'est vrai, il m'avait dit que vous étiez française.

Il lève les yeux vers son chauffeur resté dans l'allée.

— Stanton, veuillez apporter les affaires de Mlle Roussel.

— Elle n'en a pas, monsieur. Il n'y a que cette boîte.

M. Purcell me regarde à nouveau, les sourcils froncés, puis contemple la boîte que je tiens comme une valise.

— D'accord. Eh bien, entrez.

Je m'essuie les pieds trois fois avant de pénétrer dans le large vestibule. À cause du parquet ciré, on se croirait davantage dans une salle de bal. Les murs sont d'un jaune doux et crémeux, tandis que le haut plafond est orné de plâtres richement décorés. Un lustre à pendeloques projette de petites gouttes de lumière sur les murs et le sol. Les lueurs qui dansent autour de moi me donnent soudain le tournis. L'espace d'un instant, je crains de m'effondrer à genoux devant mon futur beau-père.

— Êtes-vous souffrante ?

J'avale mon épaisse salive et tente de secouer la tête.

— Je suis juste… J'ai fait un très long voyage.

— Oui, évidemment. Vous devriez peut-être vous reposer avant le déjeuner. Je vais vous montrer votre chambre.

Ne me laissant pas le temps de protester, il se dirige vers l'escalier sans prendre la peine de vérifier si je le suis. Un léger boitillement dû à sa jambe raide ralentit sa marche – séquelle probable de la blessure de guerre dont Anson m'a parlé.

Au sommet de l'escalier, une large galerie aux murs ornés de gravures de chasse anglaises s'étend sur la droite et la gauche. Comme j'hésite, il me regarde brièvement par-dessus son épaule.

— Par ici, je vous prie. La dernière porte à droite.

Au bout du couloir, il pousse la porte et me laisse entrer.

— J'ai fait aérer la chambre et le lit est prêt. Vous disposez d'une salle de bains juste derrière cette porte, au cas où vous auriez besoin de vous rafraîchir avant le déjeuner.

Les rideaux étant tirés, il fait sombre à l'intérieur de la chambre. C'est une petite pièce meublée d'un lit à deux places, d'une table de chevet et sa lampe, d'une commode nue et d'un long miroir ovale. Les murs sont tapissés d'énormes roses à cent feuilles sur un fond vert terne. Ce motif trop criard pour une si petite pièce rend l'atmosphère légèrement oppressante.

— Merci, dis-je faiblement. C'est charmant.

Il me répond d'un simple signe de tête, et je me surprends à essayer de mieux le cerner. C'est un séduisant quinquagénaire aux joues hautes et au large front. Une légère bosse sur l'arête de son nez laisse penser qu'il se l'est un jour cassé. Mais c'est sa bouche, à la fois pleine et rigide, qui retient mon attention – de toute évidence, elle n'a pas l'habitude de sourire.

— Le déjeuner sera servi à midi et demi. On viendra vous chercher.

Il referme la porte et je me retrouve seule, avec l'impression d'être une simple locataire dans cette maison. Je pose ma boîte sur la commode, retire mes chaussures, puis me couche tout habillée et ferme les yeux. Pas une seule fois Owen Purcell n'a prononcé le nom de son fils.

À peine me suis-je assoupie que quelque chose me réveille en sursaut. La porte s'est entrouverte, et un œil écarquillé regarde à l'intérieur. Je me redresse rapidement, l'esprit confus.

— Vous pouvez entrer, dis-je en français, avant de le répéter en anglais.

La porte s'ouvre de quelques centimètres. Apparaît alors un visage aux joues rondes et aux yeux bleu-vert, encadré d'une épaisse chevelure blonde comme les blés. On croirait voir la version féminine d'Anson, en plus jeune.

— Vous êtes Thia, n'est-ce pas ? dis-je en souriant. La sœur d'Anson. Votre frère m'a beaucoup parlé de vous. Il m'a dit que vous aimiez peindre et jouer de la guitare.

La fillette s'avance lentement, intimidée, mais curieuse. Elle doit avoir onze ou douze ans, mais elle est grande pour son âge et un peu gauche. Elle a de grandes incisives et le visage parsemé de taches de rousseur. Son pull lâche et sa jupe mal ajustée lui donnent une drôle d'allure, mais ces vêtements ternes cachent une beauté prête à s'épanouir.

— Êtes-vous vraiment française ? chuchote-t-elle avec une sorte d'émerveillement. C'est papa qui me l'a dit. Il vous surnomme la petite couturière française d'Anson. Qu'est-ce que c'est, une couturière ?

Ce manque de respect ne m'échappe pas, mais je préfère l'ignorer. Je me concentre plutôt sur Thia, sur sa façon de m'étudier, la tête inclinée sur le côté. C'est Anson tout craché. J'ai soudain envie de la prendre dans mes bras.

— Une couturière est une femme qui confectionne des robes. Et en effet, je viens de Paris.

Sa bouche esquisse une moue triste.

— Il y a la guerre là-bas.

Sa réflexion m'étonne, mais ce n'est après tout qu'une enfant. L'Amérique envoie des hommes se battre en France. Cependant, les horreurs de l'occupation et des bombardements lui sont épargnées.

— C'est vrai, réponds-je doucement.

Elle s'assied à côté de moi, les mains serrées entre ses genoux.

— Anson est en France en ce moment. Il transporte les malades.

Je souris, charmée par son innocence.

— C'est exact. Et il le fait très bien.

— Est-ce que vous êtes montée dans son ambulance ? Est-ce ainsi qu'il vous a rencontrée ?

— Non. Nous nous sommes rencontrés à l'hôpital où nous travaillions tous les deux. J'ai été malade le premier jour, et il m'est venu en aide.

Elle sourit en fronçant le nez.

— Anson aide toujours les gens. Il est gentil.

— C'est aussi mon avis.

— Je vous en prie, ne dites pas à mon père que je vous espionnais. Il ne sera pas content. J'étais seulement censée frapper et vous demander de descendre déjeuner, mais j'espérais que nous deviendrions amies.

Je sens mon cœur fondre en regardant son visage timide, mais plein d'espoir.

— Bien sûr que nous pouvons le devenir. Vous pourrez venir me voir quand vous voudrez. Est-ce que votre chambre se trouve à côté de la mienne ?

— Non.

Elle tend un bras et désigne l'autre extrémité du couloir.

— Les chambres familiales sont à l'autre bout de la galerie. La mienne est la première à droite, et celle d'Anson, juste en face. La chambre de papa et maman est tout au bout. Enfin, c'est seulement celle de papa maintenant.

— Qui loge de mon côté ?

— Oh, personne. C'est celui que nous réservons aux invités. Tante Diane dormait ici quand elle est venue pour l'enterrement de maman. C'était sa sœur, mais papa dit qu'elle ne fait pas vraiment partie de notre famille.

Je hoche la tête sans un mot. Aux yeux d'Owen Purcell, ce sont les liens du sang qui comptent. Les belles-sœurs n'existent pas. Les fiancées françaises non plus.

— Nous ferions mieux de descendre. Papa n'aime pas qu'on soit en retard.

Thia attend que je me lave le visage et que je tente d'arranger ma coiffure. Je suis surprise par mon reflet. Mon visage est si pâle, et ses os si saillants après des semaines de repas frugaux et de courtes nuits. J'essaie de lisser mes vêtements. Je porte ma jupe et mon chemisier miteux depuis si longtemps qu'ils sont horriblement froissés, mais je n'ai rien de mieux à enfiler, ni d'argent pour m'acheter une nouvelle tenue.

En sortant de la chambre, je trouve Thia devant la commode, qui passe une main hésitante sur le couvercle de ma boîte. Un bref sentiment de panique m'envahit. Je me sens brusquement possessive.

Thia retire aussitôt sa main du couvercle, mais son regard ne tarde pas à se reposer sur la boîte. Elle la pointe timidement du doigt.

— Qu'est-ce qu'il y a dedans ?

Je souris en lui adressant un clin d'œil complice.

— Tous mes secrets. Descendons maintenant.

Dans la salle à manger, Owen est déjà assis à une longue table recouverte d'une nappe en lin sur laquelle trois couverts ont été dressés. Il lève les yeux vers nous au moment où nous entrons, puis sa bouche se crispe lorsqu'il les pose sur moi.

— Je pensais que vous vous seriez changée. Avez-vous pu vous reposer ?

— Oui. Merci. Je me sens beaucoup mieux. Thia a frappé à ma porte pour me dire qu'il était l'heure de descendre.

Thia m'adresse un sourire rayonnant de gratitude tandis que nous nous asseyons, mais M. Purcell continue de froncer les sourcils.

— Elle s'appelle Cynthia, me reprend-il sèchement. Comme ma mère. Évitons les diminutifs, voulez-vous ?

— Excusez-moi. Je n'avais pas réalisé que… C'est ainsi que l'appelait toujours Anson.

— Ma foi, mon fils l'a toujours trop couvée. Je suppose que c'est dû à leur différence d'âge. Cynthia, ta serviette.

Thia déplie sa serviette sur ses cuisses en retenant un grognement. Je suis son exemple et me demande si ce reproche m'était en fait destiné.

De longues secondes s'écoulent en silence. Je contemple la salle à manger en évitant le regard d'Owen. C'est une pièce magnifique : tout y est blanc et doré, et d'une propreté impeccable. Tout à coup, j'ai l'impression de faire tache au milieu de toute cette beauté.

Une femme en uniforme gris clair entre par une porte battante, une soupière dans laquelle est plongée une louche étincelante entre les mains. Owen lui adresse un signe de tête indifférent lorsqu'elle la pose sur la table.

— Merci, Belinda, marmonne-t-il en soulevant le couvercle du récipient. Cynthia, ton bol, s'il te plaît.

Thia obéit et regarde son père lui servir plusieurs louches d'un velouté rouge. Elle fronce le nez.

— C'est de la tomate, n'est-ce pas ?

— En effet, répond-il en remplissant son propre bol, avant de me passer la louche. Et tu vas la manger. Tout le monde doit faire des efforts à cause de la guerre, Cynthia, toi y comprise. Nous sommes obligés de nous contenter de ce qui pousse chez nous. Mais peut-être préférerais-tu que ton frère meure de faim à l'autre bout du monde ?

Les yeux de Thia sont soudain brillants de larmes. Je sens ma colère monter, stupéfaite que son père puisse se montrer aussi insensible.

— En réalité, interviens-je nonchalamment en remplissant mon bol, la Croix-Rouge envoie régulièrement des colis de ravitaillement à l'hôpital où travaille Anson, et on a transformé les parterres de fleurs en potager afin de faire pousser des tomates.

Owen me lance un regard sévère.

— Mon fils m'a écrit que vous vous y étiez rencontrés, mais je ne sais pas grand-chose de plus. Étiez-vous infirmière ?

— Non, bénévole.

— Bénévole. C'est-à-dire ?

— Je veillais au bien-être des blessés.

Il me regarde froidement par-dessus sa cuillerée de soupe.

— Je vois.

J'ignore ce ton qui suggère que mon travail avait quelque chose d'indécent. Il a lui-même été blessé pendant la Première Guerre mondiale. Il sait très bien quelle est la mission des bénévoles.

— Je faisais manger les hommes qui ne pouvaient pas se nourrir eux-mêmes, leur faisais la toilette, la lecture, les aidais à écrire des lettres à leurs familles.

— Un travail admirable, j'en suis sûr. Une grande chance pour nos soldats. Dites-moi, comment mon fils et vous êtes-vous devenus… amis ?

Amis.

Soigneusement choisi pour déprécier ma relation avec Anson, ce mot me hérisse. Mais Thia ne me laisse pas le temps de réagir.

— Oh, je le sais ! Elle est tombée malade lors de son premier jour à l'hôpital, et Anson lui est venu en aide.

Owen lance un regard sévère à sa fille avant de se tourner à nouveau vers moi.

— C'était votre premier jour ? Eh bien, vous avez été rapide. Et manifestement, ma fille et vous êtes devenues amies tout aussi rapidement.

— Elle m'a interrogée au sujet d'Anson pendant que nous descendions, dis-je en prenant une nouvelle cuillerée de velouté. Je suis sûre que son frère lui manque.

Il repose sa cuillère et me fixe froidement.

— Il me manque également, mademoiselle Roussel. Et nous sommes impatients de le voir revenir à la maison auprès des siens – car sa place est ici.

Je m'efforce de sourire, mais je ne dis rien, perturbée par cette dernière phrase. Il ne pense quand même pas qu'Anson et moi resterons sous son toit après notre mariage. J'essaie d'imaginer notre vie sous sa surveillance stricte et permanente, une lutte quotidienne pour obtenir son approbation – et n'y jamais parvenir. Cette pensée me rend nauséeuse.

Belinda réapparaît dans son uniforme gris terne, chargée de trois assiettes qu'elle pose devant nous sans un mot. Je contemple la nourriture, une petite salade verte et une darne de saumon garnie d'un condiment à l'aneth et au concombre. Après des semaines à me nourrir exclusivement de pain et de bouillon, j'ai l'impression de me trouver devant un véritable festin. Cependant, les yeux fixés sur mon assiette, je m'aperçois que je n'ai plus faim.

26

Soline

La jeune fiancée doit se rappeler qu'en s'unissant à son amoureux, elle s'unit également à sa famille. Nous ne prétendons en aucun cas avoir la moindre influence sur le succès de ces relations. Cela ne relève pas de notre mission.

Esmée Roussel, *La Sorcière des robes*

Newport, le 5 octobre 1943

Deux semaines après mon arrivée à la gare de Newport, mes rapports avec le père d'Anson ne s'améliorent pas. Il se montre courtois quand il le faut, mais il prend rarement la peine de me parler, même pendant les repas, alors que je suis assise juste en face de lui. Maigre consolation : il est absent la plupart du temps, soit parce qu'il travaille tard ou doit se rendre à une réunion, soit parce qu'il dîne à son club avec des clients. Et quand il se trouve à la maison, il reste enfermé dans son bureau.

Je passe mes journées désœuvrée, avec la radio pour seule compagnie pendant que Thia est à l'école. J'écoute les informations le ventre noué en me demandant où est Anson, en priant pour qu'il soit en sécurité et qu'il rentre bientôt. Je lui ai écrit plusieurs fois pendant mon voyage et à nouveau à mon arrivée à Newport, afin de l'informer que j'étais bien arrivée. Des semaines plus tard, je n'ai toujours reçu aucune réponse, et l'attente me rend fébrile.

Je ne suis pas sortie de la maison depuis mon arrivée, à part pour m'asseoir au bord de la piscine ou pour longer la petite plage qui s'étend derrière le portail du patio. L'air frais de la mer soulage mes maux de tête et apaise mes angoisses. J'ose à peine aller et venir dans la maison, tant je ne m'y sens pas à ma place. Mais je ne suis pas totalement seule. Il y a Belinda qui s'occupe de la préparation des repas, ainsi qu'une femme de ménage nommée Clara qui passe deux fois par semaine. Cependant, toutes deux me regardent à peine quand elles me voient. Je reste donc enfermée dans ma chambre sinistre à la tapisserie hideuse.

Thia est mon unique rayon de soleil. Elle est tellement mignonne, tellement en demande d'amour et d'attention. Elle ne reçoit ni l'un ni l'autre de son père. Il ne se montre pas volontairement cruel ; cela lui demanderait plus d'énergie qu'il ne veut en dépenser. Simplement, il ne la voit pas, ce qui est cruel en soi. C'est peut-être pour cette raison qu'elle me considère comme son amie intime – elle m'appelle sa « future sœur ». J'avoue que c'est un rôle qui me plaît beaucoup.

Elle vient me voir chaque jour en arrivant de l'école, impatiente de prendre un nouveau cours. Elle m'a demandé de lui apprendre le français dans l'espoir de le parler couramment quand elle ira s'installer à Paris et deviendra une peintre célèbre. Mais aujourd'hui, elle entre dans ma chambre avec un de ses carnets de croquis sous le bras. Elle se laisse tomber sur le lit et attend que je la rejoigne, puis ouvre le carnet et le fait glisser sur mes genoux.

Ma gorge se serre quand je baisse les yeux et découvre le portrait d'Anson dessiné de trois quarts.

— C'est magnifique, dis-je en suivant du doigt le contour de son visage.

— Il me manque.

— À moi aussi.

Elle incline le visage vers moi en s'efforçant de sourire.

— Il est courageux, n'est-ce pas ?

— Oui, ma chérie. Très courageux. C'est l'homme le plus intrépide que je connaisse.

Elle bat plusieurs fois des paupières, les cils perlés de larmes.

— J'espère qu'il rentrera bientôt. Ensuite, vous pourrez vous marier et j'irai vivre avec vous.

Mon cœur se fend lorsque je prends conscience du sens de ses paroles. À son âge, j'avais terriblement envie de quitter maman pour rejoindre Lilou, de m'échapper de ma cage comme l'avait fait ma tante et de réaliser mes propres rêves. Mais le cas de Thia est différent. Ce n'est pas une jeune fille qui rêve de prendre son envol, mais une enfant profondément triste qui sait qu'elle n'est pas aimée.

Je dépose un baiser sur ses cheveux clairs et tente de changer de sujet.

— Je dessinais aussi quand j'avais ton âge. Des pages et des pages de belles robes que je rêvais de confectionner un jour.

Ses yeux s'écarquillent.

— C'est vrai ?

— Je voulais devenir célèbre. Non pour mes dessins, mais pour les robes que je fabriquerais. Des robes qui porteraient une étiquette à mon nom.

— Et où sont ces dessins ?

— J'ai dû les laisser à Paris. Ils n'étaient pas aussi réussis que les tiens, c'étaient de simples croquis. Des idées jetées sur le papier.

— As-tu fini par fabriquer ces robes ?

Je souris avec nostalgie.

— J'en ai terminé une. Mais ensuite, la guerre a éclaté, et les femmes ont cessé d'acheter des robes comme la mienne.

Elle soupire rêveusement.

— J'aurais tellement aimé la voir. Je parie qu'elle était magnifique.

Je pose un doigt sur mes lèvres, puis me dirige vers le placard, sors la boîte et la pose sur le lit. Thia ouvre des yeux immenses lorsque je soulève le couvercle.

— C'est une vraie robe de conte de fées !

— Oui, réponds-je doucement. En quelque sorte. C'est ma robe porte-bonheur.

Elle me regarde d'un air intrigué.

— Porte-bonheur ?

— C'est un terme que ma mère et moi avions l'habitude d'employer.

— C'est vraiment toi qui l'as fabriquée ?

— Oui.

— De A à Z ?

Cette expression me fait sourire.

— En effet.

— C'est la plus belle chose que j'aie jamais vue.

Avec un soupir, elle caresse les perles presque tendrement.

— Est-ce que tu l'as fabriquée en pensant à ton mariage avec Anson ?

Je cherche la meilleure réponse à cette question tout en repliant la robe pour la ranger dans sa boîte. En vérité, j'ai commencé à la coudre bien avant de le rencontrer, à une époque où tout ce qui m'importait, c'était de prouver à maman ce que je valais. En même temps, je rêvais de rencontrer un homme comme Anson. Mon prince à moi, gentil, courageux et beau. Comme l'Anglais de Lilou.

— Oui, réponds-je finalement. Je l'ai fabriquée pour mon mariage avec Anson.

Elle lève des yeux brillants vers moi.

— J'ai hâte de te voir dedans. Tu seras la plus belle mariée au monde.

Je ravale la boule qui s'est formée dans ma gorge, surprise par le profond attachement que j'éprouve désormais pour elle.

— Et tu seras une magnifique demoiselle d'honneur. Quelle couleur souhaiterais-tu pour ta robe ?

— Du bleu, répond-elle aussitôt. Maman aimait me voir porter du bleu. D'après elle, cette couleur faisait ressortir celle de mes yeux. J'avais une robe bleue il y a quelques années, avec de jolies manches ballon, mais elle ne me va plus. Plus aucune de mes belles robes n'est à ma taille maintenant. Mais papa dit que c'est mal de vouloir de nouveaux vêtements alors que nos soldats s'en passent. Nous devons nous priver en pensant à eux.

Je range la boîte dans le placard en réprimant un grognement. J'ai entendu Owen répéter cette phrase suffisamment de fois depuis mon arrivée pour savoir que c'est une façon de mettre sa fille au pas. Une idée germe cependant dans mon esprit, tandis que je contemple le pull informe et la jupe trop serrée de Thia – un moyen de l'aider sans priver les GI de quoi que ce soit. Mais je préfère ne rien lui dire avant d'en avoir parlé à son père.

À son retour, Owen est à la fois surpris et agacé de me trouver en train de l'attendre. Assise sur le canapé crème, je fais semblant de lire un livre emprunté dans sa bibliothèque. Mal à l'aise, je m'inquiète de mon allure, de la façon dont mes jambes sont croisées, et je ne sais que faire de mes mains, mais il file se servir un verre en m'ignorant.

En silence, je le regarde lâcher deux glaçons dans un verre, puis y verser une dose de liquide ambré, et je ne peux m'empêcher de me demander comment la glace est arrivée dans ce seau. Belinda, je suppose. Owen n'est cependant nullement intrigué par cette réserve de glaçons. Il est habitué à ce que tout soit parfaitement conforme à ses attentes. C'est pour cette raison qu'il ne m'aime pas : je ne ressemble pas à la femme qu'il voulait pour son fils.

Finalement, il se tourne vers moi en pivotant avec raideur sur sa mauvaise jambe. Je referme le livre et attends qu'il ait bu une gorgée pour parler. Enfin, il me fixe avec froideur.

— Que faites-vous debout si tard, mademoiselle Roussel ?

Cela fait deux semaines que je vis ici, et il refuse toujours de m'appeler par mon prénom, comme si notre relation était temporaire.

— J'espérais pouvoir vous parler de Cynthia, et de ses vêtements.

— De ses vêtements ?

— Les filles sont différentes des garçons.

— Je ne vous le fais pas dire.

Il n'y a pas un soupçon d'humour dans son ton, mais je décide d'insister, déterminée à me faire comprendre.

— À un certain âge, les filles commencent à se comparer à leurs amies. À comparer leurs apparences. Leurs tenues. Elles ont peur de ne pas s'intégrer. Et Cynthia a justement atteint cet âge-là.

— Je ne vois rien qui cloche dans les tenues de ma fille.

— Rien ne cloche, non. Elles sont juste un peu… ordinaires. Et elles ne lui vont pas aussi bien qu'elles le devraient.

— Nous devons tous nous priver de beaucoup de choses depuis le début de la guerre. D'essence. D'huile de cuisson. Et même de papier. Les hommes étant partis au combat, il n'y a plus personne pour abattre les arbres. On a tendance à prendre les choses pour acquises jusqu'à ce qu'on doive soudain s'en passer. Il s'agit aujourd'hui de nous sacrifier pour notre nation.

Je le dévisage, profondément agacée par ces platitudes. De mon point de vue, les Purcell se privent extrêmement peu, à côté des peuples français et anglais. Aucune bombe n'a atterri sur le sol américain, aucun commerce n'a été pillé, ni saisi, aucun troufion lourdaud ne vide les rayons de leurs magasins. Il est vrai que leurs hommes se battent contre les nazis de l'autre côté de l'océan, et que c'est effectivement un grand sacrifice de leur part, mais ce n'est pas comparable.

— D'où je viens, nous connaissons tous parfaitement le sens du mot sacrifice, monsieur Purcell. Nous l'avons appris le jour où les Allemands sont entrés dans Paris et ont fait flotter le drapeau nazi sur toute la ville.

Il me regarde froidement, mais j'aperçois également une lueur de surprise dans son regard. Il n'est pas habitué à ce que les gens lui répondent ainsi, encore moins une couturière de vingt ans sans le sou.

— Quelle chance que mon fils soit venu à votre secours.

Faisant semblant de ne pas comprendre sa remarque désobligeante, je souris humblement.

— J'ai eu de la chance. Pas seulement parce qu'Anson et moi sommes tombés amoureux, mais aussi parce que vous avez eu la gentillesse de m'accueillir sous votre toit. En fait, je réfléchissais à un moyen de vous rendre la pareille. Je pourrais confectionner quelques nouvelles robes pour Cynthia. C'est une si jolie fille. Une ou deux tenues lui feraient tellement plaisir.

Il plisse les yeux, comme s'il flairait un piège.

— C'est elle qui vous a donné cette idée, n'est-ce pas ?

— Non. C'est la mienne. Elle ignore totalement que j'avais l'intention de vous en parler. Je tenais à obtenir votre approbation avant de lui annoncer quoi que ce soit.

Il boit une nouvelle gorgée en me regardant par-dessus le bord de son verre.

— Les robes de ma fille sont parfaitement adaptées à l'époque que nous vivons, mademoiselle Roussel. Ce sont de bons vêtements résistants.

Ils sont surtout affreux, me dis-je.

— Le problème, c'est que la plupart de ses robes sont désormais trop petites pour elle. Elle ne vous en a pas parlé, car elle craignait de passer pour une égoïste. Elle comprend que tout soit rationné et que l'effort de guerre passe en premier, mais j'ai eu une idée.

D'un geste impatient, il fait tourner la glace dans son verre.

— Ah oui ?

— Quand les nazis sont entrés dans Paris, ils ont vidé nos magasins, telle une nuée de criquets, s'arrachant la nourriture, les chaussures et même les livres, jusqu'à ce que les rayons soient vides. C'est à ce moment-là que le rationnement a commencé. Il n'y avait plus aucun vêtement à acheter, ni rien pour en fabriquer. Alors, nous avons appris à nous débrouiller. À l'époque où je suis partie, les femmes décousaient les costumes de leurs maris pour se fabriquer de nouvelles tenues. J'ai donc pensé que si vous aviez quelques vêtements anciens dans cette maison, des affaires ayant appartenu à sa mère peut-être, je pourrais les ajuster à sa taille.

— Ce ne sera pas nécessaire. Ma secrétaire…

— Juste quelques vêtements. Je vous en prie. Ce sera si réconfortant pour elle de porter quelques vêtements en souvenir de sa mère.

Owen baisse son verre. L'espace d'un instant, son visage semble s'adoucir.

— Il reste quelques affaires de Lydia dans son dressing. Je suppose que vous pourriez en prendre quelques-unes. Mais seulement deux ou trois. Et rien de trop voyant, ni de trop adulte. Elle n'a que onze ans, je vous le rappelle.

— Oui, bien sûr.

Je retiens un sourire triomphant.

J'aurai au moins remporté cette manche. Mais ce n'étaient pas des paroles en l'air. J'ai envie de lui témoigner ma gratitude et de me rendre utile en attendant le retour d'Anson. Et quel plaisir de fabriquer à nouveau des vêtements. Ce ne seront pas des robes de mariée censées porter bonheur, mais des robes qui pourraient bien être le symbole d'un nouveau départ pour nous tous.

27

Soline

Pour les novices, la magie peut être épuisante. Il faut se sentir pleinement reposée pour commencer l'Œuvre et ne pas oublier de faire des pauses fréquentes pour refaire le plein d'énergie, sinon son pouvoir diminue et devient inefficace.

Esmée Roussel, *La Sorcière des robes*

Newport, le 22 octobre 1943

Comme cela m'est déjà arrivé autrefois, je me mets à coudre en secret. Seulement, c'est pour Thia aujourd'hui, pas pour moi. Pauvre petite. Comment ne pas s'inquiéter pour elle ? Elle n'avait que huit ans à la mort de sa mère, son père est à peine plus qu'un fantôme dans sa vie, et son frère se trouve de l'autre côté de l'océan. Il ne reste que moi, sa « future sœur », pour la consoler, et même si je l'adore, je suis bien incapable de remplacer ses parents.

Les choses ne s'améliorent pas avec Owen. J'avais espéré que notre conversation au sujet de Thia lui permettrait de m'apprécier davantage, mais elle semble avoir produit l'effet inverse. Il ne prend plus ses repas avec nous et rentre rarement avant minuit. Je me demande parfois s'il passe du temps en compagnie d'une femme, une maîtresse qui l'aide à combler le vide laissé dans sa vie par la mort de sa femme, mais il est difficile d'imaginer la moindre passion chez cet homme, ou toute forme d'affection.

Cependant, ce matin, alors qu'il coiffait son chapeau et se préparait à partir travailler, il m'a demandé si j'avais reçu une lettre d'Anson depuis mon arrivée. Cette question m'a surprise. Il ne me parle jamais de lui. Quand je lui ai répondu que je lui avais écrit, mais n'avais pas eu de réponse, son visage s'est assombri, et l'espace d'un instant, j'ai eu de la peine pour lui.

J'ai essayé de le rassurer, de lui expliquer qu'Anson consacrait son temps à son travail et que je l'avais vu passer plusieurs jours sans dormir quand les blessés arrivaient en masse. J'ai conclu en lui rappelant que la poste française avait un mal fou à acheminer le courrier de l'étranger. Il m'a écoutée en hochant la tête, mais le poids du silence d'Anson s'est fait lourdement sentir entre nous, et j'ai commencé à éprouver la même inquiétude que lui. Je crains également d'avoir contracté un virus. Je me sens sans cesse fatiguée, faible et nauséeuse, et je souffre d'insomnies. Sans nouvelle d'Anson, les journées sont interminables, désœuvrées, et malgré tout, épuisantes.

Par chance, j'ai de quoi m'occuper avec les robes de Thia. J'ai éprouvé une sensation étrange en passant en revue le contenu des placards de Lydia Purcell, de ses robes de tous les jours à ses ensembles du dimanche. Toutes ses tenues étaient faites sur mesure, même les plus simples ; des vêtements de goût, mais visiblement coûteux. C'est dans ces tenues-là que j'ai fait mon choix. Mais il y avait également des robes de soirée. Satins aux tons de pierres précieuses, velours bordés de strass, mousselines de soie, dentelles et lamés chatoyants. Worth, Dior, Lanvin. Que des pièces éblouissantes, du genre de celles que je rêvais de créer quand j'étais plus jeune. Mais à côté des robes ordinaires de Lydia, elles paraissaient étonnamment extravagantes, comme si elles avaient appartenu à une autre femme. Je n'ai pu m'empêcher de me demander lesquelles appartenaient à la vraie Lydia Purcell et lesquelles avaient été choisies pour l'épouse qu'Owen Purcell voulait faire d'elle. Il faudra que je pense à interroger Anson à son sujet quand il rentrera. En attendant, je vais me concentrer sur les robes de Thia.

J'en ai déjà achevé deux, et la troisième devrait être terminée d'ici à la fin de la journée. Je souris en reprenant mon aiguille. Thia est rentrée de l'école, je l'entends faire du bruit dans la cuisine pour m'informer qu'elle est arrivée – et qu'elle est toujours fâchée contre moi. Je ne lui ai rien révélé au sujet des robes. Elle sait simplement que j'ai annulé nos leçons quotidiennes de français pour me fabriquer quelque chose. Mais après le dîner, je vais pouvoir les lui offrir, et elle comprendra enfin pourquoi j'ai été aussi secrète.

Ce soir, le repas se compose d'un morceau de bœuf, accompagné de pommes de terre et de carottes nageant dans une sauce huileuse. Belinda fait moins d'efforts depuis qu'Owen a cessé de manger à la maison. Rendue nauséeuse par l'odeur de la sauce grasse, je promène la nourriture dans mon assiette en attendant la fin du repas. En face de moi, Thia plante sa fourchette dans un morceau de carotte en boudant, le visage caché derrière un rideau de cheveux blonds.

Je pose ma serviette et lève les yeux vers elle.

— Aimerais-tu venir dans ma chambre après le dîner ? J'ai quelque chose à te montrer.

Sa tête se redresse lentement.

— Ah bon ?

Elle essaie de paraître grognon, mais je perçois sa curiosité.

— C'est une surprise, dis-je en chuchotant presque.

— Pour moi ?

L'espace d'un instant, elle ressemble tant à Anson que j'en ai le souffle coupé.

— Oui, ma grande. Pour toi.

— Oh, oui alors !

En un clin d'œil, nous sommes redevenues amies.

Elle me suit dans l'escalier et le long de la galerie. Je lui demande de fermer les yeux avant d'ouvrir la porte et de l'emmener vers le lit.

— Et voilà ! Tu peux ouvrir les yeux maintenant.

Elle retient un cri en découvrant les robes étalées sur mon lit, pareilles à des poupées en papier à taille humaine.

— Sont-elles… pour moi ?

— Évidemment, petite sotte. Elles n'ont pas vraiment l'air à ma taille.

Elle fait un pas hésitant et examine les robes avec étonnement. La première est rose pâle à fleurs, avec un corsage froncé et des manches ballon. La deuxième est une robe blanche ajourée et cintrée garnie d'un nœud en soie jaune à la taille. La troisième tenue, ma préférée, est un ensemble bleu marine avec une jupe plissée et un col blanc amidonné. Elle tend la main vers l'une d'elles, mais la recule au dernier moment, comme si elle craignait de la faire disparaître en la touchant.

— Où as-tu trouvé tous ces beaux tissus ?

— Ces vêtements appartenaient à ta mère, réponds-je doucement. Ton père a accepté que je les ajuste à ta taille. Comme j'ai pris une de tes robes pour modèle, il se peut qu'elles aient besoin de quelques retouches, mais je voulais te faire la surprise.

— C'est pour cette raison que tu ne me donnais plus de cours de français ?

— Oui, ma chérie.

Elle se jette à mon cou et manque de me faire tomber à la renverse.

— Oh, merci ! Merci ! Je les adore.

La sensation de son étreinte suscite une nostalgie inattendue en moi. L'espace d'un instant, j'imagine ce que ce serait d'avoir une petite fille à moi, aux cheveux blonds et aux yeux bleu-vert comme ceux d'Anson.

— Laquelle vas-tu porter en premier ?

Thia se retourne vers le lit, contemple l'ensemble marin avec envie, mais pointe finalement du doigt la robe rose à fleurs.

— Celle-ci.

— C’est vrai ? J’étais pourtant sûre que tu allais choisir l’ensemble bleu marine.

— J’ai hésité, mais je préfère le garder pour le retour d’Anson. Est-ce que tu es d’accord ?

Je souris, la gorge serrée par l’émotion.

— Je pense que c’est une idée magnifique. Nous la suspendrons…

— Papa !

Thia tourne la tête vers la porte.

— Regarde !

Appuyé contre le chambranle, un verre à la main, Owen me regarde avec un mélange de surprise et d’agacement, comme s’il avait oublié que je vivais sous son toit. J’essaie de sourire, mais sa soudaine apparition me déstabilise.

— Je montrais simplement ses nouveaux vêtements à Cynthia.

— Je pensais que je les verrais avant.

Sa voix est épaisse et traînante, et ses paupières battent lentement.

— Je suis désolée. Je ne voulais pas vous déranger pour si peu. Je sais combien vous êtes occupé.

— Viens voir, papa ! Elles sont si belles.

Du doigt, Thia pointe les robes avec excitation.

D’un pas traînant, Owen se dirige vers le lit en me bousculant au passage et s’arrête à côté de sa fille. Thia caresse la jupe plissée bleu marine, puis lève les yeux vers son père.

— Cet ensemble est mon préféré. Soline m’a dit qu’il appartenait à maman. Est-ce que tu t’en souviens ?

Ses traits s’affaissent, et pendant un moment, je me demande s’il va lui répondre. Finalement, il hoche la tête.

— Oui, je m’en souviens.

Mais c’est la robe blanche ajourée qui retient son attention. Une veine palpite dans sa gorge tandis qu’il passe la main sur le col, un contact si intime que j’ai envie de détourner le regard. Thia perçoit également son émotion et prend sa main dans la sienne.

— Je sais qu'elle te manque, papa.

Owen lève les yeux, comme s'il venait de se rappeler la présence de sa fille. Il dégage sa main et me regarde.

— Cela fera l'affaire, marmonne-t-il, avant de vider son verre d'une traite. Merci, mademoiselle Roussel.

Thia l'attrape à nouveau par la main quand il se tourne pour partir.

— Papa, est-ce qu'il y a des robes dans le placard de maman pour Soline ? Elle n'a rien de joli à se mettre, à part celle qui se trouve dans sa boîte. Mais elle ne pourra la porter qu'au retour d'Anson.

Il libère sa main.

— Quelle boîte ?

— Celle qu'elle a apportée de France.

Elle se tourne vers moi avec un grand sourire.

— C'est là qu'elle conserve tous ses secrets.

Owen pivote maladroitement vers moi.

— Une boîte à secrets ?

Je souris à Thia.

— C'est une petite plaisanterie entre nous. Un secret de filles.

— Nous sommes de futures sœurs, papa.

Owen se raidit.

— Il est plus de 20 heures, Cynthia. Au lit.

Thia paraît légèrement abattue, mais elle rassemble ses nouvelles tenues et se glisse dans le couloir sans protester. Owen referme la porte derrière elle. L'atmosphère dans la pièce devient aussitôt oppressante.

— Ma fille vous aime beaucoup.

— C'est une enfant adorable. Elle ressemble tant à son frère.

— Mais elle n'est pas son frère.

— Non, réponds-je avec hésitation, ne comprenant pas où il veut en venir.

— Cynthia est prompte à s'attacher. Hélas, ses choix ne sont pas toujours avisés. C'est un point commun qu'elle partage avec son frère – il finit toujours par découvrir qu'il s'est trompé sur les intentions des personnes en qui il a placé sa confiance. Ni l'un ni l'autre n'envisagent jamais la possibilité de souffrir.

Piquée au vif, je le regarde avec effarement.

— Vous pensez que j'ai l'intention de faire souffrir votre fils ?

— Je ne vous connais pas, mademoiselle Roussel. Je n'ai aucune idée de ce que vous lui voulez.

— J'aime votre fils, monsieur Purcell. Et je veux devenir sa femme.

— Je vous crois sur parole, répond-il sèchement. Du moins quand vous dites vouloir l'épouser. Seulement, la raison de votre empressement m'échappe.

Je prends brusquement conscience que j'ai toujours su que nous aurions un jour cette conversation, qu'il finirait par me révéler qu'il me soupçonne d'avoir de mauvaises intentions. Mais même préparée, je me sens glacée par ses paroles.

— Mais de quoi m'accusez-vous ?

— De rien. J'essaie juste de comprendre. Cela n'a donc pas suffi à mon fils de rejoindre la Croix-Rouge sans ma permission, au lieu de s'enrôler dans la marine américaine, comme tous les hommes de sa famille. Il fallait qu'il aggrave son cas en envoyant chez moi une couturière devenue aide-soignante au nom imprononçable, dont il ne m'avait jamais parlé, et en m'informant par courrier qu'il compte l'épouser. Tout cela semble un peu précipité, vous ne croyez pas ? Un peu trop commode ?

Je sens le sang réchauffer mes joues, tandis que mon pouls s'accélère.

— Vous croyez vraiment qu'il a été commode de m'enfuir de Paris, les nazis à mes trousses, de quitter ma maison, d'abandonner Anson ?

— Cela vous a tout de même permis de vous réfugier aux États-Unis, je me trompe ?

La pièce tangue autour de moi, tandis qu'une sensation de nausée m'envahit. Je m'empresse de déglutir pour ne pas vomir.

— Si je suis venue ici, c'est parce qu'il s'agit de la maison d'Anson. Parce que sa famille vit ici et que je souhaite que vous deveniez la mienne aussi, lorsque nous serons mariés.

— Et vos parents ? Où sont-ils ?

— Ma mère est décédée l'an dernier.

— Et votre père ?

Je pose la main sur le médaillon qui pend à mon cou et songe à Erich Freede en me demandant, comme maman, ce qu'il est devenu.

— Je n'en sais rien, réponds-je à mi-voix. Peut-être dans un camp. Ou bien il est mort.

Owen plisse sévèrement les yeux.

— Vous êtes juive ?

Manifestement, cette information lui déplaît, ce qui me réjouit grandement.

— Mon père l'était. Mais les nazis n'envoient pas que les Juifs dans les camps, voyez-vous. Toute personne essayant de leur résister risque de se faire arrêter.

— Ces histoires-là ne me concernent nullement, mademoiselle Roussel.

— En effet, je m'en suis aperçue. En revanche, Anson se sent concerné. C'est pour cette raison qu'il est encore là-bas. Il veut y mettre fin.

Il me regarde avec un mélange de mépris et d'agacement.

— En se promenant partout dans Paris avec un écusson sur le bras, tandis que d'autres se battent vraiment ?

Son mépris me stupéfait. Je m'apprête à défendre le travail secret d'Anson, mais je me retiens à temps. Relevant le menton, je le regarde droit dans les yeux.

— Avez-vous réellement une si piètre opinion de votre fils ? Sous prétexte qu'il ne se trouve pas sur un bateau quelque part, menacé d'être torpillé ? Vous êtes peut-être déçu à l'idée qu'il ne rentre pas la poitrine couverte de médailles – ou dans un cercueil –, mais moi non. La guerre m'a appris qu'il existe toutes sortes de héros, mais rares sont ceux qui s'en voient un jour décerner une.

Chancelant, il simule un toast en levant son verre vide.

— Quel beau discours. Votre ferveur est tout à fait touchante. Mais au bout du compte, ce sont les actes qui comptent, mademoiselle Roussel. La trace que nous laissons. Et les Purcell ont toujours pris soin d'en laisser de profondes. Notre nom est synonyme de respectabilité, d'honneur et de service. J'ai le devoir de le protéger pour la génération suivante, dont fait partie mon fils, de préserver nos traditions.

— Pourquoi ne prononcez-vous jamais son nom ?

Il plisse les yeux.

— Pardon ?

— Quand vous parlez de lui, il s'agit toujours de votre fils ou du frère de Thia, mais vous ne prononcez jamais son prénom. Jamais Anson.

— Je l'appelle comme je veux. C'est mon fils. Et je ne me suis pas donné autant de mal à l'éduquer pour qu'il gâche sa vie avec la première femme qui lui tape dans l'œil. Il doit d'abord terminer ses études. Ensuite, j'ai des projets pour lui.

— Ces projets n'incluent-ils pas un mariage ?

Il regarde dans son verre en faisant tourbillonner les glaçons qui fondent.

— Je suppose que si, à un moment ou à un autre. Mais quand l'heure viendra, mon fils épousera une femme qui saura l'aider à réussir.

— Qu'est-ce qui vous fait croire que je n'en suis pas capable ?

— Notre mode de vie est régi par un ensemble de règles très précis, mademoiselle Roussel. Et il n'y a pas de place ici pour une personne qui ne les comprend pas. Il est de mon devoir de vous ouvrir les yeux.

Une nouvelle bouffée de chaleur m'envahit, tandis que je saisis le sens de ses paroles. Il est en train de me dire qu'il n'a aucune intention d'autoriser notre mariage. Les roses de la tapisserie se mettent à tourner autour de moi. Je baisse les yeux vers le sol et tends la main vers le bord de la commode pour me retenir de tomber. Des larmes inondent mes yeux et ma gorge.

— Vous lui avez écrit, n'est-ce pas ? Pour l'informer que vous désapprouviez notre union. C'est pour cette raison que vous m'avez demandé si j'avais reçu une lettre. Pas parce que vous étiez inquiet. Mais parce que vous attendiez qu'il m'annonce notre rupture.

Son silence m'indique que j'ai raison.

— Vous allez l'obliger à choisir, dis-je à mi-voix. Entre vous et moi.

— La vie est faite de choix, mademoiselle. Et j'ai bien l'intention d'aider mon fils à faire les bons.

— Que se passera-t-il si c'est moi qu'il choisit ?

Son sourire, crispé et désagréable, me fait frissonner.

— Depuis combien de temps connaissez-vous mon fils ? Six mois ? Sept ? Moi, je le connais depuis qu'il est né. Il a toujours eu une tendresse particulière pour les vagabonds. Il est comme sa mère, toujours à embrasser une cause ou une autre. Mais je l'ai éduqué de façon à ce qu'il sache ce qu'on attend de lui. Il l'a peut-être oublié en France, mais cela lui reviendra quand il le faudra.

Son sourire disparaît lorsqu'il pose son verre sur la commode et se tourne pour partir.

— Ce n'est pas vous qu'il choisira.

Le souffle coupé, je reste paralysée jusqu'à ce qu'il disparaisse, puis je me précipite dans la salle de bains et vomis mon dîner.

28

Soline

L'Œuvre – les charmes que nous tissons,
les cœurs que nous unissons – est l'héritage
que nous laissons au monde, et à toutes les générations
suivantes. C'est la manifestation de nos dons.

Esmée Roussel, *la Sorcière des robes*

Newport, le 29 octobre 1943

Un vendredi après-midi, je trouve la maison étrangement silencieuse en rentrant de ma promenade quotidienne sur la plage. Thia doit être revenue de l'école, mais je ne l'ai pas vue depuis plusieurs jours. Belinda se contente de me répondre qu'elle n'est pas dans son assiette et que son père ne veut pas qu'on la dérange. Owen lui-même est rarement présent. Il reste enfermé dans sa chambre ou son bureau, me laissant dîner seule.

Mon humeur s'est assombrie ces derniers temps. Je me sens si seule ici, à la fois déracinée de mon univers et étrangère dans celui d'Anson. Je n'ai aucun ami, aucun moyen d'occuper mon temps, ni de voler de mes propres ailes. Les journées s'étirent sans perspective ni nouvelles d'Anson auxquelles me raccrocher. Thia est mon seul rayon de soleil, et je suis probablement le sien. Owen le soupçonne également, et il est certainement prêt à nous séparer pour me faire souffrir.

En grimpant l'escalier, je me surprends à me demander quel genre de femme peut bien aimer un homme comme

Owen Purcell, un homme qui traite ses enfants comme les pions d'un jeu d'échecs et les déplace quand et où cela lui plaît. Pourtant, malgré la présence de ce mari froid et tyrannique, Lydia Purcell est parvenue à faire de ses deux enfants des êtres chaleureux et merveilleux.

Presque arrivée au bout de la galerie, j'entends un faible bruissement et réalise que la porte de ma chambre est entrouverte. Je sens mon moral remonter à l'idée de trouver Thia assise en tailleur sur mon lit avec un de ses carnets de croquis. Cependant, c'est Owen que je trouve penché sur mon lit, occupé à fouiller le contenu de ma boîte à robe.

— Mais qu'est-ce que vous faites ?

Il me foudroie du regard. Je ne lis aucun remords dans son expression, seulement de l'irritation à l'idée d'être interrompu. Sa mâchoire est parsemée de poils clairs, et ses yeux sont bouffis et injectés de sang. Il semble avoir brusquement vieilli de dix ans et s'est en quelque sorte voûté depuis notre dernière conversation. Soudain, je comprends ce qui a changé. C'est la première fois que je le vois porter autre chose qu'un de ses impeccables costumes sur mesure. Il porte un cardigan gris et un pantalon dans lesquels il paraît avoir dormi. Cette transformation est troublante.

— D'après vous ? Je vérifie ce que vous gardez dans votre boîte à secrets.

Sa voix est traînante. Il est à peine 15 heures, mais cela fait de toute évidence un bon moment qu'il a commencé à boire.

Je retiens un juron en voyant ma robe – celle que j'ai prévu de porter le jour où j'épouserai Anson –, flot de soie blanche et de perles entortillé autour de ses pieds. Je me penche, la récupère d'un geste brusque et la serre contre moi, tel un enfant que je viens de secourir.

— Vous n'avez aucun droit de fouiller dans mes affaires.

Une lueur froide brille dans son regard.

— Vous vivez dans ma maison, mangez à ma table et dormez dans mes draps. Il me semble au contraire que cela me donne tous les droits.

— Que vous attendiez-vous à trouver ?

— Vous vous croyez maligne en frappant à ma porte accoutrée comme une orpheline de guerre sans le sou, avec vos maigres possessions dans une boîte en carton, persuadée d'avoir dégoté le meilleur parti de Newport. On peut dire que vous avez tiré le gros lot. Pas la moindre paire de chaussures décente, mais vous avez fait tout le chemin depuis Paris en transportant une robe de mariée. C'est ce qui s'appelle avoir de la suite dans les idées.

— Vous vous trompez totalement.

Il fait un pas en avant et chancelle légèrement en prenant l'air menaçant.

— En êtes-vous bien sûre ?

J'essaie de trouver un argument pour le convaincre de me croire, mais rien ne me vient. Quoi que je dise, il continuera à se méfier de moi. Il ne voit que ce qu'il veut voir : une opportuniste qui a joué de ses charmes pour amener son fils à la demander en mariage.

Je baisse les yeux vers les lettres dispersées sur le dessus-de-lit. Plusieurs enveloppes ont été ouvertes, et les lettres négligemment abandonnées. Cette vision me donne la nausée.

— Vous avez lu mon courrier.

— J'aurais bien aimé, mais tout est écrit en français. Des lettres de vos amants, je suppose. Mon fils était-il au courant ?

Il prononce ces mots sans la moindre honte. Pas un instant il ne s'en veut d'avoir dépassé les limites. Il se contente de cette accusation glaciale. Je me penche pour récupérer mes lettres une par une, détestant l'idée qu'il les ait ouvertes et même touchées.

— Elles m'appartiennent, réponds-je sèchement. Elles n'ont rien à voir avec Anson.

Je tends la main vers le ruban qui les retenait, lorsque je vois le nécessaire de rasage d'Anson abandonné au milieu du courrier. Owen le voit aussi. Je me dépêche de le saisir avant qu'il ne puisse le prendre. Je ne supporte pas l'idée qu'il ait également posé ses mains dessus.

Ses yeux brillent faiblement. Sa fureur est émoussée par l'alcool.

— Comment avez-vous eu cette trousse ?

— Anson me l'a confiée le matin où j'ai quitté Paris.

Je suis surprise en voyant ses épaules s'affaisser, comme si tout l'air se vidait de ses poumons. L'espace d'un instant, il semble sur le point de pleurer.

— Sa mère la lui a offerte le Noël avant sa mort.

— C'est en effet ce qu'il m'a raconté, dis-je doucement.

— Donnez-la-moi.

Surprise par ce brusque changement de ton, je regarde fixement sa main tendue et recule d'un pas.

— Non. Anson me l'a confiée. Elle est à moi.

Je ne vois pas la gifle venir. Soudain, je perçois un craquement sourd dans ma tête et un vif éclair m'aveugle lorsque sa paume entre en contact avec ma joue. Ma tête se renverse et un goût de sang envahit ma bouche. Avant que je ne retrouve mes esprits, il m'arrache la trousse des mains.

— Rien ici ne vous appartient. Et vous n'aurez jamais rien. Je peux au moins m'en assurer, maintenant.

Une lame froide se plante dans mon dos. La satisfaction triomphante avec laquelle il a prononcé ces derniers mots me glace le sang. Je le regarde enfoncer la main dans la poche de son pantalon et en sortir un morceau de papier plié. Quand il essaie de me le donner, je refuse de le prendre en secouant la tête. Mais il continue à le tendre vers moi. Je finis par accepter de le prendre, mais je ferme aussitôt les yeux. Il n'est pas question que je lise les mots que je devine écrits, ni que je les rende réels.

N'importe quelle mère, sœur, épouse ou amoureuse s'est imaginé cet instant, et l'a visualisé en boucle tout en priant pour qu'il reste à distance. Mais cette scène est devenue pour moi réalité. Je me force à rouvrir les yeux et sens ma gorge se serrer en déchiffrant les mots inscrits en haut de la page : *Western Union.*

Le 25 octobre 1943
À l'attention de M. O. Purcell :
J'ai le profond regret de vous informer que votre fils, Anson William Purcell, a été porté disparu le 19 octobre, n'étant jamais rentré de sa dernière mission de transport. Si de nouveaux éléments nous parviennent, soyez certain que vous en serez avisé sans délai.
Charles M. Petrie,
Commandant de l'American Field Service

Cette nouvelle me fait l'effet d'un coup de poing dans le ventre, et je suis brusquement incapable de reprendre mon souffle. Il n'est pas mort, mais porté disparu. Je regarde fixement ces mots qui devraient me réconforter, me laisser un mince espoir, mais j'ai entendu trop d'histoires pour m'y accrocher. Je sais combien il est rare qu'un homme porté disparu réapparaisse vivant. Soudain, je repense à une réflexion d'Anson la veille de mon départ… *Tant que tu es en sécurité, je me moque de ce que me feront les Allemands.*

J'ai tout de même l'impression que je le saurais s'il était mort, que je ressentirais sa perte immédiatement, comme si on m'arrachait une partie de moi-même. Mais ce n'est pas le cas. Me remémorant les paroles de maman le soir de sa mort, je prends conscience que c'était à ce moment précis qu'elle essayait de me préparer. Ce jour. Cet instant.

Tant que tu conserveras son beau visage dans ton cœur, ce bonheur ne sera jamais vraiment perdu.

Mais je l'ai bel et bien perdu. J'ai entre les mains le papier qui le confirme.

Je me force à relire le télégramme dans le faible espoir que les mots auraient changé. Mais ce sont toujours les mêmes. La dernière ligne se brouille sous mes yeux. *Si de nouveaux éléments nous parviennent...*

Des éléments.

J'essaie de ne pas imaginer Anson étendu quelque part, brisé, en sang. Ou pire. Mais cette vision m'obsède. Combien de femmes ont lu ces mots avant moi ? Et combien n'ont jamais revu leurs soldats – ou même appris ce qui leur était arrivé ? En tant que bénévole de l'AFS, Anson n'en est d'ailleurs pas un. Les missions que lui confie la Résistance ne sont pas exécutées en coordination avec l'armée. Elles sont secrètes et souvent spontanées, ce qui signifie que seule une poignée de gens sauront où le chercher. Révéler la moindre information risquerait d'exposer la cellule entière, et conformément à la règle numéro un de la Résistance, la sécurité d'une cellule doit à tout prix être préservée.

Personne ne parlera.

Je laisse tomber le télégramme sur le lit, puis fronce les sourcils en remarquant la date : le 25 octobre. Je le reprends pour l'examiner de plus près et regarde le père d'Anson à travers un voile de larmes.

— Ce message date de quatre jours.

Il me dévisage sans un mot.

— Vous le savez depuis des jours, et vous ne m'avez rien dit ?

— C'est à moi qu'il a été envoyé.

Je suis stupéfaite de sa réponse.

— Quand comptiez-vous me le montrer ?

— C'est ce que je viens de faire.

Une fois encore, aucun regret dans son ton, pas une pointe de remords, ni d'empathie. Seulement une expression glaciale que je ne parviens pas à comprendre.

Thia.

Mon cœur se serre lorsque son nom me vient à l'esprit. Anson est son héros, son unique rayon de soleil dans cette maison froide et hermétique. Elle va avoir besoin de réconfort, et je vois mal son père lui en apporter. J'ai besoin de la voir, de l'aider à tenir le coup.

— Cynthia est-elle au courant ?

Son regard posé sur moi se durcit. C'est un avertissement.

— Non. Et elle ne saura rien de ce qui est arrivé à son frère tant que je ne serai pas prêt à le lui annoncer. Est-ce bien compris ?

N'ayant pas mon mot à dire, je hoche la tête, même si je ne suis pas convaincue qu'il soit sain de lui cacher la vérité, ni qu'elle sera reconnaissante à son père de l'avoir maintenue dans l'ignorance quand elle découvrira ce qui s'est passé. Mais peut-être qu'elle n'aura jamais besoin de le découvrir. Anson a encore une chance d'être retrouvé sain et sauf. Ainsi, elle n'aura jamais à apprendre l'arrivée de ce télégramme. Je m'accroche à cet espoir comme à une bouée de sauvetage.

— Il y a forcément une personne que nous pouvons appeler, un employé de la Croix-Rouge qui est au courant de quelque chose.

Owen me regarde d'un air impassible, mais chaque muscle de son corps semble bandé, comme s'il risquait de s'effondrer.

— J'ai beaucoup de relations, mademoiselle Roussel. Un large réseau de contacts bien placés dans les différentes branches de l'État, et je peux vous assurer que j'ai passé tous les coups de téléphone nécessaires.

— Avez-vous appelé l'hôpital à Paris et parlé au docteur Jack ? C'est le chirurgien en chef.

— Un chirurgien ? Jeune femme, sachez que mes contacts s'étendent jusqu'à la Maison-Blanche. Ils m'ont été inutiles, cela dit. Personne n'a rien pu me dire, si ce n'est que mon fils n'est pas rentré à l'hôpital à l'heure prévue et que son ambulance a été retrouvée abandonnée sur une route où elle n'avait rien à faire. Personne ne sait pourquoi. Il n'apparaît pas dans la liste des prisonniers, ni des personnes tuées. C'est toujours ça, me direz-vous, mais on m'a déconseillé d'en tirer des conclusions hâtives. Il y avait une quantité importante de sang dans et autour du véhicule, et deux témoins affirment avoir vu deux soldats allemands emmener dans les bois un homme dont la description correspond à mon fils. Ils ont rapporté avoir entendu des coups de feu quelques minutes plus tard. On n'a plus aucun signe de lui depuis, conclut-il d'une voix enrouée.

Sa douleur est enfin palpable lorsqu'il reprend le télégramme et le plie soigneusement.

— D'après le communiqué officiel, on présume qu'il a été capturé ou abattu, mais on juge également probable qu'il soit mort et ait été secrètement enterré. À ce qu'il paraît, Hitler lui-même sait qu'il est trop risqué d'assassiner un bénévole de la Croix-Rouge. Quoi qu'il en soit, selon toute vraisemblance, mon fils est mort.

Submergée par l'émotion, je lui prends la main.

— Toutes mes condoléances.

C'est tout ce que je trouve à dire. Je sais que ce n'est pas suffisant, qu'aucun mot ne suffira jamais, mais je me sens étrangement anesthésiée. J'ai l'impression de m'être échappée de mon corps et de regarder la scène se dérouler de loin. Je suis consciente que l'autre moi serre contre elle la robe de mariée qu'elle ne portera jamais, le cœur fendu, brisé, déchiré. Simplement, je ne ressens rien.

Il retire brusquement sa main de la mienne, comme si mes doigts le brûlaient.

— Ne me touchez pas.

Je me laisse mollement tomber sur le lit, soudain incapable de supporter une telle haine. Je pensais que ce moment de peine nous permettrait de nous rapprocher, mais j'avais tort. Il ne veut pas de mon réconfort. Et je n'en recevrai aucun. Cette fois encore, je serai seule.

La nausée monte sans crier gare, une bouffée de chaleur si soudaine que, l'espace d'un instant, je crains de perdre connaissance. Je parviens tout juste à contourner Owen et à filer dans la salle de bains pour vomir. Les spasmes sont plus violents cette fois, j'ai l'impression de rendre tripes et boyaux. Je me laisse tomber à genoux sur le carrelage froid, au bord de l'évanouissement, et reste pliée en deux jusqu'à ce que les haut-le-cœur se calment.

Les jambes flageolantes, je me dirige vers le lavabo et me rince la bouche. Dans le miroir, mon visage est blanc comme un linge et humide de sueur. Me revient alors le souvenir de ma rencontre avec Anson à l'hôpital. Cette fois où il m'a emmenée aux sanitaires, puis est resté auprès de moi tandis que je me nettoyais le visage avec son mouchoir. Tout cela à cause d'une petite tache de sang. Ce qui me rappelle que je n'ai eu aucun saignement depuis un moment. Ni ce mois-ci, ni celui d'avant. Tout à coup, je prends conscience de ce que j'ignore depuis des semaines.

Je vais avoir un bébé.

29

Soline

La lecture forme l'essence de l'Œuvre et doit toujours être le premier travail de la tisseuse de sorts. La cliente doit fournir quelques effets personnels, étant entendu que la lecture ne sera en aucun cas utilisée pour la manipuler ou lui nuire.

Esmée Roussel, *La Sorcière des robes*

J'ignore à quel moment Owen est parti. Je sais seulement qu'il n'était plus là quand je suis sortie de la salle de bains. Il m'a laissée seule avec mon chagrin et cette terrible prise de conscience : il n'y aura pas de mariage, mais un bébé.

Car je suis enceinte.

Ce mot fait monter une boule dans ma gorge, telle une pierre logée dans mon œsophage, impossible à avaler. L'arrivée d'un bébé est symbole de joie, mais je n'en ressens aucune. En fait, je ne ressens rien. Je me suis vidée et je n'ai plus de larmes à verser. Je me sens vide, écorchée. Et en même temps, étrangement déconnectée. La dose de souffrance que peut supporter un cœur est peut-être limitée.

La chambre est plongée dans la pénombre. J'ai perdu toute notion du temps après avoir dormi un peu, tant bien que mal. Je me suis réveillée dans le silence assourdissant de la maison, la gorge encore irritée par un goût de bile. Il ne m'est jamais apparu qu'un enfant pouvait naître de notre seule nuit ensemble. Maman ne m'a jamais expliqué ces choses, et je n'aurais pas cru qu'une grossesse survienne aussi facilement. À présent, je comprends combien j'ai été naïve. Les maux de tête et la nausée, la fatigue incessante. J'ai commencé à me sentir mal sur le bateau, environ un mois après avoir quitté Paris. Je pensais que c'était dû au mal de mer. Et plus tard, j'ai cru que mon corps avait besoin de récupérer après le voyage : des jours passés sans rien à manger ou presque, sans repos, avec la peur constante de me faire prendre et livrer aux nazis. Quelle imbécile j'ai été.

J'allume la lampe en me protégeant les yeux, puis regarde autour de moi les lettres éparses, la boîte ouverte et vide au pied du lit, ma robe de mariée étalée à côté de moi, tel le fantôme de la jeune mariée que je rêvais de devenir. Le nécessaire de rasage d'Anson – le seul souvenir que je possédais de lui et que je lui avais promis de garder – a disparu.

Je songe brièvement au rosaire de maman, mon cadeau d'adieu à Anson, et me demande où il se trouve à présent. Entre les mains d'un officier SS qui a fouillé ses poches après l'avoir tué ? Dans une pile d'affaires au milieu d'un camp ?

On présume qu'il a été capturé ou abattu.

Je serre les paupières, mais les images sont toujours là, gravées. Le visage d'Anson, son beau visage doux, ensanglanté et immobile. Ses grands yeux de la couleur d'une calme mer d'été, ouverts, mais désormais aveugles.

Il ne peut pas être mort. C'est impossible.

Si seulement je pouvais revoir son visage tel qu'il était au moment où nous nous sommes quittés. Je pourrais m'y raccrocher comme maman s'est raccrochée à mon père dans son cœur. Ma main se pose sur le médaillon, petit et chaud au creux de ma gorge. Si seulement je possédais une photographie de lui. Je la porterais en permanence sur moi, et je la montrerais un jour à notre enfant.

Sur un coup de tête, je me glisse dans le couloir. Il n'y a aucun bruit dans la maison. Le silence est aussi complet que l'obscurité. Retenant mon souffle, j'avance pieds nus sur la moquette. Je ne me suis jamais aventurée de ce côté de la galerie – celui de la famille –, mais je me souviens que la chambre de Thia se trouve derrière la première porte à droite et celle d'Anson juste en face.

Je m'arrête devant la porte de Thia et tends l'oreille. Tout est silencieux. Je suis soulagée qu'elle ignore encore l'arrivée du télégramme. Lorsque le soleil se lèvera et qu'elle ouvrira les yeux, elle ne saura pas ce que je sais – que son frère adoré ne reviendra jamais.

Le sang battant dans mes tempes, je me tourne vers la porte d'Anson en espérant qu'Owen ne choisira pas ce moment-là pour sortir dans le couloir et ne m'apercevra pas en train de rôder devant la chambre de son fils. Ensuite, je me rappelle que le pire est déjà arrivé. Si Anson est vraiment mort, rien de ce que son père dira ou fera ne pourra me blesser.

La poignée en verre est fraîche dans ma paume. Je jette un dernier coup d'œil dans le couloir. Aucune lumière, aucun bruit. J'expire lentement en poussant la porte. Soudain, son odeur est partout autour de moi, propre, citronnée, masculine. L'espace d'un instant, elle rend sa présence si palpable qu'il me semble qu'en tendant la main, je pourrais le toucher à travers l'obscurité.

Le dos pressé contre la porte fermée, j'attends que la douleur se calme. Le clair de lune qui traverse les fins rideaux derrière le lit emplit la pièce d'ombres froides et anguleuses. Ici, pas de rideaux occultants – c'est sans doute parce que cette pièce n'a pas servi depuis qu'Anson est parti à Paris, bien avant que les Américains ne s'engagent dans la guerre.

Je m'approche de la fenêtre et baisse le store, puis j'allume la petite lampe de chevet. C'est une chambre toute simple, pas beaucoup plus grande que la mienne, décorée dans des tons étain et sable. Elle est meublée d'un lit à deux places couvert de brocart gris clair, d'une lourde commode, ainsi que d'un petit bureau et de sa chaise dans un coin. Ce décor lui ressemble. Simple et ordonné, sans prétention.

Telle une cambrioleuse, je me déplace sur la pointe des pieds dans la pièce, ouvrant les tiroirs et regardant dans son placard. Une à une, je découvre les facettes de la vie que vivait Anson avant notre rencontre. C'est presque insoutenable de me trouver dans cette pièce, de toucher les objets qu'il utilisait au quotidien, et pourtant, je suis incapable de m'arrêter. Je suis avide d'en savoir plus sur lui, prête à tout pour me raccorder à ses souvenirs, puisque c'est tout ce qui me reste de lui désormais.

Je m'approche du bureau. À part une petite lampe et un sous-main en cuir éraflé, aucun objet n'y a été laissé à traîner. Je passe ma main sur le dossier de la chaise en imaginant Anson assis dessus, occupé à étudier ou à écrire des lettres, puis je tire sur le tiroir du milieu. À l'intérieur, une photographie encadrée me regarde sous son verre fêlé. Il s'agit d'un portrait d'Anson et de Thia, élégamment vêtus de pulls blancs assortis, qui posent avec leur mère devant un grand voilier. Tous trois sourient en plissant les yeux à cause du soleil. Thia a perdu une de ses incisives.

Le cœur serré, je tente d'évaluer l'âge d'Anson. Quinze ans, peut-être seize. Il est mince, presque dégingandé, et dépasse déjà largement sa mère. Une larme roule sur ma joue. Je l'essuie du revers de la main avant qu'elle ne tombe. Ce n'est pas exactement ce que j'espérais trouver – elle a été prise il y a des années –, mais je m'en contenterai, car je ne possède rien de lui. Je pourrais la découper pour pouvoir la glisser dans mon médaillon. Mais plus j'admire les trois visages souriants, moins je supporte l'idée de séparer le visage d'Anson de ceux de sa mère et de sa sœur.

J'ouvre davantage le tiroir pour y replacer le portrait lorsque je remarque un livre rangé au fond. Je le sors de sa cachette et le lève devant mes yeux. La couverture est enveloppée d'un tissu bleu grossier, orné d'un écusson doré. Au dos, il est inscrit en lettres dorées : *ANNUAIRE DE LA PROMOTION 1941, UNIVERSITÉ DE YALE.*

Je m'assieds sur le lit et ouvre le livre sur mes genoux. Je commence par tourner lentement les pages, passant en revue les visages de ces jeunes inconnus jusqu'à ce qu'ils se ressemblent tous. Et soudain, il apparaît, les yeux levés vers moi, sur l'épaisse page blanche. Anson William Purcell. Étudiant de deuxième année.

Je souris presque en caressant l'image du bout du doigt. Il est si beau dans son costume-cravate, ses ondulations blondes et rebelles soigneusement domptées pour l'occasion. La douceur enfantine de son expression sur le portrait de famille a disparu, remplacée par une détermination insolente, presque entêtée. On lit dans son regard la volonté de tracer sa propre route, de devenir ce qu'il veut.

Un sentiment de rage me traverse, et un sanglot monte d'un puits que je croyais tari. Tant de promesses qui ne seront jamais tenues, tant de bonnes actions qui n'auront jamais lieu. Et que dire de cet enfant qui ne connaîtra jamais son père ?

Mes yeux sont irrités après avoir tant pleuré. Je les ferme et m'allonge sur le dessus-de-lit, l'annuaire serré contre ma poitrine. Ma fatigue est si intense, tout à coup. Le bébé, me dis-je confusément. C'est le bébé qui me fatigue. Le bébé d'Anson.

Une vive lumière traverse brusquement mes paupières et me réveille en sursaut. En me redressant, je suis vaguement consciente d'entendre un pas lourd marteler le sol et de ne pas être dans ma chambre. J'y vois encore flou, mais il m'est impossible de ne pas reconnaître la silhouette d'Owen qui s'arrête au pied du lit.

— Mais qu'est-ce que vous fabriquez ici ? grogne-t-il.

Aveuglée par la lumière du plafonnier, je cligne lentement des yeux en cherchant une réponse.

— Je suis désolée.

Ma voix n'est plus qu'un son rauque à cause des pleurs qui m'ont irrité la gorge.

— Je voulais juste voir sa chambre, regarder ses affaires.

Il s'approche du bureau dont j'ai laissé le tiroir ouvert, sort le portrait et l'examine. Je constate qu'il s'est rasé depuis la veille, mais il porte le même gilet froissé, les manches retroussées jusqu'aux coudes. Je me lève péniblement en le regardant se pencher pour ramasser l'annuaire d'Anson sur le sol. Ses mains planent un instant au-dessus de la couverture, comme s'il s'apprêtait à l'ouvrir. Finalement, il se tourne vers moi, et son visage est si près du mien que je sens son huile capillaire rance et ses vêtements sales.

— Vous n'avez aucun droit de toucher aux affaires de mon fils. Ni de dormir dans son lit. Vous n'avez aucun droit de vivre dans cette maison. Ce n'est pas chez vous.

Je recule d'un pas. Sa fureur est terrifiante, et son haleine empeste l'alcool.

— Je cherchais une photo d'Anson, lorsque j'ai trouvé son annuaire dans le tiroir du bureau. Je me suis assise sur le lit pour le feuilleter, et j'ai dû m'endormir.

À voir ses yeux plissés, il vient de songer à quelque chose.

— Pourquoi voulez-vous une photo de mon fils ?

— J'avais envie de voir son visage, dis-je d'un ton implorant. Et d'avoir un souvenir de lui. Son nécessaire de rasage était le seul souvenir que je possédais, et vous me l'avez pris. Alors, j'ai pensé…

— Sortez de cette chambre ! aboie-t-il en pointant la porte du doigt. Ne m'obligez pas à vous jeter dehors.

Ma vue se brouille, mais je refuse de laisser mes larmes couler.

— J'attends un bébé, dis-je à mi-voix. Le bébé d'Anson.

Son regard glisse jusqu'à mon ventre, puis remonte vers mon visage, étincelant de fureur.

— Je suppose que j'aurais dû m'y attendre. Maintenant que vous savez qu'il n'y aura pas de mariage, vous décidez de jouer votre atout. Mon fils était-il au courant ?

Je secoue la tête.

— Je ne l'ai compris qu'hier, après que vous m'avez montré le télégramme.

— Mais quelle coïncidence !

Son insensibilité me surprendra toujours.

— Votre fils ne reviendra pas, et je porte son enfant. Est-ce vraiment tout ce que vous avez à me dire ?

Il baisse les yeux.

— Je ne doute pas que vous portiez un enfant. Seule une imbécile inventerait un tel mensonge alors qu'elle se trouve dans une situation aussi délicate, et j'ai beau vous soupçonner de bien des choses, je sais que vous n'en êtes pas une. Il est cependant impossible de vérifier qui est le père.

Il marque une pause en promenant son regard sur moi.

— À mon avis, vous ne le savez pas vous-même.

Ces mots provoquent en moi une douleur inimaginable.

— Vous ne pensez pas ce que vous dites. C'est impossible.

— Ah, vraiment ?

Il esquisse une moue méprisante.

— Il existe un nom pour les femmes comme vous. Des personnes qui savent à merveille persuader nos garçons de les épouser. Votre plan a bien failli fonctionner. Vous avez réussi à vous faire expédier de l'autre côté de l'océan et à vous installer chez moi. Vous avez même su enjôler ma fille. Mais vous n'aviez pas prévu l'arrivée du télégramme, n'est-ce pas ?

— Ce n'est pas vrai ! Tout cela est complètement faux !

— Épargnez-moi vos simagrées. Vous ne faites qu'aggraver votre cas.

Il se tourne vers le bureau et contemple brièvement le portrait fêlé avant de le ranger dans le tiroir. Quand il pivote à nouveau vers moi, son expression est dure.

— Vous vous êtes crue plus maligne que les autres en frappant à ma porte avec votre carton. Vous pensiez pouvoir marcher jusqu'à l'autel au bras de mon fils sans que je vous mette des bâtons dans les roues. Mais ce ne serait jamais arrivé. À présent, vous croyez que c'est votre ventre qui va vous sauver, qu'un bébé vous donnera droit à une partie de l'héritage des Purcell. Mais vous vous êtes trompée dans vos calculs, mademoiselle. Votre enfant ne sera jamais un Purcell. Il n'y a de place ni pour lui, ni pour vous ici.

Je le dévisage en prenant peu à peu conscience de la réalité de ma situation. Je représente une gêne à ses yeux, une erreur à corriger. Et le plus tôt sera le mieux.

— Êtes-vous vraiment cruel – rempli de haine – au point de pouvoir tourner le dos à votre petit-enfant ? Thia parviendra-t-elle à le supporter ?

Il se raidit et serre les poings.

— Ma fille n'entendra plus jamais parler de vous. Il n'est pas question qu'elle ait vent de votre état, ni de ce qui est arrivé à son frère. Est-ce clair ? J'ai pris mes dispositions pour qu'elle parte étudier dans une école du Connecticut. Elle s'y rendra après-demain. En attendant, vous ne vous approcherez pas d'elle. À son retour, vous serez partie.

Ces derniers mots me remplissent d'effroi. Je ne connais personne ici, je n'ai ni argent, ni travail. Mais ce qui m'inquiète le plus, c'est le sort de la pauvre Thia.

— Puis-je au moins lui dire au revoir ?

— Certainement pas. Je refuse de vous laisser la manipuler davantage.

Que répondre à cela ? Il a pris sa décision. À propos de moi, à propos de tout.

— Que va-t-il se passer maintenant ?

— Je vais devoir prendre des mesures. Afin de limiter les dégâts. Vous n'avez pas d'argent, je suppose ?

— Très peu. Pas d'argent américain, en tout cas.

— J'ai entendu parler d'un homme à Providence, un médecin qui s'occupe des femmes comme vous.

— Des femmes comme moi… Que voulez-vous dire ?

— Des femmes enceintes non mariées, sans famille, ni moyen de subvenir à leurs besoins. Je vais l'appeler aujourd'hui et commencer à prendre des dispositions.

Je me sens pâlir. À Paris, il existait des femmes spécialistes de ce genre de choses. Elles s'y connaissaient en médicaments et en… procédures. Des avorteuses. Instinctivement, je pose les mains sur mon ventre pour le protéger.

— Quelle sorte de… dispositions ?

— Un endroit où vous irez habiter. Une famille convenable pour recueillir le bébé. Des personnes qui vous aideront à reprendre pied quand tout ceci sera terminé. De quoi croyez-vous que je parle, voyons ?

Je secoue la tête, incapable de prononcer un mot.

Owen baisse les yeux vers le sol, visiblement mal à l'aise.

— Je ne suis pas un barbare, contrairement à ce que vous pensez. Mais je refuse qu'on ait vent de votre état et que ma fille et moi nous trouvions au cœur d'un scandale. Personne ne connaît votre lien avec mon fils, et je vais m'assurer que les choses restent ainsi. Si vous êtes aussi intelligente que je le crois, vous ferez de même. Dans un film, je vous signerais un chèque ou je vous aiderais à monter un petit commerce, et tout finirait bien. Mais on n'est pas au cinéma. Dans le monde réel, l'aide que je vous apporte risque de passer pour un aveu, alors qu'il s'agit vraiment d'un simple acte de charité chrétienne.

— Vous appelez cela de la charité ? Alors que vous me traitez comme une petite magouilleuse ? Je ne vous ai strictement rien demandé !

Il se dirige vers la porte sans m'écouter.

— Cette conversation est terminée. Une dernière chose, toutefois : si l'envie vous prend de provoquer des problèmes, si vous tentez de nous contacter, ma fille ou moi, ou si vous osez prononcer le nom de mon fils, je mettrai un point d'honneur à vous briser. En d'autres termes, mademoiselle

Roussel, je peux soit vous aider, soit vous détruire. À vous de choisir.

Je digère cet ultimatum en observant cet homme que j'imaginais un jour devenir mon beau-père. Avec quel calme il planifie mon expulsion ! Quelle froideur, quel pragmatisme. À ses yeux, il s'agit d'un simple accord à négocier. D'un gâchis à réparer. Anson me l'a un jour décrit comme redoutable, et il avait raison. Son père a pensé à tout.

Mais Owen a raison également. Mes possibilités sont limitées. Je n'en ai même aucune. Il me faut un endroit où vivre, un lieu propre et sûr, jusqu'à ce que je trouve du travail et vole de mes propres ailes. J'accepterai son offre, car je n'ai pas le choix. Mais mon bébé n'aura pas besoin d'une famille. Je serai sa famille.

30

Rory

Boston, le 12 juillet 1985

Soline gardait les yeux baissés, visiblement secouée par l'histoire qu'elle racontait à Rory depuis une heure. Celle-ci l'observa en essayant d'imaginer ce qu'elle avait vécu. Une fuite terrifiante. L'arrivée de ce télégramme bouleversant. Une grossesse imprévue. Et ce monstre la laissant se débrouiller seule. Comment avait-elle fait pour survivre à toutes ces épreuves ?

Comment s'en serait-elle sortie elle-même dans des circonstances semblables ?

En y réfléchissant, Rory eut vaguement honte. Elle oubliait parfois combien sa vie était confortable. Elle bénéficiait d'une fiducie et d'un nom qui lui ouvrait toutes les portes. Elle n'avait jamais subi la moindre privation. En fait, avant la disparition de Hux, les seules difficultés qu'elle rencontrait provenaient de ses relations compliquées avec sa mère.

— J'ai tellement honte, murmura-t-elle. La plupart des gens auraient baissé les bras à votre place, mais vous avez continué à vous battre. Et moi qui frappe à votre porte avec mon sac de plats à emporter en pleurnichant sur mon sort. Pourquoi ne suis-je pas aussi forte que vous ?

Soline ferma les yeux et laissa échapper un soupir.

— Plus on est obligé de se montrer fort, plus on devient fragile, trésor. Et un rien peut briser une personne fragile.

Elle détourna le regard en se tamponnant les yeux, puis s'efforça de sourire.

— Vous voyez ? Je ne suis pas si forte que cela. Il y a peut-être encore de l'espoir pour moi.

— Je suis désolée de vous rappeler vos difficultés passées. Est-ce que ça va ?

Soline hocha la tête, mais son sourire disparut quand elle se leva.

— Oui, j'ai juste un peu chaud. Et si nous rentrions ? Je ferai la vaisselle, puis nous mangerons le dessert. Je vous montrerai comment faire du vrai café avec une cafetière à piston. Je vous promets qu'ensuite, vous ne vous servirez plus jamais de votre machine.

Rory fit la vaisselle pendant que Soline lui vantait les qualités de son engin à piston, affirmant que c'était le seul procédé civilisé pour préparer du café. Elle remplit deux tasses, disposa des madeleines sur une assiette, puis emporta le plateau dans le salon.

Chacune s'assit à une extrémité du canapé avec sa tasse. Le salon de Soline était une pièce très grande mais confortable et meublée avec goût plutôt qu'ostentation. C'était Soline tout craché. Un raffinement exquis, mais sans les chichis de l'intérieur irréprochable de Camilla. Et elle avait raison au sujet du café. Cette femme avait décidément un goût très sûr.

Rory prit une madeleine et la grignota pensivement en regardant Soline siroter son café. Elle aurait été incapable d'expliquer pourquoi un tel lien s'était créé entre elles. Elle savait seulement qu'il était réel, que le destin avait jugé bon, en quelque sorte, d'entrelacer les fils de leurs histoires. Mais pour quelle raison ?

— Vous arrive-t-il de vous demander pourquoi nous sommes devenues amies ? demanda-t-elle doucement. Le jour où j'ai découvert votre maison, puis celui où j'ai trouvé la boîte. Cela semblait presque…

Elle chercha le bon mot un instant.

— Fatal. Croyez-vous au destin ? Au fait que certaines choses sont écrites ?

Soline garda un moment le silence, comme si elle réfléchissait soigneusement à la question.

— Autrefois, peut-être. J'étais convaincue qu'Anson et moi finirions par nous marier, qu'il rentrerait avec le rosaire de ma mère et que je lui rendrais son nécessaire de rasage, et que nous vivrions heureux jusqu'à la fin de nos jours.

Rory hocha sombrement la tête, puis fronça les sourcils en se remémorant certains mots de Soline.

— Attendez, vous m'avez dit que le père d'Anson vous avait pris le nécessaire de rasage, mais je me rappelle l'avoir vu dans votre boîte.

Soline haussa les épaules.

— Il me l'a rendu. J'ignore ce qui l'a poussé à le faire et même quand il l'a fait. J'ai quitté la maison dans la semaine qui a suivi. Le chauffeur m'a déposée à la gare la plus proche, puis une femme nommée Dorothy Sheridan m'a accueillie à Providence.

— Qui était Dorothy Sheridan ?

— Elle dirigeait la Family Aid Society, le nom relativement pompeux d'un refuge pour filles mères. Il y avait huit femmes comme moi là-bas. Certaines n'étaient encore que des adolescentes, d'autres affirmaient être veuves de guerre, mais nous avions toutes une chose en commun : nous étions enceintes et n'avions pas de mari, ni nulle part où aller. J'ai passé ma première journée là-bas à pleurer. Je n'arrivais pas à croire qu'Owen me haïsse à ce point. Mais quand j'ai ouvert la boîte, le nécessaire de rasage d'Anson se trouvait au fond. J'ai du mal à imaginer cet homme pris de remords, mais il l'a peut-être fait pour son fils. Certainement pas pour moi, en tout cas.

— Avez-vous au moins pu dire au revoir à Thia ?

Soline secoua la tête.

— Il l'avait déjà envoyée à sa nouvelle école.

Rory garda le silence un long moment en essayant d'imaginer l'horreur de sa situation. Enceinte, le cœur brisé et seule.

— Vous êtes sûrement la femme la plus courageuse que je connaisse. Et dire que vous avez subi toutes ces épreuves et continué à avancer.

Soline regarda ses mains, puis plia et déplia les poings, ce qu'elle faisait souvent quand elle était perdue dans ses pensées.

— J'ai continué à avancer parce que je n'avais pas le choix.

— Je sais, mais abandonner un bébé…

— Je ne l'ai pas abandonnée, répondit-elle en détournant les yeux. Elle est morte.

Rory s'immobilisa, le souffle coupé, comme si elle avait reçu un coup de poing dans le plexus solaire.

— Je suis vraiment désolée. Je pensais juste que… Que s'est-il passé ?

— Un matin, je me suis levée et j'ai perdu les eaux. Je savais ce qui se passait, mais c'était trop tôt. J'ai supplié les infirmières de faire quelque chose, le bébé n'était censé naître que dans un mois, mais on m'a répondu que l'accouchement s'était déclenché et que je n'avais plus qu'à prier. On m'a emmenée dans une petite pièce sans fenêtres où se trouvait un lit étroit équipé de sangles en cuir. Il y avait également un petit berceau, une sorte de lit d'hôpital pour bébé. Ensuite, on m'a injecté quelque chose – j'ai senti une aiguille s'enfoncer dans mon bras, et on a placé un masque sur mon visage. Je ne me rappelle pas vraiment ce qui s'est passé ensuite.

Rory écarquilla les yeux.

— On vous a endormie pour l'accouchement ?

— C'est ainsi qu'on procédait à l'époque. Cette méthode était censée réduire les douleurs. Et effacer tout souvenir de la naissance. À mon réveil, j'ai eu l'impression d'avoir été passée à tabac. Les sangles m'avaient laissé des contusions aux poignets et aux chevilles. Mais je m'en moquais. Tout ce que je voulais, c'était tenir ma fille dans mes bras, l'allaiter, mais on m'a répondu que c'était trop tôt. Elle n'était pas assez forte pour téter. J'ai dû m'endormir. J'étais si fatiguée. À mon réveil, le petit berceau avait disparu, et j'ai commencé à hurler. Une infirmière a fini par venir, mais elle évitait mon regard. J'ai compris ce qui s'était passé, mais en entendant ces mots, j'ai failli perdre connaissance : *Trop petite pour survivre. Poumons sous-développés. Partie rejoindre les anges.*

Rory ferma les yeux, incapable de trouver les mots justes pour la réconforter. Face à ce type de détresse, il n'y en avait tout simplement pas.

— Je suis vraiment désolée, répéta-t-elle faiblement.

— J'étais certaine que ce serait une fille. Je lui avais déjà donné un nom : Assia. Cela signifie « celle qui soulage ».

Elle marqua une pause et déglutit péniblement.

— Je l'ai entendue pleurer, murmura-t-elle. Quand elle est née, j'ai entendu sa voix. Je me dis parfois que j'aurais préféré être sourde. Si elle était mort-née, si elle avait cessé de vivre à l'instant où elle a quitté mon corps, sa perte aurait sans doute été plus facile à supporter. Mais l'idée qu'elle ait vécu quelques heures sans sa mère, qu'elle soit morte sans sentir le contact de mes mains, me brise encore le cœur. J'ai demandé à la voir, à la tenir dans mes bras, mais on l'avait déjà emmenée.

— Comment ça ? s'écria Rory, horrifiée.

— Les infirmières avaient appelé le médecin légiste pour qu'il vienne la chercher. C'est la loi, il fallait vérifier les causes de sa mort avant de rédiger l'acte de décès. On m'a expliqué que, puisque j'étais indigente, Assia serait enterrée au cimetière du comté. Il n'y aurait ni messe, ni plaque. J'ai supplié les infirmières d'attendre, de me laisser le temps de rassembler la somme nécessaire à un enterrement convenable. J'étais prête à appeler le père d'Anson pour le supplier de m'aider, mais elles ont refusé de me laisser utiliser le téléphone. Trois jours plus tard, elles m'ont appris que tout était terminé.

Rory ravala ses larmes.

— Vous ont-elles au moins indiqué l'endroit, afin que vous puissiez visiter sa tombe ?

— Non, murmura-t-elle. Mais c'était peut-être mieux ainsi. Cela va vous paraître étrange, mais voir sa tombe aurait rendu sa mort trop réelle.

— Mais elle l'était.

— Oui. Cependant, quand on aime une personne de tout son cœur, le lien qui nous unit à elle est indestructible. Même après que la mort l'a emportée, on sent encore sa présence des années plus tard, tel un écho qui résonne. Et bien que ces moments soient horriblement douloureux, ils sont également une minuscule source de réconfort.

Un écho qui résonne.

Ces mots firent à Rory l'effet d'une brise froide. Les choses allaient-elles se passer ainsi avec Hux ? Ni adieux, ni réponses, juste quelques souvenirs nébuleux ?

— Il m'arrive de croire que je la vois, dit Soline d'une voix lointaine. Comme c'était le cas avec Anson. J'aperçois un petit visage dans la foule et mon cœur cesse de battre une fraction de seconde. Elle a les yeux de son père et le sourire de sa tante Thia. Mais quand elle tourne la tête vers moi, le visage que je vois n'est pas le sien, et je me rappelle qu'Assia n'est plus de ce monde.

Rory resta silencieuse un moment, submergée par le nombre de ses pertes. Soline niait être une femme courageuse, mais elle avait tort. Bien qu'accablée de chagrin, elle s'était construit une vie à partir de rien. C'était une femme seule dans une ville inconnue. La guerre faisait rage, il n'y avait plus vraiment de travail, et pourtant, elle avait réussi à se bâtir une carrière lucrative. Elle aurait pu accomplir tant d'autres choses si cette succession de chagrins n'avait pas modifié le cours de sa vie.

— Combien de temps êtes-vous restée au refuge… ensuite ?

— Pas longtemps. Une fois que le bébé était né, on nous mettait à la porte. Une semaine plus tard, Dorothy Sheridan est venue m'informer qu'elle m'avait trouvé une chambre et un travail. Je devais faire mes bagages afin de partir le lendemain. Quand le travail a fini par manquer à Providence, je suis allée vivre à Boston. Cependant, lorsque les hommes ont commencé à rentrer aux États-Unis, il m'est devenu impossible de trouver quoi que ce soit. J'ai travaillé chez un cordonnier pendant un moment, en échange du gîte et du couvert, puis j'ai accepté des travaux de couture à côté. Je devais partager mes repas avec les souris, mais elles ne me dérangeaient pas tellement. Elles avaient faim, elles aussi.

— Et vous n'avez jamais reparlé au père d'Anson ?

— Non. Je l'ai cru sur parole quand il a promis de me détruire si j'essayais de le contacter. De toute façon, je ne voulais rien de lui. J'aurais cependant aimé revoir Thia pour lui expliquer mon soudain départ.

Elle esquissa un sourire nostalgique.

— Et pour lui annoncer que j'avais finalement réussi à confectionner des robes qui portaient mon nom.

— Je suis toujours impressionnée. Tout ce que vous avez accompli à partir de rien ! Comment avez-vous fait ?

— Comme les héroïnes des plus beaux contes, j'ai rencontré une bonne fée.

Rory sourit.

— Et comment fait-on pour en trouver une ?

— Elles ne se trouvent pas, trésor. Elles apparaissent tout simplement. Souvent au moment où on a le plus besoin d'elles. Et la rencontre est différente pour tout le monde. Ma bonne fée s'appelait Maddy, et c'était un homme merveilleux.

— Votre bonne fée était un homme ?

Soline lui adressa un grand sourire.

— En effet.

— D'accord, mais comment vous a-t-il trouvée ?

Son sourire faiblit.

— Gardons cette histoire pour un autre jour.

— Désolée. Je ne voulais pas être indiscrète.

— Ce n'est rien, je suis juste fatiguée.

Rory regarda sa montre et constata avec stupéfaction qu'il était plus de 19 heures. Elle se leva, prit leurs tasses et les posa sur le plateau.

— Je n'avais pas l'intention de rester aussi longtemps. J'étais censée aller choisir des luminaires ensuite. Je vais vous aider à ranger avant de partir.

Soline souleva le plateau avant qu'elle ne puisse s'en emparer.

— Il n'y a pas grand-chose à faire. Allez-y, je vous en prie.

À contrecœur, Rory suspendit son sac à son épaule et se dirigea vers le vestibule.

— Je suis vraiment navrée de vous avoir importunée. Vous auriez dû me chasser il y a des heures.

— Ne dites pas de bêtises. On ne peut pas dire que je sois débordée.

— Je vous promets tout de même de ne plus passer à l'improviste. Merci pour la discussion en tout cas. Je n'ai pas vraiment de proches avec qui parler de Hux. Des proches qui me comprennent, je veux dire.

— Rory, j'étais sincère en disant que, si vous avez le moindre doute, nous déchirerons le bail et n'en parlerons plus. Mais je pense que votre Hux avait raison : ce rêve est fait pour vous.

Rory cligna des yeux pour retenir ses larmes et lutta contre l'envie soudaine de serrer Soline dans ses bras.

— Merci, répondit-elle.

Sortant sur le perron, elle rendit grâce au ciel d'avoir fait apparaître cette femme charmante et énigmatique dans sa vie.

Lorsqu'elle posa le pied sur la dernière marche, il lui vint une idée. Elle s'arrêta et se tourna vers la silhouette de Soline restée dans l'entrée.

— Je viens de réaliser quelque chose.

— Quoi donc ?

— C'est vous, ma bonne fée.

31

Soline

S'il est juste d'attendre une compensation pour notre travail, le bénéfice financier ne doit jamais entrer en ligne de compte quand on hésite à accepter une cliente ou une autre. On peut compter sur la Mère pour subvenir à nos besoins par d'autres moyens. Notre seule et unique considération ne doit être que l'Œuvre.

Esmée Roussel, *la Sorcière des robes*

Les mots de Rory restent en moi lorsque je referme la porte. J'ai bien peur de faire une piètre fée, mais entendre ces mots m'a réchauffé le cœur, ce que je n'ai pas ressenti depuis une éternité. Et pourtant, je me sens étrangement mélancolique. La maison semble soudain vide, et moi aussi.

Je vais à la cuisine et ouvre une bouteille de vin en guise de remontant, puis j'emporte l'assiette de madeleines dans mon bureau. C'est là que je passe la plupart de mes soirées ces temps-ci. La tête pleine de souvenirs, je m'enivre juste assez pour dormir sans rêver.

Les madeleines sont aromatisées au citron. J'en prends une, mords dedans et la laisse fondre sur ma langue. Soudain, je souris. La douceur acidulée de ces gâteaux me rappelle Maddy, raison pour laquelle j'en achète de temps en temps. C'étaient ses préférés et, de façon indirecte, c'est grâce aux madeleines que nous sommes devenus amis.

Certains jours, j'ai l'impression que c'était hier ; d'autres, il y a une éternité. Je n'étais à Boston que depuis quelques semaines et je cherchais toujours du travail. Mon accent était encore très prononcé, et les boutiques de robes ne voulaient pas d'une vendeuse étrangère qui rappellerait la guerre à leurs clientes. Étant presque à court d'argent, je ne pouvais pas me permettre de faire la difficile, alors j'ai commencé à frapper aux portes de tous les magasins pour leur proposer mon aide.

Un jour, je suis entrée dans une petite pâtisserie nommée *Baisers sucrés*. J'ai pensé que mon accent allait enfin représenter un atout. Mais il était tard, et j'étais fatiguée. Les odeurs de café et de chocolat qui flottaient dans la boutique me rappelaient tant Paris que, lorsque la femme au comptoir m'a demandé ce que je voulais, mes yeux se sont remplis de larmes et je n'ai pas pu prononcer un mot.

Cette brave commerçante a eu pitié de moi et m'a emmenée au fond du magasin, puis elle m'a apporté une assiette des plus belles pâtisseries que j'aie jamais vues. J'ai mangé comme une goinfre, mais elle a fait semblant de ne rien remarquer. En vidant plusieurs tasses de café d'affilée, je lui ai raconté mon histoire – du moins les parties que je jugeais racontables.

Elle avait dix ans de plus que moi, mais nous avions beaucoup en commun. Elle était arrivée de Chartres avec ses parents au début de la Première Guerre mondiale et avait appris le métier auprès de sa mère. Elle avait perdu un frère au cours d'une bataille en Normandie, et son mari était mort noyé. Elle se démenait par conséquent pour élever sa fille seule. Elle comprenait les épreuves que j'avais subies, la perte et le besoin pour une femme de voler de ses propres ailes. Elle n'avait pas les moyens de m'embaucher, mais connaissait une personne qui avait sûrement besoin d'une jeune femme sachant manier l'aiguille : un tailleur qui venait de perdre ses deux assistants et qui traversait depuis une mauvaise passe.

Elle m'a écrit son nom et son adresse au dos d'une enveloppe, puis m'a conseillé de passer le voir le lendemain matin, de lui dire qui l'envoyait et surtout d'insister. Avant de partir, elle m'a tendu une boîte de pâtisseries attachée avec de la ficelle et m'a dit de la lui offrir. Cela permettrait de l'amadouer.

Ainsi, je suis partie de chez moi peu après 9 heures le lendemain matin, ma boîte de pâtisseries à la main, et j'ai frappé à la porte d'une élégante maison en brique au coin de Newbury Street. Le nom *MADISON'S* était écrit en belles lettres dorées sur la vitrine.

Boston, le 4 août 1944

Un grand homme âgé de la cinquantaine m'ouvre au deuxième coup. Il porte un peignoir en soie froissé gris charbon et un pantalon tout chiffonné. Sa chevelure couleur caramel est ondulée et parsemée de mèches argentées. Sa fine moustache doit être teinte au crayon ou à la cire, car elle est plus foncée de plusieurs tons que ses cheveux.

— C'est non, marmonne-t-il sans me laisser le temps de parler.

Je le dévisage sans comprendre.

— Pardon ?

— Quoi que vous vendiez, je n'en veux pas.

— Monsieur Myles Madison ?

— Qui le demande ?

Il est si bourru, si parfaitement méprisant, que j'ai envie de faire demi-tour et de partir, mais je me rappelle les conseils de la pâtissière. *Et surtout, insistez.*

— Claire Bruneau m'a conseillé de venir vous voir. D'après elle, vous auriez besoin d'une couturière.

Il se passe une main dans les cheveux d'un air renfrogné.

— Claire ?

— De la pâtisserie *Baisers sucrés.* Elle m'a demandé de vous offrir ceci.

Sous ses lourdes paupières, ses yeux sont gris clair et bordés de longs cils dorés. Ils se posent brièvement sur la boîte puis à nouveau sur moi.

— Des madeleines ? demande-t-il d'un ton méfiant.

— Je ne sais pas. Elle m'a seulement demandé de vous apporter cette boîte – pour vous amadouer.

Avec un grognement, il me prend la boîte des mains et me tourne le dos ; une invitation à entrer, je présume. Je le suis et pénètre dans un petit salon mal éclairé, meublé de profonds fauteuils en cuir et de lourdes tables foncées. C'est ainsi que je me suis toujours imaginé les clubs pour gentlemen. Des tentures d'épais brocart. Des lampes en cuivre aux abat-jour vert foncé. Un somptueux tapis persan aux nuances bordeaux et sauge. Le tout lustré et de bon goût.

— Qu'est-ce que vous voulez, au juste ? demande-t-il du même ton grognon qu'en m'ouvrant la porte.

Il a dénoué la ficelle de la boîte et regarde à l'intérieur en me faisant clairement sentir que je le gêne.

— Du travail, réponds-je calmement. Claire m'a dit que vous veniez de perdre vos deux assistants. Ma mère possédait une boutique de robes de mariée à Paris, jusqu'à ce que la guerre éclate. J'y travaillais avec elle.

— Ceci n'est pas une boutique de robes de mariée, jeune femme.

— Peu importe à l'aiguille ce qu'elle coud.

Il redresse la tête et me dévisage d'un air intrigué.

— Comment vous appelez-vous ?

— Soline Roussel, réponds-je, sans me laisser démonter par sa brusquerie. Et vous êtes Myles Madison, le meilleur tailleur de Boston, d'après Claire. Je suis douée, monsieur Madison. Je serai capable d'effectuer toutes les tâches que vous me confierez – et j'ai vraiment besoin de travailler.

Son visage s'adoucit un peu, mais le regard qu'il pose sur moi est glacial. Il faut admettre que je ne porte ni chapeau, ni bague, et que ma robe est rapiécée, mes chaussures usées et mon sac à main éraflé. Comme maman lorsqu'elle jaugeait une potentielle cliente, il remarque le moindre détail.

— En effet, répond-il sèchement. Ça se voit. Que vous a dit Claire à mon sujet exactement ?

Je fronce les sourcils, pas certaine de comprendre.

— Rien.

— Elle ne vous a pas expliqué la raison du départ de mes deux assistants ?

Je secoue la tête, ne saisissant toujours pas où il veut en venir.

— Je suppose que vous n'êtes pas mariée ?

— Non.

— C'est bien ce que je pensais. Vous avez quoi… dix-huit ans ?

— Vingt et un.

— Et vous ne connaissez pas grand-chose à la vie, j'imagine.

— Au contraire, monsieur. Je la connais mieux que je ne le voudrais.

— Dans ce cas, on est deux, dit-il avant de se diriger vers le petit bar dans un coin de la pièce et de prendre un verre. Je devrais peut-être vous raconter mon histoire avant que nous allions plus loin.

Il verse une dose généreuse d'un liquide clair dans son verre, le regarde fixement un instant, puis se tourne vers moi, comme s'il se rappelait soudain ses bonnes manières.

— Excusez-moi. Puis-je vous servir quelque chose à boire ?

Mon regard glisse vers l'horloge sur la cheminée. Il n'est même pas 10 heures.

— Non, merci. Je préfère généralement le café à cette heure-ci.

— Comme vous voudrez.

Il lève son verre comme pour trinquer, puis avale une grande gorgée en grimaçant. Puis il me tourne le dos en le vidant, et je me demande s'il m'a de nouveau oubliée.

— Vous vous apprêtiez à me raconter votre histoire.

— Oui, oui. Écoutez, je pourvois aux besoins d'une clientèle très aisée, mademoiselle Roussel – enfin, disons que c'était le cas autrefois. Des personnes qui considèrent qu'elles font partie de la plus haute caste. Des hommes importants au travail important. Des hommes au portefeuille bien garni, dont le pouvoir et le nom puent la noblesse à plein nez. Ils ont généralement des secrets, mais ne peuvent rien me cacher. Car, tel un médecin, je vois souvent mes clients dans le plus simple appareil. Les relations que nous entretenons les amènent généralement à se confier. Je sais quel homme a la santé fragile, lequel quitte sa femme pour une maîtresse et lequel trompe sa maîtresse avec le séduisant nouveau professeur du club de tennis.

Il marque une pause, s'attendant à ce que je rougisse ou perde mes moyens. Voyant que je ne réagis pas, il continue.

— Comme vous l'avez sans doute deviné, je fréquente rarement les mêmes cercles que les hommes que j'habille. Leur condition est bien supérieure à la mienne. Cependant, il y a quelques semaines, j'étais au bar du *Statler Hotel* avec des amis, lorsque j'ai aperçu un de mes nouveaux clients, un homme aux ambitions politiques, marié avec une figure de la haute société.

Il prend une pose mélodramatique et déclame avec grandiloquence :

— Lawrence Tate, de la Mayflower Tates, excusez du peu. Inutile de dire que j'ai été surpris de le croiser dans ce bar. Mais pas autant que lui.

— Pourquoi ?

Il me regarde avec un amusement visible et esquisse un sourire lubrique. Je me rends brusquement compte que cet homme est beau, ou qu'il l'était encore récemment.

— Parce que, jolie demoiselle, en règle générale, le club dont je parle n'est pas fréquenté par des hommes qui vivent dans leur tour d'ivoire et apprécient la compagnie des jeunes dames aux bonnes manières. Ils préfèrent les conquêtes d'un genre masculin et se soucient rarement de leur nom de famille.

Je garde le silence.

— Comprenez-vous de quoi je parle ?

— Oui, réponds-je d'un ton calme.

De plus en plus impatiente, je jette un nouveau coup d'œil à l'horloge. Je suis venue chercher du travail. S'il ne veut pas de moi, il faut que je reprenne mes recherches.

— Monsieur, comptez-vous m'embaucher, oui ou non ?

Il me tourne le dos le temps de remplir son verre. Voyant sa main trembler, je prends conscience de la fragilité que cachent ses fanfaronnades. C'est un homme brisé, et très probablement malade. La dernière chose dont il a besoin, c'est bien de se soûler.

— Cessez donc de boire, dis-je en saisissant le verre avant qu'il ne le lève. Je vais plutôt vous préparer quelque chose à manger, et vous m'expliquerez le travail.

— Je suis homosexuel, mademoiselle Roussel.

Je le regarde en conservant une expression neutre.

— Espérez-vous me scandaliser afin que je parte ?

Exaspéré par ma réaction, il se passe une main dans les cheveux.

— Connaissez-vous ce mot ? Savez-vous ce qu'il signifie ? Ce que je suis ?

— Oui.

— Et savez-vous ce que les gens font aux hommes comme moi quand ils l'apprennent ? Ils les ruinent. Avec des mensonges et des accusations. J'ai tout perdu, ma chère. Tout. Mes clients. Ma réputation. Tout ce pour quoi j'ai travaillé s'est envolé. C'est pour cette raison que mes assistants sont partis. Plus personne ne veut travailler ici.

— Si, moi.

— Ne m'avez-vous pas entendu ? Je n'ai plus de clients. Les choses sont peut-être différentes dans le pays d'où vous venez, mais ici, les hommes comme moi sont traités comme des pestiférés.

Je lève le menton et le regarde droit dans les yeux.

— Dans mon pays, monsieur, les hommes comme vous sont arrêtés et envoyés dans des camps, où ils sont passés à tabac, affamés et assassinés. Personne ne vous a arrêté. Personne ne vous a tué. Si vous êtes en vie, vous pouvez repartir de zéro.

— Mais comment ?

Il secoue lentement la tête, le regard vide.

— Il ne me reste rien.

Du regard, je balaye la pièce élégamment meublée, la compare intérieurement avec ma dernière vision de la boutique de maman, le matin où j'ai quitté Paris, et je me sens soudain furieuse.

— Vous ne savez pas ce que signifie tout perdre. Mais moi, si. Dans deux semaines, je n'aurai plus d'argent et je serai à la rue. Avez-vous un travail pour moi, oui ou non ?

Il me foudroie du regard, rouge d'agacement.

— Non, ni pour vous, ni pour quiconque, car il n'y a plus de boutique. Voulez-vous que je vous explique pourquoi ?

Non, mais de toute évidence, il s'apprête à le faire quand même.

— Le lendemain de notre rencontre fortuite, M. Tate est venu réclamer un pantalon que je devais retoucher. Je n'ai pas été surpris. Je me demandais même combien de temps il lui faudrait pour trouver un prétexte et venir m'expliquer sa présence au *Statler. J'ignorais totalement qu'il s'agissait de ce type d'établissement. Je me sens si bête. Je devais y retrouver un ami. Comment pouvais-je le savoir ?* Je l'ai emmené dans un des salons d'essayage au fond de la boutique et lui ai demandé ce qu'il voulait. Il m'a répondu en me poussant contre le mur et en enfonçant sa langue dans ma bouche.

Je le regarde, bouche bée. Pas une femme au monde n'a échappé à ce type d'avances non désirées, mais je n'aurais jamais cru qu'un homme puisse se trouver dans la même situation.

Il aboie un rire.

— J'ai enfin réussi à vous choquer.

— Pas du tout. Je m'attendais juste à ce que cette histoire se termine différemment.

Il agite les sourcils d'un air libidineux.

— Lui aussi, ma chère. Il avait un arrangement à me proposer. Très discret, bien sûr, et lucratif, si je menais bien ma barque. Quand j'ai décliné, il est rentré chez lui et a raconté à sa rombière que je lui avais fait des avances. Moi ! Comme si un tel parasite pouvait m'intéresser. Le bruit s'est répandu en ville aussi vite qu'un feu de brousse. C'est cette bonne femme qui est allée jacasser partout. *Myles Madison est une vieille folle lubrique qui ne peut pas s'empêcher de tripoter ses clients.*

Il se tait un instant et caresse sa moustache.

— Mais croyez-moi, un jour, c'est cette vieille bique insolente qui sera le dindon de la farce. Les hommes comme son mari finissent toujours par se compromettre. Et là, on verra qui est le pestiféré. Les habitants de cette ville puritaine se jetteront sur lui comme une meute de chiens.

Il chancelle légèrement, et sa voix devient traînante. Je lui lance un regard froid.

— Ce sera une bien maigre consolation, à mon avis, si vous êtes ruiné au moment où cela arrivera.

— Je ne serai jamais ruiné. L'argent est peut-être la seule chose qui me reste, mais j'en ai un paquet.

— Vous en avez de la chance, réponds-je en me dirigeant vers la porte. Bonne journée, monsieur.

— Mais où allez-vous ?

— Me chercher un travail. Car, contrairement à vous, je suis sans le sou.

— Est-ce dans vos habitudes de frapper à la porte d'un homme aux aurores, de provoquer une dispute et de filer de cette façon ?

— Le soleil est levé depuis longtemps. Vous le sauriez si vous n'étiez pas déjà à moitié ivre. Et je ne suis pas venue provoquer une dispute, mais vous demander du travail. Apparemment, je n'ai pas frappé à la bonne porte.

Je le foudroie du regard.

— Claire m'a conseillé d'insister, mais je pense que c'est inutile. Contrairement à vous, je ne peux pas me payer le luxe de m'apitoyer sur mon sort, et j'ai bien peur que vous finissiez par déteindre sur moi. Je suis désolée de vous avoir dérangé.

— Vous n'êtes qu'une enfant, grogne-t-il. Que connaissez-vous à la vie ?

— Je suis jeune, certes, mais plus une enfant. J'ai vu des choses que personne ne devrait voir. Des pays occupés par des êtres malfaisants. Des familles entières emprisonnées et assassinées. Des hommes réduits en charpie, et des femmes qui ont perdu tout ce qui leur tenait à cœur. Les tragédies sont nombreuses dans ce monde, monsieur. À mes yeux, les ragots n'en font pas partie. Vous vous vantez de rouler sur l'or alors que vous êtes un homme brisé – mais seulement parce que vous choisissez de l'être.

Là-dessus, je coince mon sac à main sous mon bras et me dirige vers la porte, impatiente de partir. Au moment où je pose la main sur la poignée, il pousse un soupir peiné.

— Très bien. Mais si je vous embauche, vous devrez promettre de cesser de m'appeler monsieur. Et sachez que je déteste les Français.

Les battements de mon cœur s'accélèrent légèrement.

— Comment dois-je vous appeler dans ce cas ?

— Mes amis m'appellent Maddy.

Je prépare du café fort et des œufs brouillés que nous mangeons dans sa petite cuisine ensoleillée. Pendant qu'il fume, je lui raconte mon histoire sans omettre le moindre détail. Car je sens que je peux lui confier mes secrets et que rien de ce que je dirai ne le choquera. Je lui parle de maman, d'Anson et de la Résistance. Il me parle de Richard, l'amour de sa vie. Il me raconte leur coup de foudre le soir où ils se sont rencontrés. La mort de Richard dans ses bras, ravagé par un cancer. Et l'opposition de sa famille à sa présence à l'enterrement. Je lui parle de Dorothy Sheridan et d'Assia, mon bébé qu'on a enterré sans me prévenir. Nous pleurons en nous tenant la main au-dessus de nos assiettes vides, et c'est ainsi que nous devenons une famille, deux âmes sœurs liées par la perte et la solitude.

Le doux tintement de l'horloge posée sur la cheminée m'éloigne de mes souvenirs. Mais je ne suis pas prête à les laisser partir. Je vide mon verre de vin et saisis le portrait encadré près de mon coude. Cette photo a été prise le jour où Maddy a fait ajouter mon nom au sien sur la vitrine de sa boutique. Il sourit au photographe, particulièrement élégant dans son costume bleu marine à fines rayures, les épaules redressées, le torse bombé, fier comme un paon de son « petit oiseau », comme il me surnommait.

C'était une journée heureuse avec du gâteau et du champagne, suivis par un dîner au *Marliave*, un restaurant français bruyant que Maddy prétendait détester, même s'il connaissait apparemment le nom de tous les serveurs. Nous avons bu trop de vin et dansé jusqu'à l'aube pour célébrer la renaissance de sa boutique.

Le chiffre d'affaires est rapidement reparti à la hausse grâce, en partie, à l'ajout d'une collection de robes de soirée. Jamais à une exagération près, Maddy me présentait à toute sa clientèle comme une grande styliste parisienne dont les Européennes les plus distinguées s'arrachaient jadis les robes de mariée. Je me moquais que ce soit faux, car j'avais enfin atteint mon objectif. Je confectionnais le type de robes dont j'avais toujours rêvé.

Pour plaisanter, Maddy aimait me rappeler qu'il était en quelque sorte ma bonne fée, mais il avait raison. Il m'apprenait tant de choses sur la mode, les affaires, et la vie. Comment commercialiser et accessoiriser, comment charmer les fournisseurs et gérer la trésorerie, comment créer une illusion d'exclusivité qui fidéliserait mes clientes. J'absorbais tous ses conseils comme une éponge.

Puis est venu le jour où mon destin a basculé. Venue pour un essayage, Mme Laureen Appleton nous a annoncé que sa petite-fille Catalina venait de se fiancer. Maddy, qui ne laissait jamais passer une occasion d'étendre nos activités, a nonchalamment sous-entendu qu'une authentique robe haute couture ferait pâlir tout Boston d'envie. D'une voix juste assez forte pour qu'elle soit entendue, il a ajouté que, selon une rumeur qui courait dans Paris, une robe Roussel était la quasi-garantie d'un mariage heureux.

Une fois que le bruit s'est répandu qu'une robe Roussel avait été choisie pour célébrer un des plus grands mariages de la saison, les commandes ont commencé à arriver. Au début, il n'a pas été question de charmes. Nous ne pouvions pas nous permettre de refuser la moindre commande. Je créais des robes pour toute cliente ayant les moyens de s'en offrir une. Par chance, je parvenais à les contenter, de sorte à confirmer les rumeurs que Maddy continuait à répandre effrontément sur mon compte. Bientôt, j'ai dû mettre en place une liste d'attente, car les jeunes fiancées étaient de plus en plus nombreuses à vouloir se soumettre à une lecture, dans l'espoir de marcher jusqu'à l'autel dans une de mes robes. Comme maman avec son rosaire, elles tenaient à se protéger de la malchance. C'est ainsi que, sans le vouloir, je suis devenue la Sorcière des robes, ce qui m'a procuré un étrange soulagement. Peut-être parce que j'avais fini par comprendre combien les fins heureuses sont rares.

Quelque temps plus tard, Maddy a installé pour moi une petite boutique au premier avec mon propre atelier de couture. Un an plus tard, la boutique occupait tout l'étage, et j'ai dû employer deux jeunes filles pour s'occuper des patrons et des essayages. D'une certaine façon, j'avais réalisé le rêve de maman et le mien.

Quelques années plus tard, Maddy s'est brusquement mis à souffrir d'une mauvaise toux, conséquence probable des deux paquets de cigarettes qu'il fumait par jour. J'avais fini par m'y mettre, moi aussi. Cela me détendait et occupait mes mains quand je ne travaillais pas. La toux de Maddy s'est peu à peu aggravée, et bientôt, ses magnifiques costumes ont commencé à pendre. J'avais l'impression de voir maman en le regardant. J'avais compris ce qui se passait, mais cela n'a nullement rendu la réalité plus facile à affronter.

J'ai fait mon possible pour qu'il vive confortablement jusqu'à la fin. Je lui ai acheté une télévision, un objet qu'il prétendait détester, même s'il la regardait sans arrêt. Je lui lisais le journal chaque soir après le dîner. Il m'arrivait même de fumer pour lui quand la cigarette lui manquait trop. Allongée à côté de lui dans le noir, je soufflais des volutes de fumée au-dessus de son visage, afin qu'il puisse l'inhaler. Si son médecin l'avait appris, il en aurait fait une attaque, mais je m'en moquais. Je devais tout à Maddy, alors il méritait bien que j'égaye ses derniers jours. Il est décédé un dimanche, me léguant la boutique et son entière fortune. Il m'avait également laissé un petit mot griffonné.

> Ceci est à présent ton nid, petit oiseau. Il est temps de déployer tes ailes et de voler, voler, voler.

Deux mois plus tard, il ne restait que mon nom sur la vitrine, ainsi que *L'AIGUILLE ENCHANTÉE* en beaux caractères dorés.

Maddy me manque toujours terriblement.

C'était mon plus grand soutien – un père, un mentor, et un ami très, très cher. Je connaissais ses secrets, et il connaissait les miens. Je le rendais fou, et il me faisait rire. Je lui avais redonné la volonté de se battre, et en échange, il m'avait offert un avenir.

32
Rory

Boston, le 7 septembre 1985

Rory posa son sac à main sur la commode et se laissa tomber sur son lit, consciente du regard de Hux sur elle, tandis qu'elle commençait à délacer ses bottes. Elle tendit la main vers le portrait posé sur la table de nuit et le déposa sur ses genoux, brusquement envahie par un sentiment de solitude si intense qu'il lui coupa presque le souffle. Était-ce tout ce qui lui resterait de lui désormais ? Une image plaquée sous un rectangle de verre ?

Hux était porté disparu depuis près de neuf mois, et on n'avait toujours pas la moindre nouvelle de lui. Quel était le délai convenable pour abandonner tout espoir en un dénouement heureux ? Un an ? Deux ? Et ensuite ? Quelle forme prendrait sa vie si Hux ne faisait plus partie de ses rêves et de ses attentes ?

Elle aurait sa galerie et un vivier inépuisable de jeunes talents à promouvoir. Mais cela lui suffirait-il pour vivre ? Ou bien finirait-elle comme Soline, isolée du monde par son chagrin ? Ce n'était pas ce qu'aurait voulu Hux. Il lui aurait conseillé de tourner la page et d'avancer. Mais, elle, que voulait-elle au juste ? Elle ne pouvait imaginer qu'une nouvelle personne vienne remplir le vide laissé par la disparition de Hux. Et elle n'était pas certaine de le souhaiter. Son cœur appartenait à Hux, et ce n'était pas près de changer. En attendant, la galerie devrait remplir ses journées. Comme la boutique remplissait celles de Soline.

De ce côté-là, les choses commençaient enfin à prendre forme. Les peintres avaient commencé le travail aujourd'hui, et elle était restée jusqu'à ce qu'ils aient appliqué la deuxième couche, impatiente de voir à quoi ressemblerait le gris ardoise qu'elle avait choisi pour les murs. Après avoir heurté une échelle et fait tomber un rouleau de son bac, elle avait fini couverte de peinture, mais la couleur était parfaite. Pour bien terminer la journée, elle avait réussi à obtenir un rendez-vous avec Kendra Paterson, une artiste dont les stupéfiantes sculptures marines en verre avaient attiré son regard l'an passé à un salon d'art à Portsmouth. Si tout se passait bien, ces œuvres seraient le clou du spectacle lors de sa soirée d'inauguration.

Malheureusement, elle allait devoir appeler sa mère afin de lui expliquer pourquoi elle serait absente au brunch. Une fois de plus. Elle enleva ses vêtements tachés de peinture, ouvrit le robinet de la douche, puis se rendit à la buanderie et attrapa le téléphone sans fil au passage.

— Salut, c'est moi, dit-elle avec une grimace, lorsque Camilla décrocha.

Elle avait espéré tomber sur son répondeur.

— Laisse-moi deviner : tu ne peux pas venir demain.

— Non. Excuse-moi. Je prends la route dès l'aube pour Freeport où je dois rencontrer une artiste.

— Depuis quand manque-t-on d'artistes hippies à Boston ?

— Ce n'est pas une hippie, maman. On est en 1985. Tout le monde est passé à autre chose.

Elle marqua une pause, le temps de verser une dose de lessive dans la machine à laver, puis laissa tomber le couvercle de l'appareil qui produisit un claquement sourd.

— Elle est artiste à plein temps et donne des cours à côté. C'était le seul jour où elle était disponible.

— Mais qu'est-ce que c'est que ce bruit ?

— La machine à laver. Je me suis couverte de peinture comme une empotée à la galerie.

— Tu es au courant qu'il existe des personnes dont c'est le métier, Aurora ? Il me semble que tu as les moyens de te faire aider.

— J'ai fait appel à quelqu'un. À une entreprise. Mais je voulais voir le résultat. J'ai bien peur d'avoir gêné les peintres, mais ils ont été adorables.

— Les choses avancent, si je comprends bien ?

— Tout marche comme sur des roulettes. Le local commence vraiment à ressembler à une galerie. Tu peux passer vérifier ce que ça donne quand tu veux, tu sais.

— Oui, je le ferai, mais j'ai été terriblement occupée ces derniers temps. Je suis contente que tu sois dans les temps.

— En avance, même. J'espère pouvoir fixer la date de l'inauguration le mois prochain. Ce qui me rappelle que j'ai promis d'y convier Vicky et Hilly. J'aurai besoin de leurs adresses pour leur envoyer des invitations. Si tu as d'autres noms à me suggérer, c'est le moment.

— Tu devrais inviter Maureen Cordeiro et Laura Ladd. Oh, et Kimberly Covington Smith. Elles sont plus jeunes et ont des tas de relations dans le milieu. Ce seront des alliées utiles.

— Merci, dit Rory, agréablement surprise. Et toi ? Veux-tu être invitée ?

— Mais évidemment, quelle question !

— Je t'offrais une échappatoire. Je sais que tu n'es pas très emballée par mon projet. Je n'aimerais pas te voir serrer les dents toute la soirée, ni t'obliger à trouver un moyen poli de décliner mon invitation.

— Comment peux-tu dire une chose pareille ? Je suis ta mère, Aurora. Bien sûr que je tiens à assister à cette soirée mémorable. Au fait, as-tu commencé à chercher un traiteur ? Je pourrais passer quelques appels, et même te concocter un menu d'amuse-gueules. Cela ferait toujours une chose en moins sur ta liste. Et puis, il faudrait trouver une bonne musique d'ambiance. Une simple faute de goût pourrait ruiner ta soirée. Rappelle-toi la fois où Laurie Lorenz a commis l'erreur d'engager un pianiste qu'elle ne connaissait pas. L'homme a roucoulé des chansons de Barry Manilow toute la soirée. Je lui avais proposé de contacter une merveilleuse harpiste, mais elle a insisté pour tout faire elle-même. Un vrai désastre.

Rory se mordit la lèvre. Il était hors de question de faire jouer une harpiste à son inauguration. Camilla Grant savait indéniablement organiser un tel événement, mais cette soirée serait la sienne du début à la fin.

— Merci, mais je travaille déjà sur quelques idées, et j'aimerais beaucoup m'en occuper seule.

Camilla poussa un petit soupir.

— Comme tu voudras. Mais sache que je suis là, si tu changes d'avis. Et si tu me laissais te relooker plutôt ?

Oh, misère.

— Je n'ai pas besoin d'être relookée, maman.

— Chérie... Comment te le dire gentiment ? Tu es si débordée en ce moment que tu te laisses un peu... aller.

— À t'entendre, j'ai l'air d'une vraie clocharde.

— D'accord, je suis désolée. Mais reconnais que tu n'as pas eu le temps de t'occuper de toi ces derniers mois. Tu vas avoir besoin de te faire belle. Si tu ne veux pas de mon aide à la galerie, permets-moi au moins de t'offrir un petit relooking. Nous te trouverons une belle tenue, quelque chose d'épatant, et nous ferons peut-être quelque chose à tes cheveux.

— Je n'ai pas besoin d'une tenue épatante. Ce ne sera pas ce genre de soirée – ni ce type de galerie.

— Très bien. Nous te trouverons quelque chose de moyennement épatant, alors. Faisons ça samedi prochain. Je te prendrai rendez-vous avec Lorna pour une coupe de cheveux et une manucure, je pense. Nous n'aurons qu'à déjeuner au *Seasons* ensuite.

— On verra. Il faut que j'y aille. L'eau de la douche est en train de couler pour rien.

— Alors… à samedi ?

— Je te rappelle dans la semaine.

Piquée au vif par les mots de sa mère, Rory retourna dans la salle de bains. Se laissait-elle vraiment aller ? Elle essuya la buée sur le miroir et se regarda. Ses joues et son front étaient tachetés de peinture, et des mouchetures grises parsemaient ses ondulations blondes comme les blés qui s'étaient échappées de sa queue-de-cheval. Elle retira son élastique et secoua sa chevelure indomptable. Elle lui arrivait sous les épaules à présent, et sa frange était si longue qu'elle lui gênait presque la vue. Impossible de se rappeler la dernière fois où elle s'était fait couper les cheveux. Et on voyait ses racines sur six centimètres, ce qui créait une ligne subtile, mais visible, de démarcation entre son balayage et le reste.

Sa mère avait peut-être raison. Elle se laissait bel et bien aller. Elle n'avait jamais fait partie de ces femmes très féminines dont les tiroirs sont remplis de produits de maquillage et qui observent un rituel de beauté deux fois par jour, mais elle avait toujours pris relativement soin de son apparence. Il était peut-être temps de se prendre en main. Ce ne serait pas un relooking total, mais un changement subtil marquant le début de sa nouvelle vie de galeriste.

Elle ferma le robinet de la douche, retourna dans la chambre et ouvrit son placard. Sa garde-robe était un de ces endroits qu'elle avait tendance à éviter, en partie parce que la simple idée d'acheter des vêtements lui donnait de l'urticaire. Rien ne semblait lui aller vraiment. On aurait dit que pas un seul n'était à sa taille. Elle n'était pas menue comme sa mère, mais grande, avec de longs membres, de larges épaules et des hanches étroites. En somme, elle avait un corps de nageuse.

Elle jeta un coup d'œil vers le fond où étaient suspendus ses « beaux » vêtements. Des cadeaux de sa mère, pour la plupart, destinés à féminiser sa garçonne de fille. Des tons coquille d'œuf, beige, taupe et ivoire, avec une touche de pastel. Nombre d'entre eux portaient encore leur étiquette. Si elle acceptait d'aller faire les magasins avec sa mère cette semaine, elle aurait une tenue beige de plus à ajouter à sa collection.

Sur un coup de tête, elle chercha le numéro de Soline et le composa.

— Allô ?

— Est-ce bien la ligne directe de ma bonne fée ?

— Rory ! Quelque chose ne va pas ?

— Non, mais j'ai un service à vous demander. J'ai besoin d'aide pour trouver une tenue avant l'inauguration. Ma mère veut m'emmener faire les magasins. Elle a prévu de me relooker de la tête aux pieds.

— En quoi est-ce un problème ?

— Je déteste le shopping. Je préférerais encore aller me faire arracher une dent. En plus, ma mère va critiquer tout ce que je choisirai. Jamais il n'y aura assez de novocaïne dans le Massachusetts pour que ce soit supportable. Le truc, c'est qu'elle a un peu raison. Il faut vraiment que je change de look si je veux être chaque jour présentable à la galerie. J'espérais que vous me donneriez quelques tuyaux.

— Vous voulez que je fasse les magasins avec vous ?

— Non. Non, ce n'est pas ce que je voulais dire. Dites-moi juste… quoi porter. Et comment. Et dans quels magasins aller. Encore mieux : aidez-moi à trouver ce qui pourrait m'aller dans mon armoire, histoire que je n'aie pas du tout besoin de faire les magasins.

— Quand voulez-vous que je passe ?

— Le plus tôt sera le mieux. Si je peux annoncer à ma mère que j'ai trouvé une tenue et que je lui promets de faire couper ma frange, elle me laissera peut-être tranquille. Je ne parle pas d'un relooking intégral. J'ai juste besoin d'assembler deux ou trois éléments. Et vous êtes toujours si chic. Je ferai même la cuisine si ça peut vous convaincre.

— Vous devriez peut-être accepter la proposition de votre mère, Rory. Cela pourrait améliorer vos relations. C'est peut-être ce qu'elle souhaite aussi.

— Croyez-moi, elle veut surtout s'assurer que je ne l'embarrasserai pas devant ses amies.

— Êtes-vous certaine de faire preuve d'objectivité ? À mon avis, elle veut seulement rendre cette soirée parfaite pour vous.

— Je ne cherche pas à l'accuser de quoi que ce soit. Je veux simplement éviter qu'elle en fasse toute une histoire. Dites-moi que vous allez m'aider.

— Bon, d'accord, je passerai demain. Mais ne vous sentez pas obligée de cuisiner.

— Oh, vous êtes merveilleuse ! Je dois aller rencontrer une artiste à Freeport dans la matinée, mais je serai probablement rentrée vers 15 heures. Nous commanderons une pizza.

— Va pour la pizza. Mais pas une de ces horreurs à l'ananas.

Soline arriva peu après 16 heures, l'air naturellement chic en pantalon noir moulant et tunique gris clair. Comme toujours, sa tenue était irréprochable et parfaitement accessoirisée : ballerines pointues et longs gants noirs.

Rory examina sa tenue avec une pointe d'envie. Seule Soline Roussel pouvait porter des gants en chevreau en septembre sans avoir l'air ridicule.

— Merci d'être venue à mon secours. Je m'en suis vraiment voulu de vous demander un tel service, mais je ne connais vraiment rien à la mode. Et regardons les choses en face, je n'ai pas vraiment un physique de mannequin.

— Laissez-moi le soin d'en juger. Commençons par vérifier le contenu de votre armoire. J'ai besoin de savoir à qui j'ai affaire. Ensuite, nous discuterons un peu.

Rory l'emmena dans sa chambre et écarta les portes pliantes de son placard.

— Et voilà ! Les vêtements de tous les jours ici, les plus élégants au fond. La plupart ont été achetés par ma mère.

Soline passa les tenues en revue avec une efficacité militaire en émettant tantôt un petit grognement, tantôt un murmure approbateur. Elle s'arrêta plusieurs fois pour examiner un col ou une manche, puis elle se tourna enfin vers Rory.

— Un vrai cauchemar, déclara-t-elle.

— Je vous avais bien dit qu'ils étaient hideux.

— Au contraire, je les trouve tout à fait charmants. Votre mère a un goût exquis.

— Je croyais que c'était un vrai cauchemar.

— Parce que c'en est un pour vous. Je comprends pourquoi vous n'en avez porté presque aucun. Ces vêtements sont faits pour une femme menue. Ce que vous n'êtes pas.

— En effet, dit Rory en baissant la tête. Je suis au courant.

— Ce n'est pas une critique, trésor, mais la simple vérité. Et en matière d'habillement, il est essentiel de la regarder en face.

— Je fais partie de ces gens qui ne ressemblent à rien dans de beaux vêtements.

— N'importe qui peut en porter. Seulement, la plupart des gens ne savent pas les choisir. Ils accordent plus d'importance à la mode qu'au style.

— Quelle est la différence ?

Soline parut découragée.

— Oh, Rory.

— Quoi ?

— Regardez.

Elle commença à sortir des vêtements du placard et à les lancer sur le lit.

— Cette jupe. Magnifique, mais trop courte pour vous. Et ce volant en bas… Vous auriez l'air de porter un abat-jour. Cette veste cintrée à la taille. Mignonne, mais pas sur vous.

Quant à ce chemisier à manches ballon et petits boutons nacrés… Non, non, non. Ce sont les vêtements d'une autre, le style d'une autre. Vous devez trouver le vôtre.

— Mais peut-être que je n'en ai pas ?

— Ne dites pas de bêtises. Tout le monde a son style. La plupart des femmes ne prennent simplement pas la peine de le chercher. Il est plus facile d'ouvrir un magazine ou de se planter devant *Dynasty* et de copier celui des autres. C'est pour cette raison que tous les vêtements se ressemblent dans les magasins. Tout le monde essaie de ressembler à tout le monde parce qu'il est plus facile de rester conventionnel. Mais vous n'êtes pas conventionnelle, Rory. Vous êtes charmante et exceptionnelle, avec une personnalité bien à vous. Mais vous vous cachez dans ces vêtements masculins depuis si longtemps que vous ne vous voyez plus.

Rory sentit ses joues se colorer. C'était vrai. Ou peut-être n'avait-elle jamais été capable de se voir.

— Dans ce cas, que dois-je porter ? Je déteste me prendre la tête pour m'habiller. De toute façon, ça ne sert à rien. Rien de ce que j'enfile ne me va.

— Ah, mais quand on achète des vêtements qui nous vont, on n'a pas besoin de se prendre la tête, comme vous dites. Le tout s'assemble harmonieusement. Comme les œuvres que vous avez commencé à choisir pour votre galerie. Il faut qu'elles racontent quelque chose aux gens qui les regardent. Vous allez devoir chercher un thème, un message à faire passer. C'est pareil pour les vêtements.

Soline la prit par les épaules et la tourna vers le miroir.

— Regardez ces épaules, fortes et carrées. Ces longues jambes et ces hanches étroites. Vous êtes mince, mais pas maigre comme un fil de fer. Vous respirez la puissance – ce sera du moins le cas quand vous serez habillée convenablement. Il vous faut des vêtements qui mettent vos formes en valeur au lieu de les cacher. Des chemises et des blazers ajustés. Des pantalons à jambes larges pour équilibrer le haut et le bas. De fines rayures. Des carreaux. Et du tweed, je dirais. Des tons rubis et émeraude iront également à merveille avec votre teint. Fini le beige. Et surtout pas dentelle.

Elle sourit pensivement en croisant le regard de Rory dans le miroir.

— À moins qu'elle ne soit cachée.

Rory fixait son reflet en échangeant mentalement son tee-shirt des Red Sox et son pantalon de jogging lâche contre une tenue ressemblant à ce que Soline venait de décrire.

— Vous avez compris tout ça en vingt minutes ?

Soline haussa les épaules.

— J'ai habillé des femmes pendant quarante ans. Nous irons faire les magasins la semaine prochaine.

— Nous… quoi ?

— À moins que vous n'en ayez pas envie.

— Non, j'adorerais, mais vous êtes sûre ?

— Oui. Mais une seule fois, en guise d'entraînement. La suivante, vous irez sans moi. Ou avec votre maman. Inutile de faire cette tête. Une fois que vous saurez ce qui vous va, vous aurez suffisamment confiance en vous pour faire vos propres choix. Toutes les femmes qui ont du style ont confiance en elle.

Elle marqua une pause en contemplant le reflet de Rory, les yeux plissés.

— Avez-vous songé à vous faire couper les cheveux ?

Rory fit une grimace.

— Je sais, j'ai besoin d'une coupe. C'est déjà sur ma liste.

— Non, je voulais dire les faire couper court, comme ceci.

Elle tendit les mains et rassembla les cheveux de Rory sur le sommet de sa tête.

— Vous avez de magnifiques pommettes et un beau cou. Une coupe courte mettrait également vos superbes yeux en valeur. Et vous avez une chevelure splendide. Paul va adorer vous coiffer.

Rory ne put s'empêcher de sourire.

— Ma mère risque de faire une attaque, elle qui me considère déjà comme un garçon manqué.

— Vous n'aurez pas l'air masculin, *Aurore*. Vous allez être magnifique. Très chic.

— Chic, répéta doucement Rory en croisant le regard de Soline dans le miroir. Moi ?

— Oui, trésor.

Rory regarda fixement son reflet en essayant d'imaginer la réaction de sa mère en découvrant ses cheveux courts. Plus jeune, c'était le type de coupe qu'elle avait souhaité avoir quand elle avait commencé la natation, car il était difficile de faire disparaître son abondante chevelure sous son bonnet de bain, mais le refus de sa mère avait été catégorique. *Quelle jeune femme distinguée se fait couper les cheveux pour des questions pratiques ?* Rory n'y avait plus repensé depuis. Mais elle y réfléchissait maintenant très sérieusement. Il faudrait cependant que ce soit une surprise. Si elle en soufflait un mot à sa mère, celle-ci réussirait à la faire changer d'avis. Néanmoins, Rory était tout à fait sûre de son choix.

Soline croisa son regard dans le miroir.

— Qu'en pensez-vous ?

— Je crois que ça me plairait. Mais je n'en parlerai pas à ma mère avant que ce soit fait. Elle ne sera pas contente, mais à ce moment-là, il sera trop tard.

Soline garda le silence, mais esquissa une moue.

Rory lui lança un sourire penaud.

— Je sais. Je monopolise sans arrêt votre temps en ce moment. Quel est le tarif horaire des bonnes fées de nos jours ?

— Ce n'est pas ce qui me chagrine, dit Soline en laissant retomber ses cheveux sur ses épaules. Je suis ravie de vous aider.

— Qu'est-ce qu'il y a alors ?

— Je ne peux pas m'empêcher de penser que votre mère risque de m'en vouloir de vous avoir relookée. D'après ce que vous m'avez dit, ce n'est pas le genre de femme à apprécier qu'on lui coupe l'herbe sous le pied. D'ailleurs, si j'étais à sa place, je ne serais sans doute pas très contente non plus.

Rory réfléchit à ce qu'elle venait de dire. Soline avait raison. Sa mère n'apprécierait pas qu'une autre femme lui donne des conseils vestimentaires – ni aucun conseil quel qu'il soit, d'ailleurs –, encore moins s'il s'agissait de Soline. Mais elle avait vraiment besoin d'aide. Dans tellement de domaines. Et de la part d'une personne qui savait ce que c'était de devoir se réinventer après avoir été malmenée par la vie. Camilla avait toujours été la femme qu'elle était maintenant. Flegmatique et parfaite. Une femme qui maîtrisait chaque aspect de sa vie.

— Dans ce cas, nous n'aurons qu'à faire en sorte qu'elle ne l'apprenne pas, dit finalement Rory. Je lui dirai que c'était mon idée. Bon, où puis-je trouver… Paul, c'est bien ça ?

— Si vous êtes vraiment sûre de votre choix, je l'appellerai demain pour lui demander un rendez-vous.

Il n'en fallait pas plus pour que Rory se jette au cou de Soline.

— C'est si excitant. Merci.

Soline parut s'apprêter à dire quelque chose, mais elle se mordit la lèvre et murmura :

— Voyons, les bonnes fées sont là pour ça.

33

Rory

Boston, le 14 septembre 1985

Rory retint son souffle en répétant mentalement les paroles de Soline, tandis qu'une pluie de cheveux atterrissaient sur la cape en Nylon noir qui couvrait ses cuisses. *En matière de coiffure, Paul Ramone et le personnel de* Bella Mia *sont capables de faire des miracles.* C'était très certainement vrai. Mais maintenant qu'elle était assise dans son fauteuil au milieu d'un océan de mèches fraîchement coupées, elle ne pouvait s'empêcher de craindre d'avoir commis une erreur qu'elle regretterait pendant des mois.

Elle avait donné son feu vert aux suggestions de Paul – reflets foncés et coupe lutin – et elle osait à peine respirer depuis qu'il s'était mis au travail. Une heure et demie plus tard, les petites bandes de papier alu étaient retirées, ses cheveux shampouinés, coiffés avec une mousse et séchés au sèche-cheveux.

Paul était à présent passé à l'effilage de sa coupe – encore un mot qui la laissait perplexe –, pendant que Soline faisait semblant de ne pas l'observer derrière son magazine.

Cette journée bien remplie avait débuté par un passage à la boutique *Neiman Marcus*. La conseillère shopping de Soline, Lila, avait fait un premier repérage, si bien qu'un portant entier de vêtements soigneusement choisis les attendait à leur arrivée. Tout ce qu'elle avait eu à faire, c'était de les essayer et de donner ou non son accord.

Au final, le montant de la facture dépassait de loin la somme totale qu'elle avait dû dépenser en vêtements ces dernières années, mais il fallait bien admettre qu'elle s'était trouvée époustouflante dans ces nouvelles tenues. Elle avait même été si enthousiasmée par son nouveau look qu'elle avait décidé de porter l'une d'elles le reste de la journée.

Elle n'était finalement ressortie de la boutique qu'avec une poignée de sacs, car l'essentiel de ses achats devait être retouché. L'idée ne l'avait pas immédiatement convaincue, mais Soline lui avait expliqué que les beaux vêtements, comme les belles femmes, méritent d'être présentés sous leur meilleur jour, c'est-à-dire qu'ils devaient être correctement ajustés.

Finalement, la seule tenue qu'elles n'avaient pas trouvée était celle que Rory porterait à l'inauguration de sa galerie. Mais Lila lui avait demandé de lui laisser une nouvelle chance, certaine de pouvoir dénicher la perle rare. Rory avait volontiers accepté sa proposition. Elle était bien obligée de reconnaître que, pour une femme qui ne s'était jamais intéressée à la mode, elle s'amusait beaucoup à jouer les Cendrillon.

Elle mit un moment à s'apercevoir que les ciseaux de Paul s'étaient tus. Il avait reculé de quelques pas et examinait son nouveau visage, les yeux plissés. Au bout d'un moment, il secoua la tête.

— Non, ce n'est pas encore ça.

Rory coula un regard inquiet vers Soline qui hochait la tête.

— Plus court au-dessus des oreilles, je dirais. Et il faudrait alléger la frange.

Rory ne savait pas très bien ce qui la surprenait le plus : le fait que Soline s'exprime comme si elle avait fait ce métier toute sa vie ou bien qu'elle donne des conseils à l'un des coiffeurs les plus convoités de Boston.

— Est-ce que je peux regarder, maintenant ?

— Non ! répondirent Paul et Soline en chœur.

Le coiffeur lui rappela ensuite qu'elle ferait mieux de cesser de bouger si elle ne voulait pas finir comme Van Gogh. Rory serra les lèvres tandis que le clic-clic des ciseaux reprenait. *Peu importe si c'est raté, ils finiront bien par repousser*, se répéta-t-elle.

Vingt minutes plus tard, Paul retira la cape noire en Nylon et fit pivoter le fauteuil de Rory en direction du miroir.

— Et voilà !

Bouche bée, Rory observa la femme qui la dévisageait, à la fois familière et inconnue. Ses yeux paraissaient plus grands, ses pommettes rehaussées. Elle passa les doigts dans ses courtes ondulations et admira ses mèches subtilement plus foncées. Elle toucha la peau lisse de sa nuque et de ses oreilles exposées. Elle se sentait nue. Et étrangement libérée. La réaction de sa mère était facile à anticiper, mais qu'en penserait Hux ? Elle ne ressemblait plus du tout à la Rory qu'il avait quittée.

— J'ai l'air…

— Chic, dit Soline en apparaissant derrière son épaule gauche. Raffiné. Magnifique.

Rory observa son reflet avec perplexité.

— C'est vrai ?

— La parfaite galeriste.

Rory se tourna en souriant vers Paul.

— Vous faites vraiment des miracles.

Il haussa les épaules.

— Qui aurait cru que sous cette tignasse se cachait une véritable beauté ? Promettez-moi de ne plus jamais nous faire subir une telle torture, à vous et moi. Je vous revois dans cinq semaines. Puis toutes les cinq semaines ensuite. Les cheveux courts ont besoin d'entretien. Et de mousse.

Il lui tendit un grand spray.

— Une noix de la taille d'une balle de golf. Pas plus, sinon vos cheveux durciront. Hochez la tête si tout est clair.

Rory obéit docilement.

— Combien vous dois-je ?

— Pour aujourd'hui ? Rien. Je suis ravi de rendre ce service à Mme Roussel. Dieu sait que j'ai une dette inestimable envers elle. Et rangez-moi ce porte-monnaie, je ne veux pas de votre pourboire.

Il lança un clin d'œil à Rory.

— La prochaine fois.

Paul et Soline s'étreignirent et échangèrent quelques mots rapides pendant que Rory récupérait son sac à main et ses sacs de shopping. Soline lui sourit quand elles se rejoignirent à la porte.

— Vous êtes superbe, mon ange.

— Je ne sais pas comment vous remercier pour cette journée.

— C'est inutile. Je n'ai fait que mon devoir de bonne fée.

— Je vous offre quand même le déjeuner. Toutes les bonnes fées ont besoin de manger. Je connais un restaurant au bout de la rue, le *Seasons*. Nous y commanderons un vrai festin, puis je vous ramènerai chez vous.

Il était presque 16 heures lorsqu'elles arrivèrent au restaurant. La foule du déjeuner était partie depuis longtemps. L'hôtesse les accompagna jusqu'à une table du patio. Voyant les sacs de Rory, elle constata avec amusement qu'elle avait dû vider plusieurs boutiques.

Elles commandèrent des limonades, passèrent en revue les plats du jour, puis optèrent pour une *focaccia* aux crevettes et une salade pour deux. Quand la serveuse revint avec une corbeille de pain et leurs boissons, Rory leva son verre pour porter un toast.

— À la fée la plus épatante au monde.

Avec un sourire, Soline trinqua avec elle, mais ce geste parut lui demander un effort. Rory baissa le sien, soudain consciente que, dans l'euphorie du moment, elle avait totalement manqué de délicatesse.

— Je suis désolée. Vous êtes fatiguée. Je vais informer la serveuse que nous emportons nos plats, et je vous ramènerai chez vous.

— Ne dites pas de bêtises. Nous sommes là, maintenant. Je vais simplement faire un saut aux toilettes pour me rafraîchir.

Rory ressentit une pointe de culpabilité en la regardant disparaître dans la salle du restaurant. Elles passaient une si bonne journée qu'elle n'avait pas voulu en rester là. Mais elle avait oublié que Soline avait quarante ans de plus qu'elle, et qu'elles ne s'étaient pas arrêtées depuis près de six heures.

— Aurora ?

Rory porta instinctivement une main à sa chevelure fraîchement coupée quand elle vit Camilla arriver droit vers elle.

— Mon Dieu, mais qu'as-tu fait à tes cheveux ?

— Je les ai fait couper.

— Ne me dis pas que c'est Lorna qui t'a infligé ça.

— Non. C'est Paul.

— Et puis-je savoir qui est ce Paul ?

— Le patron de *Bella Mia*. Et j'adore ma coupe, alors évite de la critiquer, s'il te plaît.

Camilla referma brusquement la bouche et, les yeux plissés, examina le costume en lin à rayures que Rory avait choisi de garder sur elle.

— Et d'où viennent ces vêtements ?

Rory sourit, déterminée à rester calme.

— Tu trouvais que j'avais besoin d'un relooking, alors je t'ai écoutée.

Elle pointa du doigt les sacs rassemblés près de ses pieds.

— J'ai fait les boutiques toute la journée.

— C'est ce que je vois. Mais depuis quand fais-tu les boutiques ?

— Depuis que tu m'as traitée de clocharde. Tu avais raison, en fait. Il était temps que je change de style.

— Et tu as choisi ces vêtements toi-même ?

Rory commençait à se sentir mal à l'aise.

— Que fais-tu ici, maman ?

— Je suis passée récupérer ma montre chez Cartier. La tige était cassée depuis quelques semaines. Quelqu'un m'a appelée ce matin pour me dire qu'elle était prête.

Son regard se baissa vers la table et se posa brièvement sur la deuxième chaise.

— Avec qui déjeunes-tu donc ?

Rory s'apprêtait à répondre quand elle aperçut Soline qui s'avançait vers la table.

Camilla la vit à son tour.

— Qui est-ce ?

— Soline.

— C'est avec elle que tu as fait les boutiques ?

— Oui.

— Et cette coiffure ? C'était aussi son idée ?

— Je voulais quelque chose de nouveau. De… différent.

— On peut dire que c'est réussi.

Camilla se tut lorsque Soline approcha. Le silence s'étira tandis que les deux femmes se trouvaient enfin face à face. Rory se racla finalement la gorge.

— Soline, voici ma mère, Camilla Grant. Maman, je te présente Soline Roussel.

— Mais oui ! s'exclama Camilla avec un sourire mielleux. La propriétaire dont j'ai tant entendu parler. Nous nous rencontrons enfin.

— Enchantée, répondit Soline en lui adressant un signe de tête poli.

— N'est-ce pas amusant ? Je faisais quelques courses lorsque je suis passée par hasard devant ce restaurant. Je me suis aussitôt rappelé que la salade de homard y est exquise. Rory et moi parlions justement de ce restaurant l'autre jour, n'est-ce pas ? Et voici que je vous y trouve en train de déjeuner.

Soline désigna la chaise vide à côté d'elle.

— Si vous souhaitez vous joindre à nous, vous êtes la bienvenue.

— Oh, je ne sais pas. Je ne voudrais pas vous déranger.

Ces mots avaient à peine quitté sa bouche qu'elle tirait la chaise vers elle.

— Mais on n'a pas l'occasion de déjeuner avec la célèbre Soline Roussel tous les jours.

Soline haussa les sourcils.

— Célèbre ? Certainement pas.

Le bracelet à breloques de Camilla tinta lorsqu'elle secoua sa serviette et la posa sur ses cuisses.

— Je voulais seulement dire que ma fille m'a beaucoup parlé de vous. Et de votre boutique. Quelle tristesse, cet incendie.

Soline tendit la main vers son verre d'eau, visiblement secouée.

— Rory m'a également parlé de vous, dit-elle après une brève gorgée. Elle le fait même assez souvent.

Camilla soutint le regard de Soline une seconde de trop.

— Vraiment ?

L'estomac noué, Rory sentait le ton de la discussion s'envenimer, douloureusement consciente de ce qui était en train de se passer. Il fallait à tout prix qu'elle fasse dévier la conversation avant que l'agressivité de sa mère ne monte d'un cran.

Elle s'apprêtait à déclarer qu'elle avait choisi les luminaires de sa galerie lorsque la serveuse apparut en tenant un plateau en équilibre sur son épaule. Les yeux écarquillés, elle regarda Camilla puis Rory.

— Excusez-moi, je n'avais pas compris que vous attendiez une troisième personne. Je vous apporte un menu et des couverts dès que je vous aurai servi ces plats.

Camilla agita une main parfaitement manucurée.

— Inutile. Apportez-moi un verre de bon chardonnay et une assiette de votre succulente salade de homard s'il en reste. Oh, et je préférerais l'assaisonnement à part, si possible.

Quand la serveuse se fut éloignée, elle contempla les plats qui venaient d'être servis.

— Tout cela n'a-t-il pas l'air délicieux ? Et vous avez décidé de partager, comme c'est touchant ! Je vous en prie, ne m'attendez pas. Je suis sûre que ma salade ne va pas tarder à arriver.

Furieuse, Rory regarda sa mère prendre un morceau de pain dans la corbeille et lui emprunter son couteau pour le beurrer. Elle réalisa que celle-ci la punissait pour sa déloyauté. Comme elle avait puni son mari chaque fois qu'une de ses aventures avait éclaté au grand jour et l'avait embarrassée devant ses amies.

— Aurora m'a dit que vous l'aviez aidée à faire les boutiques, dit Camilla entre deux bouchées. C'est tellement aimable à vous. Mais je dois admettre que cela me surprend. Ma fille ne s'est jamais préoccupée de la mode. Ce n'est pourtant pas faute d'avoir essayé de l'y intéresser. Mais c'était un vrai garçon manqué. Toujours à grimper aux arbres et à taper dans un ballon. Elle ne pouvait pas rester propre plus d'une demi-journée.

— Cette enfant est adulte à présent, marmonna Rory. Et elle est assise juste à côté de toi, au cas où tu l'aurais oublié.

Camilla continua à s'adresser à Soline comme si sa fille n'avait rien dit.

— Cette coiffure est… intéressante. Était-ce votre idée ?

— Comme l'inauguration de sa galerie approche, Rory s'est dit qu'il était sans doute temps de changer de look.

— Eh bien, quelle réussite ! Imaginez un peu : moi qui l'ai élevée, j'ai bien failli ne pas la reconnaître.

Elle se tourna pour regarder Rory dans les yeux.

— Et c'est assez déconcertant de ne pas reconnaître sa propre fille.

Rory la fixa en retour, surprise de voir passer une brève expression de douleur sur le visage de sa mère. Ce n'était pas de la colère. Ni de la jalousie. Mais de la souffrance. Elle avait été si envoûtée par la magie de cette journée qu'elle n'avait pas songé un instant à ce que ressentirait sa mère en passant une fois de plus après Soline. Celle-ci l'avait pourtant avertie qu'une telle scène risquait de se produire. Et voilà qu'elles se retrouvaient face à face, irritables et mal à l'aise.

— Cette coupe de cheveux était mon idée, maman. J'ai demandé…

Camilla interrompit sa fille en se tournant vers Soline.

— Il me semble vous avoir entendue appeler ma fille Rory.

— C'est ainsi qu'elle se présente.

— Son père et moi avons toujours préféré Aurora.

— En effet, c'est ce qu'elle m'a dit. Est-ce un prénom courant dans la famille ?

— Non. Il nous plaisait simplement. Nous n'avons jamais aimé le raccourcir. Rory fait si masculin, vous ne trouvez pas ?

— Oh, je ne sais pas…

Soline inclina la tête sur le côté et dévisagea Rory avec un petit sourire.

— C'est jeune et frais. Je trouve que ça lui va bien.

Rory ne put retenir un éclat de rire. Soline sembla quant à elle maîtriser le sien.

— En fait, dit Rory en faisant glisser une tranche de *focaccia* sur son assiette, c'est mon père qui a commencé à m'appeler Rory. Il aurait préféré avoir un fils.

Elle poussa un soupir théâtral.

— Mes pauvres parents. Et dire que je ne plaisais ni à l'un, ni à l'autre.

Camilla renversa la tête et laissa échapper un petit rire.

— Franchement, Aurora. Qu'est-ce que tu racontes ?

Rory s'abstint de répondre, car la serveuse arrivait avec les plats de Camilla, ainsi qu'un set de table. Pendant quelques minutes, le silence régna autour de la table. Camilla prit sa fourchette et piqua le morceau de homard d'un air méfiant sur son assiette. Rory la regarda faire avec lassitude en grignotant son pain, soulagée de cette trêve, même si elle ne durerait pas.

Soline était occupée à retirer les morceaux d'oignons rouges de sa salade et à les déposer sur le bord de son assiette. Quand le silence commença à peser, elle se tourna vers Camilla.

— Rory m'a dit que vous étiez présidente du Conseil artistique des femmes, madame Grant. Vous devez être fière de voir son rêve de galerie prendre forme.

— Bien évidemment ! répondit Camilla, clairement agacée par cette question. Aurora a grandi entourée de personnes passionnées d'art. C'est également mon cas. L'art est dans ses gènes. J'avais espéré qu'elle passerait son diplôme et qu'elle partirait ensuite effectuer un stage à Paris, mais elle est jeune. Elle aura tout le temps de le faire plus tard.

— Elle veut dire que j'aurai le temps lorsque ma galerie aura coulé, lâcha Rory.

Car c'était exactement ce que Camilla sous-entendait. Tôt ou tard, elle commettrait une bourde et réaliserait qu'elle était dépassée, ce qui l'obligerait à revenir sur une voie plus prudente. Prudence était le mot préféré de sa mère. Ne pas s'écarter du droit chemin. Faire les choses dans l'ordre. Et surtout ne pas embarrasser ses proches.

Camilla poussa un soupir désabusé.

— Je n'ai jamais dit une chose pareille. Mais nous en avons parlé, Aurora. Il n'y a aucun avenir dans le secteur que tu as choisi. Tu sais ce que je pense des boîtes de soupe et des lapins gonflables. C'est juste une mode. Dans quelques années, on n'en parlera plus.

Elle se tapota délicatement la bouche avec sa serviette.

— L'art, c'est la préservation de la culture, l'expression de la beauté. Un artiste n'a pas pour mission de scandaliser le public. Si les grands maîtres sont toujours aussi respectés aujourd'hui, ce n'est pas pour rien. D'ici cinquante ans, le nom d'Andy Warhol ne dira plus rien à personne. Car seul l'art véritable demeure. N'êtes-vous pas d'accord, madame Roussel ?

Rory poussa un grognement.

— Je t'en prie, ne mêle pas Soline à notre querelle, maman.

— Mais personne ne se querelle, chérie. Nous ne faisons que discuter. Et les Français s'y connaissent en art. N'oublie pas que Monet, Degas, Renoir et Cézanne étaient français, pour ne citer qu'eux.

— On y est, dit Rory à Soline. Si ce n'est pas un Renoir, un Monet ou une toile peinte par un vieillard poussiéreux, ce n'est pas de l'art.

— C'est ça, moque-toi de moi. Mais je m'y connais en la matière, Aurora. Le monde artistique ne laisse aucune chance aux personnes qui s'éloignent un peu trop du bon goût.

— Et qui définit le bon goût ? Toi ?

— Les experts. Les historiens. Les collectionneurs. Les critiques. Ce sont eux qui font un artiste ou le brisent – et les galeristes subissent le même sort.

Silencieuse depuis un moment, Soline promenait sa nourriture dans son assiette. Elle reposa très doucement sa fourchette et regarda Camilla.

— Pendant la guerre, les nazis qualifiaient de dégénéré l'art qui leur déplaisait. C'étaient eux qui décidaient. Ils prétendaient que le sujet de ces œuvres était inconvenant, mais nous savions tous que c'était faux. Les Allemands se moquaient bien de la décence. Le problème, c'étaient les artistes eux-mêmes : leurs amours, leurs opinions… leurs noms de famille.

Elle se tut et ferma brièvement les yeux.

— Des artistes ont été arrêtés et interrogés. Certains – surtout les Juifs – ont même été abattus. Un soir, les nazis ont allumé un feu de joie dans les jardins de la Galerie nationale et réduit des collections entières en cendres. Picasso. Dalí. Tous perdus. Les œuvres de vos Renoir et Monet ont survécu parce qu'elles avaient été volées par des officiers nazis, pendant que le reste brûlait. Car c'étaient eux qui décidaient.

Les joues de Camilla étaient aussi roses que si elle avait reçu une paire de gifles.

— Êtes-vous en train de me comparer aux nazis, madame Roussel ?

— Je voulais simplement vous faire remarquer que laisser un groupe décider de ce qui a de la valeur ou non peut avoir de terribles conséquences. L'art, comme tout le reste, doit être laissé à l'appréciation des spectateurs, n'est-ce pas ?

Camilla redressa les épaules. On aurait dit un oiseau gonflant ses plumes dans l'espoir de paraître plus menaçant.

— C'est une opinion charmante, mademoiselle, mais je pense qu'il est plus sage pour chacun de respecter les conventions, surtout ici, à Boston, où les esprits ne sont pas particulièrement larges. Nous habitons peut-être une grande ville, mais nous sommes tous terriblement conformistes et avons tendance à nous méfier de ce qui est voyant ou étranger.

Rory dévisagea Camilla avec horreur. Elle avait déjà vu sa mère s'en prendre froidement et chirurgicalement à quelqu'un, mais en général, c'était mérité. Dans le cas présent, son agressivité était totalement injustifiée. Ce ton méprisant, cette hostilité à peine voilée ! Son langage corporel compassé ne faisait que souligner son dédain. Quant à Soline, blême et hébétée, elle semblait avoir l'impression d'être tombée dans un horrible piège. Il fallait intervenir, dire quelque chose pour détourner l'animosité de sa mère, mais quoi ? Si elle prenait la défense de Soline, cela ne ferait qu'aggraver les choses.

Elle fut presque soulagée lorsque celle-ci attrapa son sac à main et recula sa chaise.

— Je crois que j'ai oublié mon rouge à lèvres aux toilettes. Veuillez m'excuser.

Rory attendit qu'elle se soit suffisamment éloignée pour incendier Camilla.

— Mais qu'est-ce qui te prend, au juste ?

Camilla la dévisagea, les yeux écarquillés.

— Que veux-tu dire ?

— Ne me regarde pas comme ça. Tu sais très bien de quoi je parle. Tu étais en colère contre moi, alors tu t'es défoulée sur Soline. Tu n'as donc pas vu son visage ? Tes paroles l'ont profondément blessée.

Camilla lui lança un regard glacial.

— Parce que je n'ai pas été blessée, peut-être ?

— Franchement, tu...

Rory se tut en remarquant que Soline ne se dirigeait pas vers les toilettes, mais la sortie du restaurant.

— Et merde !

Elle se leva si brusquement qu'elle faillit renverser sa chaise.

— Soline ! Attendez !

Celle-ci ne parut pas l'entendre. Rory la poursuivit en traversant le labyrinthe de tables, puis sortit sur le trottoir. Elle avait longé un demi-pâté de maisons quand elle l'aperçut à l'instant où elle grimpait dans un taxi jaune vif.

Furieuse, Rory retourna au restaurant et se dirigea tout droit vers Camilla qui sirotait tranquillement son vin.

— Je suppose que tu es contente de toi.

Sa mère affecta un air stupéfait.

— Qu'est-ce que j'ai fait ? Nous étions en train de discuter, quand elle s'est soudain vexée et a filé sans même nous dire au revoir. Cette femme est tout à fait impolie, si tu veux mon avis.

— Je vais te dire, moi, ce qui est impoli : s'incruster à un déjeuner auquel on n'est pas invitée. Considérer Soline – mon amie – comme ma simple propriétaire. Cette idée absurde de devoir rester à sa place, et glisser le mot « étranger », comme si elle n'était pas capable de comprendre le sous-entendu. Mais qu'est-ce qui t'a pris ?

— Pour l'amour du ciel, Aurora, parle moins fort. Pourquoi faut-il toujours que tu dramatises?

— Je dramatise si je veux. Tu es assise à *ma* table. Et je te trouve sacrément culottée de me reprocher de dramatiser après le petit numéro que tu viens de nous jouer. Tu détestes ma coupe, j'ai compris. Mais c'était mon choix, pas celui de Soline.

Camilla vida son verre, puis le reposa très doucement.

— Tu crois vraiment que c'est cette coupe de cheveux qui me contrarie ?

Rory poussa un soupir, à la fois agacée et piquée au vif par le ton de sa mère. Elle savait bien que ce n'était pas sa coupe qui posait problème, mais elle était trop en colère pour le reconnaître.

Camilla retira sa serviette de ses genoux, la plia avec le plus grand soin et la posa sur la table.

— Je t'ai demandé de me laisser t'offrir une séance de shopping et une coupe de cheveux, Aurora, mais tu as prétendu être trop occupée. Tu es toujours trop occupée.

— C'était la vérité. La galerie…

— Tu as pourtant trouvé le temps de te faire accompagner par cette femme. Je suppose que cette petite sortie était déjà prévue quand je t'ai appelée.

— Non.

— Je vois. Mon idée t'a plu, mais tu n'avais aucune envie que je t'accompagne.

— Ce n'est pas ça.

— Alors qu'est-ce qu'il y a ? Explique-moi.

— Je voulais éviter que ce soit une épreuve pour moi. Et avec toi, cette sortie aurait été exactement cela, car les choses se passent toujours ainsi. Tu aurais détesté tout ce que j'aurais choisi, et j'aurais fini par céder, lasse de me disputer avec toi. Je voulais faire les boutiques toute seule, choisir un truc et rentrer chez moi. Mais je suis nulle pour m'habiller, alors j'ai demandé des conseils à Soline. Elle a jeté un coup d'œil à ma garde-robe et décidé qu'elle ferait mieux de m'accompagner.

— Vraiment ?

Camilla tendit la main vers son sac à main et chercha son rouge à lèvres à tâtons. Après une rapide retouche, elle referma sèchement le tube et le laissa tomber dans son sac.

— Comme c'était aimable de sa part.

— Cette femme *est* aimable. Elle voulait seulement m'aider. Pourquoi la trouves-tu aussi insupportable ?

— Je ne la trouve pas insupportable. Je ne comprends simplement pas ta fascination pour elle. C'est juste une vieille femme, et une ermite, en plus. Et que dire de ces gants stupides ? On aurait dit qu'elle arrivait d'un mariage ou d'un défilé. Sous prétexte qu'elle fabriquait des robes de mariée autrefois, tu te sens obligée de suivre ses conseils vestimentaires. Je trouve ça bizarre, voilà tout.

Rory la dévisagea.

— Dis-moi, quand es-tu devenue cette personne ?

— Quelle personne ?

— Peu importe. Nous en avons déjà parlé. Soline est mon amie, et aujourd'hui, tu as fait exprès de la mettre mal à l'aise. Ce n'est peut-être pas une pure Bostonienne, mais elle ne mérite pas ton dédain. La vie n'a pas été tendre avec elle.

— Tout le monde vit son lot d'épreuves, Aurora. La vie elle-même en est une. Mais il faut s'y accommoder si on ne veut pas devenir un objet de pitié.

— Un sujet de pitié, répéta Rory, outrée. À tes yeux, le fait que Soline ait tout perdu la rend donc pitoyable. Penses-tu la même chose de moi, parce que Hux a disparu et que je refuse de me faire une raison ?

— Je n'ai jamais dit que…

— Si. Peut-être pas en ces termes, mais c'est ce que tu as toujours voulu dire. Tu as une volonté de fer, maman, et tu en es terriblement fière. Mais une mère est censée avoir un cœur, et je me demande parfois où est passé le tien.

Rory récupéra ses sacs de shopping et son sac à main, puis chercha son portefeuille et compta plusieurs billets. Quoi qu'elle dise, sa mère ne la comprendrait jamais.

— Je pense que le compte y est.

— Aurora, assieds-toi. Cette discussion n'est pas terminée.

— Si. D'ailleurs, je vais t'économiser un appel. Je ne viendrai pas à ton brunch demain. Au bout de vingt-trois ans, je crois qu'il est temps d'admettre que nous ne nous apprécions pas tellement.

34

Soline

Dans la vie, il y a un temps pour s'accrocher
et un temps pour lâcher prise. Il faut
que tu apprennes à faire la différence.

Esmée Roussel, *La Sorcière des robes*

Je me verse un grand verre de vin, les mains encore tremblantes. J'aurais dû rentrer directement chez moi du salon de coiffure, au lieu d'aller déjeuner avec Rory. Cela dit, ce qui est arrivé au *Seasons* n'était pas sa faute. L'arrivée de sa mère nous a prises autant au dépourvu l'une que l'autre.

À l'instant où j'ai croisé le regard de cette femme, j'ai perçu… Qu'ai-je perçu au juste ? Un profond sentiment de méfiance ? De dégoût ? Il y avait un peu des deux, mais quelque chose d'autre également. À ses yeux, j'étais une rivale, tandis que sa fille était un prix dont nous nous disputions la possession. Jugeant que j'empiétais sur son domaine, elle a voulu me faire savoir qu'elle ne se laisserait pas faire.

Mais que penser de ma propre réaction ? Alors que je contemplais ses cheveux dorés soigneusement coiffés, ses hautes pommettes et sa large bouche, la prise de conscience a été brutale. Sa ressemblance immanquable avec sa fille me rappelait que j'étais une étrangère, que Rory ne m'appartenait pas.

Je me suis sentie proche d'elle en si peu de temps, moi qui préfère habituellement maintenir le monde entier à distance… Mais elle fait partie de ma vie maintenant.

Je suppose qu'elle remplace en quelque sorte la fille que j'ai perdue. Dès que nous nous sommes rencontrées, quand elle est entrée dans la pâtisserie en serrant ma boîte abîmée contre elle, j'ai senti un lien se créer. C'était comme si le destin nous lançait une espèce de clin d'œil.

Elle m'est apparue tel un ange, un cadeau que je désirais – ou dont j'avais besoin – sans le savoir. Peut-être a-t-elle eu la même impression puisqu'elle m'appelle sa bonne fée. Je suis ravie d'avoir pu contribuer à la réalisation de son rêve. Je lui loue la maison pour le moment, mais j'ai déjà pris mes dispositions auprès de Daniel pour lui en faire don, comme Maddy me l'a autrefois léguée.

Elle m'a proposé de venir à sa soirée d'inauguration, ce qui me plairait beaucoup, mais je m'aperçois à présent que ce serait une erreur. Si j'étais la bienvenue, je ne verrais aucun inconvénient à rester dans l'ombre de Camilla. Mais, manifestement, je ne le suis pas, et il n'est pas question que je me rende à cette soirée si c'est pour me ridiculiser. J'ai eu ma dose, comme on dit. Toute tragédienne digne de ce nom sait quand il est temps de quitter la scène. Toute bonne fée aussi. Je vais lui offrir ce dernier cadeau, la maison qui abritera sa galerie, et ce sera fini. J'aurai fait ma bonne action, je pourrai me retirer discrètement.

Je me répète que cette fin me convient parfaitement, mais c'est un mensonge. Où avais-je donc la tête ? Pourquoi avoir laissé cette inconnue entrer dans ma vie, après toutes ces années à me protéger ? La torpeur dans laquelle j'avais sombré me satisfaisait, à quoi bon ressentir à nouveau ? J'ai éprouvé la même sensation dans les mains après l'incendie, quand leurs nerfs ont commencé à se régénérer. La douleur était si atroce que je rêvais d'être totalement anesthésiée.

C'est pareil aujourd'hui.

À l'instant où Camilla m'a regardée dans les yeux, j'ai su qu'elle m'avait percée à jour, qu'elle avait perçu mon état de manque. Ces narines dilatées et ce menton levé, ce sourire crispé qui m'a glacée de la tête aux pieds. Le père d'Anson me regardait exactement de cette façon, comme une intruse à qui il fallait rappeler les limites. Je n'avais pas ma place dans la vie de son fils, et je ne l'ai pas non plus dans celle de Rory.

Je regarde mes doigts recourbés et rose vif se fermer autour du pied de mon verre de vin, et j'entends Camilla mentionner l'incendie d'un ton désinvolte – comme si j'avais besoin qu'on m'aide à me rappeler cette terrible nuit. Tant que je serai en vie, je ne l'oublierai jamais.

Boston, le 22 juillet 1981

Je n'ai pas eu un moment de paix depuis que la nouvelle s'est répandue que *L'Aiguille enchantée* a été choisie pour créer la robe d'une des cousines Kennedy. Le téléphone ne cesse de sonner – ce sont surtout de jeunes lectrices de la rubrique mondaine qui rêvent soudain d'une robe Roussel. Et puis, il y a les curieux qui entrent en flânant dans la boutique ou qui se plantent bêtement devant la vitrine, comme s'ils espéraient voir la future mariée faire ses essayages au milieu du magasin.

Je comprends pourquoi toute la ville est en ébullition. Les Kennedy sont aux Américains ce que la famille royale est aux Anglais. Autrement dit, même une cousine est traitée comme une princesse. Si cette jeune femme me fait confiance, elle se mariera dans une véritable robe de conte de fées. Le modèle que j'ai créé est époustouflant, ce sera peut-être ma plus belle robe à ce jour. Du shantung ivoire embelli de bordures brodées au fil argenté et de cristaux rose pâle. Mais il me reste le nœud à fixer, les perles à coudre sur la ceinture, et le temps file. Je travaille jour et nuit pour terminer la robe à temps, mais je ne peux pas travailler sans faire un somme de temps à autre. Je refuse de passer plusieurs semaines sans dormir, même pour la famille royale de Boston.

Il est presque 2 heures du matin lorsque je grimpe l'escalier jusqu'à mon appartement au deuxième étage. Je vais juste fermer l'œil une heure ou deux, puis je redescendrai. Mais je suis trop nerveuse pour dormir. Je vais à la cuisine me préparer une petite tasse de chocolat chaud, y ajoute une dose de bourbon, comme le faisait Maddy, et l'emporte dans ma chambre pour le boire au lit.

Je fumerais bien une cigarette, mais j'ai laissé mon paquet en bas, dans l'atelier, et je suis trop fatiguée pour redescendre le chercher. Il faudra que le chocolat fasse l'affaire. Je sens déjà mes paupières se fermer. Deux heures. Je n'ai pas besoin de plus.

Lorsque je me réveille la gorge en feu, je me demande combien de temps j'ai dormi. La pièce est sombre et envahie par la fumée. Je descends du lit à quatre pattes en suffoquant et rampe en direction de l'escalier. Je m'agrippe à la rampe, désorientée par la fumée qui s'épaissit et m'aveugle. La chaleur est atroce, elle me brûle la gorge et la poitrine. *Continue d'avancer*, me crie mon cerveau. *Allez !* Cependant, je me fige en apercevant une lueur rougeâtre au fond de la maison. J'entends maintenant l'horrible crépitement des flammes qui dévorent tout sur leur passage.

Mes ateliers. Mon travail. Tout est en train de brûler.

Affolée, je me relève et me précipite vers cette affreuse lumière au lieu de m'en éloigner. Le mur de chaleur m'oblige à reculer lorsque j'atteins le plus grand atelier. Les étagères remplies de rouleaux de tissu sont déjà la proie des flammes, tout comme les rideaux et la surface de la table de travail sur laquelle j'épinglais un patron sur une étoffe il y a juste quelques heures. C'est exactement ainsi que je me suis toujours imaginé l'enfer.

Et soudain je les vois, les trois robes presque terminées, à différents stades de fabrication. Leurs ombres s'étirent de façon grotesque sur le mur du fond, de sorte qu'elles semblent danser. Horrifiée, je regarde les flammes lécher le côté d'une jupe, puis bondir sur la manche de la robe voisine et dévorer dentelle, boutons et perles.

J'entends un gémissement quelque part, assourdi par la course avide des flammes. Une sirène, peut-être. Quelqu'un a dû appeler les pompiers. Mais non, c'est de ma gorge que monte cette plainte, déchirante et désolée – celle d'une mère qui pleure ses enfants en danger.

Sans réfléchir, j'avance en titubant et attrape deux robes par la taille. Aveuglée par mes larmes, le souffle rauque, je les traîne jusqu'à la porte et me prends les pieds dans plusieurs jupes et traînes au passage. Je dégringole l'escalier et me dirige vers la porte à l'aveuglette, cherchant désespérément la sécurité de la rue.

Ce n'est qu'au moment où je dévale les marches du perron que je remarque la douleur cuisante qui envahit mon bras gauche. Une des robes que j'ai sauvées de l'incendie se consume lentement, et les flammes ont atteint la manche de mon cardigan. Je laisse tomber les vêtements et pousse un cri perçant en tapotant les flammes qui se répandent vers mon poignet, puis lèchent mon autre manche. La douleur, fulgurante et profonde, que je ressens ne ressemble à rien de ce que j'ai connu avant. J'ai beau agiter les bras, les flammes continuent à m'envelopper. J'entends soudain des sirènes, assourdissantes et cette fois bien réelles, puis le monde s'obscurcit lorsque je suis projetée au sol et recouverte d'une couverture.

Plusieurs heures plus tard, je me réveille dans le service des grands brûlés d'un hôpital, la bouche sèche, abrutie par la morphine. Mes deux mains sont bandées jusqu'aux coudes. Brûlures au troisième degré, m'explique le médecin, la gauche plus atteinte que la droite. Il s'exprime lentement, comme s'il parlait à une enfant, et à vrai dire, j'ai l'impression d'en être une, impuissante et perdue.

La dernière chose que je me rappelle de l'incendie, c'est la couverture qui m'a enveloppée. Je n'ai aucun souvenir du trajet en ambulance, du moment où on m'a enfoncé des tubes dans les bras, ni de la salle des urgences où il a fallu découper le cardigan calciné qui collait à ma peau. Le médecin est obligé de me raconter ce qui s'est passé, mais les souvenirs ne me reviennent toujours pas. C'est à cause du choc et des injections d'opiacés, m'explique-t-il. Ce type d'amnésie n'est pas surprenant compte tenu de mes blessures.

Je l'interroge sur l'état de ma boutique. Il ne peut rien me dire. Mais il m'apprend ce qui va se passer ensuite. Débridement, greffes de peau, exercices, cicatrisation, contractures – et de la douleur. Beaucoup de douleur.

Il ne cesse de répéter que j'ai une chance folle d'être en vie, d'avoir réussi à sortir de la maison avant que ce ne soit impossible, et de ne pas être brûlée plus gravement. Mais tout ce que j'entends, c'est que je ne coudrai plus jamais, que la vie que je m'étais construite est partie en fumée. La malédiction des Roussel s'est à nouveau accomplie, dirait maman.

Mon verre est vide. Je le remplis, puis vais chercher la boîte à robe dans mon bureau. Tout à coup, j'éprouve l'envie d'être entourée de mes souvenirs. C'est idiot, après avoir réussi à m'en passer aussi longtemps. Mais quand on se sent totalement déraciné – quand on a tant perdu –, c'est dans les objets familiers qu'on puise du réconfort.

Je longe le couloir en tenant la boîte dans mes bras contre moi comme on porte un enfant, d'un geste possessif. Lorsque je passe devant le miroir, je la vois me regarder, cette jeune fille qui rêvait de princes et croyait aux fins heureuses. Mais une seconde plus tard, elle est remplacée par la femme que je suis devenue. Abattue et seule. Scarifiée. Sans rêve.

Pendant un temps – quelques mois tout au plus –, j'ai vraiment cru que je ferais quelque chose du temps qui me restait, que je pourrais même être à nouveau heureuse. Mais je m'aperçois aujourd'hui que ce n'était qu'une illusion, un mirage confus qui, dès qu'on s'en approche, se dissipe. Une nouvelle perte à ajouter à ma collection. Une nouvelle fin malheureuse.

Je me déshabille, puis ouvre le tiroir de ma table de chevet. Le flacon de pilules est là, à sa place. Je le sors et le tiens dans mon poing. Un long sommeil, voilà ce dont j'ai besoin. Perdre connaissance. J'ai du mal à soulever le couvercle, mais lorsqu'il s'ouvre enfin, les pilules, petites et blanches, tombent dans ma paume. Je les compte. Il y en a sept. Ce n'est sûrement pas assez. J'ai besoin de dormir très, très longtemps.

J'en avale deux avec mon reste de vin, puis me laisse tomber sur le dessus-de-lit. J'entends le tic-tac lointain d'une horloge, étrangement assourdi. Je rapproche la boîte de moi. Nous sommes seules à nouveau. Ma boîte de souvenirs et moi. Je ferme les yeux et accueille l'obscurité où tout est silencieux et où les souvenirs ne peuvent pas me trouver.

J'ai toujours eu de la peine lorsque quelque chose se termine.

35

Rory

Boston, le 18 septembre 1985

Rory s'arrêta le long du trottoir et coupa le moteur. Tandis qu'elle regardait fixement la porte rouge vif, le nœud dans son ventre se resserra. Ce n'était pas la première fois qu'elle débarquait chez Soline à l'improviste, mais les circonstances étaient différentes aujourd'hui. Quatre jours s'étaient écoulés depuis leur déjeuner désastreux, et elle n'avait toujours pas de nouvelles de Soline, bien qu'elle ait essayé de la joindre une douzaine de fois. C'était compréhensible, bien sûr. Mais elle avait besoin de s'excuser – pas seulement de la façon dont sa mère s'était comportée, mais aussi de ne pas l'avoir fait taire. Si elle devait marteler la porte pendant des heures jusqu'à ce qu'elle lui ouvre, eh bien, soit.

Les rideaux étaient tirés, tandis que trois journaux traînaient sur le perron dans leurs emballages transparents. Elle appuya plusieurs fois sur la sonnette, puis essaya le heurtoir.

— Soline, c'est Rory.

Une femme qui promenait deux beagles obèses ralentit et l'observa d'un air méfiant. Quand elle s'éloigna enfin, Rory sortit une enveloppe et un stylo de son sac à main, puis griffonna un mot. *Appelez-moi, s'il vous plaît. Il faut que je vous parle.* Elle frappa une dernière fois et glissa le mot entre la porte et le jambage en croisant les doigts pour qu'il y reste jusqu'à ce que Soline le découvre.

Mais alors qu'elle roulait vers la galerie, ses pensées s'assombrirent brusquement. Et si Soline ne se terrait pas seulement chez elle, le temps de panser sa blessure ? Imaginons qu'elle soit malade ou blessée ?

Rory tenta une nouvelle fois de l'appeler, compta huit sonneries avant de raccrocher et composa aussitôt le numéro du bureau de Daniel Ballantine. Comme d'habitude, sa réceptionniste le lui passa immédiatement.

— Rory, quel plaisir de vous entendre. J'espère que tout se passe bien à la galerie.

— Oui, merci. Mais j'ai besoin de vous demander un service.

— Je vous écoute.

— Pourriez-vous téléphoner à Soline afin de vérifier si elle va bien ?

— Pourquoi cela n'irait-il pas ?

Rory se mordit la lèvre en se demandant ce qu'elle pouvait lui raconter.

— C'est une longue histoire. Nous déjeunions ensemble l'autre jour, lorsque la conversation a pris une tournure… désagréable. Elle s'est aussitôt levée de table et a grimpé dans un taxi. À présent, elle ne répond pas au téléphone, et quand je suis allée frapper à sa porte tout à l'heure, elle ne m'a pas ouvert. Je suis inquiète.

Il poussa un soupir.

— Quand est-ce arrivé exactement ?

— Il y a quatre jours. Je crains que quelque chose ne lui soit arrivé. Les rideaux étaient toujours fermés, et des journaux s'empilaient sur son perron.

— Je sais. Ça lui arrive de temps en temps.

Son ton désinvolte surprit Rory.

— Quoi donc ?

— Elle disparaît. Elle se cache. Quelque chose la met en colère, et elle se replie sur elle-même.

— Vous croyez que c'est seulement de la colère ?

— Ce n'est peut-être pas le terme approprié. Certaines choses l'ébranlent plus que d'autres, des choses qu'elle préférerait ne pas affronter. Alors, elle se cache. Il lui est déjà arrivé de disparaître plus d'une semaine.

— Que faites-vous dans ce cas ? Vous attendez qu'elle réapparaisse ?

— En général, oui. Elle ne fait pas ça pour attirer l'attention. Elle veut sincèrement qu'on la laisse tranquille.

— Mais admettons que ce ne soit pas le cas ? Et si elle était malade ou blessée ?

— D'après ce que vous venez de raconter, c'est peu probable. Elle réapparaîtra quand elle sera prête.

— Pourriez-vous essayer de l'appeler ? Ou passer la voir ? Elle vous ouvrira peut-être si elle sait que c'est vous.

— Je ne parierais pas là-dessus.

— S'il vous plaît.

— D'accord.

— Et si vous parvenez à la voir, pourriez-vous lui demander de m'appeler ? J'ai besoin de lui parler.

— Je lui transmettrai votre message, mais ne vous attendez pas à ce que je la fasse changer d'avis si elle refuse de vous parler. Elle peut être très têtue quand elle veut. Je vais voir ce que je peux faire, et je vous tiendrai au courant.

Le lendemain après-midi, en rentrant de la galerie, Rory vit le voyant de son répondeur clignoter. Ce signal lumineux faisait toujours battre son cœur plus vite. Ce mélange d'espoir et de crainte lui était devenu beaucoup trop familier ces derniers mois. Mais aucun des messages n'était au sujet de Hux. Deux étaient de sa mère à qui elle n'avait pas parlé depuis leur déjeuner catastrophique au *Seasons*, et un de Daniel qui lui demandait de le rappeler.

Elle composa son numéro, puis la réceptionniste lui demanda de patienter un instant. L'oreille vrillée par la voix métallique de Christopher Cross interprétant *Sailing*, elle attendit qu'il termine son appel. Enfin, il y eut un déclic, et Christopher Cross se tut.

— Rory ?
— Est-ce que vous l'avez vue ?
— Non. J'ai essayé plusieurs fois de la joindre hier soir, puis je suis passé aujourd'hui chez elle à l'heure du déjeuner et j'ai sonné. Mais aucune réponse.
La main de Rory se resserra sur le combiné.
— Il faut que nous appelions la police. Il a dû lui arriver quelque chose.
— Je ne crois pas. À mon avis, elle se planque. La poubelle était-elle sortie hier ?
Rory ferma les yeux et essaya de se rappeler.
— Non. Je ne crois pas.
— Eh bien, elle était dehors aujourd'hui. Et les journaux avaient disparu.
— Y avait-il un bout de papier coincé dans la porte ? Je lui ai laissé un mot hier. Était-il encore là ?
— Je ne l'ai pas vu.
Les épaules de Rory se détendirent légèrement.
— Quelqu'un s'occupe-t-il de ce genre de choses à sa place ? Une femme de ménage, ou une sorte d'auxiliaire ?
— Non. Il y a juste un gamin qui tond la pelouse de temps en temps.
— Que faut-il faire, alors ?
— Attendre.
— Mais quoi ?
— Qu'elle appelle l'un de nous. Mais rappelez-vous ce que je vous ai dit : elle peut disparaître un long moment. Nous n'en sommes peut-être qu'à la moitié.
— Vous me promettez de me prévenir quand elle vous aura appelé ?
— Si elle m'appelle, rectifia-t-il gentiment. Oui, c'est promis.
Une heure plus tard, Rory était étendue sur son lit, une part de pizza froide à côté d'elle, ainsi qu'une pile de menus

de traiteur, lorsque le téléphone sonna. Elle saisit si vite le combiné sans fil qu'elle faillit le faire tomber.

— Allô ?

— Ça y est, je lui ai parlé.

Rory ferma les yeux, envahie par le soulagement.

— Et comment vous a-t-elle paru ?

— Plus grincheuse que jamais. Mais c'est peut-être parce que je venais de grimper par-dessus la palissade de son patio et de coller le nez à la fenêtre de sa cuisine. Elle se préparait du café au moment où je suis apparu. Elle s'est aussitôt mise à crier au meurtre. Puis elle m'a finalement laissé entrer, mais elle a refusé de me servir un café.

— Mais elle va bien ? Vous en êtes sûr ?

— Pas au mieux de sa forme, je le reconnais. Mais elle m'a affirmé que tout allait bien. La douleur s'est réveillée dans ses mains, et les antidouleurs la font dormir.

— Lui avez-vous dit que j'essayais de la joindre ?

— Elle est au courant, répondit-il après une légère hésitation. Elle vous a entendue quand vous avez sonné chez elle.

— Et le mot ?

— Elle l'a lu.

— Elle refuse de me rappeler, c'est ça ?

Un silence plus long s'installa.

— Elle pense qu'il est préférable de ne pas le faire.

— Je vois.

— Je ne suis pas sûr que vous compreniez. Je ne suis même pas certain de la comprendre moi-même. Elle protège férocement son passé, mais je suis au courant d'une partie de ce qu'elle a vécu. Ça n'a pas été facile, mais elle a fini par se contenter de ce qui restait de sa vie après l'incendie en se distanciant des événements. Puis soudain, vous êtes apparue, et elle a recommencé à éprouver des sentiments. Elle a changé. Maintenant, il s'est passé quelque chose. J'ignore ce que c'est, elle ne m'a rien dit. Mais elle s'est à nouveau retirée dans sa coquille.

— C'est ma faute. C'est ce que je voulais lui dire. Je suis désolée.

— Elle n'est pas en colère, Rory. Elle pense simplement qu'il vaudrait mieux que vous arrêtiez de vous voir. Elle m'a demandé de vous remercier et de vous souhaiter bonne chance pour l'inauguration.

Rory ferma les yeux le temps d'encaisser le choc de ces paroles définitives.

— Vous croyez qu'elle changera d'avis ?

— Pas si vous insistez. Laissez-lui du temps. Concentrez-vous sur la galerie pour le moment, et retentez peut-être votre chance dans quelque temps. En attendant, je suis là si vous avez besoin de quoi que ce soit.

Rory raccrocha, le cœur serré. En effet, il fallait probablement lui laisser du temps, mais l'idée de perdre l'amitié de Soline était terriblement douloureuse, malgré la brièveté de leur relation. Au début, Rory s'était accrochée à elle comme à une bouée, une sorte de miroir dans lequel elle pouvait se voir. Mais Soline était devenue bien plus que cela. Une amie et une confidente. Sa bonne fée.

Des âmes sœurs.

C'était ainsi que Soline avait décrit leur relation. Deux inconnues au passé commun. Ces mots l'avaient fait frissonner. À présent, ils l'attristaient. Apparemment, leur rencontre n'avait profité qu'à elle seule. Elle avait trouvé une oreille compréhensive et empathique au moment où elle en avait le plus besoin, mais en la soutenant, Soline avait été obligée de revivre la perte du seul homme qu'elle avait jamais aimé. Et tout cela sans même un portrait pour se consoler.

À 9 heures, le lendemain matin, Rory sirotait son café en attendant que Doug Glennon réponde à son appel. Chroniqueur sportif au *Globe*, il avait épousé une de ses amies de Tufts quelques années plus tôt. C'était un gars super, un sportif au grand cœur, et il était fou amoureux de

Kelly. Rory le connaissait mal, ils s'étaient seulement vus quelques fois. La veille au soir, Kelly lui avait assuré qu'il l'aiderait volontiers, et elle avait promis de lui transmettre sa demande dès qu'il rentrerait.

— Doug, j'écoute ?

— Doug ! s'écria Rory, surprise d'entendre sa voix, après cette longue attente. C'est Aurora Grant. Rory. Je ne sais pas si tu te souviens de moi, j'étais une des demoiselles d'honneur de Kelly. Nous avons discuté hier, et elle m'a suggéré de t'appeler.

— Rory, la nageuse, c'est ça ? Oui, Kelly m'a dit que tu voulais me parler. Qu'est-ce que je peux faire pour toi ?

— J'espérais que tu me rendes un petit service. Une de mes amies a perdu un proche pendant la guerre – un ambulancier avec qui elle était fiancée –, et j'ai découvert qu'elle n'avait aucune photo de lui. J'espérais en trouver une et la faire encadrer pour la lui offrir.

— Tu veux parler du Vietnam ?

— Non, de la Seconde Guerre mondiale.

Doug poussa un lent sifflement.

— Ça fait quarante ans. Quel âge a ton amie ?

— Oui, je sais. C'était il y a longtemps, mais je me disais qu'il y en aurait peut-être une archivée quelque part. J'ai conscience que ce n'est pas ton travail habituel, mais vous, les journalistes, avez accès à des tas de vieux dossiers. Cet homme appartenait à une famille célèbre de Newport qui possédait une fabrique de voiliers, je crois. Ou de bateaux de course. Avec un peu de chance, il existe un portrait de lui dans un vieux journal, ou quelque chose comme ça.

— Pourquoi ne pas simplement contacter la famille et lui en demander un ?

Rory se mordit la lèvre.

— Disons que ces gens ne sont pas connus pour être particulièrement serviables.

— D'accord. Je vois.

— Je ne veux surtout pas que tu t'attires des ennuis au travail, mais j'adorerais pouvoir lui faire ce cadeau. Penses-tu pouvoir m'aider ?

— Comment s'appelle cet homme ?

— Purcell, s'empressa de répondre Rory, de peur qu'il ne change d'avis. Anson Purcell. Son deuxième prénom commence par W. C'était un ambulancier de l'AFS, si ça peut t'aider.

— Oui, sans doute. Autre chose qui me permettrait de préciser mes recherches ? Sa date de naissance ? Le nom de ses parents ?

— Pas de date de naissance, mais son père s'appelait Owen, et il avait une sœur nommée Cynthia.

— Owen et Cynthia Purcell de Newport, à Rhode Island. D'accord. Je vais voir ce que je peux faire. Il existe probablement un vieil annuaire universitaire quelque part, ou une photo de sa remise de diplôme. Donne-moi quelques jours. Je te tiens au courant dès que j'ai quelque chose.

Rory lui laissa son numéro et le remercia vivement avant de raccrocher. Elle était prête à suivre le conseil de Daniel. Elle allait laisser du temps à Soline et se concentrer sur sa soirée d'inauguration. Puis, dans quelques semaines, elle lui écrirait une lettre et lui enverrait la photo d'Anson. En gage d'amitié – ou comme cadeau d'adieu, si elle préférait.

36

Rory

Boston, le 23 septembre 1985

Rory franchit la porte de son appartement, épuisée, mais heureuse. Elle avait pris le ferry de bon matin pour Provincetown, afin de rencontrer Helen Blum, une sculptrice de bronzes moderniste que lui avait recommandée Kendra Paterson. Une des choses qu'elle préférait chez les artistes en herbe, c'était leur générosité à toute épreuve envers les autres membres de leur communauté. Sans cette aide précieuse, elle n'aurait jamais eu suffisamment d'artistes à présenter à l'inauguration de sa galerie, le mois suivant.

Elle se débarrassa de ses chaussures et se dirigea droit vers le téléphone. Trois jours s'étaient écoulés depuis sa conversation avec Doug, et elle commençait à s'inquiéter de son silence. Pas de nouvelles, pas de photo ? Le voyant du répondeur clignotait. Elle appuya sur *Play*. Le premier message avait été laissé par sa mère : une nouvelle invitation à dîner, mais toujours aucun commentaire sur le déjeuner. Elle continuait à faire comme s'il n'était rien arrivé.

Le deuxième message était de Doug. *Rappelle-moi. Je crois que j'ai trouvé ce que tu cherchais.*

Elle composa le numéro du journal, puis tapa le numéro de son extension en croisant les doigts pour qu'il ne soit pas déjà parti. Elle détestait l'idée de le déranger chez lui, mais elle n'était pas sûre de pouvoir attendre jusqu'au lendemain.

— Doug Glennon.

— Salut, c'est Rory. Je viens d'avoir ton message.

— Salut, Rory. Ça n'a pas été simple, mais j'ai fini par décrocher le jackpot. J'ai trouvé deux portraits. L'un dans l'annuaire de son université ; l'autre prise par le journal local juste avant son départ pour l'Europe. Tiré à quatre épingles dans son uniforme, le parfait soldat américain. Tu veux les trucs actuels aussi ?

— Actuels ? répéta Rory, tandis qu'un nœud se formait dans son ventre.

Doug s'était manifestement trompé de personne.

— L'Anson Purcell dont je parle est mort pendant la Seconde Guerre mondiale, sans doute quelque part près de Paris. C'était un ambulancier de l'AFS.

— Ouais. C'est bien lui. Mais il n'est pas mort en France. Ni où que ce soit d'autre. Il est bel et bien vivant, et il est du genre philanthrope apparemment.

— Non. C'est impossible.

— Impossible ou pas, j'ai devant moi un article qui explique qu'il a fait un don conséquent à l'Anti-Defamation League en mars. Manifestement, il est plein aux as, et en plus, c'est un héros. Il aurait été capturé par les Allemands. Et gravement blessé. Les dates correspondent. Je peux te faxer l'article si tu veux. En tout cas, je t'assure que c'est bien lui.

Rory se laissa tomber sur son lit, totalement sonnée. C'était forcément un quiproquo. Peut-être que Thia avait eu un fils qu'elle avait appelé comme son frère. Mais les dates…

— Je n'ai pas de fax, répondit-elle finalement. Dans combien de temps pars-tu du journal ?

— Je devrais être déjà en route. Nous dînons chez les parents de Kelly, et je vais prendre un savon si j'arrive encore en retard. Mais je vais ranger le tout dans une enveloppe et la déposer à l'accueil en partant. Ça te va ?

— Oui, je passerai la chercher d'ici une heure.

Après avoir raccroché, Rory resta assise à fixer le combiné sans comprendre. C'était impossible. Mais s'il disait vrai, comment Soline prendrait-elle la nouvelle ? Plutôt mal, à en juger par son confinement actuel. La seule chose plus insoutenable que de perdre un être aimé, c'était que cet amour ait été volontairement gâché.

Trois quarts d'heure plus tard, elle était assise dans sa voiture sur le parking du *Globe* à Dorchester, les yeux fixés sur une enveloppe en papier kraft qui portait son nom écrit au marqueur noir. Elle avait dû fournir un effort surhumain pour regagner sa voiture avant de l'ouvrir.

Elle alluma la lumière du plafonnier, puis déroula la ficelle qui fermait l'enveloppe et fit glisser son contenu sur ses genoux. Il y avait plusieurs photocopies d'articles. Le premier, celui mentionné par Doug, louait les activités philanthropiques de la fondation Purcell, y compris son don récent d'une somme à sept chiffres à l'ADL. L'article suivant rapportait que le Conseil des dirigeants de Nouvelle-Angleterre avait remis à Anson Purcell un prix pour services rendus à la collectivité :

> Depuis qu'il a quitté sa fonction de directeur financier de la Fédération internationale des Sociétés de la Croix-Rouge, M. Purcell continue à servir l'organisme en tant qu'expert-conseil en politique et spécialiste des négociations. Il collabore également avec de nombreuses organisations humanitaires et siège aux conseils de plusieurs ONG et fondations. Il est en outre membre du conseil d'administration de Purcell Industries Ltd, où il exerce avec sa sœur un rôle consultatif. En 1941, avant que les États-Unis n'entrent en guerre, M. Purcell avait quitté Yale pour la France où il était bénévole de l'AFS. Il y conduisait une ambulance et travaillait à l'Hôpital américain de Paris, jusqu'à ce qu'il soit gravement blessé au cours de l'opération de rapatriement d'un pilote de la RAF. Il fut capturé et passa près de cinq mois dans un camp allemand, où il peina à se remettre de ses blessures.

À la fin de la guerre, M. Purcell fut suivi pendant deux ans par des spécialistes en Suisse, afin de réapprendre à marcher. Fils unique et héritier d'une fortune colossale, il aurait naturellement pu choisir de marcher dans les pas de son père en devenant à son tour le P-DG de l'affaire familiale. Il a cependant préféré consacrer le reste de sa vie à servir la communauté grâce à ses activités philanthropiques, ce qui lui vaut aujourd'hui la reconnaissance du Conseil des dirigeants de Nouvelle-Angleterre et de ce journal.

Rory laissa l'article de côté et regarda fixement les photos granuleuses imprimées sur la page suivante. Elle n'avait encore jamais vu Anson Purcell, et pourtant, le jeune homme qui la regardait lui semblait étrangement familier. Elle ne se rappelait pas si Soline le lui avait décrit en détail, mais elle avait l'impression de reconnaître son visage. Des yeux clairs, des cheveux blonds ondulés, une bouche sensuelle et sérieuse. Il portait un costume foncé ainsi qu'une étroite cravate. Sous ce portrait, la légende partiellement floue indiquait : *ANSON WILLIAM PURCELL, promotion 1941.*

Sur la deuxième photo, il était vêtu d'un uniforme. En vrai héros américain, il portait une veste en cuir nonchalamment jetée sur l'épaule, tels Van Johnson ou Tab Hunter. Voilà donc à quoi il ressemblait la première fois que Soline l'avait vu. Ainsi que la dernière.

La troisième photo était un portrait en couleurs réalisé assez récemment. Rory le contempla, une main sur la bouche. Pour un homme âgé de la soixantaine, il était encore incroyablement séduisant. Il avait une carrure athlétique et des ondulations grises et dorées que la moitié des hommes de son âge devaient lui envier. Mais ce n'était plus le jeune Anson de l'annuaire, ni le fringant Anson en uniforme. De profondes rides creusaient le coin de ses yeux, et sa mâchoire carrée s'était adoucie avec le temps.

Quant à sa bouche, elle exprimait quelque chose de différent. À la place de sa courbe sensuelle, une ligne ferme, presque sinistre. Ce n'étaient pas des lèvres habituées à sourire, songea Rory. On devinait une souffrance, une vieille douleur qui s'était renforcée au fil des années. Enfin, après ce qu'il avait enduré aux mains des nazis, c'était sans doute compréhensible. Et pourtant, il avait voué sa vie aux bonnes œuvres.

Une foule de questions l'assaillit tandis qu'elle continuait à fixer cette photo récente. Prisonnier pendant cinq mois. Deux années en Suisse pour réapprendre à marcher. Que s'était-il passé dans son esprit lorsqu'il avait constaté la disparition de Soline à son retour ? Que lui avait raconté son père sur elle – et sur le bébé ? Plus important encore, pourquoi n'était-il pas parti à sa recherche ? Enfin, peut-être avait-il essayé sans parvenir à la retrouver. Vu les moyens dont il disposait, cela semblait tout de même peu vraisemblable. Était-il possible que le temps et les événements aient simplement émoussé ses sentiments pour elle ?

Cette question provoqua un frisson de terreur en elle. Elle se sentait probablement trop concernée. Pendant des mois, elle n'avait pensé qu'au retour de Hux sain et sauf, et en un seul morceau. Pas une seule fois elle ne s'était autorisée à l'imaginer changé, brisé et tourmenté par le souvenir de sa captivité.

Chassant cette pensée, Rory rassembla les photos et les coupures de presse, puis les glissa à l'intérieur de leur enveloppe. Mieux valait se concentrer sur le problème présent. Elle avait demandé à Doug de chercher la photo d'un homme mort, et il s'était débrouillé pour le retrouver vivant. Maintenant, elle allait devoir trouver le moyen d'apprendre à Soline que l'homme dont elle pleurait la mort depuis plus de quarante ans était en vie.

Une chose était sûre : elle ne lui en soufflerait pas un mot avant d'avoir regardé Anson Purcell dans les yeux et obtenu des réponses à ses interrogations. Soline méritait au moins cela.

37

Rory

Newport, le 24 septembre 1985

Rory se gara sur le parking, coupa le moteur de sa voiture, puis jeta un nouveau coup d'œil au Post-it collé au tableau de bord.

Purcell Industries LTd
6 Commercial Wharf
Newport, Rhode Island

C'était bien là. Pas vraiment l'endroit idéal pour le type d'affaire qui l'amenait, mais c'était la seule adresse qu'avait pu lui fournir l'opératrice des renseignements.

Elle attrapa son sac à main sur le siège et longea une allée méticuleusement entretenue en direction d'une double porte en verre fumé. Elle se trouvait devant un imposant bâtiment en brique rouge foncé, au toit en pente et aux fenêtres en ogive qui lui donnaient des airs de vieux moulin ou d'ancienne gare ferroviaire.

Arrivée devant la porte, elle hésita à entrer et contempla un instant le logo élaboré, gravé dans chaque porte en verre. Allait-elle vraiment faire irruption dans le bureau de cet inconnu et exiger de savoir pourquoi il n'était pas mort ? Une fois que tout serait dit, qu'espérait-elle obtenir ? Peut-être qu'il valait mieux laisser tomber toute l'affaire. Le problème, c'était qu'elle venait de faire deux heures et demie de route et qu'elle avait en tête une longue liste de questions sans réponse. Après tout, s'il refusait de lui parler, elle n'aurait perdu qu'une demi-journée et un plein d'essence.

Rory tira la porte vers elle et fit un pas de côté pour laisser sortir un homme en short bleu marine et chaussures bateau. Le hall d'entrée était propre et ouvert. Sous le haut plafond bleu destiné à imiter le ciel, le sol en teck avait une teinte miel. Sur le comptoir d'accueil en verre était également gravé le logo de Purcell Industries. Rory se racla la gorge et s'en approcha en espérant arborer la même assurance que sa mère affichait quand elle entrait dans une pièce.

La réceptionniste leva la tête avec un sourire.

— Bonjour madame, que puis-je faire pour vous ?

— Bonjour, je viens voir M. Purcell.

Le sourire de la femme faiblit quand elle regarda Rory par-dessus ses lunettes en demi-lune.

— Monsieur Purcell ?

— Anson Purcell, clarifia Rory en réalisant qu'il pouvait y en avoir plusieurs.

La réceptionniste lui adressa un sourire poli et un très léger hochement de tête.

— Je suis désolée, mais M. Purcell ne travaille pas dans ces bureaux. Si vous voulez bien m'expliquer ce qui vous amène, je pourrai vous orienter vers la bonne personne.

Évidemment, le travail de cette femme consistait à empêcher des inconnus de débarquer afin de poser des questions impertinentes.

— Il ne s'agit pas d'une affaire professionnelle. Je viens le voir au sujet d'une de ses amies. Une vieille amie de sa famille, en fait, ajouta-t-elle en pensant à Thia. Savez-vous comment je pourrais le contacter ?

— Je suis navrée, mais je ne peux pas vous donner ce type de renseignement. Si vous voulez bien me laisser votre numéro, je le transmettrai cependant à son assistante.

Rory fit de son mieux pour garder le sourire.

— Thia est-elle présente, à tout hasard ?

La réceptionniste haussa les sourcils d'un air à la fois méfiant et surpris.

— Thia ?

— La sœur d'Anson, Cynthia. Je viens de Boston, et il est important que je parle à l'un d'entre eux dès que possible.

La réceptionniste dévisagea à nouveau Rory, puis lui adressa un faible signe de tête.

— Comment vous appelez-vous ?

— Aurora Grant.

— Merci. Un instant, je vous prie.

Elle souleva le combiné de son téléphone, composa un numéro et fit tourner un stylo entre ses doigts en attendant qu'on lui réponde.

— Oui, c'est Paulette, dit-elle en se redressant légèrement sur son siège. Je suis désolée de vous déranger, mais je suis en présence d'une jeune femme de Boston qui souhaiterait voir M. Purcell. Quand je lui ai expliqué qu'il ne travaillait pas ici, elle a demandé à vous parler. C'est au sujet d'une vieille amie de la famille.

Elle couvrit le combiné avec la main et leva les yeux vers Rory.

— Elle veut savoir qui est cette amie.

Rory hésita et réfléchit. Elle prendrait de gros risques si elle commençait à révéler les secrets de la famille Purcell à cette femme.

— Dites-lui que c'est une amie très proche de son frère – de l'époque de la guerre.

Paulette répéta mot pour mot les paroles de Rory, écouta un instant, puis hocha vigoureusement la tête.

— Oui. Merci.

Elle raccrocha, prit un carnet, nota une adresse et dessina rapidement un plan.

— Mlle Purcell dit que vous n'avez qu'à passer chez elle. Voici l'adresse. Quelqu'un vous attendra au portail.

Sans laisser paraître sa stupéfaction, Rory prit le bout de papier et le fourra dans son sac à main, comme si c'était exactement ce qu'elle espérait obtenir.

— Merci beaucoup pour votre aide, Paulette.

Il lui fallut moins d'un quart d'heure pour atteindre la maison de Bellevue Avenue. Elle pénétra dans l'allée et s'arrêta devant un beau portail en fer forgé. Une femme agenouillée, vêtue d'une salopette délavée et coiffée d'un chapeau de paille à large bord, se releva péniblement, abandonnant le carré de jardin qu'elle désherbait. Elle baissa ses lunettes de soleil sur son nez et regarda Rory.

— Je m'appelle Aurora Gant, cria celle-ci, tandis que la femme approchait. Je viens voir Cynthia Purcell.

— Paulette m'a dit que vous veniez de Boston.

Rory examina son visage en notant les ressemblances avec son frère. Les boucles dorées et argentées qui s'échappaient de son chapeau, ses yeux clairs et sa large bouche.

— Êtes-vous Thia ?

La femme se frotta les mains et les planta sur ses hanches.

— Que voulez-vous exactement ?

— J'espérais parler à votre frère de sa fiancée.

Elle ajusta son chapeau afin de mieux s'abriter les yeux.

— Mon frère n'est pas fiancé.

— Mais il l'était pendant la guerre. J'aimerais lui parler de Soline Roussel.

— Je vois, répondit Thia d'un ton particulièrement cassant. Vous feriez mieux d'entrer.

Rory se gara en haut de l'allée en essayant d'imaginer Soline fraîchement débarquée d'un Paris en guerre, face à l'imposante demeure de la famille Purcell. C'était quasiment un palais avec ses trois étages en pierre crème et gris, ses hautes fenêtres à meneaux et ses innombrables pignons.

Sans l'ingérence d'Owen Purcell, Soline aurait pu devenir la maîtresse de cette maison. Elle aurait été présente lorsque serait arrivée la nouvelle qu'Anson était finalement en vie.

Et à son retour, elle aurait été là pour l'aider à se remettre de ses blessures. Il y aurait eu un mariage et des enfants. Du bonheur au lieu du chagrin. De la joie au lieu de la tristesse.

Seulement, Owen était intervenu.

Sans un mot, Thia se dirigea vers le débarras à l'arrière de la maison. Elle enleva ses chaussures, accrocha son chapeau à une patère derrière la porte et alla se laver les mains au-dessus de l'évier.

— Je fais un brin de toilette, puis je nous servirai de la limonade.

Rory essaya d'observer discrètement la sœur d'Anson. Cette femme âgée de la cinquantaine était grande et robuste. Elle avait les joues bronzées et une épaisse chevelure ondulée blonde comme les blés qui lui arrivait sous les épaules. Sa ressemblance avec l'homme des photos était indéniable, mais il y avait autre chose chez elle, une qualité qu'elle n'aurait su nommer et qui, malgré la pénibilité de cette visite, mettait Rory à l'aise.

— Merci d'avoir accepté de me recevoir, dit-elle, tandis que Thia remplissait deux grands verres de glaçons et de limonade. Je comprends que ma venue vous paraisse… étrange.

Thia lui tendit un des verres, puis but le sien à petites gorgées en regardant Rory par-dessus le bord.

— Nous devrions aller dans mon bureau pour ne pas être interrompues. Nadine est en train de nettoyer les stores, et cette femme a l'ouïe perçante.

Il apparut soudain à Rory que Thia avait peut-être mal interprété la raison de sa venue.

— Je ne suis pas venue pour provoquer des problèmes, mademoiselle Purcell. Je n'attends rien de vous, si c'est ce que vous pensez.

— Je sais pourquoi vous êtes là. Je l'ai deviné après l'appel de Paulette. Venez avec moi.

Le bureau de Thia se trouvait au fond de la maison. C'était une pièce aérée, décorée de tableaux intéressants – les siens ? –, et un bureau ancien était placé en plein centre. Derrière le meuble, des portes-fenêtres s'ouvraient sur un petit patio. Thia les referma, puis invita Rory à s'asseoir sur le canapé couleur pêche d'un geste de la main.

Elle s'installa en face d'elle dans sa salopette tachée d'herbe. Sa tenue et ses pieds nus contrastaient étrangement avec le décor féminin.

— Par où devrions-nous commencer ?

Son ton détaché était un peu déconcertant. Rory but une gorgée de limonade pour se ressaisir, puis regarda Thia dans les yeux.

— Par Soline.

Thia hocha la tête.

— J'ai souvent pensé à elle au fil des années. Je me demandais si elle était toujours en vie et si elle avait fini par trouver le bonheur.

Sa voix était empreinte de tendresse.

— Comment va-t-elle ?

— La vie l'a beaucoup malmenée, mais elle a réussi à faire face. Elle m'a raconté qu'elle avait vécu ici.

— Quand j'étais enfant, oui.

— Et elle est partie brusquement. Savez-vous pourquoi ?

— Mon père l'avait envoyée vivre ailleurs.

Elle regarda fixement le fond de son verre.

— Disons plutôt qu'il l'avait chassée. Elle devait épouser mon frère à son retour, mais un jour…

— Un télégramme est arrivé.

— Pour nous prévenir de sa disparition, oui. On avait retrouvé son ambulance criblée de balles. Il y avait du sang partout, mais pas de corps. Juste sa veste sur la route, traversée par une balle. Quelqu'un – un fermier, je crois – avait vu les nazis le conduire dans les bois. Ce n'était pas inhabituel pour eux d'abattre un homme et de traîner son corps dans les bois pour l'enterrer. Parfois, ils le laissaient à la merci des animaux. Mon père ne m'a rien raconté jusqu'à ce qu'Anson soit en sécurité en Suisse.

— Mais personne n'a jamais révélé à Soline que votre frère était en vie.

— Non, il l'avait déjà chassée à l'époque. J'ai été envoyée au pensionnat quelques jours après l'arrivée du premier télégramme et j'y étais encore quand lui est parvenu le second. De cette façon, j'étais moins gênante.

— Il n'avait pas accepté l'idée qu'ils se marient. Dès l'instant où elle a mis les pieds dans cette maison, c'était devenu hors de question.

Thia plissa les yeux.

— Vous semblez détenir beaucoup d'informations, mademoiselle Grant. Puis-je savoir quel est votre lien avec Mme Roussel ?

— Je suis une amie, répondit Rory en espérant que c'était toujours vrai. Je lui loue un local pour y ouvrir une galerie d'art le mois prochain. C'est ainsi que nous nous sommes rencontrées. J'ai découvert des objets qui lui appartenaient en m'y installant et j'ai proposé de la rencontrer pour les lui rendre. L'un d'eux appartenait à votre frère, un nécessaire de rasage portant ses initiales.

Thia ferma brièvement les yeux, et sa lèvre inférieure se mit à trembler.

— Elle l'a donc gardée pendant toutes ces années.

— Vous vous en souvenez ?

Thia hocha la tête.

— Mon père le lui avait pris. Il ne voulait pas qu'elle parte avec le moindre souvenir de mon frère – encore moins un objet qui portait ses initiales. Je trouvais cela terriblement cruel de sa part, alors je me suis glissée dans sa chambre et je l'ai trouvé. Ensuite, je l'ai rangé dans la boîte de Soline quand elle est descendue pour le petit déjeuner.

— C'était donc vous, dit Rory en souriant.

Pas étonnant que Soline ait adoré cette enfant.

— Elle croyait que c'était votre père. Elle se disait qu'il était peut-être désolé de l'avoir traitée aussi durement.

Thia serra les lèvres.

— Mon père ne croyait pas aux remords, mademoiselle. Ni à l'amour. Pour lui, c'étaient des signes de faiblesse.

— Savez-vous pourquoi il a chassé Soline de la maison ? demanda doucement Rory. Connaissez-vous la vraie raison ?

Thia regarda à nouveau dans son verre.

— Je n'en avais aucune idée à l'époque. Mais je le sais, maintenant.

Elle leva les yeux en soupirant.

— Je sais beaucoup de choses à présent. Vous aussi, je suppose.

— Vous voulez parler du bébé.

— En effet. Du bébé.

— Elle s'appelait Assia, murmura Rory en se rappelant que l'enfant aurait été la nièce de Thia. Cela signifie « celle qui soulage ». Soline tenait tant à conserver quelque chose de votre frère, à entretenir son souvenir à travers leur fille. Quand elle est morte…

Thia reposa son verre et joignit fermement les mains sur ses genoux.

— Vous ignorez certains éléments de l'histoire, mademoiselle Grant. Des éléments que je suis la seule à connaître. Et je ne les ai appris que récemment. Le bébé de Soline n'est pas décédé.

Rory la dévisagea, confuse, puis horrifiée.

— Qu'est-ce que vous dites ?

— Je pensais que vous le saviez et que c'était la raison de votre venue.

Rory secoua la tête en s'efforçant de digérer cette information.

— Comment pourrais-je le savoir ? Comment est-ce même possible ?

— Mon père a payé des personnes pour mentir, déclara Thia. Elles devaient prétendre que le bébé était mort, afin que Soline ne revienne jamais, ni ne revendique l'héritage de mon frère. Il se fichait de ce qui arriverait à Soline et son bébé puisqu'il pensait qu'Anson était mort. Il voulait juste se débarrasser d'elle. Mais quand le second télégramme est arrivé, il a su ce qui se passerait si Anson apprenait l'existence de l'enfant. Il devait s'assurer que Soline ne revienne jamais avec son bébé dans les bras. Il a donc rempli un gros chèque pour qu'on organise une adoption discrète. Ensuite, il a écrit à Anson en Suisse pour l'informer que Soline l'avait abandonné, qu'elle avait refusé d'épouser un éclopé. Il fallait que mon frère la haïsse suffisamment pour n'avoir aucune envie de la chercher.

Un profond dégoût envahit Rory.

— Votre père avait pensé à tout.

— En effet.

Rory se passa une main dans les cheveux. Il n'y avait pas de mots pour décrire ce qu'elle ressentait. De la rage. De la haine. Une tristesse extrême. Aucun ne semblait à la hauteur. Voler l'enfant d'une femme et l'offrir à des inconnus ! La chair de sa chair. C'était inconcevable. Et dire qu'elle allait devoir l'annoncer à Soline.

— Je ne lui ai même pas révélé qu'Anson était en vie. Comment vais-je lui annoncer une nouvelle pareille ?

Thia haussa les sourcils.

— Vous êtes venue ici sans le lui dire ?

— J'ai appris seulement hier que votre frère était vivant. Avant de lui en toucher un mot, j'avais besoin de comprendre ce qui s'était passé et pourquoi. Soline a vécu tant d'épreuves au cours de sa vie qu'elle est assez fragile. Je redoutais sa réaction au moment où elle apprendrait que l'homme qu'elle aimait de tout son cœur était rentré de la guerre et n'avait jamais pris la peine de la chercher.

— Ce n'était pas la faute d'Anson, répondit brusquement Thia. Quand mon père l'a informé qu'elle était partie parce qu'elle refusait d'épouser un handicapé, quelque chose s'est brisé en lui. C'est pour cette raison qu'il a choisi de rester en Suisse jusqu'à la fin de sa rééducation, et parce que mon père l'avait convaincu que c'était le meilleur endroit pour lui. Il a bel et bien réappris à marcher, mais à son retour, il était si abattu et amer que je l'ai à peine reconnu.

— Mais vous lui avez révélé la vérité, n'est-ce pas ? Au sujet du bébé et de ce que votre père avait fait ?

— Comment ? J'ignorais tout moi-même jusqu'à la mort de mon père. J'ai découvert la vérité en triant ses papiers.

Elle se leva et se dirigea vers un placard dont elle ouvrit la porte en grand. Apparut alors une pile de boîtes à dossiers.

— Voilà à quoi j'ai dû m'attaquer pour mettre de l'ordre dans ses affaires. Anson était à l'étranger au moment de sa mort, alors j'ai dû m'en charger. J'ignorais totalement que cet homme éprouvait un tel besoin de tout garder. J'en ai jeté des tonnes. Et puis un jour, je suis tombée là-dessus.

Après avoir cherché quelques instants, elle sortit un livre de comptes rouge foncé maintenu fermé par deux épais élastiques.

— Je m'apprêtais à le poser sur la pile à jeter lorsque j'ai eu envie de jeter un coup d'œil à la nature de ces comptes. Et vous savez ce que j'ai découvert ?

— Non ?

— Toute la vérité, répondit Thia en retirant les élastiques, avant de tendre le livre à Rory. Tout y est. Les paiements, les documents, tout ce dont mon père avait besoin pour faire disparaître Soline et le bébé de nos vies. Je préfère que vous les parcouriez avant d'en dire plus.

Une vague inquiétude envahit Rory. Ces mots planèrent un instant entre elles comme une menace. Elle ouvrit le livre en retenant son souffle. Le nom *D. Sheridan* lui sauta aux yeux. Elle se rappelait avoir entendu Soline le prononcer, mais le voir écrit sur cette page, probablement par Owen, la rendit nauséeuse. D'autres noms étaient inscrits à côté : Dr Marcus Hartwell, M. Elliot Mason. Étaient également mentionnés un deuxième médecin, un avocat et la Family Aid Society.

Thia penchée au-dessus de son épaule, Rory commença à tourner les pages et à parcourir de longues listes. Don. Frais médicaux. Don. Don. Frais judiciaires. Documents. Don. La première dépense datait du 24 octobre 1943, la dernière du 12 août 1972. Des dates. Des sommes en dollars. Tout était si ordonné, si soigneux qu'on aurait pu prendre ces chiffres pour les dépenses d'une entreprise.

— Vingt-huit ans, souffla Rory sans quitter la page des yeux. Les paiements s'espacent avec le temps, mais il y a tout de même des sommes à cinq chiffres.

— Le prix du silence. Enfin, ce n'est qu'une supposition. Il se serait retrouvé ruiné si la rumeur s'était répandue qu'il avait payé pour se débarrasser de sa propre petite-fille. Et puis, il y avait Anson. Mon père savait que ce serait la fin de la dynastie des Purcell s'il apprenait un dixième de ce qu'il avait fait. Il n'aurait pas dû se donner tout ce mal. Mon frère n'a jamais voulu en être l'héritier. À l'heure qu'il est, mon père se retourne sûrement dans sa tombe à l'idée que je suis devenue la maîtresse de maison et que je gère l'entreprise familiale.

— Anson n'a jamais souhaité le faire ?

Thia secoua tristement la tête.

— Depuis son retour de Suisse, mon frère n'a pas passé un mois entier sous ce toit. Je ne peux pas lui en vouloir. Après la mort de maman, le malheur s'est mis à régner dans cette maison. Mon père n'avait jamais été un homme tendre avant, mais en la perdant, il est devenu cruel. Même l'idée de devenir grand-père ne l'a pas adouci.

— Depuis combien de temps connaissez-vous toute l'histoire ?

— Environ quatre mois.

— Et Anson n'est toujours pas au courant ?

— Non.

Rory lutta pour garder son calme.

— Vous ne pensez pas que votre frère mérite de savoir que Soline et lui ont eu une fille ?

— Bien sûr que si.

Les yeux de Thia se remplirent de larmes.

— Je ne pense quasiment qu'à cela depuis que j'ai découvert ces comptes. Je n'avais aucune idée de ce que je devais faire de toutes ces informations. J'ai essayé de lui en parler quand il m'a appelée de Londres pour mon anniversaire, mais il a menacé de raccrocher et de couper les ponts si j'osais encore prononcer son nom. Et je l'ai cru.

Elle secoua la tête, le menton tremblant.

— Soline n'est pas la seule à avoir été fragilisée par les épreuves. Ce qui s'est passé pendant la guerre a transformé mon frère. Son retour à la maison l'a achevé.

— Mais il la connaissait, Thia. Il l'aimait. Comment a-t-il pu croire aux mensonges de votre père au sujet de la femme qu'il aimait ?

— Il ne les a pas crus, au début. Tous deux se battaient même comme des chiffonniers quand mon père osait la critiquer. Il prétendait qu'elle n'en voulait qu'à son argent, mais qu'au final, l'idée de passer sa vie à pousser le fauteuil roulant de son mari avait eu raison de sa cupidité. On aurait dit qu'il punissait Anson de l'avoir aimée. Certains jours, j'avais peur qu'ils en viennent aux mains à cause d'elle.

— Dans ce cas, qu'est-ce qui l'a fait changer d'avis ?

— Je n'en sais rien. Du jour au lendemain, Anson a refusé de prononcer son nom. C'était comme si quelqu'un avait appuyé sur un interrupteur. Et il nous a interdit de le faire aussi. Il n'a plus jamais voulu entendre parler d'elle. Chaque fois que j'ai essayé d'aborder le sujet, il a mis un terme à la conversation. C'était à croire qu'elle avait tenté de l'empoisonner.

— Votre père a dû s'en féliciter.

— Je suppose que oui. Il avait eu ce qu'il voulait. Comme d'habitude. Il était prêt à détruire les gens qu'il était censé aimer pour arriver à ses fins. Et il a assurément détruit Anson.

— Quand je pense qu'il s'est contenté de donner le bébé à des inconnus. Sa propre petite-fille. Et il n'a jamais voulu savoir où elle était, ni ce qu'elle était devenue.

— Oh, il le savait.

Thia regarda ailleurs. Sa voix avait repris un ton inquiétant.

— La directrice de la Family Aid Society lui avait envoyé une copie du certificat d'adoption, la preuve que son argent avait été bien dépensé. C'était le genre de monstre qu'était mon père. Aucun intérêt pour l'enfant, seuls comptaient ses projets pour Anson et l'empire des Purcell.

— Quelle volonté de fer.

— Ainsi était mon père. Un homme déterminé à obtenir ce qu'il voulait, quel que soit le prix à payer. Et Dorothy Sheridan n'a pas eu à se faire prier pour l'aider, tant qu'il la rémunérait. J'ai fait quelques vérifications après avoir trouvé ce livre de comptes. Apparemment, la police a eu vent du petit business de Mlle Sheridan en 1972. C'est pour cette raison que les paiements s'arrêtent à cette date. Elle a disparu dans la nature, et mon père a été tiré d'affaire.

Un frisson glacial parcourut le corps de Rory.

— Je n'arrive pas à le croire. Soline a passé quarante ans à pleurer la mort de sa fille, alors qu'elle était tout à fait vivante. Comment une femme peut-elle faire un coup aussi abject à une autre ?

Thia la dévisagea, les yeux plissés.

— Vous semblez incroyablement soucieuse de la protéger. Tout ce trajet pour obtenir des réponses à vos questions…

— Hier, un ami journaliste qui m'aidait à chercher une photo de votre frère décédé en a déniché une, prise il y a deux ans. Il me semble que j'ai des raisons de vouloir des réponses.

— Pourquoi cherchiez-vous une photo d'Anson ?

À nouveau, Rory sentit qu'elle était accusée de quelque chose, ce qui finit par l'agacer.

— Je voulais l'encadrer et l'offrir à Soline. Parce que c'est mon amie. Elle était aussi la vôtre autrefois.

— Oui. C'est vrai.

La voix de Thia s'était radoucie. Rory sentit sa colère retomber.

— Elle m'a parlé de vos croquis et des robes qu'elle avait ajustées pour vous. D'après elle, vous rêviez de vivre dans une mansarde et de peindre. Cela lui a brisé le cœur de ne pas pouvoir vous dire adieu. Votre père le lui avait interdit.

Thia serra les bras autour d'elle, comme pour se protéger.

— Il m'avait envoyée dans cet horrible pensionnat pour filles. À mon retour, elle était partie. J'ai cru qu'elle nous avait abandonnés – qu'elle ne voulait plus me voir. Avec le temps, j'ai fini par la détester. Je ne lui en voulais pas seulement de m'avoir quittée, mais d'avoir abandonné Anson, lui aussi. Enfants, mon frère et moi étions proches, mais quand il est rentré, il était totalement froid et fermé. Je pensais que si je la détestais aussi, cela nous rapprocherait, mais il n'en a été que plus furieux.

— Il s'est servi de vous, murmura Rory. Votre père, je veux dire. Il a fait en sorte que vous détestiez Soline, puis il s'est servi de cette haine pour alimenter la souffrance de votre frère.

Les yeux de Thia se posèrent sur les siens.

— Je vous l'ai dit, c'était un monstre.

— Je suis désolée. J'ai conscience que c'est difficile pour vous aussi. Je voulais juste une photo. Je n'ai jamais voulu que l'histoire prenne cette tournure.

Thia poussa un long soupir.

— Je crois qu'il est temps de vous montrer quelques photos de famille.

Elle retourna au placard et revint quelques instants plus tard avec deux albums reliés en cuir.

— Ma mère adorait les portraits de famille. Elle avait commencé un album pour chacun de nous. Voici celui d'Anson.

Rory ouvrit l'album sur ses genoux et tourna les pages jaunissantes. Premier Noël. Premiers pas. Première coupe de cheveux. Le bambin potelé devenu écolier. Anson, âgé de huit ou neuf ans, en tenue de baseball, taches de rousseur et sourire édenté. Une autre en équipement de footballeur, un genou à terre, les yeux plissés à cause du soleil. Quelques pages plus loin, il posait en souriant, vêtu d'un costume et d'une chemise blanche, un œillet blanc à la boutonnière. Le bal de fin d'année. Enfin, sur l'avant-dernière page, il apparaissait en uniforme, ses cheveux blonds coupés court et peignés vers l'arrière ; plus un enfant, mais un adulte.

C'était étrange de le voir grandir ainsi, page après page. Rory réalisa qu'il n'était à peine plus qu'un fantôme dans son esprit, avant qu'elle ne le découvre sur ces photos en noir et blanc. Et dire qu'il se trouvait quelque part dans le monde, tout à fait en vie. Elle dévisagea à nouveau le jeune homme à la mâchoire carrée, aussi beau qu'une star de cinéma.

— Pas étonnant que Soline soit tombée folle amoureuse de lui. Votre frère était un très bel homme. Et je décèle un air de famille. Vous avez le même nez et les mêmes pommettes.

— Nous ressemblons tous deux à notre père. Nous avons ses yeux et ses cheveux.

Elle se tut un instant et joignit lentement les mains sur ses genoux.

— Et vous, à qui ressemblez-vous ?

Rory la regarda sans comprendre.

— Moi ?

— Diriez-vous que vous ressemblez à votre mère ?

C'était une question étrange, mais après tout, Thia avait bien le droit de lui en poser aussi.

— J'ai le même teint qu'elle, et nous avons toutes deux le nez large et droit, mais je suis beaucoup plus grande qu'elle. J'ai dû hériter ça de mon père.

Thia ouvrit le second album et le fit glisser sur les genoux de Rory.

— Je pense que vous devriez jeter un œil à cette photo.

Le portrait que Rory contemplait était celui d'une fillette de cinq ou six ans en grenouillère. Elle avait deux fossettes parfaitement identiques et une belle chevelure de boucles blondes.

— Regardez-moi ces anglaises. C'est adorable.

Thia garda une expression soigneusement neutre.

— Passez au portrait suivant et dites-moi ce que vous voyez.

Rory s'arrêta sur la photo prise plusieurs années plus tard. Une belle robe à volants et des chaussettes bordées de dentelle. Les boucles lissées et attachées en chignon flou par des barrettes à petites fleurs blanches. Cette enfant ressemblait à une princesse ou à une fée. Et elle avait un air étrangement familier.

— Est-ce que c'est vous ?

— Oui.

— Ma mère a presque la même photo de moi. Elle m'obligeait à enfiler une belle robe pour jouer du piano devant ses amies, mais cela me paralysait. Je n'arrive pas à croire que ces deux portraits se ressemblent autant.

— Qui est votre mère ? Est-elle née à Boston ?

Rory contemplait toujours la photo. Elle leva les yeux.

— Excusez-moi… Vous dites ?

— Votre mère. Comment s'appelle-t-elle ?

— Camilla Grant.

— Son nom de naissance ?

— Lowell. Pourquoi ?

Thia tira sur une feuille de papier pliée qui se trouvait sous les albums et la tendit à Rory.

— Il est temps que vous lisiez ceci.

Rory parcourut le document avec prudence. Le papier épais et jauni était soigneusement dactylographié. On avait tamponné le mot *COPIE* en haut à l'encre rouge. Intitulé *CERTIFICAT D'ADOPTION*, il datait du 17 janvier 1945 et portait la signature du greffier du tribunal. Mais ces éléments importaient peu. En réalité, un seul mot comptait. *Lowell.*

38

Rory

Rory sentit son cœur battre contre ses côtes, telle une pierre rebondissant contre les parois d'un puits sans fond. Impossible de s'agripper à quelque chose pour interrompre sa chute. Pourquoi le nom de sa mère était-il inscrit sur ce document ? Et que faisait-il dans les affaires d'Owen Purcell ? Elle le parcourut à nouveau, vaguement consciente de la présence de Thia à côté d'elle.

État de Rhode Island
et des plantations de Providence
Service d'état civil
Certificat d'adoption

Nom de jeune fille de la mère naturelle : Soline Louise Roussel
Nom du père naturel : Inconnu
Nom de l'enfant à sa naissance : Sans objet
Nom de la mère adoptive : Gwendolyn Lucille Lowell
Nom du père adoptif : George Edward Lowell
Nom de l'enfant après adoption : Camilla Nicole Lowell

Rory posa le document sur ses genoux et le regarda fixement. La tête lui tournait. Le nom de sa mère – et celui de la mère de sa mère. Que cela signifiait-il ? Enfin, elle leva les yeux vers Thia.

— Je ne comprends pas.

— Bien sûr que si.

— Elle est… Vous dites que…

Elle s'interrompit à nouveau et pressa les doigts sur ses yeux.

— Je n'y comprends rien.

Thia prit une inspiration, comme pour rassembler ses forces.

— Votre mère est le bébé nommé sur ce certificat d'adoption, Aurora. Ce qui fait de Soline votre grand-mère. Et de mon frère, votre grand-père.

— C'est forcément une erreur. Une de ces coïncidences bizarres dont raffolent les tabloïds. On trouve des Lowell dans tout le Massachusetts.

— Regardez la photo. Ce n'est pas une erreur. Ni une coïncidence. Vous pouvez exiger un test sanguin si vous souhaitez en avoir la confirmation, mais j'ai su que c'était vrai à l'instant où j'ai vu votre visage. Vous êtes une Purcell, car votre mère en était une. Ou aurait dû l'être.

— Ma mère, répéta Rory en se remémorant une phrase de Camilla.

J'ai été exercée à mériter la réputation dont j'héritais en tant que Lowell.

Exercée. Ce mot lui avait semblé étrange sur le coup, mais sa mère avait mis un terme à la conversation avant qu'elle ne puisse l'interroger. Était-il possible qu'elle connaisse les circonstances de sa naissance et le moyen par lequel elle était devenue une Lowell ? Si c'était le cas, pourquoi conserver ce secret depuis toutes ces années ? Quoi qu'il en soit, toute l'histoire était liée à Soline.

Rory avait l'impression qu'un séisme venait de se produire sous ses pieds, que tout son monde était chamboulé. Plus rien n'avait de sens. Ou peut-être que si, finalement. Cela pourrait expliquer pourquoi elle avait ressenti une attirance aussi étrange pour la maison de ville la première fois qu'elle l'avait vue, et pour Soline lors de leur première rencontre. Le destin les avait rassemblées. Mais comment était-ce possible ?

Elle regarda Thia qui était assise en silence à côté d'elle, les mains sur les genoux.

— Vous voulez dire qu'après toutes ces années, Soline et moi nous sommes croisées… par hasard ?

Thia répondit avec un étrange sourire.

— Je n'ai jamais parlé de hasard. Enfin, c'est impensable, non ? On invoque le hasard quand on n'a pas d'autre explication. Mais il existe toutes sortes de choses que nous ne comprenons pas. Des forces invisibles, mais actives. Et j'ai toujours perçu quelque chose de particulier chez Soline. Quelque chose de… surnaturel.

— Vous voulez dire que toute cette histoire est arrivée, en quelque sorte, par magie ?

Thia haussa les épaules.

— La magie. Le destin. Une mystérieuse connexion télépathique. Peu m'importe de le savoir, en réalité. Ce qui compte, c'est ce qui est en train de se passer. Quand Paulette m'a informée que vous vouliez me parler d'une ancienne amie de mon frère, j'ai supposé qu'il s'agissait de Soline. Puis, quand je vous ai vue, j'ai repensé à ce certificat d'adoption et… j'ai compris. J'ai pensé que vous étiez peut-être déjà au courant de cette histoire, ou que Soline vous avait envoyée ici parce qu'elle avait des soupçons. Ne vous a-t-elle jamais dit que vous ressemblez à mon frère ?

— Non, murmura Rory. Jamais.

Comment assimiler toutes ces informations à la fois ? Une foule de questions et d'émotions se bousculaient dans son esprit, si bien qu'elle ne parvenait plus à faire le tri. Soline, sa grand-mère. Anson, son grand-père. Soudain, ses yeux se mouillèrent.

Elle les ignora en essayant de saisir les implications de ces révélations. Sa mère, la femme la plus fière de la planète, évoluait apparemment dans son petit monde avec un faux arbre généalogique, et elle allait bientôt devoir affronter la réalité : elle était l'enfant née hors mariage d'une femme qui l'avait récemment comparée aux nazis. La conversation n'allait pas être facile. Mais les révélations qui attendaient Soline étaient encore plus cruelles. Apprendre que son enfant lui avait été volée, qu'elle vivait depuis toutes ces années à Boston ! Et après ce déjeuner calamiteux...

— Oh, Thia. Mais comment vais-je leur annoncer la vérité ?

— J'y ai bien réfléchi, et je pense qu'il vaut mieux ne rien faire. Du moins pour le moment. Il se peut que mon frère retrouve ses esprits quand il saura ce qui s'est vraiment passé. En tout cas, je vais tout faire pour qu'il réagisse convenablement. Soline a passé quarante ans sans connaître la vérité. S'il existe une chance que l'histoire se termine bien, que leurs blessures se referment, ne vaut-il pas mieux attendre encore quelques semaines ?

Rory réfléchit à son raisonnement. Elle allait avoir besoin de temps pour digérer toute l'affaire, elle aussi, avant de tenter d'annoncer la nouvelle à quiconque. Soline méritait de savoir ce qui s'était passé, bien sûr. Mais elle-même aurait besoin d'un coup de main pour la soutenir quand le moment viendrait, d'une personne qui comprenne toute l'histoire et l'aide à tenir le coup. Pour le moment, elles ne se parlaient même plus. Si elle attendait un peu, le temps permettrait peut-être de combler le fossé qui s'était creusé entre elles et de pacifier la querelle qui opposait sa mère et Soline. Rien de tout cela ne se ferait du jour au lendemain.

— D'accord. J'attendrai. Quand parlerez-vous à Anson ?

— Je me disais que vous devriez plutôt lui parler.

Rory la regarda, bouche bée.

— Moi ?

— Il m'a expliqué très clairement qu'il ne voulait plus jamais m'entendre parler d'elle. Chaque fois que j'ai essayé, il m'a cloué le bec. Il est très doué pour ignorer les choses qu'il ne veut pas affronter. Les personnes aussi. Il vit seul depuis si longtemps qu'il a oublié ce qu'on ressent quand on laisse entrer quelqu'un dans sa vie.

— Il ne s'est jamais marié ?

Thia secoua la tête.

— Il n'y avait de place pour personne dans sa vie depuis la disparition de Soline. Pas même pour moi. Nous nous appelons à Noël et à mon anniversaire, mais la conversation manque toujours de naturel. J'espérais que les choses s'amélioreraient à la mort de notre père, qu'il pourrait même rentrer, mais…

Elle haussa les épaules.

— Je ne sais même pas où il est la plupart du temps. Généralement à l'étranger. C'est comme s'il essayait de rester à distance de ses souvenirs.

— Vous croyez vraiment qu'une parfaite inconnue sera capable de briser la glace ?

— Une inconnue ? Non. Sa petite-fille ? Peut-être.

Thia se tapota les lèvres avec l'index d'un air pensif, puis elle jeta un coup d'œil à sa montre.

— Je dois encore pouvoir la joindre.

Elle se dirigea vers son bureau et souleva le combiné du téléphone, avant de composer un numéro avec une efficacité nonchalante.

— Paulette, pourriez-vous vérifier auprès de Cheryl où se trouve mon frère cette semaine ? Merci.

Rory sentit un nœud se former dans son ventre. Quelle que soit l'idée de Thia Purcell, tout allait beaucoup trop vite. Elle ouvrit la bouche pour protester, mais la femme venait d'attraper un stylo pour noter quelque chose.

— Oui, je vous écoute. Non, je n'ai pas besoin d'un numéro de téléphone, juste du nom de son hôtel.

Elle posa brièvement les yeux sur Rory.

— J'ai quelque chose à lui envoyer.

39

Rory

San Francisco, le 25 septembre 1985

Rory laissa tomber son fourre-tout et son petit sac de voyage sur le lit, puis flâna en direction de la fenêtre et contempla la silhouette des gratte-ciel de San Francisco. D'un côté, la ville tentaculaire, de l'autre, les eaux scintillantes de la baie et le pont emblématique du Golden Gate tout juste visible à travers le brouillard. Cette vue époustouflante lui rappela une carte postale qu'elle avait reçue un jour. Cependant, elle n'était pas venue ici pour admirer le paysage, mais pour chambouler la vie d'un homme.

Huit heures plus tôt, elle se trouvait encore à Boston et essayait de trouver une raison de refuser d'accomplir cette mission. Puis l'embarquement avait commencé, et elle avait dû se décider. Elle s'était longuement demandé s'il était sage de descendre au *Fairmont*. L'idée qu'Anson loge quatre étages plus bas lui donnait l'impression d'empiéter sur sa vie privée. Mais elle n'avait pas beaucoup de temps devant elle. Si le trajet se limitait à une descente en ascenseur, c'était sûrement la meilleure solution.

Dans l'avion, elle avait essayé de se préparer à la prochaine étape. Elle avait répété ses phrases d'introduction, les mots qu'elle prononcerait en premier, puis elle avait réfléchi à la meilleure façon d'exposer les faits, tel un avocat au moment de sa plaidoirie. Il lui fallait une argumentation bien construite pour le convaincre de faire la paix avec Soline. Cela dit, elle ne se sentait pas pour autant prête à rencontrer ce grand-père qui, vingt-quatre heures plus tôt, n'existait pas.

Comment franchir ce fossé ? Vingt-trois années sans grand-père, et soudain, celui-ci s'appelait Anson Purcell. Il avait été difficile de se faire à l'idée que Soline était sa grand-mère, mais elles avaient au moins forgé des liens avant d'apprendre la vérité. Rory n'en avait aucun avec Anson, juste les souvenirs de Soline pour établir une relation. Elle avait entendu dire que certaines personnes ressentent une affinité instantanée avec un proche qu'elles n'ont jamais connu, tandis que d'autres n'éprouvent rien du tout. Dans quel cas se trouverait-elle ? C'était impossible à dire pour le moment. Mieux valait rester concentrée sur sa mission imminente.

Elle s'approcha de son fourre-tout et en sortit le livre de comptes que Thia lui avait confié – la preuve dont elle aurait besoin pour convaincre Anson que son père l'avait trahi. Elle avait également apporté des photos : celle de la jeune Thia dans sa robe de fête, et la sienne, prise le jour de son récital improvisé. La veille au soir, elle était passée la prendre dans la vitrine de bibelots de sa mère, alors que celle-ci participait à son tournoi de bridge hebdomadaire. Elle avait pris soin de disposer le reste des objets de façon à ce qu'elle ne se rende compte de rien. Avec un peu de chance, le portrait serait de retour à sa place avant que sa mère ne remarque son absence. Une fois qu'elle aurait mieux cerné Anson, elle révélerait la vérité à Camilla et à Soline.

Rory jeta un coup d'œil à sa montre restée à l'heure de Boston et fit le calcul. Il était environ 18 heures à San Francisco. Elle avait réservé son billet de retour pour le lendemain après-midi, de sorte à ne pas manquer les dernières vérifications avec Brian. Cela lui laissait vingt-quatre heures pour accomplir sa mission. Elle relut le numéro inscrit sur un bout de papier par Thia, puis souleva le combiné du téléphone et demanda la chambre 903. Une voix masculine décrocha à la troisième sonnerie.

— Monsieur Purcell ?

— Oui.

— Bonjour, je m'appelle Rory Grant. C'est votre sœur, Thia, qui m'a indiqué comment vous joindre.

— Que puis-je faire pour vous ?

Son ton tranchant était intimidant. Soudain, toutes les phrases qu'elle avait répétées mentalement pendant le vol paraissaient bloquées dans sa gorge.

— Je suis une amie de Soline Roussel, lâcha-t-elle finalement.

Elle retint son souffle en s'attendant à ce qu'il raccroche. Mais rien ne se produisit.

— Monsieur Purcell ?

— Que voulez-vous exactement ?

— Soline ne sait pas que je suis ici, ni que j'ai eu une conversation avec votre sœur. J'aimerais vous parler de ce qui s'est passé après son départ de Paris. Il est important, et même crucial, que vous sachiez certaines choses.

— Rien de ce que vous avez à dire ne m'intéresse, mademoiselle Grant. Bonsoir.

— Non, attendez ! Permettez-moi d'abord de vous parler en personne, s'il vous plaît. Ce que j'ai à vous révéler ne sera pas long, mais ce n'est pas le type de nouvelle qu'on peut annoncer au téléphone.

Un autre long silence. Mais il n'avait toujours pas raccroché.

— Je vous en prie, monsieur Purcell. C'est important. Je suis ici à l'hôtel, mais je vous rencontrerai où vous voudrez. Et à l'heure que vous voudrez.

Elle se mordit la lèvre en attendant sa réponse.

— Au bar de l'hôtel. Dans trente minutes.

Arrivée en avance, Rory s'installa à une table dans un coin. Le petit bar qui communiquait avec le restaurant de l'hôtel était un endroit intime et élégant. Éclairage feutré, moquette crème, portes encadrées par des piliers en marbre crème. Un air de piano flottait par-dessus le murmure des conversations. *Night and Day* de Cole Porter. Bien que cette musique soit apaisante et agréable, elle ne parvenait pas à se détendre et gardait les yeux fixés sur la porte.

Par chance, la plupart des tables étaient occupées. Anson serait moins tenté de hurler au scandale. Elle commanda un verre de chardonnay, plus par besoin de s'occuper les mains que par envie de boire. Elle s'apprêtait à soulever son verre quand Anson apparut. Elle le reconnut instantanément. Grand et large d'épaules, ondulations blond argenté. Toujours bel homme malgré sa soixantaine d'années.

Son grand-père.

Cette prise de conscience lui noua aussitôt la gorge. *Pas maintenant, Rory. Ne commence pas à pleurnicher, sinon tu ne t'en sortiras jamais.* Mais la vue de cet homme à quelques mètres d'elle l'empêchait de respirer normalement. Elle but une gorgée de vin, les mains soudain moites. Elle ne savait pas très bien à quoi s'attendre, mais certainement pas à cet état de stress.

Depuis l'entrée, il balayait les tables du regard. Elle retint son souffle en attendant que ses yeux se posent sur elle, puis leva la main. Il s'approcha sans un sourire. Rory supposa qu'il arborait en permanence cet air renfrogné. Il boitait à la manière d'un homme qui avait vécu une bonne partie de sa vie avec ce handicap et avait appris à le compenser.

Il tira la chaise en face d'elle en évitant son regard et s'assit. Avant qu'ils n'aient le temps d'échanger un seul mot, une serveuse apparut avec un grand verre apparemment rempli de gin tonic avec deux tranches de citron. Il la remercia d'un signe de tête. Elle dévisagea Rory avec curiosité, puis se tourna vers Anson.

— Souhaitez-vous voir le menu, monsieur Purcell ?

— Non, merci, Ellie. Nous n'en aurons pas pour longtemps.

C'était un client régulier de l'hôtel, si le personnel connaissait ses habitudes. Et il venait de lui faire comprendre sans détour qu'elle devrait en venir directement au fait.

Quand Ellie se fut éloignée, il souleva son verre et s'adossa à sa chaise en la dévisageant froidement. S'il lui trouvait un air familier, il n'en laissait rien paraître.

— Bon. Qu'est-ce que vous voulez au juste ?

— Je suis une amie de Soline.

— Je sais, vous me l'avez dit au téléphone.

Son ton glacial était intimidant, et il en était parfaitement conscient.

— Elle parle souvent de vous.

— Ah, vraiment ?

— Oui, de votre rencontre à l'hôpital et du travail que vous y faisiez tous les deux pour soutenir la Résistance. Et du jour où vous l'avez aidée à s'enfuir pour la protéger. Parce que vous l'aimiez.

Il la dévisageait toujours sans ciller.

— C'est vrai ? Tout cela est très flou aujourd'hui.

C'était donc cela, l'amertume dont lui avait parlé Thia. Cette souffrance aride qui s'exprimait avec hostilité et sarcasme. Et pourtant, Rory percevait une certaine nervosité dans sa nonchalance, une morosité qui prouvait qu'Anson Purcell n'était pas aussi détaché de ses souvenirs qu'il le prétendait.

— Elle m'a parlé de sa dernière nuit avec vous. De votre demande en mariage. Et elle m'a raconté le moment où elle vous a regardé pour la dernière fois, à travers le pare-brise de l'ambulance, jusqu'à ce que vous disparaissiez.

— On peut dire que vous savez enjoliver.

— Cela ne s'est pas passé ainsi ?

Anson regarda dans son verre.

— Je ne m'en souviens plus.

— Je pense que si. Et votre sœur est de mon avis.

— Qu'attendez-vous de moi, mademoiselle Grant ?

— J'aimerais que vous vous rappeliez combien vous l'aimiez et combien elle tenait à vous. Avant que vous ne rentriez chez vous et que votre père ne vous monte contre elle. Il y a certaines choses que vous ignorez.

Il prit une gorgée de gin tonic et l'avala péniblement.

— Très bien, mais je vais vous dire ce que je sais. J'ai fait jouer la moindre de mes relations pour l'envoyer aux États-Unis. J'ai graissé toutes les pattes, appelé toutes les personnes qui avaient une dette envers moi, et comme cela ne fonctionnait pas, je suis allé jusqu'à prononcer le nom de mon père pour la protéger. Je sais également que, lorsqu'elle a appris que j'étais hospitalisé en Suisse avec un trou dans les tripes et des jambes bonnes pour l'amputation, elle a déguerpi au plus vite. Il faut reconnaître que la plupart des femmes seraient restées pour l'argent. Je suppose qu'elle n'a eu aucun mal à m'oublier.

— Arrêtez, le coupa Rory plus sèchement qu'elle ne le voulait. Vous ne devriez pas déformer la réalité. Ce n'est pas vrai.

Anson reposa bruyamment son verre.

— J'ai bien peur que si, mademoiselle. Cela ne me fait nullement plaisir de l'admettre, mais je suis devenu le dindon de la farce. Mon père, de son côté, a été enchanté de découvrir qu'il ne s'était pas trompé.

Rory prit son verre de vin et le sirota lentement. C'était pénible de l'entendre proférer des paroles aussi dures à l'égard de Soline, mais tout aussi douloureux de réaliser qu'il était convaincu d'avoir raison.

— Votre père vous a menti.

Anson se raidit et parut s'irriter.

— Mademoiselle Grant…

— Je vous assure que c'est la vérité. Il vous a menti sur la raison du départ de Soline et sur l'endroit où elle était partie. Tout était faux. Elle ne vous a jamais abandonné. C'est votre père qui l'a chassée. Thia est au courant. Elle l'ignorait à l'époque, mais elle sait tout maintenant. C'est pour cette raison que je suis ici. Je suis venue vous expliquer ce qui s'est vraiment passé.

Anson était parfaitement immobile, et son visage n'exprimait pas la moindre émotion.

— Ce sont ces inventions ridicules que vous espériez me faire gober ?

— Me trouvez-vous un air familier ? demanda Rory, après avoir réalisé que c'était le seul moyen de se faire comprendre. Regardez mon visage. Mes yeux. Mon nez. Est-ce que je vous rappelle quelqu'un ?

Anson plissa les yeux d'un air méfiant.

— Mais qu'est-ce que vous essayez de faire ?

Son corps était si tendu qu'il semblait prêt à bondir de sa chaise.

— Je ne sais pas à quoi vous jouez, mademoiselle Grant, mais je préfère vous prévenir : ça ne marchera pas.

— Je ne joue à rien. Et je pense que vous devriez commencer à m'appeler Rory. Ou Aurora, si vous préférez.

— Je n'ai aucune intention de continuer à vous parler. Cette conversation est terminée.

Il repoussa sa chaise et se leva.

Des picotements de panique envahirent les membres de Rory. S'il partait maintenant, elle n'aurait pas de seconde chance.

— Soline a eu un enfant, lâcha-t-elle. De vous.

Anson se figea.

— Assia, ajouta-t-elle doucement. Le nom de votre fille était Assia.

Il pivota avec raideur et se laissa tomber sur sa chaise, comme si le poids de ces mots était trop lourd à porter. Rory tira son fourre-tout sur ses genoux, sortit les photos et les posa côte à côte sur la table.

— Savez-vous ce que c'est ?

Anson les étudia un instant, puis regarda Rory.

— Des portraits de ma sœur. À une fête d'anniversaire, je crois.

Rory hocha la tête et pointa du doigt la photo de droite.

— Celle-ci, oui. Mais l'autre… L'autre est une photo de votre petite-fille – la fille de votre fille – quand elle avait huit ans. Elle en aura vingt-quatre en janvier.

Anson la regardait sans bouger, les bras croisés.

— Je ne vous avais encore jamais vue il n'y a pas plus d'un quart d'heure, et vous vous attendez à ce que je vous croie sur parole ?

— Je vous ai apporté des preuves.

Elle sortit le livre de comptes de son sac et le posa devant lui sur la table.

— Tout est inscrit là-dedans.

Il jeta un regard méfiant au livre.

— Qu'est-ce que c'est ?

— Thia l'a trouvé parmi les affaires de votre père après sa mort. Une chance pour nous qu'il ait eu la manie de conserver le moindre document. Tout colle parfaitement avec ce que m'a raconté Soline. Il s'est arrangé pour l'envoyer vivre dans un foyer pour mères célibataires. Et je veux dire par là qu'il a payé. Seulement, à sa naissance, on a expliqué à Soline que sa petite fille était morte. Elle a ensuite été adoptée par un couple aisé de Boston. Leur nom était Lowell. Ils ont renommé l'enfant Camilla. Plus tard, Camilla a épousé un homme du nom de Geoffrey Grant et a elle-même donné naissance à une fille. Une fille nommée Aurora, Rory pour les intimes.

Il lui fallut plusieurs secondes pour réagir. Enfin, il sembla comprendre le sens de ces mots.

— Mais ce n'est pas…

— Si. C'est pour cette raison que vous m'avez confondue avec Thia sur la deuxième photo. Je lui ressemble parce que je suis sa petite-nièce. Et je vous ressemble aussi… parce que je suis votre petite-fille.

Son visage s'assombrit.

— Si vous espérez obtenir un seul cent de ma part, sous prétexte que…

Rory fit glisser le livre de comptes vers lui.

— Tout est là. Chaque dollar dépensé par votre père, y compris ce qui ressemble à des paiements effectués sous la menace d'un chantage. Il y a également un certificat d'adoption qui désigne Soline comme la mère naturelle de l'enfant. Le nom du père est inconnu, mais la date de naissance correspond parfaitement à votre dernière nuit ensemble à Paris.

Anson ferma les yeux, comme si le souvenir de cette nuit le faisait souffrir physiquement. Au bout d'un moment, il les rouvrit et se racla la gorge.

— Mon père avait un sens des priorités bien à lui, mademoiselle Grant, et rien ne pouvait se mettre en travers de son chemin. Il avait des projets pour moi, mais le mariage n'en faisait pas partie, à moins que le choix de ma future épouse lui convienne. Je ne doute pas qu'il ait fait tout ce dont vous l'accusez. Cela lui ressemble même tout à fait. Mais dans le cas présent, il avait des raisons de douter de la sincérité de ma… fiancée.

La façon dont il prononça ce mot fit bouillir le sang de Rory.

— Comment pouvez-vous dire une chose pareille ? Elle attendait votre enfant quand il l'a chassée.

— Apparemment, il ne vous est pas venu à l'esprit que je n'étais peut-être pas le seul homme dans sa vie. Et qu'il peut exister une explication très simple au fait que le nom du père soit inconnu : elle ne le connaissait pas elle-même.

Rory le dévisagea, stupéfaite de cette fausse indifférence. Parce qu'il faisait évidemment semblant. C'était évident à en juger par la tension de sa mâchoire et la façon dont il serrait le pied de son verre entre ses doigts. Il était incapable d'accepter la vérité, car cela signifiait qu'il avait tout perdu.

— Vous n'y croyez pas. Je le sais.

Un muscle de sa mâchoire tressaillit.

— Je pense être mieux placé que vous pour savoir ce que je crois ou non. Elle vous a convaincue qu'elle était une sorte de martyre, mais j'en sais plus que vous à son sujet. Peu importe comment ; je suis bien renseigné, voilà tout. Alors épargnez-moi ce conte de fées selon lequel elle aurait passé ces quarante dernières années le cœur brisé.

— Elle ne s'est jamais mariée.

Anson prit son verre, presque vide à présent, et contempla le reste de sa boisson.

— Cela ne me regarde pas.

— Ah, non ?

— Faut-il que je vous rappelle une évidence ? Elle n'est pas partie à ma recherche, elle non plus.

— Pourquoi l'aurait-elle fait ? Elle vous croyait mort.

Anson redressa brusquement la tête.

— Mort ?

Voilà qu'il se montrait enfin attentif.

— Votre père l'avait déjà chassée de la maison quand est arrivé un télégramme annonçant que vous étiez en vie. Il était bien plus simple pour lui de la laisser croire que vous étiez mort. Et de vous faire croire qu'elle vous avait abandonné. Il ne s'est pas contenté de la chasser. Il s'est assuré qu'elle n'ait aucune raison de revenir.

Anson la regarda en s'efforçant visiblement de garder son calme.

— En voilà une histoire.

— Si vous ne me croyez pas, votre sœur vous le confirmera. Elle était anéantie quand elle a appris le départ de Soline, mais elle savait seulement ce que votre père lui avait raconté : la même chose qu'à vous. Récemment, elle a trouvé ce livre de comptes et commencé à assembler les pièces du puzzle. Elle a essayé de vous en parler, mais vous l'avez obligée à se taire. Elle pensait que vous m'écouteriez peut-être.

L'espace d'un instant, Rory crut lire une émotion furtive dans le regard d'Anson – enfin une fissure dans son armure glaciale –, mais elle disparut presque instantanément.

— Je comprends que ma sœur soit affectée. Toutes deux étaient proches autrefois. Mais une chose m'intrigue : qu'est-ce que cela peut vous faire ? Après toutes ces années, pourquoi vous préoccuper de ces histoires ? Vous êtes un peu grande pour les parties de pêche et le camping avec papi. Qu'est-ce que vous cherchez au juste ?

— Ce que ça peut me faire ? répéta Rory, blessée au point d'avoir les larmes aux yeux. Soline est ma grand-mère. Et même si elle ne l'était pas, je la considère comme mon amie. Je n'attends rien de vous. J'essaie juste de réparer une injustice qui dure depuis quarante ans. Parce que je sais ce qu'elle a enduré quand vous avez été porté disparu, l'horreur de ne pas savoir si vous étiez vivant ou mort, de ne jamais savoir ce qui s'était passé et de ne pas pouvoir vous dire adieu. Je sais ce que ça fait. J'en ai fait personnellement l'expérience.

Elle se tourna pour essuyer ses larmes, honteuse d'avoir embrayé sur un sujet aussi privé.

— Mademoiselle Grant…

Levant les yeux, elle s'aperçut qu'Anson lui tendait un mouchoir soigneusement plié. Aujourd'hui, le monogramme était bleu foncé, mais c'était bien le même : A.W.P. Elle le prit pour s'essuyer les yeux.

— Je suis désolée. Je ne voulais pas craquer, mais cela fait beaucoup de choses à digérer pour moi aussi, et je sais réellement ce qu'on ressent quand on perd quelqu'un. Quand on ignore totalement…

Son attitude tout entière parut changer. Il se pencha en avant, appuyé sur ses bras croisés.

— Votre mari ?

Les rides autour de sa bouche et de ses yeux s'étaient adoucies, ce qui le faisait paraître plus jeune. Soudain, il ressemblait tant à Camilla que cela aida Rory à se détendre.

— Mon fiancé, Hux. Enfin, il s'appelle Matthew, mais son nom de famille étant Huxley, tout le monde le surnomme Hux.

— Que lui est-il arrivé ?

— Il est pédiatre au sein de l'équipe de Médecins sans frontières dans le sud du Soudan. La clinique où il travaillait a été attaquée un matin, peu après l'aube. Un camion s'est arrêté et des hommes les ont enlevés, lui et deux membres du personnel. Cela fait neuf mois qu'ils ont disparu, et personne ne semble rien savoir.

— Je suis désolé. La situation est complexe dans cette partie du monde en ce moment. Il y a tant de factions qui s'affrontent et provoquent des troubles. Mais ne perdez pas espoir. Ses ravisseurs, quels qu'ils soient, savent que leurs otages doivent rester en vie s'ils comptent obtenir ce qu'ils veulent. La situation peut vous paraître désespérée, mais j'ai de l'expérience dans ce domaine. La Fédération internationale des Sociétés de la Croix-Rouge collabore avec les gouvernements du monde entier pour garantir la sécurité de nos compatriotes. Ce n'est pas parce que vous n'avez pas de nouvelles qu'il ne se passe rien.

— Merci, murmura Rory. Il est difficile de tenir le coup quand on n'a pas la moindre nouvelle, quand on ignore s'il est encore raisonnable d'espérer. Je ne me vois pas passer ainsi les quarante prochaines années. Je suppose que j'espérais…

— Qu'après quarante années de séparation, Soline et moi nous retrouverions et nous aimerions comme au premier jour ?

Il s'adossa à sa chaise, comme s'il avait besoin de mettre une distance entre eux.

— Que nous formerions tous une grande famille, avec fêtes d'anniversaire et déjeuners dominicaux ? J'ai bien peur qu'il soit trop tard pour cela.

Rory se sentit rougir. Au fond de son cœur, c'était exactement ce qu'elle avait espéré. L'espace d'un instant, elle avait aperçu une facette de la personnalité d'Anson qui lui avait fait penser que c'était possible. Elle avait reconnu l'homme qui avait offert son mouchoir à une femme en détresse. Mais cet Anson avait disparu à l'instant où ils avaient recommencé à parler de Soline.

— Vous ne croyez pas aux contes de fées ? demanda-t-elle doucement.

— Plus depuis très longtemps.

— Est-ce pour cette raison que vous ne vous êtes jamais marié ?

Il se raidit.

— Je ne vois pas le rapport. D'ailleurs, cela ne vous regarde nullement. En tout cas, il faut que vous sachiez que je suis au courant de certaines choses que vous ignorez.

Rory replia le mouchoir et le lui rendit.

— J'ignore ce que vous sous-entendez, mais si vous veniez simplement à Boston…

— Cette histoire n'a aucune chance de bien se terminer, mademoiselle Grant. Parfois, quand les choses sont allées trop loin, il est impossible de rectifier le tir.

Il se leva, puis lui adressa un signe de tête froid.

— Si vous voulez bien m'excuser, je me lève tôt demain matin.

Il jeta une poignée de billets sur la table.

— Je suis navré pour Matthew. J'espère que tout finira par s'arranger pour vous deux.

Rory sentit son cœur se serrer en le regardant s'éloigner. Elle avait refusé de croire que les années l'avaient endurci à ce point. Mais il venait de tourner le dos à la femme qu'il avait profondément aimée des années plus tôt et de ruiner tout espoir de relation avec sa fille.

Elle rangea les photos dans son fourre-tout, puis récupéra le livre de comptes et se leva. Il n'avait même pas pris la peine de l'ouvrir. S'il l'avait fait, peut-être que…

Oui… peut-être.

Les têtes se tournèrent vers Rory lorsqu'elle suspendit précipitamment le sac à son épaule en évitant de peu son verre de vin et fila vers la sortie du bar. Elle s'arrêta un instant au milieu du hall de l'hôtel et jeta des coups d'œil dans toutes les directions. Enfin, elle l'aperçut au loin qui se dirigeait vers les ascenseurs. Elle courait presque à présent, redoutant de ne pas parvenir à le rattraper avant qu'il ne monte dans la cabine et disparaisse.

— Anson !

Sa voix résonna épouvantablement dans le hall désert.

— Attendez ! Je vous en prie !

Il venait de pénétrer dans l'ascenseur lorsqu'il la vit. Il se raidit brièvement, puis se mit à appuyer frénétiquement sur le bouton de son étage dans l'espoir que la porte se refermerait. Rory s'empressa de tendre le bras pour la retenir. La porte parut tressauter, comme si elle ne comprenait pas ce qui se passait, puis se rouvrit.

Trop stupéfait pour réagir, Anson se contenta de la dévisager lorsque Rory plaqua le livre contre sa poitrine et sortit à reculons de la cabine. Il le jetterait probablement à la poubelle dès qu'il serait de retour dans sa chambre, mais elle aurait au moins fait tout ce qu'elle pouvait. La suite de l'histoire dépendait de lui.

40

Rory

Boston, le 26 septembre 1985

Rory fit passer les essuie-glaces à la vitesse supérieure en regrettant de ne pas être restée chez elle pour prendre un bon bain comme prévu. Mais à son retour de l'aéroport, un message de sa mère l'attendait sur le répondeur. C'était une nouvelle invitation à un brunch – qu'elle n'avait aucune intention d'accepter –, mais Camilla parlait également de se rendre au théâtre dans la soirée. Ce qui signifiait qu'en se dépêchant un peu, elle pourrait se glisser dans la maison et reposer le portrait à sa place, avant que Camilla ne s'aperçoive qu'elle le lui avait emprunté.

Elle se sentait épuisée après sa nuit d'insomnie. Elle avait naïvement espéré qu'Anson jetterait un coup d'œil au livre de comptes dans sa chambre et changerait brusquement d'avis. Elle avait essayé de le joindre en attendant l'arrivée de son petit déjeuner, mais le réceptionniste lui avait appris que M. Purcell avait déjà quitté l'hôtel. Avant de partir pour l'aéroport, elle avait appelé Thia pour lui raconter ce qui s'était passé, et celle-ci l'avait convaincue de lui laisser quelques semaines supplémentaires pour parler à son frère. En attendant, elle ne révélerait rien à sa mère et ferait ce qu'elle pourrait pour arranger les choses entre Soline et elle.

Au moment où elle pénétra dans l'allée, la maison était plongée dans l'obscurité. Seule la lumière du vestibule était visible à travers les rideaux qui encadraient la porte. La voiture de sa mère était invisible. Elle retrouva sa vieille clé de la maison, attrapa son fourre-tout sur le siège et remonta l'allée.

Telle une cambrioleuse, elle entra à tâtons dans le vestibule faiblement éclairé. Elle se sentit vaguement coupable d'agir ainsi, mais elle n'en aurait vraiment que pour une minute. Ensuite, elle rentrerait se prélasser dans un bon bain moussant, avec quelques trucs à grignoter et le dernier roman de Heather Graham. Ou peut-être qu'elle zapperait le bain et irait directement se coucher. La journée du lendemain s'annonçait chargée.

Dans le salon, elle contourna le canapé puis les deux fauteuils à oreilles et se dirigea finalement vers la vitrine installée dans un coin de la pièce. Elle venait de tourner la minuscule clé dans la serrure et faisait glisser la porte vitrée, quand la lumière du salon s'alluma brusquement.

— Aurora, mais qu'est-ce que tu fais à rôder comme ça dans le noir ?

Rory remua les lèvres en se creusant la tête pour trouver une explication.

Camilla fronça les sourcils.

— J'ai vu ta voiture dans l'allée en arrivant. Est-ce qu'il y a…

Elle se tut quand elle remarqua le portrait que tenait Rory.

— Mais qu'est-ce que tu fais avec ça ?

— J'étais juste…

Rory balaya la pièce du regard, comme si elle espérait apercevoir une excuse tapie dans un coin. En vain.

— Je pensais que tu serais au théâtre.

— J'y étais, mais mes allergies se sont déclenchées, alors je suis partie à l'entracte.

Camilla posa son sac à main sur le canapé et retira le châle brodé de perles chatoyantes posé sur ses épaules. Quand elle le secoua, une pluie de gouttelettes arrosa la moquette.

— Que se passe-t-il, Aurora ? Tu ne réponds à aucun de mes appels, et voilà que je te trouve en train de fureter chez moi dans le noir. Est-ce que tu me caches quelque chose ?

— Du genre ?

— Je n'en ai aucune idée, mais ton comportement est très étrange. Si tu voulais m'emprunter une photo, tu n'avais qu'à la demander.

L'espace d'un instant, Rory envisagea de mentir, mais elle ne s'en sortirait jamais. Sa mère savait combien elle avait toujours détesté ce portrait.

— Je ne te l'empruntais pas, répondit-elle finalement. Je le remettais à sa place.

— Comment ça ?

— Je suis passée un soir où tu étais sortie et je... je l'ai pris.

Camilla parut sincèrement perplexe.

— Mais pourquoi ?

— Je rentre juste de San Francisco. Et peu avant, j'étais à Newport.

— Je n'y comprends rien. Quel rapport entre San Francisco, Newport et une photo de toi enfant ?

Rory ferma les yeux et laissa échapper un long soupir. Elle n'avait plus le choix maintenant, il fallait tout lui raconter.

— Cela n'a pas seulement un rapport avec moi, mais avec toi également.

— Je ne te suis pas du tout, Aurora. Qu'est-ce que tu racontes ?

Rory baissa les yeux. Elle n'était pas prête à avoir cette conversation. Pour commencer, elle avait donné le livre de comptes et le certificat d'adoption à Anson. Elle n'aurait aucune preuve de ce qu'elle s'apprêtait à annoncer à sa mère. Mais il était impossible de faire marche arrière maintenant. Camilla attendait une réponse.

— Maman, il faut que nous parlions.

Elle parut soudain méfiante.

— De quoi ?

Rory prit une profonde inspiration et expira d'un coup.

— De tes parents.

Camilla se laissa tomber sur le canapé, les yeux baissés vers la moquette. Quand elle releva finalement la tête, elle avait l'air fatiguée et étrangement soulagée.

— Comment l'as-tu appris ?

Rory la dévisagea avec stupéfaction. Elle avait immédiatement compris et n'offrait aucune résistance.

— Tu sais que tu as été adoptée ?

Camilla hocha la tête.

— Mais depuis quand ?

— J'avais dix ans quand je l'ai découvert. Je n'étais pas censée le savoir, mais ma mère a laissé échapper une remarque un soir où je l'avais mise en colère. Elle a déclaré qu'elle n'aurait jamais dû espérer que je devienne un jour une Lowell, que je serais toujours une petite gueuse et qu'elle aurait dû me renvoyer d'où je venais quand elle en avait eu l'occasion. J'ignorais totalement ce qu'elle voulait dire, mais un an plus tard, alors que mon père et elle se disputaient, je l'ai entendue prononcer ce mot à nouveau. Gueuse. Je ne sais pas où j'ai trouvé le courage de le faire, mais j'ai ouvert la porte et me suis dirigée vers elle en exigeant de savoir pourquoi elle répétait ce mot. Elle m'a giflée si violemment que mes oreilles ont sonné pendant une heure. Elle était furieuse que je les aie espionnés, mais au fond, je crois qu'elle était ravie de m'apprendre que je n'étais pas sa fille. Ensuite, mon père ne lui a plus parlé pendant des semaines.

La gorge serrée, Rory imagina la scène. Se faire traiter de gueuse par la femme qu'elle avait toujours considérée comme sa mère, s'entendre brutalement dire qu'elle ne vaudrait jamais rien. Pas étonnant que Camilla n'ait jamais parlé de son enfance.

— Et dire que tu m'as caché cette histoire pendant toutes ces années. Mais pourquoi ?

Sa mère garda les yeux baissés.

— Je ne l'ai jamais racontée à personne. Pas même à ton père.

— Tu n'en as jamais parlé à papa ?

— Ma mère était déterminée à me faire épouser un bon parti. Elle se moquait de savoir qui était cet homme, tant qu'il venait d'une famille convenable. Elle m'a dit d'en choisir un et de faire ce que j'avais à faire. Mon choix s'est porté sur ton père, et je me suis littéralement jetée sur lui. Il m'a épousée pour mon nom. Et pour mon héritage. Mais je m'en moquais. Je l'aurais épousé sous n'importe quelles conditions. Cependant, ma mère avait ses propres exigences. Elle m'a expliqué très clairement que si jamais je révélais le secret de mon adoption à ton père – si jamais j'en soufflais un mot à quiconque –, elle me laisserait sans un sou, et ce serait la fin de mon mariage. Elle n'hésiterait pas à le faire si j'osais la contrarier.

Camilla regarda ailleurs en secouant la tête.

— Je m'étais toujours moquée de mon héritage, mais je ne pouvais pas me permettre de perdre ton père.

Rory digéra ces nouvelles informations en se demandant si elle l'avait bien entendue. Elle avait toujours cru que le mariage de ses parents était une sorte de pacte diabolique, une union sans amour, mais où chaque partie trouvait son compte. S'était-elle trompée ? Était-il possible que sa mère ait été amoureuse de Geoffrey Grant au moment où elle l'avait épousé ?

— Mais c'était il y a des années. Tu veux dire qu'après tout ce qui s'est passé, toutes ces disputes, toutes ces femmes… Es-tu en train de me dire que tu l'aimais ?

Camilla parvint à esquisser un sourire, les yeux brillants de larmes.

— Je l'ai toujours aimé, Aurora. Du début à la fin.

Stupéfaite, Rory secoua la tête. Comment cet attachement, aujourd'hui flagrant, ne lui avait-il jamais sauté aux yeux ?

Tu n'as aucune idée de ce que j'ai perdu.

Sa mère avait un jour prononcé ces mots dans un moment de colère. Rory ne les avait pas compris sur le coup. Enfant,

Camilla avait été rejetée par sa mère, et plus tard, par l'homme qu'elle aimait. Il n'avait cessé de la tromper, mais Camilla avait tant bien que mal gardé la tête haute, sous les yeux de ses amies navrées.

— Je suis désolée que tu aies porté ce fardeau seule pendant toutes ces années, que tu n'aies pas jugé utile de le partager avec moi.

Camilla haussa les épaules.

— Je suppose que j'avais honte.

— Honte ? Mais de quoi ?

— Je n'étais pas digne d'être aimée, répondit-elle en battant des cils pour retenir ses larmes.

Elle prit son sac à main, en sortit un mouchoir et se tamponna les yeux.

— Et puis, je suis ta mère. C'est à toi de te reposer sur moi, pas le contraire. En tout cas, je suis soulagée que tu sois enfin au courant de mon adoption. J'ai toujours craint qu'un événement fâcheux fasse éclater la vérité. Un problème de santé qui aurait nécessité la vérification des antécédents médicaux de ma famille, par exemple.

Camilla plissa brusquement les yeux.

— Mais comment l'as-tu découvert ?

— Par accident.

Rory baissa les yeux vers la photo encadrée dans ses mains. Sans le savoir, Camilla venait de ramener la conversation au point de départ.

— Que sais-tu de tes parents biologiques ?

Elle secoua lentement la tête.

— On m'a seulement expliqué que j'avais été conçue pendant la guerre et que ma mère m'avait abandonnée parce qu'elle n'était pas mariée. C'était plutôt commun à l'époque. Tous ces soldats morts au combat ont laissé beaucoup de fiancées et de bébés dans une situation délicate. C'est mon père qui m'a finalement tout raconté, peu avant sa mort. Après trois fausses couches, ma mère, enfin Gwendolyn, souffrait de ne pas avoir d'enfant alors que toutes ses amies en avaient des tas. Il a donc discrètement organisé mon adoption. J'étais son lot de consolation.

— A-t-il mentionné le nom de ta mère biologique ?

— Oh, non. L'opération se déroulait dans le plus grand secret à l'époque, surtout lorsque la mère n'était pas mariée. On est beaucoup plus ouvert sur le sujet aujourd'hui, mais à ce moment-là, c'était un véritable tabou. Ma mère était catégorique : personne ne devait apprendre que je n'étais pas réellement leur fille. Mes parents sont partis en vacances à l'étranger – sur les conseils de son médecin, soi-disant –, puis sont revenus en pleine forme un an plus tard, et parents d'une jolie petite fille. Si quelqu'un a eu des doutes sur mes origines, nous n'en avons jamais rien su. Évidemment, personne n'aurait pris le risque de se fâcher avec les Lowell.

— Et ton père ? Ton père biologique, je veux dire.

— Personne ne m'en a jamais parlé, mais j'ai toujours supposé qu'il avait été tué pendant la guerre.

Elle pressa les doigts sur ses lèvres et secoua la tête comme pour s'excuser de se montrer aussi émotive.

— J'aimais George Lowell de tout mon cœur. C'était un homme gentil et aimant, mais faible. Du moins face à ma mère. Il était incapable de me protéger d'elle. À sa mort, je me rappelle avoir pensé qu'il avait enfin trouvé le moyen de se libérer de son emprise. Je ne pouvais pas lui en vouloir, mais il m'avait abandonnée à mon triste sort. C'est à cette époque que j'ai commencé à rêver de mon vrai père. J'essayais de l'imaginer. Grand et beau, comme le chevalier d'un conte de fées. Héroïque jusqu'à son dernier souffle. Je me demandais s'il savait qu'il avait une fille et s'il lui arrivait de penser à moi. J'avais tellement besoin d'y croire.

Ces mots semblèrent vibrer dans le silence qui s'installa entre elles. Rory se laissa tomber sur le canapé à côté de Camilla et posa la photo dans son cadre argenté en équilibre sur ses genoux. Sur son visage, elle reconnaissait maintenant les traits d'Anson, de Thia, et de Camilla. Mais il y avait aussi quelque chose de Soline dans sa forme en cœur et ses hautes pommettes, son long cou et son menton pointu. Leur ressemblance était si évidente maintenant qu'elle connaissait la vérité.

Elle posa le cadre dans les mains de Camilla en la regardant dans les yeux.

— Tu m'as demandé ce que je faisais avec cette vieille photo. Je t'ai répondu que je rentrais juste de San Francisco. Et maintenant, il faut que je te raconte le reste.

Camilla se raidit très légèrement.

— Le reste ?

— J'ai fait une découverte. C'était totalement inattendu. J'avais demandé à un ami – un journaliste du *Globe* – de m'aider à trouver une vieille photo d'Anson. Je voulais l'offrir à Soline. Quelques jours plus tard…

— Qui est Anson ?

— L'homme que Soline aurait dû épouser.

— Ah, l'ambulancier qui a été tué pendant la guerre.

— Sauf qu'il ne l'a pas été.

— Quoi donc ?

— Tué. Il a été gravement blessé et détenu un certain temps dans un camp, mais il n'est pas mort. Il était vivant depuis toutes ces années. Et il y a deux jours, j'ai rencontré sa sœur à Newport.

Camilla fronçait les sourcils, clairement déconcertée.

— Je n'y comprends pas grand-chose. Quel est le rapport entre le fiancé de Soline et ce portrait de toi enfant ?

— J'y viens.

L'impatience de sa mère était compréhensible, mais il y avait beaucoup à dire, et il fallait s'y prendre prudemment.

— Je suis d'abord partie à Newport pour y rencontrer Anson, mais j'ai seulement pu parler à sa sœur Thia. Elle m'a montré une photo d'elle enfant. Elle ressemblait tant à celle-ci qu'on avait l'impression de voir des sœurs jumelles nées à trente ans d'intervalle. Elle m'a également remis des documents qu'elle avait trouvés dans les affaires de son père après sa mort. Un vieux livre de comptes et la copie d'un certificat d'adoption. C'est pour cette raison que j'ai pris l'avion pour San Francisco : il fallait que je rencontre Anson pour lui expliquer tout ce qu'il ignorait. Cet homme vient de passer quarante ans à détester Soline parce qu'il croyait qu'elle l'avait quitté après avoir appris qu'il était blessé. Mais c'était un mensonge. Le père d'Anson l'avait chassée, car elle allait avoir un bébé. Il fallait que je le voie pour lui révéler ce que je savais désormais : la petite fille que Soline avait mise au monde toutes ces années plus tôt, c'était toi.

Camilla pâlit, le visage crispé.

— C'est impossible.

— Non, c'est la vérité, dit doucement Rory. J'ai vu le certificat d'adoption. Les noms de George et Gwendolyn Lowell y étaient inscrits noir sur blanc. Celui de Soline également. Et le tien. La mention « inconnu » était indiquée à côté du nom du père, mais il ne fait aucun doute que le bébé était celui d'Anson. Son père a payé une femme nommée Dorothy Sheridan pour informer Soline que tu étais morte peu après ta naissance. Ensuite, elle t'a trouvé des parents adoptifs.

— Non.

— Elle t'avait nommée Assia, poursuivit Rory sans se laisser décourager. Cela signifie « celle qui soulage ».

Camilla secoua la tête, les yeux écarquillés et humides.

— Mais c'est impossible, Aurora. Après toutes ces années… une coïncidence pareille…

— Je sais que c'est difficile à imaginer. J'ai aussi eu du mal à encaisser le choc, mais c'est vrai. La femme qui t'a mise au monde vit ici à Boston. Tu as même déjeuné avec elle la semaine dernière.

Camilla se leva brusquement et le cadre argenté tomba sur le sol.

— Pourquoi me racontes-tu ces mensonges ? As-tu besoin de cette femme au point d'être prête à gober cette histoire grotesque ? Ou cherches-tu à me punir sous prétexte que je me suis mal comportée l'autre jour ?

Rory la dévisagea, stupéfaite.

— Tu crois vraiment que j'inventerais une histoire pareille par méchanceté ?

— Je pense que tu veux y croire, même si elle est totalement abracadabrante. Tu connais à peine cette femme, mais dans ton esprit, c'est déjà une espèce de sainte.

— On croirait entendre Anson. Il a répliqué la même chose hier soir.

Camilla parut presque soulagée.

— Anson n'y croit pas non plus ?

— C'est sans importance. Je lui ai présenté des preuves. Je lui ai même laissé le livre de comptes. Mais il m'a clairement fait comprendre que ces histoires de famille ne l'intéressaient pas.

— Et Soline ? demanda froidement Camilla. Que pense-t-elle de ce soi-disant miracle ?

— Elle ignore tout pour le moment. Elle ne me parle plus. Elle ne répond pas à mes appels et refuse de me recevoir depuis le déjeuner au *Seasons*.

— Et je suppose que c'est ma faute ?

— Je n'ai pas dit ça, mais il faut que tu la comprennes. Ce mutisme est une façon de se protéger. Ce qui lui est arrivé l'autre jour était une agression. Tu ne t'es peut-être pas entendue parler, mais moi, oui. Et elle aussi. Et je t'entends maintenant. Par un extraordinaire coup du destin, tu as la chance de connaître aujourd'hui ta véritable mère, et au lieu d'accueillir cette nouvelle, tu m'accuses de vouloir te punir. Je ne te comprends pas.

Camilla hocha la tête avec raideur.

— Cela fait beaucoup d'informations à assimiler d'un coup, Aurora. Je suis désolée de ne pas être aussi résiliente que tu le souhaiterais. Peut-être que Soline s'en tirera mieux que moi.

Elle se baissa pour récupérer le cadre sur le sol, se dirigea vers la vitrine et passa plusieurs minutes à replacer correctement chaque bibelot. Quand elle se tourna vers Rory, elle afficha un air platement résigné.

— Quand vas-tu le lui dire ?

— Pas avant un moment. Comme Thia espère encore pouvoir apaiser Anson, je lui ai promis d'attendre. Je vais avoir besoin de temps de toute façon, puisqu'il faut d'abord que je convainque Soline de m'écouter.

— Comment crois-tu qu'elle prendra la nouvelle ?

— Mal, j'en ai peur. Perdre à nouveau Anson – et de cette façon – risque de l'anéantir. Et puis, la fille dont elle pleure la mort depuis quarante ans est également en vie mais refuse d'avoir le moindre lien avec elle. Si elle ne nous fait pas une énorme dépression après ça !

— Aurora…

— Je suis fatiguée, maman. Je vais rentrer.

Camilla parut catastrophée.

— Tu ne peux pas partir maintenant. Il faut que nous parlions.

— J'ai assez parlé pour ce soir. Je suis épuisée, j'ai besoin de dormir.

— Viendras-tu pour le brunch dimanche ? Je t'en prie, ne me dis pas que tu es occupée.

C'était exactement ce que Rory s'apprêtait à répondre. Elle observa finalement le visage de Camilla. Elle paraissait fatiguée, elle aussi. Quoique… « Secouée » était sans doute un terme plus approprié. Cela faisait beaucoup à encaisser. Elle se retrouvait soudain avec une nouvelle famille au grand complet, mais une famille au parcours assez chaotique. Et ce soir, Rory avait pris conscience du fardeau que sa mère portait déjà. Peut-être que, comme Anson, elle était tout simplement incapable d'en supporter davantage.

— Je n'en sais rien, répondit-elle finalement. Je crois que pour le moment, nous avons besoin de digérer toutes ces nouvelles, toi et moi.

— Ne pars pas fâchée, je t'en prie, Aurora.

— Je ne suis pas fâchée, maman, mais déçue. Soline n'est plus seulement mon amie maintenant, c'est ma grand-mère. Je ne devrais pas être obligée de choisir entre vous, mais après le déjeuner au *Seasons*, je devine que c'est ce que tu attends de moi. Je voulais croire que ces nouvelles arrangeraient les choses – que nous allions pouvoir former une famille. Pas seulement dans mon intérêt, mais aussi dans le tien et celui de Soline. Tu n'imagines pas combien elle a souffert de t'avoir perdue, mais moi, je le sais. Je n'ai pensé qu'à deux choses ces derniers jours : elle allait enfin retrouver sa fille, et tu allais enfin avoir la mère que tu méritais, une mère qui ne cesserait jamais de t'aimer et de te vouloir auprès d'elle. Et je vous aurais auprès de moi, comme une vraie famille. Mais je suppose qu'Anson avait raison. Cette histoire ne se terminera pas comme un conte de fées.

Rory tourna le dos à sa mère et se dirigea vers le vestibule, avant de la regarder par-dessus l'épaule.

— Si tu souhaites encore savoir à quoi ressemble ton père, j'ai une photo assez récente de lui.

Camilla croisa les bras sur la poitrine, l'air de chercher à se protéger.

— Tu pourrais l'apporter dimanche.

— Peut-être.

41

Soline

La Mère a un projet pour chacune de ses élues, une voie unique tracée spécialement pour nous. Nous devons par conséquent nous méfier des échos des générations passées et nous garder de les faire nôtres. Nos échos ne doivent pas répéter le passé, mais apprendre de lui.

Esmée Roussel, *La Sorcière des robes*

Boston, le 27 septembre 1985

La sonnerie du téléphone retentit à 8 heures pile. Je sirote mon café en me maudissant d'avoir oublié de laisser le combiné posé à côté après avoir appelé l'épicier. Je décroche avec un grognement. De si bon matin, je sais déjà qui c'est.

— Bon, qu'est-ce que tu veux ?

— Bonjour. Ici le secrétaire de Daniel Ballantine. J'aimerais parler à Mlle Soline Roussel.

— Très drôle. Puis-je savoir pourquoi tu m'appelles ?

— Je viens de recevoir un coup de fil de Camilla Grant – la mère de Rory.

Ce nom me prend au dépourvu.

— Je sais qui c'est. Qu'est-ce qu'elle voulait ?

— Te joindre, apparemment. Rory a dû mentionner mon nom à un moment ou à un autre, car elle m'a retrouvée. Elle voulait ton numéro. Je lui ai proposé de te transmettre le sien plutôt. Elle ne m'a pas dit de quoi il s'agissait, mais elle était assez déterminée. Je dirais même stressée.

— Je ne l'appellerai pas.

— Au fait, as-tu parlé avec Rory ?

— Non. Pourquoi ? Est-ce qu'il y a un problème ?

— Non, mais Camilla paraissait dans tous ses états. Elle a dit qu'elle devait à tout prix te parler. Il vaudrait mieux que tu l'appelles, au cas où.

Au cas où… quoi ? Que peut-elle bien me vouloir ? Je me suis effacée comme elle le voulait, j'ai retrouvé la solitude de mon antre, et je n'en ressortirai plus. Je ne m'exposerai pas à une nouvelle scène.

— Je refuse de parler à cette femme.

— Mais qu'est-ce qui s'est passé à ce déjeuner, bon sang ?

— Peu importe.

— Très bien, mais note au moins son numéro, que je puisse me remettre au travail. Tu pourrais simplement vérifier si elle va bien. Comme je te l'ai dit, elle semblait un peu à cran.

— Donne-moi son numéro.

J'attrape un stylo et un carnet dans le tiroir et griffonne la suite de chiffres, même si je n'ai aucune intention de téléphoner à cette femme. Toutefois, après avoir raccroché, je regarde fixement le bout de papier en me demandant ce qu'elle peut bien me vouloir.

Au moment où j'arrive chez Camilla, je regrette déjà ma décision. C'était probablement une erreur, mais j'ai finalement craqué et appelé la mère de Rory. Et je me suis sentie incapable de décliner son invitation au brunch. Elle voulait que je lui offre une deuxième chance. Comme j'hésitais, elle m'a demandé de venir dans l'intérêt de Rory. Je n'ai pas pu refuser. Deux jours plus tard, me voilà partagée entre le regret d'avoir accepté et l'envie de savoir pourquoi elle tient tant à me voir.

L'estomac noué, j'appuie sur la sonnette. J'ai autant le trac que lorsque j'apprenais mon travail de tisseuse de sorts auprès de maman, un écho difficile à interpréter. J'ai envie de faire demi-tour et de redescendre l'allée. Mais avant que je n'aie le temps de m'éloigner, la porte s'ouvre et je me retrouve nez à nez avec cette femme parfaite dans sa tenue crème en lin diaphane, au cou orné de longs colliers de perles de corail qui lui arrivent presque à la taille. Elle tente de sourire, mais son assurance faiblit rapidement.

— Madame Roussel, merci beaucoup d'avoir accepté mon invitation. Je vous en prie, entrez.

Elle recule afin de me laisser passer, et mon regard se pose brièvement sur son poignet. Elle porte à nouveau son bracelet à breloques dorées, dont le tintement me rappelle ce déjeuner au *Seasons*.

— Et si nous allions nous asseoir sur la terrasse ?

Elle referme la porte dans un nouveau tintement de bracelet et me mène à travers une enfilade de pièces claires au décor raffiné. Cette maison est exactement comme me l'a décrite Rory : immaculée et inhabitée – aseptisée. L'espace d'un instant, je redeviens l'autre Soline, celle qui vient de descendre du train, des chaussures éraflées aux pieds et les vêtements en désordre, péniblement consciente de détonner.

La cuisine est la copie conforme d'une photo de magazine : un mélange d'Inox et de pierre, agrémenté d'une collection de jolies cruches au-dessus de la cuisinière qui ne servent sans doute qu'à décorer. Camilla m'offre un café. Je la remercie d'un signe de tête embarrassé en me demandant ce que je fais ici.

Elle remplit deux tasses et les pose sur un plateau, à côté d'un pot de crème et un autre de sucre.

— Par ici, dit-elle en s'efforçant à nouveau de sourire.

De toute évidence, elle se sent aussi mal à l'aise que moi. Je suis surprise que cette femme froide et élégante perde son assurance en ma présence.

Nous franchissons une porte-fenêtre qui donne sur une terrasse au sol d'ardoise. Il n'y a aucun signe de Rory, bien que la jolie petite table ait été dressée pour trois. La vue d'ici est à couper le souffle : quel bel aperçu du fleuve et de la vaste verdure !

Sentant le regard de Camilla sur moi, je me retourne et la trouve en train de m'observer. Elle détourne aussitôt les yeux et pointe une chaise du doigt.

— Je vous en prie, asseyez-vous.

Avec un nouveau sourire forcé, elle s'installe sur sa chaise. Je choisis la plus éloignée et prends une tasse sur le plateau, consciente de l'étrangeté de mes gants et toujours impatiente de comprendre ce qu'elle me veut.

— Merci d'avoir accepté mon invitation.

C'est la deuxième fois qu'elle prononce ces mots, et je ne peux m'empêcher de la plaindre. Elle paraît à la fois effrayée, vulnérable et anxieuse.

— Je vous ai demandé de venir relativement tôt, car je souhaitais vous parler avant l'arrivée d'Aurora. Elle m'a dit que vous ne vous étiez pas reparlé depuis notre déjeuner, et j'ai bien peur que ce soit ma faute. Nous avons pris un mauvais départ.

Elle secoue la tête.

— Non, ce n'est pas exact. C'est moi qui ai pris un mauvais départ. Je me suis très mal comportée envers vous ce jour-là, et je voulais m'expliquer… enfin, m'excuser.

Je devine à sa difficulté de prononcer ces derniers mots qu'elle n'a pas l'habitude de le faire. Comme cela lui est visiblement pénible, je sens mon cœur s'adoucir. Je sirote mon café en attendant qu'elle poursuive.

— Je ne sais pas ce qui m'a pris. Les mots sortaient de ma bouche sans que je puisse les arrêter. C'était comme si ma mère parlait à ma place.

Elle cesse brusquement de me regarder, l'air de regretter d'avoir laissé échapper cette remarque.

— Ce commentaire sur ma mère était inutile. Seulement, je me surprends parfois à l'imiter quand il est question d'Aurora. Nous ne sommes pas toujours… Nous voyons les choses différemment. Presque tout, en fait. Lorsque Matthew… Hux. Lorsque Hux est apparu dans sa vie, j'ai mal réagi. Je ne savais rien de lui, et j'ai eu peur qu'il soit…

Elle soupire et se tait à nouveau.

— Je m'étais juré que je ne deviendrais jamais comme elle. Que le jour où j'aurais une fille à mon tour, je serais différente, mais en fait, je suis son portrait craché.

— Vous parlez à nouveau de votre mère.

Elle hoche la tête et esquisse une moue enfantine.

— Je n'ai jamais été la fille dont elle rêvait, et elle me l'a bien fait savoir.

Elle presse une main sur ses lèvres.

— Je suis vraiment navrée. Vous n'êtes pas venue pour écouter mes jérémiades, mais je n'ai à peu près personne à qui en parler, et vous êtes… Rory et vous êtes devenues si proches.

Elle baisse la tête pour siroter son café. Ce que je vais lui dire risque de la blesser, mais les paroles que nous avons besoin d'entendre sont souvent vexantes.

— Rory m'a dit la même chose un jour, dis-je doucement. Qu'elle n'était pas la fille dont vous rêviez.

Lorsqu'elle redresse lentement la tête, je constate que ma remarque l'a ébranlée.

— Aurora pense que…

Ses yeux se remplissent de larmes.

— Mais c'est faux. Je suis si fière d'elle. Elle est belle, courageuse et sait exactement ce qu'elle veut.

Sa voix s'étrangle, et elle bat des cils pour retenir ses larmes.

— J'aurais aimé avoir le courage d'être comme elle à son âge.

— Pourquoi l'ignore-t-elle ?

Cette question aussi est blessante, mais il fallait la poser. Elle repose sa tasse et s'essuie prudemment les yeux, de peur de ruiner son maquillage.

— J'ai commis beaucoup d'erreurs. Je me suis trop accrochée à elle. Je me répétais que c'était pour la protéger, mais il s'agissait d'autre chose. J'ai tenté de lui couper les ailes pour la garder près de moi. Afin de ne pas être… seule. Quand Hux a disparu, elle s'est éloignée de moi. De tout, en fait. J'ai essayé de la faire revenir, mais plus je tentais de l'atteindre, plus elle s'éloignait. Ensuite, elle vous a rencontrée, et je l'ai vue revenir à la vie. Quant à la galerie… le projet était à nouveau sur les rails, et elle reparlait de ses tableaux. Je vais vous paraître très mesquine, mais on aurait dit que vous essayiez de me la prendre, alors qu'elle est tout ce que j'ai. C'est pour cette raison que je me suis comportée aussi mal : j'étais jalouse. Et j'avais peur.

Ses yeux se détachent des miens et glissent vers l'horizon. Je l'observe, et son profil m'est si familier que j'ai l'impression de l'avoir toujours connue. Elle ressemble beaucoup à Rory, tout en étant très différente d'elle. En apparence, c'est une femme calme et raffinée, mais cette perfection dissimule un abîme de souffrance. Je sens mon cœur s'ouvrir légèrement à elle.

— Personne ne vous la prendra, Camilla. C'est votre fille. Vous êtes liées à vie, et par quelque chose de bien plus profond que le sang et les souvenirs partagés. Vous êtes liées par vos échos.

Elle se tourne vers moi avec un léger froncement de sourcils.

— Nos échos ?

Je lui adresse un sourire, car elle semble en avoir besoin.

— Une ancienne croyance de ma mère. Elle était convaincue que nous possédions tous un écho, une sorte d'empreinte spirituelle, et que ces échos nous connectaient aux personnes que nous aimons et nous liaient à elles pour toujours.

Elle soutient mon regard, les yeux écarquillés et encore brillants de larmes. Je ne parviens pas à déchiffrer son expression, mais je perçois une sorte de désir en elle, un besoin de parler, et en même temps, une réticence.

— Est-ce que vous y croyez ? demande-t-elle finalement. Au fait que ces échos nous lient pour toujours ?

Sa voix est étranglée par l'émotion. Je prends brusquement conscience qu'elle vient de se révéler à moi. Je ressens une soudaine douleur dans ma gorge, un nœud qui m'empêche presque de respirer. Je suis désorientée, presque prise d'un vertige, mais elle continue à me regarder en attendant une réponse.

Avant que je ne parvienne à en trouver une, elle repose brusquement sa tasse et bondit de sa chaise. Elle paraît nerveuse, comme si elle se sentait coupable.

— J'ai entendu la porte. Aurora est arrivée.

Elle se dirige vers la cuisine lorsque Rory apparaît soudain dans l'entrée. Elle paraît presque déstabilisée quand nos regards se croisent, à la fois contente et apeurée. Je comprends alors que sa mère ne l'avait pas informée de ma venue. Elle coince sous son bras la grande enveloppe en papier kraft qu'elle tenait et lance un regard à Camilla.

— Que se passe-t-il ?

— Oh, je suis contente que tu sois venue, dit Camilla. Soline et moi étions juste en train de discuter.

Rory jette un coup d'œil dans ma direction, puis regarde sa mère d'un air accusateur.

— Nous en avions pourtant parlé.

— Tout va bien. Nous faisions simplement connaissance. Nous papotions.

— Dans ton message, tu me demandais de venir le plus vite possible. J'ai cru qu'il était arrivé quelque chose.

— C'était parce que je savais que tu voudrais voir Soline. J'ai pensé que ce serait sympa de nous retrouver toutes les trois pour le brunch.

— Sauf que nous en avions parlé, chuchote Rory. Qu'est-ce que tu manigances ?

Ses paroles parviennent jusqu'à moi, portées par la brise. Elle est en colère. Camilla me regarde d'un air angoissé par-dessus son épaule. Elle tente un sourire, mais échoue à nouveau. Je crois deviner qu'elles ont eu une discussion à mon sujet, dont je ne dois surtout pas avoir connaissance.

Camilla serre la main de Rory entre ses paumes.

— S'il te plaît ! J'essaie d'arranger les choses, Rory. Je n'ai pas oublié ce que tu m'as dit. Je me souviens de chaque mot. Je veux juste que nous soyons…

Elle s'interrompt et lâche la main de sa fille.

— J'aimerais que nous soyons toutes… amies. De très bonnes amies. Allez, va discuter avec Soline pendant que je sers le repas.

L'air toujours méfiant, Rory prend l'enveloppe qu'elle tient sous son bras et la tend à sa mère. Elle regarde Camilla disparaître dans la maison, puis me rejoint à table.

— J'ignorais totalement que vous seriez là. Vous a-t-elle piégée, vous aussi ?

— Elle a appelé Daniel qui m'a ensuite appelée. Elle s'en voulait pour le déjeuner et m'a proposé de me joindre à vous aujourd'hui. Elle était très déterminée. Elle n'a rien voulu entendre.

— Je suis vraiment désolée. Elle parvient toujours à ses fins. Comment allez-vous ?

— Plutôt bien.

— J'ai essayé de vous appeler, vous savez. Ensuite, je suis passée frapper à votre porte. Comme vous ne répondiez pas, je vous ai laissé un mot.

— Puis vous m'avez envoyé Daniel. Je l'ai surpris en train de rôder devant la fenêtre de ma cuisine.

— J'étais inquiète. Vous étiez partie si bouleversée du restaurant. Je voulais m'excuser, mais vous ne répondiez pas au téléphone. Je suis vraiment désolée qu'elle vous ait dit de telles horreurs.

— Pourquoi vous excuser à la place de votre mère ? C'est elle qui a agi ainsi, pas vous. Et elle avait des raisons de se comporter de cette façon.

Rory écarquille les yeux. Elle est surprise, et peut-être un peu blessée que je prenne la défense de sa mère.

— Vous la soutenez, maintenant ?

— Elle était effrayée, trésor. Les personnes qui ont peur ont tendance à se défouler sur les autres.

— Elle avait peur de vous ?

— Le comportement des autres envers nous n'a rien à voir avec notre personne, Rory. Votre mère a agi ainsi parce qu'elle se sentait menacée. Vous lui appartenez, et elle tenait à me le faire savoir. Car elle avait peur de vous perdre – et de se retrouver seule.

Rory se tourne vers la porte-fenêtre ouverte en fronçant les sourcils.

— Dans ce cas, elle devrait arrêter de tout faire pour m'éloigner d'elle. Elle se comporte comme si je ne méritais pas d'avoir une vie à moi, comme si elle avait son mot à dire sur mes choix. Mes tableaux, la galerie, même les personnes avec qui je me lie d'amitié.

Je ressens sa colère jusque dans mes os, cette lutte acharnée entre mère et fille. C'est un conflit vieux comme le monde, car de nombreuses mères sont persuadées d'avoir toujours raison. Et de nombreuses filles aussi. C'est une contradiction qui suit les femmes toute leur vie – le besoin d'imiter un modèle d'un côté, le refus de s'y conformer de l'autre.

Je souris tristement.

— Il est difficile pour une mère de couper le cordon. Vous faites partie de sa vie depuis très longtemps, vous êtes tout pour elle, et du jour au lendemain, vous tracez votre propre route. Elle se sent seule.

— Comment ça ? Son agenda est toujours archiplein. Elle passe son temps à virevolter entre un déjeuner, un tournoi de cartes et une pièce de théâtre. Elle est toujours entourée de sa cour. Surtout depuis la mort de mon père. Enfin, on ne peut pas dire que c'était un compagnon très présent.

— On n'a pas besoin d'être seul pour se sentir seul, trésor. Ce n'est pas la même chose. Nous faisons face à une perte chacun à notre façon, en inventant des manières de combler le vide. C'est pour cette raison que son agenda est plein. Et qu'elle est si possessive. Elle veut faire partie de votre vie, mais ne sait pas comment s'y prendre.

Rory croise les bras et pousse un soupir. Assise ainsi les bras croisés, on dirait une petite fille grognon. Elle est agacée que je prenne la défense de sa mère. Mais le fossé entre elles doit être comblé avant qu'il ne se consolide. C'est peut-être pour cette raison que le destin m'a introduite dans leurs vies. Pour les aider à faire la paix.

— En français, *I miss you* se traduit par « Tu me manques ». Autrement dit, « tu manques à moi ». La partie de toi qui faisait partie de moi a disparu. C'est exactement ce qui se passe pour elle. Vous avez laissé un vide dans sa vie, et elle ne sait pas comment le combler.

Rory s'affaisse sur sa chaise en silence. Elle est déterminée à se cramponner à sa colère.

— Elle est consciente d'avoir commis des erreurs, Rory. C'est pour s'excuser qu'elle m'a demandé de venir aujourd'hui. Pas seulement auprès de moi, mais de vous aussi. Et je crois que vous devriez la laisser faire.

— Vous ne la connaissez pas.

— Non. Mais elle pense que nous devrions toutes trois être amies, et je le crois aussi. La vie nous a réunies pour une raison que nous ignorons toutes. Vous ne pouvez pas le nier. Nous sommes peut-être destinées à nous entraider d'une façon ou d'une autre, à combler le vide dans la vie des autres.

Elle me regarde si étrangement que je crains d'avoir prononcé des mots trop déconcertants pour elle. Elle ouvre la bouche, l'air de vouloir me reprendre. Pendant une fraction de seconde, j'ai peur de ce qu'elle va dire, peur que notre nouveau cercle ne soit bientôt brisé, alors qu'il compte soudain plus que tout pour moi.

J'entends le tintement du bracelet de Camilla qui s'approche avec un plateau couvert de plats.

— N'est-ce pas charmant ? demande-t-elle avec un sourire rayonnant. Nous voici enfin réunies, toutes les trois.

42

Rory

Boston, le 18 octobre 1985

Rory contempla le grand mur nu avec un frisson d'angoisse. Quarante-huit heures plus tôt, Dheera Petri avait appelé pour lui expliquer pourquoi ses œuvres n'étaient toujours pas arrivées à la galerie, dix jours avant l'inauguration. Elle avait reçu l'appel d'une décoratrice d'intérieur qui voulait acheter la totalité de ses tableaux pour agrémenter un nouvel immeuble de bureaux. Elle se sentait terriblement coupable de laisser tomber Rory à la dernière minute, mais elle aurait aimé savoir s'il était possible de rompre son engagement.

Elles avaient convenu de programmer une nouvelle expo dans un avenir proche, puis Rory lui avait souhaité bonne chance. Il était évidemment hors de question d'obliger Dheera à renoncer à une telle offre, mais elle ignorait totalement comment lui trouver un remplaçant en si peu de temps. Pour couronner le tout, Camilla et Soline allaient arriver d'une minute à l'autre. Elles n'avaient encore jamais vu la galerie, et Rory avait hâte de la leur faire visiter. En attendant, la vue de ce vaste mur nu la tracassait sérieusement. Ce n'était pas vraiment un bon présage pour l'avenir de sa galerie.

Elle avait été ravie que les travaux se déroulent aussi bien. Brian avait fait un travail incroyable : ses frais étaient moins importants que prévu et les ouvriers avaient tout terminé avec deux semaines d'avance. La gamme de couleurs qu'elle avait choisie, différents tons de gris charbon et ardoise, donnait au lieu un style légèrement industriel, mais l'éclairage soigné et les luminaires Art déco ajoutaient juste ce qu'il fallait de glamour. Même l'installation des œuvres s'était passée sans encombre. Jusqu'à ce que Dheera lui annonce cette nouvelle catastrophique.

— Aurora ? Chérie ? Tu es là ?

Rory sursauta. Elle n'avait pas entendu le carillon de l'entrée, mais l'heure du lever de rideau était apparemment arrivée.

— Je vous rejoins tout de suite.

La vue de Soline et de sa mère patientant dans l'entrée lui remonta instantanément le moral. Bien qu'elles soient très différentes – Camilla avait hérité des yeux clairs et des cheveux blonds d'Anson, tandis que Soline avait le teint mat –, il y avait une ressemblance frappante entre elles tandis qu'elles se tenaient côte à côte, comme reliée par un cordon invisible.

Un mois plus tôt, elle ne les aurait jamais imaginées passer du temps ensemble, mais au cours des semaines qui avaient suivi le brunch surprise de sa mère, elles s'étaient incroyablement rapprochées.

C'était si bon de voir Soline sortir à nouveau. Rory était à la fois ravie et étonnée de la vitesse à laquelle le masque froid et fade de sa mère était tombé, laissant apparaître son côté vivant et espiègle, après un passage chez *Bella Mia* et une série de rendez-vous avec Lila chez *Neiman Marcus*. À l'évidence, Soline était devenue sa bonne fée, à elle aussi. Camilla avait été heureuse de lui rendre la pareille en l'invitant à déjeuner, à des sorties shopping et même à un ballet la semaine passée.

Soline avait comblé un vide dans la vie de Camilla dont elle-même n'avait pas eu conscience. Son besoin irrépressible de se cramponner à sa fille et de régenter sa vie s'était envolé, ce qui avait permis à Rory de se concentrer entièrement sur sa galerie. Quant au brunch du dimanche, il n'était déjà plus question pour une seule d'entre elles de le manquer.

C'était plus que ce qu'espérait Rory, mais qu'allait-il se passer quand elles apprendraient enfin la vérité à Soline ? Toutes les nouvelles qu'elles avaient à lui annoncer n'étaient pas mauvaises – elle allait retrouver sa fille et découvrir qu'elle avait une petite-fille –, mais il lui faudrait ravaler l'amertume de toutes ces années perdues. Et bien sûr, les révélations concernant Anson seraient dévastatrices. Leur nouvelle proximité suffirait-elle à lui épargner un chagrin supplémentaire ?

Camilla ayant commencé à se plaindre qu'elle se sentait hypocrite, Rory craignait qu'elle ne finisse par déballer toute la vérité, une gaffe qui était presque sûre de se conclure par un désastre.

Elle avait accepté de laisser du temps à Thia, mais depuis leur dernière conversation, il n'y avait eu aucune avancée. Anson était parti à l'étranger peu après leur rencontre à San Francisco et ne répondait pas aux appels. Rory n'était pas surprise, mais elle n'avait pas pu s'empêcher d'espérer que Thia parviendrait à lui parler, que les œillères d'Anson tomberaient brusquement, et que toute l'histoire se terminerait finalement bien. Mais plus le temps passait, moins cela paraissait probable.

— Bon, dit Camilla en frappant dans ses mains avec impatience. Nous sommes prêtes pour la visite. Nous avions bien dit 11 heures, n'est-ce pas ?

Rory s'efforça de sourire.

— Oui, tout à fait.

Son regard glissa vers Soline qui contemplait son environnement, bouche bée. C'était la première fois qu'elle y revenait depuis la nuit de l'incendie, quatre ans plus tôt, et Rory avait longtemps craint sa réaction. Ses derniers souvenirs de l'endroit étaient forcément douloureux.

— C'est stupéfiant, murmura-t-elle enfin. J'ai vécu et travaillé ici pendant trente-cinq ans, et je reconnais à peine l'endroit. C'est si beau. Et tu as conservé la rampe de l'escalier. C'est merveilleux.

Rory sentit son corps se détendre.

— Je suis si contente que ça te plaise. Je voulais garder certains éléments en hommage à l'histoire du bâtiment. Il faut encore que nous améliorions l'acoustique à cause des sols nus : l'écho est assez désagréable lorsque l'endroit est vide. Mais globalement, je suis ravie du résultat.

Camilla était de retour après une rapide visite de la pièce principale. Elle regarda Rory en fronçant les sourcils.

— Qu'est-ce qui ne va pas ? Il y a un problème, n'est-ce pas ?

— Non. Je suis juste un peu tendue à cause de l'inauguration. Et fatiguée. Ces dernières semaines ont passé si vite. Il a fallu envoyer les invitations, organiser le buffet et l'accompagnement musical, travailler avec chaque artiste jusqu'à ce que l'installation de ses œuvres soit parfaite. C'était intense.

— Mais tu as fini maintenant. Et regarde le résultat. Je n'arrive pas à croire que tu as tout fait toute seule. Ces couleurs et ces lignes propres. La façon dont tu as utilisé la lumière pour créer une ambiance. C'est si… spectaculaire, et en même temps si calme. Tu as trouvé l'équilibre parfait entre élégance et modernité.

Rory attendit l'inévitable « mais », suivi de la liste de tout ce qu'elle aurait fait différemment. *Mais c'est un peu... Peut-être que tu aurais pu... N'as-tu jamais envisagé de...* Cependant, pas un de ces mots ne sortit de sa bouche. Sa mère se contenta de la regarder en souriant.

— Merci. Je vous fais visiter ?

— Bien sûr. Nous voulons tout voir.

Rory leur montra une à une les sept collections en leur indiquant les cartels sous Plexiglas qui présentaient la biographie de chaque artiste, accompagnée de sa photographie. En chemin, elle leur révéla quelles étaient ses œuvres préférées et leur expliqua quels supports et techniques avaient été utilisés pour les créer. C'était un bon entraînement pour elle, et elle se félicita d'avoir parfaitement retenu les points à mettre en avant.

Elle termina par sa collection favorite, les sculptures marines en verre de Kendra Paterson, qui se révélèrent être également les préférées de sa mère, surtout la grande sculpture de vague intitulée *Crête*. C'était vraiment une œuvre impressionnante : une vague océanique créée à l'aide de milliers d'éclats de verre polis par la mer, dont les teintes allaient du blanc translucide au vert pâle en passant par le brun et toutes les nuances intermédiaires.

— C'est tout simplement époustouflant, souffla Camilla. Et quel travail ingénieux. Je n'imagine pas la patience qu'il faut pour réaliser une telle œuvre, sans parler du talent. Je n'avais encore jamais rien vu de semblable.

Rory était plus que ravie de sa réaction à l'égard de ce qu'elle considérait comme le chef-d'œuvre des sept collections.

— C'est ce que j'ai pensé aussi. Je l'ai découverte par accident, grâce à un autre de mes artistes, et je suis enchantée de pouvoir l'exposer à l'ouverture.

Soline tournait lentement autour, ses mains gantées jointes devant elle, comme pour s'empêcher de toucher la sculpture.

— Plus on la regarde, plus elle semble s'animer, telle une vraie vague. L'artiste sait-elle combien de morceaux de verre elle utilise pour chacune de ses œuvres ?

— Autrefois, oui, mais elle a cessé de compter quand elles sont devenues plus imposantes et plus engagées. Mais chaque éclat de verre a été ramassé à la main par son mari et elle. Ils se rendent sur toutes les plages du monde. Il faut voir son atelier ! Il est rempli de…

— Aurora ? Chérie ?

Sa mère l'appelait depuis l'autre côté de la galerie.

— Qu'as-tu prévu d'exposer ici ?

Elle s'était éloignée, tandis que Soline et elle discutaient, et Rory comprit instantanément qu'elle faisait allusion au mur vide auquel les œuvres en acrylique de Dheera Petri auraient dû être suspendues.

— Une de mes artistes a dû se désister avant-hier.

— Oh, non. C'est terrible. Et assez injuste de le faire au dernier moment.

Rory haussa les épaules en essayant de dissimuler sa déception.

— Elle avait reçu une offre d'une décoratrice pour la totalité de ses tableaux, je n'ai pas voulu faire obstacle à la vente. Mais me voici à présent avec un mur entier à remplir en huit jours. Je pourrais y exposer quelques œuvres uniques. Il va falloir que je supprime une des cloisons et que je déplace les installations, puis que je modifie tout l'éclairage, mais c'est encore faisable. Seulement, ce n'était pas ce que j'envisageais pour l'inauguration. Enfin, il me reste plusieurs jours pour régler le problème. Il est trop tôt pour baisser les bras.

— Tu sais, dit Soline en contemplant pensivement le mur vide. Je connais une artiste dont le travail conviendrait parfaitement. Ses œuvres sont très… originales. J'ignore si elle pourra te dépanner au pied levé, elle est terriblement occupée en ce moment, mais je pense être capable de la convaincre. Elle me doit un service.

Rory faillit laisser exploser sa joie. Elle ignorait totalement que Soline avait des relations dans le monde artistique. Sa bonne fée s'apprêtait à nouveau à lui sauver la mise.

— Est-ce qu'elle vit dans le coin ? Je t'en prie, dis-moi que oui.

— Tout à fait.

— Et tu pourrais l'appeler ? Je suis prête à aller la rencontrer quand elle veut.

Soline lui adressa un de ses sourires mystérieux.

— C'est de toi que je parle, Rory, de tes œuvres. Elles seront exactement à leur place sur ce mur, et la transition sera parfaite avec les sculptures marines en verre. Et tu n'auras pas besoin de déplacer quoi que ce soit.

Rory poussa un soupir.

— Je croyais que tu étais sérieuse.

— Mais je le suis. Je l'étais aussi la dernière fois que je t'en ai parlé. Tu t'en souviens, n'est-ce pas ?

Rory n'avait pas oublié sa remarque, mais elle avait pensé qu'elle la complimentait par pure gentillesse.

— Mais elles ne sont pas… Elles n'ont pas leur place ici, à côté de toutes ces œuvres.

— Oh, mon ange. Mais bien au contraire ! La rupture du contrat de ton artiste n'était pas un accident. C'était précisément ce qui devait arriver.

— Mais je n'ai que cinq œuvres pour couvrir un mur tout entier.

— C'est parfait, déclara Camilla. Elles auront ainsi la place de respirer.

Rory se tourna vers elle avec étonnement.

— Tu penses aussi que je devrais les exposer ?

— Oui. Soline a raison, chérie. C'était sans doute écrit.

— Mais tu m'as toujours dit que…

— Oublie ce que j'ai dit. Il y a longtemps que j'aurais dû commencer à t'encourager, et je suis désolée de ne pas l'avoir fait. Je te soutiens à fond, maintenant. Et pas parce que la situation est urgente, mais parce que tes tableaux sont splendides et originaux, et que leur place est sur ces murs. Je t'en prie, dis-moi que tu vas les exposer. Promets-moi au moins d'y réfléchir.

Touchée par cette déclaration inattendue, Rory esquissa un sourire hésitant. C'était tout réfléchi, cependant. Il n'était pas question d'ajouter à son stress en exposant ses modestes tableaux à côté des œuvres de véritables artistes.

— Voilà, vous avez fait le tour. À moins que vous souhaitiez visiter les étages ?

Camilla lança un clin d'œil à Soline et prit Rory par le bras.

— En fait, Soline et moi avons une surprise pour toi.

Rory se demanda comment accueillir cette nouvelle. En réalité, elle avait eu assez de surprises pour la semaine.

— Une bonne ou une mauvaise ?

— Allez, Aurora, ne sois pas si méfiante. C'est une bonne surprise. Promis.

Soline se pencha pour récupérer un sac de la boutique *Neiman Marcus* caché derrière la porte et le tendit à Rory.

— Cadeau, dit-elle avec un sourire rusé. De notre part à toutes les deux.

Rory alla poser le sac sur le comptoir et en sortit une grande boîte plate. Elle souleva le couvercle en retenant son souffle et découvrit un tailleur en soie bordeaux. Il était coupé comme un smoking, avec des rabats en velours noir, et fermé par un unique bouton. Son regard se posa sur l'étiquette. Valentino.

— Il a dû vous coûter une fortune.

Elle passa la main sur un revers en velours.

— Il est somptueux.

— Nous l'avons choisi en pensant à ton inauguration, dit Soline. À moins que tu aies déjà acheté une tenue.

Rory secoua la tête et replia le tailleur pour le ranger dans sa boîte.

— Je n'y ai même pas réfléchi, à vrai dire.

Camilla renversa la tête en laissant échapper un rire cristallin.

— Tu vois ? Je te l'avais dit. Elle ne pense jamais à sa façon de s'habiller. Quand elle était petite, ses déguisements d'Halloween se résumaient à une tenue de footballeur et un uniforme de chef de train. Elle n'avait que faire d'être une princesse ou une fée, comme les autres fillettes. Et maintenant, regarde-la…

Elle cligna rapidement des yeux, comme submergée par l'émotion.

— Ma petite fille est devenue artiste et possède sa propre galerie.

Elle posa les doigts sur les rangs de perles autour de son cou et les tritura maladroitement.

— Tu avais un rêve et tu l'as réalisé. Peu de gens peuvent en dire autant, je suis très heureuse pour toi. Tu le mérites tant, Rory.

Ce fut au tour de la jeune femme d'être prise de court. *Pas Aurora, mais Rory.* Voilà qui était nouveau.

— Merci, répondit-elle avec émotion. Merci à toutes les deux. Vous ne pouvez pas imaginer combien je suis heureuse de savoir que vous serez toutes les deux à mes côtés à l'inauguration.

Camilla se pencha vers elle et l'embrassa sur la joue.

— Nous ne manquerions ça sous aucun prétexte. Maintenant, nous allons déjeuner puis faire un peu de shopping. Soline va m'aider à choisir une paire de bottes. Je crois qu'un modèle en daim me plairait assez.

Rory les raccompagna jusqu'à la porte et s'attarda dans l'entrée jusqu'à ce qu'elles se mêlent à la foule de piétons sur Newbury Street. Déjeuner et achat de bottes. C'était nouveau aussi.

Rory était épuisée lorsqu'elle rentra chez elle. Elle avait passé le reste de l'après-midi au téléphone à essayer de trouver un artiste pour remplacer Dheera Petri. Sur les cinq qu'elle avait réussi à joindre, quatre avaient répondu qu'ils pourraient lui envoyer une ou deux œuvres à temps pour sa soirée d'inauguration, mais aucun ne serait disponible pour y participer. À l'évidence, elle allait devoir opter pour une sélection de tableaux uniques plutôt que pour une collection. À moins qu'elle ne suive la suggestion de Soline.

Elle longea le couloir puis appuya sur l'interrupteur de la chambre d'amis. Ses yeux se posèrent immédiatement sur le tableau suspendu derrière le bureau, le phare en granit défiant la tempête. C'était son plus grand et un de ses meilleurs. Avec les quatre rangés dans le placard, cela en ferait cinq. Elle les sortit et les aligna devant elle. Cette série pourrait suffire en attendant de trouver une collection pour la remplacer. Il lui faudrait cependant un dernier tableau pour équilibrer le tout.

Elle s'approcha d'un des métiers à broder près de la fenêtre et passa une main sur l'œuvre inachevée tendue sur son châssis. Le paysage hivernal d'un port, avec un morceau de gaze blanche pour figurer le brouillard glissant sur l'eau. Il ne manquait plus que le ciel : le scintillement d'un soleil voilé essayant de percer des lambeaux de nuages bas. De la soie étain, de la moire pervenche, des bandes de flanelle gris clair. La lumière allait être difficile à reproduire. Peut-être avec du tissu argenté plissé. Elle en avait sûrement quelques morceaux dans une de ses corbeilles. De toute façon, elle avait encore une semaine devant elle pour achever ce tableau. Si elle s'y mettait dans la soirée, cela lui en ferait un de plus à exposer.

Cette pensée lui chatouilla le ventre. Envisageait-elle sérieusement d'exposer ses tableaux ? Les paroles de sa mère avaient touché une corde sensible le matin. Rory n'avait pas seulement été touchée qu'elle soit fière d'elle, mais aussi de les savoir unies, Soline et elle, pour la soutenir, telle une vraie famille. Un enchaînement d'événements qu'aucune ne pouvait expliquer les avait réunies, malgré les années, la distance et les pertes. Trois fils distincts s'étaient entrelacés pour former un tout. Trois femmes fragiles rendues fortes par cette fusion.

Et fortes, elles allaient devoir l'être quand viendrait le moment d'aider Soline à affronter l'épreuve qui approchait. L'inauguration avait lieu dans huit jours. Une fois que l'événement serait passé, Rory prévoyait de fixer à Thia une date limite. Elle avait attendu le plus longtemps possible, mais faire traîner les choses revenait à ajouter un mensonge à ceux d'Owen, et il y en avait déjà eu trop. Il était temps que la vérité éclate. Ensuite, les dés seraient jetés. Il ne resterait qu'à espérer que, quel que soit le résultat du lancer, Soline parviendrait à trouver le réconfort auprès de sa nouvelle famille et qu'elle continuerait à reconstruire sa vie.

43

Rory

Boston, le 26 octobre 1985

Rory vérifia l'heure à sa montre, puis inspira trois fois à fond. Les portes s'ouvraient dans une heure, et la galerie était fin prête. Un bar installé dans l'entrée proposait une sélection de vins et de bières importées. Des plateaux de hors-d'œuvre étaient disposés sur un petit buffet au fond. Le guitariste classique qu'elle avait embauché était en train de s'installer dans un coin discret. Quant à ses sept artistes, ils étaient arrivés à temps et bavardaient devant le bar en attendant l'ouverture des portes.

Sa mère et Soline étaient montées se repoudrer le nez afin de la laisser respirer un moment. Rory leur en fut reconnaissante. La semaine avait passé à toute vitesse, foisonnante d'idées de dernière minute et d'ultimes détails à régler. Elle avait à peine eu le temps de dormir, et encore moins de réfléchir. Maintenant qu'il ne lui restait qu'à retourner l'écriteau *OUVERT* et à déverrouiller la porte, elle avait besoin de quelques secondes de tranquillité pour s'ancrer dans l'instant présent.

Il lui semblait presque irréel de se trouver dans cette galerie qu'elle avait entièrement créée. C'était comme si elle était entrée dans le rêve d'une autre. D'une certaine façon, c'était le cas. Quelques mois plus tôt, cette maison était encore abandonnée, mais pas déserte. Sa grand-mère avait un jour caressé ses propres rêves et laissé un peu de sa magie dans ce lieu, telles des miettes de pain, pour que Rory trouve son chemin. Et elle l'avait trouvé. Ou peut-être que c'était lui qui l'avait trouvée. Aujourd'hui, quel que soit le nom de cet endroit, les échos de Soline Roussel continuaient à vibrer entre ces murs. En compagnie des siens.

Rory posa les yeux sur le cartel en Plexiglas de la toute dernière collection exposée dans la galerie – *Vague de rêve*, Aurora Grant – et battit des paupières pour retenir ses larmes. Soudain, elle contemplait son œuvre avec Hux dans la vitrine de *Finn's* et l'entendait prononcer les mots qui avaient mis tout son projet en mouvement.

Les rêves sont comme les vagues... Il faut attendre la bonne, celle qui est faite pour toi... Ce rêve est fait pour toi.

— Regarde ce que j'ai accompli, Hux, murmura-t-elle. Regarde où je me trouve. Tu avais raison, ce rêve était fait pour moi. Et maintenant, il est réel. Grâce à toi.

— Je crois que c'est l'heure, chérie.

Rory cligna des yeux pour sécher ses dernières larmes et se tourna vers sa mère. Elle portait une jupe longue, une veste prune en crêpe et des bottes en daim grises à talons aiguilles. Pas un soupçon de beige dans sa tenue.

— T'ai-je déjà dit combien tu étais resplendissante ce soir ?

Camilla baissa les yeux en souriant timidement.

— Merci. Mais je crois que nous avons la même habilleuse. Regarde-toi – ce costume te va comme un gant. Tu es magnifique. Tout comme la galerie, d'ailleurs. Tu as fait un travail extraordinaire. Je suis tellement heureuse que tu aies décidé d'exposer tes œuvres. Elles méritent d'être vues et appréciées à leur juste valeur.

— C'est tellement étrange. Pendant des mois, j'ai essayé d'imaginer cette soirée, mais maintenant…

Camilla lui prit la main.

— Oh, chérie, que se passe-t-il ?

— Rien. Je pensais juste à Hux. Rien de tout cela ne serait arrivé s'il n'avait pas cru en moi. Si seulement il était là pour voir le résultat.

— Il le verra un jour, ma grande. Il découvrira ce que tu as accompli à son retour et sera extrêmement fier de toi. Mais pour le moment, il faut que tu ailles accueillir ton public.

Ces mots lui donnèrent légèrement le trac.

— Mais je n'ai pas de public. Imagine que personne ne vienne ? Nous mangerons des tomates cerises farcies et des *crostinis* au poivron grillé pendant une semaine.

Camilla émit un rire bruyant qui ne lui ressemblait pas.

— Ne dis pas de bêtises. Nous avons envoyé plus de deux cents invitations. Les deux journaux locaux ont annoncé l'ouverture de ta galerie dans leur supplément du week-end, et j'ai prévenu littéralement la terre entière. Tu peux me croire, il ne restera plus une tomate, ni un *crostini* quand tu fermeras ce soir. Allez, vas-y. Que la fête commence !

— Où est Soline ?

— Toujours là-haut. Elle m'a dit qu'elle arrivait dans une minute. Je crois que la foule la rend un peu nerveuse.

Rory comprenait exactement ce qu'elle ressentait. Elle parvint cependant à mettre un pied devant l'autre, vaguement consciente de la présence de sa mère à côté d'elle, et adressa un bref signe de tête à la grande femme brune derrière le bar, puis à la jeune fille rousse derrière le buffet, et un dernier au guitariste qui saisit aussitôt sa guitare. La douce mélodie de *Blackbird* des Beatles emplit l'air, et les artistes se dispersèrent afin de prendre place devant leurs collections.

— Tu es prête, lui chuchota Camilla à l'oreille. Je m'occupe d'accueillir les visiteurs. Tout ce que tu as à faire, c'est de sourire, d'aller leur parler et de jouer ton rôle de galeriste. Et n'oublie pas de ménager tes forces. La soirée va être longue.

Un courant d'air vif automnal traversa la galerie au moment où Camilla ouvrit la porte. Quelques minutes plus tard, plusieurs groupes de femmes entrèrent et se saluèrent en s'étreignant ou en se faisant la bise. Des amies de sa mère, réalisa Rory avec un sentiment de gratitude.

Il fallait voir Camilla à l'œuvre : tel un chef d'orchestre, elle dirigeait l'action d'un signe de tête ou d'un regard, comme si cela lui était parfaitement naturel. Rory ne put s'empêcher de se demander si elle parviendrait à acquérir de telles compétences. Elle réfléchissait encore à la question lorsque sa mère et son groupe d'amies se dirigèrent vers elle.

— Tiens, la voilà. Ma parole, mais quel style ! Tu es tout simplement époustouflante, Aurora.

Laurie Lorenz, la trésorière du Conseil artistique, fixa sur elle ses yeux excessivement maquillés.

— Je te reconnais à peine avec ces cheveux courts. Tu es aussi chic que si tu descendais d'un podium parisien.

Hilly hochait la tête avec enthousiasme.

— Sublime, n'est-ce pas ? Regardez-moi ces pommettes ! Exactement celles de sa mère. Quant à ce que tu as fait de cet endroit, je n'en reviens pas. Nous avons acheté la robe de mariée de ma fille ici il y a quatre ans, et le changement est stupéfiant. Personne ne devinerait que l'ancienne boutique a été réduite en cendres.

— Merci, bredouilla Rory en espérant que Soline n'était pas encore descendue. Les dégâts n'étaient pas aussi importants qu'on l'avait cru, et j'ai trouvé un entrepreneur génial. Nous avons réussi à sauver un grand nombre des installations originales, ainsi que cet escalier dont je suis littéralement tombée amoureuse.

Les femmes suivirent son regard et hochèrent la tête simultanément. Comme si elle avait attendu ce signal, Soline apparut au sommet de l'escalier. Elle était sublime dans son pantalon *palazzo* en soie noire et sa veste brodée argentée. Elle s'arrêta brièvement, balaya la foule du regard, puis commença à descendre les marches, une main gantée de noir sur la rampe.

Tous les visiteurs se turent. Rory ne pouvait pas leur en vouloir. Soline était d'une élégance à couper le souffle, et si gracieuse que ses pieds semblaient à peine toucher les marches. Lorsqu'elle s'arrêta un instant sur la dernière, Rory craignit qu'elle ne fasse demi-tour et ne remonte l'escalier quatre à quatre. Mais elle redressa les épaules et examina la foule jusqu'à ce que son regard croise le sien.

Rory leva une main, consciente d'attirer les regards intrigués des amies de sa mère. Camilla les remarqua aussi et parut se préparer à voler au secours de Soline. Mais celle-ci leur adressa un sourire rassurant en s'approchant. Les yeux ombrés, les lèvres écarlates, les cheveux ramenés sur le côté et retenus par un peigne bijou, elle était magnifique.

Camilla passa un bras dans le sien et l'attira contre elle.

— Mesdames, j'aimerais vous présenter ma grande amie, Soline Roussel.

Il y eut un bref silence, suivi d'une série de murmures polis. Ce fut finalement Hilly qui parla la première.

— Madame Roussel ! Ceci était votre boutique autrefois, n'est-ce pas ? Vous avez confectionné la robe de mariée de ma fille Caroline. Caroline Walden. Vous ne vous souvenez certainement pas d'elle, mais grâce à vous, son mari et elle ont trois magnifiques enfants aujourd'hui. Et les gens parlent encore de sa robe. La façon dont ce nœud…

Camilla la coupa d'un geste.

— À mon avis, Soline n'a aucune envie de passer la soirée à parler chiffons, Hilly. Mais Vicky et toi pourriez lui toucher un mot du Conseil artistique. Il faut que je retourne accueillir les nouveaux venus, et Aurora doit aller saluer ses invités. N'oubliez pas de goûter les hors-d'œuvre. Vous me direz ensuite si vous pensez que la traiteuse d'Aurora fera l'affaire pour le Nouvel An. Elle a un talent fou.

Rory balaya la salle du regard, surprise qu'elle se soit remplie aussi vite. Et dire qu'elle avait eu peur que personne ne vienne. À présent, elle se demandait s'il y aurait assez de bouteilles de vin. Mais c'était agréable d'apercevoir tant de visages familiers. Kelly et Doug Glennon venaient d'arriver ; Daniel Ballantine et une jolie blonde qu'elle supposa être sa femme passaient en revue les plats du buffet ; et Brian, qui avait échangé sa tenue d'entrepreneur en maçonnerie contre un pantalon beige soigneusement repassé et une veste en tweed brun, sirotait une bière en bavardant avec un couple d'amis de sa mère.

Sentant qu'elle se détendait enfin, elle commença à faire le tour des invités. Elle était ravie de les voir discuter avec ses artistes et les interroger sur leurs supports, leurs techniques et leurs sources d'inspiration.

Au début de la soirée, sa mère lui avait donné un verre de chardonnay, et plus tard, Rory en avait pris un second. Grave erreur, songeait-elle maintenant. L'excitation de la soirée associée au manque de sommeil semblait lui couper les jambes tout à coup, et toute son énergie paraissait la quitter. Camilla dut s'en apercevoir, car elle apparut aussitôt avec une assiette de hors-d'œuvre et lui rappela qu'il était grand temps de manger quelque chose.

Rory se sentit mieux après avoir avalé quelques canapés. Et mieux encore après avoir vendu une de ses œuvres à une chirurgienne et son mari. À 22 h 30, lorsque le dernier invité partit, sa mère et elle calculèrent qu'elles avaient vendu en tout quatre tableaux et enregistré deux commandes. En outre, Rory avait un client potentiel pour la *Crête* de Kendra Paterson. Globalement, c'était une soirée réussie. Maintenant que c'était fini, elle allait ramper jusqu'à son lit et dormir comme une bûche.

Elle leva les yeux vers sa mère qui s'approchait d'elle avec deux verres de vin.

— Comme le bar ferme, j'ai pensé que nous pourrions en boire un dernier. Soline est montée dans ton bureau il y a environ une heure. C'était une soirée chargée en émotion pour elle, mais je crois qu'elle s'en est sortie. Je lui ai proposé de la ramener chez elle vers 21 heures, mais elle tenait à rester.

Elle remit un verre à Rory.

— Tiens. Concluons la soirée par un toast.

Rory regarda la boisson avec méfiance.

— Ce n'est sans doute pas raisonnable. Je dors déjà debout, et il va falloir que je conduise.

— Juste un toast. Nous n'avons même pas eu le temps de trinquer.

— D'accord. Mais juste une gorgée.

Camilla leva son verre et attendit que Rory l'imite.

— À la jeune femme que j'ai la chance d'appeler ma fille. Je n'ai pas toujours été douée pour te dire combien j'étais fière de toi, ni pour te faire confiance, et j'en suis navrée. Je suis extrêmement fière de toi. Pas seulement ce soir, mais tous les jours, et je te promets de m'améliorer à l'avenir.

— Merci, murmura Rory, émue par cette déclaration inattendue.

Elle but une gorgée de vin et leva à nouveau son verre.

— À mon tour maintenant. À la femme qui m'a montré à quoi ressemble l'alliance de la grâce et du feu. Tu as été incroyable, ce soir. Tu étais partout, tu t'es même occupée de moi. Je ne crois pas que j'y serais arrivée sans ton aide.

Elle se racla la gorge, consternée d'avoir la gorge nouée.

— Je ne t'ai jamais vraiment remerciée de tout ce que tu faisais pour moi – et de le faire aussi bien. Je promets de m'améliorer aussi.

Camilla trinqua avec elle en battant des cils.

— Tu vas me faire pleurer.

— C'est toi qui as commencé, protesta Rory, avant d'avaler sa gorgée obligatoire.

— Tout juste. Je file à la cuisine voir s'il reste quelques-uns de ces délicieux *crostinis*. Ensuite, je monterai chercher Soline afin de pouvoir rentrer prendre un bon bain de pieds.

Elle pointa le doigt vers ses bottes neuves.

— Il va me falloir un peu de temps pour m'habituer à ces talons.

Rory ne put retenir un sourire en la regardant se diriger vers la cuisine. Cette soirée avait été pleine de surprises, à commencer par cette paire de bottes à talons aiguilles. Quel bonheur de conclure par ce moment de sincérité et de respect mutuel. Elle n'aurait jamais imaginé une telle scène quelques semaines plus tôt. C'était la fin parfaite d'une soirée tout aussi parfaite, mais elle devait reconnaître qu'elle était soulagée que ce soit terminé.

Elle fit un dernier tour de la salle, à la recherche d'assiettes ou de verres que le personnel aurait oubliés, et ramassa quelques serviettes à cocktail. Elle se penchait pour ramasser une brochure froissée lorsqu'elle entendit tinter le carillon de l'entrée. Apparemment, personne n'avait songé à verrouiller la porte.

Elle se redressa et essaya d'afficher un sourire poli.

— Je suis désolée, mais j'ai bien peur que… Oh, mon Dieu.

Non. Pas maintenant. Pas de cette façon.

— Anson ! Mais que faites-vous ici ?

Il s'était arrêté sur le seuil, raide et sérieux, les poings serrés le long des flancs.

— Thia m'a informé que votre soirée d'inauguration avait lieu ce soir. J'ai besoin de vous parler.

— Pas ici ! siffla Rory. Soline est là-haut, et elle ne sait pas que vous êtes…

Elle marqua une pause et lança un regard apeuré vers l'escalier.

— Il faut que vous partiez ! S'il vous plaît !

— Aurora, j'ai rangé…

Camilla s'interrompit en s'apercevant que Rory n'était pas seule.

— Je suis désolée. Je n'avais pas réalisé que tu parlais avec quelqu'un.

— Maman, je te présente Anson, déclara sèchement Rory. Il s'apprêtait à partir.

Les traits de Camilla se figèrent momentanément et sa bouche forma un « o » silencieux. Finalement, le charme se rompit, et son visage prit une expression que Rory ne parvint pas à déchiffrer.

— Vous êtes exactement comme sur la photo, dit-elle froidement.

Anson fit un pas en avant, puis s'immobilisa, les yeux fixés sur le visage de Camilla.

— Êtes-vous…

— Oui. Mais vous devez partir. Immédiatement.

— J'ai besoin de parler à votre… Il faut que je parle à Rory.

Camilla arqua un sourcil ironique.

— Ce que vous avez à dire a attendu quarante ans. Un soir de plus n'y changera rien.

— Je vous en prie, dit Rory. Partez. Et donnez-nous le temps de parler à Soline. Elle ne peut pas découvrir la vérité de cette façon.

Ces mots avaient à peine quitté sa bouche qu'elle entendit quelqu'un retenir brusquement son souffle au-dessus de sa tête, puis le bruit sourd d'une pochette en soie brodée dégringolant l'escalier.

44

Soline

Il existe un chagrin plus cruel que la mort.
C'est celui qu'on éprouve à la fin d'une vie à moitié vécue.
Non parce qu'on ignore à côté de quoi on est passé,
mais parce qu'on le sait.

Esmée Roussel, la Sorcière des robes

Ce n'est pas possible. Et pourtant, c'est bien lui.

Il a vieilli. Les années ont assoupli son corps autrefois ferme et ajouté des rides à son visage, ainsi que des fils argentés à sa chevelure. Cependant, je le reconnaîtrais entre mille.

Pendant quarante ans, j'ai rêvé de le revoir, en me répétant que c'était impossible, mais en continuant à en rêver quand même. Et maintenant, je ne sais comment, il est là. Vivant. Et il me regarde comme si c'était moi, le fantôme. L'idée que mes prières ont été exaucées me noue la gorge, et lorsque j'ouvre la bouche, aucun son ne sort. Je m'aperçois rapidement qu'il y a un problème. Un énorme problème. Je le devine au regard que m'adresse Rory, comme si elle s'excusait d'avoir commis un crime impardonnable. Je le devine aux bras croisés de Camilla et à sa posture si rigide qu'on la croirait prête à se battre. Et je le devine à la froideur qui glace le visage d'Anson. En quelques secondes, je suis devenue une inconnue pour lui. Non, pas une inconnue. Une ennemie. Mais comment ? Pourquoi ?

— Anson ?

Mi-clos et durs, ses yeux se posent sur les miens. Je ne vois pas leur couleur, mais je sens leur tranchant, comme une lame d'acier qui s'enfonce entre mes côtes. C'est le regard qu'il prenait en parlant des nazis. Et voilà qu'il m'est destiné.

Je ne sais pas comment j'y parviens, mais j'avance, un pas après l'autre. Toutefois, il recule vers la porte, une main levée comme pour me tenir à distance. Et soudain, il s'enfuit dans la rue en laissant la porte ouverte derrière lui. Pendant une fraction de seconde, je suis à Paris, assise à l'arrière d'une ambulance, et je le regarde disparaître à travers une petite vitre carrée.

À ce moment-là, mes jambes se dérobent, et je m'effondre dans l'escalier, tel un oiseau abattu en plein vol, trop sonnée pour prononcer un mot ou émettre un cri. Rory se précipite vers moi et me prend les mains en ne cessant de murmurer qu'elle est désolée, tellement désolée, comme si elle était responsable de ce qui vient de se passer. Je la regarde en essayant de comprendre ce que je lis sur son visage. De la tristesse. De la pitié. Et de la… culpabilité ?

— J'allais t'en parler. Après l'inauguration, nous allions tout te raconter.

Nous ?

Je baisse le regard vers le pied de l'escalier, où Camilla m'observe, les yeux levés, agrippée des deux mains au poteau central, et j'ai la même impression. Elle se sent coupable. Je n'y comprends absolument rien.

— Me raconter quoi ?

— Qu'Anson était en vie. Je le sais depuis un moment maintenant, et…

— Depuis combien de temps exactement ?

— Quelques semaines. Peut-être un peu plus.

Je regarde à nouveau Camilla.

— Tu le savais aussi ? Et tu ne m'as rien dit ?

— Nous voulions le faire ! s'exclame Rory sans laisser le temps à Camilla de répondre. Nous attendions juste le bon moment pour t'annoncer la nouvelle. Je suis vraiment désolée. Je n'aurais jamais cru qu'il viendrait ici. Quand je l'ai rencontré à San Francisco, il m'a clairement dit qu'il ne voulait pas te revoir.

— Tu es allée à San Francisco ? Pour voir Anson ?

Elle hoche la tête d'un air penaud.

— Mais je suis d'abord allée à Newport. C'est Thia qui m'a indiqué comment le contacter.

Newport. Ce nom me fait frissonner. Et Thia. Comme c'est étrange d'entendre ce prénom après toutes ces années. Mais mon esprit est encombré de questions. Je trébuche sur elles et manque de succomber à la panique. Mon monde a basculé, et je ne comprends plus rien.

— Je l'ai découvert par accident, dit Rory, comme si cela faisait une différence. J'ai demandé à un ami journaliste de chercher une vieille photo d'Anson pour te faire une surprise. Sauf que c'est moi qui ai été surprise. Un des clichés qu'il avait trouvés datait de deux ans seulement. C'est pour cette raison que je suis allée à Newport : je devais découvrir s'il s'agissait du vrai Anson. Ensuite, je suis partie à San Francisco afin de lui parler. J'avais besoin de comprendre ce qui s'était passé après la guerre, pourquoi il ne s'était jamais lancé à ta recherche. J'espérais parvenir à le convaincre de venir te voir à Boston, mais il a refusé. Quand j'en ai informé Thia, elle m'a demandé d'attendre un peu avant de t'en parler, et j'ai accepté. Nous pensions qu'il changerait peut-être d'avis. Jamais nous n'avons imaginé qu'il viendrait ici à l'improviste.

Je ferme les yeux, comme si cela pouvait effacer ce qui vient d'arriver. Les larmes que je n'ai pas réussi à verser il y a quelques instants coulent soudain à flots, tandis que la vérité m'éclate à la figure. Anson – mon Anson – était vivant depuis tout ce temps, mais ne voulait pas de moi… et c'est toujours le cas.

— Ce n'est pas tout, dit doucement Camilla depuis le pied de l'escalier. Il faut que tu saches le reste.

— Je ne veux rien savoir, dis-je en me relevant. Je veux rentrer chez moi. Appelez-moi un taxi, s'il vous plaît.

— Je vais te ramener, proteste Camilla. Mais d'abord, il faut que nous parlions. Il y a des choses…

— Je n'ai aucune envie de parler.

Ma voix est étrangement creuse, étrangère.

— J'ai envie d'être seule.

Je cligne des yeux, mais les larmes qui continuent à couler sur mon visage me troublent la vue.

— S'il vous plaît. Un taxi.

Du coin de l'œil, je vois Camilla lancer un regard implorant à Rory. Elle est déterminée à continuer à me parler, à me révéler le secret qu'elles gardaient, dans l'espoir d'arranger les choses. Mais elles ne s'arrangeront jamais. Rory le sent aussi et répond à sa mère en secouant légèrement la tête. Elle sait que rien de ce qu'elles diront ne fera de différence.

L'escalier tangue dangereusement tandis que je descends les marches. Je m'agrippe à la rampe, de peur que mes jambes ne me lâchent. Je passe devant Camilla puis Rory, me baisse pour ramasser mon sac à main et me dirige vers la porte.

— J'attendrai dehors.

Je sens leurs regards sur moi. Elles s'attendent à ce que je m'effondre et me brise en mille morceaux. Mais c'est impossible. Pas tout de suite. Car cette fois, lorsque je me briserai, ce sera pour toujours.

45

Soline

*Sois toujours attentive à la règle des trois.
Trois fois tu récolteras les fruits de tes actes. Si tu travailles mal, trois fois le malheur s'abattra sur toi. Si tu travailles bien, trois fois l'amour trouvera un toit.*

Esmée Roussel, *La Sorcière des robes*

Boston, le 30 octobre 1985

Quatre jours.

Voilà quatre jours que j'hiberne. Je ne me nourris plus que de café et de toasts, car je n'ai pas l'énergie d'en faire davantage. Vaseuse, j'erre de pièce en pièce ou reste recroquevillée sur mon lit, la trousse de rasage d'Anson serrée contre ma poitrine.

J'ai à nouveau débranché le téléphone. Je n'ai pas envie de l'entendre sonner. Je n'ai pas envie de me demander qui m'appelle, ni ce que veut cette personne. Je le sais déjà, et je ne veux pas de ses paroles d'apaisement. Je ne doute pas que Rory n'avait que de bonnes intentions en me cachant la vérité. Ce n'est pas une jeune femme cruelle. Mais elle me considère comme une frêle vieillarde incapable d'encaisser un coup supplémentaire. Elle n'a peut-être pas tort. Il se peut qu'elle ait des raisons de craindre que je ne me relève pas. Car je ne suis pas certaine de le pouvoir.

Je ne cesse de me répéter que c'est sans importance, que le fait qu'Anson soit en vie quelque part sur cette terre ne change rien à ma vie d'aujourd'hui. Mais c'est faux. Tout a changé. Parce que je viens de le perdre à nouveau. Seulement, cette fois, ce ne sont pas les Allemands qui me l'ont pris. Il a décidé de garder ses distances avec moi.

Sa demande en mariage était une décision prise sur un coup de tête, à une époque où nous étions tous à fleur de peau. A-t-il fini par la regretter une fois que nous avons été séparés ? Et a-t-il été secrètement soulagé de découvrir à son retour que j'étais partie ? Était-il au courant que nous avions eu une fille ? Qu'elle avait quitté ce monde le jour même de sa naissance ? Que je n'avais même pas pu la prendre dans mes bras ?

Mon Assia.

Pendant toutes ces années, je l'ai imaginée avec lui. Je me disais qu'ils étaient quelque part ensemble. Mais elle est seule depuis tout ce temps. Il a probablement des enfants, peut-être même des petits-enfants – et une femme. Aujourd'hui encore, malgré le temps écoulé, cette pensée me déchire le cœur, et pourtant, mes yeux sont secs. On dirait que mon corps s'est enfin vidé de ses larmes.

J'ai perdu toute notion du temps, et l'horloge de la cuisinière n'est plus à l'heure depuis deux ans. Je soulève le store de la cuisine et regarde dehors. Le ciel a la couleur du plomb, et une pluie continue martèle les vitres. Mais tout m'est égal maintenant. Je me dirige vers le réfrigérateur et sors des œufs, du beurre et des champignons. Dans le bac à légumes, les épinards ont perdu leur fraîcheur, mais il reste sur le rebord de la fenêtre une tomate qui n'est pas encore abîmée. Je n'ai pas envie de manger, mais je commence à avoir mal à la tête et mon estomac crie famine. Il faut que j'avale quelque chose, et la préparation d'une omelette n'exige pas de gros efforts.

Je viens de poser la poêle sur la cuisinière lorsque la sonnette retentit. L'espace d'un instant, j'entrevois une folle lueur d'espoir. Aurait-il changé d'avis ? J'éteins le gaz, passe discrètement devant les rideaux du salon pour pénétrer dans le vestibule et j'attends.

Ce n'est pas lui. C'est impossible.

La sonnette retentit de nouveau, suivie d'un bref coup de heurtoir. Je retiens mon souffle et supplie intérieurement cette personne de partir. Il s'agit évidemment de Rory. Ou de Camilla. Elles sont déjà passées trois fois, mais je ne leur ai pas ouvert. Ou c'est peut-être Daniel qui a décidé de braver la pluie pour prendre de mes nouvelles. Je ne veux pas le voir non plus. Il connaît une bonne partie de mon histoire et je n'ai aucune envie de subir un contre-interrogatoire.

— Soline ? demande une voix féminine assourdie. Soline, c'est Thia.

Thia. Après toutes ces années. Le sang bat dans mes oreilles et ma salive s'épaissit soudain dans ma bouche. Je m'approche de la porte et pose une main sur la poignée. C'est une mauvaise idée, je le sais. Mais je suis faible.

— Est-ce que tu es seule ?

— Je peux l'être, répond-elle. Si tu préfères.

Je tourne la poignée, entrouvre la porte et aperçois la moitié d'un visage inconnu. Une bouche pleine, l'arête d'un large nez, une peau ridée par le soleil. Et un œil. Bleu-vert, aux mouchetures dorées autour de l'iris. Comme ceux d'Anson.

J'ouvre finalement la porte et laisse tomber les bras le long de mes flancs, stupéfaite de la voir ici, sonnée par tout qui est en train de se passer. Aujourd'hui encore, leur ressemblance me saute aux yeux. Mais quelque chose d'autre sur son visage me captive, quelque chose que je ne parviens pas à saisir.

— Qu'est-ce que tu fais là ?

J'ai tant pleuré ces derniers jours que ma voix est rauque.

— J'aimerais te parler, répond-elle avec douceur, comme si elle s'adressait à un animal craintif. De ce qui s'est passé après ton départ de la maison de mon père.

Je garde la main sur la poignée, satisfaite de voir la bruine froide tremper lentement son chemisier. Soudain, je me sens très en colère contre elle.

— Je sais déjà ce qui s'est passé. Ton frère est rentré, et personne ne m'en a informée.

— S'il te plaît, est-ce que nous pourrions nous asseoir pour en discuter ?

L'émotion me comprime la poitrine.

— Est-ce qu'il… Qui est avec toi ?

— Rory et Camilla. Elles sont dans la voiture. Je sais que tu es fâchée et blessée, et tu as entièrement le droit de l'être, mais nous avons des choses à te dire, Soline. Tu ne sais pas tout.

Je perçois la gravité de son ton et sens mon estomac se nouer.

— Quelles… choses ?

— S'il te plaît, laisse-nous entrer. Ces marches ne sont pas le meilleur endroit pour parler, et je suis presque trempée.

Je lâche la poignée et recule. Thia se tourne vers la rue et invite Rory et Camilla à la rejoindre d'un signe de la main. En me retournant, j'aperçois mon reflet dans le miroir du vestibule. Pâle et ébouriffée, j'ai l'air d'un fantôme, et mes yeux sont cernés de chagrin. Je me passe une main dans les cheveux pour les lisser, puis je me rappelle que je porte la robe de chambre que je n'ai pas quittée depuis quatre jours.

— Attendez-moi un instant, il faut que je m'habille.

À mon retour, elles sont déjà assises dans le salon. Rory et Camilla sur le canapé, Thia perchée sur le bord d'une chaise, les cheveux collés au front et au cou. Elle me regarde de la tête aux pieds, visiblement soulagée que je me sois changée. Je me suis brossé les cheveux et j'ai échangé ma robe de chambre contre un cardigan et un pantalon. Son regard s'attarde sur mes gants en coton blanc, avant de se détourner. Je perçois quelque chose dans la façon qu'elles ont toutes de m'observer : de la pitié mêlée à de l'embarras.

Et je ne peux pas m'empêcher de regretter de les avoir laissé entrer.

— Bon, dites-moi ce que vous avez à me dire et partez.

— Il vaudrait mieux que tu t'asseyes, dit Camilla en tapotant le canapé à côté d'elle. Viens donc ici, entre nous.

— Je n'ai pas envie de m'asseoir.

J'ai conscience de me comporter comme une enfant grognon.

Rory me supplie du regard.

— Je t'en prie, Soline. Nous avons quelque chose à te montrer. Cela pourrait t'aider à accepter la situation. Viens.

Je m'assieds avec raideur à côté d'elle, les mains sur les genoux. Quoi qu'elles aient à me dire, par pitié, qu'on en finisse !

Rory plonge la main dans un fourre-tout en Nylon noir et en sort ce qui ressemble à un album photo. Je tente de me préparer, sans savoir à quoi. Elle pose ensuite l'album dans mes mains.

— Ouvre-le.

Je tente de soulever la couverture, gênée par mes gants. Rory m'aide à tourner les pages, et mon regard se pose sur une vieille photo en noir et blanc. Celle d'une petite fille aux boucles claires et aux yeux écartés, habillée en combinaison de ski et chaussée de bottes. Elle doit avoir trois ans, peut-être quatre, et son visage m'est familier, même si je n'avais jamais vu cette photo. Je lance un regard interrogateur à Rory, pas certaine de saisir ce qui se passe, ni ce qu'elles attendent de moi.

— C'est Thia, explique-t-elle. Quand elle était enfant.

Je regarde Thia qui est étrangement immobile. Je ne comprends toujours pas.

— Tourne la page.

Nouvelle photo de la fillette, mais plus âgée et vêtue d'une robe à froufrous. Je reconnais bien les traits de Thia maintenant, ses larges joues et son menton pointu, ses taches de rousseur sur l'arête du nez. Je lève les yeux vers leurs visages soigneusement impassibles et sens ma patience diminuer.

Camilla m'effleure le bras.

— Continue. Tourne la page.

Le plastique craque lorsque je passe à la photo suivante. Il s'agit à nouveau de Thia, à peu près au même âge, mais portant une robe différente. Ses traits sont différents également. Son visage paraît plus mince, ses pommettes plus hautes et plus anguleuses. Voilà que j'ai encore une sorte de flash. C'est comme un fil détaché que je n'arrive pas à attraper. Je suis agacée, désorientée – et soudain effrayée.

Je regarde Thia.

— Pourquoi me montrez-vous d'anciennes photos de toi ? Qu'ont-elles à voir avec moi ?

— Regarde bien, dit-elle doucement. Ce n'est pas moi sur celle-ci.

Je réexamine le portrait, puis reviens à la page précédente. Les photos sont presque identiques, mais en y regardant de plus près, je m'aperçois que la seconde est plus récente. Le fil nébuleux se déroule. C'est impossible. Et pourtant…

— Qui est-ce ?

Ma question reste en suspens dans l'air tandis que les secondes s'écoulent. Personne ne parle, ni ne respire. Enfin, je sens la main de Rory se poser sur la mienne.

— C'est moi.

Les yeux toujours fixés sur la photo, j'observe chaque courbe, chaque ligne du visage qui me regarde. *Aurore*. Oui, je la reconnais maintenant. Je lève les yeux vers Thia, puis Rory, et étudie à nouveau la photo.

— Je ne comprends pas. Comment…

Rory me tient toujours la main et la serre plus fort.

— Nous sommes de la même famille, murmure-t-elle. Thia et moi sommes… parentes.

Un bruit parasite m'emplit la tête et m'empêche de réfléchir. Je n'arrive pas à comprendre ce qu'elle vient de dire, ne trouve pas les bonnes questions à lui poser. Pourquoi Rory ne lâche-t-elle pas ma main ? Pourquoi Thia a-t-elle peur de respirer ? Et pourquoi Camilla pleure-t-elle ?

— Parentes… mais comment ? parviens-je finalement à articuler.

— Je suis sa petite-nièce.

Les yeux écarquillés, Rory attend que je réagisse. Comme je ne dis rien, elle insiste.

— Est-ce que tu comprends ce que ça veut dire ?

— Non.

Je secoue la tête, étrangement engourdie. Le fil est là, il attend que je tire sur lui, mais je ne peux pas – je ne veux pas. Je secoue la tête sans m'arrêter.

— Non.

— Anson est mon grand-père, Soline. Ce qui fait de toi… ma grand-mère.

Je dévisage la photo, le souffle coupé.

— C'est impossible.

— Non.

Rory tourne une nouvelle page de l'album.

— Ta fille n'est pas morte quand elle était petite. Ils te l'ont prise.

Je regarde le document qui est apparu sous mes yeux. Il s'agit d'une photocopie froissée, mais lisible. *CERTIFICAT D'ADOPTION.* Dans une des cases est inscrit le nom de Soline Roussel, dans une autre, le nom de Lowell. Et plus bas, Camilla.

Je retourne ces noms dans ma tête, comme les lettres d'un jeu de Scrabble. Tout cela signifie quelque chose, c'est évident, mais je n'arrive pas à les relier.

— Lowell est mon nom de jeune fille, dit Camilla, les joues humides de larmes. Camilla Lowell est le nom que j'ai reçu du couple qui m'a adoptée. Avant cela, j'en portais un autre.

Je la regarde jusqu'à ce que ma vue se brouille de larmes. Cela ne peut pas être vrai. Et pourtant, son visage – tous leurs visages – m'indique le contraire.

— Tu es…

— Je suis Assia, chuchote-t-elle. Ta fille.

J'enfouis mon visage dans mes mains, tandis que de brusques sanglots menacent de m'étouffer. Des bras s'enroulent autour de moi. Je me balance en gémissant, submergée par le chagrin et une joie inimaginable. J'essaie de me contenir, de me taire, mais mes sanglots continuent à monter et à éclater comme une tempête. Je suis ridicule, mais je m'en moque. En réalité, plus rien ne m'importe. Même le fait qu'Anson ne m'ait pas suffisamment aimée pour partir à ma recherche. Même le fait d'avoir vécu quarante ans sans la fille qui aurait dû être la mienne. Elle est avec moi, maintenant. Et Rory aussi.

Je pense à maman, à ses enseignements, et je sais que là où elle est, elle est heureuse, elle aussi. Nous ne pouvons pas défaire ce qui est fait, mais nous pouvons avancer. Nous sommes trois générations liées par le sang et les échos, et nous allons rattraper le temps perdu.

Je sens qu'on presse un mouchoir dans ma main, et peu à peu, mes sanglots se calment. Je m'essuie le visage en essayant de me ressaisir. Quand je les regarde, leurs joues sont humides, mais c'est le visage de Camilla qui retient mon attention. Je dévore des yeux chacune de ses rides et son précieux contour, comme si je les voyais pour la première fois.

— Pendant toutes ces années… Pendant tout ce temps, tu étais là. Mon Assia.

Rory disparaît brièvement, puis revient avec une boîte de mouchoirs.

Pendant les quelques heures suivantes, je tiens la main de ma fille et écoute Thia m'expliquer jusqu'où est allé son père pour monter son fils contre moi.

Cet homme est mort, aujourd'hui. Bon débarras. Jamais je ne lui pardonnerai ce qu'il m'a fait. Et je ne pardonnerai pas non plus à son fils de l'avoir écouté. Qu'Anson ait pu me croire coupable d'une telle trahison est la pilule la plus difficile de toutes à avaler. Car je me rends maintenant compte qu'il n'a jamais été l'homme que je croyais. J'ai perdu celui que j'aimais à l'instant où je suis montée à l'arrière de l'ambulance et l'ai regardé disparaître. Qu'il soit finalement en vie après toutes ces années ne change rien. Anson – mon Anson – est mort.

46

Soline

Les amoureux se font souffrir pour toutes sortes de raisons, mais au bout du compte, la peur est toujours à l'origine de ce comportement. La difficulté, et peut-être la plus importante de toutes, est de faire confiance quand on a peur – de prendre le risque de pardonner. Mais le pardon est la plus grande magie qui soit. Le pardon transforme tout.

Esmée Roussel, *La Sorcière des robes*

Depuis qu'elles sont parties, j'ai pris une longue douche chaude et renfilé ma robe de chambre, seule face à cette nouvelle réalité étrange. Pelotonnée sur le canapé, je feuillette le vieil album photo que Rory et Camilla m'ont laissé. Je l'ai déjà parcouru une douzaine de fois, mais je ne peux pas m'empêcher de recommencer à tourner les pages, étudiant les détails de chaque photo d'enfance, comme si j'essayais de graver ces petits visages dans les cases vides de mon esprit.

Assia, en vie. Et Rory.

Pour la deuxième fois en quelques jours, une personne que j'ai aimée est revenue d'entre les morts. Cela paraît aussi invraisemblable que la fin d'un conte de fées, lorsque la princesse reçoit un baiser et que le sort est soudain brisé. Le long sommeil obscur s'achève enfin. Les Roussel ont toujours entendu dire que les contes de fées étaient réservés aux autres. Mais quelque chose a déclenché cet étrange enchaînement d'événements. Le hasard seul n'a pas pu faire entrer Rory et Camilla dans ma vie, ou moi dans les leurs.

Nous allons avoir beaucoup de choses à nous dire les jours qui viennent, et je vais finalement devoir leur raconter l'intégralité de mon histoire – y compris tout ce qui concerne la magie et l'héritage qui est également le leur. Ce sera une conversation étrange. Ou bien cet échange se fera naturellement. Depuis le début, je sens que Rory a un don particulier. Et bien sûr, Camilla – mon Assia – a dû hériter du mien, elle aussi. Ce sera à elles de décider ce qu'elles en feront, mais au moins, elles seront parfaitement renseignées sur les tisseuses de charmes qui les ont précédées – Esmée, Giselle, Lilou et toutes les autres.

Je pense à maman et à sa conviction selon laquelle nous sommes irrémédiablement liés aux personnes que nous aimons. Et ce grâce à nos échos. Malgré le temps qui passe, la distance qui nous sépare, et même la mort. Je me demande si ce qui vient de se produire est une collision de nos échos. Mais après tout, c'est sans importance.

Mes membres sont délicieusement lourds. Je ferme les yeux et laisse les événements de la journée glisser sur moi. Il y a tant de sujets à méditer, tant de temps perdu à rattraper, mais je préfère remettre ces choses à plus tard. Dehors, la pluie continue à tomber, plus forte à présent, et le vent qui s'est levé souffle sur les fenêtres en rafales irrégulières. Un des volets a dû se détacher. Je l'entends cogner contre la maison. Non… ce n'est pas un volet. La porte. Quelqu'un cogne à la porte.

Groggy, je me redresse sur le canapé. Rory a promis de prendre de mes nouvelles plus tard, mais le téléphone est toujours débranché. Elle n'a quand même pas bravé la tempête pour venir me voir.

J'entre en hâte dans le vestibule, détache maladroitement la chaîne et tourne le verrou. Au moment où j'ouvre la porte, une violente bourrasque m'arrose de gouttes de pluie froides.

Repoussant les cheveux de mon visage, je découvre qui est là. Anson.

Sa silhouette est parfaitement reconnaissable malgré les années qui ont passé, mais je ne vois pas son visage, car il est éclairé par le lampadaire derrière lui, les épaules voûtées pour se protéger de la pluie. Je le regarde fixement, le souffle court. Pendant quarante ans, j'ai imaginé ce moment, le bonheur que ce serait de le revoir juste une fois, de pouvoir lui dire les choses que je voulais lui dire avant que nous ne soyons séparés. Et maintenant qu'il se tient sur mon perron sous l'averse, je m'aperçois que je suis incapable de prononcer un mot.

D'un geste, il s'essuie le visage.

— J'aimerais entrer te parler. Je n'en ai pas pour longtemps.

Je lui tourne le dos et avance dans le vestibule. En entendant la porte se refermer, je jette un coup d'œil derrière moi, de crainte qu'il ne soit reparti. Mais il est toujours là, les bras raides le long du corps. Sa veste et sa chemise sont trempées, et ses cheveux humides collent à son front.

Me rappelant soudain que je ne porte pas de gants, j'enfonce les mains dans mes poches, péniblement consciente de ma robe de chambre et de mes pieds nus. Nous nous regardons pendant de longues secondes, et je ne peux m'empêcher de me demander ce qu'il voit. C'est long, quarante ans, encore plus pour une femme. Voit-il encore la jeune bénévole qu'il croisait dans les couloirs de l'Hôpital américain, ou bien les années ont-elles fait de moi une inconnue ? Cela ne devrait pas avoir d'importance, et pourtant, j'aimerais le savoir.

— Je vais te chercher une serviette, dis-je d'une voix étranglée par l'émotion.

Après avoir enfilé des gants en coton blanc, je retourne dans le vestibule. Il s'est avancé jusqu'à l'entrée du salon sans oser y pénétrer. Je lui donne la serviette et recule.

Il tapote vainement sa chemise, se frotte les cheveux, puis abandonne. Quand il la tend pour me la rendre, je garde les mains dans mes poches.

— Pose-la sur la chaise.

— Tu as presque entièrement perdu ton accent, dit-il d'une voix neutre.

— J'ai perdu beaucoup de choses.

Il est douloureux de constater l'inexpressivité de son regard, mais je me force à le fixer dans les yeux. Est-il venu s'excuser ? S'expliquer ? Non. Je n'en ai pas l'impression. J'ignore ce qui l'amène, mais j'ai besoin qu'il me le dise et qu'il parte.

— Qu'est-ce que tu veux ?

— Mettre fin à ces histoires.

— Je ne comprends pas. De quoi parles-tu ?

— Arrête ce petit numéro. Tu n'as plus vingt ans. Je ne sais pas à quoi tu joues, mais c'est terminé maintenant.

Sa voix est aussi rauque que dans mes souvenirs. C'est ce timbre qui m'a rendue nerveuse la première fois que nous nous sommes rencontrés. Mais cette voix est teintée de mépris aujourd'hui. À mon égard.

— Ce qu'il y avait entre nous a pris fin il y a quarante ans, Anson. À Paris.

— Ah oui ?

Je suis incapable de lui répondre. Je ne parviens même pas à respirer. Je me concentre sur la petite cicatrice au-dessus de son œil droit. Elle n'était pas là avant. Il y en a une autre juste sous sa mâchoire, sur la gauche. Nouvelle également. Et une troisième à la naissance de ses cheveux. Je me rends compte que je tente de mémoriser son visage. De me fabriquer un souvenir à superposer à celui que je garde – pour plus tard, quand il sera reparti. Seulement, je ne veux pas me souvenir de cet Anson-là.

— Rory m'a dit qu'elle avait fait tout le chemin jusqu'à San Francisco pour te voir, et qu'elle t'avait tout raconté.

— En effet. Je dois dire que j'ai eu une sacrée surprise. Il n'arrive pas tous les jours qu'un homme devienne père et grand-père en même temps.

— Tu n'es pas devenu père, Anson. Tu l'as été pendant quarante ans. Et je n'étais pas responsable de sa visite. Je ne savais même pas…

Je m'interromps, fâchée de me sentir obligée de me justifier. Je sens monter le début d'un sanglot et le ravale. Il n'est pas question que je pleure devant lui.

— J'ai quitté la maison de ton père en te croyant mort, persuadée que les Allemands t'avaient tué, avant d'enterrer ton corps dans les bois. Et hier soir, je te retrouve au pied de cet escalier. Peux-tu imaginer ce que ça fait ? Et dire que tu restais planté là, à me foudroyer du regard. Moi ! Comme si j'avais fait quelque chose de mal. Ne t'est-il jamais venu à l'esprit que j'aurais voulu savoir que tu étais en vie ? Que même si tu ne voulais pas de moi, tu me devais au moins ça ?

— Il ne m'est jamais venu à l'esprit que cette information pouvait t'intéresser.

Sa réponse me stupéfie.

— Je te rappelle que nous devions nous marier.

Il me lance un regard froid et hausse les épaules.

— Qu'aurais-tu fait ? Tu aurais tout laissé en plan et tu serais retournée au plus vite à Newport pour t'occuper d'un homme susceptible de passer le reste de sa vie dans un fauteuil roulant ?

Mais oui ! ai-je envie de crier. *Oui, c'est exactement ce que j'aurais fait. J'aurais donné n'importe quoi pour te retrouver.* Mais il est trop tard pour jouer un tel mélodrame. Je lui tourne le dos et me dirige vers le petit bar dans le coin de la pièce pour me verser un cognac. *Une petite rasade de courage*, disait Maddy. J'en ai bien besoin justement.

Le dos toujours tourné, je manipule maladroitement le bouchon de la carafe. Sentant son regard sur mes épaules, je vide mon verre en deux rapides gorgées. La chaleur de l'alcool se répand dans ma gorge et dans mon ventre. Je soulève la carafe et m'en sers un deuxième.

— Autrefois, il m'arrivait de penser que je t'entendais m'appeler, dis-je sans me retourner. Ta voix dans la brise. Sous la pluie. Dans mon sommeil. Tu ne cessais de répéter mon prénom, comme si tu me tendais la main depuis l'endroit où tu étais. Stupide, n'est-ce pas ?

J'attends quelques instants, jusqu'à ce que le silence devienne gênant.

— Puis-je t'offrir un verre ? Un cognac ? Quelque chose de plus fort, peut-être ?

— Je ne bois plus.

Son hésitation était presque imperceptible, mais elle ne m'a pas échappé. J'abandonne aussitôt mon verre et me tourne vers lui. Une fois encore, je suis frappée par le changement qui s'est produit en lui. Il ne s'agit pas de son apparence – c'est toujours un bel homme –, mais de ses manières et de sa posture. Le temps adoucit la plupart de nos corps, il émousse nos bords tranchants. Cependant, il a fait le contraire à Anson. Il l'a rendu cruel et mystérieusement impassible. Ce n'est pas l'homme que j'ai aimé.

Je repense au dîner où il était éméché après un seul verre de vin. Une des rares fois où je l'ai vu boire.

— Dans mes souvenirs, tu n'étais pourtant pas un gros buveur, dis-je pour combler le silence, avant de regretter ces mots.

À quoi bon parler de l'homme qu'il était avant ?

— J'en suis devenu un. Je buvais même tout le temps. À des fins thérapeutiques. C'est du moins ce que je me disais. Efficace contre la douleur. Surtout si on commence tôt le matin. Au bout d'un moment, on perd des journées entières. C'est là que ça devient compliqué.

— La douleur… Celle de tes blessures ?

Il me regarde un long moment. Si long que je finis par penser qu'il ne me répondra jamais.

— Voilà, dit-il finalement. Mes blessures.

Impossible de ne pas saisir le sous-entendu. C'est à moi qu'il en veut. Pas à son père. *À moi.* À cause des mensonges que lui a racontés Owen. Des mensonges auxquels Anson a choisi de croire. La cruauté de sa réponse a touché un point sensible.

— Tu veux bien me dire ce qui t'est arrivé ?

Il me regarde froidement.

— Pourquoi ?

Je prends l'air indifférent en haussant les épaules.

— Je pensais que nous étions censés nous expliquer – un peu comme on pratique une autopsie pour déterminer la cause d'un décès.

Je m'exprime à sa façon en lui jetant ces mots durs à la figure, et je ne m'en veux pas une seconde.

— Tu sais aussi bien que moi comment tout a commencé ; tu étais là aussi, non ? Ensuite, nos chemins se sont séparés, et là, je ne comprends pas bien ce qui s'est passé. Tu ne crois pas que je mérite de connaître la suite de l'histoire, quarante ans plus tard ?

Il s'assied sur l'accoudoir du fauteuil le plus proche, la jambe droite tendue avec raideur, et je revois aussitôt Owen.

— Je rentrais d'un transfert un soir. C'est arrivé si vite que je n'ai rien vu venir. J'ai reçu une balle dans le flanc, une deuxième dans l'épaule. Ils m'ont sorti de force de l'ambulance, puis emmené dans les bois. Je croyais qu'ils allaient me tuer. Au lieu de ça, ils m'ont tiré dans les jambes et m'ont abandonné sur place. Je ne sais pas combien de temps il m'a fallu pour me traîner jusqu'à la route, mais ça m'a achevé. J'ai fermé les yeux et me suis préparé à mourir. Quand j'ai repris connaissance, un nazi qui portait des gants en caoutchouc s'efforçait d'extraire la balle de mon épaule. Apparemment, les bénévoles de la Croix-Rouge représentaient une excellente monnaie d'échange, même si je n'ai jamais découvert contre qui ils m'avaient échangé.

Il détourne le regard, les yeux embués.

— C'est une façon assez merdique de s'en sortir quand on pense au nombre de gars qui y sont restés. Tu rentres tranquillement dans ton pays, tandis qu'ils resteront à jamais un numéro sur une liste, un bâton sur la feuille des décès du jour – tout ça parce que leurs pères ne portent pas le bon nom de famille.

Je réprime un frisson en me remémorant ce qu'on racontait sur les stalags : la famine, le travail forcé, les interrogatoires exténuants et les clôtures électrifiées. Je ne pardonnerai jamais à Owen Purcell le mal qu'il nous a fait – à moi, à ma fille, à Anson –, mais je ne peux pas lui reprocher d'avoir tout fait pour ramener son fils à la maison.

— Combien de temps es-tu resté prisonnier ?

— J'ai passé six semaines à l'hôpital, avant d'être transféré au camp de Moosburg où ils m'ont gardé trois mois et demi. J'étais le *Kriegie* n° 7877.

— Tu étais… quoi ?

— Un *Kriegie*. Un prisonnier de guerre, en allemand. Nous avions tous un numéro. Le mien était le 7877.

Je ressens comme une crampe au milieu de la poitrine, le réveil d'une ancienne blessure. J'ai vécu quarante ans avec sa mort, mais savoir ce qu'il a enduré, et qu'il se sente coupable d'y avoir survécu, est encore plus douloureux d'une certaine façon.

— Ton père…

Je m'interromps, prends une inspiration et recommence.

— Un télégramme est arrivé, annonçant que tu étais porté disparu. Ton père a appelé toutes les personnes qu'il pouvait, mais nul ne savait où tu étais. On racontait que tu étais tombé dans une embuscade et que tu étais probablement mort. C'est le moment qu'a choisi ton père pour me chasser – tout en sachant que je portais ton enfant. Il ne m'a jamais informée que tu étais…

Je ferme les yeux pour retenir mes larmes.

— Je l'ignorais, Anson. Si j'avais su que tu étais vivant, rien ne m'aurait retenue loin de toi.

— Pas même Myles Madison ?

Le nom de Maddy me coupe dans mon élan. Et je perçois quelque chose de nouveau dans sa voix, de plus dur et plus froid. J'ai l'impression qu'il croit m'avoir piégée.

— Mais quel rapport y a-t-il entre Maddy et nous ?

— Pas nous – toi.

— Je ne comprends pas.

— Je pense au contraire que tu vois très bien de quoi je parle.

Il me reproche manifestement quelque chose, mais quoi ?

— Sois plus clair, je t'en prie.

Lorsqu'il croise les bras, son sourire est si froid qu'il me donne la chair de poule.

— Et si je te disais que je suis bel et bien parti à ta recherche ? Comme mon père prétendait ignorer où tu te trouvais, j'ai payé un enquêteur – un certain Henry Vale – pour te retrouver. Et c'est ce qu'il a fait.

Brusquement, l'air me manque. Cela ne peut pas être vrai. C'est impossible. Il savait où me trouver depuis tout ce temps et… Je recule d'un pas, puis d'un autre, jusqu'à ce que mon dos heurte le bar.

— Tu savais que j'étais ici ? Depuis tout ce temps ? Et tu ne m'as pas contactée ?

Il hausse les épaules.

— L'un de nous était de trop. Vos photos étaient belles, cependant. J'ai trouvé que vous formiez un couple charmant. Un peu vieux, le type, mais tu les préfères peut-être expérimentés. C'est le cas de certaines femmes. Où est-il maintenant ?

Je secoue la tête sans comprendre.

— Est-ce que nous parlons bien de Maddy ?

— Parce qu'il y en a eu d'autres ?

Mes nerfs sont aussi tendus que les cordes d'un violon. Ces paroles n'ont aucun sens.

— D'autres quoi, Anson ? Quelles photos ?

— Celles prises par M. Vale.

Je me fige.

— De moi ?

— De vous deux. Une dans la cuisine, préparant le petit déjeuner en robe de chambre. Très intime. Une de lui te faisant manger un gâteau dans un café. Tu étais pratiquement sur ses genoux, sur celle-là. Mais je pense que ma préférée était celle où vous dansiez. Son bras passé autour de toi, ta joue contre la sienne. On peut dire que j'en ai eu pour mon argent. Je suppose que lui aussi.

Je suis si stupéfaite, si furieuse, que je ne sais pas quoi répondre.

— Tu as payé quelqu'un pour me retrouver ? Pour m'espionner ? Avec un appareil photo ?

— Tu n'as pas été tellement difficile à localiser. Je me souviens qu'il lui a fallu moins d'une semaine. Mais quand il m'a informé que tu étais à Boston, casée avec un homme assez vieux pour être ton père, je lui ai répondu qu'il faisait erreur. La femme que je cherchais était amoureuse de moi. Alors il m'a apporté des preuves.

Je renverse la tête et éclate de rire. Les événements de la journée m'ont rendue un peu hystérique, je crois, ou peut-être que c'est le cognac. Quoi qu'il en soit, je trouve soudain toute l'histoire très drôle.

— Tu penses que j'étais casée… avec Maddy ? Que lui et moi…

Je ne peux plus m'arrêter de rire.

— Tu parles de preuves !

Son visage s'assombrit. Mon fou rire semble l'exaspérer.

— Je ne suis pas aveugle, Soline.

— J'ai bien peur que si, Anson. Totalement aveugle. Myles Madison était mon patron et mon ami. Il était également homosexuel. Il m'a offert un travail quand... Après la naissance d'Assia. Et un endroit où vivre. J'étais au bout du rouleau, comme on dit, et il est venu à mon secours. Nous nous battions comme des chiffonniers et nous nous adorions. Mais nous n'avons jamais été amants. Et même s'il avait aimé les femmes, il n'aurait rien pu se passer entre nous. J'étais toujours amoureuse de toi.

— Enfin, pour ce que tu en savais, j'étais mort.

Je le dévisage, piquée au vif par l'absurdité de sa remarque.

— Tu crois vraiment qu'on ne peut plus aimer une personne décédée ? Il n'y a jamais eu d'autre homme dans ma vie, Anson. Le fait que tu l'ignores me sidère. Mais je suis encore plus sidérée à l'idée que tu continues à croire ton père plutôt que moi, et que tu aies si rapidement envisagé le pire à mon sujet. Cet homme m'a pris ma fille – mon bébé – et m'a fait croire qu'elle était morte. Alors que je t'avais déjà perdu, il me l'a volée et a payé quelqu'un pour l'offrir à des inconnus. Il te l'a volée aussi, Anson. Mais au lieu de m'interroger sur elle, tu es venu me reprocher ma relation avec Maddy. On dirait ton père quand tu te comportes ainsi.

Je me tais en attendant qu'il réagisse, mais il se contente de me regarder fixement, les poings serrés. Son silence me noue la gorge.

— À l'époque, je n'arrivais pas à croire que tu étais son fils. À présent, je constate que tu lui ressembles bien plus que je ne l'avais réalisé.

Je ravale mes larmes, déterminée à garder un ton calme.

— Peut-être que le destin nous a rendu service à tous les deux.

Je vois ses épaules se redresser et réalise que j'ai touché un point sensible. J'en suis ravie. Nous nous dévisageons dans un silence tendu. Manifestement, nous n'avons plus rien à nous dire.

Il se relève lentement, comme si ses jambes s'étaient ankylosées.

— Je vais y aller.

Je hoche la tête, la gorge serrée. J'aimerais tellement qu'il disparaisse, et en même temps, l'idée qu'il sorte à nouveau de ma vie me remplit d'un chagrin que je ne suis pas sûre de pouvoir supporter.

Il se dirige vers la porte, puis se retourne.

— J'ai failli oublier, dit-il en fouillant dans sa poche. La raison de ma venue.

Après avoir cherché un instant, il tend la main et retire la mienne de ma poche. Je résiste brièvement, puis baisse les yeux vers le petit tas de perles grenat qu'il a déposé dans ma paume gantée – le rosaire de maman.

Un son se bloque dans ma gorge, le début d'un sanglot, lorsque je me rappelle le moment où je le lui ai donné. La promesse échangée la nuit où notre fille a été conçue. Je lève les yeux et le dévisage.

— Tu l'avais gardé ?

— Je t'avais promis de te le rapporter. Voilà qui est fait. Fin de l'histoire.

L'irrévocabilité de ces mots me fait l'effet d'une douche froide. Je comprends soudain ce qu'il voulait dire en déclarant qu'il était venu mettre fin à ces histoires. Il est venu remplir sa part de notre contrat. Ne pouvant plus me retenir, je pleure. C'est comme s'il avait passé quarante ans à imaginer comment m'arracher le cœur. Et il a fallu qu'il choisisse cette journée ! Alors que je viens d'apprendre que notre fille est en vie, il a trouvé le moyen de rouvrir une autre blessure. Très bien, si c'est ce qu'il veut.

— Attends une minute, dis-je. J'ai quelque chose pour toi aussi.

À mon retour, il s'est approché du canapé et feuillette l'album photo que Rory m'a offert. Je le lui arrache des mains.

— Je préférerais que tu n'y touches pas.

— Toutes deux ressemblent tant à Thia.

L'espace d'un instant, son visage exprime une tendresse qui me rappelle l'Anson que j'ai connu.

— Elles te ressemblent aussi, dis-je doucement. Surtout Rory.

Ses lèvres s'étirent brièvement, un sourire gêné qui s'efface presque immédiatement.

— J'ai toujours imaginé que notre fille te ressemblerait, dit-il. Apparemment, rien n'a marché comme prévu.

— Non, réponds-je en secouant la tête. Rien du tout.

Je repose l'album et lui tends sa trousse de rasage.

— Ceci t'appartient.

Il la prend et la retourne lentement dans ses mains. Enfin, il lève les yeux vers moi.

— Tu l'as conservée… pendant quarante ans ?

— En effet. Je te l'aurais bien rendue avant, mais tu étais mort.

— Soline…

Je lui tourne le dos, lasse de le provoquer, mais il m'attrape par le poignet et m'oblige à le regarder. Pour la première fois, il semble remarquer que mes mains ne sont pas nues. Il s'immobilise avec une expression indéchiffrable.

— Pourquoi portes-tu ces gants ? Quel est le problème avec tes mains ?

— J'ai échappé à un incendie, réponds-je en me forçant à le regarder dans les yeux. Il y a quatre ans. J'essayais de sauver une robe des flammes quand mon cardigan a pris feu.

— Tu as été…

— Brûlée. Oui.

Les rides autour de ses yeux s'adoucissent, et je sens sa main se détendre.

— Je suis désolé. Je l'ignorais.

La chaleur de ses doigts qui traverse mon gant m'empêche de réfléchir. Je dégage ma main de la sienne.

— Il y a beaucoup de choses que tu ignores.

— Soline…

— Oh, je t'en prie, tu veux bien partir ?

Ces mots s'échappent comme un sanglot, désespéré, brisé.

— Tu as dit et fait tout ce que tu avais prévu. Que veux-tu de plus ?

— Je veux savoir pourquoi tu as gardé mon nécessaire de rasage.

— Nous avions un accord. Tu te souviens ?

La gorge serrée, je m'efforce de le regarder dans les yeux.

— Tu es venu ici ce soir pour respecter ta promesse, et j'ai fait de même. C'est fini.

— Vraiment ? demande-t-il doucement. Est-ce vraiment fini pour toi ? Car ça ne l'est pas pour moi. C'était pourtant ce que je voulais. Quand je suis rentré en Amérique et que j'ai découvert que tu étais partie, quand j'ai vu ces photos de toi avec un autre homme et que j'ai cru… J'aurais donné n'importe quoi pour que tout se termine.

Sa voix est rauque, et une petite veine a commencé à palpiter à la base de sa gorge.

— Je buvais pour t'oublier, mais ça ne faisait qu'aggraver ma souffrance. Ton visage, ta voix. Tu étais comme un poison qui coulait dans mes veines. Aujourd'hui encore…

Sa voix se brise, et il passe une main dans ses cheveux encore humides.

— Depuis quarante ans, pas un jour ne s'écoule sans que je pense à toi, Soline. Sans que je me demande s'il n'y avait pas un moyen…

Sa voix se brise à nouveau, et il ferme les yeux, comme si une vive douleur s'était déclenchée par surprise. Quand il les rouvre, ils sont rougis, et son regard est terne.

— Quand tu m'as demandé ce qui m'était arrivé, tout à l'heure, je t'ai raconté que je m'étais étendu sur la route en me préparant à mourir. Je m'y suis préparé, mais je ne t'ai pas dit comment.

Ma gorge se serre. Je ne veux pas en entendre plus. Je ne veux pas l'imaginer couvert de sang et brisé – effrayé.

— S'il te plaît, Anson…

— J'ai sorti le rosaire de ma poche et répété ton prénom mille fois à voix haute, comme une prière, jusqu'à ce que je voie ton visage. Parce que je voulais que ce soit ma dernière vision. Si je parvenais à te voir, tout irait bien. Je pourrais… lâcher prise. Quand j'ai repris connaissance à l'hôpital, le rosaire était posé à côté de moi. Et on aurait dit que tu étais là aussi. C'est pour cette raison que je l'ai conservé toutes ces années. Car tant que je l'avais, je me sentais connecté à toi. J'avais l'impression que ce que nous avions vécu à Paris ne s'était jamais vraiment terminé. Quand tu m'as donné ceci…

Il baisse les yeux vers le nécessaire de rasage et hausse les épaules.

— Je me suis dit que tu l'avais peut-être gardé pour la même raison.

Sa déclaration ne m'émeut pas. J'ai envie de le croire, de lui faire confiance. Mais la douleur de ces quarante dernières années reste logée dans ma poitrine.

— Pourquoi n'es-tu jamais venu me voir, Anson ? J'étais là. Tu prétends que tu voulais voir mon visage, mais tu n'as jamais vu mon cœur si tu m'as crue capable de trahir ta mémoire dans les bras d'un autre homme. Tu as toujours été le seul. Autrefois, aujourd'hui, et chaque minute entre les deux. Nous aurions pu vivre ensemble, mais tu as laissé gagner ton père. Il voulait que tu me haïsses, et tu lui as obéi.

— Non, je ne t'ai jamais haïe. Je le voulais. J'ai essayé. Mais c'était moi que je haïssais. Celui que j'étais devenu après la guerre et mes hospitalisations. Amer. Dur. Ivre la plupart du temps. Tu as raison, je suis devenu comme lui. Je n'ai rien fait pour lutter. Je me suis servi de la guerre comme excuse – et de toi. Jusqu'à ce que je me regarde dans une glace un jour, et que je le voie, lui. Et tout ce que je haïssais chez lui. Le soir même, j'ai assisté à ma première réunion des Alcooliques anonymes. Je m'efforce de rentrer dans le droit chemin depuis.

— Le droit chemin vers quoi ?

— Vers nous, répond-il d'une voix rauque. Vers toi.

Je ne mords pas à l'hameçon. Ce ne sont que des mots.

— Mais quand Rory est venue te trouver à San Francisco… Quand elle t'a dit que…

Il détourne les yeux, comme si ce souvenir était douloureux.

— Vingt ans d'abstinence et je n'avais jamais eu autant besoin d'un verre. L'eau gazeuse n'aide pas vraiment à encaisser ce genre de nouvelle. C'était comme si elle m'avait arraché un pansement. Mes erreurs et mon amertume, ma foutue fierté, tout ce que j'avais gâché. Je ne pouvais pas supporter de regarder la réalité en face. Elle me demandait d'assumer mes responsabilités, et je n'étais pas prêt.

— Et aujourd'hui ?

— Aujourd'hui, tout a changé. Hier soir, j'ai vu ton visage, et tout le poison a recommencé à circuler. Ce soir, je pensais venir ici mettre un terme à notre histoire, te rendre le rosaire et tourner la page. Maintenant, je réalise que ce ne sera jamais terminé, et je ne sais pas quoi faire, à part assumer enfin mes responsabilités – et te demander pardon. Pour toutes les années que nous avons perdues. Pour notre fille. Et d'avoir cru aux mensonges de mon père.

Il prend ma main et caresse mon gant avec une tendresse qui me coupe le souffle.

— Pardon pour cela aussi.

Comme je ne résiste pas, il porte ma main à ses lèvres. Je sens la chaleur de sa bouche sur mes articulations. Je retourne la main et la pose sur son visage comme si c'était la chose la plus naturelle au monde, comme si nous étions revenus quarante ans en arrière. La mémoire peut nous jouer des tours. Le cœur aussi. Et je m'émerveille de constater que le simple contact d'une joue, du relief d'un visage est capable d'effacer des années de pertes et de souffrance… et de me rendre aussi vulnérable.

Il prend ma main dans les siennes, l'air de craindre que je m'éloigne.

— Dis-moi ce que tu veux, Soline, et je le ferai. Si tu veux que je parte, je franchirai cette porte et tu ne me reverras plus jamais. Mais si tu me demandes de rester, je passerai le reste de ma vie à te rendre les années que nous avons perdues.

Mes yeux se remplissent de larmes au point que son visage devient flou.

— Nous ne rattraperons jamais ces années, Anson. Elles se sont envolées.

Il hoche la tête, laisse ses mains retomber et s'éloigne de moi.

— Je suppose que tu as raison.

La gorge serrée, je le regarde se diriger vers la porte, et je songe au matin où j'ai quitté Paris. Si j'avais su à ce moment-là que quarante années s'écouleraient avant que je le revoie, aurais-je accepté de le quitter ? Puis-je accepter qu'il me quitte maintenant ?

En guise de réponse, les paroles de maman me reviennent. *Dans la vie, il y a un temps pour s'accrocher et un temps pour lâcher prise. Il faut que tu apprennes à faire la différence.*

Et soudain, je comprends ce qu'il faut faire.

Il remonte son col, prêt à courir sous l'averse, quand je l'attrape par le bras. Car je n'ai pas quarante années de plus à perdre, et lui non plus.

— Nous ne pouvons pas rattraper le temps perdu, Anson, mais nous pouvons peut-être faire quelque chose de celui qui nous reste.

47

SOLINE

Boston, le 31 octobre 1985

Nous nous réveillons ensemble dans la lumière rayonnante du soleil. Lorsque nos regards se croisent, Anson sourit d'un air penaud, et l'espace d'un instant, c'est comme si nous avions remonté le temps. Nous sommes redevenus l'homme et la femme qui se sont rencontrés dans un couloir bondé de l'Hôpital américain, le séduisant héros et la bénévole effrayée. Cependant, nous ne sommes plus ces personnes. Le temps nous a laissé des cicatrices et nous a transformés. Nous sommes deux personnes qui allons devoir faire des efforts pour se redécouvrir. Mais nous avons décidé d'essayer.

Il y a des blancs à remplir, des années d'absence et des rêves gâchés, et nous nous sommes mis au travail sans tarder. Je lui ai parlé des Roussel et de notre étrange vocation ; il m'a décrit les visages qui continuent à hanter ses rêves et le réveillent parfois en sursaut la nuit, les fantômes de sa période de captivité à Moosburg. Évidemment, nous avons d'innombrables choses à nous dire. Chacun de nous a eu son lot de souffrances ces quarante dernières années, mais il y a aussi eu des moments de joie, et nous y viendrons à un moment ou à un autre.

Rouges et maladroits, étendus au milieu d'un enchevêtrement de draps, nous nous efforçons de nous habituer à cette nouvelle réalité en parlant à bâtons rompus. Ni lui ni moi ne nous sommes réveillés dans les bras de quelqu'un depuis notre dernière nuit ensemble. Le partage d'un lit, l'union de nos corps, la vie à deux, tout cela nous est inconnu.

De temps en temps, l'un de nous se tait et se contente de regarder l'autre, ou se risque à l'effleurer afin de s'assurer que ce qui nous arrive est bien réel. Je prends brusquement conscience que la vie se serait passée – aurait dû se passer – de cette façon après notre dernière nuit ensemble, il y a toutes ces années. Nous nous serions levés avec le soleil, jeunes amants émerveillés l'un par l'autre, et par l'avenir qui les attend. Ce matin-là, on nous a volé notre avenir, mais la vie nous offre une seconde chance, une chance de faire les choses différemment, de les faire mieux.

Nous finissons par nous lever. Je prépare du café tandis qu'Anson se sert du téléphone de mon bureau pour passer quelques appels. Plus tard, je l'emmène à *Baisers sucrés* pour y manger des croissants, puis nous longeons quelques pâtés de maisons en direction du Common[1]. Les arbres sont presque nus, le sol jonché de feuilles aussi fines que du papier, et le froid matinal est mordant. Nous flânons autour de Frog Pond[2] et trouvons finalement un banc au soleil. Nous n'avons pas cessé de parler depuis le réveil, comblant les vides laissés par ces quarante années de séparation, mais finalement, la conversation se calme. Je regarde un enfant de deux ou trois ans poursuivre des canards en titubant, sa mère juste derrière lui.

— J'adore cet endroit, dis-je avec un soupir. Il me rappelle Paris, quand nous filions en douce pour aller déjeuner au parc. Autrefois, je venais ici chaque dimanche avec mon café et mon croissant. Car cet endroit me faisait penser à nous. C'est pour cette raison que j'ai voulu venir ici aujourd'hui. Pour te le montrer.

— Je suis déjà venu, dit-il d'un ton soudain maussade.

— Au Common ?

1. Parc public.
2. Étang dans le parc.

Curieusement, il ne m'était jamais venu à l'esprit que ses affaires avaient pu l'amener à Boston.

— Quand ?

Son visage s'assombrit, et il détourne le regard.

— Parfois, dit-il d'un ton grave, quand j'étais à la maison et que tu me manquais tant que j'avais peur de boire, je montais dans ma voiture et venais ici, puis je marchais pendant des heures dans l'espoir de t'apercevoir.

Cet aveu me stupéfait.

— Et c'est arrivé ?

— Non.

— Qu'aurais-tu fait si tu m'avais vue ?

Il hausse les épaules.

— Je n'en sais rien. J'aime croire que nous aurions fini assis sur ce banc, qu'il est écrit depuis le début que nous devions nous retrouver ici. Mais je ne sais pas ce que j'aurais fait, et ça m'effraie un peu d'y penser.

Je passe les doigts entre les siens et le regarde dans les yeux.

— Rory m'a un jour demandé si je croyais que certaines choses étaient écrites. Je n'en étais pas sûre à l'époque, mais je le suis maintenant. Contre toute attente, nous avons fini par nous retrouver, avec l'aide d'une petite-fille dont nous ignorions tous deux l'existence. Je ne peux pas l'expliquer. Je sais seulement que nous sommes finalement assis sur ce banc. Le reste est sans importance.

Il me répond en m'embrassant, et je me sens redevenir adolescente, les joues rouges et des picotements dans le ventre.

Lorsque nous nous écartons l'un de l'autre, il m'adresse son grand sourire typiquement américain.

— Il faudra que je pense à remercier notre petite-fille, dit-il d'une voix rauque.

Son sourire disparaît brusquement, et il regarde sa montre. Soudain, il paraît très sombre.

— En parlant de Rory, je ne t'ai toujours pas dit pourquoi je suis venu à la galerie l'autre soir. J'avais besoin de lui parler, mais ensuite… tu es apparue.

Il marque une pause pour effleurer ma joue, mais son expression est sérieuse.

— Je suis navré de gâcher ce moment émouvant, mais il faut que je retourne à mon hôtel. J'attends un appel. Ensuite, il faudra que je parle à Rory. En personne.

48

Rory

Rory s'assit à son bureau avec une tasse de café chaud et ouvrit son agenda. Maintenant que l'inauguration était passée, elle allait enfin pouvoir goûter au train-train de sa nouvelle vie de galeriste. Les affaires démarraient doucement, et cela risquait de durer un moment, mais elle en profiterait pour développer son catalogue d'artistes et s'attaquer à la planification de plusieurs événements qu'elle comptait organiser au printemps. De toute façon, un peu de calme ne pouvait pas lui faire de mal après l'excitation des derniers jours.

Elle venait de noter sur un bout de papier qu'il faudrait acheter des cartes de remerciements lorsqu'elle entendit le doux tintement du carillon de la porte d'entrée. Après avoir bu une gorgée de café, elle se prépara à descendre. Inutile de se précipiter. Autant laisser le temps à ces visiteurs de faire un tour. En arrivant sur le palier, elle eut cependant la surprise de découvrir qu'il s'agissait de Soline – et d'Anson.

Son premier réflexe fut de s'inquiéter, mais en les observant, elle réalisa que tout allait bien. Très bien, même. La main d'Anson reposait dans le creux du dos de Soline, comme si c'était sa place habituelle, tandis qu'elle le regardait avec de grands yeux doux. Ne venait-elle pas de rougir ?

Rory descendit l'escalier sans pouvoir se retenir de sourire.

— Corrigez-moi si je me trompe, mais j'ai l'impression qu'il s'est passé quelque chose depuis la dernière fois que je vous ai vus.

Soline prit la main d'Anson dans la sienne.

— Un tas de choses, en fait.

Il était impossible de ne pas remarquer le changement qui s'était produit chez Anson depuis leur première rencontre. Il avait presque l'air d'un jeune homme, la main dans celle de Soline, comme si quarante années avaient soudain cessé de lui peser sur les épaules. Elle se demanda ce qui avait bien pu leur arriver. En tout cas, c'était forcément une bonne chose. Une boucle qui se refermait enfin.

— Faut-il que je t'appelle grand-père maintenant ? Papi ? Ou bien pépé ?

Anson se racla la gorge d'un air gêné.

— Il y a du nouveau, Rory. Au sujet de Hux.

— Du nouveau…

La pièce se mit brusquement à tanguer autour d'elle.

— C'est-à-dire ?

Anson lâcha la main de Soline et s'approcha de Rory.

— Le soir où nous nous sommes rencontrés à San Francisco, tu m'as expliqué que ton fiancé avait disparu depuis un moment. Comme je me rappelais son nom, j'ai décidé de passer quelques appels le lendemain.

Rory s'agrippa à la rampe de l'escalier, les mains soudain moites.

— Après la guerre, poursuivit Anson, quand les médecins ont enfin réussi à me remettre sur pied, je suis parti travailler pour le Comité international de la Croix-Rouge en tant que porte-parole des prisonniers. La Croix-Rouge emploie des experts en négociations et en exfiltrations partout dans le monde. Certains sont mes amis. J'ai donc passé quelques coups de fil dans l'espoir de trouver un contact utile.

— Et tu l'as trouvé ?

Anson plissa les yeux.

— Tu devrais peut-être t'asseoir avant que je te raconte la suite.

— Non. Continue. S'il te plaît.

— Il y a quelques mois, le département d'État a reçu un renseignement. Cette personne affirmait avoir aperçu deux hommes et une femme dans un village à proximité d'Atbara en compagnie de deux hommes armés. Ils lavaient des vêtements à une pompe du centre-ville. À la fin, les hommes les ont fait monter dans une camionnette verte anonyme. Nos gars étaient sceptiques, ce qui est compréhensible. Tout le monde au Soudan a entendu parler de l'enlèvement – et de la récompense. Et quand il y a de l'argent à la clé, n'importe qui est prêt à fabuler. Cette source était peu fiable, et sa piste a d'abord paru mener à une impasse. Mais un des gars a refusé de lâcher l'affaire, et cela a payé. Ils l'ont retrouvé, Rory. Ils les ont retrouvés tous trois en vie. C'était tout ce que je savais quand je suis venu te voir, le soir de l'inauguration. Qu'il était en vie. Mais depuis, un de nos négociateurs est parvenu à obtenir leur libération. Un de mes amis m'a appelé il y a quelques heures. Les otages ont été libérés hier soir. Ils vont avoir droit à une visite médicale, mais à moins de sérieux problèmes de santé, Hux devrait être en route pour les États-Unis d'ici une semaine.

Rory se laissa tomber sur la dernière marche, le visage entre les mains. Ses larmes montèrent en silence au début et restèrent bloquées dans sa gorge.

Vivant. Sain et sauf. Bientôt rentré.

Finalement, les sanglots qu'elle refoulait depuis des mois éclatèrent. *Il rentre.* Ces mots chantaient en boucle à ses oreilles. Après dix mois sans donner de nouvelles, Hux était sur le point de rentrer. Comme tout le monde, elle avait entendu dire que certains anciens otages étaient si traumatisés que leur vie n'était plus jamais la même. Elle leva la tête en s'essuyant les yeux avec sa manche.

— Ont-ils dit… ? Savez-vous s'il est… ?

— Non. Mais s'il lui était arrivé quelque chose de grave, j'en aurais été informé. Ce qui ne veut pas dire qu'il ne traversera pas une période difficile. Il y a toujours un temps d'adaptation. Pour certains, elle est plus difficile que pour d'autres. Mais nous avons des spécialistes de ce genre de traumatisme. Et plus important encore, tu seras là pour lui.

Elle hocha la tête sans un mot, tandis que ses yeux se remplissaient de larmes. Elle serait là pour lui – et lui serait là pour elle. Ensemble, ils surmonteraient les difficultés à venir.

Rory prit conscience que Soline était assise à côté d'elle sur la marche. Elle s'essuya à nouveau le visage avec sa manche et sourit faiblement.

— Il sera bientôt là.

— Oui, trésor. Très bientôt. Enfin une fin heureuse à ton conte de fées.

— Je n'arrive pas à y croire. Moi qui commençais à penser que ça n'arriverait jamais. Je sais que tout ne sera pas facile pour lui au début, mais j'ai hâte que vous fassiez sa connaissance et qu'il vous rencontre, tous les deux. Et qu'il découvre la galerie. Il s'est passé tant de choses…

Elle reprit son souffle un instant, puis sourit d'un air penaud.

— Désolée, je sais que je divague, mais on dirait un vrai miracle. Et à propos de miracle…

Elle leva les yeux vers Anson qui s'était éloigné vers une des expositions, probablement pour qu'elles puissent parler seule à seule.

— Comment est-ce arrivé ?

Soline sourit malicieusement.

— Cette histoire, ma petite, est beaucoup trop longue pour que je te la raconte maintenant. Et nous ne savons pas encore quelle direction elle va prendre. Ce que nous savons, en revanche, c'est que nous avons très envie de le découvrir.

Rory sentit un immense bonheur l'envahir. Après toutes ces années de chagrin, des retrouvailles.

— Je suis tellement contente, Soline. Il n'a jamais cessé de t'aimer. C'est évident.

Le sourire de Soline s'élargit tandis qu'elle regardait Anson passer d'un tableau à un autre, le front plissé.

— Décidément, nous allons avoir beaucoup de choses à raconter à ta mère.

Rory hocha la tête en reniflant bruyamment.

— Tu peux l'appeler de mon bureau si tu veux, pour la mettre au courant. J'aimerais parler quelques instants avec Anson, si ça ne te dérange pas.

Elle attendit que Soline atteigne le sommet de l'escalier, puis partit à la recherche d'Anson. Elle le trouva devant une de ses créations. Il se tourna vers elle en l'entendant approcher.

— C'est un travail magnifique.

Rory esquissa un sourire ému.

— Merci.

Le silence se prolongea tandis qu'ils se regardaient. L'espace d'un instant, elle eut peur de recommencer à pleurer.

— J'ai envoyé Soline à l'étage pour qu'elle appelle ma mère, car j'avais besoin de te parler, de te remercier de ce que tu as fait pour Hux. Et pour moi. Je n'ai pas été très aimable quand nous nous sommes rencontrés, mais tu as quand même…

Elle se tut le temps de ravaler ses larmes.

— Je ne sais pas comment te remercier. Je te dois tant.

— Je n'ai joué qu'un rôle minuscule dans cette histoire, mais disons que nous sommes quittes.

— Tu veux parler de Soline et toi ?

Le visage d'Anson s'éclaira comme celui d'un petit garçon amoureux pour la première fois.

— L'embuscade que vous m'avez tendue au bar du *Fairmont Hotel* est sans doute la meilleure chose qui me soit jamais arrivée.

Rory se sentit rougir. Les conséquences de cette rencontre lui avaient été plutôt favorables, à elle aussi. Et à Camilla.

Ce soir-là, il lui avait répondu que cette histoire n'avait aucune chance de bien se terminer. Par chance, il s'était totalement trompé.

— Je ne sais toujours pas très bien comment c'est arrivé, mais moi qui n'avais pas de grands-parents, je me suis retrouvée avec une famille entière du jour au lendemain. Est-ce que je peux me permettre de te serrer dans mes bras ?

Cette demande sembla le prendre de court. Il déglutit péniblement, puis hocha la tête.

— J'en serais ravi.

Elle s'avança entre ses bras tendus et inspira son odeur – un parfum de savon et d'agrumes, avec un soupçon de mousse à raser. Un parfum subtil, et pourtant masculin : l'odeur du réconfort et de la sécurité. Comment avait-elle pu passer toutes ces années sans sentir cette odeur ? Quelque chose lui disait qu'elle allait adorer avoir des grands-parents. Mais elle allait vraiment devoir trouver comment les appeler.

Quelques instants plus tard, ils entendirent le claquement des talons de Soline qui s'approchait.

— Comme c'est beau de vous voir rattraper le temps perdu.

Rory lança un clin d'œil à Anson.

— Chacun de nous a tellement de choses à rattraper. Alors, est-ce que tu l'as appelée ?

— C'est fait.

— Et tu lui as tout raconté ? Pas seulement le retour de Hux, mais tout le reste aussi ?

— Eh bien, dans les grandes lignes.

— Et elle était contente ?

Soline laissa échapper un rire rauque.

— D'après toi ? Elle comptait appeler Thia, puis nous rejoindre ici. Selon elle, il faut commencer sans tarder à organiser votre fête de fiançailles. Et puis votre mariage.

Rory se laissa pénétrer par ces mots. Le mariage. *Son* mariage. C'était si incroyable qu'elle eut envie de se pincer. Hux allait bientôt rentrer, peut-être pas indemne, mais il serait là, avec elle. Oui, il y aurait un mariage. Il faudrait sans doute attendre un peu – il allait avoir besoin de temps pour récupérer –, mais elle patienterait aussi longtemps qu'il le souhaiterait. Et ils résoudraient le reste ensemble.

Cette pensée l'emplit de joie, telles des ondes se propageant lentement à la surface d'un étang, jusqu'à ce qu'elles lèchent le rivage. Elle sourit.

— Je suppose qu'à un moment ou à un autre, je vais avoir besoin d'une robe, dit-elle à Soline, avant de lever les yeux vers Anson. Et de quelqu'un pour me conduire à l'autel.

Tout cela semblait encore totalement irréel. Un extraordinaire concours de circonstances. Le croisement de plusieurs chemins de vie. Des cœurs réunis. Des familles guéries. Et tout cela grâce à une boîte qu'elle avait découverte sous l'escalier d'un bâtiment incendié. Une boîte remplie de fins heureuses – et peut-être d'un soupçon de magie.

ÉPILOGUE

SOLINE

Un charme d'attachement unique est composé pour chaque cliente. Il lui appartiendra à vie et ne pourra jamais être réutilisé.

ESMÉE ROUSSEL, *LA SORCIÈRE DES ROBES*

Lyman, Massachusetts, le 17 mai 1986

Un mariage va enfin avoir lieu.

De la fenêtre, je contemple les pelouses en pente et les haies parfaitement taillées, les jardins remplis de pivoines roses rougissantes, et le ciel si bleu qu'il me fait mal aux yeux. Une jolie pergola enveloppée de mètres de lierres et de flots de tulle blanc a été dressée au bord du lac devant plusieurs rangées de chaises pliantes. Ce sera une petite cérémonie intime, limitée à la famille et aux amis proches.

Camilla espérait un événement plus grandiose, la salle de bal du *Park Plaza*, par exemple, avec un quatuor à cordes et des guirlandes de lis blancs parfumés. Mais nous n'avons pas tenu compte de son avis. Elle devra se contenter d'une cérémonie en plein air sur les terres d'une petite propriété juste à l'extérieur de Boston.

Je vérifie l'heure à l'horloge. Il me reste un peu de temps. Rory est en train de s'habiller avec sa mère ; Hux a emmené Anson régler un problème de boutonnière ; et je suis seule avec mes pensées pour la première fois depuis des semaines.

Je suis bien placée pour savoir que l'organisation d'un mariage est une tâche éprouvante. Elle l'a été davantage encore pour moi qui étais également chargée de créer la robe et de superviser sa confection. J'étais nerveuse à l'idée de confier mes croquis à quelqu'un, mais je suis satisfaite de l'avoir fait, et encore plus du résultat – une robe trapèze en satin ivoire longue jusqu'au mollet, au corsage croisé et au jupon en tulle. Ce n'est peut-être pas une véritable robe de princesse, mais elle a exactement ce qu'il faut pour une fin heureuse.

Je repense au charme que j'ai réussi à coudre dans le côté gauche. À cause de mes mains raides et douloureuses, il m'a fallu deux semaines, et le résultat n'est pas à la hauteur de mes attentes, mais c'est fait. Étant donné les circonstances, je pense que la Mère ne me reprochera pas mon manque de minutie, même si je ne peux m'empêcher d'entendre les reproches de maman.

Je pense à elle depuis quelques jours. Dans mon oreille, sa voix me rappelle l'histoire des Roussel au fil des siècles. Soi-disant maudites en amour. On nous apprenait dès l'enfance ce qui nous était permis ou pas. On nous déconseillait de désirer ce que possèdent les autres, car dans un passé lointain, l'une de nous avait commis l'erreur d'enfreindre les règles.

J'avais fini par croire que nous créons nos propres malédictions et qu'elles nous poursuivent toute la vie, puisqu'on m'avait convaincue que c'était notre lot. On nous apprenait à revivre les chagrins d'amour de nos mères, à faire nôtres leurs souffrances et à les transmettre à la génération suivante. Jusqu'à ce que l'une de nous s'y oppose enfin, et que la malédiction soit vaincue. Car nous avons découvert une nouvelle sorte de magie – celle qui consiste à prendre nos propres décisions : je ferai différemment, je serai quelqu'un d'autre, je vivrai autre chose. C'est la leçon que maman a essayé de m'enseigner le soir où elle s'est éteinte. Il n'y a pas de malédiction. Seulement un cycle à briser. Des rêves à réaliser. Des cœurs à chérir. De la magie à semer.

Je jette un dernier coup d'œil à l'horloge. C'est l'heure. Je répète le charme une dernière fois en guise de porte-bonheur.

Cette formule est si proche de celle que j'ai composée il y a des années pour une autre robe.

Malgré la distance, malgré le temps,
Et quelles que soient les épreuves à venir,
Que les échos de ces cœurs jadis perdus
Soient à jamais unis.

Le cœur comblé, j'enfile mes gants et prends les fleurs dans la boîte au pied du lit. J'ai l'impression de flotter en sortant dans le jardin. Rory est rayonnante et absolument resplendissante. Elle bat des paupières pour retenir ses larmes et pose une main sur son cœur. À côté d'elle, Hux sourit aussi largement qu'un homme qui se sait béni. Il n'a pas tort : le destin lui a permis de rentrer sain et sauf auprès de la femme qu'il adore et son nouveau cabinet médical doit ouvrir le mois prochain.

Camilla se lève en se tamponnant déjà les yeux. Thia fait signe aux musiciens, et les premières notes du *Canon de Pachelbel* emplissent l'air. Je fais un pas, puis un autre. Je vois Anson sourire au bout de l'étroit chemin pavé d'ardoise. Il me regarde dans les yeux, tandis que je m'approche de lui. L'homme que j'aime depuis quarante ans, le seul fiancé que j'aie jamais voulu.

La musique se tait lorsque je glisse ma main dans la sienne. Soudain, la voix de maman vibre comme un murmure sur ma joue. *Tant que tu conserveras son beau visage dans ton cœur, ce bonheur ne sera jamais vraiment perdu. Il y aura toujours un moyen de revenir en arrière.* Et nous l'avons enfin trouvé. Il nous a fallu des décennies pour arriver jusqu'ici, mais c'est sans importance. Car nous savons maintenant qu'aucun de nous n'a jamais vraiment abandonné. Quelque part, dans les recoins les plus protégés de nos cœurs, nous nous sommes accrochés.

Fin.

Remerciements

Voici maintenant la partie du roman la plus difficile à écrire : les remerciements. Franchement, après l'année que nous venons de passer, par où commencer ? À chaque livre, il y a des personnes à remercier, celles qui partagent notre vision et nous tiennent la main, essuient nos larmes et nous nourrissent. Je suis toujours horrifiée à l'idée d'oublier quelqu'un lorsque s'installe l'épais brouillard qui obscurcit mon esprit à la fin d'un projet. Et sapristi, la liste est longue. Alors, c'est parti…

À mon incroyable agente, Nalini Akolekar, qui m'a lancé une bouée, alors que j'étais près de me noyer. Merci de m'avoir aidée à garder la tête hors de l'eau et de m'avoir rappelé de respirer. Et bien sûr, un immense merci à toute l'équipe de Spencerhill – vous assurez !

À ma correctrice, l'extraordinaire Jodi Warshaw, qui sait que la vie vous met parfois des bâtons dans les roues et qui n'en fait jamais tout un drame – ma gratitude à ton égard est infinie. Merci mille fois pour ta patience, ton soutien, ton enthousiasme et ta générosité. Idem pour Gabe Dumpit et Danielle Marshall et chaque membre de l'équipe de Lake Union/APub, qui sont sans aucun doute les meilleurs dans le milieu.

À ma conseillère littéraire, Charlotte Herscher, qui m'encourage si bien à me dépasser. Merci pour ton regard critique, ton expertise et ton amour des histoires. Merci de toujours comprendre ce que j'essaie de dire – même quand je ne sais pas très bien comment le formuler – et de m'aider à y parvenir.

Aux bloggeuses dont l'amour pour l'écriture a porté tant d'écrivains cette année, moi y comprise. Votre soutien et votre dévouement aux auteurs sont inestimables. Des remerciements tout particuliers à Susan « Queenie » Peterson, Kathy Murphy (également connue sous le nom

de The Pulpwood Queen), Kate Rock, Annie McDowell, Denise Birt, Linda Zagnon et Susan Leopold.
À ma fabuleuse tribu du Blue Sky Book Chat : Kerry Anne King, Jane Healey, Patricia Sands, Alison Ragsdale, Marilyn Simon Rothstein, Bette Lee Crosby, Peggy Lampman, Soraya Lane, Lisa Ann Braxton, Lainey Cameron et Loretta Nyhan. Merci pour la rigolade, votre amitié et votre merveilleuse générosité.
À mes adorables frères et sœurs : Todd, Gina, David, Scott, Nanette, Tom et Shelly, sans qui je n'aurais jamais survécu à l'année 2020. Je vous aime et vous suis infiniment plus reconnaissante que vous ne pouvez l'imaginer. Je suis à peu près certaine d'avoir promis à chacun de lui renvoyer un jour l'ascenseur. Mon offre tient toujours.
À ma mère, Patricia Crawford, qui a toujours été et sera toujours ma plus grande et enthousiaste supportrice. Merci d'être un tel modèle pour moi, de m'avoir appris à travailler dur et d'être aussi gentille. Je t'aime.
Et enfin, à Tom, mon mari, mon meilleur ami, mon bêta-lecteur et mon âme sœur. Je ne trouve pas les mots pour te remercier, mais après tout, toi et moi n'en avons jamais eu besoin pour nous comprendre.

Retrouvez-nous sur les réseaux sociaux :

City éditions

www.city-editions.com
@cityeditions
www.facebook.com/cityeditions/
@CityEditions
@cityeditions

Achevé d'imprimer en septembre 2023
sur les presses de la Nouvelle Imprimerie Laballery
58500 Clamecy
Numéro d'impression : 308428

Imprimé en France

La Nouvelle Imprimerie Laballery est titulaire de la marque Imprim'Vert®